셔기 베인

Shuggie Bain

SHUGGIE BAIN
By Douglas Stuart

더글러스 스튜어트 장편소설

구원 옮김

셔기 베인
Shuggie Bain

코호북스

일러두기

본문 주는 모두 옮긴이 주입니다.
신문과 도서명은 겹낫표로, 카탈로그, 노래, 드라마 등의 제목은 홑화살괄호로 표시했습니다.
원문에서 이탤릭체와 대문자로 강조한 부분은 고딕체로 표시했습니다.
국립국어원의 외래어표기법을 준수하되 일부 고유명사는 국내에서 통용되는 표기를 따랐습니다.

나의 어머니 A.E.D.에게

차례

1992 사우스사이드

1

이날은 단조로웠다. 아침부터 그의 정신은 육신을 버려두고 훌쩍 떠났다. 창백한 낮빛과 텅 빈 눈, 껍데기만 남은 육신은 형광등 아래에서 맥없이 일과를 처리했고, 그러는 동안 영혼은 매장 위로 둥둥 떠서 내일만 생각했다. 기대할 내일이 있어서 다행이었다.

셔기는 업무를 체계적으로 준비했다. 먼저, 기름진 디핑 소스와 스프레드를 깨끗한 용기로 전부 옮겨 담았다. 그리고 가장자리를 꼼꼼히 닦아냈는데, 용기에 들러붙어 금세 갈변하는 얼룩은 음식이 신선하다는 환상을 깨뜨리기 때문이었다. 얇게 저민 햄은 먹음직스럽게 담아 가짜 파슬리로 장식했고, 올리브의 끈적한 국물이 녹색 과육 위로 번들번들 흐르도록 위아래로 섞어주었다.

뻔뻔한 앤 맥기가 이날 아침에 또 아프다며 결근한 탓에 셔기는 자신의 델리 카운터뿐 아니라 앤의 로티세리까지 관리하는 보람 없는 일을 혼자 떠맡았다. 생닭 칠십여 마리와 함께 시작하는 하루가 언제라고 즐겁겠냐만은 오늘은 특히나 더 우울했고, 달콤한 공상에서 받는 위안마저 힘을 잃었다.

셔기는 싸늘한 새의 사체에 쇠꼬챙이를 일일이 끼우고 층층이 횡으로 정렬했다. 통통한 가슴 위로 짧고 두꺼운 날개를 겹치고 있는 닭들이 머리 없는 아기들처럼 보였다. 한때는 이렇게 깔끔히 정리된 모습에 긍지를 느꼈을 것이다. 사실, 우둘투둘한 분홍색 살덩어리에 쇠꼬챙이를 찔러 넣는 것은 하루의 업무에서 쉬운 부분이었다. 어려운 부분은, 손님들에게 똑같이 하고 싶은 충동을 참는 것이었다. 손님들은 뜨거운 유리에 얼굴을 바짝 들이대고 닭의 사체를 낱낱이 뜯어보았다. 공장식 축산이란 곧 모든 닭이 똑같다는 의미라는 것을 모르고, 제일 좋은 닭을 고르느라 혈안이 되어 있었다. 그들이 우물쭈물하는 동안 셔기는 어금니로 볼 안쪽을 지그시 물고 억지 미소를 띤 채 기다렸다. 팬터마임을 선보일 시간은 그다음에 찾아왔다. "닭가슴살 세 조각이랑 허벅지살 다섯 조각, 날개 하나만 줘봐라."

셔기는 인내심을 달라고 기도했다. 왜 이제는 아무도 닭을 통째로 시키지 않을까? 셔기는 장갑을 낀 손이 닿지 않게 기다란 집게로 닭을 들고, 살점이 떨어지지 않도록 주의하며 손질용 가위로 닭을 해체했다. 오븐 브로일러의 불빛을 받으며 이렇게 서 있자면 바보가 된 기분이었다. 망으로 싼 머리에 땀이 찼고, 무딘 날로 닭의 등을 능숙하게 절단하기에는 악력이 턱없이 부족했다. 셔기는 몸을 살짝 구부려 손목에 허릿심을 실어야 했고, 그러는 내내 미소를 잃지 않았다.

정말 운이 나쁠 때는 닭이 집게에서 미끄러져 더러운 바닥에 떨어졌다. 셔기는 미안한 척 새로 닭을 집었지만 더러워진 닭을 버리지는 않았다. 주부들이 고개를 돌린 틈을 타서, 떨어진 닭을 뜨겁고 노란 조명 아래 자매들 곁으로 돌려보냈다. 위생을 등한시하는 것은 아니었지만 이런 소소한 승리감 덕분에 폭발하지 않고 견딜 수 있었다. 이 슈퍼마켓에서 장을 보는 우악스럽고 지적질 좋아하는 여자들 대부분이 이런 일을 당해도 쌌다. 그들의 무례한 언행에 셔기는 목까지 시뻘겋게 달아오르곤 했다. 유난히 불쾌한 날이면 셔기는 자신의 몸이 배출하는 갖가지 체액을 타라모살라타에 주입했다. 부르주아 같은 이 빌어먹을 메뉴는 이곳에서 얼토당토않게 잘 팔렸다.

셔기가 킬페더 슈퍼마켓에서 일한 지 어언 일 년이 넘었다. 이렇게 오래 일할 생각은 애초에 없었다. 단지 셔기는 매주 생활비와 방세를 마련해야 했는데, 슈퍼마켓 말고는 그를 받아주는 곳이 없었다. 사장 킬페더 씨는 인색한 양아치로, 성인 최저 임금을 주지 않아도 될 성싶으면 아무나 고용했다. 근무시간이 워낙 짧아서 셔기는 일하면서 틈틈이 학교에 다닐 수 있었다. 꿈속에서는 늘 이곳을 떠날 의지를 새로이 굳혔다. 어렸을 때부터 셔기는 머리를 빗고 매만지는 것을 좋아했다. 시간을 진정 빨리 가게 하는 유일한 낙이었다. 열여섯 살이 되던 해에 셔기는 클라이드강 남쪽에 있는 미용학교에 다니겠노라 결심했다. 〈리틀우즈〉 카탈로그를 보고 그린 스케치와 일요일 신문 부록에서 오려낸 사진 등 영감의 원천을 모은 다음에, 야간수업을 알아보러 카도날드에 갔다. 학교 앞 버스정류장에서 셔기는 열여덟 살짜리 학생 대여섯 명과 함께 내렸다. 학생들은 최신 유행으로 빼입고서 은밀한 불안감을 감추려고 과장되게 거들먹거렸다. 셔기는 걸음을 한참 늦추었다. 학교 정문으로 들어가는 학생들의 뒷모습을 잠시 바라보다가 몸을 돌려 길을 건넜고, 반대 방향으로 가는 버스에 올랐다. 그다음 주에 셔기는 킬페더 슈퍼마켓에서 일을 시작했다.

오전 휴식 시간 내내 셔기는 할인하는 하자 상품들을 뒤져서 거의 흠이 없는 스코틀랜드산 연어 통조림을 세 개 찾았다. 상표가 긁히고 때가 탔지만 통조림 캔 자체에는 아무런 문제가 없었다. 셔기는 얼마 남지 않은 주급으로 작은 장바구니 속 물건들을 계산하고, 낡은 가방에 넣은 다음에 사물함에 집어넣고 잠갔다. 그리고 계단을 올라 직원 구내식당에 들어갔다. 아르바이트하는 대학생들이 모여 앉은 테이블을 지나칠 때 셔기는 최대한 담담한 표정을 지었다. 대학생들은 슈퍼마켓이 한산한 여름에 일하면서 쉬는 시간마다 복습 공책을 잔뜩 쌓아놓고 자기만족에 빠져 있었다. 셔기는 정면에 시선을 고정하고 걸어가 식당 구석에 앉았다. 여자 계산원들과 같은 테이블은 아니지만 그들 근처였다.

계산원들은 글래스고 출신의 삼사십 대 여자들이었다. 그중 대장격인 에나는 꼬챙이처럼 비쩍 마르고 얼굴은 무표정했으며 머리에는 개기름이 흘렀다. 에나의 얼굴에서 눈썹이라고 일컬을 만한 것은 보이지 않았지만 콧수염이 희미하게 났는데, 셔기는 이것이 불공평하다고 생각했다. 에나는 글래스고의 이쪽 지역 기준으로 봐도 거친 편이었으나, 고생해본 사람들이 대개 그렇듯 통이 크고 정이 많았다. 세 사람 중 막내인 노라는 두피가 당길 정도로 머리를 뒤로 바짝 넘겨서 고무줄로 묶었다. 서른셋에 벌써 아이가 다섯인 노라의 눈은 에나의 눈과 마찬가지로 작고 예리했다. 마지막으로 재키는 다른 두 사람과 달리 꽤 여성스러웠다. 소파처럼 큼직하고 푹신한 재키는 가슴이 큰 이야기꾼이었다. 셔기는 재키를 제일 좋아했다.

여자들 근처에 앉아서 셔기는 재키가 최근 남자친구와 벌인 연애담의 끝자락을 들었다. 이 여자들에게는 유쾌한 이야깃거리가 늘 넘쳐난다고 믿어도 좋았다. 이제껏 여자들은 셔기를 빙고장에 두 번 데려갔는데, 그들이 술을 마시며 웃고 떠드는 동안 셔기는 집에 혼자 두기 불안해서 데리고 나온 청소년처럼 멀뚱멀뚱 앉아 있었다. 그래도 셔기는 여자들이 허물없이 함께 앉아주어서 기뻤고, 양쪽 옆구리에 맞닿은 부드러운 살이 포근했다. 겉으로는 짐짓 귀찮은 척했지만, 사실 셔기는 여자들이 자기를 데리고 호들갑을 피우며 눈까지 내려온 머리칼을 빗어 넘겨주고 엄지손가락에 침을 묻혀 입가를 닦아주는 것이 좋았다. 한편 계산원 여자들은 남자인 셔기가 자신들에게 보이는 관심이 즐거울 따름이었고, 셔기의 나이가 고작 열여섯에 석 달밖에 되지 않았다는 사실은 무관했다. 라스칼라의 빙고 테이블 아래에서 그들 모두 적어도 한 번은 실수인 척 셔기의 성기를 건드렸다. 실수라고 하기에는 너무 오래, 그리고 너무 집요하게. 눈썹 없는 에나는 이것을 하나의 도전으로 취급하는 것 같았다. 취기가 오를수록 에나는 대담해졌다. 반지 낀 손으로 슬쩍슬쩍 건드리며, 두꺼운 혓바닥을 살짝 내밀고 셔기의 옆얼굴을 뚫어지게 보았다. 끝내 셔기가 부끄러워하며 얼굴을 붉히자 에나는 혀를 찼고, 재키는 테이블 맞은편에서 의기양양하게 미소 짓는 노라에게 2파운드를 건네줬다. 물론 여자들은 실망했다. 그러나 술을 몇 잔 더 마신 뒤에 그들은 자신들이 정확히 거부당한 것은 아니라고 결론지었다. 이 소년은 분명 어딘가 잘못되었으므로, 그냥 딱하다고 생각하면 될 일이었다.

어두컴컴한 셋방에서 셔기는 얇은 벽을 통해 불안정한 코골이 소리를 듣고 있었다. 하숙집에 사는 무연고 외톨이들에게 마음 쓰지 않으려고 노력했지만 쉽지 않았다. 차가운 아침 공기가 허벅지를 파르스름하게 물들였다. 셔기는 조금이라도 따뜻하라고 얇은 수건으로 다리를 감싸고 수건 모서리를 초조히 질겅였다. 뽀드득뽀드득 수건을 씹는 소리가 마음을 다소 진정시켰다. 셔기는 남은 주급을 테이블 가장자리에 늘어놓았다. 처음에는 가치 순으로, 그다음에는 반짝임과 깨끗함 순서로 동전들을 배열했다.

얼굴이 불그스름한 옆방 노인이 삐거덕거리며 꿈에서 현실로 돌아왔다. 노인은 좁은 침대에서 몸을 벅벅 긁더니, 일어날 힘을 달라는 기도를 한숨처럼 내쉬었다. 철퍼덕, 노인의 발이 고깃덩이가 들어 있는 봉지처럼 바닥에 묵직하게 떨어졌고, 문까지 몇 걸음 걸어가는 것조차 힘겹다는 듯한 신음이 들려왔다. 노인은 맨날 사용하는 자물쇠 앞에서 한참을 고전한 끝에 겨우 문을 열고, 빛이 절대 들지 않는 복도로 나왔다. 어둠 속에서 벽을 더듬거리며 나아가는 노인의 손이 셔기의 방문에 닿았다. 노인의 손가락이 문발을 훑는 동안 숨을 참고 있던 셔기는 화장실 전등 줄이 찰랑찰랑 당겨지는 소리를 듣고서야 다시 움직였다. 노인은 쿨럭거리고 쌕쌕대며 폐를 소생시키기 시작했다. 노인이 오줌을 누면서 변기에 가래 덩어리를 뱉는 소리를 듣지 않으려고 셔기는 귀를 틀어막았다.

아침 햇살은 우유를 지나치게 많이 탄 홍차 색깔이었다. 교활한 유령처럼 슬그머니 방에 들어온 햇살이 카펫을 가로질러 셔기의 맨다리에 스멀스멀 올라왔다. 셔기는 눈을 감고 햇살을 느끼려고 했으나 햇살의 손길에 온기는 없었다. 셔기는 햇빛이 온몸을 덮었다고 느껴질 때까지 기다렸다가, 다시 눈을 떴다.

빤히 마주 보는 눈동자들. 색칠된 눈동자 수십 개가 언제나처럼 비참하거나 외로운 표정으로 그를 바라보고 있었다. 발레리나와 강아지. 스페인 소녀와 춤추는 선원들. 굼뜬 역마를 끌고 가는 장밋빛 뺨의 농부 소년. 도자기 인형들은 퇴창 창턱에 가지런히 진열되어 있었다. 셔기는 인형들에 대한 이야기를 꾸며내며 숱한 시간을 보냈다. 천사처럼 아름다운 합창단 소년들 가운데 우람한 대장장이가 있었고, 거대한 새끼 고양이 예닐곱 마리는 게으른 양치기에게 웃으면서 달려들고 있었다. 셔기는 새끼 고양이와 양치기 조합을 가장 좋아했다.

도자기 인형들 덕분에 그나마 방이 조금 명랑해 보였다. 셋방은 천장까지 높이가 방의 너비보다 길었고, 방 한가운데에서 침대가 칸막이처럼 불쑥 튀어나와 있었다. 한쪽 벽을 차지한 구식 2인용 나무 소파는 쿠션이 너무 얇아서 등받이의 나무판자가 등에 고스란히 전해졌다. 반대쪽 구석에는 작은 냉장고와 화구 두 개짜리 베이비 벨링 스토브가 있었다. 구겨진 침대보 말고는 모든 것이 제자리에 깨끗하게 있었다. 먼지도, 전날 입은 옷가지도, 삶의 흔적도 없었다. 셔기는 서로 어울리지 않는 이불과 침대보를 쓰다듬으며 애써 마음을 진정시켰다. 셋방의 침대에는 색깔과 무늬가 전부 제각각인 흉한 침구가 창피를 모르는 것처럼 아무렇게나 포개져 있었다. 어머니가 봤으면 질색했을 거라고 셔기는 생각했다. 이렇게 너절한 모습은 어머니의 자존심에 상처를 냈을 것이다. 언젠가는 돈을 모아서 자기만의 침구를 사겠다고 셔기는 다짐했다. 따뜻하고 부드럽고 통일된 색으로.

배크쉬 부인의 하숙집에 방을 얻은 것은 행운이었다. 전에 방을 썼던 노인이 술을 과하게 즐기다 끝내 체포되어서 셔기는 이 방을 얻을 수 있었다. 앨버트 드라이브를 당당히 내다보는 커다란 퇴창까지 달린 방이었다. 이 방이 한때는 꽤 번듯한 침실 세 개짜리 아파트의 거실이었을 거라고 셔기는 짐작했다. 하숙집의 다른 방들도 봤는데, 배크쉬 부인이 침실로 개조한 부엌에는 체크무늬 리놀륨 장판이 여전히 깔려 있었고, 부엌보다 조금 더 큰 침실 세 개에도 가정집이었을 당시에 썼을 법한 얇은 카펫이 남아 있었다. 분홍색 얼굴 노인이 쓰는 옆방은 아마도 원래 아기방이었을 것이다. 벽에는 노란 꽃무늬 벽지가 발라져 있었고, 돌림띠를 따라 두른 띠벽지에는 명랑한 토끼들이 그려져 있었다. 노인의 침대, 소파, 스토브가 꾸역꾸역 들어찬 한쪽 벽은 미어터질 지경이었다. 반쯤 열린 문틈으로 이 방을 본 뒤로 셔기는 자기 방의 커다란 퇴창이 더욱 고마웠다.

파키스탄인 집주인을 찾은 것도 행운이었다. 열여섯 살을 갓 넘긴 척하는 열다섯 살 소년에게 세를 주려는 사람은 또 없었다. 대놓고 거절하지는 않았지만, 그들은 수상해하는 눈빛으로 셔기의 깨끗한 교복 셔츠와 광낸 구두를 힐끔거리면서 이런저런 질문을 퍼부었다. 안 될 일이야, 그들의 눈빛이 말했다. 저렇게 어린 소년이 엄마도 가족도 없이 살다니, 참으로 개탄스러운 일이라는 생각이 그들의 입꼬리에 걸려 있었다.

배크쉬 부인은 완벽히 무관심했다. 셔기가 선불로 낸 한달 치 방세와 학교 가방을 한 번 보고 배크쉬 부인은 자기 자식들 먹여 살릴 걱정으로 돌아갔다. 첫 방세를 넣은 그 봉투를 셔기는 파란 볼펜으로 예쁘게 꾸몄다. 이렇게 각별한 주의를 기울일 정도로 자신이 성실하고 믿음직스러운 소년이라는 것을 배크쉬 부인이 알아주길 바랐다. 그래서 셔기는 지리학 공책에서 찢은 종이에 집주인의 이름을 쓰고 화려한 페이즐리 무늬를 액자처럼 두른 다음에, 공작새 깃털 같은 무늬가 아름다운 코발트블루 배경에서 도드라지도록 선 사이사이를 색칠했다.

배크쉬 부인은 단지 건너편에 위치한 동일한 형태의 공동주택에 살았지만, 그 건물의 실내는 호화스럽고 중앙난방의 열기로 후끈후끈했다. 그와 상반되게 추운 건물에서는 다섯 남자가 방을 한 칸씩 쓰면서 매주 18파운드 50펜스를 냈는데, 방세는 현금으로만 받았다. 사회복지부의 공공부조를 받지 않는 하숙인 두 명은 금요일 주급에서 방세를 먼저 떼어 배크쉬 부인의 문 밑에 밀어 넣고 나머지로 술을 마셨다. 봉투를 넣을 때 남자들은 도어매트에 무릎을 대고 잠시 가만히 앉아서, 문 밑으로 흘러나오는 행복의 열기를 쬈다. 양념한 닭고기가 냄비에서 보글보글 끓는 냄새, 텔레비전 채널을 자기가 바꾼다고 아옹다옹하는 아이들의 활기찬 목소리. 식탁에 둘러앉아 외국어로 수다를 떠는 뚱뚱한 여인들의 웃음소리.

집주인은 셔기의 사생활에 일절 간섭하지 않았고 방세가 늦지 않는 한 그의 방에 들어오지 않았다. 행여나 방세가 늦으면 배크쉬 부인은 팔뚝이 굵은 파키스탄 여자들을 대동하고 하숙인 남자들의 방문을 거세게 두드렸다. 그럴 때를 제외하면, 배크쉬 부인은 창문 없는 복도에 청소기를 돌리거나 욕조를 닦을 때만 이 건물에 들어왔다. 한 달에 한 번 변기 주변에 표백제를 부었고, 소변을 흡수하는 카펫 쪼가리를 이따금 변기 아래 덧댔다.

셔기는 방문에 귀를 대고 분홍색 얼굴 노인이 화장실을 다 썼는지 확인했다. 쥐 죽은 듯 고요한 집에서 노인이 빗장쇠를 열고 복도로 나오는 소리가 들렸다. 셔기는 낡은 학교 신발에 발을 꿰고, 움직일 때마다 바스락거리고 후드의 털이 잔뜩 엉켜 있는 파카를 팬티만 입은 몸에 걸쳤다. 지퍼를 끝까지 올리고, 킬페더 슈퍼마켓의 비닐봉지와 얇은 행주 두 장을 커다란 주머니에 넣었다.

방문 아래 틈새에 끼워놓았던 교복 점퍼를 빼자 다른 남자들의 냄새가 싸늘한 외풍을 타고 밀려들어왔다. 한 명은 또다시 밤새 줄담배를 피웠고, 다른 한 명은 저녁에 생선을 먹었다. 셔기는 방문을 열고 어둠 속으로 조용히 들어갔다.

하숙인들이 종일 전등을 켜놓아서 전기를 낭비한다며 배크쉬 부인은 복도 천장에 달려 있던 유일한 전구를 빼버렸다. 바람도 불빛도 들지 않는 복도에 남자들의 냄새가 유령이 지나간 흔적처럼 깔려 있었다. 수년간 잠자리에서 담배를 피우고, 캘러 가스난로 앞에서 튀김을 먹고, 창문을 굳게 닫은 채 여름을 보낸 냄새였다. 땀과 정액의 쉰내, 애프터셰이브의 싸한 앰버향, 그리고 흑백텔레비전의 정전기 열이 뒤섞인 냄새.

셔기는 이제 냄새만으로 남자들을 구별할 수 있었다. 어둠 속에서 셔기는 분홍색 얼굴 노인이 일어나서 면도하고 브릴크림을 머리에 바르는 모습을 상상할 수 있었고, 버터를 뿌린 팝콘이나 크림을 얹은 생선을 주식으로 삼는 듯한 누렁니 남자의 퀴퀴한 코트 냄새를 가려낼 수 있었다. 술집이 문을 닫는 밤늦은 시각이 되면 누가 집에 무사히 돌아왔는지도 맞출 수 있었다.

하숙집의 공용 화장실에는 울룩불룩한 유리문이 달려 있었다. 셔기는 빗장을 걸고 문을 잡아당겨 제대로 잠겼는지 확인한 다음에 두꺼운 파카를 벗어 화장실 구석에 내려놓았다. 물의 온도를 가늠하려고 온수를 틀었더니 수도꼭지에 남아 있던 미지근한 물이 잠시 흐르다가 두 번 쿨럭거리면서 클라이드 강물보다 차가운 물이 쏟아져 나왔다. 깜짝 놀란 셔기는 손가락을 입에 물었다. 50펜스짜리 동전을 손에서 몇 번 돌리다가, 못내 안타까워하며 온수 보일러의 미터기에 넣었다. 작은 가스 불꽃이 타닥거리며 살아났다.

다시 물을 틀었다. 처음에는 얼음처럼 차가운 물이 나왔지만 또 한

번 쿨럭거리고 뜨거운 물이 콸콸 쏟아졌다. 셔기는 행주를 물에 적셔 차가운 가슴과 창백한 목을 문지르고 뜨거운 증기를 쐤다. 자주 느끼지 못하는 온기에 얼굴과 머리를 묻은 채, 뜨거운 물을 욕조 가득 채우는 상상을 했다. 따뜻한 물속에 누워서 다른 하숙인들의 냄새로부터 멀리 벗어나는 것을 상상했다. 몸속 깊은 곳까지 따뜻함을 느낀 지, 그리고 몸의 모든 부위가 동시에 온기를 느낀 지 너무 오래되었다.

셔기는 한쪽 팔을 들고 손목에서 어깨까지 문지르다가, 이두근에 힘을 주고 다른 손으로 알통을 감싸 쥐었다. 손가락을 최대한 뻗으면 거의 팔 전체를 한 손으로 쥘 수 있었고, 팔을 꽉 누르면 뼈의 형태마저 느껴졌다. 셔기의 겨드랑이는 새끼 오리의 깃털처럼 가느다란 털로 보송보송했다. 셔기는 겨드랑이에 코를 가져다 대었다. 달콤하고 깨끗한 냄새뿐이었다. 보드라운 겨드랑이 살이 빨갛게 부어오를 때까지 꼬집고 비튼 다음에 손가락 끝의 냄새를 맡아보았지만 여전히 아무 냄새도 나지 않았다. 셔기는 몸을 좀더 세게 문지르며 입속말로 되뇌었다. "스코티시 풋볼 리그 결과. 레인저스 22승 14무 8패, 총 58점. 애버딘 17승 21무 6패, 총 55점. 머더웰 14승 12무 10패."

거울에 비친 셔기의 젖은 머리칼은 석탄처럼 새까맸다. 얼굴 위로 빗어 내리니 놀랍게도 머리가 턱에 닿을 정도로 길었다. 셔기는 늠름하게 남자다운 모습을 찾아 거울을 빤히 들여다봤다. 까만 곱슬머리, 우윳빛 피부, 높은 광대. 셔기는 거울 속 자신과 시선을 마주쳤다. 옳지 않다. 진짜 소년들은 이런 모습이 아니다. 셔기는 다시 몸을 문질렀다. "레인저스 22승 14무 8패, 총 58점. 애버딘 17승…"

그때 복도에서 발소리가 났다. 무거운 가죽 부츠 아래 바닥이 삐걱대는, 셔기의 귀에 무척이나 익숙한 소리가 나더니 다시 고요해졌다.

화장실의 얇은 유리문이 빗장쇠에 끈질기게 부딪혔다. 셔기는 파카를 집어 젖은 몸에 걸쳤다.

셔기가 배크쉬 부인의 하숙집에 처음 왔을 때 그에게 관심을 보인 하숙인은 단 한 명이었다. 분홍색 얼굴 노인과 누렁니 남자는 눈이 너무 침침하거나 술에 너무 절어 있어서 셔기가 온 것을 알아차리지도 못했다. 그러나 하숙집에 들어온 첫날 밤, 셔기가 침대에 앉아 식빵 테두리에 버터를 발라 먹고 있는데 문에서 노크 소리가 났다. 셔기는 한참 동안 잠자코 있다가 문을 열었다. 문밖에 서 있는 남자는 체격이 장대하고 솔향 비누 냄새를 풍겼다. 남자의 손에 들린 비닐봉지에서 맥주캔 열두 개가 낡은 성당 종처럼 둔탁하게 댕강거렸다. 남자는 단단한 손으로 셔기와 악수하고 조지프 달링이라고 자신을 소개했다. 그리고 미소를 지으며 비닐봉지를 내밀었다. 셔기는 교육받은 대로 정중하게 아니요, 괜찮습니다, 라고 말하며 거절하고 싶었지만, 왠지 남자에게 위압되어 결국 그를 방에 들였다.

셔기와 남자는 깨끗한 싱글베드의 가장자리에 걸터앉아 공동주택이 늘어선 거리를 조용히 내다보았다. 개신교 가족들이 텔레비전을 보며 저녁을 먹고 있었고, 길 건너편에 사는 청소부 여자는 접이식 테이블에 홀로 앉아 밥을 먹었다. 두 사람은 말없이 맥주를 홀짝이며 타인의 일상을 구경했다. 달링 씨는 두툼한 트위드 코트를 그대로 입고 있었는데, 매트리스를 누르는 그의 무게 탓에 셔기의 몸이 남자의 두꺼운 옆구리 쪽으로 자꾸만 기울어졌다. 남자는 담뱃진에 누렇게 물든 굵은 손가락들을 연신 초조히 맞댔고, 그런 남자의 손을 셔기는 곁눈으로 보고 있었다. 옆에 앉은 남자가 무어라고 이야기하고 있었지만, 셔기는 무례하고 싶지 않은 마음에 한 모금 마신 맥주의 맛밖에 생각할 수 없었다. 그 씁쓸하고 슬픈 맛은 차라리 잊고 싶은 기억들을 불러일으켰다.

달링 씨는 조심스럽고 다소 폐쇄적인 분위기를 풍겼다. 셔기는 예의 바르게 집중해서 들으려고 정신을 다잡았다. 달링 씨는 시의회가 지출을 절감하려고 가톨릭 학교와 통합해버린 개신교 학교에서 청소부로 일했었는데, 자신이 일자리를 잃었다는 사실보다 개신교 아이들이 가톨릭 아이들과 사이좋게 어울린다는 사실에 더 큰 충격을 받은 듯했다.

"말도 안 되는 일이다!" 남자가 혼잣말처럼 중얼거렸다. "우리 때는 종교를 알면 사람을 알 수 있었다. 양배추 냄새나 풍기는 가톨릭 떼거리랑 치고받으면서 학교를 댕겼지. 그게 자부심이었구. 근데 이젠 참한 아가씨들도 드러운 아일랜드 놈들이랑 아무렇지도 않게 붙어먹는다지."

셔기는 맥주를 마시는 척했지만 사실은 입속에서 몇 번 굴리고 캔에 뱉고 있었다. 달링 씨는 단서를 찾아 벽을 슬쩍 훑어보았다. 이야기를 듣고 있는 소년이 어느 편인지 갑작스레 불안해졌는지, 달링 씨가 곁눈질하며 물었다. "그래서, 니는 어느 학교에 다녔다고 했냐?"

셔기는 남자가 무엇을 노리는지 알았다. "저는 어느 쪽도 아니에요. 그리고 전 아직 학교에 다니고 있어요." 사실이었다. 셔기는 가톨릭도 개신교도 아니었고, 슈퍼마켓에서 일하지 않아도 될 때는 학교에 갔다.

"그래? 제일 잘하는 과목이 뭐냐?"

셔기는 어깨만 으쓱했다. 겸손해서가 아니었다. 실제로 셔기는 특별히 잘하는 과목이 없었다. 기껏해야 드문드문 출석할 뿐이었기에 수업 진도를 따라가기가 힘들었다. 무단결석이 지나쳐서 교육부에 보고되지 않을 정도로만, 뒷자리에 조용히 앉아 있다가 슬그머니 빠져나오는 게 전부였다. 셔기가 어떻게 사는지 학교 관계자들이 알게 된다면 그들은 무슨 조치라도 취할 수밖에 없을 것이다.

달링 씨는 두 번째 캔을 비우고 곧바로 세 번째 캔을 땄다. 셔기는 자신의 허벅지 옆에 놓인 남자의 손가락이 뜨겁게 느껴졌다. 남자는 매트리스에 손을 올려놓았고, 소버린 인장 반지를 낀 새끼손가락이 셔기의 허벅지에 닿을락 말락 했다. 남자의 손가락은 움직이지도 꿈틀거리지도 않고 가만히 있었지만, 그래서 더 뜨겁게 느껴졌다.

지금 셔기는 습한 화장실에서 파카를 여미고 서 있다. 달링 씨가 옛날 사람처럼 트위드 모자를 추어올려 인사하며 물었다. "오늘 집에 있을 건지 물어보려구 왔다."

"오늘요? 모르겠어요. 밖에 볼일이 좀 있어요."

달링 씨의 얼굴에 실망의 먹구름이 스쳐 지나갔다. "날씨가 궂어서 돌아댕기기 힘들 터인디."

"예, 알아요. 하지만 친구랑 약속이 있어요."

달링 씨는 커다랗고 흰 앞니를 쓰읍 빨았다. 이 남자는 워낙에 키가 커서 허리를 펴는 데만 한참 걸렸다. 남자의 기다란 그림자 속에 몇 세대의 개신교 아이들이 겁에 질려 일렬로 서 있는 모습이 셔기의 머릿속에 그려졌다. 눈앞에 있는 남자의 얼굴에는 피가 쏠렸고, 눈썹 끝에는 벌써 술꾼의 땀방울이 맺혔다. 틀림없이 남자는 허리를 숙이고 열쇠 구멍으로 화장실을 들여다보고 있었다. 이제 확신이 들었다.

"거 참 유감이다. 실업수당 받으러 가는 길이거든. 브루어즈 암즈에서 한잔 걸친 담에 내기 한 판 하고, 집에 와서 너랑 맥주를 마실까

했지. 테레비로 축구나 보면 어떻겠냐? 니한테 잉글리시 리그도 가르쳐줄 수 있는데?" 달링 씨는 혀끝으로 어금니를 누르며 소년을 내려다봤다.

수완만 잘 부리면 남자에게서 쉽게 몇 파운드 받아낼 수 있었다. 그러나 달링 씨가 실업수당 쿠폰을 현금으로 바꾸기까지는 너무 오래 걸릴 것이다. 우체국에서 도박장, 그리고 주류 판매점에 들렀다가 집에 돌아오기까지 까마득하게 긴 시간이다. 그가 무사히 집을 찾아오기나 한다면 말이다. 셔기는 그렇게 오래 기다릴 수 없었다.

그때 소년이 파카를 여미고 있던 손을 내렸다. 살짝 벌어진 파카의 틈새를 달링 씨는 빤히 보지 않는 척했다. 그러나 도저히 자제할 수 없었는지, 남자의 녹색 눈에서 빛나는 회색 점이 아래로 향했다. 셔기는 자신의 창백한 가슴에 꽂힌 남자의 뜨거운 시선을 느꼈다. 남자의 눈은 셔기의 헐렁한 팬티로 내려갔고, 그다음에는 희멀겋고 매끈한 다리로, 검정 파카의 밑단에 달린 실오라기처럼 볼품없는 맨다리로 미끄러져 내려갔다.

그제야, 달링 씨가 웃었다.

1981

사이트힐

2

애그니스 베인은 발가락에 힘을 주어 카펫을 꽉 누르고 창밖의 밤 공기 속으로 몸을 최대한 내밀었다. 축축한 바람이 애그니스의 달아오른 목에 키스하고 드레스 아래로 파고들었다. 낯선 이의 손길 같은 바람이 그녀가 살아 있다고 속삭이며 삶을 상기시켰다. 손가락으로 튕긴 담배의 빨간 불빛이 빙글빙글 호를 그리며 열여섯 층을 내려가 어두컴컴한 아파트 앞마당에 떨어졌다. 애그니스는 지금 입고 있는 포도주 빛깔의 벨벳 드레스를 도시에 보여주고 싶었다. 부러워하는 타인의 시선을 느끼고, 자신을 자랑스러워하며 꽉 끌어안을 남자들과 춤추고 싶었다. 무엇보다, 애그니스는 술을 한잔하고 인생을 만끽하고 싶었다.

애그니스는 종아리를 쭉 펴고 골반을 창틀에 기댄 다음에 카펫을 누르고 있던 발을 들었다. 윗몸이 도시의 호박색 불빛을 향해 고부라지자 피가 쏠리며 얼굴이 빨개졌다. 불빛을 향해 손을 내뻗은 찰나, 애그니스는 날고 있었다.

날고 있는 여자를 아무도 보고 있지 않았다.

애그니스는 창밖으로 몸을 더 내밀어야겠다고 생각했고, 한번 해보라고 자기 자신을 부추겼다. 날고 있다고 스스로를 속이는 게 얼마나 쉬울는지. 저 아래 콘크리트에 떨어져 몸이 박살 나기 전까지는. 그녀가 여태 얹혀살고 있는 부모님의 고층 아파트가 숨통을 옥죄었다. 등 뒤의 방과 그곳에서의 삶은 하나부터 열까지 진저리가 나게 시시했다. 숨 막히게 답답한 낮은 천장, 봉급날부터 주일까지 외상으로 꾸려나가는 생활. 아무것도 완전히 소유하지 못한 인생.

서른아홉 살이나 된 마당에, 이제 성인이나 다름없는 두 아이와 막내, 남편까지 다 같이 부모님 집에 얹혀살고 있는 현실을 생각하면 패배감에 속이 쓰렸다. 그 남자, 이제는 한 침대에서 잘 때도 최대한 몸을 떨어뜨리는 듯한 남편을 떠올리면 분노가 치밀었다. 더 멋진 삶을 제공하겠다던 약속은 쓰레기처럼 여기저기 버려져 있었다. 전부 걷어차거나 더러워진 벽지처럼 뜯어내고 싶었다. 손톱으로 찢어버리고 싶었다.

애그니스는 지루해하며 몸을 뒤로 젖혀 답답한 방으로 돌아왔고, 어머니의 카펫에 발을 안전하게 내려놓았다. 다른 여자들은 시선을 든 적도 없었다. 신경질이 난 애그니스는 전축에 바늘을 올리고 이마선을 손톱으로 누르며 음악 소리를 대폭 키웠다. "제발, 한 번만 춤추자."

"어허, 아직 안 돼." 낸 플래니건이 외쳤다. 잔뜩 열이 오른 낸은 은빛 동전과 구릿빛 동전을 차곡차곡 쌓고 있었다. "이년들을 죄다 팔아먹기 일보 직전이란 말이야."

리니 스위니가 눈알을 굴리며 카드를 몸 가까이 붙였다. "머릿속에

드러운 생각만 들어가지구!"

"글쎄, 나중에 나더러 경고 안 했다고 징징대지나 마라." 낸은 생선튀김을 한입 베어 먹고 입술에 묻은 기름을 빨았다. "내가 여기 곗돈을 다 따고 나면 니는 남편이라고 부르는 개뼈다귀랑 떡을 쳐서 돈을 받아내야 할 거다."

"어림 반 푼어치도 없는 소리!" 리니가 대충 성호를 그었다. "사순절부터 난 금지했다구. 크리스마스까지는 손가락 하나 못 건드리게 할 거야." 리니는 큼직하고 노릇노릇한 감자튀김을 입에 넣었다. "한번은 하도 오랫동안 못하게 했더니 안방에 컬러테레비를 놔주더라니까."

두 여자는 킬킬거렸지만 카드에서 눈을 떼지는 않았다. 거실은 후텁지근하고 갑갑했다. 애그니스는 낸 플래니건과 리니 스위니의 덩치 사이에 껴서 자기 패를 연구하고 있는 어머니, 리틀 리지를 바라보았다. 허벅지가 맞닿게 다닥다닥 모여 앉은 여자들은 저녁으로 먹고 남은 생선튀김을 뜯고 기름 묻은 손으로 동전과 카드를 뒤적거렸다. 그중 가장 어린 앤 마리 이스턴은 치마폭에 담아놓은 살담배로 굵직한 지궐련을 신중히 말고 있었다. 여자들은 생활비를 낮은 티테이블에 쌓아놓고, 5펜스나 10펜스짜리 내기를 주거니 받거니 했다.

애그니스는 이 모든 것이 지루했다. 헐렁한 카디건과 깡마른 남편들이 등장하기 전, 그녀가 친구들을 댄스장으로 이끌던 시절이 있었다. 소녀였을 적에 그들은 진주알처럼 줄줄이 팔짱을 끼고 목청이 터져라 노래하며 소키홀 스트리트를 활보했다. 당시 그들은 미성년자였지만, 열다섯 살에도 자신만만했던 애그니스는 자신이 친구들을 댄스장에 데리고 들어갈 수 있다고 믿어 의심치 않았다. 입구에 늘어선 줄 끝에서 애그니스는 모두의 시선을 한몸에 받았고, 기도가 손짓하면 그녀는 친구들을 쇠고랑 찬 죄수처럼 일렬종대로 뒤에 달고 나아갔다. 친구들은 코트 벨트를 잡고 따라오며 툴툴거렸지만 애그니스는 기도에게 요염하게 웃어 보였다. 엄마 앞에서는 꼭꼭 숨기는, 남자들에게만 보여주는 미소였다. 당시 애그니스는 실컷 미소를 뽐냈다. 사실 애그니스는 대대로 치아가 부실한 아버지 집안의 내력을 물려받았는데, 캠벨 집안의 수려한 얼굴에서 옥에 티라고 할 수 있었다. 조그맣고 비뚤배뚤했던 애그니스의 영구치는 본인의 흡연과 어머니의 진한 홍차 탓에 처음 났을 때부터 누리끼리했다. 열다섯 살이 되던 해에 애그니스는 어머니를 끈덕지게 졸라서 이를 모조리 뽑았다. 의치가 불편하긴 했지만 영화배우 미소라는 보상을 생각하면 기꺼이 감내할 수 있었다. 애그니스의 의치는 이 하나하나가 엘리자베스 테일러의 치아처럼 넓적하고 반듯했다.

애그니스는 세라믹 틀니를 쩝쩝 빨았다. 이제 그녀의 친구들은 여기에서 이렇게 놀고 있다. 매주 금요일 밤에 똑같은 여자들이 그녀 어머니의 거실에서 카드를 쳤다. 아무도 얼굴에 분 한 번 찍어 바르지 않았고, 노래하고 싶은 충동을 느끼지도 않았다.

몇 파운드어치 구릿빛 동전을 두고 티격태격하는 여자들을 보며 애그니스는 따분함에 한숨을 내쉬었다. 일주일 내내 그들은 카드 게임이 열리는 금요일 밤을 학수고대했다. 텔레비전 앞에서 다림질하고 배은망덕한 아이들에게 콩 통조림을 데워주는 일상에서 해방되는 시간이었다. 판돈은 주로 빅 낸이 땄지만, 리지가 운 좋게 연승으로 싹쓸이했다가 따귀를 얻어맞기도 했다. 빅 낸은 스스로를 제어할 수 없었다. 돈 문제에 유난히 민감한 낸은 돈 잃는 걸 죽기보다 싫어했다. 애그니스는 고작 50펜스 때문에 멍든 어머니의 눈을 본 적이 있다.

"야, 너!" 창문에 비친 자기 모습에 반해 있던 애그니스에게 낸이 고함쳤다. "니 지금 내 카드 훔쳐보고 있지?"

애그니스는 어이가 없어 눈알을 굴리고 김빠진 스타우트를 한입 가득 들이켰다. 스타우트는 목적지까지 너무 오랜 시간이 걸리는 버스였다. 애그니스는 목구멍에 스타우트를 들이부으면서 그것이 보드카이길 바랐다.

"내비둬." 리지가 말했다. 리지는 딸의 멍한 표정이 뜻하는 바를 알았다.

낸은 자기 카드로 눈길을 돌렸다. "모녀가 한패라는 걸 알아야 했는데. 날도둑들!"

"난 태어나서 단 한 번도 도둑질한 적 없다!" 리지가 항의했다.

"거짓말! 일 끝나고 뭐 하는지 내가 다 봤는데, 뭘. 죽처럼 통통 불고 귀리처럼 묵직하던데요. 작업복 아래 병원 두루마리 휴지랑 주방 세제를 잔뜩 쑤셔 넣은 걸 모를 줄 알고."

"그것들이 얼마나 터무니없이 비싼 줄 알아?" 리지가 분연히 외쳤다.

"그럼요, 당연히 알죠." 낸이 코웃음을 쳤다. "난 내 돈 주고 사니까."

안절부절못하고 거실을 오락가락하던 애그니스는 비닐 쇼핑백을 한 아름 들고 오다가 카드 테이블을 엎을 뻔했다. "내가 작은 선물을 준비했어." 애그니스가 말했다.

원래 낸은 카드 게임을 절대 방해하지 못하게 했지만 공짜를 마다할 그녀가 아니었다. 낸은 자기 카드를 가슴골에 숨겼다. 여자들은 쇼핑백을 돌려가며 작은 상자를 하나씩 꺼냈다. 잠시 그들은 상자 앞면에 인쇄된 사진을 말없이 내려다보았다. 가장 먼저 입을 연 사람은 리지였는데, 모욕이라도 당한 듯한 어투였다. "웬 브라냐? 이걸 가지고 뭐 하라고?"

"그냥 브라가 아니야, 엄마. 가슴을 모아주는 브라야. 몸매가 얼마나 예뻐 보이는데."

"해봐요, 리지!" 리니가 말했다. "윌리 아저씨가 페어포트나이트*라도 된 것처럼 달려들 테니."

앤 마리가 상자에서 꺼낸 브래지어는 척 봐도 작았다. "이건 내 사이즈도 아니잖아!"

"나름대로 최선을 다해 짐작했어. 몇 개 남았으니까 잘 찾아봐." 애그니스는 벌써 드레스 뒷면의 지퍼를 내리고 있었다. 눈처럼 뽀얀 어깨가 포도주 빛깔 벨벳 드레스에서 눈부시게 도드라졌다. 브래지어 속에서 백자처럼 새하얗고 매끈한 가슴이 흘러나왔고, 재빨리 새 브래지어를 차자 가슴이 몇 센티 더 높게 봉긋이 올라갔다. 애그니스는 상체를 숙이고 여자들 앞에서 한 바퀴 돌았다. "패디스 마켓에서 어떤 남자가 트럭에 놓고 팔고 있었어. 다섯 개에 20파운드. 완전히 마법 같지 않아?"

앤 마리는 상자를 뒤져서 자기 사이즈를 찾았다. 애그니스보다 얌전한 그녀는 벽 쪽으로 몸을 돌리고 카디건과 브래지어를 벗었다. 무거운 젖가슴의 무게가 어깨에 빨간 브래지어 끈 자국을 남겼다. 리지를 제외하고 여자들 모두 드레스의 지퍼를 서둘러 내리거나 근무용 점프슈트의 단추를 풀었다. 리지는 가슴 위로 팔짱을 끼고 묵묵히 있었다. 상의를 벗은 여자들은 브래지어의 새틴 끈을 조절하고 자기 가

* 스코틀랜드에서 가장 오래된 연휴 중 하나로, 페어포트나이트 혹은 글래스고 페어라고 불린다. 매년 7월 중순에 시작하여 2주가량 이어진다.

슴을 만족스럽게 내려다보며 감탄했다.

"이렇게 편한 건 처음 입어본다." 낸이 인정했다. 등의 끈이 느슨한 브래지어가 거대한 유방을 뱃살 위로 가까스로 들어 올리고 있었다.

"그래, 저거야말로 우리 소싯적 가슴이야." 애그니스가 흐뭇해하며 말했다.

"아이고야, 내가 지금 아는 걸 그때 알았더라면, 음?" 리니가 말했다. "이걸 만지고 싶어 하는 놈 아무한테나 바로 그 자리에서 내줬을 텐데."

낸이 음탕하게 혓바닥을 돌렸다. "지랄! 니는 원래 몸을 막 굴리지 않았나." 카드 게임을 얼른 다시 시작하고 싶어 조바심치며 낸은 테이블에서 동전 더미를 밀었다. "다 했나? 골 빈 가시나들처럼 자백은 그만하지?" 낸이 카드를 모아 섞기 시작했다. 여자들은 아직 옷을 다시 입지도 않았다.

리지는 새 담뱃갑의 비닐을 최대한 조용히 뜯었다. 그러나 여자들은 매의 눈으로 리지를 지켜보고 있었다. 그들 모두 지궐련의 거친 맛에 질렸고, 혓바닥에서 담배 가루를 떼어내는 것도 지긋지긋했다. 리지가 콧방귀를 뀌었다. "각자 자기 것 피우기로 하지 않았나?" 그러나 그것은 들개 무리 앞에서 돼지 다릿살을 뜯는 것이나 마찬가지였다. 결국 내놓을 때까지 들볶을 것이다. 리지는 마지못해 담배를 돌렸고, 여자들은 모두 담배에 불을 붙이고 공장에서 제조된 담배의 고급스러운 맛을 음미했다. 브래지어 바람인 낸은 연기를 폐에 한가득 채우며 눈을 지그시 감았다. 구불구불한 담배 연기가 벽지의 페이즐리 무늬와 춤추는 동안 실내는 텁텁하고 후텁지근해졌다.

이따금 바깥 공기가 16층 창문으로 들어왔다가 빠져나가면 여자들은 냉기에 눈을 껌벅였다. 이제 여자들은 자기만의 우울에 젖어 들고 있었다. 리지는 차갑게 식은 홍차를 마시며 그들을 바라보았다. 바깥 공기는 술 취한 이들에게 언제나 이런 반응을 일으켰다. 가볍고 수다스러운 분위기가 끈적하고 무거운 분위기로 뒤바뀌고 있었다.

그때 새로운 목소리가 들렸다. "엄마, 얘가 잠을 안 자요!"

캐서린이 골난 표정으로 거실문 앞에 서 있었다. 캐서린은 골반으로 동생을 받쳐 안고 있었는데, 이렇게 안기에는 아이가 이제 너무 컸지만 셔기는 누나에게 찰싹 달라붙어 있었다. 누나의 마른 몸에 안기는 것을 아이가 얼마나 좋아하는지 한눈에 보였다.

자기 고생을 알아달라고 얼굴을 구기며 캐서린은 동생의 손목을 살짝 꼬집고 품에서 떼어냈다. "엄마, 제발. 난 이제 감당이 안 돼요."

아이는 어머니에게 한달음에 달려갔다. 애그니스는 셔기를 번쩍 안아 올렸고, 드디어 춤출 상대가 생겼다고 기뻐하며 빙그르르 돌렸다. 아이가 움직일 때마다 나일론 잠옷이 정전기를 일으켰다.

캐서린은 웃통을 벗고 새 브래지어만 차고 있는 여자들의 모습에 아랑곳하지 않고 감자튀김을 찾아 접시를 뒤적였다. 뜨거운 기름에서 오래 튀겨 바삭하게 쪼그라든 감자 껍질을 캐서린은 가장 좋아했다.

리지는 캐서린의 골반을 쓰다듬었다. 손녀는 몸 전체가 빈약하고 어깨 여성스럽지 않았다. 열일곱 살인 캐서린은 팔다리가 길고 생머리가 허리까지 내려왔으며, 소년처럼 몸이 일자였다. 꼭 끼는 치마를 입으면 왠지 아쉬운 몸매였다. 리지는 습관대로 멍하니 캐서린의 골반을 어루만졌다. 그렇게 만지면 아이의 몸에서 여성스러움이 눈뜰지도 모른다는 듯이. 캐서린 역시 순전히 습관대로 할머니의 손을 뿌리쳤다.

"얘!" 리지가 말했다. "니가 시내에서 얻은 그 멋진 일자리 얘기 좀 해봐라." 리지는 손녀가 말할 수 있게 입을 다무는 대신 자기가 떠벌렸다. "내가 이렇게 자랑스럽다. 자그마치 사장 비서란다. 그럼 자기가 보스인 거나 다름없지 않아?"

"할머니!"

리지가 애그니스를 가리켰다. "저건 지 인물 잘났다고 뭐라도 될 거라고 생각했지. 손녀라도 빌어먹을 대가리에 똥만 차지 않아서 얼마나 다행인지." 리지는 재빨리 성호를 그었다. "으스댄 건 내가 고해성사에서 기꺼이 참회하지."

"욕한 것도요." 캐서린이 덧붙였다.

낸 플래니건은 카드에서 눈을 떼지 않았다. "아가, 니가 일을 시작했으니까 말인데, 일단 은행 계좌를 두 개 만들어라. 하나는 결혼할 때를 대비하는 거고, 다른 하나는 니 꺼다. 두 번째 계좌에 대해서는 남자 놈한테 입도 벙끗하지 마라, 알겠나."

낸의 지혜로운 조언에 여자들이 웅얼웅얼 동의했다.

"그럼 이제 학교는 안 다니니?" 리니가 물었다.

캐서린은 엄마를 곁눈질했다. "네, 안 다녀요. 돈이 필요해서요."

"그래, 요즘 같아서는 남자가 생겨도 니가 먹여 살려야 할 거다." 방에 있는 여자들 모두 집에 남자가 있었다. 적당한 일거리가 부족해서 소파에서 썩고 있는 남자들이었다.

참을성이 바닥난 낸이 부르튼 손을 비볐다. "얘, 캐서린. 아줌마가 니 사랑하는 거 알지." 낸의 말투에서는 진심이 손톱만큼도 느껴지지 않았다. "니가 스코틀랜드 첫 우주비행사가 되면 내가 우주에서 먹으라고 샌드위치를 꼭 싸주마. 그때까지는…" 낸의 손가락이 카드를 가리켰다가 문을 가리켰다. "냉큼 꺼져라."

캐서린은 발끝걸음으로 어머니에게 가서 못마땅한 표정으로 셔기를 다시 받았다. 아이는 어머니의 브래지어 끈에 달린 플라스틱 버클에 푹 빠져 있었다.

"알렉산더는 들어왔니?" 애그니스가 물었다.

"으응, 그런 것 같아요."

"그게 무슨 소리야, 그런 것 같다니? 알렉산더가 지금 방에 있어 아니면 없어?" 방은 열다섯 살 소년의 길고 마른 몸이 안 보일 크기가 아니었다. 캐서린과 릭이 공유하는 이층침대와 셔기의 조그만 싱글베드가 가까스로 들어갈 만큼 비좁았다. 그러나 릭은 조용한 영혼이었다. 릭은 늘 언저리에서 서성이며 상황을 살폈고, 심지어 누가 자기에게 말하고 있는 와중에도 슬그머니 사라지는 재주가 있었다.

"엄마, 릭이 어떤지 알잖아요. 방에 있던 것 같아요." 캐서린은 그 이상 말하려 하지 않았다. 밤색 머리칼을 휘날리며 휙 돌아선 캐서린은 셔기를 안고 나가면서 아이의 부드러운 허벅지를 손톱으로 콕 찔렀다.

노름판이 연거푸 새로 깔렸다. 여자들은 계속해서 돈을 잃었고, 애그니스는 아무도 듣지 않는 음악을 계속해서 틀었다. 예상대로 낸 앞에 동전이 쌓이면서 다른 여자들의 동전 무더기는 낮아졌다. 애그니스는 술잔을 들고 카펫에서 홀로 춤추기 시작했다. "오, 오, 오! 이거 내 노래야! 다들 일어나! 어서!" 애그니스는 손을 휘저으며 친구들을 부추겼다.

여자들이 한 명씩 자리에서 일어났다. 운 나쁜 이들은 낸 앞에 여봐란듯이 쌓여 있는 동전 무더기에서 시선을 돌릴 기회를 반겼다. 새 브래지어 위에 낡은 카디건을 걸치고, 여자들은 즐겁게 춤췄다. 여자들의 무게에 바닥이 들썩거렸다. 낸이 깍깍대는 앤을 빙글빙글 돌리다가 끝내 두 사람은 티테이블의 모서리에 부딪혔다. 여자들은 무아지경에 빠져 춤추는 중간중간 머그잔 속의 라거를 꿀꺽꿀꺽 들이켰다. 어깨와 골반에 모든 움직임이 집중되었다. 텔레비전에 나오는 젊은 아가씨들처럼 관능적으로 리듬을 탔다. 이날 밤, 이들의 딱한 약골 남편들이 아래 깔려서 헉헉거릴 것은 기정사실이었다. 식초와 스타우트 냄새를 풍기는 여인들이 올라탈 터이니까. 키득거리고 땀을 흘리며, 그래도 새 브래지어 덕분에 잠시라도 열다섯 살 소녀로 돌아간 듯한 기분을 만끽하며. 해진 스타킹만 빼고 싹 다 벗어 던지고는 출렁이는 가슴을 풀어헤친다. 술에 취해 헤벌린 입, 뜨겁게 달아오른 붉은 혓바닥, 어설프게 들썩이는 둔중한 몸. 금요일 밤의 순수한 행복이다.

리지는 춤을 추지 않았다. 리지는 술을 끊었다고 주장했다. 리지와 윌리는 가족에게 모범을 보이겠다고 금주를 선언했다. 자기도 한두 잔 즐기면서 애그니스에게 잔소리하는 것은 가톨릭답지 않다며, 리지는 스위트하트 스타우트와 위스키 반병을 포기했다. 거의. 애그니스는 차갑게 식은 머그잔을 들고 있는 어머니를 바라봤다. 어머니의 금주 선언을 애그니스는 단 한 순간도 믿지 않았다. 리지의 등은 당당하고 꼿꼿했지만, 흐리멍덩한 눈에는 물기가 차 있었고 분홍빛 얼굴에는 멍한 표정이 퍼져 있었다.

윌리와 리지가 가족들 눈을 피해 술을 마신다는 것을 애그니스는 알고 있었다. 부모님은 일요일 저녁 밥상에서 자꾸 일어나거나 화장실에 자주 들락거렸다. 두 사람은 방문을 잠그고 큼직한 더블베드에 걸터앉아서 침대 밑에 숨겨놓은 비닐봉지를 슬며시 꺼냈다. 어른들

몰래 술 마시는 십 대 아이들처럼, 윌리와 리지는 머그잔에 술을 붓고 어둠 속에서 조용히 급하게 들이켰다. 식탁으로 돌아와 괜스레 헛기침하는 그들의 행복한 눈은 초점이 풀려 있었고, 나머지 가족들은 위스키 냄새를 못 맡은 척했다. 일요일 아침에 아버지가 수프를 먹는 모습만 봐도 간밤에 술을 마셨는지 아닌지 알 수 있었다.

앞면이 다 돌아간 레코드판이 덜컥, 소리를 내며 멈췄다. 리지는 양해를 구하고 화장실로 비실비실 걸어갔다. 낸이 이때다 싶어 리지의 카드를 훔쳐보다가 윌리의 낡은 안락의자 뒤에서 반짝이는 새 스타우트 캔을 발견했다. "딱 걸렸어!" 낸이 외쳤다. "저 할망구가 의자 뒤에 맥주를 숨겨놨네!" 땀을 흘리며 헐떡이던 낸은 털썩 앉아 맥주를 들이켰다. 돈벌이라는 뚜렷한 목적을 품고 왔기에 낸은 이제껏 다른 여자들보다 술을 절제했다. 저녁 내내 낸은 테이블에 쌓여 있는 동전을 세며, 일요일 수프에 넣을 햄이나 아이들이 다음 주에 학교에서 필요한 돈을 생각하고 있었다. 카드 게임이 끝난 지금, 낸은 숨겨져 있던 맥주로 갈증을 풀었다.

"리지 캠벨, 거짓말쟁이 할망구. 술 끊기는 개뿔." 리니가 말했다.

"저 할망구가 술을 끊었으면 난 파이를 끊었다." 낸이 새 브래지어 위로 카디건을 여미며 말했다. 낸은 리지에게 들리도록 어두운 복도에 대고 소리쳤다. "날강도 같은 가톨릭들이랑 내가 왜 친구 하는지 모르겠다!" 낸은 리지의 스타우트 캔을 따서 테이블에 널려 있는 머그잔과 유리잔을 채웠다. 여자들이 취할수록 낸에게 유리했다. 순식간에 낸은 다시 돈벌이에 집중했다. "계속 카드 칠 거야, 아님 카탈로그 꺼낼까? 늙은것들이 팬즈 피플*이라도 되는 것처럼 주책 부리는 꼴을 더

* 1960~70년대에 활동한 영국 여성 댄스 공연단.

는 못 보겠구만." 낸은 발치에 놓인 검은색 가죽 핸드백에서 귀퉁이가 잔뜩 접힌 두꺼운 카탈로그를 꺼냈다. 〈프리먼스〉라고 적힌 카탈로그의 표지에서는 밀짚모자를 쓰고 레이스 드레스를 입은 모델이 이곳에서 머나먼 어딘가의 평화로운 황금빛 들판에 서 있었다. 여자의 머리카락에서 풋풋한 청사과 향이 날 것 같았다.

낸은 카드 위에 카탈로그를 펼치고 몇 장 넘겼다. 비닐처럼 미끌미끌한 종이가 스르륵스르륵 넘어가는 소리는 사이렌의 노래처럼 유혹적이었다. 음악에 빠져 있던 여자들이 카탈로그 앞에 모여들어 기름 묻은 손가락으로 가죽 샌들이며 폴리에스터 나이트가운의 사진을 만지작거렸다. 산뜻한 저지 드레스 차림으로 자전거를 타는 모델들의 사진이 양면에 펼쳐지자 여자들은 입을 모아 탄성을 질렀다. 그러자 낸은 다시 가죽 핸드백에 손을 넣어 성경책 크기의 장부 한 뭉치를 꺼냈다. 탄식이 여기저기서 터져 나왔다. 물론 그들은 친구였다. 그러나 이것은 낸의 직업이었고, 그녀에게는 밥을 먹일 아이들이 있었다.

"아이, 낸. 나 이번 주엔 돈 없어." 어린 앤 마리는 카탈로그에서 뒷걸음질 치다시피 했다.

낸은 미소를 짓고, 최대한 친절하게 잇새로 말을 내뱉었다. "아니, 니는 오늘 돈을 낸다. 내가 니 코끼리 발목을 붙들고 창에서 거꾸로 매다는 한이 있어도 니는 뱉어낼 거다."

앤 마리가 돈을 따고 있을 때 그만두었어야 했다고 생각하며 애그니스는 속으로 웃었다. 그러나 어린 여자는 계속 뻗댔다. "사실, 그 수영복이 잘 안 맞아."

"지랄, 살 때는 잘 맞기만 했구만." 낸은 회색 장부들을 들척거리다가 '앤 마리 이스턴'이라고 검은 펜으로 굴려 쓴 장부를 찾아 테이블에 떨어뜨렸다.

“어떡하지, 남자친구가 이번 휴가에는 못 데려갈 것 같대.” 앤 마리는 눈을 크게 뜨고 연민을 구하며 주위의 얼굴을 차례차례 둘러보았다. 아무도 앤 마리를 딱하게 여기지 않았다. 여기 있는 여자들 대부분이 마지막 휴가를 스톱힐 출산 병동에서 보냈다.

“존나. 안타깝군. 더 나은. 남자를. 골라. 수준을. 높여.” 낸은 이제껏 수천 번 했듯이 압력을 가했고, 여자들 모두에게서 돈을 받아 장부에 기록했다. 아이들 교복 바지나 목욕수건 세트를 산 돈을 갚으려면 평생 걸린다. 한 달에 고작 5파운드라 할지라도 이자가 쌓이기 시작하면 갚는 데 수년이 걸리는 법이다. 그들의 인생 역시 빌려 사는 기분이었다. 그러나 낸이 카탈로그를 넘겨 새 장을 펼치자마자 여자들은 누가 뭐를 사네 야단법석이었다.

공기의 변화를 제일 먼저 느끼고 고개를 든 사람은 애그니스였다. 셕이 묵직하고 두꺼운 허리 지갑을 들고 문가에 서 있었다. 습한 바람이 거실에서 빨려나가는 걸로 보아 현관문을 열어놓은 것 같았다. 그가 집에 머무를 생각이 없다는 뜻이었다. 드레스를 허리까지 내리고 있던 애그니스는 자리에서 일어나 남편에게 걸어갔다. 뒤늦게 옷매무새를 정돈하고 손을 맞잡으며 맨정신인 척 웃었지만 셕은 응수하지 않았다. 셕은 똥 씹은 표정으로 애그니스를 무시하고 불쑥 말했다. “그래서, 누구를 모셔다드릴까?”

달갑지 않은 남자의 등장은 학교 종소리처럼 흥을 깼다. 여자들은 주섬주섬 자기 물건을 챙겼다. 낸은 리지가 숨겨놓은 스타우트 캔을 자기 가방에 슬쩍 넣었다. “아가씨들, 담 주 화요일엔 우리 집에서 모여!” 낸은 셕에게 들으라고 으르렁댔다. “내가 여는 카탈로그 파티를 방해하는 남자는 묵사발이 될 줄 알아!"

"언제나처럼 아름다우시군요, 플래니건 부인." 셕이 자동차 열쇠로 엄지손톱 밑을 후비며 말했다. 셕이 건드리지 않을 여자가 세상에 있다면 그건 바로 낸이었다. 그에게도 기준이 있었다.

"고맙기도 해라." 낸이 거짓 미소를 지으며 말했다. "그쪽 똥구멍에 팔을 쑤셔 넣고 후장에 인사나 전해주지그래요?"

애그니스는 벨벳 드레스를 어깨로 올린 다음에 양쪽 손바닥을 치마에 딱 붙이고 우두커니 서 있었다. 두꺼운 코트를 꿰입은 여자들은 문 앞에 떡하니 버티고 서 있는 셕을 불편하게 피해 지나가며 애그니스에게 정중히 고개를 끄덕였다. 여자들 모두 눈을 내리깔고 있었다. 여자들이 한 명씩 지나갈 때마다 셕은 콧수염 아래로 싱긋 웃었고, 그런 셕을 애그니스는 지켜보고 있었다. 낸의 거구가 지나갈 때만 셕은 어쩔 수 없이 비켜섰다.

셕은 비록 외모가 서서히 망가지고 있기는 했지만 여전히 매력적이고 카리스마가 있었다. 상대를 똑바로 응시하는 그의 눈은 애그니스를 꼼짝 못 하게 휘어잡았다. 한번은 애그니스가 어머니에게 말하길, 처음 만났을 때부터 셕의 눈에는 묘한 힘이 있어서, 그가 요구만 하면 여자가 옷을 벗게 된다는 것이었다. 그리고 이런 요구를 그가 매우 자주 한다고 그녀는 덧붙였다. 그 비결은 자신감이라고 애그니스는 설명했는데, 셕은 미남과는 거리가 멀었을 뿐만 아니라 매력이 조금만 덜했으면 가히 역겨웠을 자만심으로 똘똘 뭉쳐 있었기 때문이었다. 셕은 자신이 요구하는 것을 오히려 상대가 간절히 원했던 것처럼 착각하게 만들 수 있었다. 셕은 글래스고 사투리를 썼다.

빳빳하게 다림질한 양복에 가느다란 넥타이를 매고, 가죽 허리 지갑을 손에 쥔 채 셕은 경매장에 온 가축 상인의 냉정한 눈으로 떠나는 여자들을 뜯어보고 있었다. 셕이 여자의 외모를 가리지 않고 즐긴다는 것을 애그니스는 익히 알았다. 셕은 거의 모든 여자에게서 모험의 가능성을 봤다. 셕은 미인들 앞에서 위축되지 않았기 때문에 그들을 압도했고, 아름다운 여자들도 실실거리고 얼굴을 붉히며 그를 떠받들었다. 반대로 셕은 못생긴 여자들에게는 더없이 친절하고 너그러워서, 볼품없는 그들이 세상 최고 미인이라도 된 듯한 착각에 들뜨게 만들었다.

셕은 이기적인 짐승이었고, 애그니스는 그 사실을 깨달았으면서도 지저분하고 성적인 그의 매력에서 헤어나질 못하고 있었다. 셕의 탐욕스러운 성격은 그가 먹는 모습에서도 드러났다. 셕은 주위의 시선에 개의치 않고 입이 미어지게 음식을 욱여넣고는 손에 묻은 그레이비 소스를 핥아 먹었다. 카드 게임을 떠나는 여자들을 핥듯이 훑어보는 시선 역시 탐욕스러웠는데, 최근 들어 그런 모습이 너무나도 자주 보였다.

애그니스는 셕과 결혼하려고 첫 남편을 떠났다. 가톨릭이었던 첫 남편은 동네에서 구설수에 오르지 않을 정도로만 신앙심이 있었을 뿐, 그가 진정 숭배하는 유일한 대상은 애그니스였다. 그의 외모가 애그니스보다 너무 뒤떨어져서 남자들은 은근한 기대를 품었고, 여자들은 그의 사타구니를 곁눈질하며 자신들이 브렌든 맥가원의 무엇을 과소평가했는지 궁금해했다. 사실 그들은 아무것도 과소평가하지 않았다. 브렌든은 올곧고 부지런하지만 상상력이 부족한 남자로, 자신이 애그니스를 얻은 것이 얼마나 큰 행운이었는지 잘 알았기에 그녀에게 헌신했다. 다른 남자들이 술집으로 향할 때 브렌든은 갈색 봉급 봉투를 뜯지도 않고 가져와서 군소리 없이 바쳤다. 그러나 애그니스는 이런 성의를 털끝만치도 고마워하지 않았다. 봉투 속 돈은 단 한 번도 충분하게 느껴지지 않았다.

가톨릭과 비교했을 때 셕 베인은 반짝반짝 빛나 보였다. 개신교에게만 허락된 허세로 가득한 셕은 식탐과 낭비로 벌건 얼굴을 빛내며 별 볼 일 없는 재산을 대단한 척 뽐냈다.

리지는 첫눈에 꿰뚫어 보았다. 애그니스가 캐서린과 릭, 그리고 개신교 택시운전사와 함께 문 앞에 나타났을 때 리지는 면전에서 문을 닫고 싶었지만 월리가 허락하지 않았다. 애그니스에 관한 일이라면 월리는 무조건 낙관했는데, 리지는 그것을 맹신이라고 여겼다. 애그니스가 끝내 셕과 결혼했을 때 월리와 리지는 시청에 동행하지 않았다. 종교가 다른 이들끼리 결혼하면 안 된다고, 성당 밖에서 치르는 결혼은 옳지 않다고 핑계를 대었지만, 사실 리지가 싫어한 것은 셕 베인이었다. 리지는 처음부터 줄곧 알고 있었다.

앤 마리가 가장 늦게 떠났다. 앤 마리의 담배와 카디건은 처음에 놓았던 자리에 그대로 있는데, 그녀는 필요 이상으로 꾸물거리며 물건을 챙겼다. 셕에게 무슨 말을 하려던 앤 마리가 그의 눈짓을 보고 입을 다물었다. 두 사람의 소리 없는 대화를 애그니스는 전부 보고 있었다.

"리니, 요즘 어때요?" 셕이 고양이처럼 히죽 웃으며 물었다.

애그니스의 시선이 앤 마리의 그림자에서 자신의 오랜 친구에게로 옮겨갔다. 가슴에 새롭게 멍이 들었다.

"잘 지내요, 셕." 리니는 애그니스를 보면서 어색하게 대꾸했다.

"코트 챙겨요, 감기 걸리지 않게. 길 건너편까지 태워줄 테니까." 셕의 말에 애그니스는 억장이 무너지는 것 같았다.

"아니에요. 귀찮게 그러실 필요 없어요."

"귀찮긴." �이 다시 웃었다. "우리 애그니스 친구는 내 친구나 마찬가지죠."

"셕, 야식 차릴 거니까 너무 늦게 오지 마." 애그니스가 말했다. 가시 돋친 목소리가 자기도 모르게 튀어나왔다.

"배 안 고파." 셕은 그들 사이의 문을 조용히 닫았다. 너풀거리던 커튼이 축 늘어졌다.

리니 스위니는 핑크스턴 드라이브 9동에 살았다. 16동과 어깨를 나란히 한 아파트였다. 검은 택시가 제자리에서 한 바퀴 돌기만 하면 리니는 일 분도 안 되어 집에 도착할 것이다. 애그니스는 의자에 앉아 담배에 불을 붙였다. 셕은 몇 시간 후에야 돌아올 것이다.

옆얼굴에 꽂힌 어머니의 시선이 따가웠다. 어머니는 말없이 노려보기만 했다. 어머니의 거실에 꼼짝없이 갇혀 질책을 당하는 것은 너무나도 비참했고, 자신의 결혼생활이 허물어지는 모든 순간을 어머니가 맨 앞자리에서 관전하고 있다는 사실 역시 견디기 어려웠다. 애그니스는 담배를 챙겨서 좁은 복도를 지나 아이들 방으로 갔다. 방에서는 손전등의 직선 불빛만이 어둠을 가르고 있었다. 릭이 손전등을 턱 밑에 끼고 잔잔한 표정으로 검은 스케치북에 그림을 그리고 있었다. 릭이 고개를 들지 않았기 때문에, 부드러운 앞머리의 그림자에 묻힌 회색 눈동자를 애그니스는 볼 수 없었다. 방 안의 공기는 자고 있는 형제들의 숨결로 따뜻하고 농밀했다.

애그니스는 바닥에 널려 있는 옷을 몇 벌 개킨 다음에 릭의 손에서 연필을 빼고 스케치북을 덮었다. "눈 나빠져, 우리 아들."

몇 년 후면 성인이 되는 릭은 잘 자라고 뽀뽀해줄 나이가 아니었지만 그래도 애그니스는 입을 맞추고, 쿰쿰한 스타우트 냄새를 거부하는 몸짓을 모른 척했다. 릭이 손전등으로 침대를 비추어주었다. 애그니스는 막내가 잘 자고 있는지 확인하고 이불을 셔기의 턱 밑까지 바짝 끌어 올렸다. 자신을 꼭 껴안아줄 누군가가 절실했던 그녀는 아이를 깨워 자기 침대로 데려갈까 생각했지만, 셔기는 입을 살며시 벌리고 이따금 눈꺼풀을 바르르 떨면서 자고 있었다. 방해하기에는 너무 먼 꿈나라에 있었다.

애그니스는 방문을 조용히 닫고 자기 방으로 갔다. 매트리스 사이를 익숙하게 더듬어 보드카 병을 꺼냈다. 병을 흔들어 얼마 남지 않은 보드카를 머그잔에 탈탈 털어 넣고, 빈 병의 주둥이를 빨면서 저 아래 도시의 불빛을 내려다보았다.

처음으로 셕이 야간근무를 마치고 귀가하지 않은 날, 새벽 내내 애그니스는 셕의 직장 동료들에게 전화하고 병원에 문의했다. 그러고 나서는 검은 수첩을 넘겨가며 여자 친구들에게 전화를 걸고 아무렇지 않은 척 안부를 물었다. 셕이 집에 오지 않았다는 사실은 끝까지 내색하지 않았다. 그가 끝내 일을 저질렀다고 남들에게 시인은커녕 스스로 인정할 수도 없었다.

친구들이 자신들의 일상에 대해 주절거리는 동안 애그니스는 셕의 목소리가 들리지는 않는지 배경 소리에만 귀를 기울였다. 지금 애그니스는 전부 다 안다고 그들에게 말하고 싶었다. 뿌옇게 김이 서린 택시 창문, 셕의 탐욕스러운 손, 셕이 삽입하는 순간 미칠 것 같다며 헐떡이는 신음 소리. 이런 것들을 생각하면 몹시 늙고 외로운 기분이 들었다. 이해한다고 말하고 싶기도 했다. 얼마나 짜릿한지 잘 안다고. 한때는 그녀가 그들 자리에 있었으니까.

~

아주 오랜 옛날, 차가운 바닷바람이 허벅지 앞쪽을 퍼렇게 물들여도 애그니스는 행복에 젖어 추위를 느끼지 못했다.

해변 산책로에 빗방울처럼 쏟아지는 무수한 불빛을 향해 애그니스는 홀린 듯이 나아갔다. 눈앞의 광경이 너무나 아름다워서 숨을 쉬기도 힘들었다. 새 드레스에 달린 까만 구슬들이 불빛을 반사해서 페어포트나이트 연휴를 즐기고 있는 사람들에게 되뿜었고, 애그니스 역시 불빛처럼 눈부시게 빛났다.

셕이 애그니스를 안아 빈 벤치에 올려주었다. 그녀의 눈길이 닿는 마지막 지점까지 불빛의 물결이 이어졌다. 건물들이 서로 경쟁이라도 하는 양 화려한 형형색색의 네온사인에 불을 밝혔다. 어떤 건물에서는 윙크하는 카우보이와 뛰박질하는 말이, 또 어떤 건물에서는 라스베이거스의 무희가 번쩍거렸다. 애그니스는 환하게 웃고 있는 셕을 내려다보았다. 몸에 꼭 맞는 외출용 양복을 입은 모습이 근사했다. 잘나가는 남자처럼 보였다.

“당신이랑 마지막으로 춤춘 게 언제인지 기억이 안 나.” 애그니스가 말했다.

“난 지금도 한가락 하는데.” 셕은 조심스레 애그니스를 보도에 내려주고 부드러운 배를 잠시 잡고 있었다. 셕은 애그니스의 눈에 반사된 불빛으로 산책로를 보았다. 요란하게 화려한 클럽, 모험이 가득한 도박장. 이것들도 끝에 가서는 애그니스의 눈에서 빛을 잃을 것인가 생각했다. 셕은 재킷을 벗어서 애그니스의 어깨에 둘러주었다. “여기랑 비교하면 사이트힐 야경은 쨉도 안 되겠는데.”

애그니스가 몸을 부르르 떨었다. "집 얘기는 하지 마. 우리가 도망쳤다고 상상하자."

휘황찬란한 산책로를 걸으며 그들은 부부 사이를 점점 갈라놓는 하찮고 일상적인 고민들과, 월리와 리지가 옆방에서 코를 고는 아파트에 얹혀살 수밖에 없는 현실을 머릿속에서 밀어냈다. 애그니스가 반짝이는 불빛에 심취해 있는 동안 셕은 그녀를 탐욕스럽게 힐끔대는 남자들을 보며 비뚤어진 만족감을 느꼈다.

이날 아침에 애그니스는 잿빛 햇살 속에서 블랙풀 해변을 처음으로 보았었다. 실망감에 가슴이 소리 없이 무너졌다. 황폐한 건물들 앞에 펼쳐진 거뭇한 바다는 자잘한 파도로 주름졌고, 싸늘한 모래사장에서 속옷만 입은 아이들이 퍼렇게 질린 몸을 내놓고 뛰어놀고 있었다. 어디를 보아도 우비를 입은 연금수령자들과 양동이와 삽뿐이었다. 리버풀에서 당일치기로 놀러 왔거나 글래스고에서 버스를 타고 온 관광객들이었다. 셕은 애그니스와 오붓한 시간을 보내고자 이 여행을 계획했다. 그러나 눈앞에 펼쳐진 초라한 광경에 실망한 애그니스는 볼 안쪽을 지그시 깨물었다.

밤이 되고서야 애그니스는 블랙풀의 진짜 매력을 알아보았다. 불빛이 마법을 부렸다. 모든 표면이 빛을 발했다. 도로 중앙을 달리는 낡은 전차는 반짝이는 전구로 칭칭 휘감아져 있었고, 지저분한 바다로 뻗어나가는 허접한 나무 부두는 패션쇼 런웨이처럼 화려했다. 심지어 관광객들의 '키스 미 퀵' 모자도 정욕에 정신이 나간 것처럼 깜빡거렸다. 눈부신 산책로에서 셕은 애그니스의 손목을 붙들고 인파를 헤치며 걸었다. 부두의 놀이동산에서는 회전컵을 타는 아이들이 빽빽거렸고, 번쩍번쩍한 범퍼카가 쉴 새 없이 쿵쿵댔으며, 슬롯머신이 쨍그랑

짱그랑 울렸다. 블랙풀 타워로 가는 붐비는 길에서 셕은 택시운전사의 습관대로 거푸 방향을 꺾으며 애그니스를 잡아끌었다.

"자기야, 제발 천천히 가." 애그니스가 부탁했다. 감상할 틈도 없이 불빛이 휙휙 빠르게 지나갔다. 애그니스는 셕의 손아귀에서 손목을 비틀어 뺐다. 셕이 잡았던 자리가 빨갛게 부어 있었다.

연휴를 즐기고 있는 행락객들 사이에서 셕은 붉으락푸르락하며 눈을 껌벅거렸다. 얼굴이 분노와 수치심으로 달아올랐다. 지나가는 남자들이 애그니스 같은 미인을 다룰 줄도 모르냐는 듯 고개를 절레절레 저었다. "니 또 시작이냐?"

애그니스는 손목을 문질렀다. 미간에 잡힌 주름을 애써 펴고 새끼손가락을 셕의 새끼손가락에 다시 걸었다. 셕의 프리메이슨 인장 반지가 차갑게 살갗에 닿았다. "당신이 너무 서두르니까 그렇지. 내가 천천히 즐기게 좀 해줘. 맨날 집에 갇혀 사는 기분이란 말이야." 애그니스는 몸을 돌려 다시 불빛을 바라보았지만, 마법은 이미 깨졌다. 과연, 전부 싸구려였다.

애그니스는 한숨을 내쉬었다. "술이나 한잔하자. 몸도 덥히고, 어쩌면 다시 흥이 날지도 몰라."

셕은 눈을 가늘게 뜨고, 애그니스에게 내뱉고 싶은 온갖 혹독한 말을 억누르는 것처럼 주먹으로 콧수염을 문질렀다. "애그니스, 내가 부탁한다. 오늘 밤엔 좀 천천히 달리지?" 그러나 애그니스는 이미 전찻길을 건너서 윙크하는 카우보이에게 가고 있었다.

"하우디." 여자 바텐더가 강한 랭커셔 억양으로 말했다. "드레스가 무쟈게 이쁘네요."

애그니스는 회전 스툴에 앉아 새침하게 발목을 꼬았다. "브랜디 알렉산더 주세요."

�은 옆자리 스툴이 애그니스가 앉은 스툴보다 높아질 때까지 팽이처럼 돌렸다. 그리고 스툴에 훌쩍 올라탄 다음에, 애그니스와 눈높이가 맞을 때까지 스툴을 더 돌렸다. "차가운 우유 한 잔." 셕은 담뱃갑에서 담배 두 개비를 꺼냈다. 애그니스는 불을 붙여서 달라고 손짓했다. 바텐더가 음료를 앞에 놓았는데, 우유는 어린이용 컵에 담겨 있었다. 셕은 컵을 밀쳐내며 다른 잔에 가지고 오라고 말했다.

셕은 불을 붙인 담배를 애그니스의 입술 사이에 물려주고, 구불거리는 머리칼이 조금 빠져나온 그녀의 목덜미를 어루만졌다. 애그니스는 머리칼을 밀어 넣고, 달콤한 향이 나는 헤어스프레이를 핸드백에서 꺼내 치이익 뿌렸다. 그러고는 달짝지근한 칵테일을 한입 가득 마시고 입맛을 다셨다. "엘리자베스 테일러도 블랙풀에 온 적이 있어. 골뱅이를 좋아했을까 몰라."

셕은 반지를 낀 새끼손가락으로 코를 후비고, 엄지와 검지로 코딱지를 굴렸다. "골뱅이를 안 좋아하는 사람이 어딨어?"

애그니스는 스툴에서 몸을 돌려 셕을 마주 보았다. "우리가 여기로 이사하면 어떨까. 매일매일 이렇게 살 수 있어."

셕은 웃음을 터뜨리더니 어린아이를 대하듯 고개를 저었다. "당신은 매일같이 새로운 걸 바라지. 따라가다 지쳐버리겠어." 셕은 반짝이는 치맛단을 손으로 더듬었다. 애그니스는 창밖으로 지나가는 여름 관광객들을 내다보고 있었다. 벌써 겨울옷을 꺼내 입은 평범한 사람들이었다.

"그거 알아? 나 빙고 하러 가고 싶어." 이제 술이 애그니스 안에서 열기를 뿜고 있었다. 애그니스는 만족스러운 기분으로 자기 자신을 껴안았다. "불빛을 보니까 운이 좋을 것 같은 느낌이 들어."

"그래? 당신 보라고 내가 켜놓으라고 했어."

새로 칵테일이 나왔다. 애그니스는 술잔에서 빨대와 젓개와 큼직한 얼음 두 개를 뺐다. "이번엔 진짜야. 왕창 딸 거라고. 정말로 멋지게 살기 시작할 거야. 사이트힐 사람들한테 제대로 한번 보여주겠어. 느낌이 딱 왔어." 애그니스는 브랜디를 단번에 들이켰다.

그들의 숙소는 산책로에서 세 블록 떨어진 골목에 있는 빅토리아 왕조풍 하우스의 꼭대기 층이었다. 블랙풀의 B&B 숙소 중에서도 특히 허름한 곳으로, 휴가를 온 가족들이 묵는 장소가 아니라 단기 임대 하숙집 같은 냄새를 풍겼다. 카펫이 깔린 계단참에서는 층마다 다른 냄새가 났다. 집주인이 환기를 시키지 않는지, 까맣게 태운 토스트 냄새가 텔레비전의 백색소음을 타고 진동했다.

그 시간대 새벽에 숙소는 조용했다. 애그니스는 카펫이 깔린 계단 아래 드러누워 단음으로 흥얼거렸다. "난 그냥 사람일 뿐이고 난 그냥 여자일 뿐이고—"

닫힌 문 뒤에서 발소리가 나고 천장이 삐걱거렸다. 셕은 손바닥으로 애그니스의 입을 가볍게 막았다. "쉿, 조용히 해. 여기 사람들 전부 깨우겠어."

애그니스는 셕의 손을 밀어내고 양팔을 활짝 펼친 다음에 더 크게 노래했다. "내가 올라야아 하는 계단을 보여주우소서—"

방 하나에 불이 들어왔다. 얇은 문 밑으로 불빛이 새어 나왔다. 셕은 애그니스의 겨드랑이에 손을 넣고 일으켜 세워서 계단으로 데려가려고 했다. 그러나 끌어당길수록 애그니스는 연체동물처럼 쉽사리 빠져

나갔고, 제대로 잡았다고 생각한 순간에 흐물거리며 미끄러져나갔다. 애그니스는 키득거리면서 다시 대자로 뻗더니 계속해서 흥얼거렸다.

잉글랜드인 숙박객이 닫힌 문 뒤에서 나지막이 투덜거렸다. "조용히 좀 하시오. 경찰을 부르기 전에! 사람들이 자고 있잖소." 시옷 발음이 새는 말씨를 듣자 하니 왜소하고 계집애 같은 남자일 거라고 셕은 추정했다. 남자가 방문을 열고 나오길 바랐다. 반지의 소버린 인장을 면상에 찍어주면 속이 시원할 것 같았다.

애그니스는 모욕당한 척 발끈했다. "그래, 경찰 불러라. 내가 휴가를 왔는데 분위기나 깨고 말야."

셕이 애그니스의 젖은 입을 꽉 틀어막았다. 애그니스는 계속 킥킥대기만 했다. 다음 순간에 애그니스는 짓궂게 눈을 빛내고, 두꺼운 혓바닥으로 셕의 손바닥을 핥았다. 뜨듯하고 축축한 고깃덩어리 같은 혓바닥이 손을 핥는 순간 셕은 속이 뒤집혔다. 셕은 손아귀에 힘을 주고, 애그니스의 윗니 의치와 아랫니 의치 사이가 벌어질 때까지 양 볼을 꽉 눌렀다. 애그니스의 눈에서 웃음이 사라졌다. 얼굴을 바짝 들이밀고, 셕이 경고했다. "딱 한 번 말한다. 당장 일어나서 올라가."

셕은 천천히 애그니스의 얼굴을 놓았다. 그가 거머쥐었던 부분에 벌건 손자국이 남았다. 애그니스의 눈에 두려움이 서렸고, 그녀는 술이 거의 깬 것처럼 보였다. 그러나 셕이 손을 치우자마자 악마 같은 술기운이 돌아와 두려움을 밀어냈다. 애그니스는 세라믹 의치 사이로 침을 퉤 뱉었다. "네가 뭔데—"

애그니스가 말을 마치기도 전에 셕이 달려들었다. 셕은 애그니스의 몸을 성큼 넘어 뒷머리를 휘어잡았다. 셕의 손이 머리채를 거머쥐자 헤어스프레이를 뿌린 딱딱한 머리카락이 닭 뼈처럼 바스러졌다. 셕은 머리털 한 움큼이 뿌리째 뽑힐 만큼 세게 잡아당기며 애그니스를 끌고 가기 시작했다. 다리가 팔자로 벌어진 채로 애그니스는 바닥을 디디려고 뒤집힌 거미처럼 버둥거렸다. 머리털이 뜯겨나가는 고통에 두피가 화끈거렸다. 잡을 것을 찾아 허우적대던 애그니스의 양손이 셕의 팔을 붙들었다. 날카로운 손톱이 팔에 파고들었지만 셕은 느끼지도 못하는 듯, 멈춤 없이 애그니스를 계단 위로 끌고 갔다. 다음 계단도, 그다음 계단도. 지저분한 카펫에 몸이 쓸릴 때마다 등이 불붙은 듯 뜨겁고 목뒤가 찢어지듯 쓰라렸다. 반짝이는 드레스의 구슬들이 후드득 떨어졌다. 마지막 계단참에서 셕은 두꺼운 팔로 애그니스의 목을 죄고 방문 앞으로 질질 끌고 갔다. 애그니스를 문 앞에 내동댕이치자마자 열쇠를 주머니에서 꺼내고 알전구의 불을 켰다. 그리고 애그니스를 방으로 밀어붙였다.

애그니스는 너덜너덜한 바람 가리개처럼 문 앞에 쓰러졌다. 구슬 달린 드레스는 흰 허벅지 위로 말려 올라갔다. 애그니스는 머리털이 뜯긴 곳을 찾아 두피를 더듬었다. 자신이 한 짓이 갑작스레 부끄러워진 셕은 방을 가로질러 와서 애그니스의 손을 밀쳐냈다. “그만 만지작거려. 다치게 하지도 않았구먼.”

두피에 맺힌 핏방울이 손끝에 느껴졌다. 쿵, 쿵, 쿵, 계단에 부딪힌 충격이 귓속에서 울렸다. 술의 마취력이 사라지고 있었다. “대체 왜 그랬어?”

“니가 나를 등신 취급했잖아.”

셕은 검은 재킷을 벗어 나무 의자 등받이에 걸치고, 검은 넥타이를 목에서 풀어 단정히 매듭지었다. 시뻘게진 얼굴에서 눈이 평소보다 작고 음험해 보였다. 대머리를 애써 가려놓은 머리칼이 애그니스를 끌고 오는 와중에 흐트러져서, 흐늘흐늘하고 한심스러운 꼴로 왼쪽 귀 옆에 늘어져 있었다. 거울을 본 순간 셕의 목구멍 뒤쪽에서 컥, 소리가 났다. 전등 스위치를 올린 것처럼, 단박에 그가 다시 달려들었다. 애그니스는 자신의 목과 허벅지를 그러쥐는 손을 느꼈다. 셕은 부드러운 살에 손톱을 세게 찔러 넣고 단단히 움켜잡았다. 살이 뼈에서 떨어지는 듯한 고통에 애그니스가 비명을 지르자 셕은 인장 반지를 낀 주먹으로 그녀의 뺨을 두 차례 후려갈겼다.

애그니스가 조용해졌다. 셕은 허리를 숙이고 그녀의 어깨와 허벅지에 손톱을 박아 움켜쥔 다음에, 찢어진 쓰레기봉투를 던지듯 그녀를 침대에 내던졌다. 그리고 애그니스 위에 올라탔다. 셕의 얼굴은 활활 타오르듯 시뻘겠고, 부푼 머리의 양옆에서는 가느다란 머리털이 마구 휘날렸다. 그의 몸에서 피가 끓고 있는 것 같았다. 셕은 팔꿈치를 세워 애그니스의 팔을 내리찍고, 그녀의 팔이 매트리스 위에서 끊어질 것 같을 때까지 온 체중을 실어 눌렀다. 비활동적인 택시운전사 생활을 하면서 뒤룩뒤룩 찌운 살의 무게를 전부 실어서 애그니스를 자기 아래 고정했다.

셕의 오른손이 하얗고 부드러운 속살을 찾아 드레스 밑으로 파고들었다. 그때 애그니스가 아래에서 다리를 꼬고 발목을 겹쳤다. 셕은 자유로운 손으로 애그니스의 허벅지를 잡고 서로 꽉 붙은 다리를 벌리려 했다. 꿈쩍도 하지 않았다. 애그니스는 단단히 힘을 주고 있었다. 그러자 셕은 애그니스의 다리 위쪽 연한 피부에 손톱을 박고, 살이 찢어지며 발목의 힘이 풀릴 때까지 찔렀다.

흐느끼고 있는 그녀 안으로 그가 들어갔다. 이제 그녀에게는 술기운이 한 방울도 남아 있지 않았다. 싸울 힘도 남아 있지 않았다. 다 마쳤을 때 셕은 애그니스의 목에 얼굴을 묻고, 반짝이는 댄스장에 다음 날에도 데려가주겠다고 속삭였다.

3

마침내 찾아온 그해 여름은 몹시 무더웠다. 야행성 사람들에게 오후는 너무나도 길었다. 배려심 없는 손님처럼 중천에 눌러앉아 있던 태양은 북녘 하늘을 황혼으로 물들인 뒤에도 떠나질 않고 미적거렸다. 여름날은 빅 �에게 잠들기 가장 힘든 시간이었다. 창에 드리운 두꺼운 커튼마저 이글거리는 햇빛을 받다 못해 눈이 부신 보라색으로 변했다. 아이들은 가장 행복할 때 가장 시끄러웠고, 아파트에서는 시건방진 청소년들이 시시때때로 들락날락하는 소리와, 스트랩 샌들을 신은 주부들이 분홍색 발바닥과 분홍색 잇몸을 딱딱거리며 복도를 오가는 소리가 종일 멈추질 않았다.

드디어 어둠이 내리면 빅 셔은 검은 택시를 날렵하게 한 바퀴 돌렸다. 택시는 자기 꼬리를 쫓는 뚱뚱한 개처럼 빙그르르 돌고 사이트힐을 벗어났다. 글래스고의 불빛이 시야에 들어오면 그제야 셔은 편히 기대앉아 그날 처음으로 어깨의 긴장을 풀었다. 이제 여덟 시간 동안 도시는 그의 것이었고, 그에게는 계획이 있었다.

셕은 창문을 쓱쓱 문질러 닦고 사이드미러를 자세히 들여다보며 미소 지었다. 거울에 비친 모습이 꽤 멋졌다. 흰 와이셔츠에 검은 넥타이, 검은 양복. 일하는 복장으로 과하다고 애그니스는 말했지만, 어쨌든 그녀는 최근 들어 말이 너무 많았다. 미소가 온몸으로 퍼져나가는 것을 느끼며 셕은 택시 운전이 과연 자신의 천직인 것 같다고 생각했다. 동생 래스컬 역시 택시운전사였으므로 어찌 보면 가업이나 다름없었다. 아버지도 조선소에서 일하다 죽지만 않았으면 운전을 즐겼을 것 같았다.

 셕은 로열 인퍼머리 병원의 그림자에 묻힌 신호등 앞에 차를 세우고, 근무 중에 몰래 빠져나와 담배를 피우고 있는 간호사들을 엿보았다. 차가운 밤공기 속에서 간호사들은 젖가슴 아래 팔짱을 꽉 끼고 분홍빛 팔을 문질렀다. 행여 체온을 뺏길까봐 팔짱을 풀지 않고 입으로만 담배를 뻐끔거리고 있었다. 셕의 입술에 천천히 미소가 번졌고, 그는 사이드미러로 자신의 반응을 관찰했다. 확실히, 그는 밤에 일할 체질이었다.

 셕은 어둠 속에서 홀로 헤매며 도시의 음지를 들여다보는 것을 즐겼다. 잿빛 도시에 완패를 당하고 수년간의 술과 비와 희망의 포로가 되어 오도 가도 못하는 이들이 밤이 되면 기어 나왔다. 셕의 직업은 사람들을 한 장소에서 다른 장소로 옮기는 것이었지만, 그가 가장 즐기는 취미는 인간사 구경이었다.

 셕은 담배에 불을 붙이고 끽끽 새된 소리를 내는 차창을 내렸다. 밖에서 바람이 밀고 들어오자 길고 가는 머리칼이 해풍에 너울거리는 잡초처럼 휘날렸다. 머리가 벗어지는 것은 끔찍했다. 나이가 드는 것도 끔찍했다. 삶이 면면으로 피곤해졌다. 셕은 벗어진 머리가 눈에 들어오지 않게 사이드미러를 내린 다음에, 길고 풍성한 콧수염을 아끼는 애완동물처럼 멍하니 쓰다듬었다. 콧수염 아래 미끈하게 면도한 턱이 꿈틀거렸다. 셔은 다시 사이드미러를 올렸다.

비에 젖은 글래스고 거리가 불빛을 반사하며 빛났다. 간호사들은 반쯤 피운 담배를 웅덩이에 버리고 종종걸음으로 돌아갔다. 셔은 한숨을 내쉬며 차를 돌리고, 타운헤드를 지나쳐 시내를 향해 달렸다. 셔은 사이트힐에서 글래스고 시내로 나오는 길을 좋아했다. 음침한 빅토리아 시대의 심장부로 내려가는 기분이었다. 도시의 저지대에 흐르는 강에 가까워질수록 진짜 글래스고가 민낯을 드러냈다. 어두침침한 철교의 아치 아래 숨겨진 나이트클럽. 창문이 없어서 쨍쨍한 날에도 칠흑같이 어두운 술집과, 그 퀴퀴하고 끈적한 연옥에 앉아 있는 노인들. 바로 이 강가에서 불안한 표정의 깡마른 여자들이 광낸 스테이션왜건을 모는 남자들에게 몸을 팔았고, 역시 이곳에서 경찰은 그녀들의 토막 난 몸이 들어 있는 검은 쓰레기봉투를 발견하곤 했다. 클라이드강 북쪽 강둑에 글래스고시 소관의 시체 안치소가 있었으므로, 길 잃은 영혼들이 전부 그쪽으로 떠내려가는 것이 합당한 듯했다. 그들이 이 세상을 떠날 고마운 순간이 왔을 때 도시에 수고를 끼치지 않도록.

글래스고 중앙역의 승차장에는 택시가 길게 줄을 서 있고 손님은 별로 없었다. 다행이었다. 관광객들은 지루하고 수다스러울 뿐만 아니라 엿같이 인색했다. 그들은 종일 걸려서 커다란 여행 가방을 트렁크에 욱여넣은 다음에, 빽빽대는 우비를 입고 앉아서 택시 안을 수증기로 채웠다. 못생긴 구두쇠들더러 10펜스 팁은 자기 똥구멍에나 처넣으라 하자. 셔은 거만하게 경적을 한 번 울려서 다른 운전사들에게 인사하고 아래쪽 강가로 달렸다.

비는 글래스고의 일상이었다. 끊임없이 내리는 비는 잔디에 푸릇푸릇한 생명력을 주었고 인간에게는 창백한 낯빛과 기관지염을 선사했다. 비가 온다고 해서 택시 영업에 도움이 되지는 않았다. 비를 피하기는 어차피 불가했고 대기에 가득한 습기는 모든 곳에 스며 있었으므로 승객들로서는 버스 안에 축축하게 앉아 있나 비싼 택시 안에 축축하게 앉아 있나 매한가지였다. 그러나 다행스럽게도, 비 오는 날에는 클럽에서 나온 아가씨들이 세팅한 머리나 뾰족구두를 적시지 않으려고 택시에 탔다. 바로 그 이유로, �은 줄기차게 내리는 비를 반겼다.

셔은 호프 스트리트 승차장에 차를 세웠다. 오래 걸리지 않을 것이다. 손님을 기다리는 다른 차는 두세 대밖에 없었다. 이 자리는 명당이었다. 소키홀 스트리트의 클럽에서는 술 취한 아가씨들이 비틀비틀 걸어 나왔고, 블라이스우드 스퀘어 방향에서는 경찰에게 쫓겨난 직업 여성들이 차가운 발을 동동거리며 달려왔다. 어느 쪽에서 오든지 간에, 흥미진진한 밤을 보내기에 최적인 장소였다.

비가 내리는 가운데 셔은 담배를 피우며 CB 무전기에서 잡음과 함께 흘러나오는 목소리에 귀를 기울였다. 파슬에 승객이 많으며 트롱게이트에 택시가 몰렸다고 여성 배차원이 말했다. 무전기에서는 언제나 조우니 미클화이트의 목소리밖에 들리지 않았다. 지원을 요청하고, 대답을 기다리고, 지시하고, 때론 말대꾸를 묵살하며 쳇바퀴처럼 되풀이하는 독백을 셔은 매일매일 들었다. 대답이 들리지 않는 반쪽짜리 대화는 때론 혼잣말 같았고 때론 오직 그를 위한 속삭임 같았다. 셔은 조우니의 차분한 목소리가 좋았고 그 목소리에서 위안을 받았다.

담배를 다 피우고 셔은 심야영화관에서 서로를 꼭 껴안고 나오는 젊은 연인들을 바라보았다. 승차장 앞쪽에 있던 택시들이 꾸무럭꾸무럭 손님을 태우고 털털거리며 어둠 속으로 사라졌다. 이제 맨 앞에 홀로 남은 � 집에 어떻게 갈 것인가를 논쟁하며 감자튀김을 길바닥에 흘리고 있는 아가씨들을 지켜보았다. 그들이 택시에 탈 것 같았지만, 이런, 합리적인 뚱보가 심야버스를 기다리자고 제안했다. 두고가, 셕은 생각했다. 혼자 비나 맞으라고 해. 제일 예쁘고 제일 취한 아가씨가 택시를 향해 비틀비틀 걸어왔다. 어둑한 택시 안에서 셕은 미소를 연습했다.

그때 깡마른 주먹이 창문을 두드리는 소리가 셕을 음탕한 상상에서 깨웠다. "타도 되겠소?" 남자 목소리였다.

"아뇨!" 셕은 취한 여자아이들을 가리키며 외쳤다.

"오케이." 노인은 대답을 듣고 있지도 않았다. 셕이 자동 잠금장치를 누르기 전에 노인은 문을 열고 앙상한 몸과 펑퍼짐한 코트를 끌고 들어왔다. "자네, 듀크 스트리트에 있는 레인저스 바 아는가?"

셕은 한숨을 내쉬었다. "네." 예쁜 아가씨는 뒤차로 걸어갔다. 셕이 씩 웃어 보였으나 여자아이는 눈길도 주지 않았다.

노인은 택시 너비만큼 넓은 검은 가죽 좌석을 무시하고 운전석 후면에 설치되어 있는 접이의자를 내렸다. 수다쟁이라는 뜻이었다. 빌어먹을, 또 시작이군. 셕은 생각했다.

바깥 거리는 축축했지만 택시 안은 눅눅했다. 상한 우유 냄새가 택시 안에 퍼졌다. 노인은 누리끼리해진 셔츠에 구깃구깃한 회색 재킷을 입었고, 얇은 모직 코트를 입고 또 그 위에 커다란 오버코트를 껴입고 있었다. 셰틀랜드산 모직과 개버딘으로 왜소한 몸을 감고 있는 꼴이 꼭 난민 같았다. 해리스 헌팅캡이 얼굴에 드리운 그림자에서 빨간 주먹코만 불쑥 튀어나왔다. 수다쟁이가 거의 곧바로 말꼬를 텄다. "자네 오늘 경기 봤나?" 쉰내 나는 승객이 물었다.

"아뇨." 셕이 대꾸했다. 이 대화가 어떻게 흘러갈지 뻔히 보였다.

"하이고, 대단한 경기를 놓쳤구먼. 끝내주는 경기였어." 노인은 혼자 혀를 끌끌 찼다. "어쨌든 자넨 어느 편인가?"

"셀틱요." 셕은 거짓말했다. 셕은 가톨릭이 아니었지만 이 대답이 지루한 대화를 끝내는 지름길이었다. 노인의 얼굴이 바닥에 떨어진 수건처럼 구겨졌다. "이런, 니미럴. 드러운 가톨릭 새끼 차라는 걸 알아봤어야 하는 긴데." 셕은 거울로 노인을 보며 콧수염 아래로 콧방귀를 뀌었다. 셕은 사실 셀틱팀도 레인저스팀도 응원하지 않았지만 자신이 개신교임을 자랑스러워했다. 반지를 돌려서 프리메이슨 인장을 보여줄까 생각했지만, 노인은 딴생각에 잠겨 물속에 있는 것처럼 흐느적대고 있었다.

노인이 혼자 심란한 절망에 빠졌다가 서러움과 노여움 사이를 오락가락하는 모습을 셕은 우스워하며 지켜봤다. 노인은 기도하는 것처럼 양손을 모으고 앉아 있었다. 그러다 대뜸 가림막에 팔을 올리고, 자신과 셕의 귀 사이에 있는 유리에 얼굴을 바짝 들이밀었다. 노인은 말을 배우는 아기처럼 얼굴을 모으고 술에 젖은 입으로 횡설수설 뇌까리기 시작했다. 커다란 침방울이 유리에 튀었다. 셕이 고의로 급정거하자 노인은 이마를 유리에 꽝 박았다. 모자가 벗겨졌는데도 노인은 개의치 않고 계속해서 침을 튀기며 주절댔다. 셕의 미간에 주름이 잡혔다. 나중에 유리를 깨끗이 닦아야 할 것이다.

글래스고의 늙은 술꾼들은 멸종 위기에 처했다. 전통적으로 무해한 영혼이었던 이들은 도시에 마약이 퍼짐에 따라 훨씬 더 위험한 젊은 세대에게 밀려나고 있었다. 만취의 독백을 이어가는 노인을 � 백미러로 바라봤다. 노인의 나지막하고 두서없는 주절거림에서 마거릿 대처, 노동조합, 개새끼 등 몇몇 단어밖에 알아들을 수 없었다. 낄낄거리다 이따금 훌쩍이는 노인에게 셕은 아무런 연민도 느끼지 않았다.

라우든 태번 술집은 어두컴컴하고 창문이 없었다. 입구는 나지막한 벽돌 건물의 정면에서 쑥 들어가 있었고, 언제 날아올지 모르는 돌과 유리병과 폭탄을 견디도록 설계되었다. 글래스고 레인저스팀의 상징색인 빨강, 하양, 파랑이 칠해진 입구가 가톨릭 스포츠팬들의 메카이자 글래스고 셀틱팀의 연고지인 파크헤드의 어두운 골목에서 대담하고 반항적으로 거리를 내다보았다.

셕은 요금이 1파운드 70펜스라고 말하고, 노인이 주머니를 차례차례 뒤지는 모습을 지켜보았다. 글래스고 술꾼들 특유의 몸짓이었다. 이들이 금요일에 받은 주급은 술집 이곳저곳에서 쪼개지고 또 쪼개져서 마침내 5펜스와 10펜스 동전만 남았고, 주머니에 가득한 작은 동전들의 무게 탓에 이들은 꼽추처럼 꾸부정한 자세로 뒤뚱뒤뚱 걸었다. 다음 급여일이 찾아올 때까지 이들은 주머니에서 잡혀 나오는 동전들로 요행을 바라며 꾸역꾸역 버텼다. 행여 부인과 아이들이 주머니를 뒤져 빵이나 우유를 살세라, 술꾼들은 펑퍼짐한 코트와 바지를 입은 채로 잠자리에 들었다.

노인이 세월아 네월아 주머니를 뒤지는 동안 셕은 CB 무전기에서 흘러나오는 부드러운 목소리를 들으며 짜증을 꾹꾹 억눌렀다. 마침내 요금을 낸 노인이 술집의 어두운 입구로 돌진할 즈음에 셕은 클럽에서 나오는 인파를 놓치지 않으려고 듀크 스트리트를 질주하고 있었다. 그러나 라스칼라 영화관 앞에서 한 노파가 작은 새처럼 손을 파닥거리며 그를 불렀다. 차를 멈추지 않으면 여자를 치고 지나갈 상황이었다.

택시에 타는 여자를 주시하던 섁은 여자가 널찍한 좌석 중앙에 꼿꼿이 허리를 세우고 앉는 것을 보고 안심했다. "퍼레이드로 갑시다." 여자는 킁킁대더니 코를 찡그리고 경멸하는 눈초리로 섁을 흘겨보았다. 상한 죽에 오줌을 갈긴 듯한 냄새가 뒷좌석에 깔려 있는 것이 분명했다.

택시는 공동주택이 즐비한 데니스툰의 언덕길을 오르기 시작했다. 섁은 백미러로 시선을 들고, 자신을 보고 있는 여자를 보았다. 글래스고 주부들은 언제나 좌석 정중앙에 앉았다. 한쪽 끝에 기대앉아 창밖을 멍하니 내다보지도, 대화에 굶주린 고독한 노인처럼 운전석 뒤쪽 접이의자에 앉지도 않았다. 지금 이 노파도 마찬가지였다. 개신교 여왕처럼 당당하고 곧은 자세로, 여자는 허리를 곧추세우고 꽉 오므린 무릎에 양손을 올려놓았다. 코트는 목까지 여미었고, 머리는 뒷머리까지 말끔하게 빗어 고정했다. 얼굴은 가면처럼 무표정했다.

"지독한 날씨구먼요." 여자가 마침내 입을 열었다.

"네, 라디오에서 들었는데 이번 주 내내 쏟아진다네요." 여자를 보고 있자니 왠지 오래전에 죽은 어머니가 생각났다. 여자의 부르튼 손과 왜소한 체구 뒤에는 놀라운 힘과 강철 같은 정신력이 숨겨져 있을 것이다. 아버지가 어머니를 구타하던 숱한 밤이 떠올랐다. 어머니가 참을수록 아버지는 주먹세례를 더 퍼부었다. 벌건 자국이 퍼레지고, 결국에는 꺼멓게 멍들었다. 앞머리를 얼굴 위로 빗어 내리고 눈 주변에 화장을 넓게 해서 멍을 가리던 어머니가 생각났다.

"내가 평소엔 택시를 잘 안 탄다고 말한 참이에요." 여자가 백미러로 그와 시선을 맞추려 하고 있었다.

"아, 그렇습니까?" 상념에서 풀려나와 다행이라 여기며 셕이 말했다.

"암, 그럼요. 한데 오늘 밤엔 돈을 쪼매 땄거든요. 얼마 안 되지만 그래두 좋네요." 여자는 엄지손톱이 벗겨지도록 문지르고 있었다. "정말 다행이에요. 우리 조지가 일자릴 잃은 마당에." 여자가 한탄했다. "자그마치 이십오 년이나 일했는데. 저기 달마녹 철공소에서요. 근데 퇴직금으로 고작 삼 주 치 봉급을 주데요. 삼 주! 내가 직접 찾아갔어요. 얼굴은 벌겋고 덩치는 산만 한 그 사장한테 삼 주 치 봉급으로 어떻게 살라는 거냐고 따졌지요." 여자는 딱딱하고 작은 핸드백을 열고 안을 들여다보았다. "그 인간이 뭐라구 했을 거 같아요? '브로디 부인, 남편이 삼 주 치라도 받은 걸 행운으로 아쇼. 살날이 구만리인 젊은이들도 마지막 근무일 급료밖에 못 받았수다.' 그 말을 들으니까 내가 열불이 나서 이렇게 말했지요. '다 큰 아들놈 둘 다 일자릴 못 구하구 있어서 그애들까지 먹여 살려야 하는데, 이거 가지고 어떻게 살란 거요?' 그랬더니 그놈이 눈 한 번 깜박이지 않구 이렇게 말하데요. '남아프리카공화국에 가보라 하쇼!'"

여자는 핸드백을 닫았다. "남아프리카공화국은커녕 글래스고 남쪽에도 못 가본 애들이에요. 나 참!" 여자는 빨갛게 벗겨진 엄지손가락을 계속해서 문질렀다. "안 될 일이야. 정부가 뭐라도 해야 해요. 철공소랑 조선소를 죄다 닫아버리고, 다음 차례는 광부들일 거요. 두고 보라구! 남아프리카공화국이라니! 기가 차서! 우리 애들더러 남아프리카공화국까지 가서 싼 배를 묻어가지구 고향 친구들 일자리를 더 말려버리란 거 아니겠어요! 돼지만도 못한 놈들 같으니라구."

"다이아몬드예요." 셕이 말했다. "남아프리카공화국에서 다이아몬드를 캐는 겁니다."

여자는 셕이 말대꾸라도 한 것처럼 고까운 표정이었다. "거서 뭘 캐든지 관심 없어요. 흑인 엉덩이에서 감초를 끄집어낸다 해도 관심 없다고! 우리 애들은 여기 글래스고에서 일하면서 자기 엄마가 차려준 밥을 먹어야 해요."

셕은 액셀을 세게 밟았다. 도시가 변하고 있었다. 변화가 사람들의 얼굴에서 보였다. 글래스고는 갈 곳을 잃고 방황하고 있었고, 방황하는 도시를 셕은 택시의 창문을 통해 전부 보고 있었다. 변화는 셕의 벌이에서도 느껴졌다. 대처가 정직한 노동자들을 버렸으며 테크놀로지와 원자력과 사보험에 미래를 걸었다고 사람들은 수군거렸다. 공업의 시대는 끝났다. 클라이드강의 조선소와 스프링번 철도건설의 형해가 부패한 공룡의 뼈대처럼 도시 여기저기에 널려 있었다. 아버지의 직업을 약속받았던 공영주택 출신 젊은이들의 미래가 깡그리 사라졌다. 남자들은 그들의 남성성 자체를 잃고 있었다.

가난한 동네에서 노동자 계층이 점점 사라지는 것을 셕은 목격했다. 도시 외곽에 새로운 타운을 세운 다음에 허접한 건물로 채우는 것을 중산층 공무원들과 도시개발자들은 천재적인 발상으로 여긴 모양이었다. 하늘이 보이는 전망과 손바닥만 한 마당을 던져주면 도시의 부스럼이 사라지리라 생각한 것이다.

여자는 뒷좌석에 말없이 뻣뻣하게 앉아 있었다. 엄지손가락은 빨갛게 벗겨지고 입꼬리에는 근심이 걸려 있었다. 여자가 이따금 자기 뒷머리를 두드릴 때만 셕은 그녀가 살아 있다는 것을 실감했다. 공영주택 입구에서 내려주었을 때 여자는 셕의 손에 1파운드 팁을 쥐여 주었다.

"에이, 뭐하는 겁니까?" 셔은 돈을 돌려주려고 했다. "됐습니다."

"아유 참!" 여자가 가만히 있으라고 꾸짖었다. "오늘 딴 돈에서 쪼매 떼어주는 거요. 내 행운을 나눠주는 거야. 이 진창에서 우리를 구할 건 운밖에 없으니까."

셔은 하릴없이 팁을 받았다. 빌어먹을 잉글랜드 관광객들이랑 그 자식들의 코닥 카메라는 엿이나 먹으라지. 셔은 수차례 경험했다. 주머니가 가장 가벼운 이들이 가장 많이 베풀었다.

셔이 시내로 돌아왔을 즈음에는 마지막 영화가 끝났고, 도시는 불과 몇 시간뿐인 싸늘한 잠을 준비하고 있었다. 새벽까지 영업하는 몇몇 나이트클럽에서 요란하게 음악을 울리고 있었지만 그 앞에서 마냥 기다리는 것은 자살행위나 다름없었다. 클럽에서 제일 먼저 일어나는 술꾼들도 자정이 한참 지나고서야 나올 것이다. 셔은 한숨을 쉬고, 그래도 기다릴 것인지 고민했다. 친구들이 남자들과 춤추는 동안 테이블을 지키고 있던 여자를 한 명 태울지도 모른다는 기대가 남아 있었다. 인물이 가장 떨어지는 아이들이 대개 제일 먼저 일어났다. 셔은 이런 여자들을 태운 적이 있었고, 그들이 외로움을 달래줄 초콜릿 비스킷이나 감자칩을 살 수 있게 구멍가게 앞에서 기다려주기까지 했다. 상냥하게 대해주면 배로 갚는 여자들이었다.

셔이 넥타이를 느슨히 풀고 오랫동안 기다릴 준비를 하는데 CB 무전기의 부드러운 목소리가 그를 불렀다. "31번, 31번 차 대답하세요." 셔은 심장이 철렁했다. 애그니스다. 분명히 그녀가 전화했다.

셔은 검은 핸드마이크를 들고 옆에 있는 버튼을 누르며 대답했다. "31번 여기 있습니다." 침묵이 한참 흐르는 동안 셔은 마음의 준비를 했다.

“스톱힐에서 손님이 호출했어요. 이스턴으로 갈 차가 필요하다네요.” 조우니 미클화이트가 말했다.

“지금 손님을 모시고 공항에 가는 길인데, 근처에 다른 차는 없습니까?” 셕이 물었다.

“미안해요! 당신을 콕 찍어서 요청했어요.” 조우니의 미소가 눈에 선했다. “급하지 않다고, 천천히 오라고 하네요.”

예상치 못한 전개였다. 분명히 애그니스이거나, 아니면 네 아이의 양육비를 내놓으라고 보채는 전처일 거라고만 생각했지, 다른 한 명일 거라고는 상상도 못 했다. 우리가 벌써 그런 관계는 아닐 텐데?

이 시간대에는 로열 인퍼머리 병원까지 금세 갈 수 있었다. 길거리에서 칼부림하다 다친 축구 팬들과 복지수당으로 연명하는 청소부들이 찾는 병원이었다. 스톱힐이야말로 글래스고가 탄생한 곳이자 죽은 곳이다. 바로 이곳에서 파란 청소부 앞치마를 두른 볼품없는 여자가 로비에서 흘러나오는 불빛을 받으며 서 있었다. 여자는 후줄근하게 늘어진 스타킹의 주름을 손바닥으로 눌러 펴고 있었다. 찬바람과 눈물에 화장이 얼룩덜룩하게 번졌고, 쉬는 시간 내내 추위에 떨면서 그를 기다리고 있었는지 발치에 담배꽁초가 가득했다. 셕은 픽 웃었다. 여자는 스물네 살밖에 되지 않았지만 이미 그의 노리개였다.

“안 오는 줄 알았어요.” 여자가 택시 뒷자리에 들어오며 말했다.

“왜 불렀어?”

“그냥 보고 싶어서요.” 여자가 말했다. “못 본 지 벌써 몇 주나 됐잖아요.” 여자는 굵은 다리를 벌렸다가 새침하게 오므렸다. “나한테 질린 건 아니죠?” 여자가 히죽 웃었다.

셕이 운전석에서 몸을 틀었다. "앤 마리, 니가 대체 뭔 줄 아는 거냐? 밥벌이하고 있는 사람을 똥개 훈련하는 것처럼 도시 반대편으로 불러?" 셕은 주먹을 쥐고 손날로 유리 가림막을 쳤다. "조심해야 한다고 했잖아. 쿨하게, 몰라? 애그니스한테 걸리기라도 하면 어떻게 될 거 같아, 어? 내가 말해줘? 아마 시작으로는 니 목덜미를 쥐어 잡고 클라이드강을 한 바퀴 돌 거다. 니 몸뚱이를 밟아놓은 다음에는 니 이름에 똥칠할 거야. 밤마다 니네 부모님이 잠자리에 막 들었을 즈음에 전화해서 씨불이겠지. 착한 가톨릭 딸년이 유부남이랑 놀아났다고." 셕은 입을 다물고 자신의 말이 일으킨 효과를 감상했다. "그게 니가 원하는 거냐?"

앤 마리의 두 뺨에서 눈물이 흘러내려 앞치마에 고였다. "하지만 난 당신을 사랑해요."

셕은 택시를 홱 꺾어 텅 빈 주차장의 어두운 구석에 세웠다. 시계를 내려다보고, 백미러에서 여자와 눈을 마주쳤다. "그래, 그럼 빌어먹을 팬티나 후딱 벗어. 오 분밖에 시간 없으니까."

시내로 돌아가는 길에 셕은 허기가 졌다. 앤 마리가 최소한 당분간은 회사에 전화하지 않을 거라는 확신이 들었다. 괜찮은 계집이었다. 젖가슴이 크고 열정적인. 하지만 그의 스타일을 구기고 있다. 어린 여자들은 너무 많이 바라는 게 문제다. 확실히, 앤 마리와는 끝내야 한다.

CB 무전기의 목소리를 생각하고 있는 셕의 귀에 바로 그 목소리가 다시 들렸다. "31번 차, 31번 차. 대답하세요."

셕은 핸드마이크를 들고 숨을 참았다. 운수 나쁜 날이었다. "조우니?"

"당장. 집에. 전화해요." 대답이 퉁명스러웠다.

고든 스트리트 어귀에 택시를 세운 뒤에 석은 잔돈 통의 동전을 쥐고 빗속을 달려 빨간 공중전화박스로 들어갔다. 박스 안은 습하고 지린내가 났다. 이전에 애그니스의 호출을 무시해봤지만 상황만 악화되었다. 밤이 깊어갈수록 애그니스는 점점 더 끈질기고 포악해질 것이다. 최선의 방책은 당장. 집에. 전화하는 것이었다.

통화연결음이 한 번 울리기도 전에 애그니스가 전화를 받았다. 애그니스는 복도에 있는 전화기 탁자의 인조가죽 쿠션에 앉아서 기다리는 시간을 술로 채우고 있었을 것이다.

"여보오세요." 목소리가 들렸다.

"애그니스, 왜?"

"하, 포주 나리께서 행차하셨네."

"애그니스." 셕이 한숨을 내쉬었다. "이번엔 또 무슨 일이야?"

"난 알아." 술 취한 목소리가 내뱉었다.

"뭘?"

"다 안다고. 전부 다."

"당신 지금 뭔 소릴 하는 거야." 셕은 비좁은 박스 안에서 불편하게 옴짝거렸다.

"다 안다고오오." 축축한 입술이 수화기에 바짝 붙어 있어서 목소리가 울렸다.

"계속 헛소리할 거면 난 일하러 간다."

수화기 반대편에서 흐느낌이 들려왔다.

"애그니스, 회사에 자꾸 전화 좀 하지 마. 이러다 내 모가지가 위험하겠다. 몇 시간 있으면 퇴근하니까 그때 이야기해, 됐지?" 아무 대답이 없었다. "내가 뭐 하나 말해줄까? 난 당신을 사랑해." 셕이 거짓말하자 흐느낌은 더욱 거세졌다. 셕은 전화를 끊었다.

술 장식이 달린 브로그 구두에 오줌과 빗물이 스며들었다. 셕은 검은 수화기를 다시 들고 공중전화박스의 옆면을 내리쳤다. 유리창 세 장이 깨지고 수화기가 부서지고 나서야 기분이 다소 풀렸다. 택시로 돌아온 다음에도 셕은 핸들을 부여잡은 손에 힘이 빠질 때까지 십 분 동안 가만히 앉아 있어야 했다.

뭘 좀 먹으면 기분이 나아질지도 모른다. 셕은 좌석 밑을 더듬어 플라스틱 도시락통을 꺼냈다. 마가린과 식빵 냄새를 맡으니 결혼생활과 바글거리는 아파트가 떠올랐다. 애그니스가 싸준 콘비프 샌드위치가 다시금 화를 돋우었다. 셕은 샌드위치를 도랑에 던지고, 골목길을 몇 개 지나 디롤로 앞에 차를 세웠다. 디롤로는 24시간 영업하는 흔한 튀김집이었다. 밤새 열려 있고 주인이 입이 무거운 덕분에 택시운전사와 매춘부 모두에게 인기가 많았다. 디롤로의 외관 간판에는 커다란 랍스터가 그려져 있었지만, 막상 식당에 들어가면 그렇게 이국적인 메뉴는 없었다.

조 디롤로가 언제나처럼 카운터 뒤에 뿌리를 내린 듯이 서 있었다. 밤이 되면 형광등 조명 아래 조는 시체처럼 보였다. 조는 키가 작고 숱 없는 머리를 뒤로 빗어 넘겼는데, 튀김 기름이나 브릴크림 혹은 그 두 개를 다 머리에 치덕치덕 바른 것 같았다. 기름진 빙산처럼, 그의 부푼 머리와 어깨만 카운터 위로 보였다. 누리끼리한 빙산의 하부는 조가 카운터 밑에 보관하는 커다란 마체테 칼에 기대어 있었다. 손님이 오면 조는 살진 얼굴을 기울이고 가래 끓는 목을 가다듬으며 인사했다.

"잘 지내나, 조?" 셕이 건성으로 물었다.

"나쁘지 않아."

"오늘 밤은 이쁜이들이랑 바쁘게 보내셨나보군?" 눈을 감고 비틀거리는 말라깽이 여자를 엄지손가락으로 가리키며 셕이 물었다.

"에이, 재네들은 오락가락하지, 뭔 소린지 알지?" 조가 자기 농담에 웃음을 터뜨렸다. "이젠 장사에 별 도움도 안 돼. 감자튀김 반 접시에 탄산음료 하나가 땡이야! 그런 담에 화장실을 쓰게 해달라고 부탁하지. 내 화장실을. 늙은 조는 허락해. **그래, 쓰쇼.** 착한 남자니까. 근데 저년들은 한번 들어가면 한 시간 동안 나오질 않아. 감자튀김 반 접시를 시켜놓고 내 화장실에서 보지를 씻고 있는 거야."

셕은 뜨거운 카운터에 올려진 생선튀김에 시선을 고정하고 있었다. "마약 때문 아니겠냐. 난 이제 재네들한테 찔러 넣기도 무섭다니까."

"그러게 말야. 파리처럼 죽어나가고 있어. 마약 하다 뒈지지 않으면 어떤 못된 새끼한테 목 졸려 죽겠지."

"골뱅이 먹고 있는데 입맛 떨어지잖아." 셕이 정색했다. "생선튀김 세트에 소금이랑 식초 많이."

조는 흰 종이를 펼치고 그 위에 큼직한 감자튀김 한 무더기와 노릇하고 커다란 생선튀김을 올렸다. 그리고 김이 모락모락 나는 튀김에 소금과 식초를 뿌렸다. 셕이 손가락을 돌리며 말했다. "까득 뿌리게, 조. **까아득.**" 조는 튀김이 축축해질 때까지 뿌렸다.

조가 접시를 건네주며 말했다. "그나저나 자네 아직도 확답을 주지 않았어. 그 집 계약할 거야, 말 거야?"

조 디롤로는 튀김집을 운영하는 것 말고도 글래스고 시의회를 상대로 사기 치는 것으로 유명했다. 딸 부자인 그는 시의회가 지원하는 공영주택을 딸들 이름으로 빌린 다음에 원래 집세에 일주일에 10파운드 웃돈을 얹어 임대했다.

"나중에 알려줄게." 셔은 슬그머니 내뺐다. "우리 집사람이, 음, 좀 까다롭잖나."

"난 자네가 이사하고 싶다고 해서 놀랐네. 사이트힐 꼭대기에서 왕처럼 떵떵거리고 사는 줄 알았는데."

"왕은 괜찮아. 참수해야 하는 건 왕비지. 그 빈집을 좀만 더 가지고 있어봐. 먼저 처리해야 할 일이 한두 가지가 아니야. 제대로 해치우고 싶거든." 셔은 싱긋 웃으며 커다란 감자튀김을 베어 물었다.

셔이 마지막 골뱅이를 먹어치웠을 즈음에는 근무시간이 한 시간 정도밖에 남지 않았다. 셔은 창문을 내렸다. 조지 스퀘어 위로 아침 해가 떠오르며 도시를 따스한 오렌지빛으로 물들이고 로버트 번스의 동상에서 빨갛게 타오르고 있었다. 하루 중 최고의 시간이었다. 낮에 일하는 얼간이들이 망가뜨리기 전에 도시가 평화로운 순간. 셔은 시간이 빨리 지나가길 바라며 초조히 시계를 보다가 노스사이드로 일찌감치 출발했다.

조우니 미클화이트에게 천천히 가는 길에 셔은 창문을 다 내리고 집게손가락으로 초록색 방향제의 버튼을 달칵 눌렀다. 조우니도 곧 퇴근할 것이고, 그들은 CB 무전기로 하지 못한 이야기들을 서로에게 전부 할 수 있을 것이다. 셔은 주차된 택시 서너 대 사이에 차를 바짝 붙이고 조우니를 기다렸다. 핸들 위로 몸을 수그리고, 철부지 소년처럼 히죽거리며 크리스마스를 기다리듯 정문을 열렬히 바라보았다.

4

저녁이 되어 가로등에 불이 들어오기 시작했을 무렵 두 사람은 젖은 몸으로 침대 가장자리에 앉아 있었다. 이날 오후에 애그니스는 욕조에 물을 받아 셔기를 목욕시켰고, 외로움에 겨워 자신도 욕조 안으로 들어갔다. 리지가 봤으면 한바탕 잔소리를 퍼부었을 것이다. 이제 그만할 때가 되었다. 셔기는 다섯 살치고 조숙했다. 이날 처음으로 셔기는 어머니의 음부를 보고, 틀린 그림 찾기를 하는 표정으로 자신의 것과 비교했다.

애그니스와 셔기가 샴푸통에 물을 채우고 서로 비눗물을 쏘며 신나게 노는 사이에 욕조의 물이 차갑게 식었다. 애그니스는 발톱에 칠한 페디큐어를 셔기가 지우게 해주었다. 아이가 쏟는 관심과 정성이 텅 빈 미터기에 떨어지는 동전처럼 애그니스의 마음을 채워주었다.

셔기가 고개를 푹 숙이고 집중해서 페디큐어를 지우는 동안 애그니스는 침대 끝에 걸터앉아서 아이의 윤기 나는 검은 머리칼을 빗었다. 셔기는 부릉부릉 입소리를 내며 장난감 자동차를 가지고 놀았다.

장난감 자동차는 침대보의 미로 같은 페이즐리 무늬를 따라 달리다가 캠시 언덕을 넘듯이 가뿐히 애그니스의 맨다리에 올라왔다.

자신이 무엇을 보고 있는지 모르는 아이는 셕의 손톱이 애그니스의 허벅지 안쪽에 남긴 하얀 흉터를 따라 자동차를 굴렸다. 그러다 자동차는 갈지자로 침대보로 후진했다. 자동차가 후진하며 끼이익 소리를 냈고, 아이는 어머니를 올려다보며 아버지의 자아도취 미소를 지었다.

애그니스는 은닉처에서 새로 라거 한 캔을 꺼내 고리를 살며시 당기고, 입구로 올라온 거품을 손가락으로 조심스럽게 쓸어 담아 입에 넣었다. 애그니스는 다 마신 테넌트 맥주캔을 셔기에게 주었다. 아이는 맥주캔 옆면에 인쇄되어 있는 반나체 미녀들의 사진을 좋아했다. 지금 건네준 캔을 셔기는 열중해서 보고 있었다. 처음 보는 여자였는데, 월리 할아버지가 가르쳐준 대로 천천히 한 음절씩 읽었을 때 여자의 이름에서 나는 소리가 좋았다. 쉬, 히, 나.

셔기는 집 안 여기저기에서 뒹구는 맥주캔을 모아 욕조의 가장자리에 나란히 세우곤 했다. 셔기는 사진 속 여자들의 조그만 머리를 쓰다듬고 여자들끼리 수다를 떨게 했는데, 대개 카탈로그에서 신발을 주문하거나 바람둥이 남편을 욕하는 독백이었다. 한번은 셔기가 이렇게 놀고 있는데 셕이 들어왔다. 여자들을 줄 세우고 그들의 이름을 한 음절씩 발음하는 아이를 셕은 흐뭇한 표정으로 보았다. 나중에 셕은 동료 택시운전사들에게 자랑했다. "다섯 살밖에 안 됐는데 말야!" 셕이 말했다. "지 아비를 아주 빼다 박았지 뭐야." 셔기의 놀이가 의미하는 바를 제대로 이해한 애그니스는 슬픈 표정으로 바라보기만 했다.

그 주말에 애그니스는 셔기를 데리고 B.H.S 백화점에 가서 아기 인형을 사주었다. 통통한 갓난아기 인형인 대프니는 1950년대 주부처럼 둥그렇게 부풀린 머리를 달고 있었다. 셔기는 대프니를 사랑했다. 인형이 생기자 셔기는 맥주캔 아가씨들을 전부 쓰레기통에 버렸다.

셔기가 어머니를 조용히 바라보고 있었다. 아이는 늘 바라보고 있었다. 애그니스는 세 아이를 같은 틀에서 키웠고, 세 명 모두 교도관처럼 경계심이 많고 늘 눈치를 살폈다.

"한번 놀아볼 준비 됐수?" 셔기가 텔레비전에서 들은 실없는 말을 따라 했다.

애그니스는 움찔했다. 애그니스는 매니큐어 바른 손으로 셔기의 얼굴을 감싸고 보조개를 살며시, 아이의 아랫입술이 볼록 튀어나올 때까지 눌렀다. "되, 었, 어." 애그니스가 발음을 고쳐주었다. "됐어."

볼을 누르는 어머니의 손길이 좋았는지 셔기는 고개를 갸웃거리며 도발했다. "됐수우우우."

애그니스의 미간에 주름이 잡혔다. 애그니스는 집게손가락을 셔기의 입에 넣고 아랫니에 걸어서 아이의 입을 살짝 벌린 다음에 그대로 잡고 있었다. "휴*, 그 사람들 수준으로 떨어질 필요 없어. 다시 해보자."

어머니의 손가락을 입에 문 채로 셔기가 또렷하지는 않지만 똑바로 발음했다. 애그니스가 좋아하는 올바른 어 소리가 났다. 만족한 애그니스는 고개를 끄덕이고 입을 놓아주었다.

"구럼 생쥐가 집을 막 헤집구 다니구 있수?" 셔기는 까불거리며 엉터리 문장을 끝맺기도 전에 까르르 웃음을 터뜨렸다. 애그니스가 잡으려고 몸을 기울이자 아이는 무서운 척 깍깍 행복한 비명을 내지르며 침대 주위에서 도망 다녔다.

---

* 셔기(Shuggie)와 아버지 셕(Shug)의 이름은 휴(Hugh)의 애칭이다.

알람 시계 옆에 카세트테이프가 한 무더기 쌓여 있었다. 셔기는 원하는 테이프가 나올 때까지 무더기를 뒤적이며 하나씩 바닥에 떨어뜨렸다. 섁이 사준 알람 시계인데, 카세트테이프를 넣고 들을 수 있었다. 섁은 주유소에서 받은 쿠폰을 벽돌처럼 쌓아 고무줄로 묶은 다음에 금괴를 하사하는 태도로 애그니스에게 건네주었다. 플라스틱 버튼을 누르면 카세트테이프 홀더가 열렸다. 셔기는 테이프를 넣고 리와인드 버튼을 눌렀다. 테이프가 윙윙거리며 뒤로 감겼다. 시계에서 나오는 음악 소리는 작고 빈약했지만 애그니스는 불평하지 않았다. 음악이 있으면 방이 덜 허전했다. 셔기는 침대에 서서 애그니스의 어깨에 손을 올렸다. 그 자세로, 두 사람은 한동안 몸을 흔들었다. 애그니스가 셔기의 코에 입을 맞추었다. 셔기도 애그니스의 코에 입을 맞추었다.

노래가 바뀌었다. 애그니스는 맥주캔을 가슴에 끌어안고 춤추기 시작했고, 셔기는 그런 어머니를 바라보았다. 애그니스는 눈을 질끈 감고, 자신이 젊고 희망찼으며 열망의 대상이었던 시절로 돌아갔다. 그 옛날 배로우랜드 댄스장. 낯선 남자들이 그녀를 열렬히 쫓아다니고 여자들은 시샘하며 눈을 내리깔았던 그곳. 애그니스는 부챗살을 펼치듯 손가락을 우아하게 하나씩 펴고 자신의 몸을 어루만졌다. 골반 바로 위에 늘어진, 아이 세 명을 출산하며 생긴 뒤에 좀처럼 없어지지 않는 뱃살이 손에 닿았다. 애그니스는 눈을 떴고, 못나고 어리석고 뚱뚱한 여자가 된 기분으로 과거에서 빠져나왔다.

"이 벽지가 너무 싫어. 커튼도 싫고 침대도 싫고 이 빌어먹을 램프도 싫어."

셔기는 양말을 신은 발로 푹신한 침대에 섰다. 어머니의 어깨를 끌어안으며 다시 매달리려고 했지만 이번에는 어머니가 그를 밀어냈다.

비좁고 벽이 얇은 아파트는 온종일 시끄러웠다. 아버지를 위해 크게 틀어놓은 텔레비전의 소음이 끊임없이 울렸고, 캐서린이 열일곱 살의 불만을 나지막이 토로하며 방에서 오락가락할 때마다 방으로 가져간 전화기의 선이 방문 아래 베니어판을 긁었다. 위층, 아래층, 양옆에 이웃이 살았고, 16층 높이에서 늘 거센 바람이 아귀가 안 맞는 창틀을 덜컹덜컹 흔들었다.

애그니스는 두 손으로 머리를 감싸 쥐었다. 어떤 잉글랜드인 코미디언의 간드러진 말에 부모님이 폭소를 터뜨렸다. 큰아이 두 명은 집에 없었고 어디에 갔는지 짐작도 할 수 없었다. 이제 그들은 늘 밖으로 나도는 듯했다. 그녀의 뽀뽀를 피하고 그녀가 말할 때마다 눈알을 굴렸다. 애그니스는 옆에 있는 셔기의 조용한 숨소리를 무시했다. 잠시나마, 자신이 아이 셋이 딸린 마흔에 가까운 유부녀라는 사실을 잊었다. 다시 한번 그녀는 방에 틀어박혀 벽 너머 부모님의 말소리를 듣고 있는 애그니스 캠벨이었다.

"엄마 위해 춤춰줘." 애그니스가 불쑥 말했다. "우리끼리 파티하는 거야." 애그니스는 알람 시계의 버튼을 눌러 테이프를 앞으로 감았다. 애달픈 노래의 박자가 빠르고 활기차게 바뀌었다.

셔기는 어머니의 맥주캔을 들고, 신비로운 묘약을 마시듯 입술에 가져다 대었다. 씁쓸한 귀리 맛에 셔기는 얼굴을 찡그렸다. 탄산음료와 우유와 죽이 뒤섞인 맛이었다. 셔기는 어머니를 위해 춤췄다. 박자를 놓치면서 양옆으로 스텝을 밟고 손가락을 튕겼다. 애그니스가 웃음을 터뜨리자 셔기는 더욱 열심히 추었다. 어머니의 웃음을 자아낸 것이라면 무엇이든지 수차례 되풀이하다가 애그니스의 웃음이 억지스러워지면 그녀를 행복하게 해줄 다른 동작을 궁리했다. 셔기는 팔을 휘두르며 방방 뛰었다. 애그니스가 손뼉을 치며 웃었다. 어머니가 행복해 보일수록 셔기는 더욱 열성적으로 팔다리를 흔들고 몸을 돌렸다. 벽지의 페이즐리 무늬가 출렁이는 것 같아서 멀미가 났지만 셔기는 계속해서 허공을 찌르고 골반을 흔들었다. 고개를 뒤로 젖히고 웃는 애그니스의 눈에서 슬픔이 가셨다. 셔기는 터프가이처럼 턱을 쑥 내밀고 손가락을 튕겼다. 여전히 박자를 못 맞추었지만 상관없었다.

그 소리가 났을 때 두 사람은 배를 부여잡고 웃고 있었다.

복도에서 현관문이 열렸다가 닫혔다. 문소리가 들렸다기보다는 바람이 빨려나가고 공간이 수축하는 느낌을 받았다. 묵직한 발소리가 침실로 느릿느릿 다가왔다. 애그니스는 빈 맥주캔을 그러모아 침대 뒤에 얼른 숨겼다. 반지의 보석이 위로 가게 똑바로 돌리고, 기대하는 눈빛으로 문을 향해 돌아서며 최고로 담담한 미소를 연습했다. 무거운 발걸음이 문밖에서 멈췄다. 바지 주머니에서 동전이 가볍게 짤랑댔다. 뒤이어 낮은 한숨 소리가 나더니, 발걸음은 복도를 계속 걸어 거실로 갔다. 셕이 첫 티타임에 쉬러 온 것이었다. 부부가 함께 보내야 하는 시간이었다. 셕이 장인, 장모에게 인사하는 소리가 들렸다. 애정이라고는 터럭만큼도 느낄 수 없는 차가운 목소리였다. 텔레비전 화면이 반사된 안경 뒤에서 시선을 들고 사위에게 미소를 짓는 아버지의 모습이 눈앞에 그려졌다. 아버지는 자리에서 일어나 자신이 앉아 있던 편한 안락의자를 셕에게 권할 것이다. 두 남자는 의자뺏기 놀이를 하는 것처럼 의자 주변을 빙글빙글 돌다가, 결국에는 셕이 월리의 어깨에 손을 올리고 그를 다시 앉힐 것이다. 리지는 굳은 얼굴로 주전자에 물을 끓이며, 방금 집에 들어온 것이 셕이 아니라 캠시 언덕의 된바람인 것처럼 부르르 몸을 떨었을 것이다.

이 모든 것을 애그니스는 벽을 통해 들었다. 돌연 애그니스는 서랍장 위의 로션과 향수병 들을 반대쪽 벽으로 날려버렸다. 램프가 옆으로 넘어지며 망가졌다. 갓이 벗겨진 램프의 알전구가 애그니스를 아래쪽에서 비추었고, 완전히 딴사람 같은 어머니의 얼굴을 보고 셔기는 겁을 집어먹었다. 순식간에 모든 것이 엉망이 되었다.

애그니스는 침대 끄트머리에 털썩 앉았다. 엎질러진 맥주가 매트리스를 적시고 셔기의 양말에 스며들었다. 애그니스는 아이의 머리칼에 얼굴을 묻고 메마른 좌절의 눈물을 흘렸다. 애그니스의 축축한 숨결이 셔기의 목을 적셨다. 애그니스는 침대에 쓰러지며 셔기를 자기 옆에 눕혔다. 꽉 안긴 채로 올려다본 어머니의 얼굴은 한쪽으로 치우쳤고, 눈꺼풀의 색깔이 번지며 흘러내리고 있었다. 맥주캔의 미녀들도 가끔 이런 모습이었다. 핀트가 어긋난 인쇄판에 대충 찍어낸 여자들은 온전한 자기 모습을 갑자기 잃었다. 그들은 여러 레이어가 들쑥날쑥 겹쳐진 엉망진창 형상에 불과했다.

애그니스는 매트리스에서 손을 뻗어 담배를 집었다. 담배에 불을 붙이고 빽빽 세게 빨아서 동색 담뱃불을 환하게 밝혔다. 그리고 잠시 담뱃불을 응시했다. 알람 시계에서 흘러나오는 노래를 따라 부르는 애그니스의 목소리가 자기연민에 잠겼다. 애그니스는 오른팔을 우아하게 쭉 뻗고, 붉게 빛나는 담뱃불을 커튼에 가만히 대고 있었다. 재가 타들어가다가 회색 연기로 피어올랐다. 연기가 오렌지색 불꽃을 터뜨리자 아이는 움찔거리기 시작했다.

애그니스는 담배를 들지 않은 손으로 아이를 끌어당겼다. "쉬이잇, 우리 아들 의젓하게 굴어야지." 애그니스의 눈은 죽음처럼 차분했다.

방이 금빛으로 물들었다. 불길은 싸구려 합성섬유 커튼을 날름날름

삼키며 천장을 향해 내달렸다. 탐욕스러운 불길의 손아귀에서 벗어나려는 듯 검은 연기가 빠르게 피어올랐다. 셔기가 무서워할 만한 상황이었지만 어머니는 완벽히 침착해 보였고 방은 그 어느 때보다 아름다웠다. 불빛이 벽에 그린 그림자가 너울너울 춤췄고, 벽지의 페이즐리 무늬가 살아나서 연기로 만들어진 물고기 떼처럼 유영했다. 애그니스는 아이를 품에 끌어안았고, 두 사람은 눈앞에 새롭게 펼쳐진 찬란한 광경을 조용히 바라보았다.

커튼이 거의 다 불살라졌다. 불탄 천 조각이 녹은 아이스크림처럼 카펫에 뚝뚝 떨어졌다. 습기에 들린 창가 벽지에 불이 옮겨붙었다. 플라스틱 커튼 봉이 열기에 녹아 반으로 뚝 끊어지고 무너진 다리처럼 비스듬하게 기울었다. 부글부글 끓는 것처럼 불타던 커다란 커튼 조각이 침대 가장자리에 떨어졌다. 연기가 애그니스와 셔기를 휩쌌다. 셔기가 다시 움찔거리기 시작했다. 기침을 멈출 수 없었다. 할머니의 검은색 빙고 펜을 입에 물었다가 잉크가 터졌을 때처럼 끈적하고 쓰고 검은 기침이 연거푸 터져 나왔다. 애그니스는 꿈쩍도 하지 않았다. 그녀는 눈을 감고 슬픈 곡조를 흥얼거렸다.

문간의 어두운 그림자에 셕이 서 있었다. 신선한 산소가 들어오자 불길이 천장을 가로질러 마중 나갔다. 셕이 침대 위로 훌쩍 올라오나 싶더니 창문이 벌컥 열렸다. 셕은 맨손으로 불타는 커튼을 잡아 창밖으로 밀어내고, 바닥에서 용암처럼 녹고 있는 커튼 덩어리 중에서 가장 큰 것들을 창밖으로 던졌다. 순식간에 그는 다시 사라졌다. 아버지가 자신들을 버리고 갔다고 확신하며 셔기가 으앙 울음을 터뜨렸다.

셕은 물에 적신 목욕수건을 휘두르며 돌아왔다. 수건이 목표물을 맞힐 때마다 탄내 나는 물보라가 튀기며 불꽃이 죽었다. 셕은 침대로 몸을 돌리고, 얽혀 있는 애그니스와 셔기의 몸을 젖은 수건으로 내리쳤다. 수건이 살을 휘갈길 때마다 아팠지만 셔기는 비명을 삼켰다. 애그니스는 여전히 눈을 감고 가만히 누워 있었다.

마지막 불꽃이 사그라진 뒤에 셕은 아내와 아이로부터 몸을 돌리고 잠시 우두커니 서 있었다. 셔기의 맵고 쓰라린 눈에 분노로 들썩이는 아버지의 어깨가 아른거렸다. 셕이 다시 뒤돌아섰다. 얼굴은 열기에 벌겋게 익었고 불끈 쥔 주먹은 화상을 입어서 빨갛게 부어 있었다.

어두운 복도에 리지와 월리가 서 있었다. 셕은 애그니스의 품에서 셔기를 떼어내 리지에게 데려왔다. 애그니스는 미동도 안 하고 죽은 듯이 누워 있었고, 셕이 얼굴을 쥐어도 입술만 물고기처럼 묘하게 벌어졌다. 셕은 허리를 숙이고 애그니스를 세게 흔들며, 입꼬리에 침이 고일 때까지 그녀의 이름을 연거푸 불렀다.

소용없었다.

셕은 아이를 부둥켜안고 있는 리지를 돌아봤다. 월리가 커다랗고 거친 손으로 안경 뒤 눈가를 훔쳤다. 월리의 얼굴에는 벌써 눈물이 흐르고 있었다. 셕은 움직이지 않는 아내의 몸을 굽어보았다. 방은 조용했다. 무슨 말을 해야 할지, 아무도 몰랐다.

애그니스는 정적이 석연찮았다.

애그니스가 한쪽 눈을 떴다. 동공이 매우 어둡고 확대되어 있었지만 눈빛은 맑고 또렷했다. 그녀는 찌부러진 담배를 입에 물었다. "빌어먹을, 당신 어디 갔었어?"

5

시내에 오렌지단* 당원들이 득시글거렸다. 그들은 피리와 파이프를 불고 드럼을 두드리며 조지 스퀘어의 기념비에서 글래스고 그린 공원까지 행진했다. 캐서린은 회사 창문 아래로 지나가는 오렌지단의 갖가지 지부 장식띠와 배너를 내려다보았다. 빌리왕을 찬양하며 행진을 시작한 개신교들은 술집이 문을 열기 시작할 즈음에는 "꼴좋다, 페니언** 얼간이들아"라고 악을 쓰며 노래했는데, 캐서린은 처음 들어보는 선율이었고 그들도 자기들이 무슨 노래를 부르는지 모르는 것 같았다.

반사띠가 달린 제복을 입은 경찰들이 흥분한 말을 타고 온종일 대기했다. 행진이 끝난 지금, 젊은이들은 떼로 모여 자기들 교파의 노래를 패악스러운 성가대처럼 불러댔다. 그들은 지나가는 아가씨들에게 지분거리고, 잘못된 색깔 옷을 입은 남자들을 보이는 족족 쫓아버

---

* 충의 오렌지단. 국제 개신교 남성친목단체. 영국 연합주의를 지지한다.

** 잉글랜드의 식민통치에 맞서 아일랜드 공화국을 결성하기 위해 조직되었던 단체. 현재는 주로 아일랜드 공화주의자나 가톨릭을 모욕하는 칭호로 사용된다.

렸다.

캐서린은 난동의 절정을 피하고자 최대한 늦게 사무실을 나섰다. 회사의 사암 건물 앞으로 나가며 캐서린은 새로 산 에메랄드색 코트와 굽이 높은 스웨이드 부츠 차림으로 나온 것을 후회했다. 엎친 데 덮친 격으로 비구름이 7월의 태양을 가리며 날이 음산해지자 휴일에 일했다는 사실에 새삼 부아가 치밀었다. 그녀가 딱히 계산에 능한 것도 아닌데 캐머런 씨는 자신이 나오는 날엔 무조건 출근하라고 명령해서, 온종일 캐서린은 울리지 않는 전화를 기다리고 캐머런 씨가 마시지 않는 차를 끓여야 했다.

그래도 첫 직장으로서 결코 나쁜 곳이 아니라고, 특히나 학교에서 막 나왔고 머릿속엔 남자랑 옷 생각뿐인 멍청한 여자애에게 충분히 좋은 곳이라고 그녀의 의붓아버지 셔은 말했다. 대출업이 지루하긴 했지만, 모든 것이 깔끔하게 정리되고 한 치의 오차도 없이 맞아 떨어져야 한다는 업무의 특성은 캐서린의 기질에 적합했다. 서류를 넘길 때마다 캐서린은 모든 페이지의 아랫부분에 빨간 펜으로 단정히 적힌 숫자를 보고 기분이 좋아졌다. 숫자는 정확하고 진실하며, 반박의 여지가 없었다. 캐서린의 꼼꼼한 성격, 자신이 가진 것과 쓸 수 있는 것에 대한 면밀한 분석력은 어쩌면 애그니스로부터 물려받은 특성이었다.

과연, 썩 나쁘지 않은 일자리였다. 게다가 캐머런 씨에게는 건장하고 잘생긴 아들이 한 명 있었는데, 지금 주위를 경계하며 집에 돌아가는 길에 캐서린은 그를 생각하며 공상에 빠졌다. 영화관에서 캠벨 캐머런의 손은 음란한 낙지의 촉수처럼 쉴 새 없이 미끄러져 들어왔다. 캠벨이 아무리 부드럽게 혀를 밀어 넣어도 캐서린은 그가 자신의 권리를 내세우듯이 행동한다는 느낌을 떨칠 수가 없었다.

한번은 리지가 캐서린을 따로 불러내더니, 미련하게 굴지 말고 셰이머스 켈리랑 결혼하라고 타일렀다. 자기를 보라며, 선량한 가톨릭 남자와 결혼해서 온갖 풍파에도 불구하고 거의 반세기 가까이 해로하고 있지 않으냐고 말했다. 그러나 캐서린에게 할머니의 말은 그다지 설득력이 없었다. 캐서린이 알기로 할머니는 새 소파를 평생 두 번밖에 못 샀다. 결혼이라는 것이 부르튼 손과 삐걱거리는 무릎보다는 더 많은 것을 의미하길 캐서린은 바랐다. 사실 리지가 걱정해야 할 대상은 캐머런이 아니었다. 캐서린의 의붓아버지 석이 자신의 조카 도널드 주니어를 캐서린과 엮어주려고 부지런히 손을 쓰고 있었다.

의붓아버지의 조카를 처음 만난 날 캐서린은 그의 자신만만하고 여유로운 몸가짐에 남몰래 설레어했다. 캐서린의 좁은 거실이 제집 안방이라도 되는 양 도널드 주니어는 다리를 쩍 벌리고 앉아서 겸손이라고는 찾아볼 수 없는 말투로 자기 이야기를 떠벌렸다. 자신이 그녀보다 더 중요한 사람이라고 넌지시 암시하는 도널드 주니어의 태도가 캐서린에게는 매력으로 다가왔다. 사랑을 넘치게 받고 배불리 먹는 개처럼 항상 자기중심적인 개신교들 고유의 태도였다. 개신교 어머니들은 자식이 부끄럽거나 못난 짓을 해도 자랑스러워했다. 도널드 주니어는 양심이나 죄책감이 무엇인지조차 모르는 듯했다. 도널드 주니어는 실제로는 옅은 분홍빛 피부를 지녔지만, 그야말로 황금 동상처럼 대우받았다.

캐서린은 도널드 주니어가 먹는 모습을 좋아했다. 그가 양배추 수프보다 양고기 드리핑을 선호하고, 자신의 스토비 접시에는 소시지 세 개가 통째로 들어 있을 거라고 당연시하는 모습을 처음 봤을 때 캐서린은 큰 충격을 받았다. 심지어 도널드 주니어는 리지에게 접시를 돌려주며 더 달라고 요구했다. 이런 마당에, 도널드 주니어와 사귀게 된 것이 행운 같다고 어떻게 할머니에게 털어놓겠는가? 캐서린이 두 남동생과 한방을 쓰는 동안 도널드 주니어는 뭇 여자아이들과 관계했다는 것은 모두가 아는 사실이었다. 도널드 주니어는 자기 어머니에게 방세를 내지도 않았다. 그는 무엇 하나 고마워하거나 미안해할 필요가 없었다.

그들이 만난 순간부터 도널드 주니어는 캐서린의 처녀성에 종지점을 찍으려고 분투했다. 캐서린이 첫영성체의 중요성을 훈계하고 혼전 순결에 대한 굳은 결심을 털어놓았을 때 도널드 주니어는 폭소를 터뜨렸다. 과연 그는 셕의 조카였다. 그러나 캐서린은 손바닥에 손톱자국이 나도록 주먹을 꾹 쥐고 거부했다. 순결을 지키다가 결국 차일 거라고 내심 예상하기는 했지만, 주도권을 잡은 듯한 흔치 않은 느낌은 짜릿했다. 그런데 웬일인지 도널드 주니어는 캐서린을 떠나지 않았다. 그 대신 그는 삼촌 셕과 의논했다. 그리고 캐서린의 열일곱 번째 생일에 트롱게이트 버스에서 청혼했는데, 캐서린보다는 자기 자신에게 심취한 허세스러운 청혼이었다.

빗줄기가 굵어지자 캐서린은 하이힐 부츠를 신은 발을 서둘러 옮겼다. 석간신문 1면에는 온갖 끔찍한 사건들이 검고 붉은 글씨로 찍혀 있었고, 도시의 음지에서 강간당하고 살해당한 젊은 여자들의 증명사진이 그 옆을 장식했다. 신문은 여자들을 매춘부로 매도하며 그들을 거리로 내몬 마약 중독에 대해 편견 가득한 이야기를 실었다. 그중 한 명은 교살당한 뒤 갓길의 얕은 개울에 버려졌다. 살인범은 여자의 망가진 몸을 반으로 고이 접어 검은 쓰레기봉투에 넣었다. 몇 달후 쓰레기 투기범이 실수로 찢은 쓰레기봉투에서 보라색 팔이 빠져 나올 때까지 시체는 그곳에 방치되어 있었다. 그 오랜 시간 동안 아무도 여자의 실종을 신고하지 않았다. 기사를 읽고 윌리는 안쓰러워하며 틀니 낀 입으로 혀를 찼고, 리지는 성당은 대체 무얼 하고 있었느냐고 비난했다.

캐서린은 죽은 여자들의 사진을 무서워하면서 자세히 살펴보았다. 얼굴의 생기를 앗아가는 포토부스의 오렌지색 배경 탓에 여자들의 푹 꺼진 뺨과 퀭한 눈이 한층 더 섬뜩해 보였다. 젊은 여자가 살해당했는데, 그녀의 가족이 제공한 사진이라고는 고작 대중교통 월간이용권을 위해 찍은 증명사진의 여분이었다.

캐서린이 아파트의 콘크리트 앞마당에 도착했을 무렵에는 날빛이 희미하게 남아 있었다. 어스름 속에서 어린아이들이 둥글게 모여 무언가를 막대기로 쿡쿡 찌르고 있었다. 이 시각에 나와 있기에는 너무 어린 아이들이었고, 몇몇은 비옷이나 신발도 없이 여름비를 고스란히 맞고 있었다. 축축이 젖은 무더기에서 무언가 캐서린의 시선을 끌었다. 눈에 익숙하면서도 땅바닥에 있는 모습이 묘하게 생경했다. 캐서린은 또 죽은 개가 발견된 것이 아니길 바라며 앞마당을 가로질렀다. 최근 누군가 사이트힐에서 배회하는 개들을 쥐약으로 독살하고 있었다. 개들이 땡볕 아래 헉헉대다 죽느니 차라리 그렇게 죽는 편이 낫다고 믿기라도 하는 것 같았다.

앞마당에서 비를 맞고 있는 것은 불살라진 커튼이었다. 엄마 것과 똑같은 보랏빛 페이즐리 무늬 커튼에서 여전히 연기가 피어오르고 있었다. 캐서린은 한 번에 두 층씩 세어서 아파트 16층으로 시선을 들었다. 이 늦은 시간에 창문이 활짝 열려 있고 모든 전등에 불이 들어와 있었다. 불길하다. 릭은 아마 집에 없을 것이다. 이날 저녁에 집에서 그녀가 예상하는 일이 벌어졌다면, 동생은 아마 점심시간에 눈치를 채고 슬그머니 빠져나가서 어딘가에 숨었을 것이다. 릭은 사라지는 데 천부적인 소질이 있었다. 워낙 조용한 아이라서 없어져도 티가 나지 않았다.

그러나 캐서린은 동생을 찾아야 했다. 홀로 어머니를 상대할 자신이 없었다.

으슥한 뒷골목 하나는 오른쪽 세인트 스티븐 성당의 철제 난간과 왼쪽 스프링번 팰릿 공장의 철조망에 양옆이 막혀 있었다. 위험하기로 악명 높은 골목이었다. 한번 골목에 발을 들이면 맨 끝에 다다를 때까지 빠져나갈 길이 없었다. 깡패들이 무척 좋아하는 장소였다. 쓰레기가 흩날리는 골목 중간쯤에서 늙은 커플이 술에 취해 비틀거렸다. 여자가 늙은 남자에게 지저분한 약속을 속닥거렸다. 캐서린은 서둘러 그들을 지나친 다음에 철조망 밑의 틈새로 재빨리 기어서 들어갔다. 그때 철조망에 머리카락이 걸렸다. 그들이 자신을 잡았다는 착각에 겁에 질려 캐서린은 머리를 홱 당겼고, 머리카락이 뽑히면서 진창에 엎어졌다. 홀딱 젖은 데다가 머리까지 뽑힌 캐서린은 철조망에 동물 털처럼 걸려 있는 자신의 머리카락을 보면서, 릭에게 어떻게 분풀이하면 기분이 풀릴까 궁리했다.

팰릿 공장에는 파란색 나무 팰릿 수천 개를 쌓아 올려 만든 큐브들이 있었다. 각 큐브는 높이가 대략 10미터였고, 너비는 여느 아파트와 엇비슷했다. 공장 감독은 큐브를 공동주택 단지처럼 배열했다. 큐브 밑면의 가로와 세로는 각각 팰릿 열 개씩이었고, 큐브와 큐브 사이에는 작은 팰릿 트럭이 가까스로 지나갈 너비의 공간이 있었다. 캐서린은 릭이 마지못해 알려준 좌표를 떠올리며 큐브를 세었다. 대낮에도 큐브 사이에서 길을 잃기 십상이었는데, 어두워지면 더욱 위험했다. 공장의 벽에 달린 조명들이 큐브 단지의 북쪽에서 남쪽으로는 침침한 빛을 비추었지만, 모퉁이를 꺾는 순간 사위가 칠흑처럼 캄캄해졌다.

어둠 속에서 춤추는 오렌지색 불빛을 발견했을 때는 이미 늦었다. 캐서린이 몸을 돌렸지만 스웨이드 부츠의 젖은 굽이 삐끗하며 그녀는 어둠 속으로 더 깊이 미끄러졌다. 거친 손 여러 개가 캐서린의 팔을 단단히 붙잡고 반딧불 무리 앞으로 밀었다. 캐서린이 소리를 지르려 했지만 어느새 손 하나가 입을 틀어막았다. 손가락에서 니코틴과 본드 맛이 났다. 수많은 손이 캐서린의 몸을 뒤지고 더듬었다. 코듀로이 바지가 쓸리는 소리가 나며 다리 한 쌍이 캐서린의 등 뒤에 다가왔다. 다리가 뒤에서 캐서린의 몸을 눌렀다. 딱 달라붙는 얇은 바지를 통해 남자가 느껴졌다. 피와 흥분으로 부풀어 있었다.

불빛 하나가 캐서린의 얼굴 앞에 다가와 위협했다. "씨발, 여기서 뭐 하냐?" 목소리가 물었다.

"이거 젖통이 괜찮은데." 왼쪽에 있는 불빛이 말했다. 반딧불 무리가 낄낄거리며 춤췄다.

"좀 만져보자." 여자의 손처럼 작은 손이 캐서린의 회사용 블라우스를 잡아당겼다.

그때 은빛이 어둠을 갈랐다. 한쪽 뺨에 차가운 금속이 닿았다. 입을 틀어막고 있던 더러운 손이 목으로 내려갔다. 낚시 칼의 은색 칼날이 입가를 누르며 안으로 조금 밀고 들어왔다. 지저분한 숟가락처럼 쇠 맛이 났다.

"셀틱이야, 레인저스야?"

캐서린의 입에서 처량한 울음소리가 새어 나왔다. 대답하기 불가한 질문이다. 잘못 대답한 순간 그녀는 한쪽 귀에서 다른 쪽 귀까지 이어지는 글래스고 스마일을 평생 지니고 살게 될 것이다. 대답을 잘하면 강간으로 끝날지도 모른다.

잠자리에 들기 전에 긴 머리를 빗질하면서 캐서린은 릭이 셔기에게 똑같이 멍청한 질문을 하는 것을 여러 번 들었다. 릭은 깡마른 다리로 동생을 꼼짝 못 하게 깔고 앉은 다음에 두 주먹을 셔기의 얼굴 바로 앞에 대고 물었다. "병원, 아니면 묘지?" 무의미한 질문이다. 무엇이라고 대답하든 결과는 달라지지 않는다. 위에서 깔고 앉은 녀석의 뜻대로 당할 수밖에 없다.

"다시 안 물어본다."

생선 배를 가르는 칼날이 캐서린의 볼 안쪽을 시험하며 이에 부딪쳤다. 캐서린의 왼눈에서 눈물이 한 방울 흘러내렸다. 캐서린은 손가락의 본드 냄새를 기억하고 대답을 쥐어짜냈다. "셀틱?"

실망한 남자가 한숨을 내쉬었다. "운이 좋네." 그는 천천히 칼을 캐서린의 입에서 뺐다. 남자는 캐서린의 얼굴에 서린 공포를 즐기고 있었다. 캐서린은 얼른 손가락을 넣어 입속을 만져보았다. 짜고 뜨뜻한 피 맛이 났지만 천만다행으로 살점은 온전했다.

그때 환한 불빛이 얼굴을 정면으로 비추었다. 캐서린은 놀라서 물러서다가 뒤에 있는 남자와 부딪혔다. "이런 씨발!" 목소리가 외쳤다. "릭 누나잖아." 손전등 불빛에 눈이 적응하는 데 시간이 조금 걸렸다. 캐서린은 손전등의 앞부분을 잡고 아래로 내렸다. 그녀를 둘러싼 남자들은 그저 소년들이었다. 그녀보다 확실히 어렸으며 어쩌면 남동생보다 어린 아이들이었다. 아이들은 어둠 속에서 담배를 피우며 기다리고 있었다. 집구석이 조용한 날이 없는 아이들은 야간경비원을 칼로 찌르거나 누군가를 폭행할 기회만 노리고 있었다.

캐서린의 손이 앞으로 뻗어나가 은색 칼의 주인을 쳤다. 그래도 분이 풀리지 않자 캐서린은 다시 주먹을 쥐고 남자아이의 머리와 목과 어깨를 때렸다. 소년은 머리를 가리고 킬킬대며 도망쳤다.

역겨움에 치를 떨며 캐서린은 아이들을 밀치고 팰릿 큐브의 마지막 블록을 냅다 뛰었다. 뒤에서 둔탁한 발소리가 두두두 빠르게 따라왔다. 캐서린은 까칠한 파란색 나무판자를 붙잡고 몸이 허락하는 한 가장 빠르게 큐브로 올라갔다. 그때 아래서 누군가 그녀의 새 부츠를 덥석 잡아당겼다. 발이 팰릿 틈에서 미끄러졌고, 캐서린은 나무 가시가 삐죽삐죽한 팰릿에 필사적으로 매달렸다. 발을 뒤로 휘두르자 부츠 굽이 두꺼운 머리뼈에 부딪히며 꽈당 소리가 울렸다. 캐서린은 재빨리 무릎을 구부려 틈새에 발을 딛고 큐브 꼭대기로 기어 올라갔다.

손전등이 캐서린의 팬티를 찾아 치마 속을 비추었다. 그녀를 조롱하는 새된 목소리는 변성기를 앞두고 있었다. 아찔한 남성의 힘을 막 느끼기 시작한 소년들의 위험한 소리였다. 캐서린은 마지막 3미터를 더 올라가 큐브 꼭대기에 다다랐다. 잠시 드러누워 숨을 돌리고 싶었지만 힘을 쥐어짜서 몸을 일으키고, 반항적으로 큐브 옆면을 내려다봤다. 총 다섯 명이었다. 솜털이 보송보송하고 수두 자국으로 울퉁불퉁한 얼굴들. 그중 가장 나이 많은 아이가 한 손으로 O 모양을 만들고 다른 손의 손가락을 찔러 넣었다. 아이들은 싱글거리며 그녀를 올려다봤다. 캐서린은 큐브 옆면으로 침을 뱉었다. 하얀 침 거품이 넓게 쏟아지자 아직 어린아이인 소년들은 어린아이답게 꺅꺅 비명을 지르고 깔깔거리면서 쥐 떼처럼 흩어졌다.

팰릿 큐브의 평평한 꼭대기에서 캐서린은 밝은 파란색 나무판자로 이루어진 광활한 들판을 둘러보았다. 소년들 때문에 큐브를 몇 개까지 세었는지 잊어버렸다. 제대로 찾아왔길 바랄 수밖에 없었다. 릭은 2미터 가까이 떨어진 큐브 사이를 건너뛸 수 있었지만 캐서린에겐 무리였다. 젖은 부츠를 신고 뛰다가 미끄러지면 추락할 것이다. 목이 부러진 채 쓰러져 있는 자신의 몸에 불량배들이 무슨 짓을 할지 생각만 해도 소름이 끼쳤다.

캐서린은 골목 옆의 철조망에서부터 큐브를 네 개 세고, 방향을 꺾어 다섯 개를 셌다. 잘 찾아왔다. 헷갈리지 않았다. 큐브 꼭대기를 둘러보고, 남동쪽 모퉁이에서 가로로 네 개, 세로로 네 개 안쪽에 있는 팰릿으로 결정했다. 릭에게 배운 대로 등 뒤를 확인한 다음에 허리를 숙여 파란 팰릿을 들었다. 아래쪽 어딘가에서 불빛이 아롱거렸다.

캐서린은 팰릿을 들어낸 틈에 얼굴을 들이밀고 희미한 불빛을 보며 동생을 조용히 불렀다. "릭! 릭!" 아무 대답이 없었다. 다시 한번 부르자 가물거리던 불빛이 꺼지고 안쪽이 어둠에 잠겼다. 얼굴을 더 깊이 들이밀고 암흑 속을 살피는 캐서린의 코끝에서 빗물이 떨어졌다. 그때, 작은 분홍색 귀가 달린 하얀 얼굴이 어둠 속에서 불쑥 튀어나왔다. "워!"

캐서린은 질겁하며 뒤로 자빠져서 엉덩방아를 찧었다. 큐브의 가장자리에 있었다면 밑으로 떨어졌을 것이다. 캐서린은 침을 잔뜩 모아 릭의 흰 얼굴에 뱉었다.

"아, 씨발!"

"그러게 왜 사람을 놀래고 지랄이야!" 캐서린은 무릎을 오므리고 빨갛게 부은 손에 박힌 파란 나무 가시를 뽑았다. 그제야 수치심과 두려움이 물밀듯이 밀려왔고, 캐서린은 눈물을 쏟았다.

릭은 점퍼의 소매로 입을 닦았다. 누나의 눈물을 오해한 동생이 말했다. "좀 놀랐다고 징징거리지 마. 들어올 거야, 말 거야? 빗물 새잖아."

캐서린은 우울한 얼굴로 입구로 걸어와 팰릿을 밟고 동생의 은신처로 내려왔다. 릭은 머리 위로 팰릿을 당겨 입구를 봉했다. 안쪽은 개방된 무덤처럼 퀴퀴했으며 닫힌 관처럼 어두웠다. 캐서린이 불평으로 이어지는 낮은 한숨을 내쉬자마자 칠흑 같은 어둠 속에서 움직이던 릭이 경고했다. "조용." 깊숙한 구석에서 금속이 달그락거렸고, 뿌윰한 빛이 연기를 뿜으며 주위를 밝혔다.

동굴 같은 공간에 석유램프가 기다란 그림자를 드리웠다. 팰릿 여러 개를 들어내 만든 공간은 남매가 집에서 공유하는 방보다 족히 두 배는 넓었지만 높이는 180센티미터를 남짓했다. 릭은 버려진 카펫 쪼가리와 납작하게 펼친 카드보드 상자를 바닥에 깔아놓았다. 머리 위 작은 입구를 통해 망가진 식탁 의자 등 이런저런 낡은 가구도 들였다. 팰릿을 쌓아 버팀기둥을 몇 군데 세우고, 남은 팰릿은 비스듬히 기울이고 낡은 카펫으로 덮어 일종의 딱딱한 소파를 만들었다. 카펫을 드리운 벽에는 〈페이지 스리〉 모델들의 나체 사진이 꽂혀 있었다. 마거릿 대처의 사진도 꽂혀 있었는데, 어떤 익살꾼이 대처의 벌어진 입술 사이에 핏줄이 불거진 페니스를 그려놓았다.

캐서린은 자신을 위해 은신처를 정리하는 동생을 바라보았다. 몇 년 전에, 캐서린도 아는 동네 소년 몇몇이 팰릿 공장에 이런 아지트를 만들기 시작했다. 그중 가장 거친 아이들이 참견 많은 야간경비원을 칼로 찌른 이래 아무도 이곳에 얼씬대지 않았다. 술을 마시고 본드를 불기에 적당한 장소였다. 나이 어린 소년들은 대부분 난폭한 아버지를 피해 이곳에 왔다. 여자아이를 데려온 다음에 빌린 코트와 점퍼로 침대를 만든 소년들도 있었다. 그러나 수치스러운 소문들이 퍼지기 시작하자 사이트힐 소녀들은 발길을 끊었고, 계속해서 변성기가 찾아오고 호르몬이 폭주하는 소년들은 재미를 볼 수 있는 다른 곳을 찾아 떠났다. 팰릿 공장은 점점 더 조용하고 한적해졌다. 최근에는 주말 내내 릭 혼자 이곳을 차지하는 때도 많았다.

애그니스가 목요일에 술을 마시면 릭은 할머니의 부엌에서 콩 통조림과 커스터드 파우더를 몇 캔 챙겨서 이곳에 숨었다. 일요일 밤에 릭이 돌아올 무렵에는 온 가족이 함께 텔레비전을 보고 있었고, 악마 같은 술기운이 떠난 애그니스는 얌전히 반성 중이었다. 어머니가 소파에서 포근한 옆자리를 내주면 릭은 가까이 앉아, 어머니에게서 풍기는 따뜻하고 향기로운 비누 내음을 들이쉬었다. 할머니는 멍한 미소를 띠고, 주말 내내 방에만 틀어박혀 있었냐고 물었다. 조용하게 살면 좋은 점이 많았다.

그렇다고 릭이 눈에 띄지 않을 만큼 체구가 작지는 않았다. 열다섯 살에 릭은 이미 180센티미터를 넘겼다. 어릴 때부터 말랐던 몸은 릭이 자랄수록 더욱 알뜰하고 효율적으로 지방을 분배했다. 릭은 체형과 머리칼 모두 오래전에 잊은 친아버지에게서 물려받았다. 가늘고 부드러운 갈색 머리칼이 귀와 눈을 살포시 덮었다. 릭의 회색 눈동자는 맑았지만 쉬이 감정을 표하지 않았다. 릭은 눈앞에 있는 사람과 대화하는 와중에도 그들을 관통해 자기만의 세계로 훨훨 날아가는 기술을 오래전에 터득했다.

군더더기 없는 몸처럼 릭은 감정도 알뜰했다. 친아버지로부터 얌전한 성격을 물려받은 릭은 조용하고 소극적이었으며, 공상의 세계를 선호하는 고독한 소년이었다. 릭의 외모에서 어머니와 닮은 부분이라고는 코뿐이었는데, 귀족적인 매부리코라고 하기에는 너무 불쑥 튀어나왔다. 수줍게 하늘거리는 앞머리의 부드러운 선을 가차 없이 끊은 코는 가톨릭 아일랜드인 선조에게 바치는 자랑스러운 기념비처럼 릭의 수척한 얼굴에서 우뚝 솟아 있었다. 애그니스는 윌리로부터, 윌리는 그의 아버지로부터, 윌리의 아버지는 아일랜드 도니골 카운티의 조상들로부터 물려받았다. 캠벨의 피가 흐르는 한 남녀를 불문하고 그 누구도 피해갈 수 없었다.

아지트는 카펫이 깔린 요새이자 소년의 영역이었고, 맥주와 본드, 정액 냄새에 찌들어 있었다. 캐서린에게는 와닿지 않는 매력이었다. 팰릿 아지트를 서성이다가 캐서린은 반쯤 먹고 남긴 통조림과 여기저기 널려 있는 쓰레기를 보고 눈살을 찌푸렸다. 캐서린은 눈물을 닦고 코를 훌쩍였다. "오늘 여기에 얼마나 오래 있었어?"

"몰라." 릭이 구석에 쌓여 있는 쿰쿰한 무더기에서 낡은 코트를 꺼내며 말했다. "엄마가 성찬식 위스키 남은 걸 점심시간도 되기 전에 해치웠어."

릭은 바싹 마른 코트를 캐서린에게 내밀었다. 캐서린은 질 좋은 에메랄드색 코트를 벗고 릭이 건넨 남성용 해리스 트위드 코트를 걸쳤다. 코트에서는 땀내와 라놀린 냄새가 났지만 투박한 모직의 까슬하고 바삭한 느낌이 좋았다. 릭은 나체 사진 위에 걸어놓은 선반에서 비스킷 통을 집어 캐서린에게 주었다. 남매는 팰릿으로 만든 홈메이드 소파에 나란히 앉았다. 릭은 누나와 살며시 어깨동무하며 코트를 함께 걸쳤고, 그들은 코트 소매에 각자 팔을 하나씩 꿰었다.

캐서린은 알루미늄 깡통 속의 달콤한 케이크를 손가락으로 떠먹었다. 할머니가 좋아하는 시럽의 흑설탕 맛이 입속에 퍼지자 기분이 조금 풀렸다. "오늘 하루 종일 아무것도 못 먹었어. 전화 받을 사람이 나밖에 없는데 캐머런 씨가 점심 먹으러 나가면서 샌드위치를 사다 주겠다고 하고 안 사 온 거야. 기분 나쁜 거 들킬까봐 물어보지도 못했어."

"약자들이나 기분 운운하는 거다." 캐서린이 질색하는 달렉 목소리로 릭이 말했다.

캐서린은 코트의 옷깃 위로 고개를 들고 동생을 쏘아봤다. "뭐, 겁쟁이들이나 맨날 숨지." 릭의 발그스름한 뺨 위로 기다랗고 수줍은 속눈썹이 내려앉았다. 릭은 어릴 때부터 예민한 소년이었다. 캐서린은 나프탈렌 냄새가 나는 코트 속으로 팔을 집어넣어 동생의 등을 감싸 안았다. 얇은 교복 점퍼 아래로 가느다란 갈비뼈가 느껴졌다. "미안해, 릭. 하지만 널 찾으러 여기에 올 때마다 무섭단 말야. 비도 맞고 진짜 무서웠는데 새로 산 부츠까지 더러워졌어."

"여기엔 좋은 거 입고 오면 안 돼."

캐서린은 두 살 어리지만 이미 머리 하나만큼 키가 더 커버린 동생을 가까이 끌어안고, 릭의 널찍한 턱 밑에 젖은 머리를 파묻었다. 꾹 참고 있던 눈물을 조용히 흘리며, 불량배들과 낚시 칼에 대한 기억도 함께 흘려보냈다. "오늘 계속 여기에 숨어 있었어?"

"응." 동생이 내쉰 한숨이 캐서린의 몸에서 울렸다. "말했잖아. 엄마가 일어났는데, 난 만화를 보면서도 뭔가 일이 터질 것 같은 느낌을 받았어. 엄마가 몸을 사시나무처럼 떨더라고. 그러더니 슈퍼에 다녀와야 한다고 나한테 셔기를 봐주라고 했어….” 릭은 말끝을 흐렸다.

동생이 먼 곳을 응시하고 있다는 걸 캐서린은 알았다. “펍에 가서 마신 것 같아?”

릭의 눈이 꿈을 꾸는 것처럼 다시 멍해졌다. “아니, 그런 것 같지는 않아. 집에 있는 위스키를 다 마신 다음에 새로 사서 엘리베이터에서부터 마시기 시작한 것 같아.”

“하긴, 그 고도에서는 퍽이나 목마르시겠지.” 캐서린은 손가락에 묻은 케이크를 마저 핥아 먹고 캔을 내려놓았다.

“응. 아주 목이 타는 것 같더라.” 릭이 서글프게 말했다. 두 사람 사이에 오랫동안 침묵이 흘렀다. 릭은 세라믹 틀니의 윗니를 빼고, 볼 안쪽이 얼얼했던 것처럼 문질렀다. 허구한 날 치과에 데려가야 하는 게 성가셨던 애그니스는 릭의 열다섯 번째 생일에 그를 설득해서 알루미늄 봉이 잔뜩 박혀 있던 연약한 이를 전부 뽑게 했다.

“아직도 아파?” 자기 치아를 가지고 있다는 사실을 다행스러워하며 캐서린이 물었다.

“어.” 릭은 틀니에서 침방울을 털어내고 다시 꼈다.

“미안해, 릭. 오늘 혼자 두고 나가서 정말 미안해.” 캐서린은 동생의 뺨에 부드럽게 입을 맞추었다.

릭에게는 지나치게 다정한 제스처였다. 릭은 누나의 얼굴을 손으로 밀어낸 다음에 멀찍이 잡고 있었다. “꺼져, 토 나오니까. 그리고 절대 날 동정하지 마. 이것 때문에 속상해하는 건 이제 끝났어.” 릭은 코트의 단추를 풀고 다시 추위 속으로 나갔다. 그리고 검은 교복 점퍼의 소매를 주먹 위로 잡아당겨 누나의 뽀뽀를 얼굴에서 닦아냈다.

릭을 바라보며 캐서린은 캠벨 집안의 코만 아니었으면 동생이 열두 살 아이처럼 보였으리라 생각했다. 시계공의 손처럼 섬세하고 우아하게 긴 손가락이 코를 연신 건드리고 만지작거리고 길이를 재고, 안타까워했다. 릭이 코에서 손을 내렸다. "뭘 봐." 릭은 램프의 불빛에서 멀어져 어두운 구석에 몸을 숨겼다.

캐서린은 검은 스케치북을 집었다. 릭은 또 그림을 그리고 있었다. 스케치북에는 불끈불끈한 페라리나 용의 날개에 앉아 있는 비키니 미녀들이 세밀하게 그려져 있었다. 시중에서 볼 수 있는 여느 록 앨범의 커버 아트만큼이나 훌륭한 그림은 수줍은 소년의 공상 세계를 아름답게 담았다. 스케치북을 뒤로 넘길수록 근육과 힘줄과 나체 미녀들이 점차 사라지고, 자로 정확히 재어 정밀하게 그린 설계도와 목공품 디자인이 나왔다. 미래적인 건축물과, 크기는 작지만 완성도 높은 전축과 홈메이드 이젤의 도안이었다. 캐서린의 기억 속에서 동생은 늘 연필을 들고 있었다.

캐서린이 자랑스러워하며 미소를 짓고 있는데 릭이 어둠에서 나와 스케치북을 낚아챘다. "여기에 니 이름이 쓰여 있지는 않은 것 같은데." 릭은 점퍼를 치켜올리고 스케치북을 청바지의 허리춤에 찔러 넣었다.

"넌 정말 재능이 많은 것 같아, 릭."

릭은 입방귀를 뀌고 어둠 속으로 다시 사라졌다.

"진짜야. 넌 훌륭한 화가가 되고 난 결혼해서, 우리 둘 다 이 지긋지긋한 곳을 탈출할 거야."

어둠 속에서 조소가 들려왔다. "좆까. 누나가 나 버리고 가려는 거 다 알아. 그 오렌지 새끼랑 눈짓하는 거 봤어. 나 혼자 엄마를 상대하게 두고 떠날 거잖아."

"릭, 내가 볼 수 있게 밝은 데로 나오면 안 돼?"

"싫어. 여기가 좋아."

캐서린은 코트 소매로 머리의 물기를 닦으면서 잠시 생각했다. 불량배들이 가슴속에 남긴 공포를 애써 밀어냈다. "안타깝다. 네가 그릴 수 있게 알몸으로 날개 달린 왕뱀이랑 레슬링하려고 여기 온 건데."

릭이 고개를 절레절레 저으며 어둠에서 나왔다. "됐네요. 난 큰 가슴만 그리거든."

캐서린은 순간 발끈했지만 오기로 말했다. "상상력을 동원하면 되잖아."

"너무나도 극소하고 섬세한 그것을 묘사할 수 있을 정도로 얇은 연필이 없어서 말이지."

남매는 정색하고 서로 노려보았다. 캐서린이 먼저 헛구역질하듯이 얼굴을 일그러뜨리며, 어깨에 걸치고 있는 노인네 코트에 전부 게워내는 몸짓을 했다. 릭이 그녀를 따라 했고, 두 사람은 상상 속 토사물에서 헤엄칠 때까지 계속 토하는 시늉을 했다. 동생의 얼굴에 돌아온 수줍은 미소를 보며 캐서린은 릭이 좀더 자주 웃으면 좋겠다고 생각했다. 자신의 얼굴을 관찰하는 캐서린의 시선을 눈치채고 릭이 쏘아붙였다. "사진을 찍지 그러냐?"

동생이 어둠 속으로 돌아갈까봐 캐서린은 눈에 힘을 풀었다. "그래서, 네가 집에서 나올 때 엄마는 전투태세였어, 아니면 질질 짤 거 같았어?"

릭은 어깨를 으쓱했다. "종일 전화기 붙들고 셔을 찾고 있었어. 끝이 안 좋을 게 뻔히 보였지."

"왜?"

"엄마가 어딘가로 떠나고 싶은 것처럼 술을 푸고 있었거든."

"시끄러웠어?"

릭이 고개를 저었다. "오늘은 시끄럽다기보다는 슬펐어."

캐서린이 한숨지었다. "젠장, 집에 가는 게 좋겠어. 뭔가 일이 터진 것 같아."

"절대 싫어. 여기서 자고 갈 수 있을 만큼 음식을 훔쳐왔단 말이야." 릭은 벌써 어둠을 향해 반쯤 물러서고 있었다.

"너 여기서 자다가는 얼어 죽어."

"그럼 좋지."

"릭, 그러지 좀 마. 인형의 집에서 놀 나이는 아니잖아." 못된 말이었고, 이렇게 말해서는 릭의 고집을 꺾을 수 없다는 것을 캐서린은 알았다. 릭의 쇠고집은 전설적이었다. 릭의 시선은 눈앞의 사람을 그대로 뚫고 지나갔고, 그의 영혼은 껍데기뿐인 육신을 버려두고 멀리멀리 떠났다. 캐서린은 엄마를 홀로 상대하고 싶지 않았다. 동생 없이 혼자서 컴컴한 펠릿 공장을 걸어가고 싶지도 않았다. "제발. 난 너 데리러 왔어. 네 약쟁이 친구들한테 내가 치마 속을 거저 보여준 거니?" 캐서린은 처연히 아랫입술을 깨물었다. "릭, 걔네 낚시 칼을 가지고 있었어. 내 가슴을 만졌다고."

그 말에 릭은 무섭게 화가 나 보였다. 릭이 갑작스레 폭발할 때마다 캐서린은 두려우면서도 은근히 기뻤다. 릭의 분노는 언제나 소리 없이, 그러나 살벌한 기세로 찾아왔으며, 여차하면 아주 사소한 자극도 장난질을 발길질로 바꿀 수 있었다. "제발." 캐서린은 불쌍한 척 양팔을 무력하게 늘어뜨렸다. 사실, 가련함은 캐서린의 본성에 없는 성질이었다.

릭은 아지트의 어두운 구석으로 돌아가 후드가 달린 아노락과 삽에서 떨어진 막대기를 들고 돌아왔다. 릭은 막대기를 위협적으로 휘둘렀다. 릭은 연기가 나는 석유램프를 껐고, 두 사람은 조용히 팰릿을 타고 올라가 큐브 꼭대기에 올라섰다. 릭은 팰릿을 밀어 은신처의 입구를 닫았다. 빗속에 서서 남매는 반짝이는 도시의 야경을 내려다보았다. 아름다웠다. 캐서린이 오른손을 들어 도시의 오렌지색 가로등 불빛 너머 까마득한 어둠을 가리켰다. "릭, 저기 보여?" 캐서린이 물었다.

아무것도 없는 지평선이었다. 무(無)의 가녘처럼 컴컴했다. 릭은 캐서린의 손가락을 따라 시선을 돌렸다. "아니."

"저기!" 힘주어 가리키면 더 잘 보일 것처럼 캐서린은 허공을 열심히 찔렀다. "스프링번이랑 데니스툰 지나서. 제일 끝에 있는 동네 뒤쪽에."

"캐프! 팔을 더 세게 뻗는다고 잘 보일 거 같아? 완전 깜깜하잖아. 저기엔 아무것도 없어."

"바로 그거야!" 팔을 내리고 고층건물들을 향해 돌아서기 전에 캐서린은 릭이 한 말을 잠시 숙고했다. "우연히 들었는데, �이 우리를 데리고 이사하려는 데가 바로 저기래."

6

애그니스는 밤새 콜록대고 컥컥거렸다. 아침이 되자 커튼이 떨어져 나간 창문으로 햇빛이 쏟아져 들어와 그녀를 들볶았다. 방 안으로 밀고 들어와 끈적한 몸에 달라붙는 축축한 외풍을 더는 무시할 수 없었다. 애그니스는 눈을 뜨고 자기 앞에 펼쳐진 어처구니없는 광경에 대한 해답을 찾아 힘없이 방을 둘러보았다. 거무튀튀한 검댕의 손자국은 천만뜻밖이었다. 애그니스는 놀라서 벌떡 일어났고, 불탄 방이 자기 침실이라는 사실을 서서히 인지했다. 지난밤이 보낸 무시무시한 엽서처럼, 거울 속 자신이 그녀를 빤히 마주 보았다. 거울 속의 여자는 옷을 전부 갖추어 입은 채 얼굴의 화장은 뭉개져 있었다. 애그니스는 고개를 돌려 베갯잇에 자신이 남긴 파란 얼룩을 내려다보았다. 애그니스의 시선이 셕의 자리로 옮겨갔다. 잠을 잔 흔적이 없었다.

애그니스는 고개를 떨구고 간밤의 기억을 더듬었다. 구불구불한 검은 머리에 손을 넣어보니 잔뜩 뿌린 헤어스프레이가 딱딱하게 굳어 있었다. 애그니스는 습관대로 머리를 감싸 쥐고 이마선을 손톱으로 콕콕 눌렀다. 알코올이 섞인 피가 두피에 돌면서 시원한 느낌이 났다. 그제야 간밤의 기억이 커다란 교회 종처럼 머릿속에서 울리기 시작했다.

뗑그렁. 침대 위에서 춤추는 아이.

뗑그렁. 커튼을 삼키는 불길.

뗑그렁. 또다시 실망했다는 표정으로 결혼반지를 돌리고 있는 셔.

애그니스는 침대에 다시 드러누웠다. 입에서 흐느낌이 새어 나왔지만 자기연민으로 가득한 소리뿐인 울음이었다. 불길이 커튼을 타고 올라갈 때 아이를 꽉 누르고 있던 것이 기억났다. 끔찍한 기억을 머릿속 한 켠으로 밀어내고 다시는 쳐다보지 않겠노라 다짐했지만, 외면할수록 기억은 잔혹한 꽃처럼 몽실몽실 피어났다. 죄책감이 습기처럼 뼈에 스며들었고, 수치심에 속이 문드러졌다. 애그니스는 따가운 목을 적실 담배를 찾아 방을 뒤졌다. 목구멍이 한여름 뙤약볕 아래 아스팔트처럼 까맣고 끈끈하게 느껴졌다. 방에는 담배도 성냥도 없었다. 전부 압수당하고 감시 아래 있는 것이다. 그 정도라도 셔이 신경을 쓴다는 사실에 애그니스는 작은 위안을 받았다.

애그니스는 복도로 나갔다. 온 집이 고요했다. 아침 시간이 꽤 늦었는지 부모님 방의 문이 열려 있었고, 깨끗이 정리된 침대가 문틈으로 보였다. 애그니스는 창문이 없는 화장실에 들어가 문을 닫고 변기에 앉았다. 욕조에 물을 가득 채우고 그 속에 드러누워 주님을 기다릴까 생각했지만, 심하게 그을리고 축축하게 젖은 목욕수건 두 개가 욕조를 차지하고 있었다. 그것들을 건드릴 엄두가 나지 않았다.

애그니스는 차가운 금속 수도꼭지에 입을 대고 불소가 가득한 물을 목마른 개처럼 헉헉대며 들이켰다. 얼룩진 화장을 닦을 때마다 화장 솜에 검댕이 묻어났다. 애그니스는 수납장을 열고 월리의 약을 찾아 플라스틱 선반을 뒤졌다. 날이 선 신경을 가라앉힐 것이 필요했지만 진통제는 전부 자취를 감추었다. 별수 없이 애그니스는 응고된 감기 시럽을 한입 가득 마시고, 또 마셨다.

어두침침한 복도로 마침내 나온 뒤에도 애그니스는 한참 동안 매무새를 정돈하며 여러 미소를 연습했다. 죄책감에 눈을 내리깔고 짙은 눈썹 아래서 올려다보며, 꾹 다문 입술을 살짝 떼는 소심한 미소. 쇼핑이라도 다녀온 것처럼 담담한 미소. 그다음에는 이를 드러내며 활짝 웃는, 씨발 어쩌라고? 이렇게 말하는 듯한 시건방진 미소도 연습했다. 셕이 집에 있으면 바로 이 미소를 보여줄 것이다.

월리와 셔기가 둥그런 식탁에 앉아 잘게 자른 토스트에 수란을 곁들여 먹고 있었다. 육십 살 나이 차이가 나는 할아버지와 손자가 모여 앉은 모습이 꼭 오랜 술친구 같았다. 릭은 소파에 거꾸로 드러누워 등받이에 맨다리를 올리고 그림을 그리고 있었다. 어머니를 보고 릭은 아주 조용히 일어났고, 낯선 사람에게 하듯이 공손히 묵례하며 그녀를 지나쳤다.

창문은 전부 열려 있었다. 벌써 표백제로 벅벅 문지른 집에서 독한 냄새가 코를 찔렀다. 월리가 수란으로 고개를 돌리다가 애그니스를 보았다. 아버지는 이른 아침 미사에 다녀왔는지, 단정히 갠 양복이 식탁 의자에 걸쳐져 있었다. 민소매를 입고 있는 월리의 굵직한 팔은 손목부터 어깨까지 파르스름하게 바랜 문신으로 덮여 있었다. 죽는 날까지 잊지 않기로 맹세한 전쟁터와 사람들의 이름. 도니골 출신 검은 머리 소녀의 웃는 얼굴. 그리고 우아한 글씨체로 자랑스럽게 새긴 애그니스의 이름과 생일.

"너는 미사를 놓쳤다."

여러 표정을 두고 고민한 끝에 애그니스는 마침내 참회하는 표정으로 결정했다. 부엌에서는 어머니가 훌쩍이고 있었다. "셔은 집에 있어요?" 뉘우치는 척하던 애그니스는 불안한 심정을 감추려고 히죽 웃었다.

윌리는 고개를 설레설레 내저었다. 전부, 너무나도 추했다. 싸움, 불, 우는 아이. 윌리는 수란에 시선을 고정한 채로 안경을 콧등에서 밀어 올렸다. "부탁이니까 그렇게 웃지 마라, 애그니스. 나를 보면서 그렇게 히죽거리지 말란 말이다."

최소한 그녀의 막내아들은, 착하기도 하지, 거실로 나온 어머니를 본 순간 블랙풀 해변의 불빛처럼 얼굴이 환해졌다. 목욕수건을 터번처럼 머리에 두른 셔기가 달걀이 묻어 끈적한 손을 어머니에게 뻗었다. "엄마, 캐서린 누나가 오늘 아침에 나한테 나빴어요. 날 징징이라고 불렀어." 애그니스는 아이를 안아 올렸다. 아이가 욱신거리는 몸을 감싸 안으며 삶을 다시 불어넣어주었다. "할아버지가 오늘 엠파이어 케이크 세 조각 사준다고 했어요."

"휴, 앉아서 아침 마저 먹어라. 안 그럼 케이크 한 조각도 없다." 윌리가 커다란 손을 흔들었다. 셔기는 부루퉁한 표정으로 칫, 하면서 어머니의 다리에서 미끄러져 내려왔다. 애그니스의 뼈가 다시 덜덜 떨리기 시작했다. 그녀의 아버지는 삐죽거리는 셔기에게 음식을 한입 가득 떠먹이고 다시 입을 열었다. 윌리는 목소리를 침착하게 가라앉혔지만 딸과 눈을 마주치려 하지 않았다. "내 잘못이라는 걸 안다, 애그니스. 내가 잘못 키워서 네가 이 모양이라는 걸 알아."

애그니스는 짜증이 나서 몸을 옴짝거렸다. 설마 또 시작인가. 담배 생각에 목이 탔다.

"내 얘길 들어라. 나는 널 혼내야 했을 때 응석을 받아줬어. 내가 감상적이고 물러터졌다는 걸 나도 안다. 하지만 넌 몰라. 우리가 어떻게 살았는지 넌 전혀 모른다." 윌리는 주먹을 쥐고 엄지손가락 밑부분으로 입술을 문질렀다. 부엌문에 대사가 적혀 있는 것처럼 윌리는 문에서 시선을 떼지 않았다. "열네 가족이 그렇게 살았다. 우리 어머니는 자식들이 어떻게든 자기 힘으로 살아가야 한다는 걸, 당신이 아이들에게 아무것도 해줄 수 없다는 걸 아셨어. 심지어 다리가 불구였던 막내 프랜시스도 마찬가지였다. 그 불쌍한 녀석도 우리처럼 순전히 자기 힘으로 세상과 맞서야 했어. 그래서 네 엄마가 너를 가졌다고 말했을 때 난 네게 다른 삶을 줄 수 있길 기도했다. 내가 경험한 절실함을 넌 모르고 살게 하겠노라 맹세했어."

"아빠, 제발. 말씀 안 하셔도…." 빌어먹을 담배는 대체 어딨는 거야?

윌리가 거친 손의 관절을 꺾는 소리가 천둥처럼 울렸다. "내가 내 집에서 이렇게 무시당하고 살아야겠느냐?" 윌리는 원래 언성을 높이는 남자가 아니었다. 애그니스는 냉큼 입을 다물었고 부엌에서 훌쩍거리던 리지도 잠잠해졌다. 윌리 캠벨의 체격을 보면 클라이드강에서 곡물을 적재하려고 태어난 남자 같았다. 술집에서 행패를 부리던 리버풀 남자 대여섯 명을 아버지가 혼자 힘으로 거뜬히 쫓아내는 걸 애그니스는 본 적이 있었다.

"매일 저녁 5시 15분에 넌 말끔하게 차려입고 저기 골목을 달려와 나를 마중 나왔지. 나는 네가 늘 단정한 모습으로 다니게 하라고 네 엄마한테 신신당부했다. 네 엄마는 그렇게까지 유난을 떨어야 하냐고 투덜거리곤 했지. 하지만 맹세코, 그게 내 유일한 부탁이었다. 남자는 자기 가족에게 자부심을 품을 수 있어야 하는 법이야. 물론 요즘 사람들은 그런 것에 관심 없지, 아니냐?" 윌리가 노여워하며 문신으로 덮인 주먹을 불끈 쥐었다. "너를 자랑스러워하는 마음만으로 난 행복했다. 사람들이 질투하는 게 뻔히 보였지. 다 큰 어른들이 굳은 얼굴로 창밖을 내다보면서 어린애를 질투하고 있었어. 넌 보석처럼 반짝반짝 빛났으니까. 그러다 버릇 나빠진다고 그들이 경고했을 때 난 그냥 웃었다."

"아빠는 절 잘 키워주셨어요. 전 행복했어요."

"그래? 그럼 지금은 뭐가 그렇게 불만스럽냐?" 윌리는 이를 한 번 빨고 셔기의 머리에 손을 올려놓았다. 커다란 손의 무게에 셔기의 목이 꺾일 것 같았다. 윌리의 눈에는 감성적인 눈물이 글썽였지만, 눈빛은 처음으로 딸의 본모습을 보았다는 듯이 냉랭했다. "그러니까 내게 말해봐라, 애그니스. 내가 널 때려서 가르쳐야겠니?"

웃음을 터뜨릴 뻔한 애그니스의 손이 목으로 팔딱 올라갔다. "아빠! 전 서른아홉 살이에요!"

"네 속에 있는 이기적인 마귀를 내가 때려서 내보내야겠니?" 윌리는 천천히 몸을 일으키고 팔을 몸통 양옆에 늘어뜨렸다. 주먹이 마치 거대한 철제 크레인 끝에 달린 버킷 같았다. "네가 이기적으로 사는 꼴을 더는 못 보겠다, 애그니스. 내 탓이라는 걸 알면서, 네가 인생을 말아먹는 걸 지켜보는 것도 너무 힘들다."

애그니스는 한 발 뒤로 물러났다. 얼굴에서 웃음기가 가셨다. "아빠 잘못이 아니에요."

윌리는 거실문을 조용히 닫고, 묵직한 작업용 가죽 벨트를 모직 바지에서 뺐다. 메도우사이드 노동조합의 로고가 가죽에 박혀 있었는데, 그 무게만으로 벨트가 카펫에서 끌렸다. "그래, 어쩌면 이게 최선이겠지."

애그니스는 양손을 앞으로 내밀고 문으로 슬금슬금 뒷걸음했다. 시건방진 미소는 자취를 감추었다. 아버지가 다가올수록 뒤로 물러섰지만, 결국 거실 진열장에 퇴로가 막혔다. 유리 눈을 한 도자기 인형들이 경고하듯 딸그락거렸다. 셔기는 애그니스의 다리에 매달려서 청바지 뒤에 얼굴을 반쯤 숨기고 있었다. 윌리는 벨트를 손에 감고, 또 한 번 감아서 단단히 붙들었다. "애를 내보내."

애그니스는 아이를 가까이 끌어당겼다. 그러자 윌리는 애그니스의 부드러운 위팔을 잡고, 다른 손으로 살며시, 그러나 단호하게 아이를 다리에서 떼어냈다. 윌리는 애그니스를 앞세워 의자로 돌아와 앉은 다음에 그녀를 무릎에 거꾸로 눕혔다.

애그니스는 저항하지 않았고, 더는 애원하지도 않았다.

"하늘에 계신 예수님, 용서할 힘을 제게 주소서." 노동조합 벨트가 부드러운 엉덩이를 철썩 내리쳤다. 애그니스는 비명을 지르지 않았다. 윌리가 다시 벨트를 들었다. "저에게 감당할 수 있을 만큼의 시련만 주심을 감사하니." 철썩. "애그니스에게 그녀가 받은 여러 축복을 일깨워주소서." 철썩. "그녀의 불만을 잠재우소서." 철썩. "그녀의 마음을 평안케 하소서."

옆에서 조용히 부스럭거리는 소리가 났다. 애그니스는 자신의 왼손을 잡은 손을 느꼈다. 창백하고 서늘한 손이 축축하고 뜨거운 목덜미의 열기를 식혔다. 어머니가 다정히 토닥였다. 리지는 애그니스 옆에 무릎을 꿇고 앉아 윌리의 기도에 동참했다. "주여, 당신의 용서를 통해서만 우리가 서로를 용서할 수 있사오니." 철썩.

~

불이 진압된 뒤 일하러 나간 섀은 그 주 두 번째로 퇴근하고 집에 오지 않았다. 섀은 동생 래스컬 베인과 동료 택시운전사 몇 명을 제외하고는 남성 친구가 별로 없었다. 그래도 섀이 기꺼이 머무를 장소가 차고 넘친다는 것을 애그니스는 알았다.

애그니스는 침대 가장자리에 안절부절못하고 앉아 있었다. 다리 뒤쪽은 윌리의 벨트 자국으로 벌겋게 부었다. 깨끗이 빨래한 섀의 양말을 그가 좋아하는 방식대로 비슷하게 바랜 색끼리 한 짝이 다른 짝에 들어가게 정돈하고 있었지만, 일이 손에 잡히질 않았다. 섀은 지금 누구의 품에 안겨 있을까? 가슴속에서 분노가 다시 고개를 쳐들었다. 바로 옆 건물에 빅 리니와 함께 있는 것은 아닐까?

밖에 나가야 했다. 사람들 앞에 얼굴을 보여야 했다.

애그니스는 침구 장롱에서 접이의자를 꺼냈다. 페어포트나이트 연휴에 캐러밴 캠프장에 가져가던 의자였다. 애그니스는 의치를 빼서 미지근한 물로 세척했다. 꼭 끼는 청바지 위에 새로 산 검은 브래지어를 비키니 상의처럼 입고, 아파트 복도로 나가 지린내에 찌든 엘리베이터를 기다렸다. 열여섯 층을 내려와 아파트 앞마당에 나왔을 때 불탄 커튼이 눈에 띄지 않아 다행스러웠다.

텅 빈 아파트의 앞마당에는 딱딱하게 굳은 개똥과 희미한 그을림 자국뿐이었다. 애그니스는 아파트 뒤편으로 가서 섀의 택시가 있는지 확인했다. 한번은 그렇게 그를 잡았다. 오후에 일한다고 나간 섀은 아파트 어딘가에서 어떤 주부와 자고 있었다. 섀의 땀내 나는 외도는 가족들로부터 불과 몇 집 떨어진 곳에서 벌어졌다. 그날 애그니스는 차갑게 식은 차 찌꺼기와 오줌으로 가득 채운 대걸레 양동이를 들고 아파트를 오르내렸다. 엘리베이터의 문이 열릴 때마다 셕이 서 있기를 기대하다가, 밖에 놀러 나가는 어린 소녀들과 마주친 다음에야 작전을 포기했다. 애그니스를 힐끔 보고 아이들은 정신이 나간 듯한 16층 여자가 무서웠는지 끝끝내 엘리베이터에 타지 않았다.

처음에 애그니스는 셕이 멍청해서 쉽게 걸렸다고 생각했다. 나중에 셕에게 따지고 난 뒤에야 멍청한 건 셕이 아니라 자신이었다고 깨달았다. 셕은 걸리지 않았다. 애그니스가 알아차릴 수밖에 없도록 계획한 것이다. 어떤 것들은 알기 싫어도 알게 되는 법이다.

하늘에서 해가 하얗게 작열했다. 햇볕에 달구어진 콘크리트에서 벌써 아지랑이가 피어올랐다. 공터에서 리지가 낡은 담요를 땅에 깔고 담벼락에 기대앉아 해바라기를 하고 있었다. 드물게 나는 해를 원 없이 쬐려고 꽃무늬 드레스를 쇄골까지 내리고 앞섶을 활짝 벌려놓았다. 머리는 하늘색 헤어롤로 돌돌 말고 격자무늬 행주로 느슨하게 감았다. 금일 신문을 읽으며 리지는 노년 여인들과 수다를 떨고 있었다. 풀이 듬성한 풀밭에 부엌 의자를 놓고 둘러앉은 여인들은 큼직한 갈색 감자를 깎아 낡은 비닐봉지에 던져 넣었다.

애그니스는 어머니와 여인들에게서 적당히 떨어진 곳에 접이의자를 내려놓았다. 리지는 딸을 못 본 체하고 신문에 시선을 고정했다. 애그니스는 자신이 벌 받는 중이라는 사실을 알았다. 대수롭지 않은 척 접이의자에 드러누워 따뜻한 햇볕을 쬐려 했지만, 가슴에 사무친 외로움을 달래줄 애정이 한 줌이라도 필요했던 그녀는 자꾸만 어머니를 힐끔거렸다.

리지가 기대앉아 있는 담벼락에 새로운 그래피티가 보였다. 헤어롤로 말아놓은 리지의 머리 위에 그래피티가 외설스러운 생각을 담은 말풍선처럼 떠 있었다. 부끄러워하지 말고… 네 파이*를 보여줘. 이것을 보고도 리지는 소심한 제빵사를 격려하는 말이라고만 생각했을 터였다. 속뜻을 아는 애그니스는 웃음을 터뜨렸다.

리지가 인상을 썼다. "뭐가 그렇게 웃기니?"

이날 아침에 성당으로 둔갑한 거실에서 벌어진 사건 이래 어머니가 처음으로 말을 거는 것이었다. 이 순간을 화해로 발전시킬지 아니면 망가뜨릴지, 애그니스는 순간 고민했다. "아무것도 아니에요. 우리 셔기는 어디 있어?"

리지가 최대한 쌀쌀맞게 대꾸했다. "빵집. 케이크 사러." 그리고 리지는 신문으로 시선을 떨구었다.

애그니스가 잘 아는 일상이었다. 토요일과 일요일 오후에 월리는 손자를 데리고 1킬로미터가량을 걸어서 상가에 갔다. 상가의 절반은 셔터가 내려져 있어 살풍경스러웠고, 건물 정면에서 깊숙이 들어간 가게 입구들은 볕이 든 적이 없는 것처럼 어두웠다. 시의회는 글래스고의 오래된 공영주택에 살던 가족들을 이 지역으로 이주시켰다. 전에 살던 곳과 다를 거라고, 미래적이며 훨씬 발전된 동네라고 약속했다. 그러나 현실에서는 동네 전체가 허접하고 허허롭고 황량했다. 발전은 없었다.

파키스탄인 구멍가게에서 할아버지가 스위트하트 스타우트 한 묶음과 위스키 반병, 즉 월리와 리지가 토요일 밤과 일요일에 몰래몰래 마실 술을 사는 동안 셔기는 멀찌가니 뒤에 서서 얌전히 기다렸다. 아이의 존재는 가게 주인과 월리에게 이야깃거리를 제공했다. 술병이

* 여성의 음부를 칭하는 은어.

봉지에 담길 때 두 사람은 하루가 다르게 크는 아이에 대해 이야기하면서, 자신들 사이에 오가는 술병에 대해서는 마치 약속이라도 한 것처럼 침묵했다. 어두침침한 상가의 맞은편 빵집에서 월리는 예쁘장한 종업원들과 담소를 나누었고, 셔기는 군침을 흘리며 케이크를 바라봤다. 셔기는 매번 똑같은 케이크를 골랐다. 피라미드 형태의 연분홍색 스펀지케이크였는데, 빨갛고 하얀 코코넛 가루가 뿌려지고 달콤한 젤리가 잔뜩 올려져 있었다. 집에 오는 길에 셔기는 할아버지의 기다란 그림자 속에서 케이크를 먹으며 아주 천천히 걸었다.

애그니스가 상가 쪽으로 시선을 돌렸지만 아버지와 아들은 보이지 않았다. 애그니스는 접이의자에서 일어나 공터의 가장자리에 섰다. 검은 브래지어 바람으로 고개를 뒤로 젖히고 양팔을 활짝 펼쳤다. 햇살이 창백한 피부를 기분 좋게 간질였다. 그때 힐끔거리는 리지의 시선이 느껴졌다. 등 아래쪽까지 번진 검붉은 멍이 어머니의 눈에 띈 것이다. 애그니스는 반지 낀 손으로 피멍을 문지르며 엄살스럽게 앓는 소리를 냈다.

리지는 위엄 있게 몸을 곧추세우고 타박했다. "망측하기도 하지, 몸 좀 가려라."

감자 깎는 여인들이 공감의 눈빛을 주고받았다. 결혼생활에 포옹보다 멍이 더 많을 수 있으며, 비단 여자에게만 해당되는 사실이 아니라는 것을 아는 눈빛이었다. 그러나 애그니스는 그 누구의 말도 듣지 않았다. 이제 신경질이 난 애그니스는 접이의자에 다시 털썩 앉고, 통통볼을 타는 것처럼 엉덩이를 경망스럽게 방방 흔들어 어머니 곁으로 왔다.

애그니스는 나른하게 몸을 쭉 뻗었다. 피부가 벌써 옅은 장밋빛으로 익어가고 있었다. 애그니스는 발을 뻗어 리지의 노란색 꽃무늬 드레스의 치맛단을 어린아이처럼 집적거렸다. 리지는 신문을 내려놓고 애그니스의 발을 밀쳐냈다. "성가시게스리." 리지가 말했다. "오늘 아침에 내 앞에서 알짱거리는 걸 보면 넌 참말 뻔뻔하다." 리지는 머리에서 수건을 풀고, 헤어롤을 하나씩 빼서 옆에 있는 비닐봉지에 넣었다.

애그니스는 몸을 일으켜 어머니의 꼬리빗을 집은 다음에 땀이 묻어 끈적해진 의자에 다시 널브러졌다. "머리가 깨질 것 같아."

리지는 헤어롤을 빼고 실핀을 입에 물었다. "어이구, 딱하기도 해라. 설마 나한테 동정을 바라는 건 아니겠지."

"엄마가 아빠를 말렸어야지."

리지는 곁눈으로 애그니스를 지켜보고 있었다. "이 아가씨야, 난 사십 년 결혼생활 하면서 네 아버지가 화난다고 손찌검하는 건 처음 봤다." 리지가 감자 깎는 여자들에게 고개를 돌렸다. "알지, 매그렛? 윌리가 마음이 그리 약해빠져서 난 그이가 빌어먹을 전쟁에서 일주일 만에 죽어 돌아올 줄 알았어."

"그럼, 얼마나 착한 남잔데." 여자들이 다 같이 고개를 주억거렸다.

리지가 딸을 돌아봤다. "네 아버지 이름에까지 먹칠하지 마라."

애그니스는 염색한 머리가 엉킨 부분을 꼬리빗으로 풀었다. "내가 그렇게 엉망이야?"

"엉망이냐고?" 리지가 코웃음을 쳤다. "내가 여기서 혼자 햇볕 좀 쬐려는데 사람들이 내비두지를 않더라. 슈퍼에서 반찬거리 살 돈도 없는 여자가 굳이 잔디밭을 넘어와서 나한테 이러지 않니. 어때, 좀 견딜 만해요?"

"사람들은 남 일에 관심 좀 끊어야 해."

"아까는 재니스 맥클러스키가 정박아 아들이랑 이리로 오더니 나한테 이런다. '자기 딸 애그니스가 정신을 못 차리구 있다면서요. 좀 해결됐어요?'" 화가 치민 리지는 주먹 관절이 하얘지도록 실핀을 세게 비틀었다. "내가 민망하게 가슴팍을 훤히 드러내고 앉아 있는데 얼간이 한 쌍이 와서 감히 나를 내려다봐."

"무시해요, 엄마."

"망할 것들! 정신을 못 차리고 있어? 빌어먹을 정신을 못 차리고 있다고?" 리지의 손이 상상 속 적들을 할퀴었다. 그러나 다음 순간 리지는 땅이 꺼져라 한숨을 내쉬었다. 분노가 지친 패배감에 자리를 내주었다. "애그니스, 난 그렇게 동정받고 싶지 않다. 평생 하루도 쉬지 않고 뼈 빠지게 일했는데, 그게 전부 뭐를 위한 거였니?"

어머니 입에서 무슨 말이 나올지 잘 알았지만 애그니스는 고개를 가로저었다.

"그래서 네가 원하는 걸 전부 가질 수 있도록."

그 순간 애그니스는 어머니가 아득히 멀리 있는 것처럼 쓸쓸한 기분이 들었다. 일말의 죄책감도 느끼지 않았지만, 그래도 어머니를 껴안고 용서를 구하고 싶었다. "가까이 앉아도 돼?"

"아니, 이제 나도 그렇게 쉽게 용서하지 않아." 리지가 빈정거리며 양쪽 입꼬리를 늘어뜨렸다. "그냥 뽀뽀하고 화해하자고? 그렇겐 안 된다." 리지는 헤어롤을 하나 더 풀었다. "그놈한테 얼마나 더 당해야 정신 차릴래?"

애그니스는 발끈했다. "담배 피우고 싶어."

"넌 원하는 것도 참 많지." 리지가 덧붙였다. "그 가톨릭이랑 그냥 살았어야 하는 건데."

애그니스는 어머니의 헤어롤 가방을 뒤적거렸다. 엠버시 담뱃갑을 꺼내 두 대를 입에 문 다음에, 연기를 길게 들이마시고 한참 동안 물고 있었다. "예수님이 내 카탈로그 할부금을 내주진 않아."

리지가 비웃었다. "그래. 하지만 지옥은 네 버릇을 고쳐놓겠지."

애그니스는 의자에서 일어나서 담요 위 어머니의 옆자리에 앉았다. 불붙인 담배는 화해의 선물로서 초라했지만 리지는 담배를 받고 말했다. "헤어롤 빼는 거나 도와라. 이러고 있으면 꼭 정신병자인 줄만 알겠다." 애그니스는 어머니의 머리를 잡고 한층 가늘어진 머리칼을 손으로 빗었다. 리지가 살짝 마음을 풀었다. "그거 아니, 네 아버지는 금요일마다 6시 30분에 꼬박꼬박 집에 왔다. 일자리 있는 다른 남자들은 그 시간에 쥐도 새도 모르게 사라졌어. 저미스턴 전역에서 남자 목소리라고는 일요일 오후까지 들리지 않았다. 일요일 티타임에 네가 창가에서 놀고 있으면 그네들이 비틀거리며 돌아오는 꼴이 보였지. 하나같이 술에 절어서 말이야."

감자 깎는 여자들이 다시 한번 동시에 고개를 끄덕였다. 리지는 말을 이었다. "그 남자들을 욕하는 게 아니다. 그땐 다 그렇게 살았어. 생활비를 받으려면 금요일 티타임에 펍으로 남편을 찾아가서 돈을 받아야 했다. 그런데 네 아버지는 금요일 밤에 콧노래를 흥얼거리면서 집으로 왔어. 손에는 봉급 봉투를 들고 겨드랑이에는 산뜻한 꾸러미를 하나 끼고 말이야. 그 어리석은 양반은 메도우사이드에서 돌아오는 길에 꼭 시장에 들러서 네게 줄 드레스나 코트를 사 왔다. 애들 옷을 사주기는커녕 자기 자식 사이즈를 아는 남자가 있다는 말은 들어보지도 못했다. 난 그만두라고 말렸지. 버릇없어진다고. 하지만 네 아버지는 그저 이 소리였어. '나쁠 건 또 뭐야?'"

"엄마, 이 얘기 더는 못 하겠어."

"솔직히 말하면 난 네가 브렌든 맥가원이랑 결혼했을 때 기뻤다. 네 아버지가 내게 했듯이 너를 아껴줄 남자로 보였어. 그런데 지금 네 꼴을 봐라. 기어이 넌 더 많이 바라야만 했지."

"그럼 왜 안 되는데?"

"왜?" 리지는 맞문 잇새로 혀끝을 긁었다. "더 많이 바라다가 네가 지금 어떤 꼴이 났는지 봐라, 이기적인 것아."

애그니스는 어머니 머리에서 마지막 헤어롤을 뺐다. 확 잡아당기고 싶은 충동을 간신히 억눌렀다. "어차피 엄마가 날 이기적이라고 생각하는 김에 부탁 하나 할게."

리지는 콧방귀를 뀌었다. "우리가 부탁할 만큼 친한 사이는 아직 아닌 것 같은데."

애그니스는 리지의 귓불을 부드럽게 어루만지며 구슬렸다. "나 대신 아빠한테 말 좀 해줘요. 우리 이사 나갈 거라고. 해줄 거야?"

"네 아비를 죽이는 거다."

"아니야." 애그니스는 고개를 저었다. "계속 여기서 살다간 그이를 잃을 거야. 그럴 것 같은 예감이 들어."

리지는 고개를 돌려 딸을 유심히 보았다. 애그니스의 눈에서 반짝이는 희망의 빛을 리지는 냉정히 들여다보았다. "너는 그놈 말이라면 덮어놓고 믿지, 안 그러냐." 질문이 아니었다.

"우리는 단지 새 출발이 필요한 거야. 전부 다 좋아질 거라고 셕이 말했어. 집은 작지만 마당이랑 대문이 있고, 있을 건 다 있대."

리지가 담배를 좌우로 흔들었다. "아이고, 대단하네! 대문씩이나 달렸다고. 그럼 말해보렴. 그 대문에 자물쇠를 몇 개 채워야 그 바람둥이 자식을 집에 붙들어놓겠니?"

애그니스는 결혼반지 주변의 피부를 긁적거렸다. "난 대문 달린 집에서 못 살아봤단 말이야."

그 말에 숙연해지며 여자들은 오랫동안 침묵했다. 리지가 먼저 입을 열었다. "그래서 그게 어디냐? 대문 달린 네 집 말이야."

"나도 잘 몰라. 저 멀리 이스턴 로드에 있대. 튀김집 하는 이탈리아인이라고 했나, 아무튼 셕이 아는 사람이 임대하던 집이야. 주변에 나무가 많고 조용하댔어. 그런 동네에 살면 나도 좀 마음이 차분해질 거라고."

"너 혼자 빨랫줄 쓸 수 있는 집이니?"

"그럴걸." 애그니스는 몸을 일으켜 무릎을 꿇고 앉았다. 자기가 원하는 걸 받아내려고 비는 데는 선수였다. "저기 엄마, 우리 다시 친구 하는 거 맞지? 나 대신 아빠한테 말 좀 해줘요."

"타이밍 한번 기가 막힌다. 오늘 아침에 그 난리가 났는데?" 리지는 턱을 가슴으로 떨구고 침울한 광대처럼 입꼬리를 내렸다. "오늘 그 일이 있고 나서 네가 나가면 네 아버지는 평생 자책할 거다."

"안 그럴 거야."

리지는 여름 드레스의 단추를 다시 채우기 시작했다. 첫 단추부터 어긋나 있어서 짜증이 났다. "엄마 말 새겨들어. 셕 베인 그놈은 셕 베인밖에 모른다. 너를 그 벽지로 데려간 다음에 완전히 끝장낼 거다."

"안 그럴 거야."

그때 셔기와 윌리가 아파트 앞마당으로 느릿느릿 걸어왔다. 리지가 먼저 그들을 보았다. "얼씨구, 저것 봐라. 훈훈한 것이 세제 광고가 따로 없네."

애그니스가 눈을 들자 아이는 통통한 손가락에 묻은 마지막 에펠타워 케이크를 핥아 먹고 있었다. 거구인 아버지가 교복을 질색하는 소년처럼 셔츠 뒷자락을 빼고 있는 모습에 애그니스는 자기도 모르게 미소 지었다. 천천히 걷는 할아버지와 손자 사이에서 셔기의 소중한 대프니가 대롱거렸다.

"셕이 남편 노릇을 하게 만들지 못하겠거든 아비 노릇이라도 제대로 하게 해라." 리지가 눈을 가늘게 뜨고 손자와 금발 인형을 번갈아 보며 말했다. "저런 버릇은 싹부터 잘라버려야 한다. 옳지 않아."

7

집 안 여기저기로 옮겨 다니는 셕의 빨간색 가죽 가방 두 개를 애그니스는 유심히 지켜보았다. 며칠 전에 난데없이 나타난 이 가방들은 이제껏 소중히 다루어진 것처럼 가죽이 희미하게 바랬고 가격표는 붙어 있지 않았다. 셕은 자기 옷을 전부 단정히 갰다. 양말은 신발 속에 집어넣고 속옷은 깔끔하게 돌돌 말았다. 그리고 그것들을 빨간 가방에 차곡차곡 넣었다. 그 주 내내 셕은 걸핏하면 가방을 열고, 내용물을 외우려는 것처럼 자세히 살펴본 다음에 다시 닫고 자물쇠를 채웠다. 셕의 가방에 짐이 반만 차 있다는 것을 애그니스는 기억해두었다. 소중한 공간이 아직 남아 있었다. 그래서 애그니스는 아이들의 조그만 옷 무더기를 자꾸만 가방 옆에 놓았다. 그러나 그때마다 가방은 어느새 다른 구석으로 슬그머니 옮겨졌고, 그걸 본 애그니스의 가슴에서 의심이 들끓었다. 여전히, 셕의 가방에는 그녀의 물건도 아이들의 물건도 없었다.

이사 당일에 셕은 빨간 가방들을 침실 문가에 두었다. 애그니스는 손톱으로 자물쇠를 건드리며, 이사하기로 한 집을 자신이 왜 여태 보러 가지 않았는지 자문했다. 어느 밤에 셕은 일하러 나갔다가 시내에서 튀김집을 하는 프리메이슨 친구와 이야기를 하고 왔고, 그날 밤 처음으로 이사하자는 이야기를 꺼냈다. 시의회가 임대하는 이층짜리 공동주택인데, 층마다 방이 두 개씩 있고 각 집이 대문을 따로 쓴다고 했다. 셕은 경품 티켓을 긁듯이 두 번 생각하지도 않고 그 자리에서 집을 계약했다.

마지막 도자기 인형을 신문지로 싸고서 애그니스는 자신의 낡은 녹색 브로케이드 가방을 셕의 가방 옆에 나란히 놓았다. 가방들을 이래저래 섞어보았으나 그것들이 더는 어울리지 않는다는 느낌을 떨칠 수 없었다. 여행 가방의 이름표에 적힌 자신의 필체가 낯설었다. 훨씬 젊었던 시절, 좀더 가치 있는 삶을 살고자 첫 남편을 떠날 때 그녀의 자신만만하고 행복한 글씨체였다. 이제는 잊힌 그 이름을 손가락으로 더듬었다. 애그니스 맥가원. 벨필드 스트리트, 글래스고.

릭이 기저귀를 차는 나이였을 때 애그니스는 첫 남편을 떠났다.

마침내 떠나던 날, 애그니스는 화려하고 비실용적인 옷으로 녹색 여행 가방을 꽉꽉 채웠다. 브렌든 맥가원의 신용을 탈탈 털어 구매한 다음에 길고 길었던 지난 일 년 동안 꽉꽉 숨겨놓은 옷들이었다. 떠나기 전에 애그니스는 그들이 함께 살던 집을 마지막으로 한 번 구석구석 청소했다. 그녀가 떠났다는 소식에 득달같이 달려올 이웃들 때문이었다. 그들은 버림받은 남편을 위로한답시고 몰려와, 거만했던 그녀를 깎아내릴 구실을 눈에 불을 켜고 찾을 것이다. 그녀가 지저분하기까지 하다고 욕하는 즐거움은 절대 줄 수 없었다.

애그니스는 복도 카펫의 들린 귀퉁이를 발끝으로 눌러 다시 제자리에 고정했다. 카펫을 고정하는 압정이 나무판자에 박히는 소리가 애석했다. 이날 아침에 애그니스는 카펫을 들어내려 낑낑거리다가 결혼 선물로 받은 비싼 숟가락 두 개가 구부러지고 손가락에 피까지 난 후에야 비로소 좌절의 눈물을 글썽이며 주저앉았다. 마스카라가 뺨을 타고 흘러내리는 동안 애그니스는 남편 곁에 좀더 머무를지, 어쨌든 새로 산 액스민스터 카펫의 본전을 뽑을 때까지만이라도 머물러야 하는 것은 아닌지 고민했다. 살림살이를 죄다 챙겨 갈 계획은 아니었다. 그러나 이 카펫은 새것이었고, 주택 단지 건너편에 사는 노파가 카펫을 볼 때마다 질투심에 하얗게 질리는 꼴이 퍽이나 통쾌했다. 동네 사람들이 구경할 수 있게 현관문을 열어놓을 만한, 아름답고 두툼한 카펫이었다. 템플턴 더블 액스민스터 카펫을 벽에서 벽까지 깔아줄 때까지 애그니스는 남편을 닦달하고 또 닦달했다. 그러나 막상 카펫을 깔고 나자 만족감이 시들해졌다. 그녀가 예상했던 시간의 절반도 지나기 전에 감흥이 사라졌다.

공동주택 1층에서 가톨릭과 함께하던 세월에 애그니스는 검댕으로 얼룩진 맞은편 건물의 벽만 보며 하루하루를 보냈다. 남편을 떠나기로 한 그날 밤, 애그니스는 맞은편 주택에서 하나둘씩 꺼지는 불빛을 바라보았다. 근면한 노동자들이 이튿날 아침에 일찍 일어나기 위해 이른 시간에 잠자리에 들고 있었다. 비가 내리는 거리에서 택시의 엔진이 부르릉댔다. 살짝 흥분되었고, 불안과 걱정 아래 짜릿한 스릴감이 치솟았다.

소파 등받이에 아이들이 인형처럼 기대 누워 있었다. 말끔한 멜턴 원단과 보드라운 벨벳 옷으로 빼입고 화려한 은색 버클이 달린 불편한 에나멜 구두를 신고 있는 모습이 마치 그림 같았다. 애그니스는 아이들을 깨웠다. 캐서린이 졸음에 겨워 술 취한 노인처럼 눈을 천천히 끔벅거렸다. 애그니스가 뽀뽀로 아이들을 깨우는데 누군가 현관문을 조용히 긁었다. 애그니스는 복도로 살금살금 나갔다. 현관문이 나지막하게 삐걱거리며 열렸고, 눈부신 공동주택의 조명 아래에서 안절부절못하고 있는 남자의 둥글고 그을린 얼굴이 보였다. 여차하면 줄행랑칠 것처럼 셕은 초조히 발을 옴짝대고 있었다.

"당신 늦었어!" 애그니스가 외쳤다.

애그니스 입에서 풍긴 시큼한 스타우트 냄새를 맡고 셕은 억지로 짜냈던 미소마저 삼켰다. "빌어먹을, 진짜 미치겠군."

"이렇게 늦게 오면서 뭘 기대했어? 당신 기다리느라 신경이 곤두섰단 말이야." 애그니스는 문을 열고 묵직한 여행 가방들을 셕에게 건네주었다. 지퍼가 불룩 튀어나온 여행 가방이 크리스마스 장식으로 꽉 찬 것처럼 유쾌하게 딸랑거렸다.

"이게 다야?"

애그니스는 푹신한 카펫의 소용돌이무늬를 내려다보며 아쉬워했다. "그래. 그게 다야."

셕은 여행 가방을 들고 거리로 나갔다. 애그니스는 뒤돌아서 실내를 찬찬히 둘러보았다. 그리고 복도의 거울 앞에 서서 손으로 머리를 빗었다. 검은 곱슬머리의 컬이 느슨히 풀어졌다가 탱탱하게 말려 올라갔다. 애그니스는 빨간 립스틱을 덧발랐다. 스물여섯 살치고 나쁘지 않아, 애그니스는 생각했다. 지난 이십육 년 동안 잠들어 있던 기분이었다.

애그니스는 아이들 침실에 들어가 침대를 마저 정리하고 더러운 잠옷을 밍크코트 주머니에 넣었다. 아이들에게는 양보 없이 장난감을 딱 하나씩만 허락한 뒤에 복도로 데리고 나왔다. 커다란 방문 앞에서 애그니스는 걸음을 멈추고 아이들을 돌아보았다. 아름다운 카펫에 일별을 던지며 애그니스가 나직이 일렀다. "무슨 일이 있어도, 절대 안 우는 거야. 알았지?" 반드르르 윤기가 나는 머리 두 개가 끄덕거렸다. "방에 들어가면 엄마를 위해서 활짝, 아주 활짝 웃을 수 있지?"

애그니스는 어둠 속에서 손어림으로 전등 스위치를 찾았다. 탁, 소리와 함께 스위치가 올라가자 눈이 시리게 밝은 빛이 어둠을 터뜨렸다. 좁아터진 방을 지나치게 큰 로코코풍 침대가 점령하고 있었다. 남자아이가 명랑하게 "아빠!" 하고 외치자 으리으리한 침대에서 꼬깃꼬깃한 이불 더미가 꿈틀거렸다. 브렌든 맥가원이 화들짝 놀라 일어났다. 인형 같은 차림새로 침대 발치에 서 있는 아이들을 보고 브렌든은 눈을 껌벅거렸다. 입이 떡 벌어졌다.

애그니스는 밍크코트의 깃을 도도하게 세웠다. 브렌든의 신용으로 산 코트였다. 애그니스를 행복하게 해주길, 잠시뿐일지라도 불만을 잠재워주길 바라고 산 쓸데없는 사치품이었다. "그래. 전부 고마웠어." 말이 헛나오고 있었다. "난 갈게." 일과를 마치고 퇴근하는 가정부처럼 예사로운 말투가 영 어색했다.

자다가 날벼락을 맞은 남자는 손을 흔들며 나가는 아이들을 끔벅끔벅 바라볼 수밖에 없었다. 현관문이 조용히 닫히는 소리가 들렸고, 부르릉대는 디젤엔진 소리가 뒤를 이었다. 그리고 가족들은 사라졌다.

그날 밤, 그들을 태운 검은 택시는 탱크처럼 묵직하고 강력하게 포효하며 도로를 질주했다. 기다란 가죽 뒷좌석에서 애그니스는 따뜻한 아기들을 양쪽 옆구리에 품고 앉았다. 빗물에 젖어 반짝이는 글래스고 거리를 네 사람은 침묵 속에서 달렸다. 셔은 자꾸만 백미러로 시선을 들고 아이들의 자는 얼굴을 힐긋거렸다. �의 표정이 점점 딱딱하게 굳었다. "그럼 이제 어디 가?" 잠시 후 셕이 물었다.

침묵이 길게 늘어졌다. "왜 늦었어?" 애그니스는 코트 깃으로 입을 가린 채 물었다.

셕은 대답하지 않았다.

"마음이 흔들렸던 거야?"

셕은 백미러에서 시선을 거두었다. "당연하지."

애그니스는 가죽 장갑을 낀 손으로 얼굴을 가렸다. "세상에."

"당신은 안 그랬어?"

"내가 그랬던 것처럼 보여?" 목소리가 의도했던 것보다 날카롭게 터져 나왔다.

이스트엔드는 텅 비어 있었다. 가장 늦게까지 여는 술집들도 문을 닫았고, 선량한 시민들은 추위를 피해 가족들과 함께 포근한 잠자리에 들었다. 그들은 갤로우게이트를 달리다가 시장을 가로질렀다. 시장이 텅 빈 광경은 처음이었다. 평소에 시장은 반찬거리나 새 커튼, 혹은 금요일 저녁에 먹을 좋은 고기나 생선을 사려는 사람들로 복작거렸다. 그러나 이 시각에 시장은 빈 테이블과 과일 상자로 이루어진 묘지처럼 스산하기만 했다. "어디로 갈 거야?"

"보다시피, 난 버리고 왔어." 셕이 백미러로 애그니스를 노려보고 있었다. "그러기로 했잖아. 새 출발을 하자고."

아이들의 뜨거운 머리가 애그니스의 옆구리로 파고들었다. "알아. 하지만 그렇게 쉬운 일이 아니야."

"아니지. 근데 당신이 약속했잖아."

"그래, 어쨌든." 애그니스는 창밖에 시선을 고정했다. 백미러로 그녀를 지켜보고 있는 셔의 시선이 따가웠다. 셔이 도로를 좀 주시하면서 운전하길 바랐다. "못 하겠더라고."

셔은 아이들의 옷을 눈여겨보았다. 성당에 갈 때 입힐 법한 예스러운 디자인의 비싼 옷은 야반도주를 위해 특별히 사놓고 이날 처음 입힌 것 같았다. 여행 가방에는 단정히 갠 아이들의 옷가지가 들어 있을 것이다. "당신은 노력도 하지 않았지?"

애그니스는 셔의 뒤통수를 뚫어지게 보았다. "사람들이 다 당신처럼 매정할 수 있는 건 아니야, 셔."

순간 격분한 셔이 움찔하면서 브레이크를 밟았다. 네 사람 모두 앞으로 몸이 쏠렸고, 아이들이 잠에서 깨어 칭얼대기 시작했다. "그러고도 염병, 나한테 늦었다고 따져?" 반짝이는 침방울 몇 개가 백미러에 튀었다. "내가 왜 늦었을 것 같냐. 지랄같이 울부짖는 아이 네 명한테 작별인사를 해야 했기 때문이다." 셔은 입에 묻은 침을 손등으로 닦았다. "애들 데리고 자살하겠다고 협박하는 마누라는 또 어쩌고. 내가 떠나면 오븐의 가스를 누출시키겠다면서."

택시가 비명을 지르며 다시 달리기 시작했다. 말없이 달리는 그들 옆으로 심야버스가 덜컹거리며 지나가고, 차가운 집들의 어두운 창문이 스쳐 지나갔다. 셔은 목소리를 가라앉히고 입을 열었다. "벌어먹을 애들이 낚싯바늘처럼 걸고 늘어지는 걸 뿌리치고 나가려고 해봤냐, 응? 울고불고 매달리는 아이 네 명을 다리에서 떼어내는 데 얼마나 걸리는지 알아? 발로 차서 현관으로 밀어 넣고, 고사리손 위로 문을 처닫는 게 어떤지 아냐고?" 거울에 비친 셔의 눈빛이 차가웠다. "아니, 어떤지 모르겠지. 당신은 그냥 이 녀석들한테 따라오라고 했을 테니까. 우리가 밀포트로 당일치기 여행이라도 가는 것처럼 가방을 들고 룰루랄라 달려 나왔지."

애그니스는 차츰 술이 깨고 있었다. 애그니스는 입을 다물고 차창 밖을 내다보며, 자신들이 버리고 온 아버지 없는 아이들과 아이들 없는 아버지를 생각하지 않으려고 애썼다. 그들의 행렬이 짜고 찐득한 눈물 줄기처럼 검은 택시 뒤에 매달려 있는 것 같았다. 들뜬 기분은 흔적도 없이 사라졌다.

트롱게이트의 철교를 세 번째 지날 즈음 어둠이 걷히기 시작했다. 생선 트럭들이 시장에 물건을 내리고 있었다. 애그니스는 버스정류장에 줄을 서 있는 여자들을 내다보았다. 도심지의 거대한 회사 건물들을 청소하려고 꼭두새벽부터 출근하는 청소부들이었다. "우리 엄마가 새로 이사한 아파트로 일단 가자." 마침내 애그니스가 중얼댔다. "우리 집을 구할 때까지만."

그로부터 수년이 흐른 지금 애그니스는 그날 밤을 기억하기도 싫었다. 스스로가 바보처럼 느껴져서 견딜 수가 없었다. 애그니스는 첫 남편의 소유였던 여행 가방을 다시 쌌다. 어머니네 집에 가져왔던 그 브로케이드 가방을 다시 가져가는 것이다. 녹색 여행 가방을 잠시 내려다보다가, 옛 이름이 적힌 이름표를 반으로 찢었다.

애그니스가 떠났을 때 브렌든 맥가원은 올바르게 처신하려고 부단히 노력했다. 아내가 오밤중에 도주했는데도 그는 처갓집에 찾아와서 자신이 더 노력하겠다고 약속했다. 그녀가 원하는 대로 싹 다 바꾸겠다고, 자신의 어머니가 몰라볼 정도로 완전히 딴사람이 되겠다고 맹세했다. 맥가원이 이렇게 다짐할 때 애그니스는 고층 아파트의 그림자 속에 서서 팔짱을 끼고 침묵했다. 애그니스가 돌아오지 않으리라는 것이 명백해지자 맥가원은 본당 신부를 찾아가서, 월리와 리지에게 이야기를 좀 해달라고, 애그니스의 죄책감을 일깨워달라고 사정했다. 그러나 누가 말해도 애그니스는 고집을 꺾지 않았다. 그녀는 이미 한계를 아는 삶으로 돌아가지 않을 것이다.

그후 삼 년간 브렌든 맥가원은 매주 목요일에 양육비를 보내고 매달 두 번째 토요일에 아이들과 시간을 보냈다. 친아버지에 대한 캐서린의 마지막 기억은 카스텔라니 카페에서 릭의 얼굴에 묻은 바닐라 아이스크림을 닦아주는 모습이었다. 아이들이 아버지를 만나러 갈 때 애그니스는 반드시 가장 좋은 옷을 입혀서 내보냈다. 진주 목걸이와 진주 귀고리를 한 노부인이 아이들이 참 단정하고 얌전하다고 브렌든에게 칭찬을 건넸다. 노부인은 몸을 숙여 예쁜 소녀와 눈높이를 맞추고 이름이 무엇이냐고 물었다. 어린 소녀가 글래스고 대성당의 종소리처럼 낭랑한 목소리로 대답했다. "캐서린 베인이에요."

그때 브렌든 맥가원이 양해를 구하며 테이블에서 일어났다. 맥가원은 행복한 가족들이 둘러앉은 테이블을 굽이돌아 화장실로 가는 듯하더니, 돌연 발길을 돌려 거리로 나갔다. 그날 얼마나 오랫동안 동생과 단둘이 앉아 있었는지 캐서린은 기억하지 못했다. 자기 아이스크림을 다 먹은 릭이 그녀의 것까지 먹고, 조개껍데기 모양 유리그릇에 남은 아이스크림을 손가락으로 찍어 먹고 있었다.

선량한 가톨릭은 쉽사리 권태에 빠지는 아내를 붙잡으려고 최선을 다했다. 아내가 달아났건만 그는 자존심을 삼키고 돌아와달라고 빌었다. 그녀가 이혼해버리자 그는 또다시 자존심을 삼키고 아이들과 보내는 시간을 소중히 여겼다. 그다음에 그녀는 아이들에게 개신교의 성을 주었다. 자기 땅을 벗어난 양처럼, 이제 아이들에게는 타인의 소유라는 표식이 지우려야 지울 수 없게 찍혀 있었다. 애그니스는 끝내 맥가원의 인내심을 바닥냈다. 그로부터 십삼 년이 지난 지금, 캐서린과 릭은 친아버지를 길에서 마주쳐도 알아보지 못할 터였다.

애그니스는 브로케이드 손잡이를 자꾸만 잡아 뜯는 손을 애써 자제했다. 가슴속 불안과 의구심을 가톨릭의 여행 가방에 다시 꾹꾹 눌러 넣고 힘없이 택시로 가져갔다. 지금 보니 검은 택시는 영구차를 닮았다. 월리는 녹슨 엘리베이터를 타고 오르내리며 아이들의 옷을 날라주기는 했지만 애그니스와는 단 한마디도 말을 섞지 않았다. 부엌에서는 리지가 커다란 냄비 앞에 서서 부르튼 손으로 앞치마를 비틀고 있었다. 냄비를 휘휘 젓는 어머니를 바라보던 애그니스는 가스레인지에 불이 들어와 있지 않다는 것을 발견했다.

간밤에 릭과 캐서린은 자신들을 기다리는 새로운 삶의 불길한 전조에 대해 이야기하며 밤을 지새웠다. 목소리를 낮춘 아이들의 걱정과 근심이 벽을 타고 넘어왔다. 그 주 초에 리지는 아이들이 이 집에서 계속 살게 해달라고 애걸했다며, 릭이 학교를 졸업하고 캐서린이 직장에서 가까운 곳에 살게 해주라고 딸에게 부탁했다. 이사하는 날 아침에 릭은 연필과 비밀스러운 공책을 싸 들고 나가서 어딘가에 숨었다. 캐서린은 바들거리는 입술을 꾹 다물고, 어머니를 도와 비장하게 이삿짐을 쌌다. 아침 내내 리지는 셔기를 꼭 끌어안고 무사히 돌아오라는 기도를 아이의 흰 목덜미에 대고 속삭였다. 주변에 아무도 없는 줄 알고 릭이 할머니에게 다시 간청하는 모습이 애그니스의 눈에 들어왔다. 착하게 굴겠다고, 잘할 테니 제발 여기에서 살게 해달라고 빌고 있었다. 부드럽게 타이르는 리지의 말을 듣고 애그니스는 안심했다. "안 된다, 알렉산더. 엄마가 있는 곳이 네 집이야."

비가 내리기 시작했을 때 남은 이삿짐은 셔의 빨간 가죽 가방 두 개뿐이었다. 그 가방들마저 차에 실리고 나자 애그니스는 떠날 때가 되었다고 인정했다. 빗속에 우두커니 서 있는 리지와 월리는 그들 뒤로 보이는 아파트만큼이나 우울하고 엄격해 보였다. 작별인사는 짧고 냉담했다. 하늘이 무너져도 리지는 남들에게 구경거리를 제공하지 않을 것이다. 무덤덤한 표정에 금이 가는 순간 와장창 깨질지도 몰랐는데, 그 속에서 무엇이 쏟아져 나올지 애그니스는 감히 상상할 수 없었다. 그래서 그들은 주전자며 깨끗한 수건 따위를 챙긴다고 부산을 피우며 분주히 움직였다.

애그니스는 셔기를 무릎 사이에 안고 택시 뒷좌석에 앉았다. 이삿짐에 끼여 앉은 릭과 캐서린의 허벅지가 애그니스를 양쪽에서 눌렀다. 애그니스는 아이들의 옷을 전부 깨끗이 다리미질했다. 캐서린이 회사에서 입는 셔츠에 정성스레 풀을 먹였고, 셔기의 재킷을 카탈로그에서 새로 주문했다. 또한, 자신의 의치를 표백하고 머리를 새로 염색했다. 새로 염색한 머리는 검은색보다 더 어두운, 슬프디슬픈 남색에 가까웠다.

이날 아침에 애그니스는 고개를 숙이고 새 마스카라가 어떠냐고 캐서린에게 물었다. 눈꺼풀이 무거울 정도로 짙게 바른 마스카라 때문에 애그니스는 까무룩 잠들 것처럼 보였다. 택시가 큰길로 나가기 전에 애그니스는 뒤돌아보고, 무거운 눈꺼풀을 천천히 감았다 뜨면서 애처롭게 손을 흔드는 모습을 연출했다. 작별인사가 꼭 영화 속 한 장면 같다고 생각하며, 여주인공이 된 듯한 착각에 흠뻑 빠졌다.

택시가 스프링번 로드를 털털거리며 올라가 적막한 세인트 롤록스 철도를 지나고서야 애그니스는 다시 앞을 보고 앉았다. 셔의 계획에 동의한 시답잖은 이유들을 묵주알 굴리듯 하나씩 짚어보며 마음을 다스리려 애썼지만, 철딱서니 없는 어린 아가씨나 품을 법한 어리석은 환상에 빠져 내린 결정이었다는 생각을 떨칠 수가 없었다. 애그니스는 자신의 어리석음을 곱씹으며 손끝을 초조히 비벼댔다. 자기만의 집을 꾸미고 살 기회. 아이들이 뛰어놀 수 있는 마당. 결혼생활을 바로잡아줄 평화롭고 조용한 일상. 애그니스는 자신의 내면 깊숙한 곳을 들여다봤다. 사실 그녀는 셕을 여자들로부터 멀리 떨어뜨리면 그가 달라지지 않을까 기대했던 것이다.

김이 서린 차창에 셔기가 슬픈 얼굴을 그렸다. 릭이 엄지손가락으로 그림을 쓱 건드려 발기된 성기 모양으로 바꾼 다음에 다시 자리에 기대앉았다. 애그니스는 반지 낀 손으로 창문을 닦고 밖을 내다보았다. 그들은 프로밴밀 뒤편의 파란 가스탱크를 지나치고 있었다. 거대한 가스탱크가 글래스고의 북동쪽 입구를 지키는 파수꾼처럼 우뚝 서 있었다.

아주 오랫동안 그들은 침묵 속에서 달렸다. 마침내 택시가 신호에 걸려 멈추었을 때 셕은 유리 가림막을 내리고 거의 다 왔다고 말했다. 곧바로 다시 가림막을 올리는 셕을 보며 애그니스는 그 행동이 단순히 택시운전사의 습관이 아니라 어떤 진실을 암시할지도 모른다고 생각했다. 그들이 연애할 적에 셕은 늘 가림막을 완전히 내리고 특유의 호쾌한 입담으로 그녀를 유혹했다. 운전석에 느긋이 기대앉아 인장반지로 가림막을 툭툭 두드리는 셕의 왼손 약지에는 결혼반지의 자국만 희미하게 남아 있었다. 택시 안에는 애프터셰이브의 톡 쏘는 솔향과 포마드 냄새가 짙게 배어 있었다. 평일 오후에는 두 사람의 들큼한 땀내가 진동했고, 사랑을 나눈 열기가 차창을 뿌옇게 덮었다. 앤더스턴 고가도로 아래에 차를 세워놓고 보낸 행복한 시간이 떠올랐다. 그들이 상대의 본모습을 알게 되기 전 행복한 시간이었다.

애그니스는 나지막한 방갈로 주택들의 푸른 앞마당을 보며 희망을 되살리려 했지만 젖은 장작으로 불을 때는 격이었다. 어떤 지점을 지나고서부터 창밖의 집들이 시의회 소유에서 개인 소유로 바뀌었다. 셕이 가림막을 내렸다. "정원 좀 봐라, 멋지지?" 아름다운 집들이었다. 정원에는 장미와 카네이션이 흐드러졌고, 아기자기한 장식품들이 이중창문의 창턱에 진열되어 있었다. 그다음에는 컬드색* 주택단지가 나타났다. 지반을 높여서 도로의 소음으로부터 떨어뜨려놓은, 깨끗이 관리된 동네였다. 집마다 정원을 가로지르는 사유 진입로가 있고, 진입로에는 차가 한 대 혹은 심지어 두 대가 세워져 있었다. 애그니스는 거울에서 셕과 눈을 마주쳤다. 그가 그녀를 지켜보고 있었다. 그녀의 기억 속 지난날의 사랑과 어렴풋이 닮은 표정으로. "이 집들이 좋은 거 같아? 좀만 더 기다려봐. 아주 예쁜 마을이라고 조가 그랬어. 이웃들이 서로 다 알고 지내는 정겨운 동네 말야. 지상낙원이 따로 없다더군."

릭과 캐서린이 곁눈질로 비웃음을 교환했다. 애그니스는 아이들의 무릎에 손을 하나씩 올리고 꽉 쥐어 경고했다. 셕은 디젤엔진의 소음 위로 목소리가 들리도록 어깨 너머를 돌아보며 목청을 높였다. "큰 탄광 옆에 있는 동네인데, 거기 남자들은 다 탄광에서 일한대. 임금을 두둑이 줘서 여자들이 바깥일을 할 필요가 없단다. 자기 자식들은 전부 같은 학교에 다녔다고 조가 그랬어. 우리 셔기한테 좋겠지. 밖에 나가서 또래 남자애들이랑 어울릴 수 있고." 거울에 비친 셕의 눈이 즐겁게 빛났다. 대단히 만족한 표정이었다. 콧수염을 쓰다듬는 셕을 애그

* Cul-de-sac. 단지 내 도로를 막다른 길로 조성하고 끝에 회전 공간을 만든 형태.

니스는 지켜보았다. "알고 보니 그 동네엔 술집이 없더라고. 광부들이 가는 마이너스 클럽(Miner's Club) 말고는."

"뭐? 한 군데도 없다고?" 애그니스가 앞으로 다가앉았다.

"그래. 마이너스 클럽은 광부랑 광부 부인만 들어갈 수 있어."

애그니스의 등에 땀이 돋아났다. "그럼 거기 사람들은 뭐 하고 놀아?"

그러나 셕은 애그니스의 말을 듣고 있지 않았다. "여기다!" 셕이 구부러진 길을 가리키며 들뜬 목소리로 외쳤다. 자신들을 새로운 삶으로 데려다줄 길을 보려고 애그니스와 아이들이 몸을 기울이자 택시가 기우뚱했다. 교차로에 텅 빈 주유소가 있었다. 주유소의 터는 넓었지만 주유기는 휘발유와 경유 하나씩뿐이었다. 셕은 속도를 늦추고 주유소 옆길로 꺾어 들어갔다.

애그니스는 가죽 핸드백 속을 뒤적였다. 핸드백 속에서 빙고 펜들과 박하사탕 통이 달그락거렸다. 립스틱을 꺼내 검붉은 색을 입술에 덧바르고, 립스틱과 함께 몰래 손에 쥔 파란 알약을 슬그머니 입에 넣은 다음에 아작 깨물고 그대로 삼켰다. 눈치챈 사람은 캐서린뿐이었다. 입술을 오므리고 입가를 꼼꼼히 닦는 어머니를 캐서린은 지켜보았다. 애그니스는 손을 좌석 아래로 내려 검은 하이힐의 버클을 매만지고, 매니큐어를 칠한 길쭉한 손톱으로 모직 치마의 주름을 폈다. 그리고 분홍색 앙고라 스웨터 앞면에서 실오라기를 떼었다.

캐서린이 눈살을 찌푸렸다. "왜 엄마는 이사하는 복장이 아니에요?"

"글쎄, 이사하는 거랑 입주하는 건 엄연히 다르잖니." 애그니스는 빗에 침을 묻혀 셔기의 머리를 빗었다. 아이가 꿈틀댔지만 애그니스는 셔기의 어깨를 꽉 잡고 깨끗한 분홍색 두피가 일직선으로 드러날 때까지 말끔하게 가르마를 탔다.

"흥, 나는 어때요?" 릭이 얼굴 위로 앞머리를 헝클어뜨리며 물었다. 더러운 양말의 엄지발가락이 흰 운동화의 해진 이음매를 뚫고 나왔다.

애그니스는 한숨을 쉬었다. "누가 묻거든 넌 이삿짐센터 일꾼이라고 해."

창문을 끝까지 내리자 갓 깎은 잔디와 야생 블루벨의 향기를 머금은 바람이 앞다투어 들어왔다. 연녹색 풀 밑으로 소똥 더미와 비 맞은 나무 밑동, 방치된 토양의 암갈색이 드문드문 비쳤다. 애그니스의 분홍색 앙고라 소매에 달린 구슬들이 바람에 춤췄고, 애그니스는 큐빅 무더기에 빠졌다가 나온 토끼처럼 반짝거렸다. 셔기는 손을 뻗어 유리구슬을 훑었다. 활짝 웃고 있는 어머니의 미소가 하얗게 빛났다. 카메라 앞에 선 것처럼 윗니와 아랫니 사이가 벌어질 정도로 크게 미소 짓고 있었다. 셕과 시선을 맞추려고 자꾸만 초조히 백미러를 쳐다보지만 않았으면 애그니스는 행복해 보였을지도 모른다. 셔기는 반짝거리는 소매를 만지며 어머니를 바라보았다. 이제 어머니는 입을 다물고 앞뒤로 천천히 어금니를 갈고 있었다.

길이 다시 한번 좁아지면서 예쁘게 손질된 정원의 마지막이 시야에서 사라졌다. 죽은 주목이 죽 늘어선 좁은 길이 이어지다가 돌연 양옆으로 평평하고 너른 습지가 펼쳐졌다. 광막한 습지에서 눈에 걸리는 것이라고는 야트막한 갈색 언덕과 군데군데 웅크리고 있는 덤불, 가시금작화가 전부였다. 더러운 구릿빛 개울이 굽이굽이 흘렀고, 삐죽삐죽 자라난 잡초가 자신들의 영역을 되찾으려는 것처럼 도로의 분리대 안쪽으로 뻗어 나왔다. 핏 로드라고 불리는 이 낡은 도로는 층층이 내려앉은 석탄가루에 까맣게 덮여 있었다. 택시가 검은 도로를 달리자 바퀴 자국이 하얗게 남았는데, 마치 흰 눈길을 가르는 검은 바퀴 자국의 네거티브 같았다.

택시는 완만한 커브를 휘청거리며 돌았다. 저 멀리 시꺼먼 언덕이 바다처럼 끝없이 구불구불 이어졌다. 생명이 있는 것은 전부 불살라진 빛깔이었다. 드넓은 언덕이 지평선을 가득 메웠고, 그 뒤로는 아무것도 없었다. 지구의 끝에 온 것 같았다. 검은 언덕은 빛줄기가 내리칠 때마다 번뜩거렸고, 바람이 불면 거대한 먼지 더미 같은 언덕에서 검은 구름이 피어올랐다. 흙내와 풀 내음으로 향긋했던 공기에 코를 찌르는 독한 냄새가 섞여 들었다. 방전된 건전지의 끝을 핥았을 때처럼 알알한 금속 맛이 혀를 휘감았다. 택시는 다시 한번 커브를 돌았다. 도로 분리대가 허물어지면서 끝나고 넓은 주차장이 나타났다. 주차장 뒤로 보이는 높다란 벽돌 벽에는 녹슨 철문이 달렸고, 철문은 무거운 자물쇠와 체인으로 굳게 잠겨 있었다. 묘한 각도로 기울어진 경비원 부스의 지붕에 잡초가 무성했다. 폐광된 탄광이었다. 널담의 합판에 누군가 토리당을 쳐부숴라, 라고 페인트로 갈겨써놓았다. 탄광은 영영 문을 닫은 것처럼 보였다.

탄광의 정문 맞은편에 낮은 콘크리트 건물이 있었다. 창문 하나 없는 그 건물에서 남자들의 줄줄이 나와 핏 로드에 시커멓게 모여 섰다. 얼핏 봤을 때 남자들은 성당에서 나오는 것 같았다. 가까워지는 디젤 엔진 소리에 남자들은 약속이라도 한 듯이 동시에 돌아봤다. 광부들은 말을 멈추고, 그들을 자세히 보려고 눈을 가늘게 떴다. 검은색 동키 재킷 차림인 남자들은 큼직한 맥주잔을 들고 짤막한 담배를 꼬나물고 있었다. 광부들의 깨끗한 얼굴과 분홍색 손에서 일한 흔적은 찾을 수 없었다. 꺼림칙했다. 수제곱마일에 달하는 벌판에서 유일하게 깨끗한 것이 이 남자들이라는 사실이. 광부들은 불만스러운 표정으로 길을 비켜주었다. 릭은 자신을 바라보는 남자들을 바라보았다. 순간 가슴이 철렁했다. 남자들은 모두 그의 어머니와 똑같은 눈빛을 지녔다.

갑작스레 눈앞에 주택가가 나타났고, 좁다란 먼지투성이 도로는 저 멀리 갈색 언덕의 등성이에 가로막히며 툭 끊겼다. 핏 로드에서 직각으로 뻗어나가는 좁은 곁길 서너 개가 주택가를 이루었다. 지붕이 낮은 정사각형 건물들이 다닥다닥 모여 있었다. 집마다 정확히 똑같은 크기의 조그만 마당이 딸려 있었고, 마당은 전부 회색 바지랑대에 묶여 있는 흰 빨랫줄로 조각났다. 이탄 습지가 동네를 에워쌌고, 동쪽으로는 석탄을 캐느라 뒤엎은 땅이 광재에 까맣게 덮여 있었다.

"여기야?" 애그니스가 물었다.

셔은 곧바로 대답하지 못했다. 축 처진 어깨를 보니 셔 역시 실망한 것 같았다. 애그니스의 어금니는 부스러질 지경이었다. 야트막한 언덕으로 올라가는 길에 그들은 허름한 성당과, 이 시간까지 목욕 가운 차림으로 모여 있는 여자들을 지나쳤다. 표지판을 찾아 두리번거리던 셔이 오른쪽으로 급히 꺾었다. 길에는 똑같은 형태의 포인블록하우스*들이 늘어서 있었다. 게딱지만 한 주택 한 채에 네 가구가 살았다. 애그니스는 이렇게 흉측하고 우울한 집은 난생처음 보았다. 크기만 크고 얇아 보이는 창문은 온기는 못 지키되 냉기는 쉽게 들일 것이다. 거리 위아래에서 굴뚝마다 검은 석탄 연기를 뿜었다. 온화한 여름날에도 실내가 싸늘하다는 뜻이었다.

셔은 주택 몇 채를 지나 택시를 세운 다음에, 집을 제대로 보려고 핸

---

* Four-in-a-block. 입구가 따로 있는 일층과 이층에 한 가구씩 살고, 이와 똑같은 형태의 집이 벽 하나를 공유하고 붙어 있는 공동주택.

들 위로 수그리고 목을 길게 뺐다. 길에는 차가 거의 없었고, 그나마 보이는 차들도 고장 난 것 같았다.

셔이 정신이 팔린 사이에 애그니스는 검은 핸드백을 뒤졌다. "너희 셋은 입 다물고 있어." 애그니스가 나지막이 윽박질렀다. 애그니스는 동굴처럼 시커먼 핸드백 속에 얼굴을 처박고 가방을 기울였다. 핸드백에 숨겨 가져온 라거를 꿀꺽꿀꺽 들이켜는 애그니스의 목 근육이 꿈틀댔다. 아이들은 가만히 보고 있었다. 애그니스가 핸드백에서 고개를 들었다. 윗입술에 바른 립스틱이 맥주에 씻겨 지워졌다. 쓸데없이 바른 마스카라 아래로 애그니스는 아주 천천히 눈을 한 번 깜박였다.

"쓰레기장이 따로 없네." 애그니스가 웅얼거렸다. "여기 오려고 내가 빼입은 거야?"

1982
핏헤드

8

앨비언 밴의 뒷문이 열렸을 즈음에는 사람들이 도로 한복판에 서서 무람없이 구경하고 있었다. 그들은 젖은 행주나 반쯤 다린 옷을 내려놓을 생각도 안 하고 들고나왔다. 지붕 낮은 건물에서 가족들이 나오더니 텔레비전에서 재미있는 프로그램이라도 하는 것처럼 현관 앞 계단에 앉아 그들을 구경했다. 꾀죄죄한 아이들 떼거리가 팬티 바람인 아이를 선두로 세우고 먼지투성이 도로를 건너와 애그니스를 반원으로 둘러쌌다. 애그니스가 친절히 인사했지만 아이들은 빤히 쳐다보기만 했다. 아이들의 입가에는 점심에 먹은 빨간 소스가 여전히 묻어 있었다.

길에는 광부들의 집이 너무나도 빽빽이 모여 있어서 집들의 대문끼리 코앞에서 마주 보았고, 옆집과의 사이에는 낮은 울타리와 띠처럼 가느다란 잔디밭이 전부였다. 애그니스의 건너편 집은 대문이 활짝 열려 있었는데, 그 뒤에서 여자 한 명이 서로 밀치락달치락하는 아이 대여섯 명과 함께 서 있었다. 아이들은 서로 똑 닮았다. 문득 애그니스는 아버지가 보여주었던 아일랜드의 친할머니와 그녀의 수많은 자식들 사진이 떠올랐다. 현관문 앞 계단에 서서 애그니스는 미소를 띠고, 낮은 담장 너머 이웃에게 손을 흔들었다. 토끼털 소매의 구슬이 햇빛을 반사하며 반짝였다.

"안녕하세요." 애그니스가 동네 사람들에게 정중히 인사했다.

"이사 왔수?" 애그니스의 집 뒤쪽 현관문에 서 있던 여자가 물었다. 여자의 금발 곱슬머리는 뿌리가 진한 갈색이라서 마치 어린아이 가발을 뒤집어쓰고 있는 것처럼 보였다.

"예."

"당신들 다?" 여자가 물었다.

"저랑 제 가족만요." 애그니스가 정정했다. 애그니스는 자신을 소개하며 손을 내밀었다.

여자는 가르마를 긁적거리기만 했다. 이 여자는 질문밖에 할 줄 모르나, 애그니스가 생각하는데 여자가 입을 열었다. "난 브라이디 도널리. 이 집 위층에서 이십구 년을 살았수. 그동안 아랫집 이웃이 열다섯 번 바뀌었구."

도널리 가족 모두의 시선이 애그니스에게 날아와 박혔다. 눈이 까맣고 동그란 말라깽이 소녀가 가지각색 머그잔을 쟁반에 날라왔다. 다들 머그잔을 하나씩 들었다. 그들은 차를 홀짝이면서도 애그니스에게서 눈을 떼지 않았다.

브라이디가 고갯짓으로 담장 너머를 가리켰다. "저긴 노린 도널리. 우리 집안사람이오. 핏줄은 아니구. 뭔 말인지 알겠수?" 잿빛으로 바랜 여자가 혀를 한 번 굴리고 고개를 세게 끄덕였다. 브라이디 도널리가 말을 이었다. "저긴 진티 맥클린치. 내 사촌이오. 우리 핏줄이 맞구."

노린 옆에서 조그만 여자가 짧은 담배를 길게 빨았다. 진티가 연기 때문에 눈을 가늘게 떴더니 단숨에 헤드스카프를 두른 브라이디처럼 보였다. 그들 모두 브라이디처럼 생겼다. 남자들도 마찬가지였는데, 다만 그들이 조금 덜 드세 보였다.

한 여자가 먼지투성이 도로를 건너오는 것을 애그니스는 곁눈으로 알아차렸다. 여자는 잠시 걸음을 멈추고 애그니스를 둘러쌌던 남루한 아이들에게 무엇이라 말했다. 아이들에게서 우울한 소식을 전해 들은 것처럼 여자는 심각하게 고개를 끄덕이더니 계속 걸어서 대문을 지나 마당에 들어왔다. 애그니스는 피할 길이 없었다. 등 뒤에서는 릭이 부루퉁한 표정으로 이삿짐을 가지러 나오고 있었다.

"저기가 당신 남편이오?" 새로 나타난 여자가 인사를 생략하고 물었다. 여자의 얼굴은 해골에 가죽을 씌워놓은 것처럼 팽팽했고, 눈은 쑥 들어갔다. 머리칼은 풍부하고 다채로운 갈색이었지만 빗질하지 않은 고양이 털처럼 숱이 듬성듬성했다. 여자는 추레하게 늘어난 추리닝 바지를 입고, 발에는 바짓부리의 고리를 끼우고 남성용 슬리퍼를 꿰고 있었다.

어처구니없는 질문에 애그니스는 말문이 막혔다. 릭은 그녀보다 스무 살가량 어렸다. "아뇨, 저애는 우리 둘째예요. 이번 봄에 열여섯 살이 됐어요."

"오! 이번 봄에라구." 여자는 이에 관해 잠시 생각하더니 뾰족한 손끝으로 채소 트럭을 가리켰다. "그럼 저기가 당신 남편이오?"

애그니스는 침대보로 애써 가려놓은 낡은 텔레비전을 들려고 낑낑대는 남자를 보았다. "아뇨, 저 사람은 친구의 친구예요. 이사를 도와주러 왔어요."

여자는 이것에 관해 또 잠시 생각하면서 수척한 얼굴이 더 홀쭉해지게 볼 안쪽을 빨았다. 애그니스가 대충 손 인사를 하고 반쯤 몸을 돌렸는데 깡마른 여자가 다시 물었다. "소매 끝에 그건 뭐요?"

애그니스는 팔을 내려다보고, 연약한 새끼 고양이를 보호하듯 복슬복슬한 양팔을 안았다. 소매에 달린 구슬이 불안스레 몸을 떨었다. "그냥 구슬이에요."

차를 내온 소녀인 쇼나 도널리가 천천히 숨을 내쉬었다. "아, 아주머니, 옷이 너무 예뻐요—"

마른 여자가 소녀의 말을 잘랐다. "당신은 남편이 있기는 한 거요?"

그때 현관문이 다시 열리고 셔기가 나와서 계단 꼭대기에 섰다. 셔기는 여자들을 본체만체하고 애그니스를 향해 돌아서더니 양손을 골반에 올렸다. 셔기는 한쪽 발을 앞으로 쭉 뻗고, 애그니스가 들어본 중 가장 짜랑짜랑한 목소리로 말했다. "우리 이야기 좀 해야겠어요. 진심으로 난 여기에서 살 수 없을 것 같아. 양배추랑 건전지 냄새가 나는 걸. 한마디로, 안 가능해요."

충격을 받은 관중이 서로 돌아보았다. 얼굴 열두어 개가 거울에 비친 자기 모습을 돌아보는 것 같았다. "방금 제대루 들었어? 아이고, 리버라치*가 납셨네!" 여자 한 명이 외쳤다.

여자들과 아이들이 다 같이 폭소를 터뜨렸다. 아이들의 새된 웃음소리가 가래 끓는 걸걸한 목소리와 섞였다. "오! 저기 응접실에 피아노가 들어가야 할 터인디!"

"다들 만나서 반가웠어요." 애그니스는 살짝 일그러진 표정으로 말

* 브와지오 발렌티노 리버라치. 화려한 무대와 현란한 쇼맨십으로 유명한 피아니스트이자 엔터테이너.

하고, 돌아서면서 셔기를 자기 옆으로 바짝 끌어당겼다.

"아휴, 그러지 마. 어쨌든 반가워, 자기." 한바탕 신나게 웃은 덕분에 눈매가 조금 부드러워진 브라이디가 숨을 고르며 말했다. "여긴 전부 가족이나 다름없어. 새 얼굴을 보기가 하두 힘드니까 그러는 거야."

해골바가지 여자가 한 걸음 다가왔다. "그래, 우린 잘 지낼 거요." 여자는 잇새에 고기가 낀 것처럼 쩝쩝대며 말했다. "그 잘난 소매를 우리 남편한테 들이대지만 않는다면 말이지."

그날 어른들이 이삿짐을 부리는 동안 셔기는 새 동네를 둘레를 따라 한 바퀴 돌았다. 쫄바지를 입은 여자들이 부엌 의자를 창가에 놓고 앉아서 이사하는 광경을 무표정한 얼굴로 구경했다. 아이가 지나가면 그들은 요란하게 손을 흔들며 상상 속 모자를 추켜올려 인사하고, 자기들끼리 키들거렸다.

셔기는 새 옷을 입고 길 끝까지 걸었다. 길 끝에는 아무것도 없었다. 보도는 이탄 습지와 만나는 순간 의지를 상실한 것처럼 갑작스레 끊겼다. 잔잔히 고인 습지의 거뭇한 웅덩이가 깊고 음산해 보였다. 풀밭에서 무성하게 웃자란 갈빛 갈대가 광부들로부터 땅을 되찾으려는 양 슬금슬금 영역을 넓히고 있었다.

어린아이들이 먼지 더미에서 맨발로 놀고 있었다. 셔기는 공영주택을 에워싼 덤불 끝에 서서, 빨간 꽃을 따고 크기를 재는 시늉을 하며 아이들이 같이 놀자고 불러주기를 기다렸다. 아이들은 다 같이 자전거를 타고 빙글빙글 돌면서 셔기를 무시했다. 셔기는 아무렇지 않은 척 하얀 열매를 손으로 터뜨리고, 열매에서 스며 나온 끈적한 즙으로 반짝이는 새 신발의 광택을 지웠다.

터벅터벅 귀가하는 광부들의 장화 밑창에 달린 징이 아스팔트를 내리찍으며 불꽃을 튀겼다. 텅 빈 골목에서 남자들은 한 사람씩 뿔뿔이 흩어졌다. 탄광의 호루라기 소리는 이제 울리지 않건만, 습관에 길든 몸이 남자들을 움직였다. 한때 퇴근하던 시간이 되면 아무 일도 끝내지 않은 남자들이 배 속에서 출렁이는 맥주와 어깨에 짊어진 근심으로 무거운 몸을 이끌고 집으로 향했다. 비틀거리며 걷는 그들의 작업복은 여전히 깨끗하고 장화는 반들거렸다. 지친 검은 노새처럼 고개를 떨구고 지나가는 남자들을 위해 셔기는 길을 비켜주었다. 아무 말 없이, 남자들은 각각 깡마른 아이들을 한 무리 모았고, 아이들은 충성스러운 그림자처럼 아버지의 뒤를 따랐다.

애그니스는 현관문 뒤에 서서 커다란 외풍방지용 유리 중문을 닫았다. 도무지 정신을 가다듬을 수 없었다. 현관문과 중문 사이 비좁은 공간에서 애그니스는 핸드백에 숨겨 온 맥주를 마저 마셨다. 그리고 벽에 얼굴을 기댔다. 싸늘한 벽이 마음을 진정시켰다. 두껍고 습한 돌벽은 쉽게 따뜻해지지 않을 것이다.

한참 동안 여기에 숨어 있다가 애그니스는 마침내 복도로 나가서 작은 방 두 개를 지나쳤다. 첫 번째 방 한가운데에 캐서린이 아연한 표정으로 서 있었다. 무례한 광부들의 아이들이 바깥 창턱에 팔꿈치를 괴고 동물원에 온 것처럼 방을 들여다보고 있었다. 당황한 캐서린은 어찌할 바를 모르고 그들을 마주 보기만 했다. 나무 창틀은 틈새가 벌어져 있었고, 군데군데 벗겨진 퍼티가 차가운 밤바람과 습기를 예고했다. 밖에서 아이들이 떠드는 소리가 한방에 있는 것처럼 또렷이 들렸다.

릭은 다른 방에 있었다. 벌써 미술도구 가방을 열고 맨바닥에 누워서 창밖으로 보이는 검은 언덕을 목탄으로 그리고 있었다. 동네로 들어오는 길에 그들을 빤히 보던 남자들의 검은 행렬을 릭은 파스텔의 모서리로 그렸다. 남자들은 앙상한 나무처럼 언덕의 비탈에 늘어서 있었다. 언제 어디서든 자기만의 세상으로 훌쩍 떠날 수 있는 아들의 능력이 부러웠다.

방은 그게 전부였다. �이 약속한 세 번째 방은 방이 아니라 거실이었고, 두세 번째로 복도를 오가면서 애그니스는 세 아이가 또다시 한 방을 써야 한다는 사실을 깨달았다.

셕이 복도 끝에서 멍하니 그녀를 보고 있었다. 벗어진 정수리를 가려놓은 머리를 바람이 흐트러뜨렸다. 셕은 머리털에 침을 묻혀 다시 고정하고, 문이 열려 있는 부엌으로 들어가면서 자기를 따라오라고 손짓했다. 부엌 천장에는 고문 기구처럼 생긴 빨래 건조대가 설치되어 있었는데, 건조대 끝에 광부의 작업복이 양말과 흰 속옷부터 파란 폴리에스터 셔츠까지 한 벌 전체가 단정히 걸려 있었다. 얼마나 오래 걸려 있었는지 옷이 빳빳하게 굳었다. 옷의 주인이 탄광에서 돌아올까? 어쩌면 결국 그들이 남의 집에 잘못 들어온 것인지도.

합판 찬장은 앞면의 페인트칠이 벗겨져 있었다. 셕은 찬장 앞에 서서 벗겨진 칠 아래 합판을 새끼손가락으로 문질렀다. 셕 뒤로 보이는 부엌 구석에서는 검은 곰팡이가 덩굴손처럼 스토브 위쪽으로 퍼져나갔다. 애그니스를 외면한 채 셕이 짤막하게 말했다. "난 여기 못 있어."

처음에 애그니스는 시선을 들지도 않았다. 셕이 일하러 나가야 한다는 뜻으로 알아들었다. 셕은 자주 그랬다. 퇴근하고 집에 온 지 얼마 되지도 않아 다시 나가야 한다며 일어났다. 셕은 집에 얌전히 붙어 있는 남자가 아니었다.

"저녁은 몇 시에 먹고 싶어?" 벌써부터 튀김 냄비와 빵 칼을 찾아 두리번거리며 애그니스가 물었다.

"당신이 차리는 저녁을 먹고 싶지 않아. 무슨 뜻인지 모르겠어?" 셕은 고개를 절레절레 저었다. "이게 끝이야. 난 이렇게 살 수 없어. 당신이랑 못 살겠다고. 그 끝없는 욕심. 그 술주정. 더는 못 참겠어."

그제야 애그니스는 깨달았다. 그녀의 브로케이드 여행 가방은 이삿짐 사이에 있었지만 셕의 빨간 가방은 보이지 않았다. 그녀가 엄청나게 혼란스러워 보였는지, 셕은 애그니스와 시선을 맞추고, 약을 삼키는 아이를 지켜보며 그 쓴맛이 배 속까지 퍼지기를 기다리는 것처럼 천천히 고개를 끄덕거렸다. 애그니스는 셕의 시선을 피했다. 이해하고 싶지 않았다. 셕이 강요하는 약을 삼키고 싶지 않았다. 애그니스는 튀김 냄비를 찾던 시선을 떨구고, 소매 끝에 달린 구슬의 반짝이는 면이 가지런히 바깥을 향하도록 정리하며 시간을 끌었다. 무엇을 어떻게 해야 할지, 눈앞이 캄캄했다.

"이게 끝이야." 셕이 다시 말했다.

부엌에 의자가 한 개 있었다. 등받이가 부러지고 페인트 자국으로 뒤덮인 의자는 높은 선반에 손이 닿지 않을 때 올라서는 용도였다. 애그니스는 부엌문을 조용히 닫았다. 방이 두 개뿐이라는 사실을 깨닫고 아이들이 복도에서 불평하고 있었다. 애그니스는 망가진 의자를 문 앞에 놓고 앉았다. "왜 나 하나로 만족할 수 없어?"

셕은 어처구니없다는 듯이 눈을 껌벅거렸다. 고개를 가로젓고, 가슴팍을 두드리며 말했다. "아니, 그건 내가 할 질문이야. 당신이야말로 왜 나 하나로 만족할 수 없지?"

"난 다른 남자를 쳐다본 적도 없어."

"그 뜻이 아니잖아." 셕은 피곤한 기색으로 눈을 비볐다. "나를 정말 사랑하면 왜 술을 못 끊는 거야? 당신에게 최고만 주려고 난 몸이 부서져라 일했어." 셕의 시선은 벽에 꽂혀 있었지만 그는 벽이 아닌 그 너머를 보고 있는 것 같았다. "우리만의 아이가 생기면 나아질까 싶었지. 근데 당신한텐 그것도 충분치 않았어."

셕은 애그니스의 팔꿈치를 거칠게 잡고 의자에서 일으키려 했다. 애그니스는 셕의 손을 뿌리치고 평화 시위를 하는 것처럼 다시 앉았다.

애그니스는 지금 위태위태한 상태였다. 전투적일 정도로 술을 마셨지만 이성적인 사고가 불가할 만큼 취하지는 않았다. 여기서 몇 모금 더 마셨으면 애그니스는 될 대로 되라는 식으로 악다구니를 부리고 못된 말을 퍼부었을 것이다. 셕은 골짜기 위로 몰려오는 먹구름을 가늠하듯 애그니스를 관찰했다. 애그니스의 성질이 폭발하기 전에 서둘러야겠다는 듯, 셕은 다시 그녀를 붙잡고 일으켰다.

애그니스는 셕의 손을 다시 한번 뿌리치고 의자에 앉아서 허리를 꼿꼿이 세웠다. 애그니스는 차가운 눈으로 한참 동안 셕을 응시했다. 지금 벌어지고 있는 일을 믿을 수 없었다. "아니, 그걸로는 납득할 수 없어. 나 같은 여자는 이런 식으로 버림받지 않아. 그러니까, 날 봐. 그리고 당신을 봐."

"쪽팔리게 굴지 마라." 셕은 애그니스의 스웨터를 거머쥐었다.

그는 힘으로 그녀를 제압했다. 셕이 머리채를 휘어잡고 바닥으로 떠밀었을 때 애그니스는 비명을 지르지 않았다. 셕을 영영 부엌에 가둘 수 있다고 믿는 것처럼 바닥에 납작 드러눕기만 했다. 애그니스가 카펫의 들린 귀퉁이에 지나지 않는다는 듯, �은 부엌문을 벌컥 열면서 모서리로 그녀의 뒤통수를 찍었다. 그녀의 몸을 성큼 넘어갈 때 오른쪽 브로그 구두가 턱 밑의 진줏빛 피부를 스치며 가차 없이 찢었다.

“제발, 셕. 당신을 사랑해. 정말이야.” 애그니스가 애원했다.

“어, 나도 알아.”

택시가 핏 로드로 꺾어 들어갈 즈음에 아이들은 복도에서 서성이고 있었고, 애그니스는 바닥에 떨어진 드레스처럼 풍성하고 반짝이는 모습으로 널브러져 있었다.

빨간 가죽 가방은 광부의 집 문턱을 넘지도 않았다. 며칠간 셕은 종적을 감추었고 마침내 다시 나타났을 때 그의 손에 가방은 들려 있지 않았다. 셕은 그 가방을 조우니 미클화이트의 집으로 가져가서 조우니가 그를 위해 비워둔 침대 밑 공간에 넣었다. 처음에 애그니스는 아무것도 몰랐다. 셕은 어느 밤에 불쑥 나타나서 그녀의 턱 아래 상처에 부드럽게 입을 맞추고 거실에 있는 접이 소파에 그녀를 눕혔다.

셕은 야간근무 도중에 이렇게 불쑥불쑥 나타나 애그니스를 이용했다. 아이들이 잠자리에 들었을 늦은 밤까지 기다렸다가, 깨끗하게 다림질된 셔츠를 입고 태연자약하게 휘파람을 불며 복도를 걸어왔다. 셕의 옷을 벗기면서 애그니스는 다른 여자가 그의 속옷을 삶고 빨았다는 걸 알았다. 볼일이 끝나면 셕은 잠시 누워 있다가, 애그니스가 안기려 들면 벌떡 일어나 떠났다. 애그니스가 음식을 차려주면 좀더 오래 머물렀다. 그러나 그녀가 질문을 하거나 불평을 터뜨리면 셕은 휭하니 떠난 다음에 벌을 주기 위해 며칠간 돌아오지 않았다.

셕이 떠난 뒤에 애그니스는 접이 소파에 그대로 누워 있었다. 남편

없는 침대에 차마 홀로 누울 수 없었다. 옆방에서 자는 아들들의 숨소리를 들으며 애그니스는 천장만 하염없이 바라보았다. 그해 가을내 캐서린은 애그니스의 침대에 올라와, 점점 넓게 퍼지는 곰팡이와 습기 아래에서 어머니 곁을 지켰다.

"엄마, 우리 그냥 사이트힐로 돌아가면 안 돼요?" 캐서린이 속삭이곤 했다. 그러나 애그니스는 가슴이 미어져 설명할 수 없었다. 부모님 집으로 돌아가면 다시는 셕을 볼 수 없을 것이다.

그녀는 버려진 곳에서 기다려야 했다.

그가 던져주는 부스러기 같은 애정이라도 받아야 했다.

마침내 가이 포크스의 밤*이 찾아왔고, 공기는 모닥불과 고무 타이어가 타는 냄새로 매캐했다. 캐서린과 릭은 창가에 서서 어두운 습지 이곳저곳에서 타오르는 이웃들의 장작더미를 내다보았다. 어린아이들은 장난감 미사일을 쏘듯이 서로에게 폭죽을 던졌다. 너무나도 즐거워 보였다.

텔레비전은 이 집에 정착할지 말지 결정하지 못한 것처럼 여전히 침대보에 반쯤 싸인 채 거실 구석에 놓여 있었다. 캐서린은 젖은 머리에 수건을 감고 소파에 털썩 앉았다. 잠시 후면 심야 뉴스가 시작하고, 어둠 속에서 흐느끼는 어머니의 울음소리가 또다시 뒤를 이을 것이다.

애그니스는 집 후면의 부엌에서 셕을 기다리고 있었다. 불을 끄면 부엌에서 핏 로드가 가장 잘 보였다. 매일 밤 애그니스는 여기서 검은

* 영국에서 11월 5일 저녁에 행하는 연례행사. 국회의사당을 폭파하고 제임스 1세의 암살을 기도했던 가이 포크스와 가톨릭교도들의 음모가 실패한 것을 기념한다. 이날 사람들은 모닥불을 피우고 더미 인형을 태운다.

택시를 기다렸고, 디젤엔진 소리가 가까워지면 셕의 택시이기를 기대하며 가슴을 졸였다. 온종일 술을 마셨지만 도움이 되지 않았다. 애그니스는 술을 숨겨놓은 싱크대 아래 찬장과 창가 사이만 오락가락했다. 찬장이 달칵 열리는 소리로 아이들은 어머니가 몇 캔째 마시는지 셀 수 있었다.

"엄마, 저녁은 뭐예요?" 릭이 소파에서 외쳤다.

턱 밑 상처에 앉은 딱지를 잡아 뜯던 애그니스가 멈칫했다. 전기스토브에 올려놓은 냄비가 눈에 띄었다. "수프 데워줄게."

"완두콩 들어 있는 거요?" 릭이 물었다.

"그래."

"완두콩 들어 있는 거면 난 됐어요." 지난 십오 년간 녹색 야채를 상대로 벌인 항쟁을 어머니가 몰라주자 속이 상한 릭이 말했다.

"멍청아, 완두콩 수프인데 완두콩이 아니면 뭐가 들어 있겠니!" 캐서린이 놀렸다.

릭은 캐서린의 옆구리를 발로 찌르며 머리에 두른 수건을 확 잡아당겼다. 수건이 벗겨지면서 머리카락 몇 가닥이 함께 뽑혔다. 릭은 심술궂게 수건을 거실 구석으로 던졌다. 쌤통이다. 릭이 입 모양으로 말했다. 한 번도 소리 내어 의논한 적은 없지만 두 사람은 어머니 신경을 거스르지 않기로 암묵적으로 동의했다.

캐서린은 거실 반대쪽에 떨어진 수건을 가지러 일어났다. 할머니의 조언에 따라 순결을 굳게 지킨 덕분에 그녀는 이제 곧 도널드 주니어와 결혼할 수 있을 것이다. 그럼 이 춥고 습한 집에서 어머니나 동생들과 한방을 쓰지 않아도 된다. 이 생각만으로 캐서린은 견디고 있었다. 어차피 곧 떠날 거니까.

캐서린은 머리에 수건을 다시 감고 동생에게 가운뎃손가락을 내밀었다. 그리고 어머니 상태를 확인하러 부엌에 갔다. 애그니스는 장난감 기차처럼 기계적으로 부엌 안을 빙빙 돌고 있었다. 이따금 걸음을 멈추고, 싱크대 밑 찬장을 열어 비닐봉지 속에 있는 술로 머그잔을 채우고 꿀꺽꿀꺽 들이켰다. 캐서린은 발가락으로 찬장을 슬며시 열었다. 천만다행히도 어머니가 머그잔에 붓고 있는 액체는 표백제가 아니었다.

캐서린은 냄비 속 응고된 수프를 보고 코에 주름을 잡았다. "엄마, 우리 중국 음식 시켜 먹으면 안 돼요?"

"좋다!" 다른 방에 있던 릭이 외쳤다.

캐서린은 중국 음식이라고 했건만 애그니스의 귀에는 셕이라고 들렸다. 최근 애그니스에게는 무엇이든지 간에 셕과 연결하는 기이한 능력이 생겼다. 애그니스의 눈에 초점이 돌아왔다. "셕한테 전화해서 오늘 밤에 올 건지 물어볼까?" 애그니스가 희색을 띠고 말했다. "집에 오는 길에 중국 음식을 사 오라고 하면 되잖아."

캐서린은 신음했다. 애그니스는 두 번 다시 택시 회사에 전화하지 말라는 경고를 받았다. 셕은 애그니스가 해서는 안 되는 행동이 적힌 긴 목록을 인질처럼 쥐고, 하나라도 어기면 집에 다시는 오지 않겠다고 협박했다. 그래도 아이들이 배고프다는 것을 알면 오지 않을까? 몇 시간뿐일지언정 전부 괜찮아지지 않을까? 예쁘게 단장하고 있으면 셕이 접이 소파에서 밤새 함께 있어줄지도 모른다. 머그잔에서 몇 모금 마시며 애그니스는 각본을 쓰듯이 할 말을 미리 계획했다. 정상적으로 말해야 한다. 술 취한 티를 내지 않고, 매달리지 않고, 미소를 지으며 담담하게. 이유는 알 수 없지만 여태 한 번도 통하지 않은 수법을 애그니스는 또 시도하고 싶어서 조바심이 났다.

애그니스는 전화기 탁자의 인조가죽 쿠션에 앉았다. 곤두선 신경을 가라앉히려고 담배에 불을 붙였다. 번호를 누르고, 전화받는 상대가 자신을 볼 수 있기라도 한 것처럼 결혼반지의 보석을 위쪽으로 돌렸다. 결혼반지는 지저분한 노란색으로 변색됐다.

"노스사이드 택시!" 여자 목소리가 신경질적인 잡음과 함께 울렸다. 조우니 미클화이트였다. 애그니스는 조우니의 이름 정도만 알았다.

"안녕하세요, 조우니 맞죠? 베인 부인이에요."

"아, 안녕하세요? 무슨 일이죠?" 골목을 꺾었다가 두 번 다시 상종하기 싫은 사람과 마주친 것처럼 냉랭한 목소리였다.

"집에 전화 좀 해달라고 셕에게 말해줄 수 있을까요?" 애그니스가 말했다. 셕이 집을 나갔다는 사실을 조우니가 아는지 궁금했다. 셕이 그녀의 침대에서 자지 않는다는 사실을 택시 회사에서 또 누가 아는지도 궁금했다.

"연락해볼게요, 기다릴래요?" 조우니가 전화를 대기 상태로 돌리고 커다란 CB 무전기로 셕을 호출하는 동안 수화기는 조용했다. 조우니가 돌아오기까지 오랜 시간이 걸렸다. "아직 있어요?"

담배 연기를 들이마시던 애그니스는 황급히 연기를 머리 위로 뿜었다. "여기 있어요! 그이랑 연락됐어요?"

조우니가 머뭇거리자 애그니스는 거절을 각오했다. "네, 좀 있다가 전화한답니다."

애그니스의 얼굴이 밝아졌다. 희망 비슷한 것이 살랑였고, 남편을 볼 생각에 가슴이 두근거렸다. 애그니스는 벨벳 드레스를 입겠다고 생각했다. 다리를 면도할 시간이 있을까?

그때 조우니가 말했다. "애그니스, 그 사람이 전부 털어놓지 않은 거 알아요." 조우니는 더듬더듬 말을 이었다. "저기… 나중에 알게 되면, 이것만 좀 알아줘요. 내가 의도한 건 아니었어요. 나두 애가 일곱 있는 엄만데. 어쨌든, 미안하게 됐네요."

셕은 마지막 모닥불이 꺼질 즈음에야 왔다. 아이들은 화가 나고 배를 곯은 채 잠자리에 들었다. 셕이 사 온 중국 음식에 애그니스는 손도 댈 수 없었다. 셕이 아귀아귀 먹는 동안 애그니스는 그의 대머리에서 흘러내린 머리칼을 응시하고 있었다. 이런 상황에서 왕성한 식욕으로 먹고 있는 그를 보자 가슴이 찢어졌다. 애그니스는 관자놀이를 문지르며 아직 풀지 않은 이삿짐 사이에 앉았다. 빨간 가방은 여전히 이곳에 없었다. "그 여자가 살림을 잘해?"

"별로." 셕은 시선을 들지 않고 대답했다.

애그니스는 숨이 차서 내려놓아야 할 때까지 최대한 오래 맥주를 마셨다. 그리고 물었다. "그럼 예뻐?"

"전화로 말했지. 조우니에 대해 얘기하고 싶지 않다고." 셕은 식빵을 반으로 찢었다. "조용히 먹게 내버려둬. 내가 싸우려고 여기까지 온 것 같냐."

애그니스는 오랫동안 침묵을 지키면서 다음 말을 신중히 골랐다. 애그니스의 왼손은 칼을 만지작거리고 있었다. 싸움을 벌여 셕을 찔러버릴 충동과 잠시라도 더 그를 붙들고 싶은 충동이 가슴속에서 충돌했다. 애그니스는 애써 목소리를 차분히 가라앉히고 다시 입을 열었다. 셕을 쳐다보지 않으니 한결 쉬웠다. "안 되는 거지? 우리는 새 출발을 할 수 없는 거지?"

셕이 쩝쩝거리던 입의 움직임을 멈추었다. 셕은 어깨를 으쓱하고 말했다. "이게 우리의 새 출발이야, 애그니스. 난 더는 참을 수 없었어."

애그니스는 양손으로 얼굴을 감쌌다. 손톱의 매니큐어가 아직 덜 마른 것처럼 반짝였다. "그럼 이 빌어먹을 곳에 날 왜 데려왔어?"

셕은 접시를 밀었다. 꾸덕꾸덕한 분홍색 소스가 콧수염에 잔뜩 묻어 있었다. "알고 싶었거든."

"뭘 알고 싶어?" 애그니스의 목소리가 분노로 갈라졌다. "여기로 오자고 한 건 당신이었잖아."

"니가 진짜 따라올지 알고 싶었어."

애그니스는 달려들어 셕의 목을 움켜쥐었다. 셕은 허리 지갑을 식탁에서 들고 애그니스의 입에 혀를 강제로 밀어 넣었다. 작은 손뼈를 모조리 으스러뜨릴 것처럼 쥐고 나서야 애그니스의 손을 떼어낼 수 있었다. 애그니스는 셕을 사랑했고, 셕은 그녀를 영영 떠나기 전에 완전히 망가뜨려야 했다. 훗날에 다른 사람이 와서 사랑할 수 있게 고이 두고 가기에는 애그니스 베인이 너무 특별한 여자였다. 그 누구도 고칠 수 없을 정도로 산산이 부숴버려야 했다.

9

라거 세 캔을 연달아 마시고서야 애그니스는 집 밖으로 나갈 용기를 냈다. 담장 옆에 동네 여자들이 자동차 범퍼처럼 팔짱을 끼고 무리 지어 서 있었다. 애그니스가 이 동네로 이사 온 넉 달 전부터 그들은 줄곧 이렇게 기다리고 있던 것 같았다. 여자들은 추위에 아랑곳하지 않았다. 땅에는 담배꽁초가 수북하고 담장의 기둥에는 더러운 머그잔이 첩첩이 쌓여 있었다. 애그니스가 나오자 여자들은 일순간에 입을 다물고 동시에 돌아보았다. 애그니스는 고개를 꼿꼿이 세우고 검은 하이힐의 굽 소리를 의식적으로 또렷이 울리며 걸었다. 쫄바지를 입고 슬리퍼를 끌고 있는 여자들에게 애그니스는 거만한 미소를 날렸다. 여자들을 지나쳐 망각의 세계로, 마이너스 클럽을 향해 발걸음을 옮겼다.

여자들은 말없이 애그니스를 지켜봤다. 그들의 목소리가 거의 안 들리는 거리까지 걸어갔을 때 한 명이 입을 열었다. "우리 사이가 벌써 나빠진 건가?" 브라이디였다. 브라이디의 얼룩덜룩한 머리는 여전히 부스스하게 엉켜 있었다. 브라이디는 굵은 다리에 남성용 추리닝 바지를 꿰고 목욕 가운을 걸치고 있었다.

애그니스가 뒤돌아보지 않고 말했다. "왜 그런 생각을 해요?"

"우리를 파티에 초대하지두 않았잖아. 우린 친구 아닌가?"

"무슨 파티요?" 애그니스는 반쯤 돌아섰다.

"파티가 아님 그렇게 쫙 빼입고 어디 간데?"

"마이너스 클럽요. 이 동네 사람들은 재미로 뭘 하나 보려고요."

여자들은 서로 시선을 교환하며 목에 건 세인트 크리스토퍼 메달을 불안스럽게 비비 꼬았다. "아휴, 거긴 갈 생각 하지 마." 브라이디가 말했다. "우리가 가면 남자들이 아주 질색을 하니까. 그냥 여기서 우리랑 있어. 환영 인사로 한잔하자구." 브라이디가 담장의 기둥 뒤에서 커다랗고 투명한 병을 들었다. 브라이디는 자신의 머그잔에 남은 음료를 버리고 보드카 병을 흔들었다. "일로 와서 자기소개나 해봐."

애그니스가 가까이 왔다. 독주가 머그잔에 떨어지며 찻물이 남긴 둥근 얼룩을 삼켰다. 투명한 보드카가 잔을 가득 채웠다. 애그니스는 내숭을 떨며 손을 쳐들고 새침하게 키득거렸다. 브라이디는 옆눈으로 애그니스를 보더니 머그잔 끝까지 술을 따랐다. "가만있어봐. 우리가 쩨쩨하다고 생각하게 할 순 없지."

애그니스는 고맙다고 예의 바르게 인사하며 머그잔을 받았다. 여자들은 새 이웃을 머리부터 발끝까지 뜯어보았다. 헤어스프레이를 잔뜩 뿌린 머리, 화려한 밍크코트, 스트랩 하이힐. 그들이 실컷 감상할 수 있게 애그니스는 시선을 돌리고 텅 빈 거리를 둘러보았다. 또다시 어둠이 내리고 있었다. 가로등에 불이 들어왔고, 목줄 없는 개들이 썩은 물을 킁킁대며 하수구를 돌아다녔다. 한 마리가 오줌을 갈기면 다른 개들도 차례로 같은 곳에 영역을 표시했다. 애그니스는 다시 고개를 돌렸다. 여자들은 굶주린 미소를 짓고 있었다. "그럼, 건배해요." 애그니스는 여자들의 머그잔에 잔을 부딪쳤다.

여자 한 명이 살담배 쌈지를 꺼내 돌렸다. 진티는 담배 마는 종이의 끄트머리를 핥고 금빛 살담배를 일렬로 살살 부었다. "넣어둬요!" 보드카를 갚을 기회를 포착한 애그니스가 외쳤다. 애그니스는 밍크코트의 깊숙한 주머니에 손을 넣어 켄시타스 담배를 꺼냈다.

빛나는 금색 담뱃갑과 도금 라이터를 보고 브라이디가 말했다. "오메, 잉글랜드 여왕님이 이사 오신 것 같네."

"잇새에서 담배 가루만 안 빼도 살맛 난다니까." 진티가 동의했다.

여자들은 한 명씩 담배를 받아 불을 붙였다. 연기를 탐욕스레 깊이 들이마시고 조용히 맛을 음미했다. 여자들은 하나같이 엄지와 검지로 담배를 바람총처럼 쥐었다. 여자들은 담배를 피우며 애그니스를 관찰했다. 빨간 매니큐어를 바른 애그니스의 손톱이 그들 눈앞에서 무당벌레 무리처럼 팔랑거렸다. 동네 여자들은 뺨이 움푹 파이게 담배를 빠는 반면에 애그니스는 가느다란 손가락 사이에 담배를 끼우고 가볍게 빼금거렸다. 그리고 다른 손을 들어 머그잔 속의 술을 벌컥벌컥 들이켰다.

"자긴 어디서 왔어?" 진티가 애그니스의 에메랄드 귀고리에 손을 뻗으며 물었다.

"고향이 어디냐고요? 저미스턴이에요. 이스트엔드 곳곳을 돌아다녔다고 할 수 있겠지요. 이사를 제법 많이 다녔거든요."

"이스트엔드서 돌아다녔다구?" 브라이디가 현자처럼 고개를 끄덕이며 말했다. "그럼 참한 가톨릭 여자구먼. 우리 동넨 어쩌다 오게 됐어?"

애그니스는 머뭇거렸다. "이곳이 살기 좋은 동네라는 말을 남편이 들었어요. 아이들을 안전하게 키울 수 있다고요." 애그니스는 잠시 후 덧붙였다. "이웃들도 다정하고요."

"암, 그렇고말구." 브라이디가 웃으면서 말했다. "여기가 버틀린스 리조트는 아니지만 옛날 좋았던 시절에는 딱 그랬지. 저기 탄광은 오래전부터 죽어갔어. 일자리라고는 이제 눈을 씻고 봐도 없구. 해가 바뀔 때마다 집에 처박혀 대낮부터 딸딸이 치는 남자만 많아지고 있지."

"아직 일하는 남자들도 몇 명 있어. 대부분 구멍 메우는 일이지만. 애들 빠지지 말라구." 노린이 덧붙였다. "사고가 또 나면 안 되니까."

"사고라뇨?"

"아, 원래 탄층에는 가스가 많아. 옛날에는 작업하기 전에 메탄가스를 빼내곤 했지. 남자들은 다 아는 사실이었어. 자기들이 얼마나 위험한 걸 다루는지 아니까 최대한 조심했단 말야. 근데 한번은 탄더미가 사람들 위로 무너져버렸어. 폭삭. 불이 나가지구 전부 타버린 거야. 그 사건 땜에 아비 없는 애들이 잔뜩 생겼지." 진티는 여전히 애그니스의 귀고리를 뚫어지게 보고 있었다. "외로운 여자들도 잔뜩 생겼고."

모두가 해골바가지 여자의 집을 돌아보았다. 브라이디가 한숨을 내쉬었다. "콜린 맥아베니는 신경 쓰지 마. 짖기만 요란하니까."

"그 사람도 당신 집안사람이에요?"

"암, 그럼. 하지만 핏줄은 아니구. 콜린은 제임시를 뺏길까봐 겁내는 것뿐이야. 제임시가 한때는 한 인물 했거든. 덩치 좋고 힘센 권양기공이었어. 케이지에 광부들을 실어서 수갱에서 올렸다 내렸다 하는 거 말야. 사고에 휩쓸려서 어깨랑 목 옆쪽이 죄다 벗겨졌어. 한여름 땡볕에 화상 입은 것처럼." 여자들은 경외를 표하듯 고개를 숙였다. "그래도 여전히 잘생겼어."

"암튼, 자기 남편은 부티 나는 빨간색 가방 가지구 어디 갔어?" 진티가 갑작스레 물었다.

"택시운전사라서 가끔 자기 물건들을 가지고 다녀야 해요." 애그니스는 거짓말을 했다. 빤히 보이는 거짓말이었다. "밤에 일하거든요."

진티는 이를 쯧읍 빨더니 동정하듯이 애그니스 손에 자기 손을 얹었다. "자기, 우리가 어제 태어난 건 아니잖아? 하루 이틀 나가 있으려는 게 아닌 것 같던데."

브라이디는 진티를 향해 담배를 흔들었다. "하이고, 얘 말은 듣지 마. 상대해줄 필요 없어. 우리가 하는 말은 단지 이거야. 우리 모두 남자가 있구, 남자 땜에 골머릴 앓고 있어."

여자들이 공감하며 연기를 뿜었다. 노린은 걱정스러운 표정이었다. "남편이 안 돌아오면 어떻게 먹고살라구?"

돈 걱정은 한시도 애그니스의 마음을 떠나지 않았다. 심장이 너덜너덜해질 지경이었다. "모르겠어요."

여자들은 서로 힐끔거렸다. 브라이디가 먼저 입을 열었다. "그래, 자기를 공공부조 대상에 올려놔야겠네. 월요일 아침에 사무실에 가봐. 장애수당*이 필요하다고 말해. 안 그럼 목요일마다 일자리 찾구 있다는 증명서 가져오라고 할 거야."

"나한테 장애수당을 줄까요?"

"걱정은 넣어둬. 자기 주소를 한번 보고 제깍 써줄 테니까. 이 동네

* 신체적 장애뿐 아니라 정신적 질병 등으로 인해 장기적으로 노동 능력을 상실했다고 판단되는 사람들도 포함한다.

꼬락서닐 봐." 브라이디는 텅 빈 거리를 가리키며 손을 흔들었다. "여기에 새로 일자리가 생기겠어? 이 동네에 모임이라고는 수당금 모임뿐이고, 월요일이 우리가 만나는 날이야."

애그니스는 머그잔을 다시 들어 보드카에 퍼진 희멀건 구름을 내려다보았다. 차에 우유가 많았던 모양이었다.

브라이디는 웃으면서 애그니스의 머그잔을 다시 가득 채웠다. "암, 난 자기가 술꾼일 줄 알았지." 브라이디가 담배를 빨았다. "한눈에 알아봤어. 부잣집 도시 마나님처럼 구슬을 주렁주렁 달고 와서 다들 자기를 잘난척쟁이라고 생각했지만, 내 눈엔 훤히 보였지. 자기 슬픔이 보였어. 그래서 술 좀 푸겠다 싶었지."

여자들은 고개를 주억거리며 까마귀 떼처럼 "그렇고말고"라고 깍깍거렸다. 애그니스는 머그잔을 입에 가져다 댄 채 얼었다.

"아무거나 안 가리구 다 마셔?" 브라이디가 물었다.

"뭐라고요?" 애그니스는 머그잔을 내리며 물었다.

"문제가 아주 심각하냐, 그 말이야." 브라이디가 설명했다.

"난 아무 문제 없어요."

"이거 봐. 자긴 지금 길 한복판에서 보드카를 들이켜고 있잖아. 지금 모습 그대로 찾아가면 장애수당은 그 자리에서 받을걸."

"당신들도 마시고 있잖아요." 애그니스가 따졌다.

여자들은 싸늘하게 입꼬리를 늘어뜨리고 오렌지색 가로등 불빛 아래로 머그잔을 기울였다. 모든 머그잔에 얇은 우유 막이 떠 있었다. "아냐, 자기. 우리는 식어빠진 차를 마시구 있어." 브라이디가 따끔하게 말했다. "보드카를 수돗물처럼 마셔대고 있는 건 자기뿐이야."

애그니스의 얼굴이 새빨개졌다. 여자들은 꽉 다문 입으로 동정하는 미소를 지었다. 눈꺼풀의 그림자에 묻힌 여자들의 동공이 오렌지 색 불빛 아래 꺼멓게 보였다. 애그니스는 머그잔을 한번 들여다보고, 남은 보드카를 목구멍에 들이부었다.

브라이디가 손을 들었다. "들어봐. 한 번에 한 걸음씩, 이런 개소리들 하잖아. 나도 내 나름 문제가 있어. 남편은 일자리가 없는데 애가 여섯이야. 내가 술깨나 펐으리라 생각할 만하잖아?" 브라이디는 다 피운 담배를 먼지투성이 길바닥에 떨어뜨리고 샌들로 짓이겼다. "근데 자꾸만 필름이 끊기지 뭐야. 아침에 일어나서 오 분 동안 내가 전날 밤에 어떤 개년이랑 한판 붙었구, 누가 누구한테 무슨 말을 했구 걱정하는 게 사람이 못할 노릇이더구먼. 차를 끓이려고 부엌에 가면 다들 내 눈치를 보지. 쭉 둘러보면 한 놈은 눈이 밤탱이가 되어 있어. 그래서 화장실에 가보면 내 눈도 밤탱이가 되어 있더라구." 여자들이 공감하며 고개를 끄덕거렸다. 아무도 웃지 않았다.

진티가 덧붙였다. "나는 길거리에서 머리끄덩이를 잡고 싸운 년을 기억 못 하고 담날 아침에 돌런 씨네 가게 앞에서 〈댈러스〉*가 어쩌구 저쩌구 수다를 떨었다니까." 스캔들에 흥분한 진티는 주먹을 부르쥐고 비쩍 마른 몸을 들썩거리고 있었다. 진티가 길 건너편 해골바가지 여자의 집을 가리켰다. "아이사가 빅 제임시한테 추파를 던졌다구 콜린이 의심했던 때 다들 기억나?"

브라이디는 혀를 찼다. "귀신 씻나락 까먹는 소리. 아이사랑 제임시는 친척인데, 사람들이 그걸 왜 기억 못 하나 몰라."

"글쎄, 콜린한테 그런 말은 씨알도 안 먹혔지." 진티는 애그니스를 향해 돌아섰다. "우리 콜린은 술에는 입을 안 대. 아기 예수랑 사이가

* 1978년에 시작해서 1991년까지 방영한 인기 미국 드라마.

돈독하거든. 예수님을 늘 가슴에 품고 다닌다네. 근데 그날은 월요일 아침부터 술을 미친 듯이 퍼마셨어. 우체국에서 월요일 수당 쿠폰으로 받은 돈으로 술을 산 다음에, 그걸 죄다 목구멍에 들이부은 거야. 애들이 배고프다고 울고불고하는데 거들떠보지도 않구 마지막 한 방울까지 다 마셨어. 그러고 나서 비닐봉지를 하나 들고 동네 구석구석에서 개똥을 주웠어. 허연 거, 검은 거, 묽은 거, 굳은 거 안 가리고 주워서 봉지를 거의 꽉 채운 담에 그걸 들고 저기로 비틀비틀 걸어갔지." 진티가 광재 언덕을 가리켰다. "노란 고무장갑을 끼고 똥을 던지기 시작했어. 아이사네 집 정면을 개똥으로 깡그리 뒤덮은 거야. 똥을 던지면서, 빅 제임시한테 남자답게 당장 나오라고 고래고래 악을 썼어."

"어떻게 됐어요?" 애그니스가 물었다.

"암, 금방 말해줄게." 진티는 콜린의 집을 슬쩍 돌아보았다. "아이사네 집을 똥으로 처발라놓아서 몇 마일 떨어진 곳에서도 똥내가 날 정도였어. 똥이 창문이랑 외벽에 달라붙구 난리였지. 말 그대로 똥칠을 해놨다니까. 내가 아이사를 안 좋아하는 건 하느님도 알아. 남편이 탄광에서 받은 조기 퇴직금으로 그년이 빙고 판을 싹쓸이했거든. 그래두 야만인처럼 길에서 똥을 던져대는 건 내 용납할 수 없지."

브라이디가 이야기를 넘겨받았다. "어쨌든 빅 제임시가 아이사랑 놀아난 게 아니라구 밝혀졌어. 그 시간에 일하고 있었대! 일! 하고많은 것 중에서 일을 하고 있었던 거야! 고철을 모으는 아르바이트를 시작했는데, 누가 복지부에 찌르면 장애수당을 못 받게 될까봐 입에 지퍼를 채우고 있었던 거지."

진티가 세인트 크리스토퍼 펜던트에 입을 맞추었다. "남편이 놀아나고 있다구 콜린이 의심하는 동안 사실은 한 푼이라도 더 벌려고 애쓰고 있었어."

"필름이 끊기는 건 하느님에게 감사할 일이야." 브라이디는 엄숙하게 성호를 그었다. "들어봐, 난 자기가 왜 마시는지 알아. 살다보면 견디기 어려울 때가 있지. 난 술은 끊었지만 이건 맨날 한두 알씩 먹어야 해." 브라이디가 어린이용 아스피린 약통을 주머니에서 꺼냈다. "브라이디의 친구들이야."

"아스피린이요?"

"아니!" 브라이디가 윗입술을 핥고 얼굴을 가까이 들이댔다. "발륨이야. 원하면 한두 개 먹어봐. 맛만 봐. 더 필요하면 내가 도와줄 수 있어. 특별 할인가로." 브라이디는 작은 병의 뚜껑을 누르고 돌리며 미소지었다. 그리고 알약 두 알을 사탕처럼 애그니스의 손바닥에 올려놓았다. "여기. 한번 먹어봐. 그나저나, 핏헤드에 온 걸 환영해."

10

아무리 찾아도 어머니가 보이지 않았다. 셔기는 뼈처럼 하얀 이를 손에 쥐고 있었다. 작은 앞니 하나가 손바닥에 고인 침과 피에 떠 있었다. 셔기는 자신이 죽으리라 확신했다. 원래 일곱 살이 되면 이런 일이 생기는 걸까? 행여 이가 전부 빠질까, 혓바닥으로 이를 건드리기 두려웠다. 어머니한테 물어보고 싶었다. 그런데 어머니가 사라졌다.

셔기는 녹슨 철문에 얼굴을 가까이 대고 어슬렁어슬렁 지나가는 동네 개들을 내다보았다. 수컷 다섯 마리가 몸집이 작고 털이 까만 암컷을 괴롭히고 있었다. 개들이 지나가며 새된 소리로 깨갱거렸다. 셔기는 창살 사이에 입술을 밀어 넣고 깨갱깨갱 소리를 흉내 냈다. 개들의 노랫소리가 밖으로 나오라는 초대처럼 들렸다. 어머니한테 허락받지 않고 대문 밖으로 나가면 안 되었지만 어머니는 보이지 않았다.

셔기는 플림솔 운동화를 신은 발로 대문 안쪽 땅을 단단히 짚고, 고개를 쑥 내민 다음에 양쪽을 두리번거렸다. 숨을 꾹 참고 밖으로 쪼르르 달려나갔다가 다시 쪼르르 돌아오는 놀이를 했다. 그러는 동안에도 셔기는 어머니를 찾아 짧은 도로를 계속해서 두리번거렸다.

어머니는 없었다.

개들이 대문 밖으로 나오라고 셔기를 불렀다. 셔기는 때가 탄 금발 인형을 바깥 도로에 던졌다. 대프니가 픽, 소리를 내며 떨어져 먼지 더미에 스노우엔젤을 만들었다. 셔기는 뛰쳐나가 인형을 잡고, 조그만 물고기처럼 날쌔게 돌아와서 대문을 꽝 닫았다. 쇳소리가 쨍하니 울렸다. 셔기는 뒤돌아봤다. 창문에 아무도 나타나지 않았다. 윗집 브라이디 도널리의 창문에도 아무도 나타나지 않았다. 아무도 그를 보고 있지 않았다. 어머니는 없었다.

셔기는 다시 대문을 열고 밖으로 나가 개들을 따라갔다. 여자들이 남성용 슬리퍼를 신고 길모퉁이에 모여 있었다. 여자들은 무언가에 대해 활발하게 떠들다가 셔기를 보고 목소리를 낮추었다. 그중 한 명이 뒤돌아보고 셔기에게 무릎 인사를 했다. 아무렇지 않은 척, 신경 쓰지 않는 척, 셔기는 먼지투성이 길을 폴짝폴짝 뛰어 언덕 위 성당을 지나쳤다. 길바닥의 먼지를 걷어차면 먼지가 깃털처럼 너풀거렸다. 신나게 먼지를 흩날리며 셔기는 점점 집에서 멀어졌다. 어느새 가톨릭 학교까지 와버렸다. 오전 쉬는 시간이라서 아이들이 나와 놀고 있었다. 마로니에 나무의 그림자 속에 서서 셔기는 자신은 왜 학교에 안 있는지 의아해했다. 그날 아침에 텔레비전에서 만화가 나오지 않았으므로 토요일이 아니라는 것쯤은 알았다. 그러나 어머니는 이따금 하는 것처럼 교복을 꺼내놓지 않았다. 그래서 셔기는 학교에 가지 않았고, 어머니는 아무 말도 하지 않았다.

소년들이 축구공을 운동장 구석으로 마구 차고 있었다. 몇몇 아이들이 셔기를 발견하고 다가온 뒤에야 셔기는 그들을 보았다. "그거 뭐냐?" 까맣게 그을린 형제 중 한 명이 물었다. 해골바가지 콜린 맥아베니의 아들이었다. 셔기는 본능적으로 대프니를 등 뒤에 숨겼다.

"안녕." 셔기는 예의 바르게 손을 흔들어 인사했다. 그리고 좀 전에 마주친 광부 아내의 무릎 인사를 흉내 내며 왼쪽 다리를 우아하게 뒤로 뻗었다.

아이들이 입을 헤벌리고 다가와 페인트칠이 벗겨진 철책 사이로 셔기를 뜯어보았다. "니는 왜 학교에 안 오냐?" 맥아베니 형제 중 동생인 저벌이 초록색 페인트 껍질을 뜯으며 물었다.

"몰라." 셔기는 어깨를 으쓱하고 말했다. 맥아베니 형제는 셔기보다 고작 몇 살 위였지만 이미 체격이 컸고, 여름방학에 습지를 탐험하고 채석장에 고양이를 던지는 등 바깥을 싸돌아다니며 까맣게 그을렸다. 형제가 자신들의 아버지 트럭에서 무거운 고철 더미를 가뿐히 드는 것을 셔기는 본 적 있었다.

프랜시스 맥아베니가 짙은 갈색 눈을 가늘게 뜨고 말했다. "니네 엄마가 술에 환장한 술꾼이라 그렇다." 프랜시스는 자신의 말이 입힌 상처를 감상하려고 셔기의 얼굴을 지켜보았다.

저벌 맥아베니가 벗겨진 페인트 껍질을 입에 넣었다. "니는 왜 아빠가 없냐?" 목소리가 벌써 성인 남자처럼 굵직했다.

"아빠 이, 있어." 셔기는 말을 더듬었다.

저벌이 웃었다. "어딨는데?"

그건 셔기도 몰랐다. 아버지가 난봉꾼이며, 택시 뒷좌석에 타는 온갖 잡년들과 씹하면서 딴 여자의 자식들을 키우고 있다는 말은 들었다. 그러나 이것을 아이들에게 말하면 안 될 것 같았다. "우리 아빠는 밤에 일하셔. 우리가 놀러 갈 수 있게 돈을 벌고 있어."

쉬는 시간이 끝났다고 알리는 종이 울렸다. 배리 신부가 놀고 있는 아이들을 줄 세우러 나왔다. 그때 저벌이 쇠창살 사이로 손을 쑥 뻗고 긴 손가락으로 대프니를 움켜잡았다. 프랜시스는 행복한 아기처럼 깔깔거리며 동참했다. 두 소년의 손이 대프니를 거칠게 잡아당겼다. 셔기는 마로니에 나무의 그림자로 뒷걸음쳤다. "배리 신부한테 이를 거다! 학교 다녀야 하는데 안 나온다구!" 소년들이 빽빽거렸다.

셔기는 대프니를 가슴에 바짝 끌어안고 몸을 돌려 최대한 빨리 달아났다. 마이너스 클럽에 이르렀을 때 셔기는 숨이 차서 헉헉거렸지만, 맥아베니 형제가 배리 신부를 부르는 소리가 거기까지 들려왔다.

황폐한 클럽은 텅 비어 있는 것 같았다. 셔기는 팔을 뻗어 창문의 창살에 대롱대롱 매달려보았다가 앞마당에서 서성였다. 앞마당에 널려 있는 빈 케그들에서 김빠진 맥주가 새어 나와 웅덩이처럼 고여 있었다. 더러운 맥주가 휘발유와 섞여 무지갯빛 작은 못이 되었다. 셔기는 무릎을 꿇고 앉아 무지갯빛 웅덩이에 대프니의 금발을 담갔다. 다시 꺼냈을 때 인형의 빛나는 금발은 밤하늘처럼 시꺼먼 색으로 변해 있었다. 셔기는 혀를 끌끌 찼다. 오색찬란한 무지갯빛은 어디로 갔을까? 셔기는 인형을 다시 웅덩이에 담그고 이번에는 더 오래 기다렸다. 대프니가 잠든 것처럼 눈이 자동으로 감겼지만 미소를 짓고 있었으므로 괜찮다는 뜻이었다. 웅덩이에서 다시 인형을 꺼내자 검은 구정물이 얼굴과 흰 모직 드레스로 흘러내렸다. 싸구려 금발이 칙칙한 검은색으로 변했다. 인형을 바라보다가 셔기는 잠시 까맣게 잊고 있던 어머니를 다시 떠올렸다. 대프니에게서 이상한 냄새가 났다.

한동안 셔기는 맥주 웅덩이들의 둘레를 빙빙 돌며 놀았다. 저만치 길 끝을 내다보고, 배리 신부가 자신을 찾고 있지 않다는 확신이 들 때까지 기다렸다가 달음박질로 길을 건너 처음 보는 숲길의 입구로 들어갔다. 숲길을 따라가니 광부들의 낡은 공동주택 후면이 보였고, 일자로 쭉 이어진 집들이 뒷마당 하나를 공유하고 있었다. 가까운 마당 구석에 커다란 벽돌 창고가 있었다. 지붕이 평평한 직사각형 창고에는 창문 하나 뚫려 있지 않았고, 망가진 녹색 문의 틈새로 보이는 입구는 컴컴했다. 창고 옆에 세탁기가 하나 있었는데, 병원이나 정부 건물에서 쓰는 종류로 옷장만큼 크고 견고했다. 너무 무거운 탓에 폐기물 수거인들이 가져가기를 포기한 세탁기는 창고 옆에 방치된 채 녹이 슬고 있었다. 커다란 파리들이 창고의 그림자 안팎으로 게으르게 날아다녔다.

세탁기 속에 한 소년이 등이 부러진 고양이처럼 다리를 머리 위로 올리고 누워 있었다. "내 놀이기구 타볼래?"

뜻밖의 장소에서 소년을 보자 셔기는 깜짝 놀랐다.

소년이 몸을 굴렀더니 세탁기 원통이 반원으로 흔들거리면서 한번은 발이 머리 위로 올라갔다가 다음 순간에는 머리가 발 위로 올라갔다. "봤지, 완전 재밌어!" 소년이 셔기를 꼬드겼다.

셔기는 먼저 태워주라고 대프니를 내밀었다. 세탁기 속에서 소년은 몸을 펴고, 열쇠 구멍을 빠져나가는 거미처럼 길고 그을린 다리를 먼저 뺐다. 소년이 등을 뒤로 젖히고 세탁기에서 빠져나왔다. 똑바로 서고 나자 키가 세탁기만큼 컸다. 소년은 셔기보다 최소한 한 살은 많아서 적어도 여덟아홉 살이었고, 벌써 성장기에 들어섰다.

"안녕, 난 조니다. 울 엄만 날 말라깽이 조니라고 부르고." 소년이 비딱하게 웃으며 말했다. "레슬링 선수 이름이라는데 개뻥인 거 같아." 소년은 레슬링 선수들이 경기를 시작하기 전에 하는 것처럼 자기 위

팔을 철썩 치고 주먹으로 허공을 내리쳤다. "이름이 뭐냐, 꼬마?"

"휴 베인." 셔기가 수줍어하며 말했다. "셔기."

소년은 셔기를 관찰하고 있었다. 수업 시간에 셔기가 발표할 때 광부들의 자식들이 그러는 것처럼 눈을 가늘게 뜨고 뜯어보았다. 불신과 경멸이 뒤섞인 눈빛이었다. 할머니는 종종 이런 눈빛으로 아버지를 보곤 했었다. 셔기는 왼쪽 무릎을 안쪽으로 돌렸다.

불현듯 조니가 미소를 지었다. 너무나도 갑작스레 변한 조니의 표정을 보고 놀라며 셔기는 주춤 뒤로 물러섰다. 전등의 스위치를 올린 듯, 조니의 얼굴이 빈방을 밝히는 알전구처럼 환해졌다.

"손에 든 거 인형이니, 셔기?" 소년이 오랜 친구처럼 셔기의 이름을 불렀다. 소년은 대답을 기다리지 않고 다시 물었다. "니 혹시 기집애니?" 조니가 한 발자국씩 다가올 때마다 발아래 긴 풀이 쓰러졌다.

셔기는 다시 고개를 저었다.

"기집애가 아니면 호모구나?" 조니의 입꼬리가 양옆으로 더욱 길게 찢어졌다. 강아지를 어르듯, 소년의 목소리는 조용조용하고 상냥했다. "니 진짜 호모야? 그래?"

셔기는 호모가 무슨 뜻인지 몰랐지만 나쁜 말이라는 것은 알았다. 캐서린이 릭에게 상처를 주고 싶을 때 쓰는 단어였다.

"꼬마야, 호모가 뭔지 아니? 호모는 다른 남자애들이랑 더러운 짓을 하는 남자애야." 이제 조니는 셔기 바로 앞에 서 있었다. 키가 거의 두 배였다. "호모는 기집애가 되고 싶어 하는 남자애야."

말라깽이 조니는 홍차에 담가지기라도 했던 것처럼 지저분한 흰색이었다. 피부는 세피아색이었고 머리칼은 꿀처럼 노랬으며 눈동자는 호박색 라거 같았다. 조니가 웃었다. 입속에 보이는 이는 벌써 전부 영구치였다. 셔기는 앞니가 빠진 자리를 혀끝으로 건드렸다. 조니가 셔기의 인형을 가로채 세탁기 속에 던졌다. "봐! 타고 싶다잖아!"

조니는 셔기의 등에 몸을 바짝 붙이고 허리에 팔을 감은 다음에 세탁기 입구로 들어 올렸다. 셔기는 세탁기 입구를 붙잡고 올라갔다. 조니가 마지막으로 한 번 더 밀자 셔기는 앞으로 넘어지며 원통에 들어갔다. 셔기는 대프니를 안고 등 뒤의 햇살을 돌아보았다. 차가운 금속이 맨다리에 싸늘하게 닿았다.

조니는 세탁기의 원통에서 불룩 튀어나온 가장자리를 잡고 요람을 흔들듯이 왼쪽에서 오른쪽으로 부드럽게 흔들었다. 셔기는 넘어졌다가 균형을 잡으려 허우적댔다. 온몸의 근육이 경직되었고, 셔기는 겁에 질린 고양이처럼 이를 드러냈다. 손에서 미끄러진 대프니가 원통 속에서 이리저리 튀었다.

조니는 계속해서 살살 흔들었다. "거봐, 별로 안 무섭지?"

양옆으로 흔들흔들하는 느낌이 할아버지의 단골 빵집 앞에 있던 해적선 놀이기구와 비슷했다. 셔기는 자기도 모르게 킥킥 웃음을 터뜨렸다.

"가만있어봐." 조니가 말했다. 조니는 금속 가장자리를 잡은 손에 힘을 주고, 몸이 밀려나지 않게 세탁기에 바짝 기댄 다음에 원통을 세게 흔들기 시작했다. 셔기의 머리와 무릎이 반 바퀴를 돌았고 대프니는 원통의 천장까지 튀어 올랐다. 전력을 다해 흔드는 조니의 목 근육이 불끈 솟았다. 셔기는 제비를 돌듯 앞으로 고꾸라졌다. 몸이 계속해서 구르며 머리가 금속 리프트에 부딪혔고, 발이 등 한가운데를 쳤다.

그때 갑자기 회전이 느려지면서 셔기는 머리부터 거꾸로 떨어졌다. 굵은 팔 하나가 쑥 들어와 리프트를 잡고 회전을 멈추었다. 울음

보가 터진 셔기는 빽빽거리며 울기 시작했다. 정수리에서 시작된 고통이 찢어진 무릎과 멍든 종아리까지 찌릿찌릿 흘렀다. 폭포처럼 흐르는 눈물 줄기 사이로 조니의 머리를 연거푸 내려치는 큼직한 주먹이 보였다. 조니는 양손으로 얼굴을 가리고 웅크리고 있었다. 조니를 때리고 있는 남자는 키가 너무 커서 세탁기 속에서는 얼굴이 보이지 않았다. 조니의 목과 어깨를 인정사정없이 내리치는 팔과 그 팔을 덮은 문신만 보였다.

"염병할 세탁기에서 놀지 말라구 내가 몇 번 말했냐?" 머리 없는 몸통이 야단쳤다. 남자의 두꺼운 엄지손가락이 세탁기를 향해 허공을 찔러댔다. "저거 꺼내라. 니미럴, 당장 꺼내. 눈물 쏙 빼놓기 전에."

남자는 나타났을 때처럼 순식간에 사라졌다. 조니는 세탁기 입구 앞에 얻어맞은 개처럼 서 있었다. 입에서 미소가 사라졌고 귀가 납작하게 눌렸다. 조니가 손을 뻗어 셔기를 끌어냈다. "야, 뚝 그쳐. 눈물 쏙 빼놓기 전에."

세탁기 밖의 세상은 눈이 멀 것처럼 밝았다. 머리에서 느껴지는 고통이 모든 빛깔을 지웠다.

조니는 셔기를 위아래로 훑어보았다. 금속에 찢긴 다리에서 피가 흘렀고, 팔다리는 벌써 멍으로 물들기 시작했다. 조니는 검정파리 떼를 헤치고 모퉁이를 돌아 셔기를 싸늘하고 어두운 창고 안으로 데려갔다. 창고 안에서는 상한 요구르트처럼 시큼한 냄새가 났다.

어둠 속에서 조니는 손에 침을 뱉어 셔기의 젖은 얼굴과 피가 흐르는 다리를 문질렀다. 모든 게 더 나빠질 뿐이었다. 침은 피를 닦아내는 대신 피와 엉키며 더 넓게 퍼뜨렸다. 당황해서 커다랗게 벌어진 조니의 눈에 두려움이 서렸다. 조니는 진흙에서 기다란 돌소리쟁이 풀을 뽑아 셔기의 다리를 문질렀다. 녹색 풀의 점액이 덕지덕지 핏자국을 뒤덮을 때까지 계속해서 문질렀다. 풀물이 상처에 스며들어서 따가웠다. 셔기가 다시 울먹이기 시작했다.

"가만있어, 호모 새꺄." 조니의 목소리에서 이전의 상냥함은 흔적도 없이 사라졌다. 조니의 세피아색 피부에 아버지의 손자국이 빨갛게 피어나고 있었다.

창고에서는 검정파리가 윙윙거리는 소리밖에 들리지 않았다. 가쁜 숨이 가라앉을 때까지 조니는 셔기의 다리를 문지르고 또 문질렀다. 조니의 손 아래에서 셔기의 피부는 흰색에서 빨간색으로, 그리고 진녹색으로 바뀌었다. 조니의 눈에서 두려움이 사라지고, 그을린 얼굴에 거짓 미소가 천천히 돌아왔다. 창고 안은 매우 어두웠다.

말라깽이 조니가 다시 일어섰다. 눈부신 바깥 햇살을 배경으로 꼬챙이 같은 몸의 윤곽이 도드라졌다. 조니는 문드러진 녹색 풀을 셔기에게 건네주고 추리닝 반바지를 내렸다. "그만 징징대." 조니가 영구치 사이로 내뱉었다. "이제 니가 나를 문질러."

셔기가 절뚝거리며 마이너스 클럽에 돌아왔을 때는 햇볕이 무지개 웅덩이를 거의 말려버렸다. 셔기는 대프니를 세탁기 속에 두고 왔다. 다시는 그곳에 돌아가고 싶지 않았다.

셔기가 복도로 이어지는 계단을 올라가는데 통화 중인 애그니스의 목소리가 들려왔다. "좆까, 조우니 미클화이트. 그 개신교 개새끼한테 전부 다 가질 수는 없다고 해!" 더러운 욕설의 모든 음절이 표준 악센트로 섬뜩하게 또렷이 발음되었다. "씹할년. 말라비틀어진 식빵처럼 못생기고 맛없는 년이." 수화기가 쾅 소리와 함께 내려꽂히자 그 서슬에 벨이 딸랑거렸다.

셔기는 복도 끝에서 모퉁이를 돌아 거실로 들어갔다. 어머니는 나지막한 전화기 탁자 앞에 다리를 꼬고 앉아서 무릎에 머그잔을 올려놓고 있었다. 애그니스는 셔기가 카펫에서 솟아나기라도 한 것처럼 쳐다보았다. 빠진 앞니도, 풀물과 피에 얼룩진 다리도 알아차리지 못했다.

애그니스의 얼굴에 번져 있는 멍한 표정은 싱크대 밑 찬장에서 흘러나온 것이었다. 다시 수화기를 들기 전에 애그니스는 귀고리를 빼서 거실 반대편으로 던졌다. "이제 네 할머니한테 전화해서 빌어먹을 자기 일이나 잘하라고 말해줄 거다."

그들의 집은 버스정류장에서 엎어지면 코 닿을 거리에 있었지만 릭은 매우 천천히 걸었다. 청소년 직업훈련소에서 돌아오는 길에 릭은 고된 노동 탓에 다리가 무거웠고, 집에서 그를 기다리고 있을 것에 대한 두려움으로 마음이 무거웠다. 릭의 유일한 소망은 한 시간이라도 평화롭게 그림을 그리는 것이었지만, 일 년 전 핏헤드로 이사 온 이래 평화로운 순간은 없었다.

릭은 캐서린이 또 외박하리라는 것을 알았다. 캐서린은 이제 애그니스의 코앞에서 능숙하게 빠져나갔고, 점점 망가지고 있는 어머니 곁을 떠나 도널드 주니어와 비밀스러운 새 삶을 꾸려나가고 있었다. 캐서린은 노예처럼 부려먹는 사장 핑계를 대며, 야근 때문에 할머니네 집에서 자고 오겠다고 말했다. 날마다 돈 걱정에 시달리는 어머니가 딸의 보잘것없는 주급에 의존하고 있으며, 그래서 캐서린의 말에 이의를 달지 않는다는 것을 릭은 알았다. 캐서린이 사실은 도널드 주니어네 집에서 자고 온다는 것 또한 알았다. 도널드 주니어의 어머니가 치워준 빈방에서 에어매트리스를 깔고 자면서, 정식으로 혼약하는 날까지 순결을 굳게 지킬 것이다. 사라지는 연습을 그토록 오래 한 건 자신이었는데, 먼저 사라지는 사람이 캐서린이라는 사실이 분했다.

아직 날이 밝은데 방마다 눈이 시린 형광등이 켜져 있고 커튼은 민망하게 활짝 열려 있었다. 매우 불길했다. 셔기가 거실의 유리창과 레이스 커튼 사이에서 얼쩡대고 있었다. 셔기는 유리창에 손바닥과 코끝을 납작하게 붙이고 고개를 앞뒤로 천천히 끄덕거렸다. 아무도 셔기를 말리고 있지 않았다. 형을 본 셔기가 입 모양으로 릭, 하고 부르자 유리에 뿌연 김이 서렸다.

레이스 커튼이 펄럭거리며 살아났다. 창문에 그림자가 드리우더니, 애그니스가 막내 뒤에 나타났다. 릭은 한 손을 대충 흔들어 인사하고 집에 곧 들어가겠다는 뜻으로 다른 손을 대문에 올려놓았다. 애그니스가 미소를 지었다. 이를 지나치게 드러낸 그 일그러진 미소는 수천 가지 뜻으로 해석될 수 있었다. 애그니스의 눈에는 생기도, 초점도 없었다. 그 눈을 보고 릭은 어머니가 지금 집에 없다는 것을 알았다.

애그니스가 다시 사라졌다. 전화기 탁자로, 술의 품으로 돌아갔다.

릭은 공구 가방을 다시 둘러메고 뒤돌아섰다. 탁탁, 유리창을 끈질기게 두드리는 소리가 들렸다. 셔기가 입을 크게 벌리고 한 음절씩 과장되게 발음했다. 형. 어. 디. 가?

릭이 소리 없이 대답했다. 할머니네.

셔기는 떨리는 입술을 애써 자제했다. 나. 도. 가. 도. 돼?

안 돼. 너무 멀어. 널 업고 갈 수 없어.

셔기에게 말하지는 않았지만 릭은 친아버지의 주소를 알아냈다. 브렌든 맥가원. 애그니스의 전화번호부에 기록되어 있었다. 지난 몇 년간 애그니스가 자꾸만 다시 펼쳐봤는지, 주소에는 다양한 색과 굵기의 동그라미가 쳐져 있었다. 지난겨울에 릭은 이 주소로 찾아가서 널찍한 빅토리아 왕조풍 공동주택의 맞은편 담장에 앉았다. 퇴근하고 돌아오는 한 남자가 눈에 띄었다. 얼굴은 낯설지만 자신과 똑같이 지쳐 보이는 구부정한 자세와 연회색 눈동자를 지녔다. 남자는 건물 앞에 차를 세우고 릭을 지나치며 그저 예의상 고개를 끄덕여 인사했다.

문이 열리고 자그마한 얼굴 세 개가 입구로 뛰쳐나와 남자를 반겼다. 거실 창문과 맞닿은 식탁에 둘러앉아 시끌벅적 행복하게 떠드는 가족을 릭은 바라보았다. 흥분한 아이들은 당차게 의자에 올라서서 서로 질세라 떠들었고, 남자는 아이들을 보며 즐거운 웃음을 터뜨렸다. 릭은 한참 동안 그들을 바라보았다. 그리고 주소를 적은 종이를 반으로 접어 배수구 쇠창살 사이로 떨어뜨렸다.

릭은 공구 가방을 둘러메고 핏헤드에서 걸어 나갔다. 셔기에게서 등을 돌리고 나자 릭은 창가에서 애원하는 얼굴을 차마 다시 볼 수 없었다. 비가 올 조짐이 보였고, 사이트힐까지 먼 길을 걸어야 했다. 릭은 피곤했다. 아주 오래전부터 피곤했다. 쉬고 싶을 따름이었다.

11

무채색 햇살이 레이스 커튼을 투과해 들어왔다. 빛줄기가 얼굴을 찌르자 애그니스는 컥, 코를 골며 의식의 세계로 돌아왔다. 애그니스는 천천히 눈꺼풀을 치켜들었다. 종유석으로 뒤덮인 것처럼 우둘투둘한 크림색 석면 천장이 눈에 들어왔다. 헛구역질이 자꾸 솟구쳐서 침으로 끈적한 윗니 위로 입술이 다물어지질 않았다. 오른쪽 손바닥에 안락의자의 미끈미끈한 다마스크 천이 느껴졌다. 애그니스는 익숙한 담배 구멍을 손가락으로 더듬었다. 그녀는 신호가 오래전에 끊긴 수화기를 품에 안고 의자에 비스듬히 기대앉아 있었다.

애그니스의 고개는 열린 쓰레기통 뚜껑처럼 등받이 뒤로 꺾여 있었고, 이 자세로 그녀는 한참을 앉아 있었다. 다시 눈을 감았다. 머릿속이 쿵쿵 울렸다. 두개골 속에서 피가 썰물처럼 빠져나갔다가 밀물처럼 밀려오길 반복했다. 피가 빠져나갔을 때 애그니스는 집에 아무도 없다는 것을 인식했다. 이른 아침이었지만 아이가 또 혼자 준비하고 학교에 간 모양이었다. 셔기는 이미 학교를 너무 많이 빠졌다. 너무 많은 나날을 애그니스의 발치에서 그녀를 마냥 기다리고 바라보며 보냈다. 학교는 이것을 용납하지 않았다. 셔기가 규칙적으로 출석하지 않으면 복지부에 신고하겠다고 배리 신부가 경고했다.

어떤 날은 애그니스가 화들짝 놀라 일어나면 셔기가 그녀를 말끄러미 보고 있었다. 등교 준비를 마친 아이는 양쪽 어깨에 멘 가방의 무게에 눌려 더욱 작아 보였다. 세수를 했고, 물기가 마르지 않은 머리에 가르마를 탔지만 빗질은 앞머리에만 되어 있었다. 지난밤에 옷을 입은 채 잠든 애그니스가 메마른 입술을 다물려고 달싹대면 셔기는 "다녀오겠습니다"라고 인사하고 조용히 몸을 돌려 학교에 갔다. 셔기는 자신이 곧 돌아올 거라고 어머니에게 알리기 전에는 떠나기 싫었던 것이다. 셔기는 어머니와 새끼손가락을 걸고 금세 다녀오겠다고 약속했다.

집은 고요했다. 고개를 푹 숙이고 손으로 얼굴을 감싸자 안구 뒤쪽에 피가 쏠렸다. 이날은 셔기가 평소처럼 그녀를 기다리고 있지 않았다. 그 대신 그녀 앞의 탁자에 머그잔이 놓여 있었다. 머그잔 속의 차가 식어서 벌써 우유 막이 생겼다. 머그잔 옆에는 토스트가 한 장 있었는데, 서투른 손이 버터를 펴 바를 수 없을 정도로 두껍게 묻히고 여기저기 구멍을 내어놓았다. 애그니스는 눈 위에 손차양을 하고 몸의 떨림을 멈춰줄 것을 찾아 탁자를 둘러보았다. 혹시 남은 맥주가 없나 머그잔을 하나씩 기울여보았다. 한 방울도 없었다. 애그니스는 담뱃갑을 들고 서럽게 우는 소리를 내며 마지막 담배를 꺼냈다. 바들바들 떨리는 손으로 불을 붙이고 길게 한 모금 빨았다.

그래도 떨림은 멈추지 않았다. 애그니스는 자리에서 일어나, 남은 맥주나 숨겨놓은 보드카 병이 없는지 소파 근처를 서성였다. 텅 빈 집을 비틀비틀 돌아다니며, 자신이 숨기고서 잊어버린 술을 찾아 은닉처를 뒤졌다. 빨래 바구니, 백과사전처럼 생긴 비디오 케이스 등등. 싱크대 밑 찬장 앞에 무릎을 꿇고 앉아서 빈 비닐봉지를 끄집어내다 보니 파랗고 하얀 비닐봉지가 허리까지 쌓였다.

공황이 몰려왔다. 애그니스는 앞니 사이로 공기를 빠는 새된 소리를 내며 집을 헤집고 다녔다. 자꾸만 구역질이 나는 탓에 중간중간 멈춰서 싱크대나 머그잔에 침과 토사물을 뱉어야 했다. 애그니스는 커다란 검은색 가죽 핸드백을 들치고 지갑을 찾아 뒤적였다. 지갑의 금속 똑딱단추를 열었다. 먼지와 티끌 속에서 세인트 주드 펜던트가 홀로 나뒹굴고 있었다. 이날은 목요일이었는데, 월요일과 화요일에 받은 수당금이 벌써 다 떨어졌다.

지난 월요일, 애그니스는 뜬눈으로 누워서 라디오 알람 시계가 8시를 알리기만을 기다렸다. 아이섀도를 대충 바르고 하이힐을 신고서는, 광부 부인들이 '월요일 쿠폰'이라고 부르는 장애수당을 현금으로 바꾸기 위해 핏 로드를 뛰어가다시피 했다. 수당금을 받는 줄 끝에서 애그니스는 고개를 쳐들고 떨리는 손을 주머니에 감춘 채로, 바스락거리는 얇은 나일론 점퍼 차림의 다른 여자들을 무시했다. 흡연자 특유의 기침을 쿨럭거리며 끈끈한 가래가 섞인 목소리로 투덜거리는 여자들에게서 멀찍이 홀로 떨어져 있었다.

온 가족이 일주일 동안 먹고살 돈으로 38파운드가 나왔다. 작은 구멍가게에서 어머니들은 우유 한 병을 사치품처럼 애틋하게 보았다.

애그니스는 여왕처럼 위엄 있는 태도로 월요일 쿠폰을 현금으로 바꾸고, 우유를 곧장 지나쳐 가게 앞쪽 카운터에서 스페셜 브루 열두 캔을 샀다. 애그니스가 날씨가 좋다고 명랑하게 재잘거렸지만 인도인

주인은 대꾸하지 않았다. 남자 뒤에 매달려 있는 파란색 코끼리 장식품의 눈에 멸시감이 서려 있었다고 애그니스는 확신했다. 가게 주인이 차가운 맥주캔을 비닐봉지에 담으면 애그니스는 새침하게 지갑의 똑딱단추를 잠갔다. 등 뒤에서는 여자들이 입을 달싹이며 냉동 감자튀김과 담배에 빵값을 소리 내어 더해보고, 아쉬워하며 빵을 다시 선반에 조용히 올려놓았다. 가게에서 나오자마자 애그니스는 나지막한 사암 건물 뒤로 가서, 유리 파편이 널려 있는 뒷골목에 쭈그려 앉아 첫 번째 차가운 맥주캔을 땄다.

화요일 아침에 가게로 다시 걸어가는 길에 애그니스는 이미 얼큰하게 취해 있었다. 걸음을 뗄 때마다 우아하게 무릎을 구부리며 왕복2차로를 한들한들 건넜다. 애그니스는 8파운드 50펜스짜리 양육수당 쿠폰을 현금으로 바꿨다. 이제 스페셜 브루에 힘입은 그녀는 파란 코끼리가 으스스하다, 라고 주인에게 핀잔을 놓았다.

그러나 오늘은 목요일이었다. 애그니스는 지갑의 주름에 낀 먼지와 세인트 주드 펜던트를 내려다보았다. 처량하고 이기적인 자기연민의 눈물이 차올랐다. 피울 만한 꽁초가 없는지 더러운 재떨이를 헤집었다. 이제 어떻게 할 것인지 방안을 모색해야 했다.

몸에서 알코올이 빠져나가면서 텔레비전에 집중하기 어려워졌다. 애그니스는 욕조에 뜨거운 물을 받았다. 뜨거운 물에 몸을 담그고 있으면 오한이 덜 나고 삭신이 덜 쑤셨다. 애그니스는 머리에서 땀과 기름기를 씻어냈다. 플란넬 수건으로 입속의 신맛을 닦아내고, 화상을 입을 것처럼 뜨거운 물에 다시 누워 돈을 구할 방법을 궁리했다. 애그니스의 부드러운 배 둘레에는 간밤에 입고 잠든 검은 스타킹의 밴드 자국이 빨갛게 남아 있었다. 애그니스는 스타킹 밴드 자국을 손으로 눌렀다. 기차 철로처럼 둘린 자국을 보자 글래스고 기차가 생각났고, 철교의 아치 밑에 자리한 패디스 마켓과 그곳에 있는 전당포가 떠올랐다.

애그니스는 젖은 몸을 닦지도 않고 목욕 가운을 걸친 다음에 전당 잡힐 물건을 찾아 사방팔방 뛰어다녔다. 한낮의 밝은 햇살 아래 모든 것이 싸구려로 보였다. 카포디몬테 도자기 인형을 전부 하나씩 살펴보고, 심지어 흑백텔레비전도 들어보았지만 글래스고까지 들고 갈 수 있을 리 만무했다. 침실에서 애그니스는 낡은 동전 지갑에 뒤죽박죽 들어 있는 장신구들을 꺼냈다. 어머니가 선물한 클라다 반지, 할머니가 물려준 로켓 펜던트, 캐서린의 세례 팔찌. 극심한 내적 갈등 끝에 애그니스는 지갑을 다시 서랍에 넣었다.

애그니스는 릭의 큼직한 공구 가방 주위를 기웃거리다 발끝으로 살짝 건드렸다. 가방은 텅 비어 있었다. 릭이 청소년 직업훈련소로 전부 가져간 것이다. 릭은 필요가 없을 도구까지 모조리 가져갔다. 지난번에 애그니스가 전당 잡힐 것이 필요했을 때 릭은 충분히 교훈을 얻었다. 애그니스는 손바닥을 긁적거리다 공구 가방을 발로 한 번 차고 캐서린의 옷장으로 진격했다. 옷장을 열고 깜짝 놀랐다. 옷이 몇 벌 없었다. 새로 들어온 집에 머물지 말지 결정하지 못한 하숙인의 옷장처럼 휑했다. 캐서린의 스웨이드 부츠를 이리저리 살펴보았지만 부츠는 진흙과 빗물에 더러워진 지 오래였다.

희망이 점차 사그라지는 것을 느끼며 애그니스는 품질 좋은 수건을 보관하는 리넨 찬장을 열었다. 찬장 구석에 커다란 쓰레기봉투가 보였고, 그 속에는 브렌든 맥가원의 튼튼한 신용으로 산 구식 밍크코트가 들어 있었다. 애그니스는 쓰레기봉투를 끄집어내서 손을 집어넣고 코트를 쓰다듬었다. 돈의 촉감이었다.

그로부터 한 시간이 채 되지 않아서 애그니스는 머리를 세팅하고 치렁치렁한 밍크코트를 입고 패디스 마켓을 향해 긴 여정에 올랐다. 도로에서 차가 달리는 반대 방향으로 걷는 그녀의 고개는 꼿꼿했고 입에는 비밀스러운 미소가 걸려 있었다. 앞이 트인 하이힐 속으로 탄가루가 들어와서 모래사장을 걷는 것처럼 걸리적거렸다. 머리를 흐트러뜨릴 정도로 쌩쌩 달리는 차들이 일으키는 바람이 유쾌하다는 듯 애그니스는 허리를 세우고 발가락 사이에 파고드는 바슬바슬한 먼지를 무시했다. 이 해괴한 광경에 지나가는 차들이 속도를 늦추었다. 차들이 튀기는 부스러기와 수치심에 얼굴이 빨개졌지만 그래도 애그니스는 턱을 치켜들고 계속 걸었다. 자신이 정신병자로 보일 거라고 확신하면서.

버스정류장이 나올 때마다 애그니스는 버스를 기다리는 척 잠시 서성이며 소매를 걷고 손목에 차지 않은 시계를 확인하는 몸짓을 했다. 지나가는 차량이 뜸해지면 다음 정류장을 향해서 다시 출발했다. 머리가 쿵쿵댔고 가슴이 홧홧했다. 핏헤드에서 6킬로미터 좀 넘게 걸어갔을 때 버스 한 대가 속도를 늦추더니 애그니스를 위해 멈춰 섰다. 애그니스는 시선을 피하며 한 손을 주머니에서 꺼내고, 버스 따위는 타지 않는다는 듯이 거만하게 손사랫짓했다. 버스 안에서는 광부 부인들이 휘둥그런 눈으로 애그니스를 보고 있었다.

글래스고 외곽에 들어섰을 즈음 빗방울이 떨어지기 시작했다. 처음에는 한두 방울씩 떨어져 코트에 맺혔고, 빗방울이 맺힌 코트는 헤어스프레이를 뿌린 머리처럼 반짝였다. 하이힐을 신고 먼 길을 걸어

온지라 몹시 피곤했지만, 첫 남편과 살던 비좁은 거리에서 행여나 아는 사람과 마주칠까 두려워하며 걸음을 서둘렀다. 빗발이 굵어졌다. 순식간에 흥건히 젖은 코트가 비 맞은 개의 꼬리처럼 맨다리에 철썩철썩 부딪쳤다. 비를 피하려고 공동주택 입구에 들어가서 애그니스는 흙탕물을 튀기며 지나가는 버스들을 바라보았다. 아주 잠시, 선량한 가톨릭이 그리웠다.

검은 마스카라가 뺨을 타고 흘러내렸다. 애그니스는 구깃구깃한 휴지를 꺼내 시큼한 구토로 얼룩진 부분을 반으로 접고 눈 밑을 닦았다. 흠뻑 젖은 코트는 군데군데 물이 고이며 털이 엉켰다. 애그니스는 양쪽 주머니에서 도자기 인형을 꺼내 발레리나들의 유리 얼굴에서 물기를 꼼꼼히 닦아냈다.

길 건너편에 길쭉한 회색 건물이 있었다. 건물 왼쪽에 자리한 점포는 택시 수리소인 듯, 망가진 택시와 미니버스의 부품이 공룡의 뼈대처럼 널려 있었고, 뒤편 어딘가에서 라디오 소리가 흘러나왔다. 수리소 뒤에 있는 작은 사무실의 더러운 창문을 통해 벽에 걸어놓은 팬벨트와 휠캡, 엔진오일, 윤활유 등이 보였다. 일반 사람들은 잘 들르지 않는 전문 수리소 같았다. 포장 샌드위치를 팔거나 관광 지도를 걸어놓지도 않았다.

애그니스가 문을 열자 작은 종이 딸랑거렸다. 남자가 종소리를 듣고 나왔을 때 애그니스는 자신이 만든 빗물 웅덩이에 서 있었다. 남자는 빨간 머리에 얼굴이 납작했고, 키가 작고 다부진 체격이었다. 목은 그저 쓸데없는 사치품이라는 듯, 남자의 머리는 몸통으로 곧바로 이어졌다. 남자가 지저분한 손에서 시선을 들었다. 밍크코트를 입은 미인을 보고 깜짝 놀란 표정이었다.

"방해해서 매우 죄송합니다." 애그니스는 멀가이 지역의 상류층 악센트를 한껏 모방하며 말했다. "갑작스레 비가 쏟아지는 바람에 혹시 화장실을 쓸 수 있을까 여쭤보려고 들어왔어요. 보시다시피, 매무새를 좀 정리해야 해서요." 애그니스는 흠뻑 젖은 코트를 가리켰다.

"글쎄요…." 남자가 짧은 턱수염을 문질렀다. "손님 쓰는 화장실이 아닌데."

애그니스는 코트를 여미었다. 코트에서 커다란 물방울이 후드득 떨어졌다. "오, 그렇군요." 애그니스는 중얼거리고 지저분한 바닥으로 시선을 떨구었다.

남자는 잠시 애그니스를 관찰하다가 굵은 팔뚝을 긁적거리며 말했다. "어차피 댁은 손님두 아닌 거 같으니까 상관없을지도 모르겄수."

남자는 수리소 안쪽으로 애그니스를 안내했다. 고장 난 택시에서 새는 엔진오일 때문에 바닥이 미끄러워서 하이힐을 신고 걷기가 어려웠다. 애그니스가 걸을 때마다 시멘트 바닥을 덮은 기름에 물방울이 떨어지며 작은 눈물방울처럼 톡톡 튀었다.

"음, 여서 잠깐 기다리쇼." 남자가 말했다. 남자는 초조한 기색으로 얇은 빨간 문을 열고 재빨리 들어갔다. 치이익, 방향제 스프레이를 뿌리는 소리가 들렸고, 잠시 후 남자는 둘둘 만 잡지와 신문을 팔 아래 끼고 나왔다. "아주 기본적이지만 그런대로 쓸 만할 거요." 문을 열어주는 남자의 겨드랑이 밑에서 풍만한 금발 여자가 도발적으로 윙크했다.

애그니스는 지저분한 화장실에 들어가 문을 꽉 닫았다. 거울 앞에 서서, 녹아내리는 창부처럼 보이는 여자를 오랫동안 응시했다. 화장실에는 자동 드라이어가 없었기 때문에 종이타월을 손에 감고 젖은 코트를 한 움큼씩 잡아서 카펫에 묻은 얼룩을 빼듯 꾹꾹 눌렀다. 아무리 짜내고 또 짜내도 코트에서는 빗물이 끝없이 스며 나왔다.

한참 후에서야 애그니스는 화장실에서 나갈 수 있을 만큼 마음이 진정되었다. 화장실 문 앞에서 남자가 각기 다른 머그잔 두 개를 들고 말뚝처럼 서 있었다. "뜨끈한 차라도 한잔해야 할 것처럼 보여서 말요."

"제가 그렇게 지쳐 보이나요?"

"아, 그건 아니구요."

애그니스는 머그잔을 받았다. 기름때는 아주 조금밖에 묻어 있지 않았다. "꼭 물에 빠진 생쥐 같죠?" 그렇지 않다는 대답을 기대하며 애그니스가 말했다.

"물에 빠진 밍크죠, 사실."

깨끗한 의자를 찾아 두리번대는 남자를 애그니스는 자세히 살펴보았다. 그녀가 화장실에 있는 동안 남자는 세수를 했다. 수건이 미처 닿지 않은 목과 구레나룻에 기름때가 남아 있었고, 옅은 머리칼이 젖어서 분홍색 얼굴에 달라붙었다. 남자가 그럭저럭 잘생겼다고 애그니스는 생각했다. 튼튼한 셰틀랜드 포니가 연상되는 얼굴이었다. 애그니스에게 권할 스툴을 끌어내는 남자의 왼손에는 엄지와 검지, 중지밖에 없었다. 초조함에 손가락을 씹어 먹기라도 한 것처럼 두 손가락이 잘려나가 있었다.

남자가 애그니스의 시선을 눈치채고 손을 등 뒤로 숨겼다. "이야기가 깁니다."

빤히 보다가 들킨 애그니스는 민망해서 어쩔 줄 몰랐다. "누구나 그런 게 한두 개 있죠."

"잘린 손가락 말요?"

"아뇨." 애그니스가 웃었다. "남들에게 말하기 어려운 사정요."

"댁이 그 밍크코트를 전당 잡혀야 하는 사정 같은 거 말요?"

애그니스는 다시 웃었지만 이번 웃음소리는 다소 날카로웠다. 애그니스는 입을 다물었다. 남자도 이번에는 함께 웃지 않았다. 다시 한번, 애그니스는 멀가이 악센트를 사용했다. 나는 으리으리한 저택에서 부자 남편과 사는 여자야, 라고 암시하는 억양이었다. "코트를 전당 잡히다니, 전혀 아니에요. 왜 그런 생각을 하셨어요?"

남자는 주저 없이 말했다. "내가 더 맞춰볼깝쇼? 댁은 그 코트를 전당 잡히러 가는 길이구, 쩌기 멀리 베일리스턴이나 러더글렌서 걸어왔을 거요." 남자의 시선이 옆으로 비껴갔다. "아니, 잠깐! 러더글렌에는 전당포가 하나 있지." 남자는 잠시 말을 멈추었다. "댁이 어서 걸어왔냐믄…" 남자가 멀쩡한 손의 엄지와 검지를 튕겼다. "핏헤드에서 왔구만!"

애그니스는 하얗게 질렸다.

"내가 딱 맞췄죠?"

"아니요."

남자는 잠시 입을 다물고, 이 빠진 머그잔 위로 애그니스를 쳐다보았다. "이런, 미안하게 됐수다. 제길, 내가 실례를 해버렸구만. 난 댁이 그 코트를 전당 잡히러 가는 줄만 알았지 뭡니까. 술 살 돈이 필요하다거나 해서."

애그니스는 차가운 입술에서 머그잔을 내렸다. 두 사람의 시선이 부딪쳤다. "글쎄, 당신이 틀렸어요."

"그래, 내가 진짜루 틀렸습니까?"

"예."

"그럼 참말루 다행이네요. 안 그렇습니까?"

"왜요?" 애그니스는 물어볼 수밖에 없었다.

"갤로우게이트 전당포가 가스 공사 땜에 문을 닫았으니까요." 남자가 자신을 떠보는 거라고 의심하며 애그니스는 눈을 부라렸다. 남자는 눈썹만 치켜올렸다. "이보쇼, 기분 나쁘라구 말한 게 아닙니다. 정말요. 다만, 끼리끼리 알아본단 말이 있잖습니까, 음?" 남자는 증거를 내밀듯이 불구인 손을 들고 남아 있는 손가락들을 꿈틀거렸다.

애그니스는 탁, 소리 나게 머그잔을 내려놓았다. "화장실을 쓰게 해주셔서 감사해요. 이제 가봐야겠어요. 남편이 걱정하고 있을 거예요."

"에, 그러시죠. 빗속에서 한참을 걸어야겠구만. 뭐, 어쩜 걷다가 잃어버린 결혼반지를 찾을지도 모르겠소."

이 말에 애그니스는 폭발했다. 애그니스는 고개를 빳빳이 세우고 검은 곱슬머리를 얼굴에서 쓸어 넘겼다. "뭘 어쩌겠다고 이러는 거죠?"

실망한 남자가 입꼬리를 늘어뜨렸다. "암것도 아니오. 어쨌든 댁이 생각하는 그런 건 아닙니다. 이보쇼, 단지 난 댁이 너무 딱한 몰골로 들어왔는데 척 봐도 사정을 알 것 같아서 그런 거요." 남자는 조금 천천히 말하기 시작했다. "나도 그 자리에 있어봐서 하는 말이오. 괜히 열 낼 필요 없수다. 차나 다 마시고 가쇼, 음? 티백도 새걸로 넣었구만."

애그니스는 차를 다시 한 모금 마셨다. 놀란 가슴을 진정시키고, 침묵을 견디고, 부글거리는 속을 가라앉히기 위해서였다.

"AA 모임에는 가봤수?"

애그니스는 남자를 멍하니 보았다.

"알코올중독자 자조 모임 말요." 남자가 노래를 흥얼거렸다. "한 번에 한 걸음씩, 나의 예수님과?" 애그니스는 고개를 가로저었다.

"댁한테 문제가 있단 걸 인정할 준비는 됐수?" 남자는 피곤한 학교 선생처럼 고개를 갸웃했다. "여기 들어올 때 보니까, 몸 떠는 게 5단계더구만."

"추… 춥고… 젖어서 그랬어요."

남자가 웃음을 터뜨렸다. "보소, 사람이 춥고 젖었을 땐 무릎이 부들거리고 이가 딱딱 부딪치잖수. 이렇게." 남자는 얼어 죽을 지경인 만화 캐릭터처럼 몸을 달달 떨었다. "한데! 술에 눈이 돌아가서 라이터 기름이라도 마시려고 덤비는 사람은 이렇게 떤단 말요." 남자는 되살아난 시체처럼 몸을 흔들었다.

애그니스의 가슴에서 수치심이 다시 치솟았다. "당신이 뭘 알아요?"

"이건 알죠. 그 밍크코트 따위 전당 잡혀봤자 보드카 여섯 병에 어쩜 뜨끈한 생선 한 접시 먹을 수 있을 거요." 남자가 이를 쑤셨다. "뭐, 어쨌든 내가 뺏어간 울 어머니 코트는 그 정도 값을 받았수. 또 내가 뭘 아냐면, 저녁으로 생선 한 접시에 보드카 여섯 병을 퍼마시고 삼 일 밤을 도랑에서 자구 나면 패혈증에 걸린단 거 말요." 남자가 다시 손가락을 꿈틀거렸다.

남자가 입을 다문 뒤에 한동안 침묵이 흘렀다. 남자는 새 담뱃갑을 뜯어 한 개비를 빼어 물고, 담뱃갑을 애그니스에게 권했다. 애그니스는 담배에 불을 붙이고 게걸스레 빨았다. 어깨가 축 처졌다. 잠시 숨을 고르고 애그니스는 검은 택시들의 묘지를 둘러보았다. "혹시 셕 베인이라는 택시운전사 알아요?"

"잘 모르겠는데요." 남자가 애그니스의 얼굴을 관찰하며 말했다.

"땅딸막하고 뚱뚱한 대머리예요. 자기가 카사노바라는 착각에 빠져 있고요."

"그런 놈팡이가 어디 한두 명인가." 남자가 웃으며 말했다. "어느 회사 소속이오?"

"노스사이드요."

"에, 거기 사람들은 레드 로드에 있는 수리소에 가요. 난 아마 본 적두 없을 거요."

"그 사람이 여기 오면 브레이크를 손 좀 봐주시겠어요?"

남자가 미소를 지었다. "댁 같은 미인을 위해서라면, 얼마든지."

남자는 담배를 끄고 애그니스를 계속해서 관찰했다. "설마 그놈 땜에 술독에 빠져 사는 건 아니겠죠?" 애그니스는 대답하지 않았다. 남자가 심술궂게 껄껄 웃었다. "아따, 댁도 어지간히 멍청하구만. 사내놈 땜에 인생을 말아먹으려 하구."

애그니스의 어깨가 다시 거만하게 치솟았다. "만일 그렇다면요?"

"어째야 하는지 아쇼? 그놈한테 정말루 복수하려면?" 남자가 말을 멈췄다.

남자들은 항상 이러지. 애그니스는 생각했다. 모든 일에 자기 의견을 내세운다. "어떻게요?"

"어렵지 않수다. 존나 잘 살면 돼요." 남자는 손뼉을 한 번 치고 짜잔, 하듯이 쫙 펼쳤다. "댁 인생을 존나 잘 살면 된다구. 아주 멋지게 살아요. 그 대머리 돼지를 그것보다 열받게 하는 건 없을 거요. 내 장담하리다."

12

결국에 캐서린은 셔기의 손목을 붙들고 렌필드 스트리트에서 끌고 가야 했다. 아이는 얼마나 가기 싫은지 말없이 항의하기 위해 거의 골목마다 멈춰 섰다. 셔기는 조용히 신발 끈을 밟고 누나를 곁눈질하다가 슬그머니 매듭을 풀었다.

"너 일부러 이러는 거지!" 지난 십 분 동안 셔기의 신발 끈을 네 번 고쳐 매준 캐서린이 허리를 숙이며 분통을 터뜨렸다.

"아니." 셔기는 흐뭇하게 히죽거리면서 말했다. 셔기는 파카 주머니에서 애그니스의 로맨스 소설을 꺼낸 다음에 캐서린의 머리를 탁자 삼아 올려놓고 책을 펼쳤다. 그리고 읽기 시작했다. 캐서린은 벌떡 일어나 책을 낚아챘다. 부글부글 화가 끓어오른 캐서린은 두꺼운 책으로 동생의 종아리를 찰싹 때리고 다시 손목을 붙들었다. "이번 버스 놓치면 다음 것 올 때까지 한참 기다려야 한단 말이야. 배애고파, 모옥말라, 피이곤해." 캐서린이 징징대는 셔기의 목소리를 흉내 냈다. "이렇게 칭얼거려도 불쌍하게 안 봐줄 거니까 그렇게 알아."

"난 그런 소리 안 내." 셔기는 흥, 콧방귀를 뀌고, 성큼성큼 걸어가는 누나를 따라잡으려 짧은 다리를 풍차 날개처럼 돌렸다. 셔기는 팔을 비틀어 누나의 손에서 빠져나왔다. 캐서린은 걸음을 멈추고 동생이 자기를 보게 돌려세웠다. "셔기, 우리 친구 하기로 했잖아. 너랑 나랑." 그러나 캐서린의 표정은 그다지 친근하지 않았다.

셔기는 다시 흥흥거렸다. "난 누나랑은 친구 하기 싫어."

캐서린은 셔기의 턱을 잡고 살며시 돌려 자신을 마주 보게 했다. 아이의 시선이 마지못해 따라왔다. 캐서린은 셔기의 풍성한 검은 머리칼에 가르마를 타서 애그니스가 좋아하는 모양으로 단정하게 정돈해 주었다. 지난 이 년간 핏헤드에서 아이는 무척 많이 자랐다. 무엇이라고 설명하기 어려운 성장이었다. 과하게 잡아당긴 밀가루 반죽처럼, 아이는 길어졌지만 어딘가 푹 꺼진 듯했다. 아이가 자신의 내면으로 더 깊이 침잠하였으며 경계심과 의심이 늘었다는 것을 캐서린은 알 수 있었다. 셔기는 이제 여덟 살이었지만 종종 훨씬 더 나이 들어 보였다.

"거기 가면 최고로 착하게 행동해야 해." 알록달록한 우비를 입고 지나가는 노부부에게 캐서린은 공손히 미소 지어 인사했다. "누나를 위해 해줄 거지? 누나가 지금 너무너무 골치 아픈 상황에 휘말려서 너한테 조금만 도와달라고 부탁하는 거야." 캐서린이 셔기의 작은 얼굴을 보았지만 아이는 고집쟁이 할머니처럼 입술을 오므리고 뚱하게 침묵했다. 캐서린은 포기했다는 듯이 양팔을 힘없이 늘어뜨렸다. "그래, 네가 이겼다. 언제나처럼. 하지만 이것 하나 알아둬. 오늘 내가 널 어디로 데려갔는지 엄마한테 말하면 엄마는 죽을 거야. 알겠어? 죽을 거라고!"

뾰로통한 눈꺼풀 아래에서 셔기의 눈동자가 캐서린의 얼굴로 다시 향했다. "왜?"

"셔기, 네가 말하면 엄마는 계속해서 술을 마실 거고 멈추지 못할 거야." 캐서린은 몸을 일으키고 동전 지갑을 열었다. 오래전에 윌리가 애그니스에게 선물한, 낙타가 그려진 코냑색 가죽 지갑이었다. 캐서린은 두 사람 버스 요금만큼 은색 동전을 꺼냈다. "엄마가 술을 너무 많이 마셔서 착한 마음이 다 씻겨나갈 거야. 아이고, 그럼 릭이 너랑 다시는 말 안 할걸." 캐서린은 낡은 가죽 지갑을 만족스럽게 찰칵 닫고 밝아진 얼굴로 말했다. "저기 봐! 버스 왔다."

캐서린과 셔기는 새콤한 자두 사탕을 빨아 먹으며 버스 위층의 앞유리에 얼굴을 바짝 대었다. 버스가 흔들거리며 강을 건널 때 캐서린은 클라이드강에 남은 조선소의 골조와 영영 쓸모를 잃은 크레인을 가리켰다. 도널드 주니어가 조선소에서 해고된 것이며, 일자리를 찾으러 아프리카에 가고 싶어 하는 것에 대해 동생에게 이야기했다.

"셔기, 누나를 위해 기도해줘…." 캐서린이 부탁했다.

"기도할 것 목록이 긴데 거기에 추가해줄게." 새콤한 사탕으로 뺨이 불룩해진 셔기가 혀짤배기소리로 말했다.

막냇동생이 아주 많은 것을 위해 힘껏 기도하고 있으리라는 것을 캐서린은 믿고도 남았다. 캐서린은 엄지손가락의 거스러미를 뜯으며 자신이 지금 잘못된 일을 하는 건 아닌지 또 걱정했다. 셕이 애그니스를 버리고 떠난 이래 캐서린은 그것이 자기 잘못은 아니라고 되뇌어 왔다. 그런다고 죄책감이 줄어들지는 않았지만 마음속의 이기심은 끝까지 뻗댔다. 불공평하다. 어머니가 자기 남자를 놓쳤다고 해서 그녀도 포기해야 한다는 법이 어디 있는가?

캐서린과 셔기는 버스에서 내려 똑같이 생긴 갈색 주택이 늘어선 골목을 걸었다. 집마다 앞쪽에 울타리를 두른 정원이 있었지만 아무도 꽃을 키우지 않았다. 캐서린은 좁은 샛길을 올라가 묵직한 갈색 문을 노크도 없이 열고, 낯선 집의 복도 카펫에 서서 셔기에게 들어오라고 손짓했다. 셔기는 처음 보는 집이었다. 이곳에 너무나도 익숙해 보이는 누나의 태도에 셔기는 갑자기 겁을 먹었다.

실내는 가스 미터기에 동전이 가득한 것처럼 따뜻했고, 따뜻한 공기에 구운 감자와 그레이비 소스의 고소하고 사치스러운 냄새가 배어 있었다. 캐서린은 2층으로 이어지는 카펫 깔린 계단에 앉아 셔기의 파카를 벗기고 난간에 걸쳤다. 여러 방의 텔레비전에서 각기 다른 채널 소리가 들렸다. 집 정면 응접실에서는 축구 중계를, 위층 어딘가에서는 시끌벅적한 만화를 틀어놓았다. 캐서린은 셔기의 넥타이를 고쳐 매고 차가운 뺨에 뽀뽀했다. "최고로 착하게, 알았지?"

캐서린은 앞서 걸으며 집 후면으로 셔기를 데려갔다. 훈훈한 다이닝룸이 서빙 창구가 뚫린 벽을 사이하고 좁은 부엌과 연결되어 있었다. 그들이 다이닝룸에 들어서자 셔기가 처음 보는 어른 예닐곱 명이 동시에 돌아보고 미소를 지었다. 캐서린은 동생의 손을 놓고, 가수 도니 오즈먼드처럼 생긴 남자에게 다가가 가볍게 입을 맞추었다.

"왜 이렇게 늦나 걱정하던 참이야." 남자가 캐서린의 차가운 뺨을 손등으로 다정히 쓰다듬으며 말했다.

"자기가 재를 붐비는 시내에서 끌고 와봐." 캐서린은 문께에 동그마니 서 있는 동생을 돌아보았다. "셔기, 그렇게 서 있지 말고 여기로 와서 래스컬 삼촌한테 인사드려."

셔기는 다이닝룸 안으로 발을 내디뎠다. 다이닝룸을 채운 온기와 로스트 햄 냄새에 정신이 혼미해질 지경이었다. 미닫이문 앞에 모여 앉아 담배를 뻐금거리며 연기를 뒷마당으로 조심스레 내뿜는 어른들에게 인사를 하는 동안, 셔기는 누나의 다리를 한 손으로 꼭 붙들고 있었다. 대부분 이름은 듣자마자 잊어버렸다. 마지막으로 캐서린은 다이닝룸 구석에 있는 안락의자로 동생을 데려갔다. "이분이 래스컬 삼촌이야." 캐서린이 셔기를 살짝 밀며 말했다. 셔기는 공손히 손을 내밀어 남자와 악수했다.

아버지에 대한 기억이 거의 없는 셔기는 눈앞의 남자가 아버지일지도 모른다고 순간 착각했다. 남자는 아버지처럼 뺨이 불그스름하고 두꺼운 콧수염을 반달 모양으로 다듬었다. 어머니의 속옷 아래 숨겨져 있는 사진에서 본 남자와 매우 닮았다. 다른 점이 있다면, 눈앞의 남자는 머리가 풍성했다. 그레이비 소스 같은 갈색으로 염색하기는 했지만 숱이 많은 진짜 자기 머리였다. 래스컬은 셔기의 팔이 아플 때까지 쥐고 흔들었다. "정말 오랜만이구나! 참으로 안타까운 상황이다." 웃고 있는 남자의 눈에서 행복한 별들이 반짝였다.

캐서린이 조금 전에 입맞춤한 도니 오즈먼드 닮은 남자를 소개했다. "셔기, 이쪽은 도널드야. 도널드 형 기억하지? 음, 누나랑 결혼할 거야."

셔기는 캐서린을 올려다봤다. "그럼 나도 케이크 먹어?"

남자가 다가와서 셔기와 악수했다. 머리를 아래에서 위로 빗어 올렸는지, 남자의 갈색 머리는 매끈한 양송이버섯의 갓처럼 둥그스름하게 부푼 모양이었다. 남자는 얼굴이 분홍빛이고 친절한 인상이었으며 몸집이 컸다. 도널드 역시 셔기의 손을 꽉 쥐고 흔들었다. "보인다. 그래, 이제 닮은 데가 보여." 도널드가 우렁찬 목소리로 말했다.

"아저씨가 망치질할 큰 배가 없어져서 안타까워요." 셔기가 진심을 담아 말했다.

"괜찮다, 꼬마야." 도널드가 말했다. "우리가 아프리카에 가면 놀러 올 거니?"

캐서린은 도널드에게 험악한 표정을 지어 보이고는 셔기를 안아 올려 부엌으로 통하는 서빙 창구에 밀어 넣다시피 했다. 부엌은 정신이 없었다. 여러 냄비에서 음식이 보글보글 끓고, 구석의 큼직한 튀김기에서 감자가 한가득 튀겨지고 있었다. 캐서린이 도널드의 어머니에게 셔기를 소개했다. 페기 숙모라고 불리는 여자는 명랑한 눈꼬리부터 분홍색 귓불까지 모든 게 작고 뾰족했다. 셔기는 캐서린이 귀에 대고 속삭이는 말을 따라 읊었다. "저를. 저녁 식사에. 초대해. 주셔서. 감사합니다. 페기. 숙모."

"그래서, 어딨어요?" 캐서린이 동생을 내려놓고 물었다. "어린애한테 거짓말까지 하면서 시내에서 질질 끌고 왔는데, 설마 바람맞은 건 아니죠?"

그때 셔기의 목덜미가 따끔했다. 배리 신부가 안 볼 때 저벌 맥아베니가 하는 것처럼 누군가 납작하고 굵은 손톱으로 셔기의 목뒤에 딱밤을 때렸다. "아야!"

"나한테 등을 보이지 마라, 아들." 검은 양복을 입은 남자가 문간에 서 있었는데, 문의 높이가 아닌 너비를 꽉 채웠다. 셔기는 경계하는 눈초리로 남자를 살펴보았다. 어머니의 사진 속 두꺼운 콧수염과 예리한 눈이 다시 보였다. 남자는 전체적으로 불그스름했고, 정수리를 덮은 흐늘흐늘하고 긴 갈색 머리칼 아래 분홍색 얼굴은 깨끗했다. 남자의 코는 캠벨 집안의 코와는 달리 작고 섬세했고, 두꺼운 일자 눈썹이 또렷한 눈의 시선을 감추었다. 남자를 보고 있자니 셔기는 문득 자기 얼굴을 만져보고 싶었다. 자신의 뺨 역시 도도록하고 장밋빛인지, 입술 위에 두꺼운 수염 다발이 달렸는지 확인하고 싶었다.

남자 뒤에서 한 여자가 양손을 다소곳이 맞잡고 자기 차례를 기다리고 있었다. �이 새끼손가락에 낀 반지를 돌렸다. "아버지 안 안아주냐?"

셔기는 아주 오랫동안 아버지를 보지 못했다. 셕이 핏헤드에 올 때마다 아이들이 잠든 것을 확인하고 들어왔기 때문이다. 셔기는 누나의 다리를 붙들었다. 캐서린이 동생을 대신해서 말했다. "셕, 셔기가 부끄럼을 타요. 게다가 애한테 그렇게 딱밤을 먹여놓고 뭘 바라는 거예요."

"베인 남자들의 암호다. 맞기 전에 먼저 쳐라." 셕은 주머니에 가득한 잔돈을 짤랑거리며 쭈그려 앉았다. "넥타이가 근사하네. 아비 닮아서 기집애들 좀 후리고 다니냐?" 뒤에서 기다리던 여자가 앞으로 다가왔다.

"올드펌 데이*에 돌아다니는 건 좋은 생각이 아니라니까." 여자가 말했다. 여자는 피곤해 보였고, 억지로 짜낸 듯한 미소에 양쪽 눈꼬리가 접혔다. 여자는 아버지보다 키가 작았으므로 매우 작다고 할 수 있었다. 머리핀을 꽂아 뒤로 바짝 넘긴 머리칼에서 염색이 되지 않은 잿빛 뿌리가 희뜩희뜩 보였다. 여자는 가슴팍에 커다란 호랑이가 그려진 단순한 디자인의 브이넥 프링글 스웨터를 입고, 그 아래에는 여성용 정장 바지를 입고 있었다. 점심시간이 끝난 뒤에 쓰레기통 옆에서 담배를 피우는 교내 식당 아주머니들 같은 인상이었다.

캐서린이 차가워진 얼굴로 한 발짝 다가섰다. "만나서 반가워요, 조우니." 캐서린은 전혀 반가워 보이지 않았다. 두 사람은 악수하고, 어

* 글래스고의 오랜 라이벌인 레인저스팀과 셀틱팀이 맞붙는 날.

색하고 뻣뻣하게 팔을 서로에게 둘렀다.

셔기는 고개가 돌아갈 지경이었다. 입을 떡 벌리고 있었는지, 캐서린이 하지 마, 라고 표정으로 경고했다. 여전히 쭈그려 앉아 있는 아버지는 매우 즐거운 표정으로 싱글거리면서 셔기의 얼굴에서 눈을 떼지 않았다. 셔기가 캐서린의 블라우스를 잡아당겼다. 캐서린이 몸을 가까이 기울이자 셔기는 손으로 누나의 귀를 가리고 귓속말했다. "누나, 저 사람이 잡년 조우니야. 저 사람이랑 친하게 지내면 안 돼. 우리 아빠를 훔쳐간 나쁜 년이야."

"새엄마한테 인사해라." 셕이 능글맞게 히죽대며 도발했다. "새엄마 한번 안아드려야지."

"싫어요. 최소한 나는 빵 어느 쪽에 버터가 발려 있는지 알아요.*" 셔기는 의지하고 있던 배신자의 다리를 놓으며 말했다. 방금 자신의 입에서 나온 속담을 어디에서 들었는지 기억나지는 않았지만, 아마도 어머니가 전화기에 대고 악을 쓸 때 들었을 것이다.

"허 참, 새엄마가 필요할 거다, 셔기. 지금 니 엄마는 도살장 행이거든." 셕은 오만상을 찡그리며 삐거덕거리는 무릎을 폈다. "아니, 노숙자 시설로 보내질 가능성이 더 크겠군."

조우니는 살며시 손을 흔들어 소년에게 인사하고 종이 쇼핑백을 내밀었다. "얘, 니 아빠 말은 신경 쓰지 마라. 가끔 보면 어찌나 인정머리가 없는지, 목요일날 페니언들 부엌 찬장처럼 가슴이 텅 빈 것 같아." 조우니가 꽤 무거워 보이는 쇼핑백을 들고 다가왔다. "그냥 조우니라고 부르면 된다." 조우니는 쇼핑백 안을 들여다보며 말했다. "우리 스테파니가 신던 건데 이제 발에 안 맞아. 아직도 새것 같아서 도저히 못

* 어떤 행동이 자기한테 가장 이익이 되는지 안다는 뜻의 속담.

버리겠더구나. 갖구 싶니?"

셔기는 고개를 가로저었지만 입에서는 말이 새어 나왔다. "뭐예요?"

조우니는 더 가까이 다가와, 호기심 많은 짐승에게 먹이를 주듯이 쇼핑백을 그들 사이에 조심스레 내려놓았다. 그리고 잠넌 조우니는 두 걸음 물러났다. "니가 직접 보렴."

그의 아버지가 길쭉한 우유 잔을 들고 부엌에서 나왔다. 콧수염에 벌써 우유가 잔뜩 묻어 있었다. 셕은 벽에 기대서서, 안전한 구석에 붙어 머뭇거리는 셔기를 지켜보았다. 셔기는 거들떠보지도 않고 몸을 돌리고 싶었지만 쇼핑백이 그의 이름을 부르는 것처럼 자기도 모르게 조금씩 다가가고 있었다. 쇼핑백 아랫부분을 발끝으로 툭 건드렸다. 묵직했다. 이번에는 손가락으로 살짝 당겼다. 쇼핑백 안에서 샛노란 바퀴 여덟 개가 보였다. 쟁반만큼 휘둥그레진 눈으로 셔기는 롤러스케이트 한 짝을 꺼냈다.

"앤드루가 쓰던 축구공이나 주지, 나 참 이해할 수가 없어." 셕이 조우니에게 툴툴거렸다.

롤러스케이트는 꿀벌처럼 샛노란색 스웨이드에 하얀 줄무늬가 있었고, 하얀 끈이 열두어 개 구멍에 차례차례 끼워져 있었다. 롤러스케이트는 거의 셔기의 무릎까지 올라왔다. 셔기는 롤러스케이트가 마음에 쏙 들었다.

"조우니한테 뭐라고 해야 해?" 캐서린이 쿡 찌르며 채근했다.

셔기는 롤러스케이트를 무시하고 싶었다. 롤러스케이트를 다시 쇼핑백에 넣고 캐서린에게 당장 이 집에서 나가자고 하고 싶었다. 엄마를 배신한 것 같아서 양심이 찔렸다. 누나보다 나을 게 없었다.

그때 페기가 서빙 창구에 대고 높은 목소리로 외쳤다. "아주버님, 이 말썽꾸러기가 무슨 일을 저질렀는지 상상도 못 하실 거예요."

셕은 조카를 향해 씩 웃더니 캐서린을 보고 히죽거렸다. 그 미소를 본 순간 캐서린은 가슴과 배를 가리고 싶었다.

도널드 주니어가 먼저 입을 열었다. "그거 아니에요, 삼촌. 일자리를 제안받았어요. 급여도 두둑하고, 일꾼 사오십 명을 부리고 감독하는 일이에요."

셕은 우유를 마저 들이켰다. "나는 니가 우리 회사에서 일하길 바랐는데."

"렌프루 승차장에서 볼 가능성은 아직 있어요." 캐서린이 셔기에게 롤러스케이트를 신겨주며 말했다. 캐서린은 가느다란 어깨 너머로 기웃이 돌아보고 도널드 주니어에게 말했다. "나도 내 커리어가 있는 거 알지? 덜컥 그만두고 그림자처럼 자기를 따라다닐 수 없다고."

조카를 휘어잡으려는 캐서린을 보고 셕이 웃음을 터뜨렸다. "도니 보이! 니가 쥐고 사는 줄 알았지? 근데 여기 가톨릭이 반란을 일으키려는 거 봐라."

도널드 주니어가 셕에게 돌아섰다. "팔라듐 채굴장에서 일하는 좋은 자리예요. 지역 이름이 트란스발이라고 했던 것 같아요. 거번에서 쓰던 리베터를 전부 가져간대요. 이주하는 비용을 대주고, 살 집도 마련해주고요. 한 달 치 월급을 선불로 준다고 했어요. 이야아아, 남아프리카공화국, 내가 간다!"

"깜둥이들 주인이 되겠구나!" 셕이 진심으로 자랑스러워하며 아랫입술을 내밀었다.

"애 앞에서 그런 끔찍한 단어 쓰지 말아요." 캐서린이 쏘아붙였다. 캐서린은 셔기가 일어설 수 있게 잡아준 다음에 셔기의 몸을 문 쪽으로 돌렸다. "복도에 가서 놀아. 나가면서 문 꼭 닫고." 어른들이 보는 앞에서 셔기는 손바닥을 예쁜 새의 날개처럼 위로 활짝 펼치고 두 팔로 균형을 잡으며 나아갔다. 우아하게 발을 쭉 밀면서 나아갔지만 롤러스케이트의 바퀴가 푹신한 카펫에 금방 묻혔다. 입꼬리가 귀에 걸린 채로 아장아장 복도로 나가는 셔기를 어른들은 지켜보았다.

셕이 실망스러워하며 이를 쩝쩝 빨았다. "내 새끼가 아닌 것 같은데."

셔기의 팔이 내려갔다. 카펫을 밀고 나아가던 발이 멈췄다. 낡은 롤러스케이트의 무게가 갑자기 여실히 느껴졌다.

셕이 캐서린을 돌아보며 물었다. "내가 쟤를 만났다 하면 니 엄마가 뭐라고 할 거 같냐?"

캐서린은 셔기를 힐끔 봤다. 아이의 뺨이 새빨갛게 달아올라 있었다. "절대 안 돼요. 셔기가 여기에 왔었다는 말은 죽어도 하면 안 돼요."

셕의 얼굴에 잔인한 미소가 번졌다. 학교에서 싸움을 붙이는 불량배의 강압적인 말투로 셕이 말했다. "왜, 말하라 해."

캐서린이 그들 사이의 문을 쾅 닫았다. 낄낄대는 아버지의 웃음소리가 셔기의 귀에 파고들었다. 캐서린이 역정을 냈다. "이렇게 못되게 굴 거였으면 대체 왜 애를 데려오라고 했어요?"

그날 오후 내내 셔기는 롤러스케이트를 타면서 복도 카펫을 망가뜨리려고 최선을 다했다. 닫힌 문 뒤에서 어른들이 언쟁하고 있었는데, 아프리카 남쪽에 있는 '요한네 수박'이라고 들리는 것에 대해서였다. 늦어도 크리스마스에는 그곳에 정착할 거라고 말하는 캐서린의 목소리도 들렸다. 셔기는 흑인들이 어떤 사람들인지, 그들이 일을 더 잘하려면 왜 도널드 주니어가 필요한지 궁금했다. 또한, 왜 누나가 자기를 두고 떠나야 하는지도.

13

광재로 이루어진 검은 언덕의 능선은 석화된 바다의 파도처럼 굽이치며 몇 마일이나 이어졌다. 코크스 가루가 릭의 얼굴에 얇은 잿빛 막을 씌웠다. 코크스 가루는 릭의 퀭한 눈과 뺨에 더 짙은 그림자를 드리우고 불쑥 튀어나온 코의 뼈를 강조했으며, 빈약한 콧수염의 가느다란 털을 까맣게 칠했다. 깃털처럼 부드럽게 흩날리던 앞머리는 잿빛으로 무겁게 이마를 덮었다. 그가 그리는 흑백 스케치의 인물들처럼, 릭은 목탄으로 만들어진 남자 같았다.

검은 언덕은 발아래에서 자꾸만 무너져서 빨리 올라가기가 힘들었다. 걸음마다 발이 빠지며 무릎까지 푹푹 잠겼다. 미세한 검은 가루는 틈마다 파고들어 모든 공간을 채웠다. 끈 없는 로퍼가 까맣게 덮였고, 발을 뗄 때마다 로퍼에 달린 술 장식이 더러운 소꼬리처럼 검은 구름을 일으켰다. 언덕의 내리막길에서는 광재가 굶주린 파도처럼 릭을 덮칠 듯 와르르 무너지며 쫓아왔다. 릭은 무척 말랐지만, 새털처럼 가벼운 그의 무게 아래에서도 언덕의 표면이 허물어졌다. 스스로 몸을 뒤집어 릭을 쫓아내고 인간의 손이 닿지 않은 밑바닥의 암흑을 드러내려는 것처럼, 언덕이 자꾸만 출렁거렸다. 언덕의 검은 손이 그를 지울 때마다 릭은 자신이 점점 흐릿해지는 것 같았다. 심지어 평소보다 더, 스스로가 보이지 않는 유령처럼 느껴졌다.

먹빛 바다를 건너려면 바람이 일거나 비가 오지 않는 날을 택해야 했다. 메마른 언덕에 바람이 몰아치면 매직 스케치의 내부가 터진 것처럼 광재가 휘날렸다. 연필 수십만 자루의 흑연이 소용돌이치는 것 같았다. 그 가루가 입에 들어가기라도 하면 며칠 동안이나 그 맛이 혀에 들러붙어 떨어지지 않았다. 반대로 광산에 비가 쏟아질 때면 언덕은 패배하고 지친 모습이었다. 자포자기하고 죽은 것처럼, 비에 젖은 언덕은 딱딱하게 굳어버렸다.

릭은 가장 높은 광재 언덕의 꼭대기에 앉았다. 몽땅한 담배에 불을 붙이고, 죽은 탄광과 그 뒤편의 죽어가는 동네를 내려다보았다. 똑같이 생긴 집들이 이탄 습지 가운데에 줄을 맞추어 서 있는 모습이 꼭 디오라마 같았다. 듬성듬성 털이 빠진 갈색 카펫에 모형 제작자가 세워놓은 모형 집들처럼 보였는데, 먼눈으로 보아도 하찮고 초라했다.

릭은 아노락 안쪽에서 스케치북을 꺼냈다. 무른 연필의 넓적한 면으로 지평선의 형태를 잡다보면 손가락에서 석탄가루가 묻어났다. 만일 핏헤드가 모형 제작자의 작품이었다면 그는 얼마나 인색한 사람이었을까. 주철로 만든 미니어처 자동차나 농장 가축, 삐죽삐죽한 산호처럼 생긴 풍성한 녹색 수풀은 어디 있을까. 남성 전용 클럽 근처를 어슬렁대는 검은 형체들을 바라보면서 릭은 모형 제작자가 화사하고 행복한 풍경을 싫어하는 사람이었을 거라고 상상했다.

릭은 철사를 꼬아 만든 것처럼 앙상한 나무와 카펫처럼 펼쳐진 죽은 습지 너머 먼 곳으로 시선을 옮겼다. 핏헤드의 광부들을 세상으로부터 고립시키는 습지가 끝없이 펼쳐졌고, 장난감 기차처럼 보이는 에든버러행 글래스고 기차가 습지를 가로지르고 있었다. 기차는 달리면서 눈에 보이지 않는 경계를 그었고, 결코 멈추지 않았다. 수년 전에 지방의회는 역장의 급료로 나가는 엄청난 지출을 줄인다며 핏헤드의 유일한 기차역을 폐쇄했다. 그들이 기차 대신 제공한 버스는 하루에 세 차례 지나갔고 어디를 가든 한 시간 이상 걸렸다.

이제, 어스름이 내리면 광부들의 장남은 맥주와 본드를 들고 철로에 서서, 삼십 분마다 굉음을 내며 지나가는 기차 안의 행복한 얼굴들을 증오와 슬픔이 깃든 눈으로 바라보았다. 남자아이들은 사촌의 헐렁한 꽈배기 스웨터에 손을 넣고 가슴을 주물럭대다가, 달려오는 기차 바로 앞에서 철로를 건넜다. 아슬아슬하게 지나간 기차가 일으킨 바람이 아이들의 머리를 하늘하늘 휘날렸다. 아이들이 오줌으로 채운 병을 창문에 던지면 화가 난 기관사가 요란하게 경적을 울렸고, 그제야 아이들은 세상이 자신들을 본 것처럼 느꼈다. 살아 있는 것처럼 느꼈다.

탄광이 문을 닫은 후 아이들은 철도에 나뭇가지를 쌓기 시작했다. 죽어가는 나무에 매달린 다음에 위아래로 힘껏 뛰어 부러뜨린 두꺼운 갈색 가지였다. 기차는 나뭇가지를 쉽사리 부수고 지나갔다. 그러자 남자아이들은 돌을 쌓았고, 그다음에는 공사용 붉은 벽돌을 쌓았다. 셔기보다 고작 한두 살 많은 소년이 박살 난 벽돌 파편에 한쪽 눈을 맞아 실명했다. 그래서 아이들은 흡입하고자 가져온 라이터 가스로 무장하고 갈대밭에 불을 지르기 시작했다. 기찻길 양옆의 갈색 습지가 아이들이 놓은 불로 활활 타올랐다. 그래도 글래스고 기차는 멈추지 않았다.

릭은 끝을 잘근잘근 씹은 연필로 눈앞의 황량한 풍경을 화폭에 담았다. 그곳에 홀로 앉아 있는 릭은 알지 못했지만, 그림을 그릴 때만큼은 릭의 구부정한 어깨가 편히 내려갔다.

아침에 일어나기가, 또다시 하루가 시작되었다는 사실을 인정하고 꾹 닫은 눈꺼풀 뒤쪽의 세계에서 자유로이 떠다니던 정신을 육신으로 불러오기가 점점 더 어려워지고 있었다. 릭은 훈련소에 늦게 나가기 시작했다. 훈련소 감독이 자신을 거의 포기했다는 사실을 알았다. 그들은 똑같이 무관심하게 서로를 스쳐 지나갔다.

현실적이며 근육질인 감독은 처음에는 제법 열심히 준비한 듯한 일장 연설을 늘어놓았다. 그러나 시간이 흘러도 릭이 계속해서 그를 투명인간 취급하자 감독의 연설에 독설이 섞이기 시작했다. 릭의 세대가 나라를 망치고 있다는 감독의 침 튀기는 열변을 듣는 내내 릭은 메트로놈처럼 고개를 주억거렸다. 감독은 게거품을 물고 꺼칠한 손바닥을 뻗어 릭의 앞머리를 걷어 올렸다. 젊은이의 눈은 탁한 구슬처럼 공허했다. 지난 삼십 년을 공사 현장에서 보내면서 감독은 별별 일을 다 겪었다. 정부가 지원하는 공영주택을 옮겨 다니며 자란 신세대는 매사에 게으르고 무관심하거나, 아니면 건방지고 말이 많았다. 그러나 시간이 흐르면 이 젊은이들도 길이 들어 자기 자리를 찾아갔고, 안정된 임금을 필요로 하고 아가씨들에게 골칫거리를 안겨주는 남자로 자랐다. 그 오랜 세월 동안 감독은 릭 같은 소년은 본 적 없었다.

화가 치민 감독이 어금니를 악물고 귀에 꽂아둔 몽당연필을 빼서 릭의 얼굴에 내리꽂는 시늉을 하다가 직전에 멈췄다. 릭은 눈 한 번 깜박이지 않았다. 애그니스를 상대로 수없이 연습했다. 릭은 눈 뒤쪽의 문을 닫아걸고, 자신의 육신과 횟가루와 식은 차가 담긴 주전자와 분노한 감독으로부터 훌훌 떠났다.

감독은 릭을 쫓아내고 싶었지만 이곳은 청소년 직업훈련 기관이었으므로 대처가 그의 급여를 지원하는 한 소년을 데리고 있어야 했다. 어쨌든 차를 끓일 사람은 언제나 필요하다. 나이 지긋한 소목장이들은 릭에게 격자무늬 페인트를 사 오라는 둥 그를 놀리는 데 재미를 붙였다. 어떨 때는 1/2인치 못이 든 상자를 표시하고 치수별로 분류하라고 했다. 릭은 그들의 비웃음에 괘념하지 않았다. 어깨를 한 번 으쓱이고 심부름을 갔고, 기계적이고 보람 없는 일을 하면서 자기만의 생각에 빠질 기회를 반겼다.

고요한 언덕 위에서 릭은 스케치북을 넘겨 뒷면 주머니에서 봉투 두 개를 꺼냈다. 첫 번째 봉투는 얇고 여러 색깔 도장이 찍힌 국제우편이었다. 파란색 편지지를 깔끔하게 접어서 만든 봉투에 스프링복이 그려진 우표가 일렬로 붙어 있었다. 트란스발에서 캐서린이 보낸 편지였다. 편지를 만지작거리면서 릭은 이것을 읽을 때마다 가슴이 아프지 않았으면 좋겠다고 생각했다. 패티오에 놓을 가구나 말린 소시지에 대해 들떠서 이야기하는 캐서린의 편지를 읽을 때마다 자신이 쉽게 버려진 물건 같은 기분이 들지 않기를 바랐다.

그래도 새로이 찾아온 비애가 처음에 느낀 분노보다는 나았다. 슬픔은 적어도 예의 바른 손님이었다. 조용하고 예측 가능하고 규칙적이었다. 캐서린이 도널드와 결혼했을 때 모두 노발대발했다. 애그니스는 보드카의 힘을 빌려 캐서린의 매트리스를 길모퉁이까지 혼자 끌어냈고, 누나의 마지막 물건이 검은 쓰레기봉투 사이에 버려지는 광경을 두 소년은 한 발 뒤에서 바라볼 수밖에 없었다.

릭은 두 번째 편지를 꺼냈다. 수없이 되풀이해 읽어서 편지는 이제 구겨지고 때가 탔다. 봉투는 고급 수채화 용지처럼 오돌토돌하고 도톰한 크림색 종이였다. 누군가 릭의 이름을 검은 만년필로 깨끗한 선에 맞추어 정성스레 썼다. 알렉산더 베인 씨. 릭은 봉투를 열고 타자된 편지를 펼쳤다. 편지지가 고급스러운 소리를 내며 펼쳐졌다. 릭의 더러운 손가락이 편지지에 찍혀 있는 익숙한 문양을 어루만졌다. 릭은 눈을 감고도 편지를 읽을 수 있었다.

친애하는 베인 씨,
귀하의 입학 지원서와 포트폴리오를 신중히 검토한 결과 순수미술 학부에 (우수생 프로그램) 무조건적으로 등록 가능함을 기쁜 마음으로 알립니다…

릭은 편지를 접어 조심스레 봉투에 다시 넣었다. 곧 더 많은 정보를 보낼 것이며, 순수미술 학과의 교무과장에게 연락하여 모두가 탐내는 그 자리를 받아들이는 절차를 밟으라는 내용이 적혀 있다는 것을 알았다. 9월에 학기가 시작한다고 적혀 있는 것 또한 알았다. 그러나 그것은 이 년 전 9월이다. 릭은 편지를 받은 날을 떠올렸다. 그날 릭은 셔이 떠나는 모습을 보았다. 캐서린은 문에 시선을 고정한 채, 배고프고 겁에 질린, 자신들의 조금 특이한 막냇동생을 돌보았다. 그때 어머니는 가스 오븐에 머리를 넣고 있었다.

석화된 바다 위는 춥고 고요했고, 그래서 릭의 마음에 들었다. 공상에 젖어 있던 릭은 처음에는 소리를 무시했다. 그러나 소리는 끈질기게 가까워졌다. 고무장화가 쉭쉭대는, 귀에 몹시도 거슬리는 소리였다. 광재 더미의 언덕마루에 셔기가 나타났다. 얼굴이 빨갛게 상기되어 있었다. 셔기의 크림색 얼굴은 먼지에 뒤덮여 거뭇했지만 눈가와 입가에는 축축한 분홍색 원이 둘려 있었다. 릭은 편지들을 스케치북에 숨기고, 스케치북을 점퍼 안쪽에 조심스레 넣었다.

"기다리라고 했잖아!" 셔기가 칭얼댔다. 셔기의 아랫입술은 잿빛 먼지 더미에 떠오른 분홍색 거품 같았다.

"못 따라올 것 같음 따라오겠다고 하지 마." 똑같은 대화를 이전에도 틀림없이 한 것 같았다. 똑같은 대화를 늘 반복하는 것 같았다. 릭은 일어나서 다시 걷기 시작했다. 새까만 수면을 미끄러지듯 나아가는 장님거미처럼 릭은 빠르게 걸었고, 파란색 나일론 점퍼가 딱정벌레의 등딱지처럼 반들거렸다. 릭은 동생을 따돌리려고 가파른 언덕길을 성큼성큼 내려갔다. 동생이 제풀에 지쳐 집에 돌아가길 바랐다. 그러나 셔기는 끈질기게 따라왔다.

뒤에서 천식 환자처럼 색색대는 동생의 숨소리가 마음을 어지럽혔다. 따라오지 말라고 금지해야 했지만 동생은 못 말리는 고자질쟁이였다. 셔기는 고자질을 제대로 배워놓고서 영 서툴게 썼다. 지극히 하찮은 포상에 최악의 정보를 흘리고, 너무나도 자주 선을 넘었다. 화가 치민 애그니스가 묵직한 닥터숄 샌들을 들고 릭을 쫓다가 납작한 고무 밑창으로 후려치면 빨간 자국이 보랏빛으로 멍들었고, 그걸 보고 셔기는 세상 다 가진 사람처럼 함박웃음을 지었다.

릭은 자신이 폐쇄된 광산을 기웃거리든 말든 어머니가 상관한다는 자체가 이상해서 왜 그런지 짐작해보았다. 오래된 갱의 깊은 구덩이에 고여 있는 검은 물이나 광재의 위험 때문은 아니라고 확신했다. 정답은 먼지였다. 석탄가루와 먼지를 뒤집어쓴 릭을 보고 이웃이 무슨 생각을 할지 두려워서였다. 자신은 그들과 다르다고, 태생부터 다르며 세상으로부터 버림받은 이 비참한 곳에 아주 잠시 갇혀 있는 것이라고 더는 속일 수 없기 때문이다. 걱정하느라 속상해서가 아니라 자존심이 긁혀서 화가 나는 것이었다.

릭이 뒷발길질로 광재를 잔뜩 날리자 뒤에서 셔기가 콜록거리면서 칭얼댔다. 셔기는 화가 난 오소리처럼 으르렁댔다. 릭은 웃음을 터뜨리며 집에 가는 길에 한 번 더 하겠노라 다짐했다.

릭은 마지막 언덕을 겅중겅중 뛰어 내려온 다음에 밑에서 동생을 기다렸다. 광재 언덕이 산사태가 난 것처럼 출렁였다. 큰 보폭으로 열심히 뛰던 셔기가 두세 번째 걸음에서 딱딱하게 굳은 땅을 밟았다. 다리의 속도가 걷잡을 수 없이 빨라졌고, 셔기는 꺅, 비명을 지르며 앞으로 고꾸라져 나머지 언덕을 얼굴로 쓸고 내려왔다. 셔기의 몸이 마찰을 일으키며 멈추자 광재가 조용히 피어올라 굶주린 무덤처럼 셔기를 삼켰다. 릭은 한 손을 뻗어 아이의 가방끈을 잡고 광재 더미에서 들어 올렸다. 겁에 질리고 혼란에 빠진 눈이 까맣고 작은 얼굴에서 하얗게 끔벅거렸다.

릭은 웃음을 터뜨릴 수밖에 없었다. "내가 뭐라고 했어? 내리막길에서는 살살 밟아야 한다니까. 자칫하면 이 빌어먹을 언덕 전체가 무너질지도 몰라."

"나도 알아. 하지만 이미 무너지기 시작해서 묻혀버릴까봐 무서웠던 말이야." 셔기는 검은 머리에서 광재를 털어냈다. "내가 죽으면 엄마가 형을 박살 낼 거야."

릭은 셔기를 내려놓았다. "꼭 이렇게 짜증 나게 굴어야 해? 한 번이라도 좀 정상적으로 행동해봐."

셔기가 홱 돌아섰다. "난 정상이야."

셔기의 목덜미가 빨개지는 것 같았다. 아이가 울먹이는지 어깨가 부들거렸다. 릭은 동생을 돌려세웠다. "형이 얘기하고 있는데 돌아서지 마." 릭은 셔기의 얼굴을 자세히 살펴보았다. 울음을 터뜨리려는 게 아니었다. 릭에게도 무척 익숙한, 수치심과 좌절감이 주는 홍조였다.

"학교에서 애들이 아직도 널 괴롭히니?"

"아니." 셔기는 몸을 비틀어 릭의 손에서 빠져나갔다. "가끔."

"신경 쓰지 마. 자기들보다 특별한 걸 하나라도 보면 떼 지어 공격하는 애들이니까."

셔기는 형을 올려다봤다. "배리 신부님한테 일러바쳤어. 애들이 괴롭히지 못하게 해달라고 말했어." 셔기는 바지의 주름을 똑바로 세웠다. "그런데 신부님이 오히려 나보고 수업 끝나고 남으라고 하더니, 박해받은 성자들 이야기를 읽게 했어."

릭은 치솟으려는 입꼬리를 억제했다. "아무짝에도 쓸모없는 늙은이. 성당에서 가르치는 게 늘 그렇지. '불평하지 마라. 더 힘들 수도 있다.'" 릭은 로퍼를 벗고 뒤집어서 광재를 털어냈다. "내가 학교에 다닐 때는 거기 신부가 어떤 얌전한 남자애한테 그 짓을 한다는 소문이 돌았어. 상상이 되니?" 릭은 시선을 들어 셔기와 눈을 마주쳤다. "널 만진 적 있니, 셔기? 배리 신부가 말이야."

셔기의 얼굴에 먹구름이 스쳐 지나갔다. 릭이 광재를 털다가 멈칫할 정도로 그림자 진 표정이었다. "아니." 셔기가 조용히 말했다. 그러나 다음 순간 생각을 정리할 틈도 없이 입에서 단어들이 굴러 나왔다. "하지만 애들이 내가 신부님한테 이상한 짓을 한다고 말하고 다녀. 내가 더러운 짓을 했다고. 난 진짜 그런 적 없어. 맹세해. 걔네들이 말하는 게 뭔지도 모른단 말이야."

"난 널 믿어, 셔기티. 걔들이 그냥 널 괴롭히는 거야." 릭은 동생을 끌어당겨 갈비뼈에 얼굴이 묻힐 정도로 꽉 껴안았다. "어쨌든, 너 이제 몇 살이니?"

셔기는 곧바로 대답하지 않았다. 숨 막히는 형의 포옹 덕분에 행복했다. 잠시 후 셔기는 먼지투성이 칠판 앞에서 발표하는 것처럼 또박또박 말했다. "7월 16일. 오후 4시 20분. 형은 낳기 힘들었어, 릭. 매우 힘들었어."

"우라질!"

셔기는 릭의 옆구리에 얼굴을 더 깊이 파묻었다. "우리가 서로의 생일 정도는 알고 있어야 한다고 생각하는 것뿐이야." 그리고 셔기는 볼멘소리로 덧붙였다. "여덟 살. 난 거의 여덟 살 반이야."

"제길, 왜 처음부터 그렇게 말하지 않는 거야? 어쨌든 이제 너도 나이가 들 만큼 들었어. 다른 애들한테 섞여 들어가려고 노력해야 해. 다른 꼬맹이들처럼 되려고 노력해야 한다고."

셔기는 고개를 옆으로 돌리고 숨을 골랐다. "노력하고 있어, 형. 맨날 노력해. 게네들은 부끄러운 줄도 모르고 셔츠 뒷자락을 빼고 다니고, 온종일 멍청한 축구공이나 차고 놀아. 심지어 바지 뒤쪽에 손가락을 넣었다가 냄새 맡는 것도 봤어. 너무… 너무…" 셔기는 곰곰이 단어를 떠올렸다. "상스러워."

릭이 셔기를 놓았다. "살아남고 싶으면 더 노력하는 게 좋을 거야, 셔기."

"어떻게?"

"글쎄, 일단 상스럽다는 말은 다시는 쓰지 마. 어린 남자애가 할머니처럼 말하면 안 돼." 릭이 가래를 칵, 뱉었다. "그리고 네 걸음걸이를 주의해. 너무 멋 내면서 걷지 말란 말이야. 너를 공격 대상으로 만들 뿐이니까." 릭이 셔기의 걸음걸이를 기막히게 흉내 냈다. 발끝을 새초롬히 밖으로 돌리고, 골반을 한껏 틀며 실룩였다. 팔은 뼈가 없는 것처럼 몸통 양옆에서 흔들거렸다. "다리를 겹치면서 걷지 마. 자지가 움직일 공간을 주라고." 릭은 코듀로이 바지 앞쪽의 불룩한 부분을 움켜쥐고 반쯤은 으스대듯, 반쯤은 느긋하게 어슬렁대듯이 앞뒤로 걸었다. "무릎을 많이 구부리지 마. 다리를 길게 일자로 뻗어."

릭이 자연스럽게 한 바퀴 돌았다. 셔기는 뒤에서 형을 따라 하며 걸었다. 팔을 흐느적대지 않으려고 힘을 꽉 주었다. 좀처럼 자연스럽게 느껴지지 않았다.

헤집어진 평지에서 형제는 카우보이처럼 우쭐대며 걸었다. 그들이 서 있는 평지에는 탄광의 주건물이 우뚝 서 있었다. 글래스고 대성당만큼 거대한 폐건물이 달에 외로이 앉아 있는 거인처럼 보였다. 단순한 아치 모양의 큰 창문은 거의 다 깨져 있었는데, 동굴 같은 내부를 밖으로 드러내지는 않지만 햇빛을 전부 들일 수 있는 높이였다. 아직 깨지지 않은 창문 몇 개는 탄가루에 까맣게 덮여 있었다. 건물의 한쪽 끝에서 하늘을 찌르듯 솟아 있는 굴뚝은 흐린 날에 축축한 먹구름이 걸릴 정도로 높았다. 바닥 여기저기에 널려 있는 파이프와 막대기에는 급히 톱질한 자국이 남아 있었다. 탄광이 문을 닫은 뒤 전문 수거반이 오기 전에 도둑들이 최대한 많이 쓸어가고 남긴 잔해였다.

"여기서 기다려." 릭이 땅에 십자 모양을 그렸다. 릭은 동생의 머리 위로 손을 뻗어 가방 손잡이를 잡고 아이를 빙그르르 돌렸다. 릭이 가방의 작은 지퍼를 열고 안을 뒤적이자 무게가 쏠리며 셔기가 휘청거렸다. "망 잘 봐, 알았지? 누가 나타나면 즉시 나한테 와." 릭은 가방에서 볼트 커터와 쇠지레를 꺼냈다.

등이 벌써 가벼워진 셔기가 고개를 끄덕였다. "그런데 이건 왜 하는 거야?"

"내가 천 번도 넘게 말했잖아. 돈을 모아야 한단 말이야. 계획이 있어. 내가 평생 청소년 직업훈련소에 있을 수는 없잖아."

"그 계획에 나도 들어 있어?" 셔기가 물었다.

"한눈팔면 안 돼." 릭은 건물을 가리켰다. "가져갈 게 점점 없어져서 힘들어. 이번엔 꽤 오래 걸릴지도 몰라. 알겠어?" 릭은 찌익, 요란한 소리를 내며 빈 가방의 지퍼를 채우고 동생을 다시 한 바퀴 돌렸다. "눈 크게 뜨고 망 잘 봐." 그리고 릭은 건물의 어둠 속으로 사라졌다. 침침한 햇빛이 고여 있는 웅덩이를 몇 개 건너 석탄 성당의 어두컴컴한 구석으로 사라지는 형의 뒷모습을 셔기는 바라보았다.

한동안 셔기는 먼지 위에 낙서하며 놀았다. 먼지 더미는 푹신하고 부드러웠다. 셔기는 말을 그렸다가 엄마도 그렸다. 구불구불한 곱슬머리를 그리는 게 재밌었다. 셔기는 모든 그림에 곱슬머리를 달아주었다. 곱슬머리를 달면 다들 훨씬 명랑해 보였다.

릭은 건물 맨 뒤쪽으로 갔다. 뒷벽의 조명 발전기에 연결된 케이블에서 구리를 뜯어낼 요량이었다. 폐광된 지 삼 년이 안 된 탄광은 굳게 문이 잠긴 채 고철을 매각하려는 소유자들에 의해 야금야금 해체되고 있었고, 광부들과 그들의 장남은 선수를 쳐서 하나라도 더 가져가려고 기를 썼다. 케이블 속의 구리는 무게만큼 값이 나갔기 때문에 그들은 접합박스를 분해하고 케이블을 뜯어내 쥐가 갉아먹은 것처럼 싹 다 벗겨갔다. 릭이 보니 케이블이 이미 벽에서 뜯겨나갔고, 바닥에 늘비하게 널려 있는 선들은 골수가 빠진 뼈처럼 속이 비어 있었다.

릭은 케이블을 따라 밖으로 나가서, 선이 주갱로를 향해 지하로 이어지는 곳으로 갔다. 탄광 건물 뒤편에서 30미터가량 떨어진 지점에 케이블 다발이 위로 치솟아 있었다. 마지막으로 다녀간 이가 최대한 많이 뽑아낸 다음에 케이블을 터진 혈관 같은 형상으로 두고 간 것이다. 릭은 허리를 숙이고 쇠지레의 날카로운 면으로 단단한 땅을 부수기 시작했다.

릭은 한 시간 정도 여기에 매달리다가 동네에서 풍겨오는 탄내를 맡고 처음으로 고개를 들었다. 석탄 때는 냄새가 곧 날이 저물 거라고 예고했다. 완전히 어두워지기 전에 검은 바다를 건너는 것이 상책이었다.

릭은 땅을 내려찍고 선을 톱질하면서, 셔기가 좀 컸으면, 징징대는 꼬마가 아니었으면 좋겠다고 생각했다. 그럼 더 많은 고철을 가져갈 수 있을 것이다. 구리 자체도 무거웠지만 두꺼운 고무 외피는 최악이었다. 사방이 훤히 뚫린 탄광에서 고무를 벗기는 건 현명하지 않았다. 핏헤드의 어린 소년들 몇몇이 구리를 훔치다 걸려 호되게 당했다. 핏헤드의 전선을 죄다 벗겨 팔아도 벌금을 감당하지 못할 것이다.

릭은 실망스러운 길이의 케이블을 암벽등반용 밧줄처럼 허리에 수차례 감았다. 쇠지레를 흔들며 릭은 회색 햇빛을 품은 웅덩이를 지나 어둑어둑한 겨울의 오후로 나왔다. 릭은 구리를 팔아 모은 돈으로 언젠가 얻을 셋방을 상상하며 스스로를 위로했다. 글래스고 예술대학 근처인 가네트힐 꼭대기에 방을 얻을 것이다. 고자질쟁이 동생을 입막음할 여유도 있었다. 햇살 아래로 돌아오는 릭의 얼굴에 미소가 설핏했다. 그런데 주위가 너무 고요했다. 고자질쟁이가 사라졌다.

~

셔기는 돌을 던지며 놀고 싶었다. 돌 던지기는 재밌었다. 지난번에 셔기는 한 시간 내내 높은 창문을 겨냥하다가 끝내 돌 하나를 건물 안으로 넣었다. 돌멩이가 떨어지며 정적을 와장창 깨뜨렸고, 릭이 어둠 속에서 황급히 달려 나와 셔기를 쥐어박았다.

그래서 셔기는 돌을 던지는 대신 커다랗게 원을 그리며 걸었다. 때때로 멈춰서 헐렁한 바짓가랑이를 움켜쥐고 카우보이처럼 다리를 넓게 뻗었다. 릭처럼 평범한 소년의 몸, 우아하거나 유용한 관절이라고는 하나도 없는 듯한 몸을 상상하며 걷다가 마침내 남자를 보았다. 셔기가 위험을 인지했을 즈음에 남자는 이미 발뒤꿈치에 광재 구름을 달고 달려오고 있었다. 남자가 거대한 권양탑을 지나쳐 눈앞까지 오고 나서야 셔기는 자기 역시 뛰어야 한다는 사실을 깨달았다.

셔기는 릭에게 경고했어야 했다. 망을 보다가 경비가 나타난 순간 탄광 건물로 뛰었어야 했다. 남자는 셔기를 잡으러 달려오고 있었다. 셔기는 어두컴컴한 건물을 한 번 보고, 반대 방향으로 줄달음쳤다.

도망치는 셔기의 등에서 가방이 우쭐우쭐 춤췄다. 셔기는 첫 번째 언덕의 비탈을 공략했다. 다리가 무릎까지 푹푹 빠지며 고무장화가 창피하게 쉭쉭거렸다. 언덕 꼭대기에서 내려다보니 남자는 릭처럼 큰 보폭으로 성큼성큼, 걸음마다 광재를 튀기면서 비탈을 올라오고 있었다. 셔기는 검은 언덕의 등마루에서 몸을 돌려 걸음아 나 살려라 뛰었다. 낯선 남자의 굳은 의지가 느껴졌다. 남자의 손아귀가 다리에 느껴지는 것 같았다. 셔기가 반대쪽 비탈로 내달리는데 뒤에서 땅이 우르르 무너졌다. 셔기는 철퍼덕 고꾸라져 언덕 사이의 골짜기에 처박혔다. 언덕 꼭대기에 남자의 형체가 나타났다. 땅거미가 내리는 하늘을 배경으로 남자의 들썩이는 어깨와 주먹으로 말린 손이 보였다.

셔기는 검은 골짜기를 가로지르며 달렸다. 남자는 쥐를 쫓는 황조롱이처럼 쫓아왔다.

광재 언덕의 끝이 보이기 시작했고, 그 너머로는 울룩불룩한 이탄 습지가 펼쳐졌다. 남자가 언덕의 내리막길에 들어서면 금세 그를 따라잡을 것이다. 셔기는 더 힘껏 뛰었다. 광재 틈으로 비죽비죽 솟아난 잡초와 혈암을 지나쳤고, 마침내 잡초가 광재를 평정하여 발아래 땅이 갈빛 습지로 변한 뒤에도 계속해서 뛰었다. 셔기는 잡초를 헤치면서, 등 뒤에서 풀이 쓰러지는 소리가 들리는지 귀를 쫑긋 세웠다. 발소리가 더는 들리지 않았다.

누렇고 두꺼운 수풀을 보고 셔기는 풀 더미 위로 몸을 던졌다. 남자는 마지막 광재 언덕의 꼭대기에 서 있었다. 손나발을 하고 고함을 지르는 남자의 어깨가 오르내렸다. "언젠가 잡고 말 거다, 도둑놈 새꺄!" 그리고 남자는 사라졌다.

남자가 정말로 갔다는 확신이 들 때까지 셔기는 기다란 풀 더미에 누워 있었다. 하도 오래 누워 있어서 몸 앞쪽이 흠뻑 젖었다. 죽은 땅은 물을 필요로 하지 않기에, 마지막에 내린 비를 머금고 있던 이탄이 즐겁게 셔기에게 습기를 뱉었다. 셔기와 동네 사이를 광재 언덕이 가로막고 있었고, 셔기와 집 사이에는 낯선 남자가 있었다. 남자에게 잡히면 어떤 일을 당할지, 괴물 만화에서 본 무시무시한 장면들이 몽타주처럼 머릿속에서 꼬리를 물었다. 셔기는 광재 바다 아래 영영 묻히고 싶지 않았다. 집에 가고 싶었다. 셔기가 오줌을 지리자 땅이 뜨듯해졌다.

겨울의 오후는 빠르게 죽어갔다. 해가 보이지 않는 하늘에 잿빛 양털 담요 같은 구름이 무겁게 깔렸다. 셔기는 광재 언덕을 끼고 돌아가기 시작했다. 언덕을 둘러싼 습지의 가녘에 바짝 붙어서 걸었다. 느릿느릿 전진하는 동안 청바지의 인디고 염색이 스며 나와서 피부가 빨갛게 짓물렀다. 그때 거대한 구덩이가 길을 가로막았다. 프라이팬 형태의 넓은 암회색 진흙 구덩이는 덜 구워진 케이크의 중간 부분처럼 땅에서 움푹 들어가 있었다. 거대한 구덩이를 돌아가면 너무 오래 걸릴 것이다. 가로지르면 금세 집에 갈 수 있다. 저 멀리 보이는 동네의 희미한 가로등 불빛이 구름의 저변을 침대 옆 램프처럼 노르스름하게 물들였다. 서투르게 성호를 긋고, 셔기는 구덩이를 내려가기 시작했다.

구덩이는 깊이가 3미터 정도밖에 되지 않았지만 경사가 가팔랐다. 셔기는 경사면을 타고 내려가면서도 과연 자신이 다시 올라갈 수 있을지 의심스러웠다. 철퍼덕, 축축한 소리와 함께 구덩이 아래에 당도했다. 광재가 후드득 떨어지는 가장자리에 안전하게 기대선 채로, 발을 쭉 뻗어 지면을 툭툭 두드려보았다. 축축하고 질척거렸지만 미끈한 비누처럼 그럭저럭 단단했다. 셔기는 다시 발을 뻗어 매끈한 표면을 시험했다. 발이 빠지지 않았다. 발을 들었더니 땅에 고무장화의 발자국이 잠시 남았다가 마법처럼 사라졌다.

셔기는 미끄덩한 진창 위로 대담하게 두세 걸음 빠르게 걸었다가 멈추고, 광재가 쌓여 있는 가장자리로 뛰어서 돌아왔다. 발자국이 유령처럼 가뭇없이 사라졌다. 꼭 자신의 그림자가 쫓아오는 것 같았다. 눈앞에서 사르르 사라지는 발자국이 증거였다. 셔기의 차가운 얼굴에 따뜻한 웃음꽃이 피었다. 셔기는 쓰라린 허벅지도 잊었다. 양팔을 비행기 날개처럼 펼치고, 축축한 회색 진창에서 빙글빙글 돌며 보이지 않는 유령 친구와 춤을 추었다. 셔기는 조용히 노래하기 시작했다.

고무장화를 신고 전속력으로 뛰면 일 분도 안 걸려 구덩이를 건널 것이다. 셔기는 맨들거리는 진창으로 팔짝 뛰고 달리기 시작했다. 발을 뗄 때마다 빨간 고무장화 아래에서 살진 손이 살진 허벅지를 내려치듯 철썩, 철썩, 철퍼덕 소리가 났다. 철썩대는 소리가 구덩이의 벽에 튕겨 메아리쳤다. 셔기가 처음 알아차린 것은 그 음색의 변화였다.

발소리가 느려졌고, 둔탁해졌다. 찰지게 찰싹대던 소리가 식은 죽에 숟가락을 넣었을 때처럼 꿀떡거리는 소리로 바뀌었다. 구덩이 중간쯤에서 셔기는 이미 지쳤다. 진창이 꿀렁이며 장화를 빨아들이기 시작했다. 무릎을 더 높이 치켜들어야 했기 때문에 걸음이 느려졌다. 발이 고무장화에서 빠질락 말락 했다. 셔기는 발가락을 쫙 뻗고 고무장화의 바닥을 힘껏 움켜쥐었다.

셔기는 순간 당황해서 방향을 틀었다. 게걸스레 빨아대는 진창에서 꼼짝달싹 못 하는 상태가 되었을 때, 목적지였던 구덩이의 반대편까지는 릭의 키를 네 번 곱한 거리가 남아 있었다. 셔기는 장화에서 발을 빼고, 빨간 고무장화에서 펄쩍 뛰어나왔다. 이제 맨발이 되고 나자 멍청한 결정이었다고 밝혀졌다. 진흙은 목욕물처럼 묽었다. 셔기는 두세 걸음 나아가다 멈췄다. 아이스바를 쪽쪽 빨아먹는 입처럼 진창이 셔기의 발을 빨아들였다. 입질이 다시 시작되었다. 여기서 빠져나가지 못할 것이다.

죽어야 한다면 장화를 신고 죽을 것이다. 고무장화를 신고 있지 않은 자신의 시체가 발견되었을 때 엄마의 얼굴에 떠오를 표정과, 닥터숄 샌들이 자신의 시체에 남길 멍이 눈앞에 생생하게 그려졌다. 셔기는 끙끙대며 빨간 고무장화로 돌아가 발을 다시 넣었다. 장화 한 짝을 양손으로 붙들고 진창에서 빼내려고 했지만 한쪽 다리를 올리면 다른 쪽 다리가 진창의 축축한 입속으로 깊이 빨려 들어갔다. 이제 진흙이 장화의 버클까지 올라왔다. 장딴지를 한참 지나 거의 무릎까지 닿았다. 바지가 진흙에 젖기 시작했다. 셔기는 부츠 속으로 밀고 들어오는 진흙을 내려다봤다. 진흙이 발가락 사이에도 파고들었다. 마침내 셔기는 포기하고 몸을 일으켰다. 어떻게 해야 할지 막막했으므로, 셔기는 다시 노래하기 시작했다.

"아이들이 미래라고 난 믿어어요 잘 가르쳐어서 앞장서게 해애요." 셔기는 다른 부츠 속으로 파고드는 진흙을 내려다보았다. 빨간 고무장화를 포기하고 벗어날 기회가 사라졌다. "그들 속에 있는 아름다움을 저언부 보여줘어."

셔기는 라디오에서 들은 것과 똑같이 음정을 오르내리며 목청을 돋우었다. "난 오래전에 겨얼심했어 그 누구의 그림자 속에서도 걷지 않으리라. 내가 실패하든, 내가 서엉공하든, 난 내 신념을 지켜었을 거야. 네가 나의 무우엇을 빼앗아도 나의 긍지만큼은 건드릴 수 없어어."

그때 푹 잠긴 목소리가 어둠 속에서 울렸다. "놀고 있네. 야, 휘트니 휴스턴. 여기다."

구덩이 가장자리에 드리운 그림자를 여태 못 봤다. 심지어 지금도 석탄처럼 까만 하늘에서 릭의 형체를 분간하기 힘들었다. "젠장, 너 거기서 뭐하냐?"

셔기는 눈을 질끈 감았다. "으아아아, 야 이 똥 같은 똥싸개 놈아! 빨리! 빨리 여기서 꺼내줘, 씨부랄!"

어둠 속에서 흙을 헤집는 소리와 축축한 진창에 묵직한 발이 떨어지는 소리가 들렸다.

"염병할, 빨리빨리!" 발을 빨아들이는 광재를 걷어차는 소리가 들렸다. "빨리 꺼내달란 말야, 씹새야!"

철퍼덕철퍼덕 소리가 가까워졌고, 익숙한 한숨 소리와 더불어 릭의 나지막한 욕설이 들렸다. 릭은 동생의 가방을 잡고 끙, 소리를 내며 말라비틀어진 잡초를 뽑듯 셔기를 들어 올렸다. 셔기는 진창에서 빠져나왔다가 다시 표면에 내동댕이쳐졌다. 릭은 고삐를 잡듯이 셔기의 점퍼 목깃을 붙들고 단단한 지면으로 끌고 갔다.

"으아아아, 안 돼! 기다려! 멈춰!" 릭이 멈췄다. 이번에는 또 무엇 때문에 호들갑을 부리냐고, 박명 속에서 얼굴을 들이밀었다. "놔! 그냥 두고 가!"

"뭐야, 너 바보야?" 릭은 셔기를 가장자리로 끌고 가서 뺨을 한 대 세게 올려붙였다. 릭은 화가 단단히 난 것 같았다. 한시바삐 이곳을 벗어나고 싶은 듯했다.

"난 다시는 집에 갈 수 없어." 셔기가 극적으로 팔을 내저었다. "내 장화 없이는 못 가. 엄마가 날 죽일 거야! 카탈로그 할부금을 아직도 갚고 있단 말이야."

"빌어먹을!" 점퍼의 후드가 느슨히 풀려났고, 릭은 구덩이로 돌아갔다. 꿀꺽꿀꺽 빨아들이고 꺽꺽 트림하는 진흙을 상대로 짜증스럽게 잡아당기고 끙끙 힘쓰는 소리가 어둠을 흔들었다. 잠시 조용하다가 릭의 로퍼가 다시 철퍼덕거렸고, 셔기의 목깃이 당겨졌다. 릭은 셔기를 구덩이에서 멀리 끌고 가다가 셔기가 뾰족한 돌 때문에 발바닥이 아프다고 징징대자 그제야 걸음을 멈추고 장화를 신게 해주었다. 셔기는 꾸물꾸물 장화에 발을 넣으며 형을 올려다보았다. 릭은 저 멀리 지평선에 아스라이 보이는 탄광에 시선을 고정한 채 안절부절못하고 서성이고 있었다. 릭의 몸에서 아드레날린이 핑핑 돌고 있는 것 같았다.

"빨리 신어!" 릭은 기다란 손가락이 셔기의 등 가운데에서 맞닿을 정도로 어깨를 꽉 잡고 흔들었다. 셔기는 눈을 껌벅거리며 형을 쳐다봤다. 릭의 눈썹이 미간에서 하나로 이어져 있는 것이 처음으로 눈에 띄었다. 그 이상한 모양이 거슬려서 그렇게 말해주려고 입을 열었다.

그런데 그러고 보니 릭의 목소리도 이상했다. 발음이 불분명하고 목소리가 갈라졌다. 셔기는 덜컥 겁이 났다. 릭의 얼굴에 피가 묻어 있었는데, 시럽처럼 끈끈한 피가 점점 짙어지고 있었다. 릭의 왼눈 끄트머리도 까맣게 멍들어서, 어스름 속에서 보니 마치 깊은 구멍 같았다. 릭의 아랫입술은 퉁퉁 붓고 찢어졌다. 릭은 몹시 욱신거리는 것처럼 턱을 문질렀다. 릭은 입에 손을 넣고, 고통에 찡그리며 아래쪽 틀니를 뺐다. 분홍색 세라믹 틀니에서 이 하나가 빠지고 다른 하나는 깨져 있었다. 누군가 릭의 턱을 세게 친 것처럼 틀니는 깨끗하게 반으로 절단되어 있었다.

"형, 괜찮아?"

"씨이이발." 릭이 신음했다. "제기랄, 내가 망보라고 했잖아. 경비가 오면 나한테 알리기로 했잖아." 릭이 턱을 문지르는데 주먹 관절의 피부가 전부 벗겨져 있었다. 어둠 속에서 번뜩이는 릭의 눈에 공포가 비쳤다. "그 사람이 심하게 다쳤어, 셔기. 어쩔 수 없었어. 다 너 때문이야."

릭은 깨진 틀니를 주머니에 넣었다. 케이블도, 쇠지레도 들고 있지 않은 릭의 빈손을 셔기는 이제야 알아차렸다. 릭은 뛰듯이 걸으면서 누가 쫓아오는 것처럼 거푸 뒤돌아봤다. 제대로 신지 않은 부츠 속에서 젖은 양말이 발가락에 감겨 쓰라렸지만 셔기는 천천히 가자는 말을 감히 할 수 없었다.

동네 어귀에 다다랐을 때 두 사람은 가로등의 칙칙한 오렌지색 불빛을 보고 이루 말할 수 없이 안심했다. 릭이 아래쪽 틀니를 끼지 않고 말할 때마다 얼굴의 반이 무너졌다. 릭의 나지막한 웅얼거림을 알아듣기 어려웠다. 그러나 형의 눈에 서린 두려움과 실망은 잘못 볼 여지가 없었다.

14

릭은 다시는 구리를 훔치러 가지 않았다. 경비는 병원으로 이송됐다. 릭의 쇠지레가 깨뜨린 두개골 속에서 경비의 정신은 바닥에 쏟아진 카드처럼 뒤섞이고 흩어졌다. 경찰은 범행을 저지른 젊은이를 찾아 집집이 문을 두드렸다. 경찰이 찾아왔을 때 애그니스는 그들을 계단 맨 아래에서 기다리게 했다. 애그니스는 한 짝뿐인 귀고리의 요란한 장식을 만지작거리며 짜증을 감추지 않았고, 경찰이 자신의 집에 찾아왔다는 자체가 모욕이라는 듯이 씨근거렸다. 애그니스는 쉽사리 그들을 돌려보냈다. 어머니가 늘 완벽하게 단장하고 있는 것이 릭은 이렇게 고마운 적이 없었다.

애그니스는 릭에게 그가 한 일이냐고 물어보지도 않았다. 릭이 그런 일을 저질렀으리라고는 상상도 할 수 없었던 것이다. 경찰이 동네를 돌아다니는 동안 브라이디 도널리는 담장 옆에서 담배를 빼금거렸다. 자기 자식 중 한 명이 범인이 아니라는 사실이 놀라울 따름이라는 표정이었다. 이 사건이 경비의 가족에게는 최고의 행운이라고 브라이디는 말했다. 경비의 근로계약이 곧 끝날 예정이었는데 이제 평생 장애수당을 보장받았다며, 애초에 말이 많은 사람이 아니었다고 브라이디는 덧붙였다.

그해 겨우내, 그리고 이듬해 봄에 얼음이 녹기 시작할 무렵까지 릭은 이가 아파 고생했다. 느려터진 국민건강서비스가 대체할 틀니를 제때 보내주지 않는 바람에 릭은 외출할 때면 깨진 틀니를 꼈는데, 말할 때마다 틀니가 빠졌기 때문에 입을 꾹 다물고 있어야 했다. 릭은 집에서는 틀니를 끼지 않았고, 입에 무언가를 잔뜩 물고 있는 만화 거북이 같은 얼굴로 돌아다녔다. 셔기가 눈에 띄면 릭은 셔기를 깔고 앉아서 살이 부어오를 때까지 꼬집었다. 자신이 당해도 싸다고 생각한 셔기는 아파도 꾹 참았다.

국민건강서비스가 마침내 보내준 틀니는 릭의 위쪽 틀니와 아울리지 않았다. 세라믹 틀이 입 뒤쪽을 조여서 잇몸에 빨간 물집이 잡혔다. 충직한 사도처럼, 셔기는 식빵 조각을 들고 형을 졸졸 쫓아다니다가 빵을 잘게 뜯어 폭신한 공처럼 둥글게 빚은 다음에 형에게 건네주었다. 릭은 빵 조각을 세라믹 아래 끼우고 물집을 달랬다. 여름이 올 때까지 셔기는 릭을 위한 빵을 주머니에 넣고 다녔다. 애그니스는 빨래를 하다가 종종 셔기의 교복 바지에서 묵은 빵을 발견하곤 했다. 딱딱하게 굳은 빵에 파란 곰팡이가 피어 있었다.

여름방학이 찾아왔다. 핏헤드의 골목은 맥아베니 형제들과 그들의 사촌, 그리고 그들 사촌의 사촌들로 북적거렸다. 아이들은 2주간 서해안에 머무를 햇빛을 실컷 즐기며 보도 연석에서 축구공을 뻥뻥 차거나 자전거를 타고 거대한 갈색 먼지구름을 피웠다.

셔기는 아이들에게서 떨어져 시들어갔다.

셔기는 무언가 잘못되었다는 느낌을 받았다. 그의 속에서 무언가 잘못 조립된 것 같았다. 모두의 눈에 그게 보이는데, 그 자신만이 그것이 무엇인지 모르는 것 같았다. 그것은 그냥 달랐고, 그러므로 잘못되었다.

셔기는 집 뒤편의 그림자 속으로 뛰어가서 철조망 밑을 기어 동네를 둘러싼 이탄 습지로 나갔다. 동네에서 멀어질 때까지 한참을 걸었다. 오랜만에 느끼는 햇볕이 두툼한 점퍼 속으로 파고들어 등에 따끔따끔 내리쬐었다. 셔기는 사람들의 발길이 다져놓은 길에서 방향을 꺾고, 기다란 갈대를 헤치며 새로운 길을 뚫었다. 습지의 깊숙한 곳에서 갈대를 쓰러뜨린 다음에 평평해지게 밟으며 빙빙 돌아서 커다란 타원형 터를 만들었다. 죽은 풀이 푹신한 갈색 카펫이 되어주었다. 셔기는 무거운 고무장화를 벗고 릭이 가르쳐준 걸음걸이를 연습했다.

셔기는 타원형 터의 한쪽 끝에서 반대쪽 끝까지 걸었다. 처음에는 팔을 흔들며 짧은 보폭으로 사뿐사뿐 재게 걸었다. 좌절감이 몰려왔다. 깨끗한 손톱이 손바닥에 파고들 정도로 주먹을 세게 쥐고 뒤돌아서, 처음부터 다시 시작했다. 이번에는 더 천천히, 의식적으로 걸었다. 다리 사이를 충분히 벌리고 발을 바깥쪽으로 뻗으며 발뒤꿈치로 푹신한 땅을 단단히 짚었다. 셔기는 모직 점퍼를 벗고 이마에서 땀을 훔쳤다. 스스로를 야단치고, 몸을 돌려 연습을 재개했다.

오후 내내 셔기는 걸음걸이를 연습했다. 새롭게 시작할 때마다 셔기는 천천히 걷겠다고, 팔을 느낌 있게 흔들지 않겠다고, 릭처럼 진짜 소년답게 걷겠다고 결심했다. 다른 소년들은 너무나도 쉽게 해냈다. 그들은 이것에 대해 고민할 필요도 사과할 필요도 없었다.

애그니스는 창가 의자에 꼿꼿이 앉아 거리를 내다보았다. 동네 아이들이 몰려다니며 놀고 있었지만 그중에 셔기는 없었다. 오전 10시 30분. 애그니스는 벌써 머리단장과 화장을 마쳤고, 외출할 일은 없었지만 가슴골이 깊이 파인 스웨터에 꼭 끼는 회색 치마를 입고 있었다. 애그니스는 오래된 라거의 찌꺼기를 홀짝이며, 막내아들이 자신의 유년기로부터 달아나 어디에 숨어 있을까 생각했다.

지루해하며 애그니스는 의자 팔걸이에서 흰 양말 실오라기를 떼어냈다. 떼어낸 실밥을 네모난 휴지에 모으고 휴지를 접어 주머니에 넣었다. 할부가 끝나지도 않은 소파 세트를 아이들이 함부로 다룬다는 사실에 새삼 화가 치밀었다. 소파값을 다 갚으려면 앞으로 팔 년간 매주 5파운드씩 갚아나가야 할 판인데, 셔기와 릭은 이따금 신발을 신은 채 소파에 모로 눕거나 다리를 등받이에 올리고 거꾸로 앉았다.

건너편 집의 망가진 대문이 열리자 애그니스는 자세를 똑바로 고쳐 앉았다. 너저분한 맥아베니 아이들이 낡은 자전거를 끌고 먼지투성이 거리로 쏟아져 나왔다. 아이들은 아름다웠다. 그건 인정할 수밖에 없었다. 어머니가 칠칠하지 못한 탓에 아이들은 야생에서 뛰노는 새끼 사자처럼 보였다. 풍성하고 긴 머리칼이 갈기처럼 휘날렸고, 아버지로부터 물려받은 눈은 집시의 눈처럼 그윽한 갈색이었다.

한번은 애그니스가 둘째 딸을 집에 데려왔다. 의도한 것은 아니었다. 식초 물로 창문을 닦고 있는데 움푹 파인 길에서 먼지를 뒤집어쓰고 놀고 있는 아이들이 자꾸 신경 쓰여서 청소를 즐겁게 할 수 없었다. 애그니스는 모두가 '더티 마우스'라고 부르는 여자아이에게 손짓하고 사과 반쪽으로 꼬드겨서 뒷마당으로 데리고 왔다. 한 시간가량 애그니스는 헤어브러시로 여자아이의 헝클어진 머리를 빗고 목덜미에서 엉킨 부분을 잘라냈다. 빗질된 아이의 머리카락은 감탄이 나올 정도로 곧고 부드럽고 반질거렸다. 색깔은 캐러멜 같기도 하고 얼룩 고양이의 모피 같기도 했다. 애그니스는 여자아이의 머리칼을 단정한 말총머리로 묶었다가, 땋았다가, 말아 올렸다가, 캐서린이 학교에 하고 다니던 프렌치 브레이드로 땋아 내리기도 했다. 무척 즐거운 오후였다.

나중에 이것에 대해 듣고 콜린은 길길이 날뛰었다. 콜린은 집에서 나오면서부터 고래고래 소리를 질렀다. 폭풍처럼 길을 건너와서, 애그니스의 현관문을 쾅쾅 두드리며 악을 썼다. "니가 뭔 줄 알고! 뭐라도 되는 양 우쭐거리고 다니는 꼴이란! 호모 같은 니 새끼나 신경 쓰라고!"

콜린이 퉤퉤 침을 뱉는 소리가 들렸다. 그러나 라거에 취해 무감각한 애그니스는 눈 한 번 깜박이지 않았다. 애그니스는 헤어브러시를 고쳐 잡고 뒤판으로 다리를 여유롭게 두드리며 생각했다. 어디 계속해 봐라. 내가 브러시 뒤판도 쓸 줄 안다는 걸 보여줄 테니까.

가끔, 자주는 아니고, 애그니스는 콜린과 사이좋게 지낼 수 없다는 것이 안타까웠다. 애그니스는 인정하느니 차라리 혀를 깨물겠지만, 사실 두 여자는 공통점이 많았다. 한번은 빅 제임시가 마지막 실업수당을 중고차와 아이들 비비총에 탕진했다고 진티가 말했다. 그 덕분에 콜린은 파인페어 슈퍼마켓에서 음식을 훔쳐서 크리스마스 저녁을 차려야 했다. 애그니스와 콜린 두 여자 모두 가난의 모서리가 얼마나 날카로운지 알았다. 그때 만났더라면 두 사람은 친해졌을지도 모른다. 각자의 삶에서, 애그니스와 콜린은 〈프리먼스〉 카탈로그를 굶주린 눈으로 바라보고 밤의 적막 속에 뜬눈으로 누워 푼돈을 최대한 오래 쓸 방안을 고민했다. 얘한테 이걸 사주고 재한테 저걸 사주면, 본인은 무엇을 포기할 수 있을까? 어머니들의 산수였다.

각자의 삶에서, 애그니스와 콜린은 오후 내내 소파 뒤에 숨어서 프로비던트 대출 회사 직원이 떠나기만을 기다린 적이 있었다. 기묘한 수중발레였다. 핏헤드 여자들 모두 카펫에 납작 엎드려 바닥을 기었다. 대출 회사 직원은 깡마른 몸에 헐렁한 양복을 꿰입고, 거리낌없이 창문 안을 들여다봤다. 수년간 그는 아무도 없는 집의 소파 뒤에서 신비롭게 피어오르는 담배 연기를 보았다.

심지어 콜린은 의도치 않게 브라이디를 통해 애그니스에게 중요한 기술을 전수해주었다. 자물쇠에 흠이 나지 않게 실핀으로 전기 미터기를 조작하는 방법이었다. 매달 같은 일요일에 애그니스는 미터기에서 동전을 빼냈고, 릭과 셔기는 뜨거운 3중 열선 전기난로 앞에 앉아 녹아내리는 아이스크림을 할짝댔다. 애그니스의 손바닥에 보석처럼 쌓여 있는 은색 동전을 몇 개 다시 넣으면 그달 전기를 두 배로 쓸 수 있었다. 미터기 관리자의 기록은 언제나 셈이 안 맞았다. 미터기 관리자와 대출 회사 직원이 나란히 펍에 앉아 핏헤드 어머니들의 재간에 혀를 내두르는 모습을 애그니스는 상상할 수 있었다.

더티 마우스를 가슴에 바짝 끌어안은 콜린을 보며, 애그니스는 콜린이 자신을 왜 그렇게 미워하는지 의아해했다. 애그니스는 오히려 콜린이 부러웠다. 콜린의 가족은 끈끈했다. 그들은 사이만 가까운 게 아니라 거리상으로도 가까이 살았다. 콜린의 아이들은 어리고 튼튼했으며 여전히 어머니를 필요로 했다. 무엇보다, 콜린에겐 남자가 있었다. 빅 제임시는 콜린의 첫 남자이자 마지막 남자였고 아직도 그녀 곁에 있었다. 또한 콜린에게는 하느님도 있었다. 콜린이 자기 입으로 말한 바에 따르면 그녀는 하느님에게 선택받은 특별한 사람으로서 주변 사람들의 도덕성을 감독할 의무를 떠안았고, 실제로 그녀는 보스의 지시를 실행하는 중간 관리처럼 남들을 바로잡으려 들었다. 콜린의 관점에서는 슈퍼마켓에서 음식을 훔치거나 미터기를 조작하는 건 필요악이었고 검정 스타킹과 하이힐이 훨씬 더 부도덕했다.

라거를 마저 마시며 애그니스는 핏 로드를 향해 자전거를 타고 달려가는 거친 맥아베니 아이들을 바라보았다. 이윽고 콜린이 장바구니를 들고 대문에서 나와 자식들이 일으킨 먼지구름을 따라 동네를 나섰다. 그때 어떤 아이디어가 애그니스의 머리에 떠올랐다.

콜린의 남편 빅 제임시는 녹슨 포드 코티나의 차체 밑에 누워 있었다. 제임시는 벌써 더러워졌거나 혹은 여전히 더러웠는데, 둘 중 무엇인지는 불확실했다. 또각또각, 뾰족한 굽 소리를 울리며 애그니스는 좁은 도로를 건너갔다. 제임시는 등을 대고 누워 있었고, 주위에는 당밀처럼 끈적한 검은 기름이 뚝뚝 떨어져 있었다. 애그니스는 커다란 반지 알로 금속 차체를 두드렸다.

"뭐여?" 제임시가 너무나도 짜증스럽게 한숨을 쉬어서 애그니스는 짜증의 열기가 발목에 닿은 것 같았다. 금속 연장들이 콘크리트 바닥에 우당탕 떨어졌고, 남자가 게처럼 몸을 양옆으로 꿈틀거리며 망가진 차체 밑에서 나왔다. 남자가 완전히 나오기까지 한참이 걸렸다.

그동안 애그니스는 초조해하며 이런저런 담담한 미소를 연습했다. 제임시가 마침내 두 발로 섰다. 그는 애그니스보다 머리 두 개는 더 컸다. 블랙 아이리시처럼 까무잡잡한 제임시의 피부는 매우 짙은 꿀색이어서, 먼지와 기름때가 심지어 잘 어울릴 정도였다. 탄광 폭발 사고 때 다친 목은 피부가 벗겨지고 화상 흉터로 울퉁불퉁했다. 뒤통수의 머리선도 기이한 비대칭이었다. 그런데도 제임시는 여전히 미남이었다. 그 사실이 애그니스는 끔찍이도 싫었다.

"집에 콜린 있어요?" 애그니스가 물었다.

제임시는 미심쩍어하는 눈빛으로 애그니스를 뜯어보았다. 그의 시선이 깊게 파인 브이넥 스웨터의 가슴골에서 멈췄다. "누굴 바보로 아쇼?" 제임시가 냉정히 말했다. "무슨 일이오?"

애그니스는 시선을 떨구었다. 제임시의 손은 두껍고 굳은살이 박여 있었다. "당신한테 부탁할 게 있어요."

"아, 그렇군." 제임시가 미소를 띠었다. 애그니스가 살면서 모든 남자에게서 본 적이 있는 미소였다. 뾰족한 이가 입속의 목구멍 쪽으로 휘어 있어서 입이 덫처럼 보였다.

"어떻게 해야 할지 막막해요." 애그니스는 말했다. "아들이 좀 걱정스러워요. 막내요."

제임시의 얼굴이 다시 돌처럼 굳었다. 그의 시선은 애그니스의 몸에 못 박혀 있었다. "그래, 애가 영 틀려먹었더구만. 잘 지켜보쇼. 일단 너무 되바라졌지. 저번엔 줄넘기를 하구 있던데 그런 건 아주 싹부터 잘라버리는 게 좋을 거요."

"그래서 여기 온 거예요." 애그니스가 팔짱을 꼈지만 제임시의 눈은 여전히 그녀의 가슴에 박혀 있었다.

"우리 애들 시켜서 혼내주라구?"

"아니요!"

"그냥 살짝. 강해지게."

"안돼요! 애 잘못이 아니에요. 보고 배울 남자 어른이 없어서 그래요."

"릭이라고 형이 있던데?" 지저분한 남자는 자신이 한 질문을 잠시 생각했다. 신랄하게 올라간 입꼬리가 애그니스의 큰아들에 대한 제임시의 의견을 대변했다. "그래서, 나한테 뭘 바라는 거요?"

애그니스는 자기도 모르게 한숨을 내쉬었다. "당신은 아들들이랑 참 좋은 시간을 보내더군요."

제임시는 연민이라고는 털끝만큼도 없는 남자였다. 가족에게도 사정없는 제임시의 냉정함은 동네에서 유명했다. "그니까 제길, 나더러 어쩌라는 거냐구?"

"제가 몇 파운드 드릴 테니까 우리 셔기를 다음번에 낚시에 데리고 가거나 같이 공을 차줄 수 있을까요?"

제임시는 굳은 얼굴로 잠시 그 제안을 고려했다. "애그니스, 당신 돈은 안 받을 거요."

애그니스는 자기 자신이 바보처럼 느껴졌다. 술이 간절했다. 술로 분노와 수치심을 씻어내고 싶었다. "그렇군요. 물론이죠. 방해해서 미안해요. 그냥 한번 생각해본 거예요. 신경 쓰지 마요." 애그니스는 척추를 곧추세우고 굴욕적인 후퇴를 준비했다.

"잠깐. 당신이 할 수 있는 게 아예 없다고는 안 했는데." 그리고 빅 제임시는 웃었다. 제임시의 이빨은 칼날처럼 날카로웠다. 제임시는 기름때 묻은 손을 더러운 조끼에 올리고 배를 문질렀다.

윤활유와 엔진오일 냄새가 아주 오랫동안 남았다. 제임시의 성기는 나머지 신체 부위보다 훨씬 짙은 색이었다. 때가 탔거나 혹은 과용으로 색이 변하고 거칠어진 것처럼. 애그니스는 후자이길 바랐다. 그것은 닭고기의 허벅지살처럼 거무스름했다. 나머지 몸처럼 꿀색이 아니라는 사실이 이상했다.

바시 지퍼를 올리고 애그니스를 일으켜 세울 때도 제임시는 여전히
발기되어 있었다. 너무 빨리 끝났다. 제임시는 수치스러워하며 애그
니스를 콜린의 집에서 몰래 내보냈다. 구매를 후회하는데 무를 수 없
사람처럼 억울한 기색이었다. 제임시는 그 주 일요일에 셔기를 데
가겠다고 시큰둥하게 말했다. 쓰레기와 강꼬치고기가 가득한 수
시를 데리고 가주기로 한 것이다.

셔기는 그런 끔찍한 아이디어는 듣도 보도 못했다는 표정
쳤다. 그날 밤 욕조에서 애그니스는 몸에 들러붙은 기름
쓸데없는 짓을 했다는 생각에 울었다. 차갑게 식은 물 속
는 애그니스의 울음소리가 화장실 밖으로 새어나갔
는 거의 맨정신이었다. 셔기가 듣기에 그 울음소리
울음소리와 달랐다. 그래서 셔기는 낚시에 흥미를
머니가 다시 행복해질 수만 있다면 뭐든지 할

을 계획하고, 준비하고, 필요한 것들의 목록
데 전념했다. 점심 도시락 메뉴와 복장을
갈 물건과 주머니에 넣어 가져갈 작은
샌드위치, 다른 아이들과 함께 가지고 놀
글라스, 크리스마스 호각. 셔기는 준비물을 전부 찾
각 정해진 자리에 넣은 다음에, 침대 가장자리에 걸터앉아 참
을성 많은 강아지처럼 기다렸다.

일요일 아침 식사 시간이 지나자 건너편 집은 활기를 띠기 시작했
다. 팔다리가 길쭉한 맥아베니 소년들이 현관문에서 우르르 나와 아

니스가 반지 낀 손가락을 흔들었다. "그래, 얼굴 닦고 엄마가 한 말 기억해."

트럭은 속도를 늦추지 않았다. 빅 제임시는 그들을 내다보지도 않았다. 트럭이 지나간 길에서 검댕이 소용돌이치며 솟아올랐다. 멀어지는 트럭의 뒤꽁무니를 그들은 한참 동안 바라보았다.

먼지구름이 가라앉았다. 건너편 집에서 창문을 탁탁 두드리고 끼익 끼익 미는 소리가 들렸다. 콜린 맥아베니가 창틀에 낀 방충망을 올리고 수상하다는 표정으로 얼굴을 내밀었다. "둘이서 뭘 그렇게 멀뚱멀뚱 보구 있데?"

웃는 것밖에, 달리 할 수 있는 일이 없었다. 버스를 타려고 급히 나왔지만 놓쳤는데, 알고 보니 그 버스가 자신이 타려는 게 아니었던 것처럼 애그니스는 웃었다. 빨간 입술 사이에서 틀니가 하얗게 빛났다. 새로 덧바른 립스틱에 벌써 먼지가 내려앉았다.

그녀의 아들은 뒷마당의 석탄함 속에 앉아서 샌드위치의 미지근한 토마토를 튕겨내고 있었다. 아이는 애그니스가 예상했던 것처럼 울지 않았다. 애그니스는 전기 미터기를 따서 반짝이는 동전을 모조리 빼냈다. 그리고 돌런 씨의 식료품점에서 초콜릿 한 움큼과 작은 생선을 사왔다. 애그니스가 생선을 내밀었을 때 셔기는 그녀가 희망했던 것처럼 킥킥 웃음을 터뜨리지 않았다. 셔기는 뜨겁게 달아오른 얼굴에서 먼지를 닦고 어깨만 으쓱했다. "어차피 안 가고 싶었어요." 미안하다고 사과하며 애그니스는 좌절의 눈물을 흘렸다. 셔기는 어머니를 올려다보며 물었다. "왜 미안해요?"

"개자식을 아빠로 줘서 미안해."

협박을 당한 릭이 어쩔 수 없이 뒷마당에서 셔기와 공을 찼다. 애그니스는 창가에 서서 아이들을 보았다. 두 사람 모두 하기 싫어 죽겠다는 표정이었다. 애그니스는 싱크대 아래 숨겨놓은 스페셜 브루를 몇 캔 꺼냈다. 차가운 캔을 손바닥에서 굴리며, 내면의 악마들을 풀어놓을까 고민했다. 취할 작정으로 마시기 시작하면 해가 떨어지기도 전에 길거리에서 싸우고 있을 것이다. 용기를 주는 음료를 손에 쥐고 깨끗한 소파에 걸터앉은 다음에, 캔을 땄다.

콜린이 길가에 내놓았던 쓰레기통을 가지고 들어가는 길에 멈춰서 왼쪽 집에 사는 주부와 수다를 떨고 있었다. 콜린은 소녀처럼 손가락으로 십자가 목걸이를 비비 꼬았다. 척 봐도 콜린은 이날 기분이 꽤 좋았다. 오전 내내 동네 여자들이 속이 빈 코티나 차체 근처를 얼쩡댔다. 흥미진진한 가십을 기대할 때 늘 그러하듯 궁둥이에 힘을 주고 잰걸음으로 촐싹대는 꼴을 보니 다들 한바탕 수다를 떨 기분인 모양이었다. 브라이디 도널리가 가랑이에 낀 쫄바지를 잡아당겼다. 여자들의 더러운 치마, 홍차 색깔 스타킹, 후줄근한 쫄바지와 목욕 가운을 보자 애그니스는 기분이 조금 풀렸다.

애그니스는 라거를 전략적으로 마셨다. 빅 제임시가 돌아온 뒤에 녹슨 대문을 열어젖히고 쳐들어갈 계획이었다. 그가 미끈거리는 손가락으로 자신에게 무슨 짓을 했는지 콜린에게 말할 때 제임시가 옆에 있기를 바랐다. 너무 일찍 술에 피가 끓어버리면 취기에 생각이 둔해지고 진실을 말할 때 혀가 꼬일 것이다.

술기운이 올라오기 시작했을 즈음 낯선 여자가 거리에 나타났다. 여자는 종이에 적은 주소를 확인하며 똑같이 생긴 집들의 호수를 세었다. 비싼 헤어컷과 세팅한 머리를 보아하니 여자는 이 동네 사람이 아니었다. 새빨간 핸드백과 그것과 완벽히 어울리는 새빨간 구두를 보아하니 가톨릭들의 사촌도 아니었다.

콜린의 얼굴에 번뜩인 표정으로 미루어보건대 콜린도 이 여자를 몰랐다. 낯선 여자는 동네 여자들에게 다가가더니 콜린에게 무엇이라 말했다. 콜린이 천천히 고개를 끄덕였다. 콜린은 담배를 비벼 끄고 차갑게 식은 머그잔을 들고는, 어깨 너머를 힐긋대며 낯선 여자를 집으로 안내했다. 수다를 떨던 여자들은 뿔뿔이 흩어졌다.

애그니스는 앞으로 다가앉았다. 사회복지부에서 나온 여자가 틀림없었다. 애그니스는 자신이 신고할 걸 그랬다고 후회했다. 최근에 사회복지부에서 핏헤드를 집중 단속하고 있었다. 실업수당을 받으면서 파트타임으로 일하거나, 장애수당을 받으면서 멀쩡히 지붕에 올라가 텔레비전 안테나를 설치하는 이들을 잡으려는 것이었다. 그러나 사회복지부에서 나온 것치고는 낯선 여자가 너무 일찍 떠났다. 여자의 팔에는 근사한 빨간 핸드백이 여전히 들려 있었다. 바닥에 널려 있는 자동차 부품을 조심스레 돌아서 망가진 대문을 정중히 닫고 나가는 여자를 애그니스는 지켜보았다. 낯선 여자는 비싸 보이는 선글라스를 핸드백에서 꺼내 머리띠처럼 걸쳤다. 애그니스는 짜릿했다. 방금 그 모습을 콜린이 봤으면 입에 거품을 물었을 것이다. 선글라스? 하느님께 맹세코, 저년이 대체 지가 뭐라고 생각하는 거야? 말쑥한 여자는 고개를 치켜들고 텅 빈 거리를 걸어가 곧 시야에서 사라졌다.

애그니스가 기다렸지만 콜린은 다시 나오지 않았다.

맥아베니의 세 딸은 배가 고프면 유령 신부처럼 거리를 떠돌았다. 헝클어진 금발이 얼굴 옆에서 베일처럼 휘날렸다. 한때 섬세한 파란색이었던 기다란 여름 원피스는 세월에 빛깔을 잃었다. 애그니스는 눈을 감았다가 떴다. 아주 잠깐 감았던 것 같은데 눈을 뜨니 빅 제임시의 낡은 트럭이 건너편 보도의 연석에 올라와 있었다. 날이 아직 밝은데 맥아베니 집의 큰 전등에 모두 불이 켜져 있었고, 알전구의 불빛 아래 방에서 방으로 빠르게 움직이는 사람들의 형체가 어른거렸다. 애그니스는 맥주를 새로 따고 벌컥벌컥 들이켰다.

애그니스는 침실로 가서 발길질할 수 있는 치마로 갈아입었다. 그리고 콜린이 무척이나 수상히 여겼던, 비실용적으로 털이 풍성하고 구슬이 달린 앙고라 스웨터를 입었다. 그다음에 보석함을 꼼꼼히 뒤져 알이 압도적으로 큰 반지들을 골랐다. 가짜 보석이 워낙에 엉성하게 달려 있어서 반지가 스치면 스타킹의 올이 나가고 행주의 실밥이 뜯어졌다. 이런 반지를 끼고 술에 취해 뻗은 다음 날에는 뺨이나 팔 안쪽이 긁혀 있었다. 애그니스는 반지를 주렁주렁 낀 손을 내려다보았다. 도금이 여기저기 벗겨진 너클더스터. 반짝이는 무기나 다름없었다. 마지막에 마신 라거가 빈속에서 분해되었다. 때가 왔다.

애그니스는 비틀비틀 밖으로 나가 망가진 울타리에 기댔다. 숨을 깊이 들이쉬었다. 조금 어지러웠고, 또다시 용기가 사그라들었다. 그 순간 고함이 시작되었다.

맥아베니 집의 현관문이 벌컥 열렸다. 막내가 전속력으로 뛰어나왔다. 열린 문틈으로 콜린의 목소리가 새어 나와 낮은 주택들 사이에서 쩌렁쩌렁 울렸다. "제임스 프랜시스 맥아베니! 그따위로 살면 니는 개 같은 개신교들보다 나을 것도 없어." 애그니스는 도로 한복판에서 얼어붙었다. 골목에서 놀던 아이들이 멈칫했고, 집마다 창문이 조용히 빼꼼 열렸다. 여자들은 텔레비전 소리를 줄이고 커튼 뒤에서 귀를 세우고 있을 것이다.

"뭐? 그래, 쳐라. 치라고. 니가 여기서 제일 센 것 같지? 울 오빠랑 동생들 전부 다 부를 거다. 그럼 누가 센지 보자. 엄마 말을 들었어야 하는데. 드러운 오렌지 새끼!"

남자가 무어라고 매섭게 말했지만 잘 들리지 않았다. 콜린은 한층 더 크게 악을 쓰기 시작했다. "아니, 조용히 못 하겠다. 니는 신성한 맹세를 깨뜨렸어. 하느님이 절대 용서하지—" 순간 거리가 조용해졌다. 빅 제임시가 콜린의 목을 그러잡았을 거라고 애그니스는 짐작했다. 잠시 후 콜린의 목소리가 다시 들렸다. 다소 기죽은 목소리였다. "제임스, 어디 가는 거야? 그년한테?"

빅 제임시 맥아베니가 집에서 뛰쳐나왔다. 콜린이 매달려 있었는지 티셔츠 목이 찢어졌다. 제임시는 여전히 방수 장화를 신고 있었고, 양손에는 옷이랑 침대보 등으로 꽉 채운 듯한 검은 쓰레기봉투를 들고 있었다. 햇볕에 빨갛게 익은 제임시의 얼굴과 화상 입은 목에 손톱자국이 나 있었다. 제임시는 트럭에 올라 시동을 걸었다.

애그니스는 도로 한복판에서 비틀대고 있었다. 제임시는 안 보려야 안 볼 수 없었다. 술에 취했지만 당당하게, 반짝거리는 주먹을 꼭 쥐고 있는 애그니스를. 제임시는 씩씩대며 창문을 내리고, 길을 잃어 성질난 사람이 방향을 묻듯이 소리쳤다. "니미, 이번엔 또 뭐야, 창녀야!" 제임시는 이름을 부르듯이 애그니스를 창녀라고 불렀다. "뜯어먹을 뼈다귀 없나 보러 왔냐? 너무 서두르는 거 아냐? 살점이 좀 식을 때까지 기다리지그래?"

그리고 트럭은 포효하며 가버렸다. 제임시가 길 끝에서 트럭을 돌릴 때 콜린이 정신 나간 표정으로 집에서 나왔다. "제임스! 제임시!"

애그니스는 취기에 비틀거리며 인도로 되돌아갔다. 제임시는 일부러 핸들을 꺾어 뒷바퀴로 애그니스를 칠 뻔하고 지나갔다. 언제나처럼, 검댕이 피어올라 거리를 뒤덮었다.

애그니스가 건너편 연석에 앉아 눈을 껌벅거리고 있었지만 콜린은 그녀가 보이지도 않는 모양이었다. 콜린의 수척한 얼굴에 흥분과 허무가 혼재했다. 콜린은 살아 있으면서 동시에 죽은 것 같았다. 콜린은 아스팔트 도로에 철퍼덕 주저앉더니, 얼빠진 표정으로 다리를 쩍 벌리고 쓰러졌다.

애그니스는 양옆을 두리번거렸다. 쓰러진 여자를 남몰래 걷어찰 생각이거나, 혹은 교통사고 현장에서 도주하려는 사람처럼 주위를 살폈다. 자신이 콜린을 공격하고 싶은 건지 아니면 그저 이 자리에서 벗어나고 싶은 건지 도통 결정할 수 없었다.

동네의 모든 커튼이 살짝 흔들렸지만 아무도 콜린을 도우러 나오지 않았다. 콜린의 사촌들도, 이웃 여자들도 나오지 않았다. 맥아베니 집 창문에 실루엣이 비쳤다. 막내를 제외한 아이 네 명이 마트료시카처럼 키 순서로 나란히 서 있었다. 모두 똑같이 슬프고 아름다운 얼굴이었다. 언젠가는 저 아이들을 전부 뜨거운 물로 씻겨서 콜린을 제대로 약 올리겠다고 애그니스는 생각했다.

그때 도랑에서 드드득 뭔가 찢어지는 소리가 났다. 오래된 헤어브러시에 머리털이 뽑혔을 때나 끈끈한 리놀륨 장판이 뜯길 때처럼 질긴 것이 찢어지는 소리였다. 애그니스는 허우적대고 있는 여자에게 다가갔다. 김빠진 맥주에 취하기도 했거니와 먼지가 시야를 가렸고, 더구나 콜린이 팔다리를 휘젓고 있어서 애그니스는 자신이 무엇을 보고 있는지 확신할 수 없었다. 처음에는 콜린이 입고 있는 축구팀 티셔츠를 찢고 있는 줄만 알았다. 그러나 가까이 가보니 콜린은 양손으로 머리털을 쥐어뜯고 있었다. 드득. 드득. 머리털이 한 움큼씩 뽑혔다.

애그니스는 어쩔 줄 몰라 하며 쓰러진 여자 주변을 서성였다. 자기도 모르게, 애그니스는 더러운 도로에 꿇어앉아서 반짝이는 손으로 콜린의 사나운 손톱을 제어했다. 애그니스는 콜린을 꽉 끌어안았다. "그만, 왜 이러는 거예요?" 자신의 입에서 흘러나온 상냥한 목소리를 듣고 애그니스는 깜짝 놀랐다. 도와줄 생각은 추호도 없었다.

애그니스의 품에서 콜린의 몸이 축 늘어졌다. 애그니스는 여자의 손을 잡아 살며시 무릎으로 내리고, 뽑힌 머리털을 여전히 쥐고 있는 주먹을 폈다. 낡은 꼬리빗을 청소하는 것처럼, 가느다란 손가락 사이에서 머리카락 뭉치를 뺐다. 콜린의 공허한 눈은 주변에서 풀썩이는 먼지를 응시하고 있었다. 한참 후에 콜린이 입을 열었다. "제임시가 힘들었을 적에 들볶는 대신 내비둘 걸 그랬어. 난 애는 그만 낳고 싶다구 했을 뿐야." 콜린의 손이 바들바들 떨렸다. "저 탄광이 문 닫고 나서 제임시는 꼭 발정 난 십 대처럼 밤낮으로 달려들었어. 싸기 전에 빼기 같은 건 애당초 할 생각도 없었지."

애그니스는 콜린의 머리털이 뜯겨나간 두피를 보고 있었다. 피딱지에 벌써 먼지가 달라붙었다. "다섯 아이는 어느 여자한테나 충분해요."

콜린은 콧방귀를 뀌었다. "제임시는 가능했다면 백 명도 낳았을 거야. 하지만 난 웃기지 마라, 맥아베니, 이런 맘으로 금지해버렸어." 콜린이 다시 울기 시작했다. 눈물샘이 고장 난 것처럼 굵은 눈물 줄기가 쉼 없이 흘렀다. 눈물은 콜린의 툭 튀어나온 코뼈를 따라 흘러내려 턱에서 뚝뚝 떨어졌다. 콜린은 애그니스에게 시선을 돌리고 마치 이제야 처음으로 그녀를 본 것처럼 바라보았다. "아마 그때부터 계집질을 시작했겠지."

애그니스는 갈등했다. 이런 상황에서는 어느 여자한테라도 다 괜찮아질 거라고 위로했을 것이다. 그 상처가 평생 가슴에 한으로 맺힐 것을 잘 알면서도. 그러나 애그니스는 콜린을 위로하지 않았다. 이제 콜린이 자신과 다름없는 처지라는 생각이 문득 뇌리에 스쳤다. 강파른 여자의 불행을 보고 고소해하는 자신의 마음을 애그니스는 당최 부끄러워할 수 없었다. 애그니스는 절로 나는 웃음을 참으려고 입술을 깨물었다.

광부 부인들이 거리로 나와 서성이기 시작했다. 콜린의 사촌들과 사촌의 부인들이 불안해하며 주위를 맴도는 모습을 보면 마치 콜린이 다루기 어려운 짐승으로 변하기라도 한 것 같았다.

"그년은 아주 상냥하게 다가왔어. 그 잘난 선글라스를 끼구. 커다랗고 비싸 보이는 갈색 투톤 선글라스였지. 자기 이름이 일레인이라고 하더군. 잠시 둘이서만 얘기할 수 있냐구 묻길래 난 그 여자가 카탈로그 외판원인 줄 알았어. 애들 크리스마스 선물 같은 걸 팔러 왔구나 했지."

돌연 콜린이 괴로운 신음을 내뱉었다. 콜린은 손가락을 쫙 펴더니 치마 끝자락을 움켜쥐고 단박에 치마를 허리까지 쭉 찢었다. 그리고 도로에 다시 힘없이 쓰러졌다.

"세상에." 애그니스는 찢어진 치맛자락을 잡아 몸을 가렸다. 콜린은 팬티를 입고 있지 않았다. 부스스한 털이 누리끼리하고 매끄러운 아랫배 피부에서 망측하게 도드라졌다. "이봐요, 집에 들어가야 해. 일어나요. 어서!" 애그니스는 콜린을 일으켜 세우려고 했지만 취한 탓에 중심을 잡기 어려웠다. 두 여자는 뒤엉킨 채 먼지투성이 도로에 쓰러졌고, 애그니스의 무릎이 까졌다. 애그니스는 다시 일어나 콜린을 집으로 끌고 가려고 했지만, 뼈와 가죽만 남은 좌절한 여자는 몸의 힘을 빼고 떼쓰는 아이처럼 다시 먼지 속에 드러누웠다. 애그니스는 콜린 위에서 땀과 침을 뚝뚝 흘렸다. "이런 꼴로 누워 있으면 안 돼."

콜린은 눈을 꼭 감고, 더러운 도로가 고급 이불이라도 되는 것처럼 쓰다듬었다. 콜린이 한층 더 잠긴 목소리로 느릿느릿 말했다. "씨발, 다 상관없어. 제임스 맥아베니더러 들으라고 해. 자기. 마누라가. 길거리에서. 죽었다고. 보지를 까발리고."

자전거를 타고 있던 아이들이 불안한 웃음을 터뜨렸다. 애그니스는 콜린을 마구 흔들었다. 그러고 나니 기분이 한결 좋아져서 다시 한번 흔들었다. "이봐요, 여사님. 당신은 자존심도 없어요?"

콜린의 눈이 크게 벌어졌다가 다시 감겼다. 콜린의 숨이 얕아졌다. 애그니스는 콜린을 꼬집었다. "이봐요! 왜 이래요? 뭘 먹은 거야?"

흐느적거리는 해골은 대답하지 않았다.

이제 울타리 뒤에 여자들이 늘어서서 커다랗고 시끄러운 까마귀 떼처럼 바락바락 악을 쓰고 있었다. 소문은 삽시간에 퍼졌다. 격분한 콜린의 사촌들이 고함치면 제임시의 누이들이 동생을 옹호하며 주먹을 쳐들었다. 최소한 여든 살은 되어 보이는 제임시의 어머니가 침을 찍찍 뱉으며 실 빠진 대걸레를 낫처럼 휘둘렀다.

달리 뾰족한 수가 생각나지 않았기 때문에 애그니스는 스타킹을 벗고 치마 밑에서 팬티를 끌어 내렸다. 취해서 비틀거리면서도 대담하게, 도로 한복판에서 팬티를 벗은 다음에 끙끙대며 콜린에게 입혔다. 사람 크기 인형에 옷을 입히는 것 같았다. 인형의 팔다리가 뻣뻣하고 일자인 대신 느릿느릿 흐르는 피 때문에 무겁고 흐느적거린다는 사실만 빼면.

구급차가 도착했을 즈음 콜린은 말을 멈췄다. 애그니스는 콜린 옆 먼지 더미에 털썩 주저앉았다. 표백제로 빨아서 환하게 빛나는 자신의 하얀색 고급 팬티가 보였다. 애그니스보다 마른 여자의 몸에서 팬티가 레이스 기저귀처럼 헐렁하게 늘어져 있었다. 콜린에게는 과분한 친절이라고 생각했다.

15

그를 보고 있노라면 소시지 껍질 색깔이 떠올랐다. 다만, 딱히 무슨 색이라고 부름직하지 않을 정도로 묽디묽은 빛깔이었다. 그는 완전히 소진된 것처럼 보였다. 그의 한 손을 받치려면 리지의 양손이 필요했다. 그의 손을 뺨에 가져다 대면 손등을 덮은 파르스름하고 울퉁불퉁한 정맥이 느껴졌다. 이십 년간 곡물을 트럭에서 나르고, 독한 타르를 도로에 깔고, 북아프리카에서 이탈리아인들을 죽인 손이었다.

이제 윌리는 숨도 겨우 쉬었다. 공기가 강판에 갈리는 것 같은 소리가 폐에서 새어 나왔다. 공기가 날카로운 칼날에 걸렸다가 덜그럭거리고 쌕쌕거리며 도로 새어 나오는 것 같았다. 리지는 소매에 넣고 다니는 손수건을 꺼내 윌리의 얼굴을 닦았다. 이제 만성적으로 벌어진 입은 끝이 메마르고 각질로 덮여 있었다. 리지는 다시 한번 윌리에게 입맞춤하고 싶었다. 훌륭한 남자였던, 지금도 훌륭한 남자인 윌리와 마지막 추억을 만들고 싶었다.

다른 침대의 노인들은 자고 있었다. 간호사들이 그들에게 액체 모르핀을 한 방울 투여하는 것을 보았고, 이제 그들은 불편하게나마 잠든 듯했다. 리지는 코트의 단추를 풀고 머리에 두른 스카프를 벗었다. 그리고 윌리의 손을 들고 이불을 끌어 내렸다. 원래 리지는 침대에 올라가서 돌벽처럼 단단한 윌리의 몸에 기대어 흐느낄 생각이었다. 그러나 병상에 올라가던 도중에 생각이 바뀌었다. 힘겹게 침대에 올라가서, 리지는 좋은 코트를 입은 채 윌리에게 올라탔다.

다른 사람이라면 알아채지 못했을지 모르지만 리지는 윌리의 눈꺼풀이 바르르 떨리고 입에 짓궂은 미소가 걸렸다고 확신했다. 리지는 부드럽게 앞뒤로 골반을 움직였다. 보이는 것과 달리 저질스러운 의도는 전혀 없었다. 리지는 윌리의 온기와 생명을 다시 한번 느끼고 싶을 뿐이었다. 윌리의 순면 환자복과 그녀의 미끈거리는 합성폴리 팬티를 통해. 윌리가 잠시라도 고통을 잊게 해주고 싶었다. 윌리에게 그 정도는 빚지지 않았는가?

리지는 윌리의 몸에 살을 비비고 움직이면서 새 담배에 불을 붙였다. 폐 속 깊이 연기를 들이마시고 허리를 숙여 윌리의 얼굴에 뿜었다. 윌리가 리걸 담배 맛을 얼마나 그리워하고 있을까.

"괜찮으세요, 캠벨 부인?" 뒤에서 목소리가 들렸다. 누군가의 손이 리지의 팔꿈치를 상냥하게, 그러나 단단히 잡았다. "괜찮아요, 부인." 목소리가 말하며 리지를 침대 아래로 이끌었다. "괜찮아요, 소중한 사람."

간호사가 리지를 침대에서 내려줄 때 윌리는 꼼짝도 하지 않았다. 리지의 몸이 문댄 환자복이 구겨졌을 뿐 윌리는 아까와 똑같았다. 간호사는 아무런 비난의 기색 없이 리지가 들고 있는 담배를 끄고 치마를 무릎 아래로 정돈해주었다. 리지는 자신을 다시 의자로 이끄는 손길을 느꼈고, 차가운 물컵이 입술에 와닿았다. 계속해서 상냥하고 차분한 목소리로 위로하고 고양이를 쓰다듬듯이 다독이는 간호사에게 리지는 비밀을 털어놓고 싶었다. 리지는 간호사의 양손을 붙잡고 말했다. "제발, 하느님. 저이를 데려가지 마세요. 제발. 다시는 안 돼요."

애그니스는 화장을 매우 진하게 했다. 셔기의 눈에는 어머니가 얼굴 몇 개를 먼저 씻어내는 것을 잊고 그 위에 덧칠한 것 같았다. 아이는 신중하게 거리를 두고 어머니 뒤를 따라가다가, 때때로 걸음을 멈추고 어머니의 부스스한 밍크코트 주머니에서 떨어진 물건들을 주웠다.

병원의 자동문으로 비척비척 들어오는 애그니스를 보고 그녀가 도움이 필요하다고 판단한 간호사가 걱정하는 표정으로 달려왔다. 어머니를 한쪽으로 데려가 낡은 휠체어에 조심스레 앉히려는 간호사를 셔기는 바라보았다. 애그니스는 간호사를 뿌리치고 암 병동으로 발걸음을 옮겼다. 애그니스가 직업여성인 줄만 알았다고 남자 직원에게 속닥이는 간호사의 말이 들려왔다.

"아니에요." 셔기는 상당히 자랑스러워하는 말투로 말했다. "우리 엄마는 태어나서 단 하루도 일한 적 없어요. 일 같은 걸 하기엔 너무 미인이시거든요."

애그니스는 엉클어진 밍크코트를 입고 거만하게 걸었다. 검은 스트랩 하이힐이 병원의 기다란 대리석 복도를 긁는 소리가 끊어질 듯 끊어지지 않고 이어졌다. 애그니스가 검정 매직펜으로 칠해서 감추었지만, 하이힐의 굽에서 삐져나온 날카로운 못이 바닥을 긁으며 고달픈 시대의 비명을 질렀다.

애그니스가 바닥을 긁으며 지나가는 소리에 수척한 얼굴들이 흰 침대에서 일어나 복도를 내다보았다. 친절한 인상의 땅딸막한 간호사가 부스에서 나와 녹색 클립보드를 방패처럼 가슴에 안고 길을 가로막았다. 간호사의 몸통은 작은 벽만큼 널찍했다. "실례합니다만 무슨 일루 오셨죠? 도와드릴까요?" 간호사는 피곤한 미소를 지으며 물었다. "전 시스터 미천이어요." 간호사가 공식적인 느낌을 주는 배지를 파란 유니폼에서 들어 보였다.

이 간호사는 리지가 예전에 함께 일했던 간호사들보다 친절해 보인다고 애그니스는 생각했다. 우람한 글래스고 여자들. 토요일 밤에 실려 온 성인 남자를 내리누르고 갈비뼈에 박힌 깨진 병을 뽑아낼 수 있는 여자들이었다. 그들의 얼굴은 바위처럼 차갑고 단단했다. 끊임없이 되풀이되는 무지각한 폭력의 막장 드라마를 목격하면서 바위처럼 굳어버렸다. 시스터 미천은 확실히 최선을 다하고 있었다. 애그니스는 땅딸한 간호사와 그녀의 작은 배지를 내려다보았다. 배지에 적혀 있는 글자가 눈앞에서 파도쳤다. 애그니스는 심호흡을 하고 맨정신인 사람처럼 말하려고 애썼다. "아니, 괜찮아요. 나, 내가 어디. 가는지 알아요."

시스터 미천은 철저히 훈련된 미소를 거두지 않았다. "그런가요? 근데 지금 9시가 넘었어요. 문병 시간은 끝났구요."

애그니스는 무거운 눈꺼풀을 껌벅이고 참견하는 여자를 훑어보았다. 간호사의 코끝은 작은 딸기처럼 커다란 모공이 송송했다. 그것을 자신이 눈치챘다는 것을 알리려고 애그니스는 코끝을 빤히 응시하며 동정하듯 혀를 끌끌 찼다. 그리고 피아노 건반을 짚듯이 손가락을 하나씩 간호사의 굵은 팔뚝에 얹었다. "아버지를 보러 왔어요."

구릿한 효모 냄새가 애그니스의 입에서 흘러나와 간호사의 얼굴을 덮었다. "아버님 성함이 뭐지요?" 간호사는 움찔하지 않았다. 글래스고에서 간호사로 일하면서 그녀는 별의별 사람을 다 보았다.

"윌리… 윌리엄 캠벨이에요."

녹색 클립보드를 확인하려던 간호사가 멈칫했다. "아이구, 그랬구만요." 간호사의 훈련된 얼굴에 순간 금이 가며 그 밑에서 여러 진실된 감정이 출렁였다. 간호사는 널찍한 가슴팍에 클립보드를 끌어안고 다른 손을 애그니스의 팔에 살며시 올렸다. 애그니스는 그 손을 빤히 바라보았다.

"에구, 저런." 간호사가 형식적인 태도를 전부 내려놓고 다정하게 말했다. "아버님 일은 참말루 유감이어요. 우리가 젤 좋아하는 환자 중 한 명이셔요. 어찌나 잘생기고 체격도 늠름하신지. 일하는 사람들 성가시게 하는 것도 전혀 없구요." 시스터 미천은 애그니스에게 가까이 다가와 은밀히 속삭였다. "근데 자기 어머님은 쪼매 걱정이 되어요. 잘 받아들이지 못하시는 것 같아서. 어젯밤에 저녁 먹은 걸 다 치웠나 확인하러 왔는데 아버님 침대에 커튼이 반쯤 쳐져 있는 거예요. 시간이 많이 늦었는데요. 그래서 커튼을 걷었더니, 글쎄, 우리 불쌍한 어머님이 아버님 위에 올라타서 죽자 사자 흔들구 있지 뭐예요."

셔기는 간호사가 친절하다고 생각했다. 애그니스는 동의하지 않았을 것이다. 애그니스가 맨정신이었다면 웃지 않았을지도 모른다. 친절한 간호사가 동정하면서 팔을 다독이지 않았으면 웃지 않았을지도 모른다. 그러나 애그니스는 맨정신이 아니었다. 타인에게 동정을 받고 싶지도 않았다. 그래서 애그니스는 웃음을 터뜨렸다. 처음에는 미안하지만 못 참겠다는 듯이 키득거렸지만, 몸이 떨리기 시작하면서 고개를 젖히고 경박하고 거만하게 깔깔 웃었다. 그리고 잔인하게 물었다. "부러웠어요?"

시스터 미천의 투실투실한 턱살 여러 겹이 동시에 철썩였다. "하느님 맙소사!" 딸기코가 움찔거렸다. "여기가 공동 병실이란 걸 내가 말해야 알겠어요?"

어머니가 주먹을 불끈 쥐는 것을 셔기는 보았다. "오, 됐다 그래요." 애그니스는 고개를 내렸지만 눈에는 여전히 웃음기가 반짝였다. 애그니스가 간호사 가까이 몸을 기울였다. "거의 반세기를 함께했는데 불쌍한 여자가 슬퍼서 제정신이겠어요." 애그니스는 밍크코트의 팔을 쭉 뻗고 창문에서 커튼을 치듯이 간호사를 쉽게 밀어냈다. 애그니스는 병동 입구로 또각또각 나아가다가 갑자기 몸을 돌렸다. 뒷굽에서 삐져나온 못이 창피하게 신음하며 병원 바닥을 긁었다. "그리고 당신 말이 맞아요. 우리 아빠는 정말 잘생겼어요."

이 광경을 그림자 속에서 지켜보던 셔기는 어머니가 병동 입구의 커다란 문을 밀고 지나가길 기다렸다. 어머니가 시야에서 사라지자 셔기는 간호사 뒤로 조용히 다가갔다. 간호사는 입을 헤벌리고 하이힐 소리가 멀어지는 방향을 보고 있었다. 곧 남편을 잃을 노부인을 간호사가 이제 더 불쌍히 여길 것이라고 셔기는 생각했다. 딸은 주정뱅이라는 것을 알게 되었으니. 셔기는 굵은 팔뚝을 콕 찔렀다. 기척도 없이 다가온 아이의 손길에 놀라 간호사가 펄쩍 뛰었다.

"죄송합니다." 셔기는 전화카드의 음성메시지처럼 또박또박 말했다. "엄마의 무례를 용서하세요. 엄마는 사실은 정말 좋은 사람이에요." 그리고 물었다. "그러니까, 사람들이 천국에 가기 전에 오는 곳이 여기예요?"

시스터 미천은 깜짝 놀라서 가슴을 붙들었다. 몸에 꼭 맞는 양복을 차려입은 소년이 바로 뒤에 서 있었다. 소년은 노인처럼, 혹은 병원 원장처럼 뒷짐을 지고 있었다. 간호사는 소년을 한번 만져보고 싶었다. 자신이 환영을 보고 있는 것은 아닌지 얼떨떨했다. "아이고, 얘야. 그렇게 살그머니 나타나서 사람을 놀래키면 어뜩하니."

"저는 제 몸가짐에 주의해요. 살그머니 나타나지 않아요." 셔기는 가느다란 넥타이를 고쳐 맸다. "이제 제 질문에 답해주시겠어요?"

간호사는 눈을 껌벅였다. "천국? 그럴지두 모르겠구나. 어떨 때는."

셔기는 입술을 잘근거렸다. "그럼 여기에서 지옥으로 가기도 해요?"

그건 사람들이 언제 실려 오냐에 따라 달라진다고 시스터 미천은 말하고 싶었다. 올드펌 데이에 실려 오는 사람들은 대부분 지옥으로 직행하는 편이 낫다고도 말하고 싶었다. 소년은 많아도 열 살이 되어 보이지 않았다. "아니다, 얘야. 자주 그렇진 않아." 간호사는 거짓말했다.

아이는 간호사의 주머니에 걸려 있는 금속 시곗줄에 관심을 보이며 만지작거렸다. "사람들은 버스를 타고 천국에 가나요?" 간호사는 우스워하며 입술을 실룩이고, 아이의 머리를 쓰다듬으려고 부르튼 손을 내밀었다. 셔기는 본능적으로 피하고 혀를 찼다. "부탁이니까 그러지 마세요! 방금 가르마를 탔단 말이에요." 셔기는 언짢은 표정으로 다시 다가와서 시곗줄의 얽힌 체인을 만지작거렸다.

명령에 익숙지 않은 시스터 미천의 손이 허공에서 어색하게 머뭇거렸다. "니는 참말루 말쑥하구나."

"자기 외모에 자부심을 품는 데 돈이 드는 것도 아니라고 엄마는 늘 말해요."

간호사가 복도를 돌아보고 물었다. "아까 그 여자가 니 엄마니?"

셔기는 고개를 끄덕였다. "예." 시곗줄을 손가락에 감으며 셔기는 간호사의 친절한 얼굴을 슬쩍 올려다봤다. "괜찮아요. 엄마를 좋아하지 않으셔도. 엄마는 가끔 싱크대 밑에서 술을 꺼내 마셔요. 그럴 때는 아무도 엄마를 안 좋아해요. 아빠도, 누나도, 형도요. 하지만 그래도 괜찮아요. 사실 릭 형은 아무도 안 좋아해요. 엄마가 그러는데 형은 사교성이 마비되었대요."

시스터 미천은 눈을 감았다. 온갖 추악한 광경과 죄를 목격한 맑은 잿빛 눈이었다. "엄마가 자주 그러시니?" 시스터 미천이 물었다.

셔기는 시곗줄을 놓고 눈살을 찌푸리며 간호사를 올려다보았다. "제가 잘할 수 있어요. 제가 장도 보고 엄마가 제시간에 잠자리에 들게 할 수 있어요. 간호사 수녀님, 아직 제 질문에 답하지 않으셨어요. 할아버지가 곧 천국에 가실 거라고 엄마가 말했어요. 할아버지가 버스를 타고 가셔야 하는지 아니면 우리가 택시로 모실 수 있는지 알고 싶어요."

가슴을 짚고 있던 간호사의 손이 목으로 올라갔다. "아이고, 얘야. 그런 게 아니란다. 버스를 타고 가는 게 아냐. 가끔은 커다란 검은 차에 실려 가긴 한다만." 간호사는 목살을 조금 집고 목걸이 줄처럼 비틀기 시작했다. "사람은 천국에 자기 몸을 가져가지 않는단다."

셔기는 생각에 잠겨 아랫입술을 내밀고 미심쩍다는 듯이 오른눈을 찡긋 감았다. "그럼 심장은 가져가요?"

"아니."

"눈은요?"

"음, 아니야."

"그럼 손가락도 안 가져가요?"

"아니다, 얘야. 팔, 다리, 코, 아무것두 안 가져가. 하느님께 가는 건 몸이 아니라 영혼이거든."

왠지 셔기는 안심한 표정이었다. 아이의 어깨에서 무거운 짐이 내려간 것이 간호사의 눈에 보였다. 셔기는 광낸 구두의 뒤축으로 빙그르르 돌아서 복도에 깔려 있는 애그니스의 향기를 따라갔다. 병동 입구의 이중문 앞에서 셔기는 걸음을 문득 멈췄다.

"몸이 천국에 가는 게 아니면요, 창고에서 다른 남자애가 거기에 나쁜 짓을 했어도 상관없겠네요, 그렇죠?"

공동 병실의 문이 벌컥 열렸다. 병실의 불빛은 침침하고 느른했다. 핼쑥한 남자들이 하얀 침대 위에서 베개에 기대앉아 있었다. 병실 반대편에 있는 윌리의 침대는 오렌지색 방문객 의자에 에워싸여 있었다. 쓸쓸한 불빛이 빈 의자에 웅덩이처럼 고였다. 회색 코트에 회색 치마를 입고 홀로 앉아 있는 리지의 갈색 스타킹이 밝은 오렌지색에 대비되어 한층 더 우울해 보였다.

애그니스는 비련의 여주인공처럼 팔을 과장되게 올리고, 기괴한 까꿍 놀이를 하듯이 얼굴을 가렸다. 병원 복도의 환한 불빛을 백라이트 삼아, 왕립극장 무대에 서기라도 한 것처럼 연기하고 있었다. 애그니스는 병실을 건너가며 핸드백과 코트를 차례로 떨어뜨렸다. 시스터 미천에 대한 반발의 표시로, 애그니스는 오픈토 샌들을 신은 채 안전 가드를 밟고 침대에 올라갔다. 침대의 발치에서 딸을 바라보던 리지는 해진 검은 스타킹을 뚫고 나온 색칠된 발톱을 보고 가슴이 미어졌다. 자고 있는 아버지 위에 애그니스는 마치 그의 과부처럼 몸을 던졌다. 그러고선 마치 그의 애인처럼 부둥켜안고 꺼이꺼이 통곡하기 시작했다. 월리는 움직이지 않았다. 리지는 말없이 의자에서 일어나 하얀 나일론 속바지 위로 검은 치마를 내려주었다.

병실 문이 살짝 열리고 셔기가 들어왔다. 어머니가 흘린 물건을 품에 가득 들고 있었다. "엄마는 머리가 몸에 붙어 있지 않았으면 그것도 잃어버렸을 거예요."

난데없는 젊음의 등장에 죽어가는 남자들이 다시 술렁였다. 양모직 스웨터와 카디건을 세트로 입은 문병객 여자가 팔짱을 끼고, 스웨이드 모카신의 발부리로 불만스럽게 셔기를 가리켰다. 양복 차림인 소년은 병실을 가로지르며 어머니가 흘린 물건을 조용히 집고 버려진 밍크코트를 젖은 수건처럼 끌고 왔다. 할머니가 그를 보며 미소 짓고 있었다. 할머니가 일요일에 텔레비전을 무심히 볼 때 떠오르던 미소였다. 할머니가 슬퍼 보이지 않는다고 셔기는 생각했다. 할머니는 평화로워 보였다. 모든 것을 내려놓은 표정이었다. 셔기는 옆자리에 앉아 할머니의 마른 손을 잡고, 휘청거리며 침대에서 내려오는 어머니를 바라보았다. 침침한 불빛 아래 할아버지는 연유 색깔이었다. 할아버지의 피부는 누런 파리잡이 끈끈이처럼 얇아 보였고, 얇고 팽팽한 피부 아래 불쑥 솟은 캠벨 집안의 매부리코가 닭의 위시본을 방불케 했다.

애그니스는 리지의 반대편 의자에 앉아 어머니의 손을 잡았다. 리지가 말했다. "문병 시간은 끝났다."

애그니스는 고개를 못 가누고 꾸벅거렸다. "엄마, 너무 힘들어서 그래요. 여기에 올 용기를 도저히 낼 수 없었어."

"그렇겠지. 지금은 철철 넘쳐흐르는 것 같은데."

"집에 남아 있던 것만 마셨어. 이게 다 끝나고 나면 나으려고 노력할 거야. AA 모임에도 나갈 거라고." 애그니스의 거짓말이 공허하게 울렸다.

"난 그 AA 모임이라는 걸 좋게 생각한 적 없다. 저급한 사람들이 꼬이는 곳이야. 하느님이 네게 의지를 주셨잖니. 그걸로 너 자신을 구해야 하지 않겠니."

한참 동안 가족은 삼대가 줄줄이 손을 잡고 침묵 속에 앉아 있었다. 애그니스의 싸구려 모조 보석은 리지의 주먹 관절만큼 크고 파르스름했다. 애그니스가 스웨터 소매에서 휴지를 꺼내 눈가를 훔치고 리지에게 건네주자, 리지 역시 눈가를 훔치고 셔기에게 건네주었고, 셔기는 휴지를 마스카라나 가래가 묻지 않은 쪽으로 접었다. 애그니스는 검은 핸드백에서 라거 두 캔을 꺼내고, 거품 소리를 내며 연달아 딴 다음에 고리를 핸드백에 넣었다. "도저히 못 견디겠어. 다들 나를 떠나는 거야?"

리지는 셔기에게서 휴지를 돌려받아 맥주캔 측면에 인쇄된 반라의 여자들을 가렸다. "네 아버지가 그놈의 망할 전쟁에서 돌아온 것이 엊그제 같은데. 이렇게 금세 다시 보낼 수는 없다."

앙모직 스웨터를 입은 여자가 맥주를 보고 역겹다는 표정으로 입을 비죽였다. 그 표정을 포착한 셔기는 어머니에게 말해주려고 했지만, 고개를 돌리자마자 어머니의 정신이 이곳에 있지 않다는 것을 깨달았다. 애그니스의 귀에는 리지의 말도 들리지 않았다. 셔기는 할머니의 모직 코트 앞면에 있는 단추들을 돌려서 플라스틱 꽃의 꽃송이가 위로 가고 잎사귀가 아래로 가게 전부 바로잡았다. 상대와 소통하지 않고 홀로 넋두리를 이어가는 여자들 옆에서 셔기는 잠자코 기다렸다.

윌리는 침대에 누워 밭은 숨을 씨근거렸다. 폐에 돋아난 종양들 사이에 공기가 눌리며 쌕쌕 소리가 새어 나왔다. 애그니스는 세라믹 틀니에서 그릇 두 개를 비비는 소리가 날 정도로 이를 부득부득 갈아붙였다. "셔 그 개자식을 따라 집을 나가는 게 아니었어." 애그니스는 담배 두 대에 불을 붙이고 하나를 어머니에게 주었다. "아빠가 일어나면 그걸 꼭 말해줘야지."

이 말에 리지가 퍼뜩 정신을 차렸다. 리지는 담배 연기를 들이마시고 윌리의 얼굴에 조심스레 뿜어주었다. "네 아버지는 다시는 일어나지 못할 거다."

애그니스는 침대를 토닥였다. "우리 아빠는 이렇게 쓰러지지 않아. 며칠만 기다리면 멀쩡해지실 거야."

"애그니스! 아빠가 다시는 집에 못 간다고 의사들이 말했어."

애그니스는 맥주를 몇 모금 더 들이켰다. 겹으로 칠한 마스카라가 녹으며 검은 눈물이 흘러내렸다. "왜 우리는 맞서 싸우지도 못하고 늘 당하기만 해야 해?"

리지는 어깨를 으쓱했다. "오, 신세타령해서 지금 뭔 소용이니?"

그들은 오랫동안 침묵을 지켰다. 시간이 너무 늦어서 너무 이른 시간이 되었다. 양모직 스웨터를 입은 여자가 마침내 떠났고, 잠시 후 시스터 미천이 불투명한 머그잔을 가져와서 맥주를 따르고 눈에 거슬리는 맥주캔을 치웠다. 간호사가 잔소리하지 않는 것으로 봐서 끝이 가까워진 모양이었다. 간호사는 윌리에게 모르핀을 더 투여하고, 윌리의 입술을 적실 얼음을 리지에게 주었다. 그리고 병상의 두꺼운 휘장을 쳐서 네 사람에게 사적인 공간을 마련해주었다. 딱딱한 의자에 오래 앉아 있으려니 다리에 쥐가 났지만 서기도 칭얼거리면 안 된다는 것쯤은 알았다.

정적 속에서 애그니스는 서서히 술이 깼다. 애그니스는 몸의 떨림을 억제하려고 〈프리먼스〉 카탈로그를 들척였다. 2월 초부터 애그니스는 8월에 시작하는 새 학기를 대비해서 카탈로그를 잔뜩 접어두었다. 셔기는 잡초처럼 쑥쑥 자라나고 있었다. 애그니스는 이제 한결 천천히 머그잔에 맥주를 따르고 어머니에게 물었다. "아빠 없이 어떻게 살 거예요? 생활비랑 그런 것들 말야."

리지는 어깨를 으쓱했다. "너는 어떻게 살았니?"

애그니스는 아버지를 보았다. "모르는 편이 나아."

리지는 셔기가 기대어 잘 수 있게 팔을 들고 아이를 끌어안았다. 다시 입을 열기 전에 리지는 셔기가 잠들었는지 확인했다. "너한테 해줄 이야기가 있다, 애그니스. 조용히 듣기만 해. 네가 나를 판단하면 견딜 수 없을 것 같으니까."

애그니스가 앞으로 몸을 기울였다. "뭔데? 엄마, 괜찮아요?"

리지는 고개를 가로저었다. "내가 너한테 심했지. 그랬다는 걸 나도 알아." 애그니스가 부인하길 기다리는 것처럼 리지는 잠시 침묵했지만 애그니스는 잠자코 있었다. "난 빅 셔이 처음부터 싫었다. 그래도 내가 너한테 지나치게 냉정했어."

"괜찮아. 엄마가 그럴 만했지, 뭐."

"아니, 나도 네 처지인 적이 있었어. 다만, 난 내 딸은 더 나은 삶을 살길 바랐던 것 같다."

리지는 이야기를 시작하기 전에 아이가 자는지 다시 한번 확인했다. 셔기는 눈을 꼭 감고 자는 척하면서 할머니의 다음 말에 귀 기울였다.

리지는 숨을 깊이 들이쉬고 최대한 오래 참고 있다가 말을 시작하며 내쉬었다. "애그니스, 무슨 수를 써서라도 살아가야 한다. 너 자신을 위해서가 아니면 아이들을 위해서라도. 계속 살아가야 해. 엄마들은 그렇게 사는 거다."

리지는 공동주택의 계단을 회색 마대가 달린 대걸레로 닦고 있었다. 춤추듯 양옆으로 실룩이던 움직임을 잠시 멈추고 맨손으로 걸레를 짰다. 한 계단씩 구정물을 쓸어내고 마지막 물결을 건물 입구 밖으로 흘려 보냈다. 표백제와 송진의 독한 냄새에 눈이 시큰했다. 리지는 무거운 양철 양동이를 들고 거리로 나가서 더러운 땟국물을 경삿길에 쏟아부었다. 새로운 물줄기가 흘러 내려오자 헐벗은 아이들이 즐거워하며 팔짝거리고 소리를 질렀다.

남은 오전 시간 내내 리지는 애그니스의 양철 아기 욕조에서 이불을 빨았다. 스스로에게도 인정할 수 없었겠지만, 리지는 내심 빨래터가 그리웠다. 빨래터에서 벌어지는 일종의 의식이 좋았다. 남자들과 아이들로부터 자유로운 곳. 여자들이 성당에서는 드러내지 못하는 자신의 일부를 다른 여자들과 공유하는 장소였다. 빨래터에 가면 먼저 돈을 내고 양동이를 받는다. 양동이에 뜨거운 물을 가득 채우고 일복과 커튼 따위를 담근다. 옷에서 때가 빠지는 동안 여자들은 반원으로 둘러서서 뒷소문으로 거품을 냈다. 저미스턴에서 일어나는 그 어떤 일도 빨래터 여자들의 다듬질을 피해갈 수 없었다.

이제는 그들이 자신을 두고 입방아 찧는다는 것을 리지는 잘 알았다. 여자들은 그녀가 탈수기를 다 쓸 때까지 기다렸다. 잘 가라고 명랑하게 인사하고, 그녀가 떠나고 나면 돼지 뼈에서 살점을 발라내듯이 그녀의 좋은 평판을 찢어발길 것이다.

옷의 때를 빼려고 쥐어짰더니 양철 욕조에 파도가 일며 물이 사방으로 넘쳐 흘렀다. 젖은 바닥을 보고 리지는 욕설을 내뱉었다. 어쨌든 이제는 그의 옷을 빨지 않아도 된다. 최소한 이제는 윌리 캠벨을 위해 빨래할 필요가 없다. 어차피 그의 작업복은 아기 욕조에서 빨 수 없을 것이다. 그 커다란 옷을 넣으면 물이 들어갈 공간도 남지 않았을 것이다.

빨갛게 상기된 얼굴로 빨래를 두드리다가 리지는 빙글빙글 돌고 있는 애그니스를 발견했다. 프릴이 달린 흰 양말이 땟국물에 흠뻑 젖어 있었다. 리지는 아이를 젖은 바닥에서 안아 올려 부엌 의자에 앉히고 머리의 벨벳 리본을 다시 묶어주었다. "또 배고픈가보구나?"

찬장 선반을 뒤지는 리지의 미간에 주름이 점점 깊이 파였다. 먹을 것이 없었다. 군데군데 딱지가 앉은 감자, 까끌까끌한 라드 한 덩어리, 너무 조금밖에 남지 않아 재채기만 해도 전부 날아갈 것 같은 밀가루 한 줌. 리지는 텅 빈 빵 통 뒤로 손을 뻗어 아래쪽 선반에서 가루비누 상자를 꺼냈다. 상자를 조심스레 기울이자 숨겨놓은 달걀 세 알이 굴러 나왔다. 통통한 갈색 달걀은 반점 하나 없이 깨끗했다. 리지는 검은 프라이팬에 라드를 한 숟가락 떨어뜨리고 달걀을 깨트렸다. 지글지글 끓는 기름에 달걀이 풀어지며 사치스럽게 톡톡 튀었다. 리지는 아이를 돌아보고 손가락을 세워 비밀스럽게 입술에 대었다. 통통한 뺨을 지닌 아이는 엄마를 올려다보며 꽃봉오리 같은 입술 앞에 작은 분홍색 손가락을 똑같이 세웠다.

리지는 애그니스를 무릎에 앉히고 숨겨놓았던 달걀을 한 접시로 같이 먹었다. 두껍고 기름진 노른자가 리지의 이에 끈적하게 달라붙고 아이의 윗입술과 아랫입술을 하나로 붙였다. 배부르고 만족스러운 기분으로 리지는 애그니스를 품에 안고 얼렀다. 바깥에서는 아이들이 인디언 놀이를 하며 시끌벅적 떠들었고, 프로밴밀에서 일꾼들을 다시 부르는 사이렌을 울렸다. 프로밴밀 가스 타워로 여전히 출근하는 남자들이 부끄러운 줄 알기는 하는지, 조금이라도 수치심을 느끼는지 리지는 궁금했다. 도저히 못 견디겠다고 선언한 그날까지 윌리가 어떤 기분으로 지냈는지가 문득 기억났다.

날이 포근했다. 놀이에 골몰한 아이들이 옹기종기 모여 소곤거리는 말소리와, 꼬마 인디언들이 아둔한 카우보이들을 습격하며 터뜨리는 함성과 고함이 열린 창문을 통해 들려왔다. 그때 불현듯 바깥 소음의 음색이 달라졌다. 아이들이 무언가 다른 것에 흥분하고 있었다. 아이들은 이제 환호하고 응원하고 있었다. 발로는 도저히 따라갈 수 없는 속도로 무언가가 거리에 퍼지고 있었다. 여러 목소리가 같은 단어들을 외쳤다. 발달 초기의 전보처럼 입에서 입으로 전해지고 있었다. 살짝 내다볼 생각으로 리지는 레이스 커튼 뒤로 살그머니 걸어갔다. 동네 여자들은 버젓이 창문을 열어젖히고 내다보고 있었다. 아이들은 자신이 들은 소식의 조각을 어머니에게 외쳤고, 여자들은 어두운 방을 뒤돌아보며 소식을 공유했다.

갑자기 문에서 똑똑, 노크 소리가 울렸다. 리지의 시선이 애그니스에게 향했다. 아이의 입가에 노른자가 묻어 있었다. 리지는 얼른 애그니스의 입가를 닦아 증거를 인멸했다. 현관문은 잠겨 있지 않았다. 이 동네에서는 아무도 문을 잠그지 않았다. 가톨릭들이 모여 사는 안전한 동네였다. 문밖에 누가 있는지는 몰라도 낯선 사람이 분명했다. 리지는 복도에 걸린 거울 앞에 잠시 서서 축 처진 머리칼에 생기를 주려고 했다. 매무새를 정돈하는 와중에도 머릿속에서는 자신이 진 빚을 하나씩 떠올리며 갚을 기한이 충분히 남았는지 확인했다. 리지는 다용도실의 텅 빈 선반을 다시 한번 살피고, 그럭저럭 안전하다고 느끼며 현관문을 열었다.

초록빛이 감도는 파란빛이 층계참의 창문으로 스며들어 먼지처럼 그를 에워싸고 있었다.

그는 아무 말도 하지 않았다. 엷은 미소를 지으며, 어깨에서 가방을 내려놓기만 했다. 두껍고 길쭉한 캔버스 가방은 속이 꽉 차 있어서 혼자서도 설 수 있고 높이가 거의 리지의 콧등까지 왔다. 입에서 왜 그런 말이 나왔는지 리지 자신도 알지 못했다. 어쩌면 달리 할 말이 생각나지 않았는지도 모른다.

"설마 저게 다 빨랫감은 아니겠지."

윌리가 웃음을 터뜨렸다. 나중에 이날을 돌이켜보았을 때 리지는 윌리가 그냥 웃어준 것이 고마웠다. 순간 혼란에 빠진 자신의 말이 재회의 기쁨을 망가뜨리지 않게 해주어서 고마웠다. "들어가도 돼?" 윌리가 개리슨캡을 추어올렸다.

이 낯선 남자가 그녀의 윌리라고 믿기 힘들었다. 남자의 얼굴은 그녀가 로이스턴 로드에서 마주치는 얼굴들과 다름없었다. 누군지 알아보아서가 아니라 예의상 고개를 대충 끄덕여 인사하는 타인의 얼굴. 그래도 리지는 복도로 물러서며 길을 내주었고, 낯선 남자는 문지방을 건넜다. 남자는 무거운 가방을 끌고 들어와 문을 닫았다. 어색하게 서서 모자를 접었다 폈다 하던 윌리가 테이블 옆에서 자신을 말똥말똥 쳐다보는 눈을 발견했다.

"저 아이가?" 윌리가 물었다.

리지는 고개만 간신히 끄덕였다. 윌리가 마지막으로 보았을 때 애그니스는 돼지 다릿살처럼 분홍빛이었고 윌리의 어머니가 직접 수놓은 포대기에 싸여 있었다. 물론 리지가 세례식이나 부활절에 찍은 사진을 보냈었지만 실제로 보는 것과는 달랐다. 윌리는 이제야 제 눈으로 아이를 보는 것 같았다. 새까맣고 풍성한 머리칼과 녹색 유리알 같은 눈동자를 윌리는 넋을 잃고 바라보았다. 그러나 무엇보다 윌리를 기쁘게 한 것은 애그니스의 토실토실한 다리였다. 윌리는 무릎을 꿇었다. 윌리는 울고 있었다. 애그니스가 건강하고 행복해 보이는 아기라는 사실에 안도의 눈물이 천천히 흘렀다. 윌리는 길쭉한 가방을 열고 수제 날염한 천에 싸여 있는 아름다운 인형을 아주 조심스레 꺼냈다. 아프리카에서 산 구슬 달린 리본, 이탈리아에서 산 작은 종이 십자가 등 알록달록하고 신기한 물건들이 줄줄이 나왔다. 줄무늬 종이에 포장한 사탕이 있었고, 색깔과 무늬가 전부 다른 인형들이 끝없이 나왔다.

인형들은 리지가 처음 보는 피부색과 눈 모양을 지녔다. 윌리가 내려놓는 물건들을 애그니스는 계속해서 집다가 결국 손이 모자라서 떨어뜨렸다. 애그니스가 그의 다리에 기대어 선물을 들척이는 동안 윌리는 아이의 정수리에 코를 묻고 달콤하고 깨끗한 비누 내음을 들이켰다.

무릎을 꿇고 앉아 있는 윌리를 리지는 아주 살며시, 거의 손을 대지 않고 어루만졌다. 윌리의 목덜미는 낯선 색으로 그을려 있었다. 끈적한 갈색 시럽 혹은 금빛으로 달콤하게 태운 설탕 같았다. 살짝 들린 셔츠의 목깃 안쪽에서는 까무잡잡한 갈색 피부가 건강한 금색으로 갑작스레 바뀌었다. 리지는 윌리의 귓바퀴 뒤로 구불거리는 머리칼을 다정히 쓰다듬고 있었다. 포마드를 바르지 않은 윌리의 머리카락은 흡사 햇빛을 반사하는 것처럼 여러 색조의 고동색으로 빛났고 뿌리와 색깔이 확연히 달랐다. 낯설었다. 리지는 윌리가 낯설었다. 그녀가 잘 알고 사랑하던 새까만 머리칼은 어디로 간 걸까. 리지는 부드러운 머리를 손가락으로 쓸어내리다가, 돌연 세게 잡아당겼다.

그러자 윌리가 그녀를 올려다보았다. 윌리는 한쪽 눈을 찡긋하며 특유의 비뚜름한 미소를 지었다. 진짜 윌리였다. 윌리가 집에 왔다.

신문에는 아무 소식도 없었다. 리지는 신문을 매일, 때로는 하루에 두 번, 가끔은 열 번씩 확인했다. 병원에서 퇴근하면 곧바로 공동주택 뒷마당에 있는 공용 화장실로 가서, 미지근한 변기에 앉아 데블린 씨가 이따금 두고 가는 신문을 읽었다. 신문은 북아프리카에서 그들이 대승을 거두었지만 글래스고, 인버네스, 에든버러의 아들들이 큰 희생을 치렀으며 수많은 이가 집에 돌아오지 못할 거라고 알렸다. 사상자 목록은 끝이 없었다. 저미스턴의 몇 안 되는 작은 골목에서도 그렇게나 많이 죽었다. 매주 고개를 떨구고 공동주택 입구로 들어오는 이들과 마주칠 때마다 리지는 그들이 잃어버린 자식을 위해 기도하고 돌아오는 길인지도 모른다고 상상했다. 사상자는 계속해서 늘어났고 리지는 더는 세지 않았다. 골디 씨. 어린 데이비 앨런. 카트렐 형제. 스물둘과 스물셋이었던 연년생 형제는 통틀어 일곱 명의 아버지 없는 아이들을 남겼다.

이 불쌍한 병사들이 전부 사망했다고 발표되었는데 윌리에 대해서는 아무 소식이 없었다. 리지는 무소식이 희소식일지 모른다고 어머니 이저벨에게 말했지만, 이저벨은 길고 다사다난한 삶을 살았다. 이저벨은 막내딸을 끌어안고, 희망을 버리고 현실적인 일에 집중하라고 타일렀다. 그녀의 딸 애그니스, 일자리. 그리고 두 사람이 어떻게 먹고 살 것인지. "희망을 품으면" 이저벨이 말했다. "절망도 함께 안기는 법."

이제 전부 상관없다. 월리 캠벨이 돌아왔다. 자신이 무엇을 하려는지 알기도 전에 리지는 몸을 움직이고 있었다. 공동주택의 복도에서 행복한 목소리들이 울렸다. 누군가 월리의 이름을 외쳤다. 사람들이 곧 월리를 보러 올 것이다. 리지는 애그니스를 안아서 건조 옷장으로 데려갔다. 옷장 속의 수건 더미를 양옆으로 밀고 그 뒤에 숨겨놓은 바느질함을 꺼냈다. 바느질함을 살며시 열자 마데이라 케이크의 달콤한 버터 향이 퍼졌다. 선반에는 기름진 돼지 다리도 하나 숨겨져 있었다. 리지는 뼈에서 고기를 한 움큼 뜯었다. 마데이라 케이크 캔을 애그니스에게 안겨주고 양손에 살코기를 쥐여주었다. "아가, 여기에 잠깐만 있어." 리지는 옷장 문을 살짝 닫았다.

그들이 곧 월리에게 올 것이다.

리지는 재빨리 속옷을 벗었다. 리지는 아직 월리에게 입을 맞추지도, 껴안지도 않았다. 키스나 포옹으로는 여태 그녀가 느낀 허전함을 채울 수 없었다. 리지는 나무 의자의 등받이 위로 허리를 숙이고, 세공된 팔걸이를 붙잡고 자세를 취했다. 등 뒤로 다가오는 월리가 느껴졌다. 처음에는 마치 길에서 따라오는 사람처럼 존재감이 희미했지만, 다음 순간 월리가 그녀를 어루만지고 목덜미에 키스하며 거칠게 들어왔다. 리지는 자신의 창백한 위팔을 그러쥐는 낯선 갈색 손가락을 바라보았다. 월리는 천천히 들어오다 빨라졌고, 곧 이불처럼 그녀를 감싸며 몸을 포개었다. 그들이 하나인 것처럼.

그들이 곧 월리에게 올 것이다.

월리에게서 예전과 다른 냄새가 났다. 월리의 머리칼에서는 농익은 오렌지의 알싸한 향이 났고, 그의 숨결은 달콤했지만 당밀 향이 지나치게 강했다. 리지는 고개를 돌려 윌리를 바라보았다. 윌리는 눈을 크게 뜨고 그녀에게 몰두하고 있었다. 비로소 이 남자가 정말로 윌리라는 실감이 났다. 초록빛과 구릿빛이 뒤섞인 눈동자. 무성한 너도밤나무 잎사귀 사이로 스며드는 금빛 햇살 같은 눈동자는 그대로였다.

오래전, 애그니스가 존재하기 훨씬 전에 윌리는 리지를 데리고 버스를 두 번 갈아타서 켈빈그로브 미술관에 갔다. 그렇게 웅장하고 아름다운 건물에 처음 가본 리지는 윌리를 따라 으리으리한 홀을 구경하며 몹시 수줍어했다. 신발이 유난히 시끄럽게 끽끽대는 것 같았고, 그녀의 가장 좋은 드레스는 코트 아래로 지나치게 늘어진 것 같았다. 윌리는 상관하지 않았다. 윌리는 두꺼운 팔로 인파를 헤치며 리지를 위해 길을 터주었다. 자신도 바이어즈 로드의 여느 부유한 의사만큼이나 이곳에 있을 자격이 있다는 듯, 윌리는 당당했다. 훗날에야 윌리는 건물 지붕의 타일을 수리하러 왔다가 이곳을 알게 되었다고 리지에게 고백했다.

특별한 오후였다. 사암 계단 위에 그림이 한 점 걸려 있었다. 유유히 흐르는 강 옆으로 우거진 너도밤나무 숲과, 금빛과 고사리 빛깔로 강변을 수놓은 가을 야생화가 담긴 한 폭의 아름다운 유화였다. 윌리가 그녀를 보며 미소 지었고, 그 순간 리지는 드레스에 대한 걱정을 전부 잊어버렸다. 윌리의 눈은 그림 속의 빛깔들로 빛났다. 수확하지 않은 건초의 바랜 녹색과 붉은사슴의 그윽한 황갈색이 윌리의 눈동자에 점점이 찍혀 있었다. 그리고 지금, 사랑하는 남자를 찾아 눈을 들여다본 리지는 비록 그림의 액자는 바뀌었을지언정 그림 속의 초록빛은 변함없다는 것을 깨달았다.

희미한 소리가 났다. 잊고 있었다. 어떻게 잊을 수 있었을까? 그토록 많은 밤을 고민으로 지새웠는데?

월리가 움직임을 멈췄다. 월리는 허리를 펴고 방구석으로 눈길을 돌렸다. 방구석을 빤히 바라보는 월리의 눈에는 먼 곳에서 다가오는 무언가를 발견하고 경계하는 사람의 적의가 감돌았다. 월리가 그녀에게서 빠져나가는 것이 느껴졌다. 월리는 군복을 다시 입고 구석을 향해 걸어갔다. 혹여나 그곳에 있는 것이 겁을 먹고 달아날까봐 걱정하는 듯, 월리는 손바닥을 쫙 펴고 살금살금 걸어갔다. 아기가 다시 울었다. 월리가 요람의 커튼을 벌컥 걷었을 때 아기는 칭얼대고 있었다.

그때 월리의 얼굴에 떠오른 표정을 리지는 한평생 잊지 못할 것이다. 현관문이 마침내 열렸을 때 월리는 널찍한 어깨 너머로 리지를 뚫어지게 보고 있었다. 아무도 노크 따위는 하지 않았다. 우르르 몰려오는 발소리와 함성이 들렸고, 노동조합 남자들과 그들의 아내들이 산더미처럼 쌓인 샌드위치와 맥킨리 위스키 등을 들고 물밀듯이 쏟아져 들어왔다. 리지가 의자의 팔걸이를 놓고 옷매무새를 가다듬기가 무섭게 사람들이 들이닥치고 첫 번째 스위트하트 스타우트 캔이 거품을 냈다. 친구들과 얼싸안는 시늉을 하는 동안에도 녹색과 황갈색이 점점이 박힌 월리의 눈은 리지의 얼굴에 꽂혀 있었다. 행복한 사람들을 그들 사이에 두고 리지는 입 모양으로 말할 수밖에 없었다. 정말 미안해.

그날 밤 그들은 축하하러 온 친구들 가운데 마지막까지 남은 이들이 다 떠나기도 전에 두꺼운 커튼을 치고 접이침대에 올라갔다. 월리는 피곤하다고 했지만 리지는 옆에 뜬눈으로 누워 있는 월리의 몸이 발산하는 술의 열기를 느꼈다. 자신의 수치심 역시 그렇게 밖으로 열을 뿜는지 알고 싶었다. 두 사람은 한마디도 나누지 않았다. 그들은 서로를 만지지 않고 각자의 자리에 누워 있었고, 리지는 윌리가 이집트에 있을 때보다 더 멀게 느껴졌다.

다음 날 아침에 리지가 일어나니 윌리는 벌써 외출용 모직 양복을 입고 있었다. 이제 윌리의 바지는 다소 통이 넓고 구식으로 보였고, 재킷은 이전보다 몸에 헐렁했다. 윌리는 리지가 숨겨놓은 음식을 찾았다. 청과점 주인이 준 스팸, 돼지 다릿살, 마지막 남은 마데이라 케이크. 윌리는 구운 스팸을 애그니스에게 한 숟가락씩 먹이려고 하다가 아이가 거부하면 웃음을 터뜨리며 마데이라 케이크를 주어서 버릇을 망쳐놓고 있었다.

리지는 그 더러운 음식들과 윌리를 함께 보고 싶지 않았다. 킬페더 씨, 그 안짱다리 청과점 주인의 모습을 떠올릴 수는 있었지만 모든 것이 정확히 어떻게 시작되었는지는 불확실했다. 전부 너무나 교활하고 은근했다. 한 움큼씩 더 쥐여주던 달걀이었나? 식량 보급 장부에 적혀 있는 것보다 조금 더 많은? 추가로 얹어주던 빵 테두리였나? 이런 사정을 윌리에게 어떻게 말한단 말인가?

이 갓난아기, 킬페더의 또 다른 아들이 방구석의 요람에서 나지막이 구구거렸다. 아무 소리도 들리지 않는 것처럼 윌리는 아기를 등지고 있었다.

리지가 커튼을 걷고 나오자 윌리는 자리에서 일어났지만 그녀에게 시선을 주지 않았다. 윌리는 재킷의 단추를 채우고 애그니스에게 인사로 입을 맞춘 뒤에, 유모차에 쌓여 있는 깨끗한 이불 더미를 치웠다. 그리고 요람에서 아기를 들어 올렸다. 윌리 캠벨이라는 남자의 선한 본성을 신뢰한다는 듯이 아기는 분홍색 팔을 윌리에게 뻗었다. 윌리는 리지의 자랑스러운 유모차에 아기를 태우고 털실로 뜬 이불을 턱 밑까지 살며시 끌어 올렸다. 리지는 물끄러미 바라보고만 있었다. 윌리가 현관문을 향해 돌아섰다.

무언가가 리지를 앞으로 떠밀었다. 리지는 유모차의 손잡이를 붙잡았다. "어디 가?"

"밖에."

"돌아올 거야?"

"물론이지." 윌리는 리지의 질문을 듣고 놀란 듯했다.

리지는 지금 눈물을 흘리면 멈출 수 없을 것 같았다. 리지는 유모차의 손잡이를 놓았다. "정말 미안해." 리지가 속삭였다. "고기를 조금 받았어. 우린 잘 먹었어. 난 몰랐어. 나는, 나는 당신이 언젠가는 돌아올 건지 알 수 없었어."

"알아." 윌리는 그렇게만 말했다.

리지는 애원하기 시작했다. "알게 되었을 때 난 애스킷 파우더*를 최대한 많이 구했어. 잔뜩. 하지만 이미 때를 놓쳤어. 너무 늦었었어."

"리지, 난 듣고 싶지 않아." 그때 윌리가 리지의 얼굴을 두 손으로 감싸고 입을 맞추었다. 그가 떠나던 날 세인트 에녹에서 작별 인사로 입을 맞춘 뒤 처음 받는 키스였다. 리지는 킬페더 씨가 절대 키스하지 못하게 했다. 그 사실을 윌리에게 꼭 말해야 할 것 같았다.

윌리가 말했다. "내가 너무 늦게 돌아와서 미안해." 낯선 아기를 태운 유모차를 밀고, 윌리는 포근한 봄날 아침 속으로 걸어 나갔다.

리지의 인생에서 가장 긴 하루였다.

윌리는 거리의 가로등에 불빛이 들어오기 전에 돌아왔다. 온종일 창가에서 기다린 리지의 귀에 윌리의 휘파람 소리가 들렸다. 윌리는

---

* 유산을 초래한다고 알려진 두통약.

새러슨 스트리트에서부터 줄곧 휘파람을 부르면서 온 것 같았다. 후일에 데블린 부인은 그날 윌리를 보고 겁을 먹었었다고 리지에게 말했다. 까맣게 그을리고 금빛으로 빛나는 윌리를 보고 인도 청년인 줄만 알았다고 했다. 게다가 윌리가 프레드 아스테어라도 되는 것처럼 난간을 잡고 춤추고 노래하며 계단을 뛰어 올라왔다는 것이다.

문을 열고 들어온 윌리의 곁에는 유모차도, 담요도, 낯선 아기도 없었다. 윌리는 아내와 딸을 한 품에 끌어안았다. 윌리에게서 먼 들판처럼 차갑고 싱그러운 공기 냄새가 났다.

윌리는 왕성한 식욕으로 저녁을 먹었다. 양고기로 짭짤하게 간을 하고 크림으로 뭉근하게 끓인 완두콩 수프를 두 접시나 먹었다. 음식이 어디에서 났으며 무슨 돈으로 샀는지 말할 수 없었던 리지는 윌리가 캐묻지 않아서 다행스러웠다.

그날 밤, 커튼을 친 침대에서 리지는 윌리의 품에 파고들어 털이 수북한 팔을 쓰다듬었다. 리지는 돌아누워 윌리를 보고, 아기는 어디에 있느냐고 물었다.

윌리는 리지를 가까이 끌어안고, 황갈색이 점점이 박힌 초록색 눈으로 그녀를 바라보았다. 윌리는 단지 이렇게 말했다. "무슨 아기?"

16

애그니스는 어머니에게서 들은 이야기를 생각했다. 아버지가 죽기 전 며칠 동안 애그니스는 그 이야기를 머릿속에서 떨쳐낼 수 없었다. 폐암이 끝내 윌리를 끝장냈다. 마지막 순간까지 윌리는 쌕쌕거렸다.

그들은 축축한 3월 오후에 윌리 캠벨을 묻었다. 램브힐 공동묘지 뒤쪽의 작은 언덕이었다. 맨정신일 때 애그니스는 아버지를 애도하며 울었다. 그러고 나서는 자기 자신을 불쌍히 여기며 울었다. 어머니가 아버지에게서 받은 사랑을 자신은 셕에게서 받지 못했음을 슬퍼했다.

술에 취하면 애그니스는 늙은 어머니에게 전화를 걸어 아버지의 추억을 망가뜨렸다고 악을 쓰며 따졌다. 대체 어떤 남자가 아기를 데리고 나가서 그냥 없애버리나? 그러다 아버지가 죽은 지 한 달 만에 어머니가 죽었다. 애그니스는 이제 소리 지를 사람이 아무도 없었다.

엘리자베스 캐서린 캠벨은 슬리퍼를 신은 채 죽었다.

애그니스가 핏헤드로 차를 보내달라고 글래스고 택시 회사에 간청해서 병원에 도착했을 즈음, 리지는 이미 한 시간 반 전에 천사가 되었다. 너무나도 괴로워서 가만히 기다릴 수 없던 애그니스는 황량한 핏 로드 중간 지점까지 걸어가서 그녀가 부른 택시와 만났다. 마침내 택시의 전조등이 시야에 들어왔을 때 애그니스는 먼지투성이 도로에 그대로 주저앉았다.

병원에 도착한 애그니스에게 경찰은 버스운전사가 자책감에 몹시 괴로워하고 있다고 말했다. "선량한 사람입니다." 그들이 말했다. "회사에서 아무런 문제도 일으키지 않고 수년간 일해왔어요." 노부인이 연석에서 갑자기 뒷걸음질로 도로로 나올 거라고 버스운전사는 예상하지 못했다. 리지를 칠 의도는 전혀 없었다. 리지는 아마 죽을 작정으로 뒷걸음쳤을 것이다. 그들은 그렇게 말했다.

경찰 모자의 챙에 가려진 눈이 자신의 상태를 가늠하고 있다는 것을 애그니스는 알았다. 이런 주정뱅이 딸을 두었다면 어떤 어머니라도 같은 선택을 했을 거라고 말하는 듯한 그들의 차가운 눈과 따뜻한 위로의 말이 어울리지 않았다. "꽤 자주 일어나는 일입니다." 리지가 이렇게 겁쟁이 같은 방식으로 인생을 끝냈을 거라고 그들은 단정했다. 그녀의 어머니는 절대 그럴 리 없다. 어머니는 독실한 가톨릭 신자였다. 애그니스는 그들보다 어머니를 잘 알았다.

그 주 주말이 되어서야 장의사가 리지를 돌려주었다. 애그니스는 어머니의 침실에 시신을 안치했다. 릭이 애그니스를 도와 더블베드를 벽에 세우고 작은 관과 가대를 놓을 자리를 마련했다. 벽에 기대어놓은 매트리스는 다시는 내려오지 않을 것이다. 애그니스는 리넨 장롱에서 커다란 침대보를 꺼내 매트리스에 드리웠다. 매트리스가 이제는 죽고 사라진 아름다운 추억의 유령인 것처럼. 아버지를 위한 삼십 일 연미사를 올리기도 전에 어머니의 시신 발치에 이렇게 서 있는 것이다. 애그니스의 뼈 마디마디가 술을 달라고 울부짖었다.

애그니스는 뚜껑을 열어놓은 관 옆에 홀로 앉았다. 가진 것 중에서 가장 수수한 색깔 스카프를 머리에 두르고, 그달 들어 두 번째로 같은 검은색 스웨터 드레스를 입었다. 이제 사이트힐 아파트에 좋은 기억이라고는 하나도 없었다. 처음에는 아빠였고 이번에는 엄마였다. 이번에는 카펫에 카드보드 상자도 깔지 않았다. 조문객들더러 맘껏 더럽히라고 하자.

관 속에 누워 있는 리지는 매우 작아 보였다. 장의사는 리지의 이마에 난 상처를 두꺼운 화장으로 가리고 뭉개진 손을 비단 밴드 아래 숨겼다. 애그니스는 어머니의 손 아래 자신의 성경책을 놓고 세인트 주드 펜던트를 비단 밴드 위에 올려놓았다. 이제는 아무 쓸모도 없는 물건들이었다.

성당에 입고 가던 올리브색 정장을 어머니에게 입히고 머리의 하얀 뿌리를 염색해달라고 애그니스는 장의사에게 부탁했다. 장의사는 리지의 머리에 난 상처를 가릴 수 있게 모자를 가져오라고 했다. 애그니스는 장의사에게 사진을 보여주며, 리지의 머리를 작은 컬로 고불고불하게 말아서 얼굴 양옆에 드리워야 한다고 말했다. 장의사는 리지의 얼굴에 평온한 표정을 입히려고 최선을 다했지만 두꺼운 밀랍 가면 같은 얼굴은 평소의 리지와 조금도 닮지 않았다. 두 뺨을 물들이던 행복한 홍조도, 작은 코끝에서 반짝이던 장밋빛도 없었다. 그때 애그니스가 어머니에게 입을 맞추었다. 용서해달라고 울면서 빌었다.

눈물이 말라서 더는 나오지 않자 애그니스는 다시 똑바로 앉았다. 옆집의 텔레비전 소리가 벽을 통해 건너왔다. 애그니스는 전당 잡히지 않은 마지막 귀고리를 빼서 어머니의 귓불에 살며시 끼웠다. "짝이

안 맞는 거 알아." 애그니스는 왼쪽 귀고리 위로 곱슬곱슬한 머리를 늘어뜨렸다. "그래도 아빠가 엄마를 보고 한바탕 웃을 거리가 생겼네."

애그니스는 리지의 좋은 브로치를 똑바로 돌렸다. 낸 플래니건이 루르드에서 특별히 사다 준 것으로, 성모와 아기 예수가 세공된 아름다운 양철 브로치였다. "불쌍한 낸, 낸이 엄마를 더 잘 지켜봤어야 했는데." 애그니스는 한숨을 내쉬었다. "왜 그렇게 바보 같은 짓을 했어?"

애그니스는 휴지를 공처럼 둥글게 뭉치고 침을 묻혀 어머니의 광대뼈를 문질렀다. 두꺼운 화장은 좀처럼 밀려나지 않았다. "이번엔 치즈 대신 연어 통조림으로 샌드위치를 만들 거야. 그래도 괜찮아? 아빠 리셉션 때 샌드위치를 종일 밖에 내놓으니까 테두리가 딱딱하게 굳었어. 괘씸한 것들이 눈알을 어찌나 굴려대던지. 애너 오헤너, 그 거지 같은 년이 입을 비죽거리더라니까. 심지어 돌리는 존한테 이렇게 숙덕거렸어. '도니골에서 조문객이 이렇게 많이 왔는데 빵에 올릴 고기 한 점 안 차렸네.'"

애그니스는 화사한 분홍색 립스틱을 어머니의 얇은 입술에 발랐다. 립스틱을 엄지손가락에 조금 묻혀서 뺨에도 홍조를 입혔다. 에메랄드색 클로슈 모자의 주름을 펴고 싶었지만 리지의 뒤통수를 건드리기 두려웠다. 그래서 꼬리빗 끝으로 어머니의 고동색 곱슬머리 뿌리를 살렸다. "됐다, 뺨에 생기가 도니까 훨씬 낫네." 단어들이 목에 턱턱 걸렸다.

애그니스는 밤새 어머니 곁을 지켰다. 축축한 4월 아침에 그들은 리지의 관을 월리 위에 묻었다. 리지를 남편 위에 내리기 전에 무덤에 고인 물을 먼저 빼야 했다.

매장이 끝난 뒤 애그니스는 샌드위치를 키친타월에 쌌다. 조문객들의 검은 핸드백이 꽉 차고 뜨거운 연어와 버터 냄새로 진동할 때까지 애그니스는 셔기를 시켜 샌드위치를 나눠주었다. 셔기는 방 안을 세 바퀴 돌았다. 사람들이 사양하며 아이를 돌려보내도 애그니스는 셔기를 거듭 보냈다. 예쁜 접시에 두툼한 고기를 가득 쌓아서.

그들이 리셉션을 끝마치고 집에 돌아왔을 때는 날이 저물었다. 밖이 어두웠지만 광부 부인들은 여전히 집에 안 들어가고 망가진 대문에 기대서서 잠깐 갠 날씨를 즐기고 있었다. 어머니의 눈이 무서워 맨정신으로 버틴 애그니스는 이제 호박색 스페셜 브루의 달콤한 위로로 심장을 적시며 릭을 내려다보았다.

릭이 스케치북을 펼칠 때 애그니스는 바로 앞에 있었다. 스케치북 뒷면 주머니에서 길쭉한 종이가 나왔고, 종이에는 끝없이 이어지는 듯한 숫자가 적혀 있었다. 릭은 무안해하며 전화기 버튼을 가리고 긴 아프리카 전화번호를 천천히 눌렀다. 이것이었다. 캐서린이 그녀에게 끝까지 알려주지 않은 전화번호. 쓸쓸하기 그지없었다.

최대한 많은 정보를 캐내려는 애그니스 앞에서 릭은 최대한 말을 아꼈다. 애그니스는 캐서린의 목소리를 들으려고 귀를 곤두세웠다. 핏헤드의 꿉꿉한 복도에서 듣고 있자니 캐서린이 있는 곳에서는 공기 자체에 아름다운 카나리아의 노랫소리가 흐르는 것 같았다. 애그니스는 열대지방의 풍성한 꽃에 둘러싸여 있는 캐서린을 상상해보았다. 그녀 자신은 끝내 배우지 못할 아름다운 이름의 꽃. 그녀 자신은 평생 읽어보지 못할 책에 등장하는 꽃. 마음속 깊은 곳에서 딸이 행복하기를 소망했다. 캐서린이 자신을 불러주기를 바랐다. 릭이 전화기를 건네주면 그녀가 얼마나 딸을 그리워하는지 말할 수 있게.

"누나, 나야. 릭." 릭이 말했다. "미안해. 그런데 이거 엄마 전화야. 응, 여기 있어. 바로 옆에 있어." 릭이 미심쩍어하는 눈빛으로 애그니스를 훑어봤다. 침묵이 흘렀다. 흥분해서 언성을 높인 캐서린의 목소리가 들렸다. "걱정하지 마. 절대 안 그래. 안 그런다고 내가 약속했잖아."

"남아프리카공화국은 좋아?" 릭은 잠시 말을 멈췄다. "어, 셔기는 괜찮아. 탄광에서 죽을 뻔하긴 했지만, 괜찮아. 여전히 좀 웃기고. 알잖아, 웃기게 웃긴 거." 릭은 손바닥을 꽉 세우고 앞으로 뻗으며 혀짤배기소리로 말했다. "제럴드 피츠패트릭이랑 패트릭 피츠 제럴드* 같은 거."

수화기 반대편에서 웃음소리가 들렸다. 애그니스는 릭을 쿡 찔렀다. "어쨌든, 누나. 옆에 도널드 있어? 아니, 확인하는 게 아니야. 다만, 음, 안 좋은 소식이 있어. 그러니까, 저기, 할머니가 돌아가셨어." 다시 한번 침묵이 오랫동안 흘렀다.

애그니스가 입 모양으로 물었다. 울어?

릭이 가만히 있으라고 손짓했다. "저번 주에. 시내버스에 치이셨어. 눈 깜짝할 새 일어난 일이야. 제정신이 아니셨으니까. 음, 괜찮아. 아니야. 저기, 어떻게 말해야 할지 몰라서 말 못 했는데, 할아버지도 돌아가셨어. 농담 아니야. 맹세해. 누나가 속상해할까봐 말 못 했어. 삼 주 정도 됐어." 릭이 이를 꽉 맞물고 말하기 시작했다. "아니, 누나한테 말하지 않은 건 내 결정이었어. 그거 알아? 거지 같은 곳에 혼자 남겨지면 거지 같은 결정을 내리는 것도 내 몫이거든." 긴 침묵이 흘렀다. 캐서린이 울거나, 사과하거나, 아니면 울면서 사과하는 소리가 들린 것 같았다. "그래서, 올 거야? 아, 알았어. 어, 그래. 뭐, 축하한다

* 남성 간의 성교를 뜻하는 은어 fit을 남자 이름 Fitzgerald에 대입한 농담.

고 해야겠네."

애그니스가 소리 내지 않고 물었다. 나랑 통화하고 싶대? 애그니스는 절박해 보이지 않으려고 애썼다.

릭이 한숨을 내쉬었다. "누나, 엄마랑 통화할래? 맨정신이야. 거의. 그냥 슬픈 거 같아. 어, 알았어. 아니야. 이해해. 맘대로 해. 고마워." 그리고 릭은 전화를 끊었다.

애그니스는 손을 앞으로 내밀고 있었다. 전화가 끊길 때까지 애그니스는 자신이 수화기를 붙잡고 있었다는 것도 몰랐다. 릭은 어깨를 으쓱하고 카펫에 대고 말했다. "마음이 너무 안 좋아서 통화를 못 하겠대요." 릭은 욱신욱신한 턱을 문질렀다. "저녁으로 부르보스 소시지를 먹었대요. 꼬치에 과일이랑 껴서. 완전 역겹지 않아요?"

17

애그니스의 몸이 침대 측면에 걸쳐져 있었다. 이 묘한 각도를 보고 셔기는 알코올이 밤새도록 어머니를 회전 폭죽처럼 돌렸다고 짐작했다. 토사물에 숨이 막히지 않게, 셔기는 어머니의 고개를 옆으로 살며시 돌려주었다. 그리고 양동이를 침대 옆에 놓고, 애그니스의 크림색 드레스 뒷면의 지퍼를 살살 내린 다음에 브래지어 훅을 풀었다. 신발을 신고 있었으면 그것도 벗겨주었겠지만 애그니스는 맨발이었고, 평소와 달리 까만 스타킹도 신고 있지 않은 다리가 눈이 시릴 정도로 창백했다. 창백한 허벅지에 새롭게 멍이 들어 있었다.

셔기는 머그잔을 세 개 준비했다. 첫 번째는 애그니스의 메마른 목을 적실 수돗물, 두 번째는 쓰린 속을 달랠 우유, 세 번째는 집을 샅샅이 뒤져서 찾은 김빠진 스페셜 브루와 스타우트였다. 셔기는 포크로 맥주를 휘저어 거품을 냈다. 어머니의 손이 제일 먼저 닿을 머그잔, 어머니의 뼛속에 울리는 흐느낌을 잠재울 머그잔이었다.

셔기는 몸을 숙이고 어머니의 숨소리에 귀 기울였다. 어머니 입에서 담배 냄새와 잠의 구취가 풍겼다. 셔기는 틀니를 세척할 표백제를 머그잔에 담아 부엌에서 가져왔다. 그리고 '신성로마제국 시대의 교황들' 숙제에서 종이를 한 장 뜯고 연필로 썼다. 위험! 틀니 세척제. 절대 마시지 말 것. 실수로라도 입에 대지 말 것.

현관문이 조용히 닫히는 소리가 들렸다. 릭은 훈련소에 또 지각할 것이다. 아침마다 릭은 침대 위의 안전한 고치를 떠나길 어려워했다. 적어도 이불 속에서는 그의 하루가 완전히 망가지지 않았다. 멀어지는 형의 구부정한 어깨를 셔기는 커튼 사이로 내다보았다. 광부들의 자식들 가운데 가장 일찍 출발한 아이들이 학교로 몰려가고 있었다. 콘크리트 운동장에서 축구를 하려고 일찌감치 나선 이 아이들은 심심하면 셔기를 둘러싸고 밀치는 바로 그 소년들이었다. 셔기는 숙제를 펼쳤다. 경리처럼 종이를 휙휙 넘기며 파란색 볼펜으로 어머니의 이름을 흘려 썼다. 베인 부인. 이제는 이 이름이 어색했다.

라디오 시계에서 깜박이는 숫자를 보니 오전 미사에 몰래 들어갈 수 있는 시간이 꽤 남았다. 그래서 셔기는 스툴에 앉아 몸을 빙그르르 돌리고, 양손을 맞잡고 어머니가 깨어나길 기다렸다. 서랍장은 애그니스가 좋아하는 대로 깔끔하게 정리되어 있었다. 몸의 떨림이 심하지 않은 날이면 애그니스는 작은 보석함을 비운 다음에 가격과 무관하게 전부 정성스레 닦았다. 이따금 애그니스가 장신구를 서랍장 위에 늘어놓으면 셔기는 어머니와 함께 귀금속 가게 놀이를 했다. 애그니스는 셔기가 어울리는 귀고리와 목걸이를 찾아 조합하며 놀게 해주었다. 가장 예쁜 것들이 전당포로 사라지기 전에는 이 놀이가 훨씬 쉬웠었다.

셔기는 거울에 비친 어머니의 모습을 지켜보았다. 애그니스의 등이 잠결에 오르내렸다. 이윽고 셔기는 마스카라의 뚜껑을 열고, 신발이 닳아서 회색으로 바랜 부분에 검은 마스카라를 칠했다. 그러고선 마스카라 솔을 자신의 속눈썹 아래 가져다 대었다. 가느다란 속눈썹이 또렷하고 아름답게 올라갔다. 그때 애그니스가 놀이동산의 해골처럼 벌떡 일어났다. 셔기는 마스카라 솔을 얼른 다시 집어넣으려고 했지만 좀체 들어가지 않아서 화장대 뒤에 슬쩍 떨어뜨렸다.

그러나 애그니스는 셔기를 보고 있지 않았다. 알코올이 몸에서 빠져나가며 그녀를 일으킨 것뿐이었다. 그녀는 침대 옆에 뻣뻣이 섰다. 간밤에 입고 잠든 옷에서 검은 브래지어가 삐져나왔고, 그 위로 한쪽 젖가슴이 반쯤 비어져 나와 있었다. 다음 순간 애그니스는 잠자리에 들기 전 기도를 올리는 사람처럼 침대 옆에 주저앉았다.

아이는 학교에 간 모양이었다. 함정에 빠진 유령처럼 잔뜩 경계하는 표정으로 침대 옆에 서 있는 모습을 본 것 같은데, 눈을 떠보니 아이는 사라졌다. 애그니스는 몸을 일으켜 침대 가장자리에 앉고, 양동이를 무릎 사이에 끼운 다음에 뜨거운 얼굴에서 쿵쿵거리는 맥박이 가라앉길 기다렸다. 속에서 구토가 치밀어 올랐다. 사레들린 고양이처럼 척추를 활 모양으로 한껏 구부리고, 양동이에 고개를 박았다. 그 자세로, 기억의 실타래를 잠시나마 끌어당겨 그것에 묶여 있는 장면들을 조심스레 살펴보았다. 의자. 시계. 빈집. 부엌에서 거실로 갔다가 다시 부엌으로 돌아온다. 바닥에 앉아서 굽도리의 더께를 손톱으로 긁어낸다. 그리고 다시 시계. 동네 가로등에 일제히 들어온 불빛. 커튼을 드리운 창문. 학교에서 돌아온 아이.

그다음부터는 기억이 빨랫줄에서 펄럭거리는 옷처럼 요동쳤다. 전화기. 택시. 홀로 간 빙고장. 술을 마신다. 또 마신다. 게임에서 진다. 술을 마신다. 또 진다. 옆자리 여자가 괜찮냐고 물어본다. 여자에게 아이가 있냐고 되물어본다. 여자는 없다고 중얼대며 고개를 돌린다. 택시를 타고 집에 오는 길. 셕의 택시는 아니다. 택시가 폐쇄된 탄광 앞에 멈춘다. 보일락 말락 하는 택시운전사의 얼굴. 다음 순간 비명. 숨통을 틀어막는 남자의 애프터셰이브 냄새. 그 후에는 오직 공황.

구토가 솟구쳤다. 얼굴이 시뻘게지도록 폭발하듯 거칠게 솟구쳐 올랐다. 토사물이 손과 침대 옆과 바닥에 있는 검은색 가죽 핸드백에 온통 튀었다. 애그니스는 끈적해진 손이 침대에 닿지 않게 치켜들고 베개에 다시 쓰러져 물에 빠진 사람처럼 헐떡였다. 토사물이 묻지 않은 손을 침대보에서 조심스레 움직여 다리 사이로 내렸다. 살짝 눌러보았다. 전에 없던 통증이다. 또다시 구토가 치솟았다.

한참 후에야 애그니스는 간신히 몸을 일으켰다. 뜨거운 물에 몸을 담그고 싶은 바람이 간절했지만 온수 미터기는 반쯤 비어 있었다. 물은 미지근할 수밖에 없었다. 얕은 물 아래 보이는 허벅지 안쪽이 빨갛게 멍이 들고 팬케이크 크기로 거무스름하게 부어 있었다. 크림색 피부 아래 조직이 괴사한 것처럼 보였다. 물은 금세 차가워졌다. 애그니스는 부르르 떨며 몸을 말리고 깨끗한 스웨터를 입었다. 머리에 헤어스프레이를 뿌리고 눈에 파란 아이섀도를 바르는 것이 그녀가 할 수 있는 전부였다. 화려한 왁스 인형 같은 모습으로, 애그니스는 얼어붙은 듯이 앉았다.

현관문에서 활기찬 노크와 함께 긴 손톱이 애타게 긁어대는 소리가 났지만 애그니스는 움직이지 않았다. "애그니스! 애애그니스! 나야." 진티 맥클린치가 애그니스 옆까지 와서 물었다. "들어가도 돼?"

진티는 산송장처럼 앉아 있는 여자를 내려다보며 잇새로 공기를 빨고 끼룩끼룩 웃었다. "아이고, 자기. 진탕 마셨나보네. 나도 그런 적 있어. 내가 잘 알지."

핏헤드에 모여 사는 사촌들 가운데 진티는 유일하게 유분 많은 나이트크림과 엘리자베스 아덴 향수 냄새를 풍겼다. 해가 나는 날이면 진티는 매듭 있는 헤드스카프를 머리에 둘렀고, 어린아이처럼 작은 발에 편한 플랫슈즈를 신고 외출하기를 좋아했다. 목에는 세인트 크리스토퍼 메달을 걸었고, 상대를 비판할 때는 늘 성경을 들먹였다. 술이 애그니스를 우울과 회한에 빠뜨린다면 진티에게는 독기와 심술을 불어넣었다. 진티는 타인의 단점을 지적질하고 세상의 온갖 문제점들을 들추기를 좋아했다. 라거 두 캔이 몸에 들어가고 나면 진티의 작은 눈은 잼 경연대회의 깐깐한 심사위원처럼 가늘어졌다. 잔소리꾼인 진티가 핏헤드의 모든 집에서 한 번씩은 쫓겨났었다는 소문이 돌았다.

진티는 딱하다는 눈빛으로 애그니스를 보며 고개를 설레설레 저었다. "토스트라도 하나 구워줘?" 진티는 꽃무늬 헤드스카프를 머리에서 풀었다.

애그니스는 말없이 고개를 끄덕였다. 예의 바른 미소를 입꼬리에 걸고 있을 힘도 없었다. 진티는 멋대로 애그니스의 부엌에 들어갔고, 토스터 바로 옆에 내놓은 식빵을 무시하고 술을 찾아 찬장을 샅샅이 뒤졌다. 꼭대기 선반이 보이지 않는 진티가 흥분한 개처럼 팔짝, 팔짝, 팔짝, 뛰자 플랫 샌들이 딱딱한 리놀륨 바닥에서 찰파닥거렸다.

잠시 후 진티는 갈색으로 그을린 딱딱한 토스트 한 장을 들고 돌아왔다. "자기, 어제 많이 힘들었어?" 진티는 어린아이처럼 고음인 목소리로 물었다. 진티의 눈은 벌써 거실을 두리번대고 있었다.

"그래."

"저런. 어쨌든 자기, 난 오래 못 있어. 그냥 차 한잔하러 온 거야. 할 일이 태산이야." 진티는 코트를 벗고 기대하는 표정으로 앉았다.

애그니스는 접시를 의자 옆에 놓으려고 했지만 손이 떨려서 토스트를 바닥에 떨어뜨렸다.

"저런, 저런, 저런. 자기 상태가 아주 말이 아니네. 그렇게까지 마심 안 되지."

애그니스는 양손으로 얼굴을 감쌌다. 머리가 무지근하고 팔이 뻐근하고 온몸이 멍으로 뒤덮인 기분이었다.

"가만 보자. 가만있어봐. 자기가 힘들어하는 거 보니까 맘이 영 안 좋네." 진티는 곁눈으로 힐끔거리면서 코를 훌쩍였다. "하나두 없나보네, 그치?"

진티가 부엌 찬장을 뒤질 때 맥주를 보았으면서도 물어보는 것임을 애그니스는 알았다. "싱크대 아래 하나 남았을 거야. 표백제 뒤에 있는 비닐봉지에." 애그니스는 정신이 혼곤했다.

진티는 다시 킁킁댔다. "우리 살짝 맛만 볼까? 자기 속 좀 가라앉게?"

애그니스가 고개를 끄덕이자 진티는 삐걱대는 무릎으로 소파에서 솟아오르듯이 일어나 부엌까지 깡충깡충 뛰어가다시피 했다. 예상대로 진티는 대번에 맥주를 찾았고, 물로 한 번 헹군 머그잔 두 개를 들고 돌아왔다. 진티는 머그잔을 테이블에 놓고 짧은 손가락으로 스페셜 브루를 땄다. 그리고 능숙하게 맥주를 절반씩 머그잔에 따른 다음에 캔의 입구로 올라온 거품을 하얀 손가락으로 쓸어 담고, 생크림을 떠먹듯이 입에 쏙 넣었다.

"오, 좋다." 진티가 나지막이 신음했다. "차는 됐고, 오늘은 이걸 마셔두 되겠어." 진티의 눈동자가 옆으로 데루룩 굴렀다. "나야 원래 이 시간에 안 마시지만 자기가 너무 힘들어 보여서 그래. 무엇이든지 간에 하느님의 피조물이 고통받는 건 맘이 아파."

인형을 데리고 다과회를 하는 것처럼 진티는 조그만 두 손으로 머그잔을 들어서 애그니스에게 권했다. 애그니스는 머그잔을 받아 입술로 가져가고 조금 홀짝였다. 배 속에서 구토가 울렁댔다. 애그니스는 한 입 더 마시고, 습관대로 머그잔을 의자 옆에 숨겼다.

진티는 쥐처럼 조금씩 마셨다. 행복한 탄성을 지르며 홀짝이고, 또 홀짝였다. 머그잔의 맥주가 거의 사라질 때까지 아무도 말을 하지 않았다. 애그니스는 속에서 맥주가 구토를 억누르는 것을 느꼈다. 덜덜거리던 뼈가 잠잠해졌다. 애그니스는 욱신대는 허벅지를 손으로 쓰다듬었다. 이제 분노가 눈을 떴다.

홀짝홀짝 마신 맥주가 바닥을 드러내기 시작했다. "글쎄, 난 오래는 못 있어." 진티는 손수건을 꺼내 머그잔에 묻은 립스틱을 닦았다. "자기, 하나 더 마심 좀 나아질 거 같아?" 진티가 코를 훌쩍였다.

애그니스는 맥없이 고개를 끄덕였다.

꿍꿍이를 부리는 진티의 눈이 가늘어졌다. "싱크대 밑엔 이거밖에 없던데. 딴 데 숨겨놓은 건 없을까?"

애그니스는 평소 애용하는 은닉처들을 떠올렸다. 온수기 뒤쪽. 제일 큰 옷장 위 등등. 그리고 고개를 가로저었다.

"오! 그렇구나, 어차피 난 오래 못 있어." 서글프게 말하는 진티의 입가에 잔주름이 깊어졌다. "근데 자기 꼴 좀 봐. 내가 가면 꼭 죽을 거 같아. 혹시 몇 파운드 있어? 내가 후딱 가게에 댕겨올 수 있는데."

애그니스는 의자 옆으로 손을 내려 지갑을 핸드백에서 꺼냈다. 그러나 지갑 속에는 껌 포장지 몇 장뿐이었다. 택시운전사와 택시, 그리고 어두컴컴한 탄광 입구가 다시 떠올랐다. 또다시, 욕지기가 치밀었다.

"화요일 쿠폰에서 쪼매 남은 것도 없어?" 진티가 애처롭게 물었다.

애그니스는 고개를 저었다.

진티 맥클린치는 치질 때문에 간지러운 것처럼 앉은 자리에서 엉덩이를 초조히 들썩였다. 그리고 애그니스와 빈 머그잔을 번갈아 보았다. 마침내 진티가 한숨을 푹 내쉬더니 코를 훌쩍였다. "그럼 내 가방에 뭐가 있나 볼까?"

조그만 여자는 땅이 꺼질 듯한 한숨을 내쉬며 커다란 가죽 핸드백을 바닥에서 들었다. 진티는 작은 무릎에 핸드백을 올려놓고, 핸드백 속으로 기어들 것처럼 몸을 숙여 들여다보았다. 가방 밑바닥에서 열쇠와 동전이 짤랑거렸다. 뒤이어 액체가 출렁이는 아름다운 소리가 났고, 진티가 미지근한 칼스버그를 세 캔 꺼냈다. "나중에 갚아도 돼." 진티는 캔을 따서 깔끔하게 머그잔에 따르고, 잠시 기다렸다가 작고 하얀 손가락으로 거품을 핥아 먹는 동작을 되풀이했다. 세 번째 맥주를 마시기 시작하고서야 두 여자는 비로소 평상시 같은 기분이 되었다.

"간밤에 딸내미한테 갔었어. 자기가 그 집 꼴을 봐야 하는데." 진티는 낡은 손수건으로 코끝을 훔쳤다. "나는 간땡이가 썩은 게으름뱅이를 돌보는데도 집에 먼지 한 톨 없잖아."

"이번에 낳았다던 아기는 어때?" 애그니스는 무관심하게 물었다.

"응, 괜찮은 거 같아. 아주 예뻐라 하지." 진티 역시 무심하게 대꾸했다. "물론 그 덕에 정부 보조금이 늘어났겠지. 돈 좀 모아서 가정부를 부르라 했어. 드러워 죽겠다니까. 솔직히, 가끔 그년을 보면 내가 뭘 키운 건가 싶어." 진티는 슬슬 발동이 걸리고 있었다. "굽도리에 먼지가 잔뜩 앉아 있는데 날 보고, '엄마, 도와줄 수 없어?' 이러고 자빠졌지. 그래서 내가 이렇게 말했어. '난 내 새끼들 다 키웠다. 끝났어.'" 진티는 허공에 대고 싹둑 자르는 손짓을 했다.

애그니스는 슬프게 고개를 끄덕였다. 애그니스라면 손주들이 북적거리는 집을 사랑했을 것이다. 다시 한번 그녀 자신의 아이들로 북적거리는 집에서 살고 싶었다.

진티는 계속해서 주절댔다. "저번엔 질리언 큰애가 날 할머니라고 부르는 거야. 혓바닥을 뽑아부릴라 했지. 나야 별로 상관 안 하지만, 그애 친가 쪽 할머니가 자기를 셜리라고 부르게 한단 말야. 크리스마스에 나 혼자 늙은이가 될 순 없지." 진티는 머그잔을 들고 그 위로 애그니스를 관찰했다. "자기, 오늘 왜 이렇게 조용해?"

"내가?" 애그니스가 물었다. "아무것도 아니야."

"애그니스, 내가 취했을진 몰라도 자긴 새빨간 거짓말을 하구 있어."

두 여인은 침묵 속에서 캔을 마저 비웠다. 마침내 애그니스가 조용히 물었다. "진티, 내가 뭐 하나 이야기하면, 남들에겐 절대 비밀로 해 줄 수 있어?"

여자의 눈동자가 구슬처럼 번뜩였다. 진티는 손가락을 가슴에 대고 성호를 그었는데, 반대 방향이었다. "내 목숨을 걸고."

"어젯밤에 필름이 완전히 끊겼어." 애그니스는 빙고장과 택시운전사와 탄광 입구에서 멈췄던 일에 대해 이야기했다. 그리고 스웨터의 소매를 걷어 강간범이 흰 피부에 남긴 손자국을 보여주었다.

조그만 여자는 쯧쯧거리며 곱슬머리를 흔들었다. "나쁜 새끼. 스스로 방어할 힘도 없는 여자한테 그런 짓을 해. 이놈의 세상이 어떻게 굴러가는 거야? 다들 남을 이용해먹을라고 눈에 불을 켜고 있지. 우리 젊었을 적엔 이런 일이 생길 수 없었어. 사람들이 그 돼지새끼를 잡아다가 쇠창살에 끼워서 트롱게이트에서 질질 끌고 다녔을 거야." 뼈마디가 울퉁불퉁한 손가락으로 진티는 날카로운 창살이 남자의 항문을 찌르는 모습을 표현했다. 그러고서 손수건을 꺼내 코를 훔치고 마지막 맥주캔 위쪽에 묻어 있는 상점의 먼지를 닦았다. 두 여자는 맥주캔을 처연히 바라보았다. "몇 파운드 구할 데 없을까?"

애그니스는 머그잔에 쏟아지는 마지막 금빛 액체를 바라보았다. 머릿속에서 텔레비전 미터기, 가스 미터기, 전기 미터기를 모조리 흔들어보았지만 전부 비어 있었다. "없어." 애그니스는 처량하게 답했다.

"자기가 전화할 만한 남자 친구도 없어?"

애그니스는 자기 몸에 얼룩진 멍을 떠올렸다. "없어."

진티는 마지막 금빛 액체를 음미하며 잠시 조용히 있었다. "그 사람한테 전화해볼까?" 진티가 물었다. "왜, 머리가 등까지 내려오는 그 어린 남자 있잖아." 진티는 축구선수와 연예인들 사이에서 유행하는 곱슬곱슬한 장발을 손으로 그렸다. "내가 듣기론 주머니가 두둑하고 술도 좋아한다구 하던데."

"누구?"

진티가 잠시 생각했다. "램비. 그래, 바로 그거야. 램비한테 전화해보자."

핏헤드에 모여 사는 사촌들의 말에 의하면 이안 램버트는 광부였는데, 탄광이 문을 닫으며 마지막 일격을 날리기 직전 몹시 어려운 상황에서 부인이 그를 떠나버렸다. 보잘것없는 실업수당이나마 쓸 여자가 없던 램비는 돈을 침대 밑에 숨겼다. 다른 광부들이 점점 불어나는 자식들을 먹여 살리랴 술을 마시랴 주머니가 거덜 나는 동안 램비는 돈을 알처럼 품고 있었을 뿐만 아니라 임대 텔레비전을 수리하는 아르바이트까지 구했다. 핏헤드의 사촌들은 램비가 로맨스 소설의 주인공과는 거리가 먼, 따분하고 외로운 남자라고 표현했다. 유행하는 축구선수 헤어스타일을 했건만 램비는 여전히 영양실조에 걸린 청소년처럼 보였다. 그러나 램비의 볼품없는 외모에도 불구하고, 그를 따분한 외톨이라고 무시하는 바로 그 핏헤드 여자들이 탄 감자를 곁들인 오래된 고기나 얼린 육수 따위를 들고 램비를 찾아갔다. 램비가 얌전하고 착실한 남자이며, 탄광이 문을 닫은 이후에도 자기 앞가림을 하는 능력을 선보였다는 것이었다. 램비가 탄광에서 받은 실업수당으로 자기 자식들을 일 년 넘게 먹일 수 있다는 것을 알기에, 여자들은 램비에게 남은 음식을 가져다주었다.

진티가 다시 부추겼다. "간단히 파티하는 거지. 우리 셋이서만."

점점 줄어드는 맥주를 보고 불안해진 애그니스는 고개를 끄덕였다.

진티는 놀란 고양이처럼 발딱 일어났다. 진티는 비닐 시트가 깔린 전화기 탁자에서 전화번호부를 가져온 다음에 손가락에 침을 묻히며 L자가 나올 때까지 휙휙 넘겼다. 진티가 소리 내어 읽었다. "L. L. 램버트. 미스터 L." 진티는 램비의 주소인 것을 확인하고 전화를 걸었다. 통화연결음이 울리는 동안 진티는 목청을 가다듬었다. 목요일 점심시간이었지만 남자는 집에서 전화를 받았다.

"오, 안녕, 램비." 진티가 교양 있는 말씨를 흉내 내며 말했다. "나 진티야. 그래, 맞아… 동네 반대쪽에 살고. 우리 바깥양반 존 알지? 내가 한때 바리 맥클루어랑 다녔는데. 그래, 맞아." 진티는 잠시 말을 멈췄다. "바리? 발륨 때문에 사람이 망가졌어. 응, 그럼. 안타깝지. 참 예쁜 아가씨였는데. 마지막으로 소식을 들었을 땐 블라이스우드에서 그러고 있다더라구. 암, 그렇고말고. 하느님의 은혜가 아니면 우리 모두 어찌 될지 모르는 일이지. 그래도 조용히 한잔하는 거랑 약에 미쳐서 몸을 파는 건 아주 다른 일이야. 딱하긴 해. 바리가 발륨에 손을 대기 시작했을 때 나랑 제법 친했는데. 응, 끔찍한 일이야." 진티는 코를 훌쩍였다.

"하여튼, 오늘 전화한 용건은, 내 친구 집에 들러서 한잔하구 싶은지 물어보려고." 진티가 말을 멈췄다. "그럼, 좀 이른 시간이긴 하지. 한데 내 친구가 워낙 미인이라서 두 사람이 한번 만나면 좋겠다, 줄곧 생각하고 있었거든. 응, 애그니스 베인. 아무렴, 맞아. 엘리자베스 테일러를 빼다 박았지. 피부는 더 하얗지만." 진티는 신이 나서 히죽거리며 애그니스에게 화장하라고 손짓했다. "그래서, 올 건가? 잘 생각했어! 램비, 이런 말 하기 미안하지만 혹시 몇 병 사 올 수 있을까? 우리가 좀 부족해서. 그럼, 얼마나 이쁜데. 늘 말쑥하고 말은 또 어찌나 고급스럽게 하는지…. 응, 우리끼리만 파티하는 거야. 여섯 캔이랑 작은 병 하나면 될 거 같아. 오, 그리고 자기가 마시고 싶은 거 아무거나. 알았지, 모퉁이 근처에 있는 집이야."

진티는 통화를 마치고 램비가 한 시간 안에 온다고 말했다. 진티는 빈 담뱃갑과 맥주 고리를 치우기 시작했다. "자기, 나라면 머리를 좀 빗겠어. 그 멍도 가리고. 먹음직스러워 보이게 좀 꾸며봐."

램비가 오기까지 한 시간 동안 여자들은 신경이 바짝 곤두선 채 기다렸다. 진티가 램비를 안으로 들였다. 램비는 부끄럼을 타는 소년처럼 소파 끝에 걸터앉아 유행하는 봄버 재킷을 만지작거렸다. 동네에서 램비에 대해 하는 말이 전부 사실이라는 것이 한눈에 보였다. 진티는 그들을 서로에게 소개하고 램비의 손에서 묵직한 비닐봉지를 슬쩍 빼 갔다.

"만나서 반가워요, 애그니스." 램비가 가지런한 치아 사이로 말했다.

애그니스는 최대한 매력적으로 인사했다. "이렇게 와주셔서 고마워요. 외진 곳이라 홀로 지내기가 좀 적적하네요."

"뭐, 저 같은 남자가 여기 두 분처럼 아름다운 여성에게 초대받는 게 매일 있는 일은 아니잖습니까." 램비의 말에 진티가 좋다고 낄낄댔다.

애그니스가 듣기에는 시시한 작업 멘트였다. 애그니스는 의자에 깊숙이 기대앉았다. "그럼, 두 분은 친척 사이가 아닌가요?" 애그니스가 물었다. "이 동네에서 핏줄이나 결혼이나 아이들을 통해서 진티랑 친척이 아닌 사람은 아직 못 만나본 것 같아요."

"네, 아닙니다. 전처가 맥아베니 집안이랑 어떠케 이어지는 것 같긴 하지만요. 우리는 오하라입니다. 우리 친척들은 습지의 개울 쪽에 살아요. 평지붕 하우스들 말이에요."

"그런 집에서 애들 키가 크는 게 신기해요."

애그니스의 모욕적인 말에도 램비는 친절히 웃었다. "아, 그르게요. 어쨌든 이 동네는 다 친척 사이라서 사람들이 당신 이야기를 많이 하나봅니다. 새 얼굴이니까요."

진티는 비닐봉지에서 작은 스미노프 보드카 병을 꺼내고 머그잔 세 개에 자기 엄지손가락 길이만큼 따른 다음에 탄산이 보글거리는 아이언 브루*로 채웠다. 청량한 소리와 거품을 내는 술은 겉모습만큼은 진저에일처럼 순진했다. "오, 난 금세 가봐야 해." 진티는 킁킁대며 한

* 스코틀랜드의 대표적인 탄산음료.

입 가득 들이켰다.

램비는 지궐련을 피웠다. 램비는 종이에 각연을 뿌리고 분홍색 혓바닥으로 종이의 끈끈한 가장자리를 핥았다. "게다가 전 이전에 당신을 본 적 있어요." 램비가 애그니스에게 말했다. "당연히 남편이 있을 거라구 생각했죠. 워낙 잘 차려입고 계셔서." 램비는 첫 담배를 말아서 진티에게 건네주었다.

"자기 외모에 자부심을 품는 데—"

"행복한 돌싱이지." 진티가 끼어들었다. "애그니스는 운도 좋아. 밤마다 옆에서 드르렁대는 비곗덩어리를 어느 여자가 필요로 한대? 그렇지 않아, 자기?"

"진정한 여자다운 말이네요." 램비가 말했다.

진정한 여자를 알기에는 램비가 너무 어려 보인다고 애그니스는 생각했지만 입을 다물고 있었다. 애그니스는 머그잔의 술을 오래 들이켰다. 보드카의 맛은 표백제처럼 깨끗했다. 램비는 두 번째 담배를 말면서 가장자리를 아주 천천히 핥았다. 애그니스는 램비의 깨끗한 손톱과 방금 뜨거운 물로 씻은 것처럼 상기된 귀와 코를 눈여겨보았다. "에이, 그래두 남자가 쓸모 있는 일이 하나쯤은 있지 않겠습까." 램비가 음란하게 말했다.

이 말을 듣고 진티는 자지러지게 웃었다. 진티는 짧은 다리를 구르면서 소녀처럼 깔깔거렸다. "쓸모는 개뿔!" 진티가 외쳤다. "애그니스, 이 저질스러운 녀석이 한 말 들었어? 우리가 어제 태어난 줄 아나." 보드카의 열기가 진티 얼굴에 잎맥처럼 퍼져 있는 핏줄을 붉게 물들였다. "램비, 요즘 만나는 사람 있어?"

"아, 그냥 두세 명요." 램비는 애그니스를 보며 말했다. "이 사람 저 사람 만나보는 거죠, 뭐. 너무 깊이 안 사귀려고요." 램비가 애그니스에게 윙크했다.

"아이고, 빌어먹을 남자 놈들은 죄다 똑같아. 안 그래, 애그니스? 갓난아기 때부터 드러누워서 자기 물건만 쳐다보고 있잖아."

"당신은요?" 램비는 애그니스에게 물었다. "만나는 사람 있어요?"

진티가 흥분해서 무릎을 돌리며 애그니스 대신 대답했다. "얘?" 진티가 꽥꽥거렸다. "얘는 글래스고 택시조합 직속이나 다름없어."

진티의 독살스러운 말이 몸에 얼룩진 멍을 후비어 파고드는 것 같았다. 그러나 애그니스는 머그잔을 들고 진티의 말을 인정하듯 서글프게 고개를 끄덕였다.

진티는 조그만 발 사이에 끼고 있던 비닐봉지를 끌어당기며 표독스럽게 덧붙였다. "택시운전사가 아니면 얘는 관심도 없어."

"그래요?" 램비가 물었다. 램비는 애그니스를 보면서 언짢은 듯이 눈살을 찌푸리고 물었다. "잘 되어가나요?"

진티가 다시 끼어들었다. "자기 의지로 어쩔 수 있는 게 아니야. 저주라고, 저주! 디젤엔진이 부르릉거리는 소리만 들으면 팬티를 벗어 제끼고 슝, 미터기가 돌아가는 거지."

분위기가 싸늘해졌다. 숨을 천천히 들이쉬는 소리가 들렸고, 애그니스의 얼굴이 유리처럼 딱딱해졌다. 이제 술에 충분히 젖은 애그니스가 서슬 퍼런 기세로 나직이 내뱉었다. "진티 맥클린치, 넌 사람 뒤통수나 치는 비열한 쌍년이야."

미친 듯이 깔깔거리던 조그만 뒤쥐가 웃음을 멈췄다. "하이고, 진정해. 별 뜻 없었어." 진티는 게걸스럽게 머그잔을 입으로 기울였지만 그 위로 보이는 작은 눈은 단도처럼 날카로웠다.

렘비는 당혹스러워하며 여자들을 번갈아 보았다. 거실에 침묵이 흘렀다. "에, 전 이만 가보는 편이 낫겠네요?"

진티는 비닐봉지 위로 새침하게 발목을 꼬고 램비의 말을 끊었다. "애그니스는 신경 쓰지 마. 간밤에 연애 운이 나빴거든. 가지 말구 여기 있어. 애그니스를 위로해줘야지, 응?"

그날 오후 내내 애그니스는 조용히 앉아서 진티가 앞에 술을 놓는 족족 마시고 램비가 담배를 마는 족족 피웠다. 램비는 온갖 화제를 들먹이며 대화를 시도했지만 애그니스는 스스로 대답할 기회가 생겨도 단답형으로밖에 대답하지 못했다. 맥주가 바닥을 보이기 시작했을 무렵엔 진티의 참을성도 바닥났다. "얘, 램비. 쟤가 오늘 왜 저러는지 모르겠다." 진티는 볼멘소리로 불평했다. "평소엔 생기발랄 그 자첸데."

"괜찮아요." 이제 램비는 얼굴이 진티처럼 불쾌해졌는데도 여전히 나일론 봄버 재킷을 입고 있었다. 실내에서 재킷을 입고 있으려니 무척 불편하겠다고 애그니스는 생각했다. 셔츠를 깨끗이 다려줄 여자가 없어서 창피한 것인지 궁금했다.

"그래. 그래도 난 램비 자기가 노인정에서 논 것 같은 기분으로 떠나지 않았음 좋겠어. 저기 가서 카세트테이프 하나 틀어봐. 파티를 제대로 시작하자구."

램비는 손을 뻗어 리지의 낡은 스테레오를 열고 카세트를 하나 골라서 집어넣었다. "아내가 좋아하던 노래예요." 램비가 혼잣말처럼 중얼거렸다.

"아이고, 저 여자 목소리가 끝내주네. 끝. 내. 줘!" 진티는 술을 벌컥벌컥 마시면서 말했다. 진티는 선율에 맞춰 작고 흰 손을 허공에서 비비 꼬았다. "램비, 나 원 참. 저 울상 좀 일으켜 세워봐."

램비는 초조히 애그니스를 힐끔거렸다. "아뇨, 그냥 두세요. 춤추고 싶지 않은 것 같아요." 맥주 여섯 캔과 작은 보드카 병을 비운 뒤에도 램비는 좀처럼 수줍음을 떨치지 못했다.

"레이디 베인!" 진티가 여교장처럼 꾸짖었다. "우리 지금 파티하고 있잖아! 이 남자가 술을 사 왔어! 그니까 같이 춤추란 말이야!"

학교 댄스파티에 온 고등학생처럼 초조해하는 램비를 보고 애그니스는 그를 안심시키려고 최대한 상냥하게 거짓 미소를 지었다. 램비는 멈칫거리며 일어났다. 램비는 애그니스의 손을 잡고, 배수구에 꽉 낀 무언가를 빼는 배관공처럼 그녀를 일으켰다. 애그니스는 의자에서 이날 처음 일어나는 것이었다. 취기와 관성 탓에 다리의 힘이 풀려 휘청거렸고, 그런 애그니스를 램비는 오랜 연인처럼 붙들었다.

"바로 그거야, 응." 진티는 그들 몰래 자기 잔에 보드카를 가득 채우며 외쳤다. "꼭 안아주라구."

파티의 끝을 알리는 느린 구식 왈츠를 추는 것처럼 두 사람은 어색하게 흐느적댔다. 서로 안고 있기는 했지만 땀으로 끈적한 몸이 얽혀 있는 자세를 유지하는 것뿐이었다. 애그니스의 얼굴은 램비의 얼굴에서 불과 몇 센티미터 떨어져 있었다. 램비가 이 파티를 위해 면도까지 했다는 사실을 애그니스는 처음으로 알아차렸다. 램비의 목에는 좁쌀 같은 모공이 오돌토돌 불거져 있었고, 그에게서는 솔향 애프터셰이브 냄새가 났는데 섹시한 느낌이라고는 전혀 없는 것이 꼭 화장실 청소제 같았다.

"춤을 잘 추시네요." 램비가 친절하게 말했다. 애그니스는 램비에게 집중하려고 애썼다. 그러나 지금 거실에 있는 것은 애그니스의 몸뿐이었다.

진티는 머그잔의 술을 입에 털어 넣었다. "램비한테 키스 한번 해줘!"

"전 이혼하고 나서 춤추러 간 적이 없어요."

"고마운 줄 알아야지! 술을 사 왔는데! 키스해!" 진티가 고함쳤다.

"담번에 같이 춤추러 갈까요?"

"이래 가지고 램비가 다시 오겠냐!" 진티가 경고했다.

애그니스는 연하인 남자보다 최소한 5센티미터는 컸다. 나이 차이를 따지면 아들 릭과 춤을 추고 있다고 해도 과언이 아니었다. 램비의 반대쪽 뺨에 난 흉터가 애그니스의 눈에 띄었다. 귀에서 턱까지 이어진 칼자국은 꽤 흔한 칼부림의 흔적이었지만 이렇게 어린 남자에게서 보니 안쓰러웠다. 애그니스는 머뭇머뭇 손을 뻗어 흉터를 만져보았다.

"아, 이걸 보셨군요." 램비가 수줍어하며 말했다.

"제 큰아들과 닮으셨어요."

"빌어먹을, 키스 좀 해주라고!" 진티가 새 맥주를 따며 꽥꽥댔다.

애그니스는 젊은이의 얼굴에 손을 가만히 얹었다. 큰아들이 그리웠다. 릭과 한방에 있을 때도 애그니스는 릭이 그리웠다. 릭은 늘 그녀에게 그리움을 남겼다. 그때 앞에 있는 남자 램비가 그녀의 얼굴을 잡고 입술을 들이밀었다. 진티는 신이 나서 깍깍댔다. 남자의 입술이 벌어졌고, 그가 그녀의 입술을 빨며 혓바닥을 밀어 넣었다. 남자의 손이 등 아래쪽으로 내려왔다.

"거기 두 사람, 내가 고해해야 할 짓거리는 하지 말라구." 술값을 치르게 되어 안심한 진티 맥클린치는 호들갑스레 손부채를 부쳤다.

신사다웠던 손이 이제는 애그니스의 엉덩이를 슬금슬금 문지르고 있었다. 손가락이 엉덩이를 주무르다가 꼬리뼈 위에 생긴 멍을 눌렀다. 순간 구토가 치솟았다. 고개를 돌렸지만 이미 늦었다. 애그니스는 라거와 보드카와 아이언 브루가 뒤섞인 시큼한 토사물을 램비의 최신 유행 재킷 앞면에 전부 게웠다.

"악, 씨발!" 램비가 묽은 토사물을 뚝뚝 흘리며 비명을 질렀다.

"엄마?" 셔기가 문가에 서 있었다.

애그니스는 소파에 털썩 쓰러져 양손으로 얼굴을 가렸다. 취기에 끓어오른 눈물이 뜨겁게 흘렀다. 램비의 시선이 망가진 여자에게서 교복 차림의 소년에게로, 그리고 비닐봉지에 남은 술을 커다란 가죽 핸드백에 쑤셔 넣고 있는 여자에게로 차례차례 옮겨갔다. 셔기를 밀치다시피 지나가는 남자의 등에 대고 진티가 외쳤다. "램비! 애가 원래 이러지 않아! 담에 전화할게, 파티 한 번 더 하자고!"

현관문이 쾅 닫혔다. 조그만 여자는 한숨을 내쉬었다. 진티는 테이블에 널려 있는 담뱃갑에 남은 담배들을 싹 다 모아서 핸드백에 넣었다. 그러고선 맥주캔을 하나씩 흔들어보고 찰랑거리는 소리가 나면 자신의 머그잔에 따랐다. 맥주캔이 전부 빌 때까지 이렇게 되풀이했다. 머그잔에 모은 맥주를 두세 모금에 해치우고, 진티는 핸드백에서 꽃무늬 헤드스카프를 다시 꺼냈다.

"그래, 난 오래 못 있어."

18

셔기는 축구공에서 최대한 멀리 떨어졌다. 운동장에서 공이 구르면 쫓아가는 시늉을 했지만 다른 아이들에게 한발 뒤지도록 늘 세심한 주의를 기울였다. 셔기는 골대 가장자리의 그늘에 서서 여자아이들의 고무줄놀이를 구경하는 편이 훨씬 재밌었다. 고무줄놀이를 제일 잘하는 아이들은 무지갯빛 줄을 우아하게 꼬아 내렸다.

그때 왼쪽 귀에 축축한 것이 후려치는 소리가 울렸다. 잠깐 못 본 사이에 축구공이 셔기의 옆얼굴로 날아왔다. 따귀를 맞은 것처럼 뺨이 얼얼했다. 공은 상대편 팀의 발치로 데굴데굴 굴러갔고, 그들은 골을 넣었다.

프랜시스 맥아베니가 셔기에게 다가왔다. 콜린과 제임시 사이의 불화는 맏아들인 프랜시스에게 가장 힘들었다. 하루아침에 프랜시스는 '가장' 역할을 떠맡아야 했고, 콜린이 브라이디의 파란색 알약에서 위안을 받는 동안 동생들을 보살펴야 했다. 프랜시스가 얼굴을 바짝 들이댔다. 너무 가까이 들이대서 미지근한 침방울이 튈 정도였다. "씨발,

호모처럼 굴지 말라고." 굶주린 눈빛을 한 아이들이 습지의 개 떼처럼 모여들었다.

"니는 기집애 되고 싶지?" 프랜시스가 관중을 위해 팔을 활짝 펼치고 싱긋 웃었다. 셔기는 고개를 가로저었다. 공에 얻어맞은 뺨을 문지르고 싶을 따름이었다. "바지 대신 치마 입고 싶나?"

"아니." 셔기는 중얼거렸다.

"말대꾸하지 마, 호모 새꺄." 셔기보다 30센티미터는 족히 큰 프랜시스가 셔기의 가슴을 밀쳤다. "좆만 한 호모 새끼, 넌 배리 신부랑 한 짓거리 때문에 지옥에서 불탈 거다."

아이들이 다 같이 낄낄거리더니 웃음소리가 까버려, 까버려, 까버려, 합창으로 바뀌었다. 공에 맞아 이미 빨개진 셔기의 뺨을 때리려고 프랜시스가 왼손을 쳐들었다. 셔기가 흠칫하며 고개를 돌리자 프랜시스는 왼손을 들다 말고 오른손 주먹으로 셔기의 관자놀이를 내려쳤다. 환호하는 소년들에게 프랜시스가 으스댔다. "울 아빠가 쥐잡이라고 부르는 기술이다."

땅에 쓰러진 셔기는 양쪽 머리가 윙윙거렸다. 그때 헐렁한 하얀색 양말을 신은 맨다리가 눈앞에 나타났다. 사나운 고양이처럼 으르렁대는 여자아이의 긴 머리카락이 탄산이 올라오는 레모네이드처럼 찰랑거렸다. "그만둬, 프랜시스, 못된 새꺄! 어디 한번 나한테 해보지 그러냐. 그럼 니는 처맞을 텐데. 난 니보다 사촌이 훨씬 많아." 소녀는 발뒤꿈치로 빙그르르 돌아 셔기를 살폈다. 다른 소년들은 여자아이의 등에 대고 가운뎃손가락을 흔들었지만, 그러면서도 주춤주춤 물러났다.

맨다리인 여자아이의 무릎에 딱지가 앉아 있었다. 셔기는 여자아이의 양말 고무줄이 터진 부분에서 눈을 뗄 수 없었다. 셔기의 양쪽 겨드랑이에 손을 넣고 일으켜 세울 때 여자아이의 치마 밑에서 속바지의 꽃무늬 밑단이 언뜻거렸다. "니도 같이 때려야지." 여자아이가 조언했다. "니가 한 번만 받아치면 다신 못 괴롭힐걸." 셔기는 얼얼한 두 뺨의 어느 쪽을 먼저 문질러야 할지 알 수 없었다. "울고 싶니?" 여자아이가 물었다. 셔기는 고개를 끄덕였다. "글쎄, 아직은 안 돼. 저기 모퉁이를 지날 때까지만 참아. 그담엔 울어도 돼. 아무한테도 말 안 할게."

여자아이가 셔기를 데리고 운동장을 빠져나가는데 소년들이 그들에게 침을 뱉으려고 담장의 난간을 타고 올라갔다. "둘이서 인형놀이 하러 가냐?" 빨간 머리 소년이 이죽거렸다. 여자아이는 눈 깜짝할 새 담장으로 올라갔고, 소년의 넥타이를 잡아당겨 얼굴을 굵은 쇠 난간에 내리꽂았다. 남자아이의 이마가 녹슨 쇠에 부딪히며 꽈당 울렸다. "튀자!" 소녀가 외쳤다. 먼지구름을 일으키며 달리기 시작한 두 사람은 핏헤드로 이어지는 나지막한 언덕 중턱에 다다를 때까지 멈추지 않았다.

가쁜 숨을 돌리고 레모네이드 소녀는 웃음을 터뜨렸다. 여자아이의 앞니는 새끼손가락 너비만큼 사이가 벌어져 있었다. 코에는 가로로 주근깨가 났고, 눈동자는 캐츠아이 유리구슬처럼 파랗고 반짝였다.

"정말로 맥아베니 애들이랑 싸울 만큼 사촌이 많아?" 셔기는 울음을 꾹 참고 물었다. 여자아이는 고개를 가로저었다. "아니, 가족은 나랑 아빠뿐이야. 울 아빠는 테레비 리모컨을 뺏기면 싸우겠지만, 그게 다야." 소녀는 어깨를 으쓱했다. "난 애니야. 니보다 한 학년 위야."

"아, 난 널 처음 보는 거 같아."

"난 너 봤어. 널 못 본 사람은 없지." 애니는 캐러밴이 일시적인 컬드색 단지를 형성하고 있는 언덕 꼭대기를 가리켰다. "나랑 아빠는 저기 캐러밴에 살아. 내가 집까지 데려다줄게. 내가 있음 감히 니를 건드리지 못할 거야." 여자아이는 깡마른 가슴을 내밀었다. "어디 사니?"

셔기는 나지막한 광부들의 집을 가리키려다 말고 손을 내렸다. 어머니는 취해 있을 것이다. 택시 회사에 전화해서 고래고래 소리치며 아버지를 욕하고 있을 것이다. "아직 집에 가고 싶지 않아."

"오늘은 목요일인데." 애니가 현자처럼 말했다. "술 살 돈이 떨어지지 않았을까?"

셔기는 눈을 가느스름하게 뜨고 여자아이를 보았다 "그걸 어떻게 알았어?"

여자아이는 셔기와 팔짱을 꼈다. "나 만난 적 있어. 니네 엄마 말야. 한번은 내가 학교에서 돌아왔는데 우리 집 소파에 앉아 계셨어. 말을 그렇게 이쁘게 하는 사람 난 첨 봤어."

"우리 엄마가 폐를 끼치지 않았기를 바라."

"아냐, 전혀 그렇지 않았어. 니네 엄마한테서는 좋은 냄새가 나더라. 내 머리를 프렌치 브레이드로 땋는 법을 가르쳐주셨어." 애니의 얼굴빛이 어두워졌다. "사람들이 니네 엄마에 대해 못된 말 하는 게 싫어. 니가 엄마를 지켜줘야 해."

"그러고 있어!" 셔기가 말했다. "대개는 엄마 자신으로부터이지만, 그것도 지켜주는 거야."

애니는 자포자기한 한숨을 내쉬었다. "난 그냥 처마시게 내비둬. 아빠가 술독에 빠져 죽고 싶으면 그건 아빠가 알아서 할 일이지. 울 아빠는 끝장난 거 같아. 엄마를 그리워해."

"어머니가 돌아가셨어?"

"어, 그런 셈이지. 엄마는 캠버슬랭에서 세미프로 축구선수랑 내 동생들이랑 같이 살아." 셔기와 애니는 캐러밴이 모여 있는 언덕으로 걸어갔다. "어쨌든, 니랑 니네 엄만 꼭 맞서 싸워야 해. 니네 엄마가 술 마시려고 몸을 판다는 둥, 니한테 아빠가 필요하다는 둥, 니네 엄마 때문에 니가 이 모양이라는 둥, 그런 소릴 들었어." 소녀의 얼굴에 안타까워하는 표정이 떠올랐다. "하지만 난 니네 엄마처럼 예쁜 아주머니는 첨 봤어. 나한테 그런 엄마가 있었으면 정말 자랑스러웠을 거야."

캐러밴 열두 대가 반원 모양으로 촘촘히 세워져 있었고, 울퉁불퉁한 진흙땅에 누군가 커다란 바위들로 진입로를 만들어놓았다. 축축지근하게 젖은 가구, 플라스틱 장난감 등 양철 캐러밴에서 쏟아져 나온 온갖 잡동사니가 도처에 널려 있었다. 그 적나라한 광경에 셔기는 충격을 받았다. 애니는 콘크리트 벽돌 두 개를 밟고 베이지색 캐러밴에 올라갔다. 활짝 열려 있는 문 앞에 커다란 갈색 저먼 셰퍼드가 가로누워 있었다. 셔기는 학교 가방을 가슴에 꼭 끌어안고, 그를 경계하는 듯한 개를 건드리지 않도록 조심조심 돌아서 애니를 따라 안으로 들어갔다. 캐러밴은 가로가 좁고 길쭉했다. 중간에는 작은 간이 부엌이, 한쪽 끝에는 말굽 모양의 소파와 테이블이 있었다. 천장의 브래킷에 걸려 있는 컬러텔레비전에서 경마 결과를 속기하듯 빠르게 읽는 소리가 귀 따갑게 울렸다. 얕은 싱크대에는 지저분한 플라스틱 그릇이 산더미였다. 콘플레이크 부스러기 사이를 개미들이 부지런히 오가고 있었다.

"아빠, 나 왔어." 애니가 말했다.

어두침침한 구석 테이블에 앉아 있는 남자의 형체가 어렴풋이 보였다. 남자는 이날 신문 위로 몸을 수그리고 볼펜으로 경주마 이름에 밑줄을 긋고 있었다. "뭐 좀 먹었어?" 애니가 물었다. "시리얼 만들어줄까? 우유도 덥혀줄 수 있는데?"

눈이 충혈된 남자는 대답하지 않았다. 낡은 머그잔에 담긴 무언가를 마시고 다시 경마 점수를 매기는 남자를 셔기는 지켜보았다. 이곳에 앉아 있는 어머니를 상상하고 싶지 않았다.

애니는 캐러밴 뒤쪽의 양철 문을 열고 셔기를 초대했다. 침실은 분홍색 궁전이었다. 깨끗하게 정리된 작은 공간을 싱글베드 두 개가 꽉 채우고 있었고, 침대에는 디즈니 공주 이불이 깔려 있었다. 벽에 두른 얇은 선반에는 색색가지 조랑말 인형들이 단정히 진열되어 있었다. 방은 흠잡을 데 없이 깨끗했다.

"집이 엉망이라 미안." 애니가 두 싱글베드 사이 1미터가량 공간의 분홍색 카펫에 앉으며 말했다. "깨끗하게 치우려고 노력은 하는데 아빠가 저렇게 기를 쓰고 돼지처럼 살려고 하니까 좀 어려워." 애니가 카펫의 옆자리를 두드렸다. 셔기는 좁은 공간을 비집고 들어가 침대 사이에 끼어 앉았다. "니네 엄마는 술 마시고 뭐 하시니? 저렇게 멍 때리고 있어?"

"아니. 우리 엄마는 많이 취한 다음에 많이 화가 나." 셔기가 대답했다. "엄마가 스스로를 다치게 할까봐 무서워."

"자살 같은 거?"

"응. 가끔 난 학교 가기 전에 화장실에 있는 약을 전부 숨겨. 우리 형은 일 갈 때 커터 칼을 챙겨 가." 셔기는 분홍색 카펫의 실 고리에 손가락을 찔러 넣었다. "하지만 가장 걱정스러운 건 엄마가 상황을 점점 더 나쁘게 만들고 있다는 거야. 자존심도 잃어버리고. 이제는 사람들이 엄마랑 알고 지내고 싶어 하지도 않아. 우리 누나는 엄마 때문에 아주 먼 나라로 가서 흑인들이랑 살아. 형은 집에서 나가려고 돈을 모으고 있어."

애니는 침대 밑에 손을 넣어 낡은 색칠공부 책을 꺼냈다. 애니가 색깔은 그런대로 잘 맞추었지만 선 밖으로 삐져나가게 칠한 것은 조금 실망스러웠다. "탄광이 문 닫았을 때 난 여기 남아서 아빠를 보살펴야 했어." 애니가 말했다. "울 엄마는 털끝만큼도 관심 없었거든." 애니는 책장을 휙휙 넘겼다. "색칠놀이 할래?" 애니가 불쑥 물었다.

셔기는 고개를 가로저었다. 선반 위에서 명랑한 미소를 띠고 그들을 내려다보고 있는 무지갯빛 조랑말들이 자꾸만 셔기의 시선을 끌었다.

"내 조랑말 인형이랑 놀고 싶니?" 애니가 물었다. 애니가 그의 얼굴을 관찰하고 있었지만 셔기는 무관심한 척 도리질했다. "울 엄마가 크리스마스랑 부활절에 보낸 인형들이야. 가끔은 이전에 보낸 거랑 똑같은 걸 보내. 그래서 엄마가 나한테 관심 없는 걸 알아."

애니는 얇은 매트리스 위로 펄쩍 뛰어 올라갔다. "이거 봐. 니네 엄마가 땋아주신 거야." 애니는 셔기에게 산딸기색 조랑말을 건네주었다. 말의 갈기와 꼬리의 긴 보라색 비닐을 전부 깔끔하게 땋고 빵 봉지 철사 끈으로 묶어놓았다. 애니는 조랑말 인형을 한가득 그러모아서 침대에 떨어뜨리고 그다음엔 카펫으로 밀었다. 다양한 색깔의 플라스틱 조랑말들은 모두 기다란 속눈썹을 달고 명랑하게 웃고 있었다. "니가 버터스코치랑 코튼캔디랑 블러썸을 가지고 놀아. 난 블루벨을 할게. 내가 제일 아끼는 애거든. 다른 조랑말들이 블루벨의 예쁜 머리핀을 탐내지만 블루벨이 너무 빨라서 어림없어."

사실 플라스틱 조랑말은 땡땡하게 부푼 장난감 개처럼 생겼지만 셔기의 눈에는 더할 나위 없이 아름다워 보였다. 애니는 오후 내내 셔기가 인형을 가지고 놀게 해주었다. 두 아이는 높고 낭랑한 목소리로 재잘거리며 조랑말들을 침대에서 껑충껑충 달리고 반질반질한 비닐 갈기에 정전기가 날 때까지 작은 빗으로 빗겨주었다.

마침내 애니는 인형놀이에 질린 듯했다. 애니는 초조해 보이더니, 안절부절못하기 시작했다. 애니의 깡마른 팔이 어두운 침대 밑을 훑었다. 애니는 침대보의 풍성한 주름 장식 아래에서 담뱃재가 수북한 굴 모양 재떨이를 꺼냈다. 반쯤 피운 담배꽁초 두세 대가 잿더미에 꽂혀 있었다. 애니는 캐러밴의 창문을 열고 구부러진 담배에 불을 붙인 다음에 가볍게 연기를 들이마시고 창문 틈새로 뿜었다. 애니가 고갯짓으로 밖에 있는 아버지를 가리켰다. "미안, 아빠 땜에 속상해서."

애니는 끝이 축축하게 젖은 담배를 셔기에게 권했다. 셔기는 입을 오므리고 새침하게 고개를 저었다. 애니는 어깨를 으쓱하고, 담배를 단단히 물고 바닥으로 미끄러져 내려왔다. 셔기는 카세트테이프들을 짐카나 코스 장애물처럼 세우고 그 사이로 코튼캔디가 블루벨을 쫓아가게 하고 있었다. 그때 애니가 불쑥 물었다. "셔기, 니 진짜루 조니 벨 꼬추 만졌니?"

말라깽이 조니, 세탁기 소년의 기억이 셔기의 얼얼한 얼굴을 다시 빨갛게 물들였다. 셔기는 인형들을 내려놓았다. 인형들이 그가 한 더러운 일의 증거라도 되는 양 멀리 밀쳐내고 싶었다. "아니." 셔기는 거짓말했다.

"어땠어?" 애니는 셔기의 대답을 무시하고 물었다. 애니는 입꼬리에 담배를 대롱대롱 물고, 조랑말의 옆구리에 별 모양 스티커를 덕지덕지 붙이고 있었다. 여느 노조원처럼 따분하고 기계적이며 매가리 없는 모습이었다.

"그런 적 없다니까."

연기에 눈이 매운지 애니는 왼눈을 꽉 감았다. "글쎄, 내가 너라도 안 했다고 하겠어. 근데 난 꼬추 만져봤어. 오히니네 애들 거랑 프랜 뷰캐넌 거랑."

"하지만 넌 아홉 살밖에 안 됐잖아!" 셔기가 외쳤다. 셔기는 이제 조랑말 인형들로부터 멀찌감치 떨어져 앉았다. "걔네들은 중학생이고."

"난 열 살 하고도 사 분의 삼이나 먹었어." 애니는 담배 연기를 오래 들이마셨다가 완벽하게 동그란 도넛 모양으로 우아하게 내뿜었다. "어쨌든 걔네가 탄광 권상기 있는 데로 데려가서 벅패스트 포도주도 한 입 줬어."

"배리 신부님한테 말 안 했어? 경찰이 걔네 잡아갈 거야."

"아니." 이제 마음이 진정된 듯, 애니는 담배를 끄고 머리를 침대에 뉘었다. "어차피 그럴 가치도 없었어. 벅패스트는 완전 토 나오더라."

너무나도 무덤덤한 애니의 태도가 놀라웠다. 이 깡통 집에 앉아 있는 어머니의 모습이 눈앞에 그려졌다. 애니의 아버지와 니코틴에 누렇게 물든 그의 손가락. 어머니는 이렇게 지저분한 집을 혐오했을 것이다. 그런데도 어머니는 이곳에 왔다. 순간 셔기는 분노에 휩싸였다. "왜 그랬어?" 셔기가 소리를 질렀다. "왜 여자들은 맨날 남자들이 멋대로 하게 내버려두는 거야?"

라일락색 조랑말을 사뿐사뿐 달리고 있던 애니가 깜짝 놀라 인형을 놓고 물러앉았다. 이날 오후 처음으로 말문이 막힌 것 같았다.

그때 밖에서 저먼 셰퍼드가 컹컹 짖기 시작했다. 개가 펄쩍 일어나서 앞쪽 계단을 뛰어 내려가자 캐러밴이 통째로 흔들렸다.

"아, 빌어먹을! 램보! 램보!" 애니가 침대를 훌쩍 뛰어넘어 작은 방에서 나갔다. 저먼 셰퍼드와 다른 개가 마주친 모양이었다. 개들이 으르렁대며 서로에게 덤벼들자 캐러밴 단지에서 한바탕 소란이 벌어졌다.

셔기는 더는 그곳에 있고 싶지 않았다. 여자아이의 인형을 가지고 노는 것이나 중학생 소년들의 더러운 부위를 만지는 것이 괜찮다고 수긍하고 싶지 않았다. 셔기는 레모네이드 소녀를 닮고 싶지 않았다. 엄마처럼 되고 싶지도 않았다. 셔기는 평범한 소년이 되고 싶었다.

셔기는 벌떡 일어나 가방을 챙겼다. 애니는 다른 개를 놓으라고 램보에게 소리치고 있었다. 텔레비전에서는 여전히 경마를 속사포로 중계 중이었다. 셔기는 이곳에 있는 어머니를, 니코틴에 찌든 남자의 손을 허락하는 어머니를, 미지근한 스페셜 브루 한 캔을 위해서 애니의 머리를 땋아주는 어머니를 생각하고 싶지 않았다.

그러다 화가 치민 셔기는 학교 가방을 다시 열고 조랑말 인형을 두 개 넣었다.

매주 평일, 학교에서 마지막 종소리가 울리기 직전이면 셔기는 배가 땅기기 시작했다. 셔기가 손을 들고 화장실에 가도 되냐고 매우 공손하게 물어보면 얼굴이 밀가루 반죽처럼 창백한 이완 신부는 시계처럼 규칙적인 소년에게 속으로 욕했다. 처음에 이완 신부는 셔기에게 기다리라고, 십오 분만 기다리면 수업이 끝난다고 타일렀다. 말 잘 듣는 소년인 셔기는 얼굴을 찡그리며 고개를 끄덕이고 옆으로 살짝 몸을 틀었다. 너무나도 절박해 보였다. 셔기가 움찔거리며 낑낑대는 소리가 곧 다른 아이들까지 산만하게 만들었고, 결국 신부는 화장실에 가라고 허락해야 했다.

나중에 교무실에서 배불뚝이 신부는 삶은 양배추와 간 소고기로 구성된 광부의 식단이 성직자들에게는 과연 어떤 영향을 미칠 것인지에 대해 농담했다. 그 예의 바른 소년, 가도 괜찮을까요? 와 가면 안 돼요? 의 차이를 이해하는 유일한 소년은 학기 내내 거의 날마다 오후 3시 15분이 되면 배가 아프기 시작했다. 이완 신부는 이제 셔기의 배앓이에 시계를 맞출 정도였다.

그렇게 셔기는 수업이 끝나기 전 마지막 몇 분을 낮은 변기에 쭈그리고 앉아서 보냈다. 혹시 몰라서 바지를 내리긴 했지만 배앓이가 단순히 소화불량 때문이라는 것을 인제 알았다. 집에서 어떤 일이 기다리고 있을지 두려워서 체한 것이다.

이제껏 애그니스는 수차례 금주를 시도했다. 그러나 셔기의 배앓이는 완전히 없어지지 않았다. 셔기의 입장에서 애그니스의 금주는 너무 금세 끝나고 예측 불가해서 마음 놓고 기뻐할 수 없었다. 화창한 날씨 뒤에는 늘 먹구름이 대기하고 있듯이, 금주가 끝나면 더 맹렬한 폭음이 뒤따라왔다. 오래전에 셔기는 어머니의 금주가 얼마나 오래가는지 세기를 그만두었다. 애그니스의 금주 기간을 세는 것은 즐거운 주말이 저무는 순간순간을 의식하는 것이나 매한가지였다. 의식하고 있으면 늘 너무 짧았다. 그래서 셔기는 더는 세지 않았다.

소년은 자신에게 일어난 변화를 정확히 기억하지 못했다.

언제부터 배앓이가 사라졌고 상황이 달라졌는지는 불분명했다. 11월의 어느 금요일에 여느 때처럼 학교에서 돌아와 문밖에 서 있던 것만 기억했다. 모든 사소한 세부사항이 집 안 상황을 암시했다. 이날 저녁에는 커튼이 바깥의 한기를 차단하기 위해 끝까지 쳐져 있었고, 전등에 불이 켜져 있었다. 희망이 셔기의 배 속에서 날갯짓했다. 셔기는 실내의 웅얼거림이 들릴 정도로만 문을 살짝 열었다. 어떤 소리에 집중해야 하는지 잘 알았다. 오열과 흐느낌은 나쁜 밤을 예고했다. 어머니는 그를 끌어안고 자신을 망가뜨린 남자들에 대한 끔찍한 이야기를 들려줄 것이다. 컨트리음악의 기타 선율과 구슬픈 노랫소리가 들리면 대변이 새어 나와 속옷을 뜨듯하게 적셨다.

어머니의 통화 소리가 늘 나쁜 조짐은 아니었다. 현관문과 중문 사이에 서서 차갑고 울룩불룩한 유리에 귀를 대고 숨을 죽인 채, 셔기는 어머니 목소리의 음색에 귀 기울였다. 어머니가 울거나 악을 쓰거나 혀가 꼬여 있지 않아도 취해 있을 가능성은 있었다. 그 가능성은 항상 존재했다. 이따금 애그니스는 가짜 멀가이 억양으로 과하게 예의를 차리며 어려운 단어를 늘어놓았다. 그녀는 입술을 잔뜩 내밀고 '적실하게' 혹은 '유감스럽게도' 등의 단어를 남발했다.

이것이 가장 불길한 소리였다. 애그니스는 자신이 겪은 상실을 애도하고 있었지만 곯아떨어지려면 멀었다. 어머니는 그를 앉혀놓고 신세타령할 터인데, 다만 이번에는 슬픔이 아니라 분노를 쏟아낼 것이다. 반쯤 피운 꽁초로 가득한 담뱃갑을 옆에 놓고 전화번호부를 들추면서 자기가 부르는 번호에 전화하라고 시킬 것이다.

"오, 오, 사, 육, 삼, 삼, 구."

셔기는 수화기를 들고 뚜르르 뚜르르 통화연결음을 들으며 제발 아무도 안 받기를 기도한다. 반대편에서 목소리가 들리면 셔기의 얼굴이 잿빛으로 질렸다.

"여보세요?" 낯선 사람이 말한다.

"아, 안녕하세요. 늦은 시간에 실례합니다." 애그니스는 거실의 안락의자에서 흡족하게 고개를 끄덕인다. "캠 맥캘럼 씨와 통화할 수 있을까요?"

"누구?" 목소리가 묻는다.

"캠 맥캘럼 씨요. 1967년부터 1971년까지 데니스툰에 사셨어요. 이스트엔드에서 조지 스퀘어랑 셰틀스턴 구간 버스를 운전하셨고요. 르네라는 여동생이 있는데 작이라는 남자랑 결혼했어요."

기묘하게 구체적인 정보에 수화기 반대편의 사람은 혼란스러워한다. "미안하다, 꼬마야. 여기엔 캠 맥캘럼이라는 사람 없다."

"알겠습니다. 감사합니다. 실례가 많았습니다."

거실에서 애그니스는 투덜거리며 전화번호부에 등재된 다음 맥캘럼 씨에게 전화하라고 명령한다. 애그니스가 찾던 사람이 실제로 전화를 받으면 상황은 더 나빠졌다. 전화를 받은 남자가 말한다. "누구요? 내가 캠 맥캘럼인데. 무슨 일이오?"

셔기는 심장이 오그라든다. "아, 알겠습니다. 잠시만 기다려주시겠어요, 맥캘럼 씨? 바꿔드릴게요."

애그니스는 믿기지 않는다는 듯이 눈썹을 치켜세운다. 그 자식이야? 셔기는 수화기를 손으로 가리고 고개를 끄덕인다. "좋아." 애그니스는 라거가 든 머그잔과 새 담뱃갑을 들고 전화기 탁자로 온다. 셔기가 순종적인 비서처럼 전화기를 건네면 애그니스는 맥캘럼 씨가 자신을 볼 수 있기라도 한 것처럼 매무새를 가다듬는다. 긴 손가락 사이에 새 담배를 끼우고, 수화기를 입으로 가져간다.

"야 이 개새끼야아아아." 애그니스는 욕설로 서문을 연다.

"여보세요? 누구요?" 남자가 대답한다.

"더러운 포주 새끼야아아아."

남자는 결국 전화를 끊는다. 언제나 그렇다. 애그니스는 담배를 길게 한 모금 빨고 머그잔에서 길게 한 모금 들이마신다. 전화기의 재다이얼 버튼을 쿡 찌르고, 금세 전화가 연결되면 미소를 짓는다.

"전화 끊을 생각 하지 마. 감히 내 전화 끊지 말라고!"

"제길, 당신 누구야?"

"그러고 그냥 넘어갈 줄 알았냐? 응? 어린 아가씨한테 그런 짓을 하고? 이 벼락 맞을 놈아. 그러고도 니가 사람이냐?"

캠 맥캘럼은 다시 전화를 끊을 것이고 그가 현명하다면 전화선을 뽑을 것이다. 애그니스는 허기를 채울 것을 찾아 메뉴판을 보듯 전화번호부를 넘겼다. 알파벳 순서로 차례차례, 자신에게 잘못한 다음 남자를 찾았다. 브렌든 맥가원. "엄마가 이 호로자식에 대해 말해줄게." 애그니스는 수화기를 턱 밑에 끼우고 셔기에게 고개를 돌렸다. "나를 놓친 건 이 자식 인생 최대 실수야."

어둠이 깔릴 때까지 애그니스는 전화기 탁자에 앉아 있었고 밤이 되어도 칠흑 같은 어둠 속에 그대로 머물렀다. 담배 끝에서 빛나는 불씨가 그녀의 유일한 빛이었다. 전기난로 옆에 앉아서 셔기는 어머니가 내지르는 고함을 듣고 있었다. 불을 켜기가 두려웠다. 불을 켰다가 자신에게 불똥이 튈까 두려웠다. 어둠이 어머니를 재우길 바랐다.

이 모든 것을 염두에 두고, 셔기는 학교에서 슬금슬금 돌아와 외풍 방지문 앞에 서서 촉각을 곤두세웠다. 어머니가 울고 있거나, 컨트리 음악을 듣고 있거나, 전투태세로 전화기 앞에 앉아 있지 않기를 소망했다. 심지어 소리 없는 고요의 흥얼거림도 셔기의 속을 뒤집어놓을 수 있었다. 언젠가 한번 셔기는 고요한 집 앞에서, 귀청이 떨어질 듯한 무(無)의 휘파람을 듣고 경계를 늦추었다. 좋은 징조라고 믿으며 좀더 잘 듣기 위해 집에 살그머니 들어왔고, 딱딱하게 뭉친 옆구리에서 손을 떼었다. 애그니스는 바닥에 있었다. 꽉 끼는 검은 치마와 가장 좋은 겨울 코트를 입고 있었다. 기도하는 것처럼 무릎을 꿇고 있었지만 그녀의 손등은 리놀륨 바닥에 힘없이 늘어져 있었고 머리는 공영주택의 흰색 오븐에 완전히 들어가 있었다. 정적은 속임수였다. 쉭쉭, 고요의 휘파람은 어머니를 멀리 데려가고 있던 독한 가스의 소리였다.

그날 이후로 셔기는 고요를 믿으면 안 된다는 것을 배웠다.

좋은 징후를 손꼽아보자면, 부엌에서 부산스럽게 일하는 소리, 세탁기가 꿀럭거리거나 털털거리는 소리, 싱크대에서 금속 식기가 달그락대는 소리, 커다란 냄비에서 수프가 보글보글 끓는 소리가 최고였다. 이런 소리가 들리는 날이면 셔기는 행복한 기분으로 복도에 서서 석면에 맺힌 습기를 닦았고, 기쁨에 넋이 나간 채로 흰 벽에 축축한 손자국을 내고 있는 셔기를 애그니스는 발견하곤 했다.

맥아베니 형제를 제외하면 학교에서 가장 못된 아이들은 전부 아버지가 여전히 일자리를 붙들고 있는 집의 자식들 같았다. 그 아이들의 도시락은 전자레인지로 데웠거나 빵가루를 입혔고 하나씩 포일로 포장되어 있었다. 그들의 젊은 부모는 아이들이 원하면 무엇이든 아무 때나 먹게 해주었다. 그 아이들은 스토비나 다진 고기를 싸 오는 아이들을 놀리고, 썩은 양배추 냄새가 난다며 코를 쥐고 비웃었다. 그렇게 놀림을 당했을 때 셔기는 학교 점퍼 소매에 얼굴을 묻고 냄새를 깊이 들이쉬었다. 삶은 양배추와 돼지 다릿살과 감자와 다진 양고기는 셔기에게 평화를 뜻했기 때문에, 셔기는 자신에게서 이런 냄새가 나는 것이 행운이라고 생각했다.

가끔은 학교에서 돌아왔을 때 집에서 낯선 목소리가 들렸다. 누구의 목소리인지 확실해질 때까지 셔기는 복도에서 발끝으로 걸었다.

선량한 사람들은 이미 오래전에 발길을 끊었다. 어머니가 핏헤드에 산 기간이 길어질수록 나쁜 사람들이 찾아올 가능성이 커졌다.

핏헤드 삼촌들은 최악에 속했다. 그들은 불안한 기색으로 술에 취해 비틀거렸고, 숱 없는 머리는 늘 축축하게 젖은 것처럼 보였다. 그들은 어머니가 남편 없이 잘 지내나 확인한답시고 찾아왔다. 초콜릿과 맥주를 한 보따리 싸 왔고, 실내에서도 재킷을 벗지 않았다.

자신이 학교에서 돌아온 바람에 그들의 나쁜 계획에 차질이 생겼다는 것을 셔기는 알았다. 이따금 접이식 테이블 앞에 오래 눌러앉고 싶은 삼촌들은 소년에게 관심을 보이는 척하며 담뱃재로 뒤덮인 테이블에서 초콜릿을 밀어주었다. 그리고 물었다. 학교는 잘 다니는지? 밖에 나가 놀고 싶지 않은지?

셔기가 자라면서 남자들의 태도가 변했다. 그들의 얼굴에서 페긴*의 인자한 미소는 자취를 감추었다. 그들은 셔기가 열 살이 되고서부터는 거의 동격의 남자로 취급했고, 자신들의 더러운 계획에 훼방을 놓았다고 불평하는 표정으로 앉아 있었다.

맥주가 아직 남아 있으면 애그니스는 셔기를 불러 남자 옆에 앉혔다. 애그니스는 눈을 가늘게 뜨며 몸을 뒤로 빼고, 거북해하며 엉덩이를 들썩이는 그들을 담배 연기 사이로 관찰했다. 라거를 한입 가득 마시는 사이사이 애그니스는 커튼과 어울리는 침대보를 고르는 눈빛으로 남자와 셔기를 번갈아 보았다. 애그니스는 막내아들 휴가 얼마나 똑똑하고 학교 성적이 좋은지 주절거렸고, 남자들은 대낮에 그의 어머니에게 올라탈 계획이 와르르 무너지는 것을 느끼며 고개만 주억거렸다. 애그니스를 알맞게 순종적인 상태로 만들려고 돈깨나 쓴 남자

---

* 찰스 디킨스의 소설 『올리버 트위스트』에 등장하는 인물.

들도 있었는데, 이제 그들은 끈적하고 어쭙잖은 낮거리를 즐기기는커녕 방과 후 만화나 보고 앉아 있어야 했다.

삼촌들은 한층 영악해져서 돌아왔다. 그들은 싸구려 축구공, 비닐연 등 셔기를 밖으로 내보낼 빌미를 들고 왔다. 진정 다급한 이들은 미끈미끈한 동전을 한 움큼 쥐여주며 "한 시간만 영화관에 다녀오렴"이라고 일렀다. 셔기는 땀에 젖은 남자들을 멍하니 바라보다 미끈거리는 동전을 가방에 넣고, 버스 차장처럼 고맙다고 깍듯이 인사한 다음에 시끄러운 텔레비전을 켰다.

이런 만남은 물론 셔기가 집에 왔을 때 남자들이 아직 거실에 있을 경우에만 이루어졌다. 그들이 어머니의 침실에 들어간 이후라면 아무도 소년에게 돈을 주지 않았고 장래희망이 무엇이냐고 묻지도 않았다.

이 삼촌들이 나쁘기는 했지만 여하튼 그들은 어머니에게만 관심을 쏟았다. 셔기는 집에 찾아오는 이모들이 더 끔찍했다. 이 여자들은 마치 애그니스에게 내재한 최악의 성격이 밖에 나가 사귄 친구 같았다. 여자들이 재떨이 위로 머리를 맞대고 마지막 담배를 나누어 피우며 자신들을 망가뜨린 남자들을 저주하고 시끌벅적하게 만취의 망각 속으로 가라앉는 동안 셔기는 애그니스뿐 아니라 다른 여자의 시중도 들어야 했다. 남자들과 달리 이들은 떠들고, 떠들고, 또 떠들었다.

빰이 푹 꺼진 핏헤드 여자들은 대개 길고양이처럼 아침부터 문 앞에 나타났다. 애그니스가 장장 오 일 연속 금주한 다음에도 이들은 그녀를 다시 술독에 빠뜨릴 수 있었다. 애그니스가 덜덜 떠는 소리가 동네 반대쪽에서도 들린다는 듯이 기꺼이 도움을 주려고 싸구려 술을 싸 들고 아침 9시에 대문 앞에 나타났다. 공교롭게 그날 애그니스가 술을 안 마시기로 결심했어도 이들은 아무런 배려 없이 애그니스의 눈앞에서 퍼마셨다. 불행은 동지를 반기는 법. 오래잖아 애그니스의 시선이 그들 발치에 놓인 비닐봉지를 게걸스레 더듬었다.

셔기가 학교에서 돌아온 다음에 여자들이 찾아오면 셔기는 문을 열어주지 않았다. 하루의 첫 우편배달부가 다녀가기도 전에 여자들은 묵직한 봉지를 들고 나타났다. 문 앞에서 그들은 선량한 이웃 행세를 하고 있었지만 셔기는 속지 않았다. 그들을 돌계단 아래로 돌려보내려고 셔기는 수도 없이 노력했다. 셔기가 현관문을 잠그면 여자들은 우편물 투입구에 얼굴을 들이밀고 외쳤다. "니네 엄마 집에 있니?" 그리고 애원했다. "그냥 차 한잔하러 온 거야." 셔기는 우편물 투입구를 통해 그들의 얼굴에 포크를 꽂고 싶었다. 셔기의 등 뒤에서는 애그니스가 미지근한 맥주 한 모금에 목말라 부들부들 떨고 있었다.

차가운 외풍처럼, 그들은 언제나 결국 들어왔다.

그들은 아침 종이 울릴 때까지, 셔기가 학교에 가야 할 시간까지 기다렸다. 오후 4시에 셔기가 조용히 돌아오면 그들은 득의만면한 표정으로 그를 보고 웃었다.

그중 최악은 진티 이모였다. 진티는 학교에서 돌아온 셔기에게 뽀뽀해달라고 보챘고, 느끼한 스튜의 뜨뜻한 고깃덩이 같은 혓바닥으로 셔기의 뺨을 날름댔다. 하늘이 잔뜩 찌푸린 날이면 애그니스는 조그만 여자의 뻣뻣한 발을 주물러주라고 셔기에게 지시했다. 욱신욱신 쑤시는 발을 주물러주면 진티는 좋다고 갈색 스타킹 속에서 발을 꼼지락거렸고, 수년간의 음주가 갉아먹은 얼굴이 한층 더 홀쭉해졌다. 진티는 단 한 번도 소년에게 수고비를 주지 않았다.

진티는 셔기를 눈엣가시로 여겼다. 때때로 애그니스가 셔기에게 미안한 마음에 금주를 시도했기 때문이다. 셔기만 없었다면 그들은 맨 정신의 해변을 떠나 스페셜 브루의 바다에서 영원히 항해할 수 있었을 것이다.

"니가 이제 몇 학년이니?" 한번은 셔기가 발을 주물러주고 있는데 진티가 물었다.

"초등학교 5학년요." 셔기는 진티를 빤히 쳐다보며 대답했다.

진티는 애그니스를 힐끔 봤다. 진티는 집에서도 머리에 헤드스카프를 두르고 있었다. "애그니스, 때늦은 감이 있긴 한데, 그래두 내 생각엔 변화를 줄 기회가 아직 남았어."

"무슨 기회요?" 셔기는 건막류 때문에 튀어나온 진티의 엄지발가락 관절을 문지르며 물었다.

"니가 우리 루이즈네 학교에 다닐 기회."

깜짝 놀란 셔기는 속눈썹을 바짝 치켜세우고 눈썹을 내리며 눈을 흡떴다. "아줌마네 루이즈는 맹추예요." 셔기는 말을 내뱉자마자 못된 말이었다고 후회했다.

진티는 셔기의 손에서 발을 빼고 푹신한 소파에서 몸을 앞으로 기울였다. 그리고 뼈마디가 울퉁불퉁한 손가락을 펴서 셔기의 가슴을 쿡 찔렀다. 진티의 얼굴이 부어 있었는데, 남편에게 얻어맞았기 때문이라는 것을 셔기는 알았다. 진티 남편의 손버릇에 대해 애그니스가 말해준 적이 있었다. 진티가 입을 뗄 때마다 아랫입술이 금방이라도 터질 것처럼 보였다. "루이즈는 특별한 도움이 필요한 것뿐야. 루이즈네 학교엔 당나귀도 있어. 니네 학교에 당나귀 있니?"

"없어요."

"글쎄, 내 생각엔 니가 그 학교에 가야 할 거 같다. 당나귀도 있으니까." 진티는 탄산이 올라오는 맥주를 만족스럽게 한 모금 마셨다.

"엄마, 진티 아줌마한테 난 맹추가 아니라고 말해줘요. 난 당나귀 학교에 갈 필요 없다고." 칭얼거리는 셔기의 목소리가 갈라졌다. 셔기는 진티에게서 시선을 떼지 않았다.

그러나 애그니스는 눈을 감고 있었고, 불붙은 담배가 손에서 미끄러지기 직전이었다. 맥주가 애그니스의 무릎에 커다란 빗방울처럼 뚝뚝 떨어졌다. 얼씨구나 하고 진티가 거짓 미소를 지으며 말했다. "그 학교엔 니 같은 애들이 깔렸다. 친구도 많이 사귀구 끼니마다 따끈한 급식을 먹을 수 있어."

"지금도 친구 있어요." 셔기는 거짓말했다.

"학교서 자구 금요일에만 집에 와서 주말을 보내니까 놀러 간 것처럼 재밌지 않겠니."

셔기는 금요일 밤에 루이즈를 내려주는 특수학교 버스를 본 적 있었다. 맥아베니 형제들은 지나가는 버스에 돌을 던졌다. 셔기는 루이즈를 잘 알지는 못했다. 루이즈는 릭처럼 조용했다. 루이즈는 금요일보다 일요일에 더 행복한 표정이었다.

"들어봐, 좋을 기다. 거기 가면 니도 그르케 많이 다르지 않을 거야." 노인처럼 요란하게 드르렁대며 졸고 있는 애그니스에게 진티가 말했다. "결정된 거지, 그치, 애그니스?" 진티가 자고 있는 그의 어머니를 쿡 찔렀다. "내가 내일 학교에 전화할게. 셔기가 루이즈네 반에 바로 들어갈 수 있게." 진티는 발을 다시 들어 셔기의 품에 찔러 넣었다.

루이즈가 모자란 것이 아니라 아주 조금 느릴 뿐이라는 사실을 셔기는 알았다. 부모가 무관심한 탓에 아이가 수줍음을 많이 타고 내성적이어서 늘 조금 어수룩했는데, 핏헤드 이웃들은 이것을 아이가 모자라다는 증거로 여겼다. 브라이디 도널리는 전부 진티의 이기심 때문이라고 했다. 특수학교가 루이즈를 학기 내내 데리고 있는 덕분에 진티는 그녀가 편애하는 자식인 스텔라 아르투아에게 헌신할 수 있었다.

나중에 애그니스가 말하길, 그녀가 상황을 파악했을 즈음에는 셔기가 진티를 바닥으로 끌어 내렸고 진티의 세인트 크리스토퍼 메달이 목걸이에서 떨어져나가 있었다고 했다. 릭이 동생에게 자초지종을 묻자 셔기는 진티의 엄지발가락에서 뚝 소리가 날 때까지 비튼 기억밖에 나지 않는다고 했다. 셔기는 진티의 무릎이 돌아가고, 그녀가 사람 살리라고 외치며 의자에서 떨어질 때까지 발가락을 세게 비틀었다. 그다음 일은 가물가물하다고 셔기는 말했다. 망원경을 거꾸로 들고 보았을 때처럼 전부 흐리멍덩했다.

셔기는 습관대로 현관문 앞에 서서 집 안의 동정을 살폈다. 기다란 복도로 들어서니 삶은 양배추가 흘린 땀과 찻주전자가 뿜은 증기로 벽이 축축했다. 유령처럼 조용히 안쪽으로 걸어가던 셔기는 부엌문 옆에서 물컹한 흰 라드를 다시 싸고 있는 어머니를 보고 걸음을 멈췄다. 부드럽게 늘어뜨린 까만 머리카락에서 뿌리가 하얗게 빛났고 얼굴은 화장기 없이 청초했다. 라드를 싸면서 애그니스는 싱크대 위 작은 창문 밖의 드넓은 습지를 내다보고 있었다. 그녀는 평화로워 보였다.

셔기는 마침내 아랫배의 복통이 사라진 것을 느끼고 허리를 곧추세웠다. 그때 애그니스가 어두컴컴한 복도에 서 있는 셔기를 발견했다. 셔기가 다가가자 애그니스는 양손을 아들의 머리에 올리고 자신의 부드러운 배로 끌어당겼다. 셔기는 양팔로 어머니를 끌어안았다.

애그니스는 셔기의 검은 머리칼에 얼굴을 묻었다. "으으음, 너한테서 맑은 공기 냄새가 나네." 애그니스는 셔기의 차가운 뺨을 감싸고 살며시 입을 맞추었다.

"엄마한테서는 수프 냄새가 나요."

"고맙다! 가서 옷 갈아입어. 차 끓여서 가져다줄게."

"진짜요?"

애그니스는 셔기를 부엌에서 내쫓았다. 아늑한 거실에서 가열된 청소기와 레몬향 가구 광택제 냄새가 났다. 전기난로가 켜져 있었고, 커다란 커튼이 창밖의 차가운 동네를 차단했다. 셔기는 텔레비전을 켰다. 텔레비전 위에 달린 미터기가 50펜스를 하나 더 넣어야 할 때까지 여섯 시간이나 남았다고 알렸다. 진정한 풍요였다. 셔기는 발뒤꿈치로 신발을 구겨서 휙 걷어찬 다음에 다리를 흔들어 교복 바지를 내리고 흰 셔츠의 단추를 풀었다. 벗은 옷은 허물처럼 바닥에 그대로 두고 깨끗한 속옷만 입은 채, 커다란 정사각형 탁자에 앉아 입을 헤벌리고 오후 프로그램을 봤다.

애그니스가 따뜻한 차를 담은 머그잔과 작은 접시를 가져와서 셔기 앞에 놓았다.

"이게 뭐예요?" 셔기가 물었다.

"네가 먹을 간식이지."

셔기는 노릇노릇한 애플턴오버를 바라보다가 손가락 하나를 천천히 뻗었다. 페이스트리에서 모락모락 피어오르는 열기가 손가락을 휘감았다. 애그니스가 그릇째 오븐에 따뜻하게 보관한 것이다. 얇은 갈색 페이스트리에 잔뜩 뿌린 백설탕 가루가 녹아서 바삭하고 달콤한 껍질이 되었다. 페이스트리 양옆으로 뜨겁고 끈적한 황금빛 애플소스가 거품을 내며 퍼졌다. 손가락으로 살짝 건드려보았다. 애플턴오버의 껍질이 바스락, 유쾌한 소리를 내며 부서졌다.

소년은 멍하니 접시를 내려다보았다. 불안 증세처럼 배에서 이상한 느낌이 나서 도저히 먹을 수 없을 것 같았다. 그런데 이번에는 숨이 턱턱 막히는 쓰라림이 아니라, 무언가가 노란 햇살처럼 방울방울 솟아올랐다. 속에서 미소가 터져 나왔다. 셔기는 커다란 정사각형 탁자에 드러누워 양말 신은 발을 올리고, 탁자가 환희로 반들반들 빛날 때까지 꼬리뼈를 대고 빙글빙글 돌았다.

애그니스는 아는 사람을 마주칠 가능성을 배제하려고 던다스 스트리트 모임을 택했다. 이전에도 가끔 AA 모임에 가보았으나 시도는 오래가지 않았다. 애그니스는 모임에 나온 망가진 남자들과 여자들을 둘러보며 수치심을 느꼈다. 밖에서 마주쳤다면 길을 건너는 수고를 해서라도 피했을 사람들이었다.

애그니스가 더러 얼굴을 비쳤던 이스트엔드 모임은 자주 참석하지 않았는데도 점차 너무 답답하고 익숙해졌다. 끝내 애그니스는 망쳐버렸다. 개중 나이 많은 남자들 대부분이 핏헤드의 그녀 집을 방문했고, 초췌하고 초조한 여자들의 얼굴에서 애그니스는 익숙한 자신의 모습과 조우하기 시작했다. 자신이 그들과 별반 다르지 않다는 사실을 부정하기가 힘들어졌다. 그래서 어느 밤에 애그니스는 익숙한 모임이 열리는 곳에서 하차하지 않고 그대로 버스에 앉아 던다스 스트리트까지 갔다. 이것이 새 출발이 되기를, 이곳 모임 사람들은 좀더 점잖은 부류의 알코올중독자이기를 바랐다.

던다스 스트리트 모임은 퀸 스트리트 전철역과 뷰캐넌 버스정거장

사이 도심지에 있었고, 덕분에 꽤 많은 사람들을 모았다. 한때는 무역 회사의 사옥으로서 위풍을 떨쳤던 사암 건물은 1960년대의 변화를 거치며 날림으로 운영되는 초등학교 같은 모습을 띠게 되었다. 화려하게 조각된 몰딩은 오래전에 들어냈고, 지금은 그저 우중충한 갈색 페인트와 기다란 형광등, 벗겨진 리놀륨 바닥만 남은 갑갑한 공간이었다. 개성이라고는 눈을 씻고 봐도 없는 것이 익명 모임에 적합하다고 애그니스는 생각했다.

AA 모임의 던다스 스트리트 지부는 천장이 높은 회의실을 저렴하게 장기 계약했다. 회의실 앞쪽의 나지막한 단상에는 접이식 테이블을 펼치고 그 뒤로 플라스틱 의자 여섯 개를 나란히 놓았다. 회의실 왼쪽에 작은 곁방이 딸려 있었고, 좁은 복도에는 커피 주전자와 비스킷 따위를 보관했다. 얼마 안 가 사라질 것 같은 느낌이 회의실 전체에 깔려 있었지만, 규칙적으로 참석하는 사람들은 루르드, 로마, 블랙풀 등에서 보낸 엽서와 달력으로 안락하고 포근한 분위기를 애써 꾸몄다.

애그니스는 셔기를 일찍 재우고 시내로 가는 버스에 올랐다. 과연 모임에 참석할지, 아니면 이전에 몇 번 그랬듯이 갤로우게이트의 빙고장에서 내릴지 자신이 없었다. 던다스 스트리트 건물의 계단에 오르기 위해 애그니스는 자신의 모든 의지를 끌어내야 했다. 회의실 문을 열고 들어간 순간 애그니스는 일단 아는 얼굴이 보이지 않아 안심했다. 방에는 담배 연기가 자욱했다. 적당한 거리를 두고 띄엄띄엄 앉은 사람들이 의자에서 초조히 옴짝거렸다. 칼칼한 기침과 끈적한 가래 소리가 거의 끊임없이 들렸다. 다른 모임들보다 다소 냉랭한 분위기였다. 사람들은 공손히 서로에게 고개를 끄덕이고 미소를 지었지만 유대감은 느껴지지 않았고, 애그니스가 갈구하던 익명성이 보장된 듯했다. 애그니스는 단상에서 눈에 잘 띄지 않는 자리에 앉았다. 사람들의 시선이 뒤통수로 날아와 꽂혔다. 그녀의 기다란 모헤어 코트는 지나치게 화려했지만, 애그니스는 과하게 차려입는 편이 차라리 마음 편했다.

구석에서 나지막이 대화하던 사람들이 단상의 테이블 뒤쪽 의자에 앉았다. 인물이 번듯한 은발 남자가 테이블 뒤에서 일어났다. 남자의 갈색 눈은 쑥 들어갔고 두툼한 눈썹은 불쑥 튀어나왔다. 신경이 곤두서고 몸이 떨렸지만, 애그니스의 가슴속에서 기대감이 일렁였다.

"안녕하십니까." 남자가 우렁우렁한 목소리로 시작했다. "화요일 저녁 모임에 와주셔서 감사합니다. 저를 모르는 분들을 위해 제 소개를 하자면, 제 이름은 조지이고 전 알코올중독자입니다. 던다스 스트리트 모임에 지난, 오, 거의 십이 년간 참석했습니다. 오늘 밤 여기에 모인 분들 가운데 낯익은 얼굴들이 많이 보여 기쁘고, 다른 한편으로는 낯선 얼굴들의 숫자에 언제나처럼 가슴이 아픕니다."

남자는 커다란 주먹으로 테이블을 짚었다. "오늘 밤 단상에는 우리의 오랜 친구들도 있지만 새로운 친구들도 한두 명 있습니다." 남자의 양옆 사람들이 살짝 몸을 일으키며 미소 지었다. "이들을 소개하기 전에 하느님께 도움을 청하는 것으로 모임을 시작합시다." 남자가 크리스마스트리 모루처럼 빛나는 머리를 숙였다. 애그니스는 남자를 더 자세히 보려고 눈을 가늘게 떴다. '평온을 위한 기도'를 올리기 위해 다같이 고개를 숙이고 눈을 감았다. 애그니스는 이 기도를 줄줄 외웠지만 가슴으로 느낀 적은 한 번도 없었다.

모임이 시작되었다. 단상에 올라간 사람들이 모임의 안건을 설명하고 소식과 위로의 말을 전달했다. 이 모임에 나오던 친구가 죽었는데,

애그니스가 들어보니 술이 결국 여자를 끝장낸 것 같았다. 조지는 단상 위에 앉은 사람들 중에서 새 임원을 소개하고 그들에게 자신의 사연을 사람들과 공유해달라고 청했다. 글래스고 사투리가 심한 마른 남자가 일어났다. "안녕들 하심까, 내 이름은 피터고, 난 알코올중독잡니다." 아내와 연락이 끊기고 아들들마저 처음에는 술, 그다음에는 마약에 빠진 사연을 이야기하며 남자는 눈물을 글썽였다. 단어의 모음을 대충 얼버무리고 글래스고 사람들이 만들어낸 짧고 익숙한 단어들을 화난 것처럼 툭툭 내뱉는 남자의 말투를 듣다보니 애그니스는 남자가 어느 공공주택 출신인지도 알 것 같았다. 남자가 처한 상황이 놀랍지 않았고, 끝에 가서는 연민이 들었다. 남자는 그가 쓰는 억양의 굴레를 결코 벗어나지 못할 것이다.

사람들이 이야기하는 동안 애그니스의 정신은 머나먼 곳으로 떠났다. 술에 대한 갈증이 들어 고통스러웠다. 그때 애그니스를 부르는 목소리가 들렸다. "당신. 보라색 코트 입은 검은 머리 여자분." 조지가 그녀를 똑바로 가리키고 있었다. "사람들과 공유하고 싶은 이야기가 있습니까?"

애그니스는 아니요, 라고 고개를 저으려고 했지만 다리에 힘이 들어가며 거의 반사적으로 자리에서 일어났다. 이전에도 해보았다. 여러 다른 모임에서 수차례 해보았다. 애그니스는 왼쪽과 오른쪽을 차례로 둘러보고 살짝 웃었다. 자신을 쳐다보고 있는 사람들의 얼굴이 흐리멍덩하게 섞여서 구분할 수 없었다. 의자에 앉아 있는 사이에 예쁜 코트의 뒷면이 구겨졌을지도 모른다는 생각이 문득 들면서 애그니스는 산만해졌고, 더듬더듬 운을 뗐다. "아, 안녕하세요. 제 이름은 애, 애그니스예요. 그리고 전, 아마도, 알코올중독자인 거 같아요."

방에서 미지근한 응원이 울렸다. "잘 왔어요, 애그니스."

애그니스는 말을 이어가려고 했지만 머릿속이 하얘졌다. 애그니스는 혹시나 생겼을지 모르는 주름을 펴려고 코트 뒷면을 쓸어내렸다. 쥐 죽은 듯 고요한 방에서 만성적인 기침만 들렸다.

"나는 불길에 휩싸여 있으나 불타지 아니하니." 목소리가 울렸다.

"예?" 애그니스가 물었다.

"*Ego sum in flammis, tamen non adolebit.*" 조지가 말했다. "나는 불 속에 있으나 불타지 아니하니. 성녀 애그니스의 애가입니다."

"아." 애그니스는 앉아도 되는지 몰라 엉거주춤했다.

"이보다 진실한 말이 있을까요?" 화두를 잡은 조지가 청중을 대상으로 말했다. "나는 불길에 휩싸여 있으나 불타지 아니하니. 우리 모두 이 말을 희망으로 삼읍시다. 오늘 밤 여기 있는 사람들 모두 불길에 고통받은 적이 있습니다." 조지는 목을 가다듬고 놀이동산의 장사꾼처럼 양팔을 펼쳤다. "우리 모두 또 한 잔의 술에 애태우지 않았습니까? 열이 오르고 땀이 나고 공황에 빠지며, 목구멍과 심장에 불이 붙지 않았습니까?" 청중이 동의하는 소리를 웅얼댔다. "그렇다면 당신에게도 그 갈증이 있습니다." 조지는 술을 만족스럽게 한 모금 마셨을 때처럼 아아아, 탄성을 내질렀다. "당신이 간절히 원하는 그 영광스러운 술, 이것은 휘발유처럼 의심의 여지 없이 당신을 불사릅니다. 휘발유처럼 당신 속의 마귀들을 불붙입니다. 당신이 사탄의 발치에 떨어질 때까지 불태웁니다. 당신은 불길에 휩싸이고, 당신이 손을 대는 모든 것이 타버립니다. 당신이 사랑하는 모든 이들이 물러납니다. 불길에서 물러납니다. 재산이 불타고 가족이 불타고 커리어가 불타고 평판이 불탑니다. 모든 것이 불타서 사라져도 당신은 여전히 타고 있습니다."

청중은 홀린 듯이 조지의 이야기에 빠져들었다. "불길이 내가 가진 전부를 파괴하는 것을 얼마나 자주 목격했는지 모릅니다. 술을 끊으려고 할 때도, 도와달라고 울부짖을 때도, 마치 내가 여전히 불길에 휩싸여 있어서 아무도 내게 손을 댈 수 없는 것 같았습니다." 청중이 공감하며 혀를 찼다. "내가 도움을 청하며 손을 내밀었으나 모두가 피했습니다. 불길이 되살아날까봐 두려워서 그들은 피했습니다. '도와주지 마.' 그들이 말했습니다. '그럴 가치가 없어.' 그렇게도 말했습니다. '절대 안 변할 거야. 너까지 끌고 내려갈 거야.'"

잘생긴 남자가 고개를 절레절레 내저었다. 방은 이제 고요했다. "그렇지만, 결국 그것이 진실 아닙니까? 난 불길에 휩싸여 있으나 불타지 아니하니." 조지는 입꼬리에 맺힌 침을 닦았다. "그것이 성녀 애그니스가 우리에게 주는 가르침입니다. 어둠 속에도 희망이 있다는 것."

애그니스는 담배 연기로 자욱한 방에서 멍하니 눈을 깜박였다. 치마와 코트 뒷자락을 손으로 쓸어내리며 다시 앉으려고 하는데 조지가 목소리를 높이며 애그니스를 가리켰다. "불은 단순히 끝이 아니라 시작이기도 합니다. 당신이 파괴한 그 모든 것을 다시 건설할 수 있습니다. 당신 자신의 잿더미에서 다시 일어날 수 있습니다."

애그니스는 눈을 굴리고 싶은 충동을 꾹 참고 다소곳이 웃었다.

연설자는 사람들에게 영감을 주려고 분투했다. 미팅이 계속됐고, 사람들은 다시 단상을 보고 앉았다. 애그니스는 나직한 한숨을 길게 토해냈다. 이날 저녁 처음으로 숨을 내쉰 듯한 기분이었다.

그때 애그니스의 어깨에 다정한 손길이 닿았다. 여자의 손은 창백하고 섬세했지만 손등은 벌써 노년의 파란 정맥으로 울퉁불퉁했다. 여자는 몸을 기울여 애그니스에게 귓속말했다. 여자가 얼굴을 너무 가까이 들이밀어서 애그니스는 고개를 돌릴 수도, 여자의 얼굴을 볼 수도 없었다.

"음, 그러시겠지. 그 나쁜 놈들은 성녀 애그니스를 태울 수 없어서 목을 대신 잘라버렸지. 염병할 남자 놈들 같으니라구, 음?" 늙은 여자는 애그니스의 어깨를 한 번 두드리고, 쿨럭, 기침하며 자기 자리에 다시 앉았다.

19

애그니스는 셔기의 열 번째 생일에 맞추어 자신의 잿더미에서 벗어났다. 금주한 지 석 달이 되었을 때 애그니스는 탄광 앞 주유소에서 야간근무를 시작했다. 애그니스는 크리스마스를 카탈로그 네 개에 걸쳐 준비했다. 크리스마스트리 아래 선물이 산더미처럼 쌓였고, 게임기 네 종류와 고기 요리로 상다리가 휠 지경이었다. 도저히 갚을 길이 없는 지출이었다. 릭과 셔기는 배가 잔뜩 불러서 텔레비전의 불빛 앞에 드러누웠다. 이렇게 거창하게 준비할 필요가 없었다는 것을 애그니스는 몰랐다. 아이들은 어머니만 있으면 행복했다. 맨정신인 어머니와 어머니의 금주가 불러온 평화면 충분했다.

카탈로그에서 구매한 물건들의 청구서가 날아오기 시작했지만 애그니스가 단지 돈을 벌려고 일을 시작한 것은 아니었다. 일은 외로움을 견디는 데 도움이 되었다. 하루를 바삐 보낼 수 있고, 공허하고 긴 긴 밤을 채워주었다. 일하지 않았으면 애그니스는 마침내 잠이 올 때까지 어떻게 시간을 보낼지 막막해하며 무료하게 앉아 있었을 것이다. 이런 밤이면 애그니스는 이제는 연락도 없는 친구들과 �θ과 부모님과 남아프리카공화국에 있는 캐서린을 생각했다. 야간근무는 그녀가 다시 술의 품에 기대지 않게 도와주었다.

매점 역할도 하는 주유소는 근방 몇 마일 반경에서 담배와 설탕 덩어리 아이스바와 감자칩을 파는 유일한 가게였다. 허허벌판의 한복판에 있었다. 애그니스는 카운터의 서랍을 잡아당겨 서랍 속에서 달그락거리는 더러운 동전들을 집고 잔돈을 거슬러준 다음에 담배와 우유 등을 안전유리 가림막 너머로 밀어주었다. 이것도 일종의 사교 활동이었고, 애그니스는 이렇게라도 사람들과 어울릴 수 있어서 기뻤다.

일주일에 사 일, 애그니스는 안전유리 안쪽에 앉아 바깥의 휑한 어둠을 응시했다. 택시운전사들은 긴 간격을 두고 나타나 검은 택시에 경유를 채웠다. 그중 몇몇은 냄새나는 작은 화장실을 쓰려고 열쇠를 부탁했고, 어떤 이들은 신문과 차가운 아이언 브루 한 캔을 주문했다. 그들은 안전유리를 사이에 두고, 레이븐스크레이그에서 열린 시위, 클라이드강 산업의 쇠퇴 등 그들 삶의 공통 화제에 대해 대화했다. 택시의 앞창과 가림막 사이에서 밤을 보내는 택시운전사들은 유리창을 통해 대화하는 것에 익숙했다. 애그니스는 점차 그들에게 정이 들었다.

시간이 흐르며 단골이 생겼고, 어떤 택시운전사들은 쉬는 시간을 애그니스와 보내면서 유리 가림막을 사이에 두고 샌드위치를 먹었다. 애그니스가 일하기 시작한 이래 주유소의 야간 매출이 올랐다. 자신들의 이야기에 웃어주고 늘 반기는 듯한 미인과 오 분을 보내려고 택시운전사들은 일부러 먼 길을 왔다. 그들은 뒤에 다른 차가 줄을 서고 나서야 마지못해 떠났다.

이따금 애그니스가 다른 손님과 이야기하고 있으면 그들은 주유소

근처를 빙빙 돌며 그녀가 혼자 남을 때까지 기다렸다. 비스킷 접시에서 눈을 떼지 못하는 수줍은 아이 같은 눈빛으로 그들은 애그니스를 바라보았다. 이들은 애그니스와 십 분이라도 느긋하게 이야기하려고 텅 빈 도로를 오락가락하다가, 그녀가 다른 택시운전사와 함께 웃기라도 하면 삐져서 차를 돌렸다.

나이 많은 운전사들 가운데 몇 명은 일부러 아래쪽 선반에 있는 물건들만 주문했다. 이것이 그들에게는 일종의 게임이자 시간 때우기였는데, 애그니스는 불쾌하게 생각하지 않았다. 애그니스가 설탕과 탄수화물 덩어리 간식을 가지러 작은 가게 안을 돌아다니는 동안 그들은 한담을 늘어놓으며 그녀를 지켜보았고, 맨 아래 선반에 있는 신문을 집으려고 쪼그려 앉은 그녀의 꼭 끼는 치마가 팽팽하게 당겨지는 모습을 보며 가슴속 외로움을 달랬다. 애그니스의 깊이 파인 브이넥 스웨터와 장밋빛 피부 위로 보이는 검은 브래지어 끈을 그들은 고마워했다. 외로움이 얼마나 끔찍한 것인지 애그니스는 잘 알았다.

몇 달간 어두컴컴한 겨울밤을 주유소에서 보낸 뒤 애그니스는 선물을 받기 시작했다. 처음에는 도매상점에서 산 감자 한 상자나 양파 절임처럼 소소한 것들이었다. 어느 날 아침에는 팬티라이너가 가득한 카드보드 상자를 받기도 했다. 얼마 안 가 택시운전사 두어 명이 더 큰 선물을 가져오기 시작했다. 중고 냉장고, 오래된 휴대용 텔레비전 등 장물이었다. 셔기가 학교에서 돌아오면 외풍방지문의 갈라진 틈이 메워져 있거나 곰팡이가 핀 부엌에 새롭게 페인트칠이 되어 있었다.

야간근무가 끝나는 시간대에는 몇 시간이나 주유소에 아무도 오지 않았다. 창밖의 핏 로드를 외로이 홀로 순회하는 야간버스를 보면서 애그니스는 날이 밝아오기를 기다렸다. 안전유리 안쪽에서 〈프리먼스〉 카탈로그를 천천히 넘기며, 아직 벌지 못한 봉급을 썼다. 그러다 보면 동이 텄고, 애그니스는 퇴근 준비를 하면서 아이들에게 간식으로 줄 초콜릿과 본인을 위한 담배 한 갑을 주머니에 슬쩍 넣었다. 근무가 끝나면 자물쇠를 열고 오전 근무자와 교대했다. 애그니스가 핏헤드로 걸어가는 길에 아침 해가 떠올라 광재 언덕에서 잠시 타올랐다. 언제나처럼 먹구름이 몰려와 동네를 잿빛 담요로 덮기 전의 짧은 순간이었다.

집에 가는 길에 애그니스는 도시에서 청소부로 일하는 여자들과 마주치곤 했다. 피로에 찌든 앙상한 여자들에게 애그니스는 좋은 아침이에요, 라고 명랑하게 외쳤지만, 청소부들은 시선을 피하고 십자가 금목걸이를 만지작거리며 네, 하고 조용히 대꾸만 했다. 점잖은 가톨릭 여자가 대체 무얼 하다 신성치 못한 시간에 귀가하는지, 수척한 여자들은 상상할 수 없었다. 그 이른 시간에 입술에는 립스틱을 발랐고 손톱에는 야한 색을 빈틈없이 칠한 여자를 그들은 수상쩍게 보았다. 아직 일자리를 붙들고 있는 운 좋은 남자들은 애그니스를 보면 고개를 들고 인사했고, 부인이 싸준 도시락을 등 뒤로 숨기며 은근슬쩍 윙크했다.

집에 돌아와서 애그니스는 훔친 초콜릿을 셔기의 베개 밑에 넣어주고 밀크티와 키스로 아이를 깨운 다음에 등교 준비를 시켰다. 릭의 침대 발치에는 간밤에 깨끗이 세탁한 작업복 멜빵바지를 펼쳐놓았다. 각자 침대에 모로 누워 말없이 서로를 바라보면서, 셔기와 릭은 라디오의 노래를 따라 부르는 어머니의 노랫소리를 들었다. 행여나 마법이 깨질세라, 먼저 눈을 깜박이지 않으려고 힘을 주고 있었다.

빨간 머리 황소, 그 남자를 처음 만났을 때 애그니스는 야간근무를 시작한 지 두어 달밖에 되지 않았다. 그는 다른 손님들과 달랐다. 다른 택시운전사들의 몸은 전성기를 지난 남성 몸매의 표본이었다. 온종일 택시에 앉아서 보내는 시간이 그들의 체형을 무너뜨렸고, 기름진 스코틀랜드 아침 식사와 군것질로 대신하는 저녁이 배 둘레에 식은 죽처럼 엉겨 붙었다. 택시운전사라는 직업은 끝내 그들을 구부러뜨려서, 그들의 어깨는 둥글게 굽었고 늘어진 턱살 위로 목이 거북이처럼 쑥 나왔다. 야간근무를 오래한 이들의 창백한 얼굴에서 유일한 빛깔이란 수년간의 음주가 남긴 홍조뿐이었다. 이 남자들은 인장이 새겨진 커다란 금반지를 끼고 자동차 핸들 위에서 번쩍이는 반지를 보며 자기만족을 느꼈다. 애그니스는 셕을 떠올릴 수밖에 없었다.

빨간 머리가 택시에서 내린 첫날에 애그니스는 그를 너무 빤히 쳐다보지 않으려고 노력했다. 남자는 택시 업계에 갓 입문한 것 같았다. 남자의 어깨는 쫙 벌어졌고, 얼굴에 감도는 홍조는 황금빛 스타우트나 어두침침한 펍이 아니라 신선한 공기와 태양이 물들인 것이었다. 남자는 키가 크고 건장했고, 차에 경유를 채우는 동안 꼿꼿하고 당당하게 서 있는 자세가 인상적이었다. 남자는 굵은 팔 하나로 택시를 쉽게 흔들었다. 깜박거리는 형광등 아래에서 붉은 곱슬머리가 빛났다. 남자는 애그니스를 보고도 다른 남자들이 그리하듯 흠칫하지 않았다. 그러나 그는 미소를 짓지도 않았다. 유리 가림막 안쪽에서 애그니스는 약속을 깜박한 연인을 기다리듯 팔짱을 끼고 앉아 있었다. 애그니스는 작은 서랍에 거스름돈을 넣고 밀어주었고, 남자는 고맙다고 중얼거리며 택시로 돌아갔다.

남자는 몇 주가 지나고서야 돌아왔다. 이번에는 그가 창구 앞까지 오기도 전에 애그니스가 수작을 걸었다. "택시 운전 시작한 지 얼마 안

됐죠?" 립스틱을 바른 입술에 미소가 걸렸다. 창구의 서랍은 남자를 반기듯 앞으로 튀어나와 있었다.

"뭐라고요?" 남자가 상념에서 빠져나오며 물었다. "그 유리 땜에 잘 안 들립니다."

남자의 목소리에는 강한 스코틀랜드 억양, 스트래스클라이드의 감미로운 노래가 실려 있었다. 애그니스는 영국 표준 악센트로 말을 이었다. "택시 운전을 최근에 시작하지 않았냐고 물어봤어요."

"그건 왜 물어보쇼?" 남자가 따지듯이 말하자 차가운 유리에 더운 김이 서렸다.

애그니스의 미소가 일그러졌다. "별다른 이유는 없어요. 여기를 지나가는 택시운전사들이 많은데, 당신은 다른 사람들보다… 활기차 보여서요." 남자는 말하는 개를 보듯 그녀를 보고 있었다. 애그니스는 버벅거리며 말을 이었다. "그러니까, 지친 느낌이 덜하다고요. 택시 운전이 여간 고된 일이 아니잖아요. 까다로운 손님들도 상대해야 하고."

"그니까, 당신이 사람 보는 눈이 좀 있다, 이거요?"

이 질문에 허를 찔린 애그니스는 말문이 막혀 잠자코 있었다. 빨간 머리는 서랍에 동전 몇 개를 시끄럽게 떨어뜨렸다. "우유 한 병이랑 식빵 하나. 일반 식빵 말고 팬에 구운 것으로. 꼭 신선한 거로 주고, 이 서랍에 납작하게 짜부라뜨리지 마쇼." 남자는 애그니스의 서랍을 가리켰다.

잠시 후에야 애그니스는 정신을 가다듬고 자리에서 일어났다. 작은 가게 안에서 절반쯤 걸어간 다음에 남자가 자신을 보고 있는지 확인하려고 돌아봤지만 빨간 머리는 신발에 무엇이 적혀 있기라도 한 것처럼 발끝만 내려다보고 있었다. 남자가 말처럼 생긴 코로 숨을 몰아

쉼에 따라 어깨가 쫙 펴지며 올라왔다가 다시 처졌다. 남자는 피곤해 보였다. 진력이 나고 피곤해 보였다. 애그니스는 창구로 돌아와 작은 우유병을 서랍에 넣고 밀어주었다. 남자는 커다란 손으로 우유병을 집었다. 그다음에 애그니스가 빵을 서랍에 넣으려는데 남자가 그제야 다시 입을 열었다. "내 빵이 짜부라지잖소." 애그니스는 어이가 없어서 그를 올려다봤다. 빵을 살짝만 누르면 서랍에 들어갈 텐데, 남자는 얼굴을 붉히며 다시 항의했다. "내가 말하잖소, 빵을 누르지 말라구."

"괜찮을 거예요. 빵이 푹신하니까요." 애그니스는 신선하다고 증명하는 것처럼 촉촉한 빵을 손가락으로 살짝 눌렀다가 떼었다. 눌렸던 부분이 금세 다시 부풀었다.

남자는 침묵했다.

애그니스는 수줍은 척 미소를 지었다. "글쎄요, 어쩔 수 없어요. 안전문을 열 수는 없거든요." 애그니스는 손을 가슴에 얹고 두 눈을 크게 떴다. "보시다시피, 여기 저 혼자예요."

빨간 머리는 얼굴이 새빨개져서 발을 들썩였다. 남자는 눈을 끔벅이고 발을 내려다보면서 커다란 콧구멍으로 숨을 거칠게 몰아쉬었다.

"저기요, 빵을 살 거예요, 말 거예요?" 애그니스는 유리 가림막에 기대며 물었다. 스웨터 앞면이 밀려서 어깨의 검은 브래지어 끈이 드러났다는 것을 알았다. 애그니스는 눈을 내리깔고 미소 지었다.

그때 남자가 커다란 주먹으로 유리를 쳤다. 애그니스는 따귀를 맞은 것처럼 뒤로 펄쩍 뛰었다. "하느님 맙소사, 빌어먹을 토스트 하나 사기가 이렇게 힘드나."

애그니스 안에서 악마가 눈을 떴다. 이런 식으로 무시당하는 것은 그녀의 정신 건강에 해로웠다. 술에 대한 갈증을 불러일으켰다. 애그니스는 매니큐어 칠한 손톱으로 식빵 봉지의 접착면을 뜯었다. 큼직한 식빵 한 장을 꺼낸 다음에 죽은 생선을 던지듯 빵을 서랍에 떨어뜨렸다. 그리고 식빵 한 장이 담긴 서랍을 남자에게 밀었다.

남자는 그녀가 서랍에 똥을 눈 것처럼 빵을 내려다보았다. "자, 가져가시죠." 애그니스가 을러댔다. 애교스러운 미소와 브래지어 끈은 자취를 감추었다. 빨간 머리는 빵을 조심스럽게 들었다. 철커덕, 서랍이 다시 안으로 들어갔다. 애그니스는 또다시 식빵 한 장을 떨어뜨리고 서랍을 밀었다. 남자는 빵을 집었다. 그들은 침묵 속에서 이것을 되풀이했다. 애그니스가 식빵 한 장을 서랍에 떨어뜨리고 밀면 남자는 연약한 사기그릇을 집듯이 빵을 집었다. 자신이 첫 식빵을 서랍에 떨어뜨린 순간부터 남자가 숨을 한 번도 안 내쉬었다고 애그니스는 믿었다. 남자의 내면 어딘가에서 바람 빠진 타이어처럼 공기가 새어 나왔고, 남자는 자기 품에 들린 빵 조각들을 내려다보았다. 애그니스는 계속해서 빵을 떨어뜨리고 서랍을 밀었다.

"그치들이 문을 닫기 전까진 탄광에서 일했소." 남자가 나지막이 말했다. "내가 원래 택시운전사가 아닌 걸 어떻게 알아봤습니까?"

"그냥 눈에 보였어요." 애그니스는 말했다. "경험이 있으니까요."

"그래요?"

"책을 한 권 쓸 수 있을 정도예요." 애그니스는 빵을 한 장 더 서랍에 떨어뜨렸다.

"사람들이 이 일을 어떻게 하는지 모르겠소." 빨간 머리 남자가 한탄했다. "일하면서 마주치는 인간들은 또 어떻고? 양아치란 양아치는 죄다 만나지."

"특정한 부류의 사람들만 밤에 이곳에 나올 수 있어요. 밤에 일한

지 오래됐어요?"

"한 달쯤."

"지독하게 외롭죠?" 애그니스가 물었다.

남자는 이제야 처음으로 그녀를 발견한 것처럼 바라보았다. "맞아요. 지독하게 외로워요." 남자가 말했다. 그의 눈은 지쳐 있었다.

애그니스는 마지막 빵 한 장을 서랍에 떨어뜨리고 밀었다. "뭐, 내일 밤에 다시 와요. 내일은 콘플레이크 한 상자를 서랍으로 먹여줄게요."

남자가 이날 처음으로 웃었다. 이가 희고 큼직하고 곧았다. "좋아요."

"잊지 말고 비닐봉지 하나 가져와요. 콘플레이크를 한 개씩 줄 작정이니까."

셕이 떠난 뒤에 남자가 없었던 것은 아니지만 데이트를 한 적은 없었다. 온종일 애그니스는 택시의 경적을 기다렸다. 점심시간에 일찌감치 목욕을 마쳤고, 그가 전화하기로 한 8시까지 한참을 기다려야 했다. 라디오 시계의 네온 숫자가 카운트다운을 하듯이 깜박거렸다. 온종일 흥분과 좌절 사이를 오락가락하다 화장대 거울 앞에 앉은 지금, 어리석은 실수였다는 후회가 밀려오기 시작했다. 새로 만난 남자에게 비밀로 해야 할 것들의 목록을 만들었다. 발설하면 안 되는 나쁜 일들이 숨통을 조였다. 술을 달라고 아우성쳤다.

애그니스 옆에는 셔기가 골똘히 생각에 잠긴 채 앉아 있었다. 참을성 있게 손을 다리에 올려놓고 얌전히 발목을 꼬고 앉은 셔기의 얼굴에도 똑같이 초조한 표정이 서려 있었다. 애그니스는 자신의 인생을 하나의 줄거리로 요약해보았다. 점점 더 스스로가 지루하고 따분한 여자처럼 생각되었다. 입 밖으로 내선 안 될 일들을 삭제한 그녀의 인생은 하품이 나올 정도로 지루하고 듬성듬성했다. 이 여자는 1967년, 즉 그녀가 � 을 만난 해 이후로 줄곧 잠들어 있던 것 같았다.

빨간 머리 황소의 이름은 유진이었다. 구식이고 평범한, 좋은 이름이다. 어머니들이 맏아들에게 지어주는 이름이다. 듬직하고 진실한 사람이 될 아이. 어머니의 기쁨이라기보다는 자랑인 아들. 성직자의 길을 밟기로 점찍어진, 십일조처럼 신에게 바치는 아들에게 지어주는 이름이라고 애그니스는 늘 생각해왔다.

검은 택시가 경적을 울리자 애그니스는 화들짝 놀라며 일어났다. 작은 향수병들이 화장대 위에서 가볍게 몸을 떨었다. 셔기가 손가락을 십자가 모양으로 겹쳐 행운을 빌어주었다. 셔기는 손가락을 세워서 흔들며 어머니에게 희망찬 미소를 지었다. 릭은 팔짱을 끼고 문틀에 기대어 있었다. 애그니스가 릭에게 행운을 비는 뽀뽀를 부탁했고, 형의 목을 끌어안는 어머니를 셔기는 바라보았다. 처음에 가만히 있던 릭은 아주 천천히 팔을 벌려 어머니를 꼭 껴안고, 애그니스가 소녀처럼 킥킥거릴 때까지 뺨에 키스를 퍼부었다. 애그니스는 릭을 밀어내고 뺨의 화장이 안 뭉개졌는지 확인해야 했다.

은은한 저녁놀 속에서 애그니스는 남자의 수려한 외모에 새삼 감탄했다. 깃이 넓은 양복을 입고 풍성한 머리에 포마드를 발라 빗어 넘긴 남자 덕분에 낡은 택시가 롤스로이스처럼 보였다. 유진이 운전석 문을 열고 나왔다. 가느다란 볼로 넥타이에 꽂은 넥타이핀이 당당하게 빛났다. 그들이 가림막을 사이에 두지 않고 만나는 것이 처음이라는 생각이 문득 뇌리를 스쳤다. 유진은 뒷좌석 문을 열어주었다. 핏헤드 여자들이 전부 창가에서 질투로 속을 끓이고 있다는 것을 애그니스는 보지 않고도 알았다. 레이스 커튼 수십 장이 비틀리며 일으킨 바람이 스쳐 지나간 것 같았다. 애그니스는 반지 낀 손으로 얼굴에서 머리를 쓸어 넘기고 고개를 꼿꼿이 세웠다. 화가 나서 입을 앙다문 소리가 귓전을 울린 것 같았다.

"집을 찾기 어렵지 않았어요?" 유진이 문을 닫아줄 때 애그니스가 물었다.

"아무 문제 없었어요." 유진은 시동을 켜며 말했다. "오래 기다렸어요?"

"아뇨. 준비할 시간도 빠듯했어요. 하루가 어찌나 빨리 지나가는지." 애그니스는 단어 사이사이에 가볍고 담담한 웃음소리를 흩뿌렸다.

"그래도 아주 예쁜데요." 유진은 흐뭇해하는 표정으로 거울에 비친 애그니스를 보았다.

"어머, 그럼 다행이에요." 애그니스는 팔을 들어 소매에 달린 가죽 술 장식을 흔들었다. "뭘 입어야 할지 막막했어요."

애그니스는 그랜드 올드 오프리에 처음 가보았다. 글래스고 사우스 사이드의 거번 로드에 있는 콘서트장은 퇴락해가는 동네의 오래된 영화관을 개조한 것이었다. 커플들은 라인댄스와 총잡이 경연이 열리는 컨트리음악 나이트에 콘서트장을 즐겨 찾았다. 흥겨운 컨트리음악 덕분인지 아니면 총 때문인지, 하여간 오프리 콘서트장은 글래스고 사람들의 입맛에 꼭 맞았다. 콘서트장은 일주일 내내 성황이었다. 이곳에서는 클랙스턴 출신의 에드나 맥클러스키가 몇 시간이나마 켄터키 벨이 될 수 있었고, 에드나의 왜소한 남편 스탠은 가죽조끼에 큼직하고 술이 달린 카우보이모자를 쓰고 현상금 사냥꾼 스테이지코치 스탠이 될 수 있었다.

유진이 주차를 하고 애그니스를 차에서 내려주었다. 콘서트장의 올드 웨스턴 네온사인에서 흘러나오는 불빛이 거리를 밝히고 젖은 아스팔트 도로에서 빛났다. 입구에 장사진을 치고 있는 사람들을 보니 근사한 영화 시사회에 온 기분이었다. 유진이 줄 앞으로 가서 반짝이는 은색 보안관 배지를 보여주자 그들은 즉시 안으로 안내받았다.

콘서트장에는 옛 영화관의 흔적이 거의 남아 있지 않았다. 앞쪽에 커다란 무대가 있고, 홀은 두 개로 나뉘어 있었다. 무대에서 밴드가 연주 중이었는데 얼굴이 얽은 보컬은 황토색 가죽 바지를 입고 머리를 로커빌리 스타일로 세웠다. 그는 마이크스탠드를 사랑하는 여자처럼 다리에 바짝 끌어안고 조니 캐시의 비음으로 노래했다.

무대 앞에 있는 작은 댄스 플로어에서 늙수그레한 커플 몇몇이 포크댄스를 덩실대며 추고 있었다. 꽉 끼는 청바지를 입은 노인이 팔뚝 굵은 주부를 한 바퀴 돌렸다. 팔짱을 끼고 투스텝 춤을 추며 신명 나게 놀고 있었다. 오프리에 온 여자들은 대개 카우보이모자를 쓰고 카우걸로 변신했거나, 레이스로 장식하고 치마를 잔뜩 부풀린 매춘부 드레스를 입고 머리에 깃털을 꽂았다. 애그니스는 자신의 가죽 코트와 꽉 끼는 검은 치마를 내려다보았다. 엄청난 돈을 치르고 카탈로그에서 주문한 옷이었고, 몸에 완벽히 맞는 것을 고르기 위해 두 번이나 교환했다. 주변 여자들의 청바지와 풍성한 드레스를 둘러보고 나니 애그니스는 자기 옷이 싫어졌다.

유진이 사람들 사이로 애그니스를 이끌었다. 유진은 가죽 장화를 신었고, 황토색 재킷 아래 권총대를 장착했다. 권총대의 화려한 홀스터에는 반짝이는 권총 두 개가 꽂혀 있었다. 사람들이 그를 보고 친근하게 고개를 끄덕이면 유진은 뻣뻣이 화답했다. 플로어를 둘러싼 작은 원형 테이블에는 대담하게 춤추기에는 술이 아직 덜 취한 젊은 커플들이 앉아 있었다. 유진은 콘서트장 중앙에 있는 테이블의 의자를 빼주고 애그니스를 앉혔다. 구석에 처박혀 있는 테이블이 아니었다. 유진이 코트를 받아주려고 어깨에 두꺼운 손을 올렸을 때 애그니스는 머리칼의 향기가 그의 코끝을 간질일 정도로만 시간을 끌었다.

콘서트장은 중독성 있는 음악과 경쾌하게 춤추는 사람들로 생기가 넘쳤다. 공기에는 황금빛 위스키의 따사로운 향과 가죽 냄새가 배어 있었다. 아직 이른 시간이었지만 사람들은 이미 들떴다. 싸구려 복장으로 변장한 것만으로 사람들이 이렇게까지 자유로워질 수 있다는 것이 참 우습다고 애그니스는 생각했다.

"여기 어때요?" 유진이 물었다. 유진은 뿌듯해하며 활짝 웃고 있었다.

"정말 멋져요."

"그렇죠? 글래스고야말로 사실 와일드웨스트의 원조라고 할 수 있죠. 지금도 자칫하면 평일 밤에 메리힐 로드에서 머릿가죽을 뜯길지 모르잖아요." 유진은 긴장을 풀고 자기 본연의 모습을 보이고 있었다. "우리가 드디어 밖에서 만나게 되어 기쁩니다."

"저도요."

"당신한테 정말 다리가 달렸는지 오늘에서야 확인했네요." 유진이 웃었다. "허리 아래 주유소 스툴이 달리지 않았다는 걸요."

"실망하지 않았기를 바라요."

"아뇨, 전혀 아닙니다." 유진은 웃으면서 손을 내밀어 정식으로 인사를 청했다. "만나서 반가워요. 당신에 대해 말해줄래요?"

"특별한 이야기는 없어요." 애그니스는 축축한 잔받침을 초조히 돌리면서 머릿속으로 연습한 이야기를 읊었다. "글래스고의 전형적인 가톨릭 가정에서 태어나고 자랐어요. 조용한 인생이었다고 할 수 있죠."

"네, 저도 마찬가집니다."

"전 이혼했어요." 애그니스는 얼른 덧붙였다. 남편이 못생기고 따분한 잡년이랑 살림을 차리려고 날 버렸어요, 라는 말보다 훨씬 듣기 좋다고 생각하면서.

유진은 잠시 침묵했는데, 그의 침묵이 애그니스에겐 다소 길게 느껴졌다. "도저히 합의할 수 없는 문제였어요?" 가톨릭교가 물었다.

그가 실망한 걸까? 알 수 없었다. 애그니스는 고개를 저었고, 장화에 달린 박차를 딸랑거리며 다가오는 웨이트리스의 등장에 내심 안도했다. 제법 예쁘장한 웨이트리스는 딱 달라붙는 연한 청바지에 커다란 방울뱀 가죽 벨트를 찼는데, 뱀의 대가리가 그대로 달려 있고 꼬리 끝의 방울이 입에 물리면서 버클 역할을 했다. "안녕, 보안관님. 요즘 사는 건 어때요?" 웨이트리스는 강세가 심한 고벌 억양으로 텍사스 사투리를 한껏 흉내 냈다.

"안녕, 벨. 그럭저럭 잘 지내." 유진이 애그니스를 가리켰다. "내 친구 애그니스야. 여기 처음 왔어."

벨은 미소가 싹 가신 얼굴로 커다란 카우보이모자를 한 번 끄덕였다. 찬바람이 도는 인사였다. "보안관님, 요즘 새 역마차를 타고 이 거친 동네를 정찰하고 있어요?"

"안타깝게도, 그래."

"조만간 날 데리러 오게 만들 거예요." 웨이트리스는 할리우드식 텍사스 억양으로 말하며 셔츠의 가슴께가 벌어질 정도로 몸을 기울였다. "우리 번트아일랜드까지 한번 나가보면 어때요. 조카가 해변에 캐러밴을 가지고 있어요."

텍사스 해변에도 캐러밴이 늘어서 있을까 상상하며 애그니스는 키득거리기 시작했고, 웃음을 멈출 수 없었다. 웨이트리스는 벌레 보듯이 애그니스를 흘겨봤다.

"어쩌면 다음번에, 응?" 유진이 자리에서 옴짝거렸다.

벨은 한숨을 내쉬고 벨트 구멍에 엄지를 찔러 넣었다. "글서, 뭐 마실래요?" 이제 벨은 사우스사이드 억양으로 웅얼거렸다.

"난 맥주 파인트랑 위스키 반병." 유진이 애그니스를 바라봤다.

"음… 전 그냥 코카콜라요." 애그니스는 말했다. 온종일 두려워했던 순간이 오자 입이 바짝 말랐다.

"그게 다예요?"

"레몬 몇 조각만 주실래요?" 애그니스는 태연을 가장하고 말했다.

"금방 나와요." 웨이트리스는 다시 한번 한숨을 쉬더니 엉덩이를 살진 암소처럼 실룩거리며 떠났다.

애그니스는 유진의 얼굴을 지켜보고 있었다. 유진이 여자의 엉덩이를 힐끔거리지 않아서 기뻤다.

"참 친절하네요."

"에, 그런 것 같아요." 유진이 떨떠름한 표정으로 말했다.

"벨이라는 이름이 아주 예뻐요."

"맞아요. 안타깝게도 본명은 제럴딘이지만요."

애그니스는 웃음을 터뜨렸다. "정말인가요, 보안관님?"

유진은 애그니스의 놀림을 받아주었고, 그 관대한 제스처 덕분에 애그니스는 긴장이 조금 풀렸다. "네, 가트코시 출신 제럴딘이에요. 제럴딘이 자기 손으로 뱀을 죽여서 벨트를 만들지 않았다고 장담하지 못하겠어요."

"그럼 제가 조심해야겠네요."

"네, 남편 가죽을 벗겨다 장화를 만들 여자죠."

음료가 도착했다. 두 사람은 파트너를 돌리고 있는 라인댄서들을 말없이 바라보았다. 한참 후에야 유진이 애그니스에게 다시 시선을 돌렸다. "그런데 당신은 술을 왜 안 마셔요?"

애그니스는 자신의 정화한 인생사를 쓱 훑어보았다. "오, 글쎄요. 몸에 잘 안 맞아요. 다음 날 아침에 두통이 심해서요." 애그니스는 초조히 목덜미를 긁적거렸다.

유진은 거짓말을 그냥 넘어가주지 않을 작정인 듯했다. 서로의 생각을 눈치챈 시선이 맞부닥쳤다. "나중에 한잔해도 되겠죠."

"어쩌면요." 애그니스는 화제를 바꾸기로 했다. "어쨌든 타운의 보안관님이 왜 여태 싱글이죠?"

"당신에게 똑같은 질문을 하려고 했어요."

"사연이 있어요. 좀 전에 남편 가죽으로 장화를 만든다는 말 했었죠?"

"네? 그럼 나도 조심해야 합니까?"

"글쎄요, 어떤 사람들은 제가 핸드백에 어울리는 지갑을 만들려고 벼르고 있다더군요." 애그니스는 짧은 빨대를 빨았다. "자, 이제 내 질문에 답해줘요."

유진이 입을 열기까지 꽤 오랜 시간이 흘렀다. 유진은 먼저 라거를 홀짝이고 위스키를 벌컥 들이켰다. "난 결혼생활을 오래 했습니다. 사실 바로 작년까지요. 암이었어요. 꽤 갑작스러웠죠."

"정말 유감이에요." 애그니스는 유진의 손에 자신의 손을 포개고 말했다. "우리 아빠도 같은 병으로 돌아가셨어요."

유진은 고개만 끄덕이고 맥주와 위스키를 한 모금씩 마셨다. 물방울이 맺힌 맥주잔이 시원해 보였다.

컨트리음악의 소리가 잦아들었고, 밴드가 쉬는 시간이라고 알렸다. 땀에 흥건히 젖은 커플이 다가왔다. 여자는 매춘부 복장이었고 남자는 평범한 카우보이 복장이었다. "안녕하세요, 보안관님. 잘 지내요?" 여자는 글래스고 억양에 홍키통크의 리듬감을 한껏 실어 말했다. 유진은 커플을 레즐리와 레즐리*라고 소개했고, 이곳의 단골이라고 덧붙였다.

남자 레즐리가 말했다. "내가 영계를 끼고 있다구 마누라한테 이르지 말게나." 남자는 족제비처럼 히죽거렸다.

"아이구 됐다 그래. 누가 그 말을 안 들어봤을까." 수년간의 똑같은 농담에 질린 아내가 눈알을 굴렸다. "잘 지내는지 인사나 하려구 들렀어요, 보안관님." 레즐리가 거대한 젖가슴 아래로 통통한 팔을 마주 끼고 십자가 목걸이를 손에 쥐었다. "어떻게, 견딜 만해요?"

"네, 그런대로요." 유진은 다소 궁지에 몰린 표정이었다.

"성당에서 다들 아직도 당신을 위해 기도하구 있어요." 레즐리가 말했다. "바로 어제 일 같네. 그렇지 않아요?"

"네." 유진은 초조히 애그니스를 힐끔거렸다.

"하느님께서 그녀를 사랑하고 지켜주고 계세요." 레즐리는 십자가 목걸이를 비틀었다.

유진은 그 말에 위스키잔을 들었지만 마시지는 않았다.

애그니스는 레즐리를 바라보았다. 여자는 유진을 낱낱이 뜯어보고 있었다. 여자의 시선이 유진의 머리에서 수선한 조끼 단추, 깨끗하게 세탁하고 풀을 먹인 셔츠 깃으로 차례차례 옮겨갔다. 사소한 것 하나

---

* Leslie and Lesley. 동명의 남성형과 여성형.

도 놓치지 않을 여자였다. 셔츠는 누가 다려주고 있지? 밥은 누가 차려주고? "누이동생들은 어떻게 지내요?" 여자가 마침내 물었다.

"그럭저럭 잘 지냅니다." 유진이 말했다. "제가 큰오빠지만 애들 행동하는 것 보면 그런 생각이 안 들죠. 걔들은 므두셀라도 가르치려 들 거예요."

"아이구, 당신이 걱정되어서 그렇겠지요. 콜린한테 내가 다들 잘 지내는지 안부 물었다고 전해줘요, 알았죠? 제임시랑 그 사달이 나서 어찌나 안타까운지. 울 애들 입던 옷도 좀 보낸다구 말해주고요. 우리 제럴드가 또 키가 컸어요. 잡초처럼 쑥쑥 크네요. 그 탄광이 문을 닫은 마당에 콜린이 애 다섯을 어떻게 입히는지 난 상상도 못 하겠어요."

유진은 위스키잔을 가슴께에 든 채 얼어붙었다. 애그니스는 잠시 혼란스러웠지만 곧 상황이 파악되었고, 미소에 금이 가기 시작했다.

"탄광이 문 닫고 나서 동네가 개판이 되고 있다면서요. 발륨에 대한 그 소문도 들었구요. 오, 게다가 건너편 집에 이사 왔다는 주정뱅이 갈보에 대해 전부 들었죠." 여성의 유대를 기대하는 표정으로 레즐리가 애그니스를 보았다. "우리 젊었을 적엔 성당이 나서서 그런 사람들을 쫓아냈을 거예요. 선량한 가족들이 사는 동네에 그런 여자가 들어오다니, 그게 어디 될 말인가요."

그 말에 족제비 같은 카우보이는 눈을 굴리고 부인의 포동포동한 팔을 잡았다. 남자는 부인을 반쯤 끌다시피 플로어로 데려갔다. "암튼, 그럼 재밌게 놀아요." 여자는 명랑하게 말하고 애그니스를 보며 덧붙였다. "만나서 반가웠어요, 자기."

애그니스는 고개를 끄덕였지만 눈은 이미 촉촉했다. 검은 아이라이너가 흘러내리기 일보 직전이었다. 레즐리와 레즐리가 떠난 뒤 그들은 오랫동안 침묵 속에 앉아 있었다. 애그니스가 마침내 입을 열었다.

"당신들 모두 나를 비웃고 있나요?"

"아니에요." 유진은 진심을 믿어달라는 아이처럼 붉은 머리를 흔들었다. "나는 아니에요."

"모두 나를 비웃고 있겠죠." 애그니스는 혼잣말처럼 중얼거렸다. "당신 눈에는 내가 아주 우스꽝스럽겠어요."

"그렇지 않아요." 유진이 다시 말했다. 유진은 널찍한 분홍색 손바닥을 테이블에 펼치고 있었는데, 셕이 늘 하던 몸짓이었다. 진심으로 보이려는 사기꾼의 몸짓.

유진이 테이블에 올려놓은 손을 내려다보며 애그니스는 데이트가 예상대로 파탄이 나고 유진이 자신에게 상처를 주기를 기대하는 자기 연민의 충동을 삼켰다. "콜린 맥아베니가 당신과 무슨 관계죠? 당신들은 하도 얽혀 있어서 콜린이 당신의 사촌이자 누이동생이자 우유 배달부라고 해도 놀랍지 않겠어요."

유진은 한숨을 내쉬었다. "아까 집을 찾기 어렵지 않았냐고 물어서 내가 괜찮았다고 했죠. 저기, 내가 자세히 설명하진 않았어요." 유진은 맥주를 천천히 한 모금 마신 다음에 위스키를 꿀꺽 삼키고 손바닥을 다시 내려놓았다. "콜린 맥아베니는 내 여동생이에요."

활기찬 소음이 뚝 그쳤다. 애그니스는 자신을 보고 있을 것이 확실한 레즐리 부부의 시선을 느꼈다. 실눈을 뜨고 위아래로 훑어보는 그들의 시선이 그녀의 옆얼굴과 치마 끝단과 손가락의 반지에 뜨거운 수치의 낙인을 찍었다. 애그니스는 유진의 대답을 곱씹었다. 호박색 라거가 그녀의 이름을 부르며 전부 다 괜찮게 해주겠다고 약속했다.

유진이 다시 말을 하고 있었다. "우리 콜린은 여덟 형제 가운데 한 명일 뿐이에요. 형제들 전부 그 동네에 살죠. 착실한 아일랜드 혈통이에요. 어떤 줄 알잖아요. 할아버지가 여기로 온 1세대 이민자 광부였고, 우리 모두 눌러앉게 되었다고 할 수 있죠. 우리 윗세대는 그저 살던 대로 사는 게 최고라 생각했으니까요." 유진이 다정하게 웃었지만 애그니스는 표정을 풀지 않았다.

"콜린이 나에 대해 뭐라고 했죠?" 애그니스는 척추를 곧추세우며 물었다.

"아이고, 콜린은 신경 쓰지 마요. 모든 일에 대해 빌어먹을 말이 너무 많으니까." 유진이 손바닥을 말아 주먹을 쥐었다.

"글쎄, 대충 상상이 가네요…."

"워낙 좁은 동네라서…." 유진은 애그니스를 달랬다.

"내가 지독한 주정뱅이라고…."

"달리 할 일이 없으니까…."

"내가 나쁜 엄마라고…."

"다들 이웃 일을 시시콜콜 알고…."

"내가 추태를 부린다고…."

"사람들이 자기 일이나 신경 써야 하는데."

"그리고 내가 난잡한 창녀라고."

마지막 말에 유진은 불편해하며 앉은 자리에서 들썩거렸다. 선량한 가톨릭, 듬직하고 진실한 맏아들.

"그렇군요." 애그니스는 조용히 말했다.

"이걸 물어봐야겠어요." 잠시 후 유진이 말했다. "그러니까, 물어봐야 해서 정말 미안해요." 유진의 굵은 목이 움찔거렸다. "근데 혹시 콜린 남편이랑 잤어요? 빅 제임시랑?"

애그니스는 대답을 미뤘다. 수년간 술을 마시다보면 모든 게 불확실해진다. 수년간 사람들이 "당신이 이랬던 날 기억해?"라고 물으면 진실이라고 생각했던 것에도 자신이 없어진다. 필름이 끊겨 잊어버린 것들이 사소하고 하찮은 것일 수도 있지만 어쩌면 어마어마하고 끔찍한 것일지도 모른다. 진실을 말하자면 그녀는 제임시와 자지 않았다. 어쨌든 원해서 잔 건 아니었다. 제임시는 그녀를 속이고 이용한 다음에 약속마저 지키지 않았다. 그것은 섹스보다 훨씬 잔악하다. 무엇이라고 불러야 할지도 알 수 없었다.

"아니, 난 제임시랑 잔 적 없어요." 애그니스는 최대한 단호한 어조로 말했다.

유진은 잔을 다시 입으로 가져갔다. 자신과 그녀 사이를 무언가로 막을 수 있어 다행이라는 듯한 몸놀림이었다. 애그니스는 꼿꼿이 허리를 세우고 불편해 보일 정도로 턱을 치켜들고 있었다. "그 사람들이 나에 대해 하는 말은 사실이 아니에요. 우리 집은 아름다워요. 집에 먼지 한 톨 없다고요."

깡마른 남자가 무대로 올라왔다. 꼬질꼬질하고 곤궁해 보이는 남자는 윌리 넬슨처럼 흰 머리를 길게 땋아 내렸는데 머리 앞쪽은 오랜 흡연 탓에 니코틴에 누렇게 찌들어 있었다. 남자가 스코틀랜드 컨트리 댄스를 지휘하는 것처럼 마이크에 대고 외쳤다.

"다들 모이세요, 여러분. 그 시간이 또다시 찾아왔습니다. 하, 한낮이에요. 그니까, 우리 아일랜드인 카우보이에게는 밤 10시 30분이란 소리죠." 사람들이 친절히 웃어주었다. "총잡이 경연입니다. 다들 나와서 줄 서요. 그럼 첫 라운드를 시작하겠습니다."

유진은 주의를 돌릴 기회를 환영하며 남은 맥주를 한 입에 끝냈다.

"맞다! 일어나요." 유진은 벌떡 일어나더니 애그니스의 대답을 기다리지 않고 그녀를 의자에서 일으켰다. 유진이 재킷을 뒤로 펄럭이자 은색 권총 두 개가 모습을 드러냈다. 유진은 허리에서 권총대를 빼서 애그니스의 허리에 감아주었다. 끝까지 바짝 잡아당겼지만 그래도 헐렁했다. "됐어요. 날 잘 봐요."

"무대에 있는 카우보이가 셋을 셀 거예요." 유진은 팔을 옆구리에 딱 붙였다. "셋을 세고 난 다음에 총을 꺼낼 수 있어요. 알았죠? 셋을 세면 총을 꺼내서 조준하고 공이치기를 당긴 다음에 쏴요." 유진은 총 하나를 꺼내어 손바닥으로 순식간에 공이치기를 올리고 방아쇠를 당기는 시늉을 했다. "정확히 조준하려고 애쓰지 마요. 그냥 최대한 빨리 방아쇠를 당겨요."

"못 해요. 바보처럼 보이기만 할 거예요."

"우리 자존심은 문밖에 두고 왔어요." 유진이 반짝이는 플라스틱 보안관 배지를 가리켰다. "나는 여기 타운 보안관이고, 당신은 내 여자예요. 아무도 당신을 건드리지 못해요."

애그니스에게는 내 여자라는 말만 들렸다.

무대 위의 마른 남자가 여자들 라운드라고 외치자 여자들이 줄을 서기 시작했다. 애그니스는 여태 눈치도 못 챘는데 지금 보니 모두 길쭉하고 반짝이는 가짜 총을 차고 있었다. 유진은 애그니스를 여자들 줄에 세웠다. "못 한다니까요!" 애그니스는 칭얼댔다.

"이봐요, 우리 콜린한테 쏜다고 상상해요. 눈 사이를 정통으로 맞힐 수 있을 거예요."

첫 번째 순서 여자들이 톱밥이 깔린 바닥에서 6미터 정도 거리를 두고 마주 섰다. 마른 남자가 그들을 애니즈랜드 에인절과 델타 디어드라라고 소개했다. 남자는 한 손을 번쩍 들고 마이크에 대고 큰 소리로 카운트다운을 했다. "아하아아나나, 아두우울." 셋에 여자들이 허리에 찬 권총을 집었다. 그들은 총을 똑바로 들고 손바닥으로 공이치기를 당긴 다음에 방아쇠를 당겼다. 어린이용 장난감 총처럼 요란한 소리가 나고 연기가 피어올랐다. 델타 디어드라가 애니즈랜드 에인절보다 확실히 빨랐다. 델타가 총구를 입으로 후, 불었다. 사람들이 환호했다.

"아, 맞다." 유진이 말했다. "당신도 링네임이 필요하다는 걸 까먹고 있었네." 유진은 짓궂은 미소를 날리고 사라졌다. 애그니스는 테이블에 앉아 술을 한 잔 더 주문하는 유진을 바라보았다. 유진이 굵은 분홍색 엄지손가락을 척 치켜세웠다.

애그니스의 차례가 왔을 즈음에는 콘서트장 전체가 가이 포크스의 밤처럼 화약 냄새로 매캐했다. 앞에 있던 여자가 애그니스에게 이름이 무어냐고 묻고 종이에 적어 마이크를 쥔 남자에게 건네주었다. 애그니스는 자리로 안내를 받아 상대편 여자와 마주 보았다. 그녀가 쏘아야 할 사람이었는데, 안타깝게도 콜린과 전혀 닮지 않았다. 여자는 머리를 양 갈래로 묶고 하얀 프릴 양말을 신었으며 짧은 체크무늬 점퍼스커트를 입었다. 학교 급식 아주머니 같은 인상에 최소 예순 살은 되어 보였다.

무대 위 마른 남자가 대결할 총잡이들을 소개했다. 왼쪽은 애리조나 앤이었다. 치맛자락을 살짝 추어올리며 무릎 인사를 한 급식 아주머니에게 사람들이 손뼉을 쳤다. 오른쪽은 신참인데, 이름은 피닉스 라이징이라고 남자가 소개했다. 사람들이 다시 손뼉을 쳤고, 애그니스는 그들의 박수 소리가 조금 전보다 더 컸다고 믿었다.

남자가 카운트다운을 시작했다. "아하아나아, 아두우울—"

"미안해요. 잠시만요! 잠깐!" 애그니스가 몸을 수그리고 핸드백을 다리 사이에 끼우며 외쳤다. 사람들이 웃음을 터뜨렸다. 애그니스의 얼굴이 새빨개졌다.

남자는 한숨을 쉬고 다시 카운트다운을 시작했다. 애그니스는 집중하면서 자기도 모르게 혀를 내밀었다. 남자들이 모두 그녀를 바라보고 있었다. "아하아나아, 아두우울, 아세에에엣…."

탕 소리가 났고 잠시 후 또 다른 탕 소리가 났다. 애그니스가 눈을 뜨니 승리한 급식 아주머니가 주먹을 쳐들고 있었다.

남자들 라운드에서는 보안관이 준결승까지 올라갔다. 경연이 진행되는 동안 애그니스는 테이블에 홀로 앉아 미지근한 콜라를 홀짝였다. 다른 남자들을 거뜬히 이기는 유진을 보고 우습게도 우쭐한 기분이 들었다. 애그니스는 넋을 놓고 앉아서, 자신과 유진이 선남선녀 커플로 보일 거라는 상상에 빠져들었다. 그러다 콜린을 포함해 자신에게 손가락질한 여자들의 매서운 얼굴이 떠올랐고, 그들 또한 유진의 형제일지도 모른다는 생각에 가슴이 철렁 내려앉았다.

준결승에서 보안관은 싱잉 플러머라는 링네임을 쓰는 밴드 보컬에게 졌는데, 이 곰보 남자는 집에서 케니 로저스 음반을 틀어놓고 총쏘기 연습을 할 것처럼 보일 정도로 총잡이 경연에 열성적이었다. 경연 내내 남자는 연습깨나 한 듯한 클린트 이스트우드 표 찡그림으로 뚱한 얼굴을 구기고 있었다.

노래하는 배관공은 끝내 우승했다. 남자는 바에서 공짜 음료 쿠폰을 몇 개 받고 다시 무대로 올라갔다. 밴드가 연주를 시작했다. 싸구려 술을 마시고 용기를 낸 커플들이 마룻바닥 플로어로 나왔다. 보안관은 애그니스를 플로어 한가운데로 데려갔고, 젊은 사람들에게서는 이제 찾아볼 수도 없는 격식을 갖추어 가까이 안았다.

"당신이 고른 링네임이 마음에 들었어요."

"고마워요. 하지만 당신이 시간을 너무 적게 줬어요." 유진에게서 따뜻하고 달콤한 향이 났으며 그의 숨결은 뜨거웠다. 애그니스는 기꺼이 그의 품에 안겨 가슴에 몸을 바짝 붙였다.

"아주 잘했어요." 진정 그녀를 자랑스러워하는 듯한 유진의 말을 듣고 애그니스는 행복했다.

"잘하긴요. 삼 초 만에 나가떨어졌는데요."

"콜린을 상상하니까 도움이 됐어요?"

"눈을 꼭 감았어요."

유진은 웃음을 터뜨렸다. 취기가 올라온 유진의 눈이 빛났다. "어쨌든 미모로는 당신이 압승이었어요."

"쉿. 기다려요. 집에 오래된 커튼이 있는데 그걸로 다음번에 입을 풍성한 드레스를 만들 거예요."

유진은 기뻐 보였다. 그가 가볍게 그녀를 흔들었다. "다음번이 있다는 말이에요?"

"그렇다고 하죠. 이제 의상까지 계획해놓았으니까요."

"얼른 보고 싶네요. 치마가 이만큼 부푼 매춘부 드레스예요?"

그 단어를 듣고 애그니스는 유진이 발을 밟은 것처럼 움찔했다. 유진은 자신의 품에서 애그니스가 경직되는 것을 느꼈다. 애그니스는 몸을 떨어뜨렸고, 그들의 몸이 맞닿았던 부분에 한기가 맴돌았다. 밴드가 새로운 노래를 시작했다. 구슬프고 가슴 절절한, 여자들이 다른 여자들과 춤추며 따라 부르는 노래였다.

"술을 끊은 지 얼마나 됐어요?"

"당신 동생한테 물어보시죠." 유진이 뻣뻣해질 차례였다.
"어려워요? 술 안 마시는 거?" 유진이 진심으로 궁금해하며 물었다.
"어려워요. 게다가 쉬워지기는커녕 점점 더 어려워져요."
"왜 그렇죠?"
"글쎄요, 내가 매일 더 강해지긴 하지만 술은 항상 거기서 기다리고 있어요. 걸어서 도망가든 뛰어서 도망가든, 술은 언제나 바로 등 뒤에서 따라와요. 그림자처럼요. 잊지 않는 것이 비법이에요."
"뭘 잊지 않아요?"
"여러 가지요." 애그니스는 한숨을 내쉬었다. "내가 얼마나 약한지, 술을 마셨을 때 얼마나 나쁜 모습이었는지. 가끔은 내가 술을 조절할 수 있을 것 같은 생각이 들어요. 내 힘으로 통제할 수 있다고요."
"당신이 통제할 수 있어요." 유진이 딱 잘라 말했다.
애그니스는 유진을 올려다보았다. "그래서 모임에 가는 게 중요해요. 절대로 통제할 수 없거든요."
"내가 앞에서 술 마시는 게 힘들지 않아요?"
애그니스는 잠시 대답하지 못했다. "괜찮아요."
"정말요?"
"그래요. 그냥 나도 같이 한잔할 수 있었으면 좋겠어요. 정상적인 사람들처럼요."
"아이고, 내 눈엔 당신이 충분히 정상으로 보여요."
유진이 너무나도 담담하게 주저 없이 말해서 애그니스는 순간 울컥했다. "믿을지 모르겠지만, 그렇게 친절한 말은 정말 오랜만이에요."
그들은 계속 춤을 추었고, 애그니스는 기분을 풀려고 노력했다. 의구심과 수치심을 떨쳐버리고 처음에 느꼈던 희망에 다시 불을 붙이려

했다. 바로 이 사람이 공허한 삶에서 그녀를 구출해줄 남자일지도 모른다. 친구, 연인, 아이들의 아버지가 되어줄 사람. 그를 깨끗하게 입히고 배부르게 먹일 것이다. 자기 자신도 말끔하게 관리할 것이다. 그가 그녀에게 생활비를 주고 함께 휴가를 갈 것이다. 그녀를 유명한 대형 슈퍼마켓에 데려가서 큰 카트를 밀며 쇼핑하게 해줄 것이다. 그를 사랑해줄 것이다. 애그니스의 몽상은 이렇게 흘러갔다.

그들 사이의 차가운 공간이 다시 줄어들고 있을 때 애그니스가 충동에 떠밀려 물었다. "내가 몹쓸 여자라고 콜린이 말했는데 오늘 왜 나왔어요?"

유진은 한동안 입을 열지 않았다. 기다리는 시간이 애그니스의 가슴을 수치심으로 채웠고, 마침내 대답한 유진의 목소리에는 그가 이 문제를 아주 오래 고민했다는 기색이 역력했다. "난 몇 년이나 외롭게 지냈어요. 아내가 죽기 오래전부터요. 오해하지 마요. 아내는 좋은 여자였으니까. 우리 콜린처럼 좋은 여자였어요. 단지 우리가 일상에 갇혀버린 거죠." 유진의 말에서 묻어나는 아련한 슬픔이 음악과 어울리지 않았다. "생각해보면, 난 인생에서 많은 시간을 땅 밑에서 보냈어요. 일 끝나고 집에 오면 별로 할 말이 없었죠. 이십 년을 그렇게 살았는데, 무슨 이야길 합니까? 하지만 아내는 정말 좋은 여자였어요. 고기와 그레이비가 가득한 따끈하고 푸짐한 식사를 차려줬죠. 종일 오븐에 보관해서 그릇도 뜨거웠어요. 우리가 뜨겁고 푸짐한 음식을 먹은 건, 할 말이 없어서였어요. 어쨌든 서로와 공유할 가치가 있는 이야기가 없던 거예요."

유진이 말을 이었다. "난 마흔세 살이에요. 아버지가 돌아가신 나이보다 네 살이나 많죠. 그니까 난 이미 죽었어야 했어요. 탄광에서 은

퇴하구 나서, 서로 할 말이 없는 아내랑 여생을 그렇게 살았을 운명이죠."

유진의 목소리가 갈라졌다. "당신을 처음 만났을 때 난 누굴 새로 만날 생각도 없었어요. 당신에 대해 전혀 몰랐고 콜린한테 이야길 들은 적도 없어요. 여자들 일이죠? 원래 여자들은 남자들한테 그런 얘기 안 하잖아요. 험담이랑 뒷소문 같은 거. 성당에서나 숙덕거리죠. 여자들에겐 사교 모임이나 다름없으니까. 내가 아는 건 오직, 그 유리창 뒤에 앉아 있는 당신을 봤을 때 나처럼 외로운 사람이라고 느꼈고, 우리가 서로에게 할 말이 있길 바랐어요." 유진의 입술이 떨렸다. "그때 난 깨달았어요. 아직 죽고 싶지 않다고."

애그니스가 그에게 입을 맞추었다. 듬직하고 진실한 유진. 그의 입술은 단단했지만 달콤했다.

20

방에서 애그니스가 문을 등지고 카펫에 앉아 있었다. 침대 옆 알람 시계에서 감미로운 사랑 노래가 흘러나왔고, 무릎을 꿇고 앉아 있는 애그니스의 엉덩이 아래 분홍색 발가락들이 그녀가 행복하게 따라 부르는 노랫소리에 맞추어 꼬물거렸다. 집중해서 속옷을 분류하는 애그니스를 셔기는 바라보았다. 애그니스는 속옷을 전부 꺼내 검은색과 흰색으로 나누고, 흰색은 새하얀색, 희끄무레한 색, 그리고 아주 오래 전에 흰색이었던 것들로 나눈 다음에 마지막 무더기는 버리려고 구석에 따로 모아두었다. 셔기는 애그니스 뒤로 와서 발가락을 벌려 어머니의 발가락 사이사이에 꼭꼭 끼웠다. 발가락 깍지를 끼고 어머니의 어깨를 끌어안은 채, 어머니가 일하는 모습을 구경했다.

애그니스가 레이스 팬티를 들어 셔기에게 보여주었다. 앞면 삼각형은 새틴이었지만 측면엔 레이스만 달렸다. 애그니스는 측면 이음매를 잡고 물었다. "이건 어때? 너무 골반 아래로 내려오는 것 같지? 좀 촌스럽지 않아?"

팬티를 보자 무언가가 떠올랐다. 셔기는 창문에 달린 흰 레이스 커튼으로 시선을 옮겼다. 애그니스가 셔기의 눈길을 따라갔다. "까불긴!" 그러나 애그니스는 화를 내지 않았다. 애그니스는 셔기에게 등을 기대며 레이스 팬티를 버릴 속옷 무더기에 던졌다. "됐다!"

셔기는 낡은 흰색 브래지어를 집었다. 끈을 잡아당겼다가 놓으면 고무줄 튕기는 소리가 났다. "릭 형이 이걸로 새총을 만들 수 있을 거예요. 맥아베니네 창문마다 석탄을 다섯 덩이씩 쏘아버릴 거야." 애그니스는 브래지어를 뺏어서 버릴 속옷 무더기에 던졌다. "그 돈은 평생 못 물어줄걸."

"어쨌든, 이건 왜 하는 거예요?"

애그니스는 비단 네글리제를 들어서 눈 바로 밑에 대고 신드바드의 이야기에 나오는 신비로운 무희처럼 앞뒤로 흔들었다. "그냥 정리하는 거야."

"굳이 왜요? 배리 신부님이 자기 속옷은 자기만 봐야 한다고 했어요."

"그 배리 신부, 참 재밌는 사람이야. 네가 꼭 알아야겠다면 말이지, 엄마는 오늘 밤에 데이트가 있어." 애그니스가 비밀스럽게 얼굴을 가까이 대었다. "우리한텐 밤이 낮이긴 하지만."

"그 택시운전사랑? 그 사람한테 엄마 속옷을 보여줄 건 아니죠?"

애그니스는 웃음을 터뜨리고 셔기의 작은 코를 손가락으로 살짝 튕겼다. "그래, 내 빨간 머리 덩치랑. 그리고 네가 물어봐서 하는 말인데, 아니, 속옷은 안 보여줄 거야."

유진은 그녀에게 보여줄 생각에 들떠 있었다. 애그니스가 택시에 타고 나서부터 유진은 몇 분마다 "당신이 정말 좋아할 거야"와 "당신이 좋아했으면 좋겠어"라는 말만 번갈아 되풀이했다. 유진은 애그니스가 본 적이 없는 길을 달리고 있었고, 애그니스는 시내가 아닌 다른 방향으로 가는 것이 아쉬웠다. 시내의 좋은 식당에서 점심을 먹거나 심지어 왕립극장에서 오후에 하는 공연을 보길 기대하면서 이에 걸맞은 옷차림을 하고 나온 것이다.

이제 그들은 대지에 깊이 파인 틈새를 내려다보고 있었다. 유진이 곤혹스러워하며 목덜미를 긁적였다. "제길, 내가 당신을 업고 가야겠다."

검은 하이힐의 굽이 진창에 파묻혀서 애그니스는 금방이라도 넘어질 것처럼 보였다. "당신이 날 놓치기라도 하면?"

유진은 깊은 협곡을 굽어보았다. "아이고, 걱정 마쇼. 즉사할 테니까." 유진은 기사처럼 진창에 한쪽 무릎을 꿇고 앉아서 애그니스가 올라탈 수 있게 등을 내밀었다. 애그니스는 신중하게 치마를 최대한 높이 걷어 올렸다. 유진에게 허벅지를 드러내는 것은 상관없지만 검은 팬티스타킹의 두껍고 흉한 가랑이 부분이 보이지 않게 조심했다.

애그니스가 다리로 몸을 감싸자 유진은 가뿐히 그녀를 업었다. 아래로 내려가는 길은 매우 위험했다. 땅에 미끄러운 계단이 박혀 있었는데, 아래쪽에서는 계단이 부식되고 무너진 바위들이 길을 가로막았다. 유진은 곡벽을 붙잡고 천천히 내려갔다. 몇 번이나 유진은 애그니스를 등에서 내리고 길을 막은 장애물에 올라간 다음에 애그니스가 넘어올 수 있게 도와야 했다. 곡저에 내려왔을 즈음에는 두 사람 모두 더러워진 채 가쁜 숨을 몰아쉬었다.

그들이 서 있는 협곡은 천천히 흐르는 강물이 수천 년에 걸쳐 깎아

낸 길이었다. 녹슨 쇠처럼 붉은 강물이 곡저에 게으르게 흘렀다. 붉은 사암의 침전물을 지난 수백만 년간 나른 강물이었다. 묽은 피 같은 강물을 보자 애그니스는 왠지 오싹했다. 그들 위로 치솟은 붉은 절벽은 느리게 움직이는 강물의 손길에 구부러지고 휘었다. 계류의 중앙에는 사암 퇴적물이 재단처럼 물 위로 높이 쌓여 있었다. 협곡의 아래쪽은 넓었지만 위로 갈수록 폭이 좁아지고 울창한 나무와 이끼에 가려서 하늘이 거의 보이지 않았다. 유진은 싱글벙글 웃고 있었다.

"데블스 펄핏이야." 유진이 자랑스럽게 말했다. "굉장하지?"

애그니스는 발볼로 서 있었다. 바위 틈새에 낀 하이힐의 굽이 휘었다. "글쎄, 당신이 광부였다는 건 확실하네."

유진은 그리웠다는 듯이 사암과 이끼를 어루만지고 있었다. "아버지가 우릴 여기에 처음 데려왔어. 그 당시에는 이곳을 아는 사람이 거의 없었지. 아버지는 접이의자를 하나 놓고 맥주를 몇 캔 마시면서 우리가 몇 시간이고 소리 지르면서 뛰어놀게 해줬어." 유진은 좋았던 시절을 추억하며 주위를 둘러보았다. "물이 얼음장처럼 차가웠지만 콜린은 여기서 수영하길 좋아했어. 다리가 엄청 길어서 우리 중 누구랑 붙어도 쉽게 이겼거든."

애그니스는 눈살을 찌푸리고 핏빛 강물을 바라보다가 핸드백을 겨드랑이에 꼈다. "집에 갈 때쯤에는 캐리처럼 보였겠네."

유진은 허리를 숙여 강물을 한 손으로 떴다. "아니, 아니야! 이건 마실 수도 있어. 아주 깨끗한 물이야. 봐."

유진이 물을 떠서 내밀었지만 애그니스는 손을 가슴에 올리고 고개를 가로저었다. 애그니스는 고개를 젓자마자 그냥 마실 걸 그랬다고 후회했다. 유진의 얼굴에 낙담의 그늘이 드리웠다. 유진이 젖은 손을 바지에 닦으며 말했다. "내가 멍청했구먼. 그치? 당신 같은 여자를 여기에 데려올 생각을 하고."

"아니야. 그냥 뜻밖이라서 그래." 애그니스는 유진의 따뜻한 추억을 느끼려고 붉은 사암을 쓰다듬었다. "우리 둘 다 데이트를 안 한 지 너무 오래됐나봐."

"티가 나?" 유진은 더러워진 브로그 구두를 바지 뒷면에 문질렀다. 그리고 엄지손톱으로 빨간 모래알을 파내어 손에 쥐고 주먹 관절이 하얘질 정도로 힘을 주었다. "난 초라한 광부일 뿐이지만 이 모래를 오랫동안 누르고 있으면 언젠간 다이아몬드가 될 거야."

애그니스는 웃음을 터뜨리고 핸드백을 열어서 유진에게 내밀었다. "왜 진작 말하지 않았어? 이제 좀 말이 통하네!"

독일인 관광객 두 명이 협곡 아래로 내려왔다. 유진은 애그니스를 다시 업고 땅 위로 올라갔다. 이제 애그니스는 온몸으로 유진을 끌어안고 귀 뒤쪽의 분홍색 살에 입술을 가까이 대었다. 유진이 하루를 계획해놓았으니 그것이 무엇이든지 간에 더는 망치지 않겠노라 결심했다.

유진의 다음 목적지는 캠시 언덕이었다. 언덕의 먼 끝까지 걷는 길이 질척질척했지만 이번에는 애그니스도 불평하지 않았다. 그들은 푸른 능선의 끄트머리에 앉아 저 멀리 도시를 바라보았다. 유진은 낡은 타탄체크 담요를 가져왔고, 애그니스가 부탁하기도 전에 자기 몸으로 포효하는 바람을 가로막고 앉아서 준비한 도시락을 꺼냈다.

푸짐하고 소탈하며 단출한 음식이었다. 두툼한 치즈 샌드위치에는 빵과 같은 너비로 자른 치즈가 들어 있었고 농부 광주리에는 큼직하고 빨간 딸기가 가득했으며 파티에서나 쓸 법한 커다란 접시에 집에서 구운 소시지가 수북했다. 미관상 아쉬운 부분을 풍족한 양으로 충분히 보완했다. 유진은 광부 한 조를 배불리 먹일 만큼 음식을 준비했다.

"당신 아내는 대체 얼마나 먹었던 거야?" 애그니스가 물었다.

"양이 꽤 컸다고 할 수 있지." 또다시 그녀의 놀림을 받아주는 털털한 태도에서 유진의 선량한 천성이 느껴졌다. 유진은 운동 가방에서 맥주를 한 묶음 꺼냈다. "괜찮지?"

애그니스는 치마에 달라붙은 진흙을 떼었다. "물론이야. 맘껏 마셔."

유진은 애그니스에게 미지근해 보이는 우유와 커다란 파티 사이즈 탄산음료 중에 선택하라고 했다. 애그니스는 탄산음료를 가리켰고, 유진은 음료를 보온병의 컵에 따라주었다. "술을 안 마시면 뭘 마시지?" 유진은 진정 혼란스러워 보였다. 특별히 그녀를 대상으로 한 것이 아닌 보편적인 질문이었다.

그러나 애그니스는 그 반대로 생각했다. "보통은 내 숙적들의 눈물. 그걸 구할 수 없을 때는 차 한 잔이나 물을 마셔."

그 말에 그들은 힘차게 건배를 외쳤다. 시큼하고 비릿한 라거 냄새가 코를 훅 찔렀고, 그 익숙한 냄새를 맡자 애그니스는 바람이 불어오는 쪽에 유진을 앉힌 것이 갑자기 후회스러웠다. 애그니스는 치즈 샌드위치를 오물거렸다. 신선하고 톡 쏘는, 훌륭한 체더치즈였다. 빵에 두껍게 발린 버터가 틀니 뒤쪽에 끼지 않게 새처럼 조금씩 깨물어 먹어야 했다.

"맛이 없어?"

"아니, 아주 맛있어." 애그니스가 말했다. "마지막으로 누가 나한테 음식을 차려준 게 언제인지 기억이 안 난다는 생각을 하고 있던 것뿐이야."

"오, 저런. 사람들이 자기한테 너무했구먼."

애그니스가 양팔을 활짝 펼치며 웃었다. "세상에, 고마워. 내 말이 그 말이야!"

"뭐, 재료만 있으면 난 치즈 샌드위치나 햄 샐러드를 만들 수 있어. 통조림도 혼자 딸 수 있고 심지어 달걀도 반숙으로 삶을 줄 알아." 유진이 소년같이 자랑스러워하며 턱을 내밀었다.

애그니스는 성호를 긋고 감격한 시늉을 했다. "맥나마라 씨, 여태 어디에 숨어 있었어요?"

사실은 자신이 이 소풍을 위해 십 대 소년처럼 집에서 음식을 훔쳤다고 유진이 언젠가는 고백할지도 모른다. 그가 도마를 화장실로 가져가서 문을 잠그고 샌드위치를 만들었다는 사실도. 사사건건 간섭하는 딸 버니에 대해 이야기해줄지도 모르지만, 그건 훗날의, 먼 훗날의 일이다. 지금 말할 필요는 없다. 유진은 애그니스의 즐거운 하루를 망치고 싶지 않았다.

애그니스는 손등으로 입을 가리고 하품했다. 유진이 웃더니 따라 하품했다. "맞아, 밤에 일하면 이렇게 되지."

"대낮에 나와 있는 우리를 봐. 한 쌍의 야행성 동물처럼 비실비실."

유진은 라거를 한 모금 마셨다. "그래도 난 일자리가 있어서 다행이라고 생각해. 우리가 대낮에 이렇게 비실거려도 말야. 마치 그 야행성 동물처럼… 이름이 뭐더라?"

"담비?" 애그니스가 물었다.

"아가씨, 지금 절 족제비라고 부른 겁니까?"

"다른 남자들은 족제비 맞아. 하지만 당신은 아니야, 절대 아니야.

내가 흰담비를 무척 좋아한단 걸 기억해줘. 담비 모피로 예쁜 코트를 만들 수 있을 텐데." 애그니스는 다시 하품하고 글래스고 쪽으로 고개를 돌렸다. 여기 앉아 있으니 도시가 너무나도 멀게 느껴졌다. 푸르른 골짜기 가운데 빽빽이 모여 있는 회색 덩어리. 오후의 태양이 낮게 깔린 구름 사이로 도시에 빛줄기를 던지고 있었다. "불빛이 들어올 때까지 여기에 있어도 될까?"

"당신이 얼어 죽지만 않는다면야, 안 될 이유가 없지."

마치 날씨가 엿듣고 있었던 것처럼 돌연 찬바람이 언덕에 몰아치며 머리를 흐트러뜨렸다. 애그니스는 눈살을 찌푸렸다. 유진은 담벼락처럼 널찍한 몸을 펴고, 그녀가 있어야 할 곳이 바로 여기라는 듯 가슴팍을 두드렸다. 품위 때문에 차마 기어갈 수 없던 애그니스는 검은 하이힐을 신고 일어나서, 휘청휘청 담요를 가로질러 유진의 품에 안겼다.

유진이 그녀를 보호하듯이 팔을 두르자 애그니스는 눈을 감았다. 그들은 말없이 아주 오랫동안 앉아서 도시에 서서히 내려앉는 저녁놀을 감상했다. 유진의 따뜻한 품에서 애그니스는 듬직한 그를 신뢰하며 기대 누웠다. 유진이 그녀의 차가운 종아리를 덥혀주려고 어루만졌고, 애그니스는 자신의 뾰족한 무릎뼈를 따라 천천히 움직이는 손가락의 주근깨를 내려다보았다.

유진이 부드럽게 목에 입을 맞추었을 때 애그니스는 다시 눈을 감고, 그에게 속옷을 보여주지 않기로 한 약속을 즐겁게 잊어버렸다.

"일어나!" 애그니스는 셔기를 세게 흔들었다. 셔기가 눈을 떴다. 어머니가 어두운 색깔 옷을 한 아름 안고 침대 옆에 서 있었다. 애그니스는 고개를 들이밀고 흥분한 목소리로 속삭였다. "옷 입어! 굉장한 모험을 떠날 거야."

애그니스는 꾸벅꾸벅 조는 셔기를 데리고 핏 로드를 걸어 동네를 벗어났다. 한밤중에 이탄 습지는 캄캄했고, 늪이 꿀떡거리는 소리와 습지의 두꺼비가 울어대는 소리를 제외하면 사위가 고요했다. 유진을 만난 이후로 이 모든 것이 덜 두려워졌다. 이제는 이것들이 그녀를 삼켜버리려는 블랙홀처럼 느껴지지 않았다. 셔기가 칭얼거리자 애그니스는 웃음을 터뜨렸고, 어둠 속에서 아이를 달래며 걸어가는 동안 한시도 명랑한 노래를 멈추지 않았다. **미안하지만 난 당신에게 장미 정원을 약속한 적 없어요.** 셔기의 손을 잡고 있지 않은 다른 손에는 검은 비닐봉지 한 뭉치가 들려 있었다. 그중 하나에서 금속이 요란하게 달그락댔다. 맥주캔들이 부딪치는 소리처럼 들렸다.

애그니스와 셔기는 글래스고로 이어지는 고속도로에 이르렀다. 허리를 숙이고 주유소를 살금살금 지나쳤고, 찻길을 따라 늘어선 참나무의 그림자에 몸을 숨길 수 있을 때까지 걸음을 멈추지 않았다. 애그니스는 넓은 도로를 주시하며 차가 끊기기를 기다리다가 도로 중앙에 있는 분리대로 뛰었다. 도망자처럼, 그들은 삐죽삐죽 무성한 덤불 뒤에 웅크렸다. 애그니스가 키득거리면서 검은 비닐봉지를 뒤집었다. 커다란 삽과 조그만 원예용 모종삽이 굴러 나왔다.

"그래. 우리 서둘러야 해." 애그니스는 모종삽으로 부드러운 흙을 파면서 속삭였다. "여기 있는 걸 전부 담을 때까지 집에 안 갈 거야. 하나도. 빠짐없이."

침대에 누워 있는 셔기는 여전히 도둑 복장이었다. 셔기는 어머니에게 입을 맞추고 그녀의 입술에 노래를 돌려준 빨간 머리 남자를 생각하며 입술을 잘근거렸다. 형에게 상담하고 싶었지만 릭은 이불 언덕 밑으로 사라졌고, 릭을 꿈에서 떼어내는 것이 얼마나 위험한지 셔기는 잘 알았다. 셔기는 카펫 위를 조용히 걸어가 커튼을 걷었다.

첫눈에 들어온 광경은 말이 되지 않았다. 창밖의 우중충한 공영주택 마당이 변신했다. 바로 어제만 해도 갈색 진흙과 허리 높이 잡초뿐이었던 작은 땅뙈기가 오색찬란하게 물결치는 꽃의 바다로 탈바꿈했다. 싱싱하고 큼직한 꽃송이들이 산들바람에 살랑였다. 복숭아색, 크림색, 빨간색, 모두가 함께 행복한 풍선처럼 고개를 살랑이며 춤췄다.

셔기는 청명한 아침 하늘 아래로 나가 장미에서 벌써 떨어진 꽃잎들을 주웠다. 셔기가 몸을 일으켰더니 다섯 맥아베니 형제가 바람에 나부끼는 비닐봉지처럼 널담에 매달려 있었다. 그들은 입을 쩍 벌리고 아름다운 꽃밭을 뚫어지게 보고 있었다. "어디서 났냐?" 중간 딸인 더티 마우스가 새된 목소리로 외쳤다.

"나도 몰라." 셔기는 거짓말했다.

"어젯밤엔 없었잖아." 더티 마우스의 입가는 벌써 초콜릿 시리얼 국물로 얼룩졌다. 양옆으로 헝클어진 갈색 머리가 바람이 드센 날에 풍향을 가리키듯이 서쪽으로 뻗쳐 있었다.

"땅에서 그냥 솟아났나봐." 셔기가 대꾸했다. "마법처럼."

머저리들이 웃음을 터뜨렸다. 굵직하고 느린 웃음이었다. 장남 프랜시스가 담장 너머로 손을 뻗어 흰 장미의 꽃송이를 통째로 뽑았다.

"야!" 셔기는 자기도 모르게 잔소리꾼처럼 소리를 빽 질렀다. "부탁이니까, 그러지 마."

프랜시스가 담장에서 더 높이 올라왔다. 꺽대기 판자에 비쩍 마른 배의 맨살이 걸렸다. "씨발, 누가 날 막을 건데?" 프랜시스가 을렀다.

"아니, 그래도, 이건 네 것이 아니잖아!"

"니 꺼도 아냐, 등신아." 싸움을 기대하며 들뜬 더티 마우스가 내뱉었다. 더티 마우스는 셔기보다 한참 어렸지만 싸움에서는 이미 우위에 섰다.

"이게 하룻밤 사이에 그냥 자란 것 같냐?" 프랜시스가 물었다.

"어쩌면."

"맙소사, 멍청한 호모 새끼." 더티 마우스가 뾰족한 젖니를 싱긋 드러내며 말했다. 맥아베니 형제들은 웃음을 터뜨리고 담장을 흔들며 떼로 외쳤다. "멍청한 호모 새끼, 멍청한 호모 새끼." 조용한 거리에서 그들의 목소리는 어느 아이스크림 밴 종소리보다 요란하게 울렸다.

"니는 꼬추랑 똥꼬 좋아하지." 프랜시스가 말했다. "울 엄마가 니한테 가까이 가지 말라구 했다. 니가 내 똥구멍에 손가락 넣을지도 모른다구." 아이들은 담장을 한층 세게 흔들며 셔기를 향해 손을 휘둘렀다. 그들은 차례로 꽃밭에 침을 뱉었다. 몸을 한껏 뒤로 젖혔다가 셔기와 탐스러운 장미를 겨냥해 침을 뱉었다. 한 명씩, 그들은 담장에서 뛰어내려 깔깔거리며 길 건너편으로 돌아갔다. 자기 집 대문으로 들어간 뒤에 더티 마우스는 셔기를 돌아보고, 퍽이나 행복한 표정으로 손을 흔들었다.

셔기는 현관문으로 줄줄이 들어가는 그들을 지켜보았다. 그리고 검은 점퍼의 소매를 주먹까지 당겨서 얼굴에 묻은 침을 닦았다. 침을 닦자마자 셔기는 후회했다. 창가에서 콜린 맥아베니가 깡마른 몸통에 팔짱을 끼고 담배를 피우고 있었다. 차처럼 누리끼리하고 초췌한 얼굴에 차가운 미소가 번졌다.

~

모든 창문이 활짝 열려 있었고 창턱에 올려놓은 카세트플레이어에서 음악이 흘러나왔다. 장미 꽃밭에서 애그니스는 데님 반바지에 낡은 민소매 면 티셔츠를 입고, 선탠 자국이 남지 않게 어깨끈을 내리고 있었다. 그 여름엔 더위가 유난히 기승을 부렸다. 건조하고 쨍쨍한 날이 꼬리에 꼬리를 물었고, 이글거리는 태양이 사람들의 기대를 열사병과 일광화상으로 보답했다.

애그니스는 상상 속 파트너와 춤추듯이 빙글빙글 돌았다. "얼른 나와서 엄마랑 춤추지 못할까!" 애그니스의 지나치게 큰 목소리가 광부들의 동네에 짜랑짜랑 울려 퍼졌다.

서늘하고 어둑어둑한 방에서는 셔기가 침대의 가장자리에 시무룩하니 앉아 있었다. 셔기는 이날 아침부터 부루퉁했다. "하루 종일 집에 있으면 안 돼." 애그니스가 타일렀다. "해가 곧 다시 떠나서 일 년 동안 돌아오지 않을 거야. 그럼 후회할걸." 애그니스는 정신이 나간 것처럼 모종삽을 휘두르며 빙빙 돌았다. 셔기가 기억하기로는 어머니가 이렇게 행복한 적이 없었는데, 행복한 어머니를 보고 속상해하는 자신의 감정이 놀라웠다. 전부 다 빨간 머리 남자 덕분이었다. 자신이 해내지 못한 일을 빨간 머리 남자가 해냈다.

애그니스는 장미의 여신처럼 보였다. 여름 해에 그을린 어깨와 얼굴이 옅은 분홍색으로 물들었다. 수년간의 추위와 음주로 인해 거미줄처럼 퍼진 실핏줄이 행복한 뺨에서 장밋빛으로 빛났다. 마치 디즈니 본인이 애그니스에게 색칠을 하고 숨을 불어넣어서 한층 풍만하고 요염한 백설공주를 창조한 것 같았다.

애그니스는 창문 안으로 몸을 반쯤 들이밀고 흘러내릴 것 같은 젖가슴을 창틀에 걸쳤다. 이건 그나마 좀 낫네. 셔기는 생각했다. 최소한 어머니가 남들 다 보는 데서 미친 여자처럼 춤추고 있지는 않으니까. 이제껏 셔기는 맨정신인 애그니스 때문에 창피한 적은 한 번도 없었다. 새롭고, 달갑지 않은 기분이었다.

셔기는 주먹을 불끈 쥐지 않으려고 손을 허벅지 아래 깔고 앉았다. 분노의 주먹질을 해대는 상상을 했다. 부분적으로는 멍청한 장미꽃 때문이었고, 또 어느 정도는 멍청한 맥아베니 형제들 때문이었다. 그러나 무엇보다, 이러한 행복을 그토록 오래 기다렸으면서 막상 현실이 되니 즐기지 못하는 자기 자신이 미워서였다.

셔기가 눈을 드니 애그니스는 여전히 웃고 있었다. 정신이 나간 것 같았지만 그래도 전염성 있는 미소였다. 장미 가시에 팔이 긁혔는데도 애그니스는 아무렇지 않은 듯했다. "할머니처럼 종일 집에 앉아 있으면 안 돼. 뒷마당으로 나와."

애그니스가 시야에서 사라졌지만 셔기는 잠시 더 뚱하게 앉아 있었다. 그때 릭의 이불 고치 아래에서 흰 손 하나가 불쑥 튀어나왔다. 손은 셔기에게 위협적으로 삿대질하더니 엄지를 꺾고 다시 위협적으로 뒷마당을 가리켰다. 어머니가 술을 끊은 이래 릭이 더 늦게까지 깨어 있는 것을 셔기는 알았다. 밤마다 릭은 커다란 모눈종이를 펼치고, 방에서 자기가 쓰는 쪽 벽에 설치할 목조 수납장의 설계도를 그렸다. 하나는 스테레오와 레코드판들을 보관할 정교한 수납장이었고 다른 하나는 나지막한 소나무 책상이었는데, 선반을 잠글 수 있게 문이 달렸다. 편하게 그림을 그리고, 자신의 상상 속 세계를 동생에게서 숨길 수 있는 책상이었다. 릭이 훈련소에서 일하는 동안 셔기는 시간 가는 줄 모르고 형의 그림을 구경했다. 수납장은 돌벽에 직접 고정되어 있었다. 셔기는 그림을 훔쳐보면서 가만히 어루만지곤 했다. 그것에서 느껴지는 영속성이 좋았다.

어머니의 노랫소리가 계속해서 들려왔다. 철커덩, 요란한 쇳소리가 울리자 릭이 이불을 걷어차며 험악하게 돌아누웠다. 경고를 받은 셔기는 어두운 집에서 햇살 속으로 터덜터덜 나갔다. 셔기가 모퉁이를 돌아 뒷마당에 가니 어머니는 정원 호스를 손에 쥐고 하얀 금속 상자에 물을 채우고 있었다.

애그니스는 도널리 가족의 낡은 냉장고를 눕혀놓았다. 지난 일 년간 건물의 그림자 속에 버려져 있던, 더럽고 곰팡이가 핀 냉장고였다. 시의회가 수거하길 기다리고 있었지만 수거반은 길가의 연석까지 내놓은 것들만 가져갔고, 브라이디네 집에는 건장한 십 대 아들이 넷이나 있었지만 아무도 냉장고를 옮기는 수고를 하지 않았다. 여름에는 냉장고에서 시큼털털한 우유 냄새가 났고, 겨울에는 습하고 쿰쿰한 곰팡내가 났다. 애그니스는 냉장고 내부의 철제 선반을 모조리 빼고 물을 채우고 있었다. 무거운 금속 문은 관 뚜껑처럼 젖혀놓았다.

셔기의 가슴속에서 상반된 감정이 충돌했다. 냉장고 속의 차가운 물에 뛰어든 다음에 문을 닫아버리고 싶은 충동이 어머니에게 사랑한다고, 그녀가 나아져서 기쁘다고 말하고 싶은 충동과 씨름했다. 한때 어머니가 그에게 했던 것처럼 자신의 비밀을 털어놓아 상처를 주고 싶었다.

"엄마, 난 어디가 잘못됐어요?" 셔기가 조용히 물었다.

애그니스가 마당을 가로질러 와서 차가운 손으로 셔기의 뜨거운 얼굴을 어루만졌다. "느껴지니? 너 열 나고 있어. 열 살이란 참 웃기는 나이야. 엄마 생각엔 네가 그냥 성장통을 심하게 앓는 것 같아." 애그니스는 묻지도 않고 셔기의 검은 스웨터를 위로 벗긴 다음에 바지를 끌어 내렸다. "속옷은 입을래 아니면 벗고 들어갈래?" 애그니스가 물었다.

"당연히 입어야죠." 셔기는 혀를 끌끌 차며 팔짱을 꼈다. "우리가 전부 아프리카에 있는 건 아니잖아요."

차갑게 흐르는 물이 냉장고를 가득 채웠다. 쓰러뜨린 냉장고 속은 손잡이와 신선칸이 뒤죽박죽인 별세계였다. 철제 선반을 전부 빼낸 냉장고는 욕조만큼 넓었으며 깊이는 두 배였고, 바닥이 평평하고 옆면도 일자였다. 셔기가 차가운 물에 천천히 몸을 담그자 물이 옆으로 흘러넘쳤다. 셔기는 벌떡 일어나서 당황한 눈으로 애그니스의 눈치를 보았다.

"잔디에 물 주는 거야?" 애그니스는 웃음을 터뜨렸다.

셔기는 다리를 올리고 차가운 물 속에 바위처럼 풍덩 들어갔다. 첨벙, 소리와 함께 물이 파도를 치며 잔디로 넘쳐흘렀다. 물속에서는 시간이 멈췄다. 수면 위로 구불구불한 얼굴이 나타나 그를 내려다보며 미소 지었다. 셔기의 마음속에 뭉쳐 있던 분노가 사르르 녹았고, 셔기는 방귀를 뀌어 커다란 공기 방울을 올려보냈다.

그날 오후 내내 셔기는 냉장고 수영장에서 놀았다. 피부가 오래된 죽의 표면 색깔로 변한 뒤에도 한참 동안 물속에서 첨벙거렸다. 애그니스는 냉장고 끝에 걸터앉아 담배를 피우며 한때 비밀스러운 음료를 담았던 머그잔으로 진짜 차를 마셨다. 넘쳐흐른 물이 데님 반바지를 진한 청색으로 적셨는데도 어머니가 화를 내지 않아서 기뻤다.

셔기는 어머니를 위해 물고기 흉내를 내며 입을 뻐금거렸다. 애그니스가 셔기의 검은 머리를 쓰다듬었다. "넌 커서 어떤 남자가 될 거니?"

"어떤 남자가 됐으면 좋겠어요?"

애그니스는 잠시 생각했다. "마음이 평화로운 사람." 애그니스가 셔기의 젖은 머리칼을 빗어 넘겼다. "걱정하는 표정 좀 안 하고."

셔기는 얼굴을 오므리고 곰곰이 생각했다. "모르겠어요. 난 그냥 엄마랑 있고 싶어요. 우리가 새로운 사람이 될 수 있는 곳으로 엄마를 데려가고 싶어." 셔기는 잠수하면서 또 한 차례 파도를 일으켰다. 셔기가 다시 수면으로 올라왔다. 입술이 수면에 걸려 있었다. "그 빨간 머리 덩치 아저씨를 사랑해요?" 셔기는 물속으로 가라앉으며 불쑥 물었다. "그 사람이 내 새아빠가 될 거예요?"

애그니스는 대답하지 않았다.

"그 사람은 맥아베니네 가족이잖아요. 더럽고 나쁜 사람들이야."

애그니스는 잇새로 숨을 들이쉬었다. "글쎄, 다 나쁜 사람은 아니야."

"아니긴 뭘 아니야." 셔기는 몸의 힘을 빼고 방귀 방울을 다시 만들었다. 별로 웃기지 않았지만 두 사람은 애써 웃었다.

애그니스는 미소를 짓고 있었지만 다음 순간 얼굴에 먹구름이 드리웠다. "너무 오랫동안 우리 둘이서만 있었어."

셔기는 바짝 당겨지는 어머니의 입술을 보았다. 애그니스는 깊은 한숨을 내쉬며 일어나서 담배와 라이터를 챙겼다. 그녀는 냉장고를 내려다보는 대신 저 멀리 갈색 습지로 시선을 던졌다. "너무 오랫동안 우리 둘이서만 있었어." 애그니스는 다시 한숨을 내쉬었다. "옳지 않아."

~

애그니스는 카탈로그에 갚아야 할 돈이 담긴 봉투를 뜯었다. 주유소에서 받은 봉급으로 풍족한 그녀는 셔기에게 커다란 파란색 지폐를 주고 그 빳빳한 5파운드짜리 지폐를 아이스크림 밴에 가져가라고 허락했다. 동네 곳곳에서 사람들이 가스 미터기를 따고 동색 페니를 세고 있었다. 핏헤드 주민들이 거리로 쏟아져 나와 설탕 덩어리를 사는 줄에 앞다투어 섰다. 더럽고 행복한 아이들이 껑충껑충 뛰어왔고, 주부들은 우스꽝스러운 자세로 경보했다.

아이스크림 밴이 〈스코틀랜드의 꽃〉의 1절을 딸랑딸랑 다 울리기도 전에 사람들이 몰려와서 밀치락달치락하는 바람에 밴이 넘어질 지경이었다. 커다란 흰색 양철 상자 모양의 아이스크림 밴은 걸음마를 막 뗀 아이가 밴을 상상하면서 그린 낙서를 토대로 집에서 만든 것 같았다. 좋은 날이 다 지나간 밴이었다. 옆면 여기저기 뚫린 구멍은 양철 조각과 나무판자로 얼기설기 땜질했다. 몸체가 바퀴에서 높이 달려 있어서 아이들은 미닫이 창문에 손이 닿으려면 발돋움을 해야 했다. 아이스크림을 유리 앞까지 가져다주지 않으면 무엇을 파는지도 보이지 않았다. 아이스크림 밴을 운전하는 이탈리아인 지노는 이 설정을 선호했다. 소녀들의 셔츠 안쪽을 내려다보기에 안성맞춤이었다.

셔기는 조급히 기다리는 사람들의 줄 끝에 섰다. 윗집 쇼나 도널리가 앞에 있었다. 쇼나는 브라이디의 막내이자 하나뿐인 딸이었다. 쇼나가 돌아보고 셔기에게 윙크하더니, 셔츠를 아래로 잡아당겨 트레이닝 브래지어 가운데에 달린 장밋빛 리본을 보여주었다. 오빠가 네 명이나 되는 여자아이는 남자에 대해 빠삭하게 꿰고 있기 마련이고, 형제 중 유일한 여자이기 때문에 언제나 지노의 아이스크림 밴으로 심부름을 가야 했다. 쇼나는 꿀떡거리는 두꺼비 같은 표정을 짓고 눈알을 굴렸다.

진티 맥클린치는 시간을 질질 끌면서 지퀄련과 페퍼민트 초콜릿을 샀다. 진티 뒤에 선 아이들은 현금은 없었지만 한 병에 10펜스인 탄산음료 공병을 한 아름 들고 있었다. 그들은 딸그락거리는 공병들을 차창으로 올리고 천천히 상품을 골랐다. 10펜스짜리 껌과 가루 설탕을 묻힌 사탕, 생쥐 모양 싸구려 초콜릿과 분홍색 버섯 모양 마시멜로. 아이들은 이것들을 전부 하나씩 골랐다. 줄 끝에서 셔기는 골반에 손을 올리고, 지노가 일부러 잔돈을 적게 거슬러줄 때마다 속으로 정정했다.

그날 저녁 핏헤드 사람들은 소파에 앉아 초콜릿을 야금야금 먹으며 드라마를 봤다. 하나를 다 먹자마자 곧바로 또 하나를 뜯었다. 만족스럽게 신음하며 봉지를 아무렇게나 쫙 뜯었다. 백만장자가 된 듯한 무척 즐거운 기분이었다. 셔기는 바닥에 드러누워 초콜릿을 한 주먹씩 먹으며, 어머니의 얼굴과 그녀의 커다란 육각형 안경알에 반사된 텔레비전을 올려다봤다. 애그니스는 민트칩을 둘러싼 초콜릿을 빨아 먹으면서 드라마를 보고 끌끌거렸다. 드라마 속 인물인 수 엘렌 유잉을 보면 꼭 자기 자신 같았는데, 놀이동산의 요술 거울에 비춘 것처럼 기괴한 느낌이었다. 알코올중독에 속속들이 공감하는 애그니스는 드라마 속 인물이 취할 때마다 혀를 차며 릭에게 말했다. "오, 딱 나야, 맞지?" 그리고 초콜릿이 잔뜩 묻은 틀니 사이로 키득거렸다. 수 엘렌의 비극이 거짓으로 화려하게 연출된 모습은 가히 질투를 불러일으킬 정도였다. 애그니스는 텔레비전에 대고 이렇게 중얼거리곤 했다. "저

건 질병이란 말이야." 혹은 "저 딱한 아가씨는 자기 힘으로 이길 수 없어." 거짓 감정으로 입술을 바르르 떠는 여배우를 셔기는 바라보았다. 전부 거짓이었다. 오븐에 집어넣은 머리나 가스로 가득 찬 집은 어디에 있는가? 옷을 반쯤 벗고 있는 삼촌들과 다시는 돌아오지 않을 누나와 눈물은?

커튼을 걷어놓은 창문 밖에서는 동네 전역에 오렌지색 가로등 불빛이 들어왔다. 〈댈러스〉가 끝나자 거리에서 아이들이 모습을 감추었다. 초콜릿은 다 떨어졌고, 이제 그들은 느글거리는 기분으로 잠자코 앉아서 말하는 침팬지가 나오는 광고를 심드렁히 보았다.

"휴, 춤 좀 춰봐." 애그니스가 갑자기 말했다.

"엥?" 카펫에서 뒹굴뒹굴하던 셔기가 대답했다.

릭은 못마땅해하며 한숨을 내쉬었다. 어머니가 동생을 재롱둥이로 키우는 게 싫었다. 이 거친 세상에서 물렁한 소년이 무슨 소용인가? 어머니와 동생이 자기들끼리 허튼짓을 하라고 릭은 방으로 들어갔다. 침실 문이 쾅 닫혔다. 이제 릭은 무거운 헤드폰을 끼고 책상에 수그리고 앉아 검은 스케치북에 또 그림을 그릴 것이다.

"어서, 춤춰봐. 요즘 애들은 어떻게 추는지 보고 싶어." 애그니스는 대여한 스테레오에 카세트테이프를 넣고 구슬 달린 스웨터를 허벅지 아래로 끌어 내렸다. 그 모습을 보고 셔기는 어머니가 딴생각에 빠져 있다는 것을 알아챘다.

"음, 일단 이렇게 서요." 셔기는 발을 골반 너비로 벌리고 섰다. "그리고…." 셔기가 엉덩이를 실룩거렸다.

애그니스가 셔기를 따라 했다. "이렇게?" 여자인 애그니스의 몸에 동작이 한결 더 자연스럽게 실렸다.

“그다음에 어깨를 흔들고 손은 조금만 움직여요.” 셔기는 어깨에 패드를 넣고 파인애플 모히칸 머리를 한 흑인 가수가 텔레비전에서 추었던 어깨춤을 시작했다. “그리고 이렇게 해요.” 셔기는 점점 빠르게 움직이며 손바닥과 골반을 반대 방향으로 크게 흔들었다. 어떻게 보면 스키를 타는 동작 같고, 또 어떻게 보면 간질을 앓는 사람 같았다.

“이렇게?” 애그니스가 뇌졸중을 일으키는 사람처럼 몸을 흔들며 물었다.

“글쎄요, 어쩌면.” 셔기는 석연찮아 보였다. “그다음에 이걸 해요.” 셔기는 로봇처럼 몸을 꺾더니 불씨를 짓밟아 끄는 것처럼 앞뒤로 팔짝팔짝 뛰었다.

애그니스가 동작을 따라 하자 진열장에서 유리 인형들이 짤랑거렸다. “요즘 젊은이들이 이렇게 추는 게 확실해?” 애그니스는 벌써 얼굴이 빨개졌다.

“오, 그럼요.” 셔기는 편두통을 앓는 것처럼 양손을 머리에 대고 어깨를 구부리며 흔들었다. 셔기가 지금 애그니스에게 가르친 동작은 자넷 잭슨의 〈컨트롤〉이었다.

“난 좀 쉬어야겠어.” 애그니스는 소파에 몸을 던지고 담배를 집었다. “넌 계속해. 내가 볼게. 유진이랑 업타운에 갈 때 멋지게 춤추고 싶단 말이야.”

깜박 속은 기분이었다. 유진을 위해서라는 것을 알았다면 〈스릴러〉에 나오는 좀비 댄스를 대신 가르쳐주었을 것이다. 그럼 아주 망신을 톡톡히 주었을 텐데. 노래가 바뀌었고 셔기는 계속해서 춤췄다. 이제 셔기는 자신을 의식하며 몸을 흔들고 있었다. 불꽃을 터뜨리는 것처럼 손을 쫙쫙 펴고, 길고 섹시한 머리카락을 지닌 것처럼 머리를 흔들었다. 허리를 한껏 젖히고 몸을 튕기고, 소년답지 않게 골반을 크게 움직였다. 카세트에서 흘러나오는 노래가 열세 살짜리 여자아이들이 열광하는 진부한 팝송이 아니라 웅장한 오페라인 것처럼 입 모양으로 따라 불렀다.

"멋있다! 끝내주는데!" 애그니스가 외쳤다. "다음 주에 춤추러 가서 나도 해봐야지. 유진이 기절할걸. 두고 봐."

셔기는 어머니가 쏟아주는 관심을 만끽하고 있었다. 셔기의 속에서 무언가 꽃처럼 피어났다. 셔기는 텔레비전에서 본 흑인 소년들처럼 몸을 흔들었다. 자의식이 그를 떠났고, 셔기는 텔레비전에서 본 모든 동작을 흉내 내어 몸을 돌리고, 흔들고, 떨었다. 셔기의 입에서 날카로운 비명이 튀어나왔을 때 셔기는 〈캣츠〉의 점프를 하는 중이었다. 릭이 어둠 속에서 그를 놀랠 때 터져 나오는, 여성스럽고 고음인 비명이었다. 손바닥을 쫙 펼친 채 셔기는 얼어붙었다. 여태 그들을 못 보았으므로 그들이 얼마나 오랫동안 거기에 있었는지 알 길이 없었다. 건너편 집의 거실 창문 앞에 맥아베니 아이들이 일렬로 서 있었다. 그들은 커다란 유리창에 딱 달라붙어 포복절도하고 있었다. 배꼽이 빠지게 웃으며, 창문이 덜컹거릴 정도로 두드려댔다. 더티 마우스가 요염하고 앙증맞게 한 바퀴 돌았는데, 그게 자신의 모습이었다는 걸 셔기는 알았다.

셔기는 어머니를 보았다. 어머니는 언제 눈치챘을까? 애그니스는 담배를 한 모금 빨고 셔기를 바라보기만 했다. 애그니스는 창밖으로 시선을 돌리지 않고 악문 잇새로 말했다. "내가 너라면 계속 춤을 추겠어."

"못 해요." 눈물이 차오르고 있었다.

"그럼 재네가 이기는 거야."

"못 하겠어요." 죽은 나무처럼, 셔기는 여전히 팔을 뻗고 손가락을 펼친 채 얼어붙어 있었다.

"재네가 좋아하는 꼴을 보고 싶어?"

"엄마, 도와줘요. 난 못 해요."

"아냐, 할 수 있어." 애그니스는 이를 보이며 활짝 웃었다. "고개 바짝 치켜들고, 죽자 사자 신나게 춰봐."

산수 숙제에 전혀 도움이 안 되고 가끔은 따뜻한 음식 대신 굶주림을 안겨주는 그녀였지만, 지금 애그니스를 보고 있는 셔기는 이것이야말로 어머니의 최대 강점이라는 것을 깨달았다. 매일매일 애그니스는 머리단장과 화장을 완벽하게 하고 무덤에서 올라와 고개를 곧추세웠다. 술에 취해 추태를 부린 다음 날에도 그녀는 가장 좋은 코트를 입고 세상을 마주했다. 자신과 아이들이 굶주리고 있을 때도 그녀는 머리에 힘을 주고 사람들이 달리 생각하게 했다.

처음엔 힘들었다. 다시 몸을 움직이고, 음악을 느끼고, 자신감을 간직해둔 머릿속의 다른 세상으로 돌아가는 것이. 주춤거리는 발과 삐걱거리는 팔다리가 처음에는 엇나갔지만, 느릿느릿 달리던 기차에 속도가 붙듯 셔기는 다시 날고 있었다. 골반을 흔들고 팔을 나풀거리는 크고 화려한 동작을 억제하려고 노력했다. 그러나 그것들은 셔기의 영혼에 내재했고, 한번 쏟아져 나온 이상 도저히 멈출 수 없었다.

21

셔기는 파르스름한 다리로 축구장 한복판에 서 있었다. 언제나처럼 꼴찌로 뽑혔다. 예상했던 일이지만 그렇다고 마음이 덜 아프진 않았다. 뚱뚱한 아이, 천식 있는 아이, 다리를 저는 아이, 심지어 두꺼비를 좋아하는 라클런 맥케이도 셔기보다 먼저 뽑혔다. 11월의 성긴 빗발 속에서 셔기의 팀은 상의를 벗고 뛰었다. 가슴팍을 문지르며 뛰는 동안 셔기는 가슴이 차갑게 얼어서 아픈 건지 칼바람에 뜨겁게 베여서 아픈 건지 헷갈렸다.

추우면 더 움직이라고 선생이 소리쳤다. 얇은 플림솔 운동화가 축축한 잔디에서 뽁뽁거렸고, 비쩍 마른 소년들이 파르스름한 다리 아래 징 박힌 축구화를 신고 달리면서 진흙 덩어리를 튀겼다. 셔기는 공이 굴러가는 방향을 대충대충 따라갔지만 실제로 가까이 가는 실수는 절대 저지르지 않았다. 선생은 셔기에게 열심히 하라고 부추기는 데 질려서 이제 모욕을 대신 퍼부었다. 한때 스코틀랜드 신티 챔피언이었던 선생은 늙었지만 여전히 건장하고 완고했다. 몇 년 전 체벌이 금지되었을 때 그는 교직을 아예 그만둘 것인지 고민했다. 그러나 끝에 가서는 별로 상관없었다. 어린 소년들의 영혼 속 어두운 구석을 오랫동안 들여다본 경험으로 그는 무엇이 진정 동기를 부여하고 어디를 건드리면 정말 아픈지 잘 알았다.

선생이 손나발을 하고 축구장이 울리게 외쳤다. "빨랑빨랑 움직여라, 베인! 게이 녀석아!" 다른 소년들이 킬킬거렸다. 소년들은 숨이 차고 피곤했지만 그 녀석을 비웃을 기력은 남겨두었다.

셔기는 라클런 맥케이마저 웃을 거라고 생각하지 않았지만 맥케이도 웃었다. 언제나처럼 느릿느릿 지나갔을 하루였는데, 더러운 금발 소년마저 그를 비웃었다. 노골적으로 낄낄거리는 소년의 입가에서 게게 말라붙은 콧물과 먼지가 갈라졌다. 셔기는 차가운 다리를 치켜올리고 운동장 건너편으로 뛰어갔다. 라클런은 운동장 끝쪽의 골대 근처에서 공을 기다리고 있었다. "방금 왜 웃었어?"

"뭐?"

"방금 왜 웃었냐고 물었어."

"내 맘이지." 맥케이는 다리에 묻은 진흙을 떼어내고 있었다. 소년의 옷은 낡았고 몸에 맞지 않았다. 그는 형에게서 물려받은 셔츠를 뒤집어 입고, 체육복을 안 가져와서 교실에 남아 책을 읽고 싶을 때 선생이 던져주는 대여용 체육복 반바지를 입고 있었다. 맥케이의 다리에는 몇 겹으로 때가 꼈고, 발에는 유명 스포츠 브랜드 양말 대신 검은 아저씨 양말을 신고 있었다.

"하지만… 하지만…" 셔기는 라클런을 위아래로 훑어보며 버벅거렸다.

"씨발 뭐?" 소년은 어깨를 쫙 펴고 사나운 족제비처럼 머리를 까닥이며 다가왔다.

"어떻게 네가 감히 나를 비웃을 수 있다고 생각했어?"

공이 그들 머리 위로 쌩 지나갔다. 다른 소년들이 셰틀랜드 포니처럼 땅을 헤집으며 뛰어왔다. 떼를 지어 몰려오는 꼴이 마치 서로에게서 떨어질까봐 두려워하는 것 같았다. 선생이 뜀박질을 멈췄다. "어이, 숙녀분들. 다과회 끝났음 이제 빌어먹을 공 좀 차는 게 어때." 선생이 외쳤다.

셔기가 말대답했을지도 모른다. 진정 되바라진 말로 받아칠 준비가 되어 있었다. 그러나 그때 셔기의 옆얼굴로 주먹이 날아왔다. 셔기는 헤집어진 잔디밭에 나동그라졌다. 진흙이 맨등에 잔뜩 묻었다.

"맥케이!" 선생이 건성으로 주의를 주었다. "내가 뭐라구 했냐?" 선생이 말했다. 금발 소년은 셔기를 내려다보고 있었다. 선생이 라클런을 혼내줄 것이라고 기대하며 셔기는 달콤한 보복의 순간을 기다렸다. 약자들의 유일한 희망이었다. "절대. 기집애를. 때리지. 마라. 자, 경기 다시 시작해." 축구장에 박장대소가 울려 퍼졌다.

라클런은 분노로 몸을 떨고 있었다. "야, 잘난척쟁이. 니가 나보다 잘난 줄 아냐?" 그가 내뱉었다. "학교 끝나구 남아. 맞짱 뜨게." 라클런의 선전포고에 축구장은 열광의 도가니가 되었다.

남은 경기 시간 내내 다른 소년들은 셔기에게 가까이 가려고 속도를 늦추고 이렇게 말했다. "우우우, 아아아, 니는 이제 죽었다." 한두 명은 도저히 못 기다리겠다고, 지금이 3시였으면 좋겠다고 말했다. 맥아베니 아이들은 셔기에게 와서 편을 들어주겠다고 말하고는 금발 소년에게 가서 싸움을 더 부추겼다.

모두가 셔기를 힐끔거리는 가운데 오후 수업이 흘러갔다. 아무도 선생을 보고 있지 않았다. 아이들의 시선은 전부 교실 뒤쪽에 죽을상으로 앉아 있는 셔기에게 꽂혀 있었다. 몇몇 여자아이들은 진심으로 동정하는 미소를 지었지만 대부분 아이들은 싸움을 구경할 생각에 들떠 있었다. 지금까지 셔기는 칠판 위에 커다란 시계가 걸려 있는지도 몰랐는데, 이제는 째깍째깍 빠르게 돌아가는 시침과 초침에서 눈을 뗄 수 없었다. 심지어 시곗바늘조차 신이 난 것 같았다.

더러운 금발 소년은 자신의 고치에서 꿈틀꿈틀 빠져나오고 있었다. 소년은 다른 아이들의 관심에 흠뻑 취했다. 일주일 전만 해도 똑같은 아이들이 그에게 똥내가 난다고 놀렸다. 그 전 주에는 실업수당으로 어머니 성형수술 비용을 감당할 수 있느냐고 이죽거렸다. 이제 아이들이 자신을 둘러싸고 거짓으로 잘해주자 소년은 행복한 고양이처럼 가르랑거렸다. 무엇 때문에 싸우는지 기억이 안 날 정도였다.

그런 라클런을 지켜보며 셔기는 점점 더 참담한 기분에 빠졌다. 선생에게 말해서 수업이 끝나고 교실에 남을 수도 있을 것이다. 다른 아이들이 지치고 따분해져서 떠날 때까지 기다렸다가 집으로 도망칠 수도 있을 것이다. 그러나 헤헤거리는 금발 소년을 보고 있자니 셔기는 밑바닥까지 추락한 기분이었다. 종이 울렸다. 피곤한 선생은 셔기와 라클런을 끌고 나가다시피 하는 아이들을 외면했다. 아이들은 그들을 학교 뒤편 음지로 데려갔다. 쓰레기통 옆에 있는 조립식 가옥 뒤쪽의 외진 장소였다.

그가 검투사라도 되는 양 환호하는 아이들 사이에서 라클런은 웃고 있었다. 마주 선 전사들을 아이들이 반원으로 둘러쌌다. 셔기는 등을 미는 아이들에게 떠밀려 앞으로 나아갔다. 라클런이 셔기의 가슴에 손을 얹고 뒤로 밀쳤다. 소년에게서는 묘하게도 지푸라기와 토끼장 냄새가 났다. "가까이 오지 마, 호모 새꺄." 라클런은 혀짧배기소리로 말하며 군중을 둘러보았다. 아이들은 좋아 죽을 지경이었다.

셔기 뒤쪽 아이들이 셔기를 잡아 다시 앞으로 밀었다. 한쪽 끝에 더티 마우스와 프랜시스가 서 있었다. "그 춤 좀 춰봐라?" 더티 마우스가 깍깍거렸다. 생뚱맞은 말이었지만 아이들은 세상에서 제일 우스운 이야기를 들은 것처럼 폭소를 터뜨렸다.

셔기의 가슴속에서 무엇인가 폭발했다. 앙다문 잇새에 볼 안쪽이 씹혔다. 자신이 무엇을 하고 있는지 자각하기도 전에 셔기는 금발 소년을 향해 몸을 날렸다. 의기양양하던 라클런은 식겁했지만 이미 늦었다. 셔기는 라클런의 얼굴을 정면으로 후려쳤다. 분노의 일격이었지만, 약해빠진 펀치였다. 후려치는 순간 손목이 꺾이며 주먹이 찰싹, 따귀 소리를 냈다. 지저분한 소년은 당황해서 주춤 물러났다가 격분하며 인상을 썼다.

"맞구 가만있진 않겠지?" 피 냄새를 맡고 프랜시스가 외쳤다.

소년이 대답했다. "아니." 수사의문문에 굳이 대답하는 아이가 한심스러워 셔기는 혀를 찼다.

초반에 그들은 엉겨 붙어서 상대를 자갈밭에 넘어뜨리려고 버둥거렸다. 라클런은 셔기의 허리를 한쪽 팔로 감고 셔기의 몸을 들어 올려서 목뼈부터 땅에 내리꽂으려 했다. 그러나 셔기의 발은 들릴 때마다 다시 내려갔고, 두 아이는 서툴게 춤추는 것처럼 보였다. 셔기는 자신의 허리를 감싼 팔 위로 주먹을 들어 소년의 옆얼굴을 있는 힘껏 때렸다. 그러나 셔기는 힘이 부족했고, 팔을 충분히 휘두르지 못했으며, 제대로 맞추지도 못했다. 두 아이 모두 약골이었다. 이 싸움은 따분한 아이들에게조차 따분했다. 수치심 게임이 될 수밖에 없었다. 이기려면 상대에게 더 큰 창피를 주어 항복을 받아내야 할 것이다.

그때 프랜시스가 셔기의 발목 뒤쪽에 발을 걸었다. 싸우던 아이들은 연인처럼 뒤엉킨 채 땅에 쓰러졌다. 프랜시스는 발부리로 셔기의 재킷 소매를 밟아 움직이지 못하게 고정했다. 한 번, 두 번, 세 번. 라클런은 자유로운 손으로 셔기의 얼굴을 가격했다. 피가 코 뒤로 넘어가 목에서 보글거렸다. 셔기는 고개를 옆으로 돌렸다. 코피가 시뻘건 크림 덩어리처럼 회색 땅에 뚝뚝 떨어졌다.

라클런이 가슴에 올라타고 프랜시스가 팔을 밟고 있어서 셔기는 꼼짝도 할 수 없었다. 목구멍에 피가 고이는 동안 셔기는 누워서 꿀꺽거리기만 했다. 최소한 구경꾼들은 신이 났다. 그제야 눈물이 찔끔 나왔다.

검붉은 핏자국이 거미줄처럼 셔기의 왼쪽 얼굴을 뒤덮었다. 아이들은 천상 가득한 오로라라도 본 것처럼 들떠서 왁자지껄 떠들며 핏로드를 걸어갔고, 셔기는 이탄 습지의 높다란 잡초에 몸을 숨기고 걸었다.

해는 이미 서녘 하늘 아래로 기울었다. 가을의 첫서리가 내린 습지에서 발아래 풀이 딱딱하고 날카롭게 밟혔다. 셔기는 마이너스 클럽 뒷마당에 잠시 멈춰 빈 케그를 몇 통 건드렸다. 손가락을 버튼에 제대로 찔러 넣으면 케그에서 효모 냄새와 함께 거품이 흘러나왔다. 나이 많은 소년들은 여기에 모여 케그에서 찌끼술을 빼냈다. 그들은 손가락에 묻은 맥주를 빨아 먹고 무성영화에 나오는 주정뱅이처럼 과장되게 비틀거리며 빙빙 돌았다. 그들은 진짜 술주정이 어떤 모습인지 몰랐다. 셔기는 자신이 재미없는 아이라는 사실이 싫었다.

그림자 속에 숨어서 셔기는 건성으로 케그를 트림시키며 핏헤드 아이들이 집에 가길 기다렸다. 기다란 잡초 사이에 몸을 숨기고 걷다가 개울을 뛰어넘고, 버려진 텔레비전과 거꾸로 뒤집힌 유모차 등을 징검다리 삼아 수렁을 건넜다. 셔기는 이전에 잡초를 밟아 다져놓은 둥근 터에 잠시 머물렀다. 걸음을 연습할까 생각했다. 그 대신 셔기는 발끝으로 진흙을 헤집으며 다시 울기 시작했다. 자기혐오와 자기연민이 뒤섞인 분노의 오열이 꺽꺽 터져 나왔다.

뒷마당의 철조망을 넘을 즈음에 셔기는 눈물을 보인 것에 대한 벌로 저녁을 안 먹겠다는 결심을 다지고 있었다. 셔기는 옆으로 누워 있는 냉장고에서 죽은 벌레들을 닦아냈다. 피로 얼룩진 머리 전체를 얼음처럼 차가운 물에 넣었다. 고개를 물에 박고 무릎을 꿇은 채 숨을 참고 있었지만 뜨거운 수치심은 좀처럼 식지 않았다. 얼굴에서 닦아낸 피가 물에 연분홍색으로 퍼지며 리본처럼 나풀거렸다. 참 예쁘다, 셔기는 생각했고, 그런 생각을 한 것을 곧바로 후회했다.

그때 릭이 뒤에서 셔기의 목깃을 잡았다. "얼른 들어가! 빌어먹을 오후 내내 기다렸잖아."

집 안은 활기가 넘쳤다. 커다란 전구들이 전부 환하게 빛을 뿜고 있었다. 릭은 윗집 브라이디의 막내 쇼나 도널리와 함께 금색 끈을 한 움큼 쥐고 벽에 분주히 달고 있었다. 벽에는 분홍색 현수막이 걸려 있었다. 아기의 첫 생일을 축하합니다. 아기라는 글자 위에 릭이 깔끔하게 붙인 모눈종이에는 애그니스라고 색연필로 적혀 있었다. 릭은 식탁 의자들을 벽에 나란히 세우고 소파는 구석으로 밀어놓았다. 꼬치에 끼운 소시지, 과즙이 풍부한 파인애플 조각, 촉촉한 오렌지색 체더치즈가 테이블에 가득했고, 소금을 친 땅콩이 시원한 탄산음료 플라스틱

병과 함께 집 안 곳곳에 놓여 있었다.

"이게 다 뭐야?" 셔기가 얼굴의 물기를 닦으며 물었다.

"오늘이 아주머니 생일이잖아." 쇼나가 말했다. 엉킨 크리스마스 전구 줄을 풀던 쇼나가 눈을 가늘게 뜨고 셔기를 관찰했다. "니 얼굴에 그거 피야?"

"그냥 코피야. 뇌가 두개골보다 빨리 자라면 생기는 현상이야." 셔기는 어깨를 으쓱하며 제법 그럴싸하게 들린다고 생각했다. "어쨌든, 우리 엄마는 스물한 살밖에 안 됐어! 엄마가 나한테 그렇게 말했는걸." 셔기는 파인애플 스틱 쪽으로 슬금슬금 다가갔다. "난 엄마가 사실은 삼십 대일지도 모른다고 생각하는데, 부탁이니까 내가 이렇게 말한 거 엄마한테는 비밀로 해줘."

"오늘은 엄마 금주 생일이야, 멍텅구리야. 술 끊은 지 일 년 됐다고." 릭은 의자에 올라서서 베니어판 찬장 모서리에 뚱뚱한 풍선을 붙이고 있었다. 릭이 웃고 있었다. 너무나도 보기 드문 미소라 셔기는 잠시 멈춰 서서 형을 바라보았다.

쇼나가 콧방귀를 뀌었다. "넌 학교를 너무 많이 빠졌어, 셔기. 니 말투가 하도 부잣집 도련님 같아서 난 니가 반에서 일등인 줄만 알았네."

"머리에 똥만 찼지 뭐." 릭이 말했다. "아마 그래서 코피가 날 거야."

"하여튼 니네 엄마는 최소한 마흔다섯 살이야."

"맞아. 내가 좀 있으면 스물한 살이다. 덜떨어진 놈아."

셔기는 도저히 믿을 수 없었다. "하지만 엄마가 매년 나한테 스물한 살 생일 카드를 사게 한단 말이야."

"뭐? 매년?" 쇼나가 물었다.

"응."

릭이 그거 보라는 표정으로 쇼나에게 고갯짓했다. "나도 알아. 알아."

"들어봐, 난 엄마를 행복하게 해주고 싶은 것뿐야. 알았어? 어쨌든 왜 아무도 나한테 엄마 알코올중독 생일에 대해 말 안 해줬어? 나도 선물을 준비했을 텐데." 셔기는 속이 상했다. 그래서 접시 밑바닥까지 손을 쑥 넣어 땅콩을 휘저었다.

"야, 그거 건드리지 마." 쇼나가 셔기 옆통수를 찰싹 때렸다.

"너한테 말해? 웃기고 자빠졌네. 너 같은 고자질쟁이한테 어떻게 말하냐. 비밀을 못 지키는데." 릭이 말했다.

"아니야, 할 수 있어." 셔기는 소파에 털썩 앉아서 훔친 땅콩을 하나씩 입에 넣으며, 땅콩의 짭짤한 맛과 집 안 가득한 파티 음식 풍경을 감상했다. "난 지금 비밀이 한 오백 개는 있어."

"아니, 넌 비밀 못 지켜. 내가 아는 사람 중에 네가 일등 고자질쟁이야." 릭이 놀렸다.

"조용히 해." 와작. "난 형이 모르는 거," 와작. "백만 개는 알아."

"예를 들면?"

"그래, 뭐?" 쇼나가 물었다. 쇼나와 릭이 파티 장식을 달던 손을 멈추고 셔기를 보았다.

너무나 달콤한 유혹이었다. 여러 가능성이 허공에 수천 개의 문처럼 둥둥 떠 있었다. 셔기는 도저히 참을 수 없었다. 그래서 땅콩을 몇 주먹 더 먹고 빙그레 웃었다.

"글쎄," 와작. "난 쇼나가," 와작. "아이스크림 파는 이탈리아인 지노한테," 와작. "돈 받는 거 알아." 와작. "그 사람 털북숭이 고추 보는 대가로." 와작.

쇼나는 꼭 끼는 치마가 허락하는 한에서 가장 빨리 의자에서 뛰어

내려 달려왔다. 현수막이 떨어졌다. 하지만 소용없었다. 이미 셔기는 일어나서 문밖으로 달아났다. 고자질쟁이는 도망에 능해야 한다.

"거봐, 내가 말했지!" 릭이 뒤에서 소리쳤다. "일등. 고자질쟁이!"

파티에 사람들이 잔뜩 왔다. 낯선 사람들이 좁은 거실에 어색하게 비집고 들어와 자리를 잡았다. 거실의 벽을 따라 가지런히 배열한 가지각색 의자는 친절한 쇼나가 동네 친척들에게서 빌려온 것이었다. 그 의자들에 던다스 AA 모임 회원들이 앉아 있었다. 그들은 제가끔 모여 앉아 줄담배를 피웠다. 가래 끓는 기침 소리만 이따금 침묵을 깨뜨렸다. 때때로 누군가 날씨를 언급하거나 수요일 저녁 회원인 제니의 안타까운 사정에 대해 한두 마디 했지만 모임 사람들은 곧 다시 병원 대기실에 있는 것처럼 불편한 표정으로 담배를 빠금거리며 발등만 내려다봤다.

쇼나 도널리는 애그니스가 오는지 망보고 있었다. 쇼나의 깡마른 종아리가 창문에 드리운 커튼 밑으로 보였다. 창백한 종아리 근육이 기대감에 꿈틀거렸다. 거실의 몇몇 남자는 짤막한 담배를 세게 빨면서, 까치발을 하고 움칫거리는 쇼나의 장딴지가 위아래로 움직이는 모습을 지켜보았다.

거실 반대편에는 이웃들이 앉아 있었다. 브라이디, 쇼나의 오빠 몇 명, 그리고 진티 맥클린치가 있었는데, 파티에 술이 없어서 진티는 심사가 뒤틀린 표정이었다. 파티라는 말에 말끔히 차려입고 온 그들은 술이 한 방울도 없다는 사실을 한탄하며 안절부절못했다. 그들은 침울한 AA 모임 사람들을 노골적으로 뜯어보았고, AA 모임 사람들은 남들의 시선을 의식하며 바닥만 보고 있었다.

셔기는 얼굴에 남은 핏자국을 마저 씻어내고 검은 셔츠에 폭이 넓은 넥타이로 40년대 마피아처럼 차려입었다. 와이셔츠를 직접 다렸는데, 소매 바깥쪽에 칼주름을 세워서 셔기는 꼭 납작한 종이 인형처럼 보였다. 셔기는 체더치즈와 파인애플을 가득 담은 종이 접시를 들고 포로 같은 손님들 사이를 돌아다녔다. 여자들은 반쯤 피운 켄시타스 담배를 마치 먹는 음식처럼 조신하게 들고 정중히 사양했다. "지금은 괜찮다, 얘야." 셔기는 거실 전체를 한 바퀴 돌았고, 그다음에는 땅콩과 느끼한 치폴라타 소시지를 담은 접시를 들고 또 한 바퀴 돌았다. 부지런한 웨이터에게 일을 주기 위해 손님들은 원하지도 않는 음식을 받아 무릎에 쌓아놓기 시작했다. 음식의 기름이 종이 접시를 통해 그들의 좋은 바지와 치마에 스며들었다. 그들은 조용히 발이나 내려다보고 앉아 있을 수 있게 소년이 좀 그만두기를 바랐지만, 최고로 신이 난 셔기는 손님들의 정중한 태도에 힘입어 후덥지근한 거실을 점점 더 빨리 돌 뿐이었다.

구석 테이블에는 포장된 선물이 두 개 놓여 있었는데, 커다란 테이블에 달랑 두 개만 놓인 모습이 보기에 썰렁했다. 대부분 사람들은 선물을 가져올 생각을 못 했다. 자기가 여기에 왜 왔는지 모르는 사람들도 간혹 있었다. 애그니스가 나중에 열어볼 선물 두 개 중 하나는 제인 폰더의 피트니스 비디오 세트였고, 다른 하나는 스페인산 담배 한 보루였는데, 아기의 돌을 축하하는 포장지에 싸여 있었다.

"참 예쁘구나, 그렇지 않니?" 던다스 스트리트 모임의 여자 한 명이 전기난로 위 선반을 꾸민 파티 장식을 담배로 가리키며 말했다.

"마음에 드세요?" 셔기가 진심으로 놀라 물었다. 릭과 쇼나가 여기저기 달아놓은 분홍색 소녀 감성 풍선과 아기 생일 현수막이 셔기는 아직도 석연찮았다.

"그럼, 니 엄마가 자랑스러워할 거다." 여자는 명랑한 인상이었다. 주사피부염 때문에 볼이 발그스레해서, 마치 바람에 얼굴이 상기된 소녀처럼 보였다. 잘 웃을 것 같은 여자였다. 이 여자도 진짜 알코올중독자인지 셔기는 궁금했다.

"릭 형이 온종일 걸려서 한 거예요." 셔기가 말했다. "형이 저렇게 신이 난 건 처음 봐요."

"그래? 아주 잘했구나. 엄마가 기뻐서 어쩔 줄 모르실 거다." 여자가 활짝 웃었다.

"정말요?" 셔기는 아직도 불안했다. "아닐 것 같아요. 전 엄마를 잘 알아요. 릭 형이 찬장에 테이프로 풍선을 붙여놓은 걸 보고 엄청 화낼 거예요. 테이프 때문에 칠이 벗겨질 테니까요." 셔기는 파인애플 스틱을 들고 다시 방을 돌았다.

쇼나의 다리가 한층 빠르게 움직이기 시작했다. "왔다! 왔다! 저기 왔어요! 왔어요!" 쇼나는 커튼 뒤에서 얼른 빠져나온 다음에 커튼을 다시 쳤다. 쇼나는 미니스커트를 입었고, 자기 어머니 화장품을 있는 대로 다 발랐다. "알았죠, 다들 조용히 해요. 쉬이이이잇."

다들 삐걱거리는 의자에서 고쳐 앉았고, 말을 하고 있지 않던 사람들도 입술에 손가락을 올렸다. 미소를 연습하는 사람들도 몇 명 있었는데, 그들의 미소는 어정쩡하게 가물거리다 스르르 사라졌다. 릭이 전등을 끄자 거실이 갑자기 어둠에 잠겼다.

검은 택시가 연석 위로 올라오고 디젤엔진이 털털거리며 멈추는 소리가 들렸다. 묵직한 자동차 문이 닫히고 대문의 걸쇠가 들렸다. 그 위로 또각, 또각, 또각, 가늘고 당당한 하이힐의 굽이 행복하게 울렸다. 거실의 유리문이 열리자 환한 복도에 서 있는 여자의 실루엣이 나타났다. 방에서 힘차게 서프라이즈! 소리가 터져 나오며 애그니스의 말을 끊었다. 애그니스가 들어올 때 담배를 피우느라 타이밍을 놓친 늙은 남자 몇 명이 힘없이 후렴을 넣었다. "그래요, 서프라이즈, 애그니스."

셔기는 어머니에게 곧장 달려갔다. "엄마, 파인애플 스틱 먹어볼래요? 진짜 죽여줘요."

애그니스는 깜짝 놀라 한 걸음 물러나며 문틀에 기댔고, 립스틱 칠한 입술로 손이 올라갔다. 오페라를 관람하고 온 것처럼 화려한 옷차림이었지만 사실은 오후에 리츠 빙고장에서 원 플러스 원 게임을 하고 돌아오는 길이었다. 애그니스의 어깨 뒤에서 유진의 파란 눈이 망설이며 사람들을 둘러보았다. 유진의 엄격한 얼굴에 성당이 순간 비쳤고, 거실에 둘러앉은 너저분한 사람들을 유진은 자기도 모르게 업신여겼다. 유진은 거실에 한 발을 내디디고 장례식에 온 것처럼 무거운 표정으로 고개를 끄덕였다.

"이게 다 뭐야?" 애그니스가 물었다. 애그니스는 상황을 이해하려고 눈을 휘둥그레 뜨고 거실을 둘러보았다. 던다스 스트리트의 옛 무역 회사 사무실 밖에서는 한 번도 본 적 없는 얼굴들도 있었다. 모든 것이 왠지 거북살스러웠다.

"생일 축하해요!" 릭이 말했다.

"무슨 소리니?" 애그니스는 여전히 두리번거리고 있었다.

"오늘이 엄마 첫 생일이에요. 메리 돌 아주머니가 전화해서 알려주셨어요. 회복의 과정을 축하하는 게 중요하다고 하셨어요." 만면에 미소를 띤 릭이 담배를 피우고 있는 왜소한 갈색 머리 여자를 가리켰다.

"엄마가 술 끊은 지 무려 일 년이 다 됐어요."

"맞아요. 릭 형이 세고 있었어요."

"세고 있었어?" 애그니스가 물었다.

"그럼요." 두 아들이 동시에 대답했다. 셔기는 식기장에서 너덜너덜한 종이 달력을 가져왔다. 루르드의 무염시태 성당을 그린 수채화 아래로 작은 종이들이 나달거렸다. 셔기는 릭이 십자 모양으로 표시한 페이지 대여섯 장을 넘기며 보여주었다.

딱딱한 의자에서 일어날 기회를 반긴 사람들이 작은 거실에서 웅성거리며 돌아다니기 시작했다. 애그니스는 사람들과 차례로 포옹하고 축복하는 키스를 뺨에 받으며 눈시울을 붉혔다. 셔기는 탄산음료 병을 따는 일을 감독하고, 톡톡 튀는 끈적한 음료를 종이컵에 따랐다. 쇼나가 연두색 종이컵에 라임에이드를 따라주자 유진은 매우 이국적인 것을 보듯이 내려다보았다.

"전 핏헤드라는 지역을 처음 들어봤어요." 수요일 저녁 모임 여자가 말했다. 자그마하고 갈대처럼 가냘픈 메리 돌을 보면 조각칼이 무른 나무를 도심질하듯 술이 그녀의 몸을 도려낸 것 같았다. 큼직한 밤색 눈 아래 뺨은 푹 꺼졌고, 짙은 갈색 머리는 피골이 상접한 몸 위에 빌린 가발처럼 달려 있었다. 메리 돌이 겨우 스물네 살이라는 사실을 처음 알게 되었을 때 애그니스는 할 말을 잃고 심장에 손을 올렸다. 세상에는 자기보다 힘든 사람들이 늘 있다는 리지의 속삭임이 귓전에 맴돌았다.

애그니스가 조그만 여자의 손을 꼭 쥐었다. "당신을 위해 기도하고 있어요. 아이들 일은 잘 해결됐나요?"

메리 돌의 얼굴이 환해지며 눈에서 젊음이 새롭고 말갛게 빛났다.

"우리 막내가 이번에 학교에 입학했다고 제가 벌써 이야기했나요?"

"정말 자랑스러웠겠어요. 어린아이들이 재킷에 넥타이로 차려입으면 얼마나 깜찍해요."

메리 돌의 얼굴에 그림자가 스쳤다. "네, 그렇게 입었어요. 전 사진밖에 못 봤지만요. 입학식을 했을 거라 확신하구 그날 전화했어요. 아주 들떠 있더라고요."

"지금도 할머님께서 데리고 계세요?"

"네, 아직 애들 근처에 얼씬도 못 하게 해요."

아이들을 볼 수 없다는 상상만 해도 애그니스는 그들을 꼭 끌어안고 싶었다. 술 때문에 캐서린을 잃은 것으로 족했다. "당신 몸의 떨림이 멈추지 않을 거라고 생각했던 적도 있어요. 믿음을 잃지 마요, 자기. 할머님께서 마음을 푸실 거예요."

"네, 그랬음 좋겠어요." 마른 여자가 확신 없는 목소리로 속삭였다. "사진이 이쁘게 잘 나왔어요. 근사한 액자를 사서 벽에 걸어놓았죠."

남자 한 명이 빌린 의자에서 일어났다. 월요일-목요일 피터라고 불리는 이 남자는 애그니스와 동갑이었지만 그녀의 아버지뻘은 되어 보였다. 피터는 애그니스가 가톨릭과 결혼했을 때 이미 유행이 지나 있던 셰틀랜드산 모직 재킷과 탈색한 청바지를 입었고, 휘청휘청 걷는 자세를 보면 마치 접시를 쌓아 올려 몸을 만든 것 같았다. 피터는 쾌활하고 수다스러운 분위기를 풍겼는데, 외로움을 감추려고 꾸며낸 모습이었다. "안녕하세요, 애그니스." 피터가 외쳤다. "다시 태어난 기분이 어때요? 한 살이 되니까."

"솔직히 말씀드리면 전 그렇게 오래됐는지 몰랐어요." 애그니스가 말했다.

"그렇군요. 어쨌든 아이들이 자랑스러워하는 걸 보니 참 좋네요." 월요일-목요일 피터가 릭을 가리키며 말했다. "이런 자리를 마련한 건 좋은 생각이에요. 계속 밀고 나갈 힘이 생기죠. 첫해라는 언덕을 잘 넘을 수 있게 뒤에서 밀어주는 거예요."

한편 유진은 거실로 들어올 결심은 안 서지만 이곳의 불안한 사람들에게서 눈을 뗄 수 없다는 표정으로 여태 문가에 서 있었다. 셔기는 음식 테이블 옆에 서서 접시 가장자리에 묻은 소스와 기름을 닦고 있었다. 통통한 치폴라타가 단정히 일렬로 진열되도록 접시를 조금씩 돌리고, 맨 위에 놓인 치즈가 말라서 갈라지지 않게 위아래 치즈를 교체했다. 유진은 바지런히 일하는 소년을 바라보았다. 종이컵으로 예쁜 피라미드를 쌓던 중에 셔기는 말없이 자기를 응시하고 있는 유진의 시선을 마침내 느끼고 올려다봤다.

"안녕, 꼬마야." 유진이 주머니에 손을 찔러 넣고 한 발 다가왔다.

"안녕하세요. 전 그냥…." 셔기는 자신이 쌓은 종이컵 피라미드를 힐끔 보더니 불도저처럼 손으로 밀어버렸다. 종이컵이 바닥에 와르르 쏟아졌다.

두 사람은 서로 시선을 피한 채 나란히 서서, 스포츠를 관람하는 관중처럼 파티를 구경했다. "굉장한 파티구나, 그렇지 않니?" 친절하게 유진은 셔기의 집짓기와 집 무너뜨리기를 언급하지 않았다.

"그런 것 같아요. 릭 형이 정신이 나간 거 같아요."

유진은 웃음을 터뜨렸다. "아니다! 자기 어머니를 사랑하는 건 훌륭한 일이지. 어쨌든, 어머니는 세상에 한 명뿐이잖니." 유진은 웃고, 잠시 후 불쑥 물었다. "내가 누군지 알지?"

셔기는 고개를 끄덕이고 조용히 단음으로 읊었다. "아저씨는 유진

맥나마라예요. 콜린 아줌마 오빠고요. 제 새아빠가 될지도 몰라요." 셔기는 자신의 신발을 내려다보고 있었다. "하지만 아무도 제 의견을 물어보지 않았어요."

"아, 그래?" 유진은 당황했다.

"글쎄요, 아이한테 아빠를 원하냐고 묻지도 않고 그 자리를 차지하려는 건 매너 없는 행동 같아요."

"니 말이 맞다. 신사라면 다른 남자에게 자신을 정식으로 소개해야지." 유진이 악수를 하자고 손을 내밀었다. "난 유진이다. 드디어 만나서 반갑구나."

셔기는 바짝 긴장하고 악수했다. 유진의 손은 곰 발바닥처럼 거대했고 셔기가 이제껏 만져본 것 중에서 가장 까칠까칠한 축에 속했다. "오래 있어주실 거예요?"

"아마 한두 시간."

"아뇨, 그러니까 계속 있어주실 거냐고요. 엄마 곁에."

"오! 잘 모르겠다. 그랬으면 좋겠다."

"맥나마라 씨. 엄마를 실망시키면 아저씨를 싫어할 거예요."

한동안 유진은 침묵했다. 특이한 소년에게 놀라서 할 말을 잃은 것이다. "그런데 말이다, 어쩌면 니가 니 일에 더 집중해야 할 때가 왔는지도 모르겠다. 엄마 생각은 잠시 잊으렴. 엄마는 이제 내가 맡을 테니까. 나가서 또래 애들이랑 놀고, 다른 남자아이들처럼 되려고 좀더 노력해야 할 거 같다."

유진은 양복바지 주머니에서 담뱃갑만 한 빨간색 책을 꺼냈다. 책은 얇았고, 조잡하게 인쇄되어 있었다. 유진이 책을 건네주자 셔기는 귀퉁이가 말린 표지를 살펴보았다. 이렇게 쓰여 있었다. 글래스고 『이브닝 타임스』 구매 사은품. 옛날에 활동했던 유명 축구 선수의 흑백 사진이 표지를 장식했는데, 선수는 두꺼운 모직 재질로 보이는 양말을 신고 있었다. 책자는 위 레드 북(wee red book) 스코틀랜드 축구 경기 가이드였다.

셔기는 지난 경기 점수가 빼곡히 적혀 있는 누리끼리한 신문지를 넘겼다. 스코티시 풋볼 리그 결과. 레인저스 22승 14무 8패. 총 58점. 애버딘 17승 21무 6패. 총 55점. 머더웰 14승 12무 10패. 셔기의 얼굴이 수치심으로 달아올랐다. 의기양양했던 기분은 흔적도 없이 사라졌다. "고맙습니다." 셔기는 인사하고 책자를 더러운 비밀처럼 황급히 주머니에 넣었다.

셔기는 어머니가 던다스 스트리트 모임의 남자들과 함께 서 있는 거실 반대편으로 갔다. 남자들은 애그니스를 찬미하는 눈으로 보고 있었다. 첫 번째 남자, 월요일-목요일 피터는 한 남자의 팔꿈치를 잡고 부축해주고 있었는데, 피터에게 기대어 있는 남자는 뇌졸중을 겪었거나 술이 신체의 운동 기능을 망가뜨린 듯했다. 나이가 젊고 몸집도 좋은 세 번째 남자는 아직은 술에 망가지지 않았지만 손가락이 니코틴에 노랗게 물들어 있었다. 이 젊은 남자는 애그니스보다는 릭과 가까운 나이로 보였다. 남자는 머리끝을 탈색하고 유행하는 나일론 아노락을 입고 있었지만 왠지 술에 찌든 홈리스 같은 인상을 풍겼다. 돌런 씨의 식료품점 앞에서 얼쩡대며 군인 점퍼의 큼직한 주머니에 물건을 쓸어 넣는 핏헤드 소년들처럼 젊은이는 교활하고 손버릇이 나빠 보였다. 어머니의 카포디몬테 도자기 인형을 숨기길 잘했다고 셔기는 생각했다. 그런데 그때 젊은이가 미소를 지었다. 젊은이의 치아는 작지만 하얗고 가지런했다. 젊은이는 잘생기고 상냥하고 쾌활

했다. 셔기는 가슴이 울렁거렸다. 주머니 속에서 축구 경기 가이드가 다리를 뜨겁게 달구었다.

"아, 여기가 우리 막내 휴예요." 애그니스가 자랑스러워하며 셔기의 머리를 다독였다.

"안녕, 꼬마 친구." 첫 번째 남자가 말했다. 남자는 소년에게 손을 내밀었다. "난 피터 삼촌이다."

셔기는 손을 잡지 않고 가만히 응시하다가 남자의 얼굴을 냉정하게 올려다봤다. "아니요." 셔기는 한숨을 내쉬었다. "아저씨는 그냥 피터예요. 고맙지만 우리 집 족보는 제가 잘 알아요."

"아이고, 고놈 참 똑똑하네." 피터가 몸을 일으키며 말했다. 이렇게 가까이 서니 남자의 부들거리는 손이 면도를 안 하고 지나친 부분이 눈에 들어왔다. 남자의 턱 밑에는 따가워 보이는 상처가 군데군데 나 있었다.

애그니스는 단정한 가르마가 흐트러질 정도로 셔기를 세게 흔들었다. "얘가 왜 이래? 어서 사과해. 여기 미스터… 음, 미스터…" 애그니스가 말을 못 잇고 버벅거렸다. 월요일-목요일 피터는 몸 둘 바를 모르고 움찔거렸다. 애그니스는 다시 셔기를 흔들었다. "피터한테 사과해!"

"죄송해요, 미스터 피터." 셔기는 사과하면서도 유진을 주시하고 있었다.

메리 돌이 거실을 가로질러 유진에게 다가왔다. "첨 뵙는 거 같아요. 던다스 스트리트 모임에 나오시나요?"

"아뇨."

"네, 첨 보는 얼굴이라고 생각했어요." 메리 돌은 윤기가 흐르는 앞머리를 눈 위로 내리고 한층 나아진 기분으로 싱긋 웃었다. "전 금주한 지 이제 삼 개월 됐어요. 시의회에서 작은 아파트를 임대해줬어요. 거의 사 년이나 대기자로 있었는데요. 거실에 이층침대를 얼른 들여놓고 싶어요. 애들이 와서 자고 갈 수 있게요." 메리 돌은 반들거리는 곱슬머리의 끝부분을 유혹하듯이 꼬았다.

유진이 희미하게 웃어주었다. 여자는 미소를 오해했다.

계속해서 메리 돌은 자신의 사생활을 스스럼없이 쏟아냈다. "열심히 저축하고 있어요. 벌써 휴대용 컬러텔레비전이랑 예쁜 카펫을 새로 샀어요. 이런저런 잡다한 것들요. 애그니스 같은 안목이 있음 좋겠어요. 집을 참 잘 꾸미지 않았어요? 본인도 늘 말쑥한 모습이구요. 애그니스는 밑바닥을 쳤을 때도 흠잡을 데 없이 깔끔했어요."

"그런가요?"

"네, 밑바닥을 쳤을 때도 깎은 밤처럼 말끔했다니까요." 다른 여자 이야기를 하는 데 질린 메리 돌이 화제를 바꾸며 유진의 팔에 손을 얹었다. "저기, 당신은 어느 모임에 가는지 아직 말 안 했잖아요."

"아, 전 모임에 안 갑니다. 아무 모임에도 안 가요. 전 아무 문제 없거든요."

"오, 정말요? 운이 좋네요. 제 문제 좀 가져가실래요?" 메리 돌은 웃음을 터뜨렸다. 잇몸이 빈혈 환자처럼 창백했다.

"아니, 괜찮습니다." 유진은 고개를 들고 음악 소리보다 큰 목소리로 애그니스를 불렀다. 그는 애그니스 역시 불편해 보인다고 생각했고, 아들이 대체 무슨 말을 했길래 저런 표정인지 궁금했다. 유진이 커다란 붉은 머리를 끄덕이자 애그니스가 문가로 왔다.

유진은 유령 같은 여자에게 양해를 구하고 애그니스와 함께 현관으로 나왔다. 담배 연기와 소음이 덜한 현관에 오고 나서야 유진은 크게 숨을 내쉬었다. 유진이 허리 지갑에 손을 올려놓는 태도가 애그니스는 왠지 불안했다. "음, 난 이제 가봐야겠어. 클럽이 전부 문 닫기 전에 한두 푼이라도 벌어야지."

"그럼. 물론이야. 당신 괜찮아?"

"그럼, 그럼." 유진이 너무 빨리 대답했다. 유진은 목뒤 머리털 언저리를 긁적였다.

애그니스는 거짓말을 식별할 수 있는 사람이었다. 애그니스가 키스하려고 몸을 기울였지만 유진은 어색하게 고개를 돌려 그녀의 뺨에 입을 맞추었다. 프랑스에서 친구끼리 하는 것처럼 건조하고 가벼운 뽀뽀였다. 멀어지는 유진의 뒷모습을 바라보다가 애그니스는 자신이 아직도 입을 반쯤 벌리고 받지 못한 진짜 키스를 기다리고 있다는 것을 깨달았다. 그녀가 유혹할 때 하는 키스였는데, 그는 원하지 않았다. 애그니스는 스스로가 늙고 추하게 느껴졌다. 불현듯 유진의 얼굴에 콜린의 얼굴이 겹쳤다. 애그니스는 뒤늦게 표정을 갈아입었다. 사랑하는 표정에서 상처받은 표정으로, 그리고 갑옷처럼 딱딱한 표정으로.

"그럼 이따 전화할게. 알았지?"

"그래, 꼭 그렇게 해줘." 애그니스는 가볍게 코웃음을 치고 팔짱을 끼며 말했다.

"당신은 얼른 다시 들어가봐야지. 저기 당신의—" 유진이 적당한 단어를 찾아 헤맸다. "당신 파티에."

애그니스는 닫히는 문을 지켜보았다. 문손잡이가 달그락 흔들렸는데, 유진이 상자를 밀봉하듯이 문을 의식적으로 굳게 닫았기 때문이었다. 대문의 걸쇠가 열리는 소리와, 길에서 놀고 있는 조카들에게 인사하는 유진의 목소리가 들려왔다. 조금 전에 그녀에게 말할 때 목소리와 전혀 달랐다. 오랜 세월 택시의 소리에 귀 기울인 애그니스는 유진이 자동차 문을 세게 닫았다는 것을 알았다. 시동이 부르릉 걸렸고, 유진은 지나치게 서둘러 차를 뺐다. 그러나 택시의 소리를 해석하는 것은 시작에 불과했다.

거실에서 탄산음료를 몇 병 더 따는 소리가 들렸다. 헐렁한 옷차림으로 웅성거리는 친구들을 애그니스는 바라보았다. 술은 그들을 꼼짝달싹 못 하게 움켜쥐고, 수십 년의 인생을 앗아갔으며, 세상으로부터 고립시키고, 문자 그대로 그들의 생명을 빨아먹었다. 애그니스는 갑자기 메스꺼웠다. 그들 모두 집에서 내보내고 싶었다. 자신의 인생을 깨끗이 표백하고 싶었다.

저들과 같은 처지로 추락했다는 사실에 수치심을 느끼며 애그니스는 스스로를 내려다봤다. 다음 순간에는 그렇게 졸렬한 생각을 하는 자신이 더욱 혐오스러웠다. 복도의 천장을 따라 굵은 담배 연기가 구불구불 흘렀다. 누군가 새로 발매된 인기 팝송 40을 틀었다. 애그니스도 들은 적 있는 음반이었다. 앵앵거리는 목소리가 노래를 부르기 시작했다. “생일 축하합니다. 생일 축하합니다.” 애그니스는 화장을 고치려고 화장실로 갔다.

그녀도 구제 불능으로 망가진 걸까? 저들처럼? 거울 속에서 엘리자베스 테일러를 빼닮은 여자가 그녀를 마주 보고 있었다. 단지, 거울 속 여자는 푸에르토 바야트라의 요트에서 파파라치에게 찍힌 리즈처럼 오만하고 허영심이 가득해 보였다. 여자의 머리는 여전히 풍성했고 화장은 고양이처럼 매혹적이었다. 그러나 이제 보니 머리카락은 부자연스럽게 까맣고, 십 년 전에 유행한 색조 화장은 부담스럽게 진했다. 심지어 여자의 눈꺼풀도 산화한 동처럼 푸르스름한 금속 빛깔이었다. 애그니스는 낡은 대모갑 빗으로 머리를 빗어내려 결을 느슨하고 부드럽게 늘어뜨렸다. 덜 구불구불하게, 덜 촌스럽게. 그러고서 고무줄을 집어 머리를 하나로 바짝 묶었다. 처음 하는 헤어스타일이었는데, 머리를 묶으니 얼굴의 윤곽이 한층 도드라졌다. 입에서는 진한 립스틱을, 눈꺼풀에서는 빛나는 금속 빛깔 아이섀도를, 핏줄이 불긋불긋 터진 뺨에서는 분홍색 블러시를 지웠다. 그녀의 얼굴은 이제 도화지처럼 깨끗했다. 애그니스는 〈탑 오브 더 팝스〉에서 본 어린 아가씨들처럼 새파란 아이라이너를 눈 아래 칠했다.

고개를 다시 들었을 때 그녀를 바라보고 있는 여자는 아까 여자와 다를 바 없었다. 마찬가지로 구제 불능이었다. 겉모습은 무관했다.

순간, 술을 마시고 싶어서 죽을 것 같았다. 거울 속 여자를 잊을 수만 있다면 무엇이든 아무거나 상관없었다. 애그니스는 화장품 가방에서 오래된 도시가스 고지서 봉투를 꺼내 브라이디 도널리의 행복 알약 두 개를 손바닥에 떨어뜨렸다. 물 없이 알약을 아작아작 씹은 다음에 아기 새처럼 고개를 젖히고 꿀꺽 삼켰다.

애그니스는 서두르지 않았다. 담배를 다 피우고 변기에 떨어뜨렸다. 담배가 치익 소리를 내며 꺼졌다. 변기통에서 빙글빙글 돌며 내려가는 꽁초를 눈으로 좇으며 애그니스는 무엇이 자신을 속상하게 했는지 서서히 잊었다. 애그니스는 다시 거울을 보고, 미소 지었다. 이제야, 여자가 고쳐졌다.

22

열한 살 생일에 셔기가 학교에서 돌아오자 계단 꼭대기에 신발 상자가 하나 놓여 있고 검은 택시가 집 앞에 주차되어 있었다. 그날 파티 이후로 유진은 애그니스에게 확연히 냉담해졌다. 사실 너무 티가 나서 심지어 릭도 눈치챘다. 주유소에서 일하지 않는 밤이면 애그니스는 전화기 옆에서 줄담배를 피우며 12단계 치료 책에 밑줄을 쳤다. 이런 밤에 셔기와 릭은 뜬눈으로 누워 있었다. 어둠 속에서 시선을 마주친 채로 그들은 심야 프로그램의 웅얼거림보다 더 큰 어머니의 한숨 소리를 들었다. 어머니가 텔레비전 내용에 전혀 주의를 기울이지 않고 있다는 것을 소리만으로 알 수 있었다.

셔기는 학교를 삼 일 빠졌다. 셔기는 변비에 걸려 배가 아프다고 거짓말하고 집에서 애그니스를 졸졸 쫓아다니며 『우리의 챔피언 대니』를 소리 내어 읽었다. 어머니 하루의 모든 순간을 소음으로 채우면 어머니가 다시 술을 마시지 않으리라고 믿었다. 애그니스가 소변을 볼 때도 셔기는 화장실 밖에 서서 대니가 수면제를 먹여 속인 꿩에 대해 재잘거렸다. 밤에는 잠을 설치고 누워 있는 어머니의 싸늘한 침대에 올라가서 책을 읽어주었다. 끝내 참을성이 바닥난 애그니스는 셔기에게 수산화마그네슘을 먹였고, 셔기가 학교에 갈 수 있을 정도로 변비가 풀리자 안도의 한숨을 내쉬었다.

셔기는 계단에 앉아서 낯선 상자를 무릎 위에 올렸다. 상자 속에는 구름처럼 풍성한 흰 포장지에 싸인 검은 축구화가 들어 있었다. 셔기는 광낸 학교 신발을 벗고 징이 박힌 축구화를 신었다. 축구화를 신고 한 바퀴 걸어보았다. 밑창의 징이 달그락달그락 울렸다. 축구화는 그의 발보다 최소한 두 치수는 컸지만 학교에서 다른 남자아이들이 신는 것과 똑같이 생겼다. 셔기는 달그락거리는 신발을 신고 빙빙 돌며, 이 신발을 신으면 정상적인 소년이 되는 것일까 생각했다.

변비약이 속에서 꿀렁거리며 장에 신호를 보냈다. 문손잡이를 잡아당겼지만 문은 잠겨 있었다. 무슨 뜻인지 셔기는 잘 알았다. 집의 그늘에 앉아 기다리면서 셔기는 유진이 돌아와 다행이라고 생각했다. 맥아베니네 집안사람을 아버지로 두는 것은 끔찍하지만 어머니가 술을 마시는 것보다는 나았다. 셔기는 문에 귀를 대고 유진이 어머니 곁에 있어주기를, 어머니가 금주할 힘을 내고 마음이 평화로워지길 기도했다. 그리고 하느님이 생일선물로 자신을 정상적인 소년으로 만들어주길 기도했다.

배가 다시 신호를 보냈다. 셔기는 꾸르륵거리는 엉덩이를 한 손으로 받치고 다른 손으로 문을 거칠게 잡아당겼다. 그때 안에서 자물쇠가 열리며 문손잡이가 손에서 빠져나갔다.

유진이 아니었다. 문 앞에 서 있는 사람은 아버지였다. 셕은 분홍색 정수리를 머리털로 가리며 놀란 표정으로 셔기를 보았다. "학교가 벌써 끝났냐?" 그뿐이었다. 이토록 오랜만에 만난 아들에게.

셔기는 눈을 휘둥그레 뜨고 백치처럼 고개를 끄덕거렸다. 삼 년 전 래스컬의 집에서 오후를 보낸 날 이후로 아버지를 처음 보는 것이었다. 셕은 터질 것 같은 허리춤에 와이셔츠 뒷자락을 구겨 넣고 소년의 발을 보며 고개를 끄덕였다. "선물이 마음에 드냐?" 셔기는 발을 내려다봤다. 결국 유진이 보낸 선물이 아니었다. 셔기가 대답하기 전에 아버지가 그의 얼굴을 움켜쥐며 말했다. "빌어먹을, 니도 그 커다란 페니언 코를 물려받았냐."

셔기는 캠벨 집안의 코를 방어하듯이 손을 팔딱 올렸다. 코에서 조그맣게 튀어나와 방향키처럼 점점 돌출되고 있는 뼈의 굴곡을 손가락으로 더듬어보았다.

셕은 못마땅해하며 고개를 내젓고 택시에서 잔돈 통을 꺼낸 다음에 엄지를 튕겨 20펜스짜리 동전을 두 개 빼냈다. "받아라. 권투라도 시작하면 딴 놈이 니 대신 부러뜨려줄지 누가 아냐."

안 고마운 것은 둘째 치고 아버지의 행동에 충격을 받아 셔기는 멍하니 동전을 바라보기만 했다. 셕은 셔기의 침묵을 오해했다. 셕은 마지못해 50펜스짜리 동전을 네 개 더 꺼냈다. "더 달라곤 하지 마라!" 셕은 퉁명스럽게 셔기의 손바닥에 동전을 떨어뜨렸다. "그래서, 기집애들 꽁무니 쫓아다니느라 바쁘냐?"

셔기는 이런 질문을 받아본 적이 없었다. 셔기는 고개를 가로저었다.

셕은 자신이 열한 살이었을 때를 떠올리고 아들이 겸손을 떠는 것이라고 생각했다. "좋아, 그래도 니가 베인 남자는 맞나보다, 음?" 셕이 혓바닥으로 아랫입술을 적셨다. "기집애들 빵 통에 꽂기에 딱 좋은 나이지. 골치 아픈 문제가 생기려면 아직 몇 년 남았으니까."

셔기는 할머니의 빵 통과, 할머니가 그곳에 늘 보관하던 식빵이 생각날 뿐이었다. 할머니는 그를 위해 빵의 두꺼운 테두리를 잘라주었고, 자기는 테두리에 버터를 잔뜩 발라 먹곤 했다.

"어쨌든 오래 이야기할 시간은 없다. 내가 돈을 버는 것보다 니가 더 빨리 쓰고 있잖니." 셕은 아들을 지나치고 앓는 소리를 내며 택시에 몸을 구겨 넣었다. 셕의 무게에 자동차가 한숨을 내쉬며 내려앉았다. "니 엄마 잘 챙겨라. 가톨릭이랑 붙어먹지 않게 잘 감시하구. 알았냐?" 아버지는 시동을 켜고 인사도 없이 떠났다.

셔기는 고요하고 어두운 집을 향해 돌아섰다. 새 축구화에서 발을 빼고 힘껏 다리를 휘둘러 이탄 습지로 날려버렸다. 셔기가 집에 들어가니 어머니는 그의 싱글베드에 걸터앉아 있었다. 어머니 뒤쪽으로 침대보가 구겨져 있었고, 발치에는 스페셜 브루가 가득한 비닐봉지가 놓여 있었다. 두 사람은 한 대 얻어맞은 표정으로 서로를 보았다. 평온한 꿈속에서 갑자기 현실로 불려오는 바람에, 말을 구상하고 입 밖으로 낼 의지가 생기기까지 오랜 시간이 걸릴 듯한 표정이었다.

그녀가 잘 지내고 있다는 소식을 들었다. 아니, 아무런 소식이 없었다. 바로 그게 문제였다. 애그니스가 마지막으로 택시 회사에 전화한 지 일 년이 넘었다. 애그니스가 교환원에게 고래고래 소리치거나 아들을 찔러 죽이고 자기도 가스로 자살하겠다고 협박하지 않은 지 무려 십사 개월이 지났다. 일 년 넘게 잠잠했다.

아이의 생일이 다가오고 있었으므로 찾아가서 직접 확인하기에 최적의 기회였다. 얼마 전에 동료 택시운전사 한 명이 크게 한 건 올렸다. 그들은 빌린 밴을 트레일러트럭 옆에 세우고 직원이 짐을 내리는 동안 축구화를 일흔 켤레 넘게 훔쳤다. 벌건 대낮에 소키힐 스트리트 한복판에서 벌어진 일이었다.

축구를 싫어하는 소년이 어디 있겠는가? 애그니스에게 새 남자가 생겼다면 선물만 주고 오면 된다. 그래서 나쁠 건 없다. 만일 새 남자가 생긴 것이 아니라면 왜 더 이상 자기에게 매달리지 않는지 알고 싶었다. 애그니스가 뜻밖의 방법으로 그의 자존심에 상처를 냈다. 그래서 셕은 아이의 생일선물을 담은 봉지에 스페셜 브루 여섯 캔을 넣었다.

셕은 택시의 창문을 내리고 뜨겁게 달구어진 검은 금속 차체에 팔을 얹었다. 햇빛에 반짝이는 금반지를 보며, 조우니의 캐러밴에서 일주일간 햇볕을 쏘이고 나니 손이 훨씬 건강해 보인다고 생각했다. 피부에 혈색이 돌면 전부 더 좋아 보였다. 애그니스가 기억 속 모습만큼 여전히 예쁜지 문득 호기심이 동했다. 셕은 조우니를 존중했지만 외모에서는 조우니가 애그니스 캠벨을 따라올 수 없었다. 조우니는 평화이자 고요였다. 침착하고 믿음직스러웠으며 절대 그를 성가시게 하지 않았다. 조우니는 술을 마셨지만 과음하지 않았고, 빙고나 고급 카펫이나 몽상 같은 것은 머릿속에 들이지도 않았다. 조우니는 부지런한 일꾼이었으며 자신에게 주어진 삶에 만족했다. 개성은 없었지만, 셕의 경험상 못생긴 여자들이 종종 그러하듯 침대에서는 과감하고 열성적이었다. 그래도, 외모만을 따졌을 때 애그니스 캠벨이 종마라면 조우니는 볼품없는 조랑말에 불과하다는 사실을 셕은 인정할 수밖에 없었다.

탄광촌으로 접어드는 길에 셕은 술이 끝내 애그니스의 미모를 망가뜨렸을지도 모른다고 생각했다. 전에도 본 적 있었다. 특히 글래스고에 그런 부류가 많았는데, 그 여자들은 얼어붙어 있으면서 동시에 시들어갔다. 알코올이 축낸 얼굴의 푹 파인 뺨에는 붉은 핏줄이 피어나고 젖은 눈 밑에는 퉁퉁 부은 슬픔 주머니가 늘어졌다. 화장으로 전부 감추려 했지만 그들은 술의 손아귀에서 벗어날 수 없었고, 그들의 얼굴은 점차 시대에 뒤처진 화장과 헤어스타일의 박물관이 되었다. 애그니스의 미모가 여전한지, 아일랜드인 특유의 그 옅은 눈동자와 높은 광대, 늘 깨끗하고 달콤한 향이 나던 보드라운 분홍빛 피부가 변함없는지 알고 싶었다. 후더운 택시 안에서 셕은 욕정으로 달아올라 씩 웃었다. 어떤 말로 꼬드기면 마지막으로 한 번 더 그녀를 먹을 수 있을지 생각했다. 전날 밤에 목욕을 해서 다행이었다.

셕은 이 동네에 몇 년 만에 오는 것이었다. 애그니스가 아직도 그 집에 살고 있는 것을 전화번호부에서 확인했다. 그녀는 여전히 그의 성, 베인을 쓰고 있었다. 자존심 때문에 더럽고 미천한 아일랜드 이름으로 돌아가지 않는 것이라고 생각하며 셕은 웃었다. 집은 금세 찾을 수 있었다. 아름다운 장미 꽃밭이 음울한 탄광촌에서 지나치게 튀고 지나치게 화려했다. 현관문도 다른 집들과 다른 색이었다. 새로 칠한 빨간 페인트에서 반짝반짝 광택이 흘렀다. 자신감을 풍기는 문을 보니 기분이 좋았다. 셕은 문을 두드리고 애그니스가 나오길 기다렸다. 집 안에서 진공청소기 소리가 울렸다. 셕은 다시 한번 문을 두드렸다. 진공청소기가 멈췄다. 자물쇠가 달칵 돌아가며 빨간 문이 안쪽으로 열렸을 때 셕은 자신의 최고 미소를 지었다.

여름에 애그니스는 항상 창문을 열어놓았다. 열린 문으로 바람이 빨려 나와 셕의 흐늘흐늘하고 긴 머리를 흩날렸다. 셕은 반들거리는 대머리를 가리려고 헛되이 머리카락을 붙잡았고, 그런 그를 애그니스가 내려다보고 있었다. 셕의 얼굴에서 음탕한 미소가 사라졌다.

애그니스는 완벽히 맨얼굴이었다. 나이가 들었는데도 애그니스는 그들이 처음 만났을 때만큼이나 싱싱해 보였다. 뺨에는 잔주름이 생겼지만 눈은 여전히 반짝였다. 활기찬 산책에서 막 돌아온 것 같다고 셕은 생각했다. 밤하늘처럼 새까만 머리카락이 부드럽게 구불거렸다. 애그니스가 자신의 대머리를 내려다보고 있다는 생각에 셕은 화가 났다.

"여기 있구먼, 내 인생 최고의 사랑."

애그니스는 어리벙벙한 표정으로 그를 내려다봤다. 혀끝이 입천장에 파고들었다.

"사람을 보고 뭘 그렇게 놀라구 그래." 퉁명스럽게 내뱉자마자 셕은 이렇게 말해서는 애그니스가 넘어오지 않을 것을 알았다. 명랑하고 사근사근하게 말해서, 그녀가 여태 무엇을 놓치고 살았는지 상기시키고 싶었다. "오랜만이야. 안 보고 싶었어?"

"더 뚱뚱해졌네."

셕의 손이 머리에서 배로 내려갔다. "어, 그래. 어쩌면. 요리를 잘하거든. 우리 조우니가."

애그니스의 얼굴이 일그러졌다. "창녀가 재주도 많아."

"이봐, 당신 문 앞에서 싸우려고 온 게 아니야. 애 생일이라서 선물을 가져왔어." 셕은 싸구려 비닐봉지를 들어 보였다. "들어가도 돼?"

애그니스는 그를 가로막듯 가슴 위로 팔짱을 꼈다. 그리고 딱딱하게 표정을 굳혔다. "내 아들은 당신에게서 아무것도 필요로 하지 않아."

잠시 애그니스를 관찰하던 셕은 그녀를 영영 놓친 건 아닌지 불안해졌다. 물고기가 대체 어떻게 그물을 빠져나갔지? � 은 봉지에서 축구화 상자를 꺼내 애그니스에게 내밀었다. 그러나 애그니스가 팔짱을 풀지 않았기 때문에 셕은 상자를 신에게 바치는 제물처럼 애그니스의 발치에 내려놓았다. "당신도 알겠지만, 당신은 내 인생 최고의 사랑이었어." 그것은 사실이었고, 그래서 안타까웠다. "여기, 이건 당신 선물이야." 셕은 뒤로 물러나며 라거가 든 봉지를 내밀었다.

"그 시절은 끝났어." 애그니스는 냉랭하게 말했다.

"오!" 셕은 입술을 오므리고 감탄사를 외쳤다. "이번엔 얼마나 됐어?"

"의미가 있을 정도로 오래."

셕은 짝짝짝 손뼉을 쳤다. "어째 깜깜무소식이더라."

"그래서 얼마나 망가졌는지 확인하러 왔어?"

"난 당신 손바닥 안에 있나봐." 셕은 항복한다는 의미로 손바닥을 쳐들었다. "제가 들어가면 안 될까요, 베인 부인?" 셕은 최대한 은근하게 그녀의 이름을 들먹였다.

애그니스는 허락하지 않았지만 거절하지도 않았다. 애그니스는 휙 몸을 돌려 복도를 지나 부엌으로 갔다. 뒤에서 현관문이 닫혔고, 자물쇠가 잠기는 소리와 셕의 묵직한 발소리가 뒤이어 울렸다.

"집을 멋지게 꾸몄네. 맘에 들어." 셕은 작은 접이식 테이블 앞에 앉아서, 여전히 습기에 오그라져 있는 벽지의 모서리를 관찰했다.

냉장고와 커다란 냉동고를 힐끔거리며 무슨 돈으로 샀는지 궁금해하는 셕의 속내가 애그니스의 눈에 뻔히 보였다. 알코올중독에 시달리는 싱글맘이 대체 어떻게? 애그니스는 말없이 주전자를 올리고 빵통을 열었다. 종이 포일에 싸놓은 두툼한 식빵을 두 장 꺼내서 노란 버터를 두껍게 바르고 절반으로 잘라서 작은 접시에 담았다. 애그니스가 접시를 밀어주자 셕은 고맙다고 인사했다.

셕은 버터 바른 빵을 테두리부터 입에 욱여넣었다. 버터는 두껍고 달콤했다. "우리 캐프가 남아프리카공화국에서 잘 지낸다던데."

"캐서린? 그래, 그렇다고 들었어." 애그니스의 목소리에서 피로가 배어났다.

"소식 못 들었어?" 셕이 물었다.

"자주는 못 들어."

"그래. 뭐, 이제 당신 할머니가 될 거야."

애그니스는 조리대의 가장자리를 움켜쥐었다. 입에서 한숨이 새어 나왔다. "그렇다고 들었어."

"페기 베인이 가보기로 했어. 애기 나올 때 돌봐주려고. 사실 이럴 땐," 셕이 잔인하게 덧붙였다. "엄마가 필요하잖아. 와줄 사람이 시어머니밖에 없더라도."

"내가 무슨 돈으로 거기까지 가겠어?" 애그니스는 표정을 숨기려고 뒤돌아섰다. 진한 홍차를 우려내는 데 정신을 집중하려고 애썼다. 떨리는 손을 셕이 못 보기를 바랐다.

"조카 녀석은 아들이라고 확신하더군. 제일 좋아하는 삼촌 이름을 따서 휴라고 부르면 유모차를 사주겠다고 했지."

얼굴의 열기를 가까스로 다스리고 애그니스는 끓인 차를 테이블로 가져왔다. 셕에게 줄 차에는 설탕 세 숟가락을 넣고 우유를 가득 부었다. "설탕을 줄이려고 노력하는 중인데, 뭐 아무렴 어때."

"골칫덩이 심장 때문에?"

"어, 요즘도 가끔 말썽이야. 그래도 경련을 일으킬 땐 심장이 있다는 걸 알 수 있으니까." 셕은 껄껄 웃고 남은 식빵의 테두리를 접어 한입에 해치웠다. "내 아들은 어때? 지 아비를 좀 닮았나?"

"맙소사, 아니길 바라."

애그니스는 말없이 일어나 부엌에서 나갔다. 캐서린의 소식을 조용히 혼자 반추할 시간이 필요했다. 애그니스는 어디를 간다고 말하지 않고 나갔고, 셕은 버터 바른 빵을 하나 더 우걱우걱 먹으면서 새 가전제품들의 가격을 머릿속에서 계산했다. 남자가 있어. 셕은 생각했다. 셕은 앞으로 다가앉아 부엌문 밖으로 목을 쑥 빼고 두리번댔다. 버터가 묻어서 미끈거리는 손가락을 바지에 닦고, 애그니스가 침실로 갔을지도 모른다고 상상했다. 셕은 히죽거리면서 맥주를 챙긴 다음에 애그니스를 찾아 낯선 집을 헤매기 시작했다. 반쯤 열려 있는 문틈으로 고개를 들이밀 때마다 모든 것이 얼마나 깨끗하고 단정한지 한눈에 들어왔다. 조우니와 그녀의 고양이 털로 뒤덮인 소파, 그리고 침실 바닥에 널려 있는 지저분한 서랍이 떠올랐고, 어울리지 않는 침대보와 이불에서 빵 부스러기를 대충 털어내는 조우니의 모습이 눈앞에 생생하게 떠올랐다.

방을 기웃거리면서 복도를 어슬렁대던 중에 셕은 애그니스의 도자기 인형들의 슬픈 유리 눈과 정면으로 시선이 마주쳤다. 애그니스는 아직도 보이지 않았다. 셕은 현관문 바로 앞에 있는 마지막 침실에서 문을 등지고 서 있는 애그니스를 발견했다. 좁은 싱글베드 두 개가 있는 소년들의 방이었다. 문 옆의 낮은 탁자에 셔기가 장난감 로봇을 몇 개 세워놓았는데, 띄엄띄엄 떨어뜨린 로봇 사이에는 셔기가 아직 사지 못한 것들의 이름이 깔끔하게 적힌 메모지가 놓여 있었다. 애그니스와 영락없이 닮았다고 셕은 생각했다. 그녀가 얼마나 원하고, 원하고, 또 원했는지 거의 잊고 있었다.

"잘 둘러봐." 애그니스가 조용히 말했다. "그리고 가."

"축구 포스터가 안 보이네?" 셕은 텅 빈 벽을 둘러보며 말했다.

"셔기는 축구를 안 좋아해. 사실 포스터도 좋아하지 않아. 저속해 보인대."

셕은 꼼꼼히 정리된 작은 방에서 아들이 쓰는 쪽을 보았다. 아동기의 흔적이라고는 단정하게 진열된 장난감 로봇밖에 보이지 않았다. 이윽고 셕은 그것들의 정체를 깨달았다. 장난감 로봇은 슬픈 도자기 인형들을 받치는 선반 역할일 뿐이었다.

"다 봤어?" 애그니스가 피곤한 안내인처럼 물었다.

"충분히." 셕이 희미하게 비아냥거렸다.

"좋아." 애그니스는 딱딱한 미소를 띠고 말했다. 그리고 문을 가리켰다. "그럼 이제 꺼져."

애그니스는 흰옷들이 걱정됐다. 그해 여름내 뉴스에서는 체르노빌과 그곳에서 일어난 원전사고 소식뿐이었다. 슬프지만 멀게만 느껴졌던 그 소식을 체감하기 시작한 것은 가벼운 방사능 성분이 섞인 비구름이 아일랜드로 향하는 길에 스코틀랜드 서부에도 비를 뿌리고 있다는 뉴스가 보도된 후였다. 셔기가 그녀를 도와 뒷마당에서 빨래를 걷을 때 애그니스는 방사능 낙진이 찌든 얼룩을 빼주는 게 사실이냐고 물었다. 소년은 고개를 가로저었다. 아뇨. 낙진은 표백제랑 다른 거예요. 셔기는 배리 신부가 아이들에게 보여준 처참한 핵전쟁 만화에 관해 이야기하며, 낙진은 침대보를 통째로 부식시킬지도 모른다고 말했다. 아직 덜 마른 이불이 담긴 마지막 바구니를 가지고 들어오자마자 비가 부슬부슬 내리기 시작했다. 거실 창문을 통해 보았을 때 톡톡 튀는 빗방울은 여느 스코틀랜드 비와 다름없었다. 텅 빈 거리를 적시는 빗줄기를 바라보며 애그니스와 셔기는 방사능비가 태워버렸으면 하는 것들을 외쳤다.

"축구 연장 수업!"

"진티 맥클린치!"

"더티 마우스 맥아베니!"

"이 빌어먹을 동네 전부!"

"내 말이!"

3중 열선 전기난로 앞에 누워서 셔기는 다림질로 빨래의 습기를 마저 날리는 어머니를 바라보았다. 빨래에서 피어오르는 수증기 때문에 애그니스는 소맷부리에 끼워놓은 휴지로 계속해서 얼굴을 훔쳐야 했다. 애그니스가 윗니 의치를 빼고, 피어오르는 수증기 사이로 셔기에게 우스꽝스러운 표정을 지어 보였다. 자의식 강한 애그니스에게서 보기 드문 장난이었다. 그러나 그때, 전기난로의 숨 막히는 열기 속에서 셔기는 방사능비가 영영 그치지 않길 소원했다. 단둘이 이렇게 계속 갇혀 있으면 얼마나 좋을까. 그가 어머니를 영원히 보호할 수 있는 곳에.

빅 셕은 다시 한번 애그니스를 망가뜨리려 했다. 그들은 셔기의 아버지와 그의 방문을 입에 올리지 않았다. 셕에 대한 경멸의 표시로, 애그니스와 셔기는 그가 가져온 스페셜 브루를 모조리 진티에게 넘겨주는 의식을 거행했다. 두 사람은 옷을 멋지게 맞추어 입고 여봐란듯이 동네를 천천히 돌아 맥클린치네 집으로 갔다. 진티는 난데없는 방문에 놀랐다는 표정으로 멸시감을 숨기려 했지만, 애그니스와 셔기는 충실한 여호와의 증인 교인처럼 활짝 웃기만 했다. 비닐봉지를 보고 진티는 표정을 누그러뜨렸고, 둔탁하게 댕강거리는 맥주캔들의 종소리를 듣고서는 마치 부활을 목도한 사도처럼 경외로 얼굴을 빛냈다.

바로 그날 유진이 애그니스에게 전화했다.

애그니스의 첫 금주 생일 이후에 유진은 연락이 점차 뜸해졌다. 유진이 착한 남자답게 서서히, 아주 조심스럽게 거리를 두다가 결국 사라지리라 애그니스는 예상했었다.

유진은 택시 안에서 애그니스를 불렀다. 택시는 바로 이날을 위해 세차한 것처럼 반짝반짝 빛났다. 유진은 경적을 한 번 울렸을 뿐, 현관문에서 나오는 애그니스를 보고도 예전처럼 차에서 내려 뒷좌석 문을 열어주지 않았다.

콜린과 동네 여자들이 길 건너편 담장 앞에 나란히 서 있었다. 브라이디는 반쯤 마른 감자 프라이팬과 회색 행주를 들고 있었다. 유진의 디젤엔진이 으르렁대는 소리가 자신들의 일상을 방해했다는 듯이 여자들이 쏘아보았다. 애그니스가 그녀의 자랑스러운 남자와 떠날 때 콜린은 분노로 눈이 뒤집힌 것 같았다.

택시가 동네를 빠져나가는 길에 유진은 한마디도 하지 않았다. 유진은 성당을 지나치자마자 핏 로드에서 길을 꺾어 폐쇄된 탄광의 커다란 철문 앞에 택시를 세우고 시동을 껐다. 택시가 살아 있는 짐승처럼 그들의 발아래에서 떨림을 멈추었다. 밖은 칠흑같이 어둡고 고요했다. 유진은 작은 노란색 실내등을 켰다.

애그니스는 이곳에 온 적이 있다. 다른 택시운전사와 함께였다. 얼굴을 기억할 수 없는 남자. 그날이 떠오르자 가슴속이 선뜩했다. 애그니스는 거울에 비친 유진의 선량한 눈을 바라보았다. 먼저 입을 열면 어색한 말이 튀어나오고 상처받은 마음을 들킬 것 같아서, 애그니스는 담배를 찾아 핸드백을 뒤적이며 유진이 먼저 운을 떼고 대화의 흐름을 암시하길 기다렸다.

"난 그냥 끝내려고 했어." 유진은 그녀를 돌아보지 않고 조용히 말했다. "겁을 먹었나봐."

"내가 그렇게 무서워?"

"그 알코올중독자들이랑… 그 사람들의… 병 때문이야."

애그니스는 코트의 목깃을 방어적으로 여몄다. "글쎄, 걱정하지 마. 옮는 병이 아니야."

유진이 입을 열었다가 닫는 소리가 났다. 한참 후에야 그가 다시 입을 열었다. "바보같이 들리는 거 알아. 단지, 그치들 때문에 그래. 파티에 왔던 사람들 말야. 그치들은, 그니까, 너무 한심해 보였어."

이 말의 타격에도 애그니스는 움찔하지 않았고, 다음 순간 그녀 자신이 들어도 놀라운 말이 입에서 튀어나왔다. "유진, 당신이 알아야 할 것 같은데, 나도 '그치들' 중 하나야."

이런 말은 듣고 싶지 않다는 듯이 유진이 낯을 찌푸렸다. "모욕하려던 건 아냐. 다만, 당신은 정말 정상으로 보이거든."

"또 그 단어가 나왔네." 애그니스는 담배를 끄고 의치 안쪽을 혀로 훑었다. "유진, 괜찮아. 원망하지 않아. 알겠어. 부탁이니까 이제 그만 집에 데려다줘."

유진은 오랫동안 침묵했다. 유진은 그들 사이의 가림막을 올렸다. 택시가 몸을 떨며 살아났다. 눈부신 전조등의 불빛이 탄광의 망가진 입구를 비추었다. 빨간 페인트로 쓴 글씨가 벌써 색이 바랬다. 석탄도 없고, 영혼도 없고, 있는 건 실업수당뿐.

택시는 핏 로드로 꺾어 들어갔지만 동네로 돌아가는 짧은 길 대신 주도로, 즉 세상으로 나가는 방향으로 꺾었다. 애그니스는 몸을 기울이고 반지로 가림막을 두드렸다. 짜증이 났다기보다는 궁금해서였다. “집에 데려다달라고 했잖아.” 유진은 대답하지 않았고, 애그니스도 따지지 않고 다시 기대앉았다. 유진의 전화를 받은 순간부터 애그니스는 단 한 시간만이라도 집에서 벗어날 수 있다는 기대에 부풀어 있었던 것이다.

그들은 멀리 가지 않았다. 택시는 환한 주도로에서 좌회전하여 분리도로로 들어섰다. 쌩쌩 달리는 차들의 속도를 따라잡기가 무섭게 택시는 다시 속도를 늦추더니 어둑어둑한 자갈 진입로로 올라갔다.

애그니스는 골프 리조트를 본 적은 있지만 들어가보지는 못했다. 리조트는 이중 분리도로를 면해 있었기 때문에 차로만 진입할 수 있었고, 그것은 즉 그녀 부류의 사람들은 환영하지 않는다는 뜻이었다. 버스를 타고 지나가는 길에 애그니스는 재규어 등 고급 승용차들이 리조트로 들어가는 모습을 바라보곤 했다. 머나먼 동네의 저택에서 온 사람들이었다. 얼굴이 미끈한 남자들이 트렁크에서 골프채를 꺼냈고, 옆에서 기다리는 부인들은 스코틀랜드산 고급 모직 스웨터에 플랫슈즈를 신고 조그만 핸드백을 들고 있었다.

글래스고를 에워싼 녹지에 도시재정착 계획의 일부인 새로운 빈민가, 모두에게 잊힌 외딴 공영주택 단지들이 세워진 건 사실이었다. 같은 녹지가 또한 기막히게 고급스러운 호텔과 회원제 클럽을 품고 있다는 사실이 잔인하다고 애그니스는 생각했다. 두 세계는 서로 보기를 꺼렸다.

"여기 가는 건 아니지?"

"왜 안 돼?" 유진이 고급 승용차 두 대 사이에 덩치 큰 택시를 주차하며 말했다.

애그니스는 골프 클럽의 하얀 정문까지 길을 밝힌 정원 등불을 내다보았다. "여길 좀 봐, 우리 같은 사람들이 오는 곳이 아니야."

유진은 웃음을 터뜨렸다. "기분 나빠지려고 하는데."

애그니스의 가슴속에서 자존심이 고개를 쳐들었다. 애그니스는 치마 끝단을 끌어 내렸다. "아, 유진, 난 못 들어가. 옷을 제대로 차려입고 오지 않았어."

유진은 대꾸하지 않고 차에서 내려 뒷좌석 문을 열어주었다. 애그니스의 손을 잡기 위해 택시의 맨 구석까지 팔을 뻗어야 했다. 그의 따뜻한 손안에서 애그니스의 손이 갑자기 차갑고 작게 느껴졌다. 자존심 센 애그니스가 지금 겁에 질려 있었다. 순간 유진은 자신이 했던 말들이 떠오르며 미안한 마음이 들었다.

골프 클럽의 식당은 단출하게 꾸며져 있었지만 애그니스의 눈에는 무척 격조 있어 보였다. 탁 트인 커다란 식당의 한쪽 벽은 통유리로 되어 있었고, 그 너머로 18번 홀의 푸른 잔디가 펼쳐졌다. 식당 바닥에는 금색과 파슬리색이 섞인 페이즐리 무늬 카펫이 깔려 있었고, 벽에는 허리 높이까지 패널이 새겨져 있었다. 패널 위에 걸려 있는 클럽 회원과 유명 후원자들의 사진에서 애그니스가 아는 얼굴은 없었는데, 그녀는 자세히 보려고 사람들 앞에서 눈을 찡그리기는 싫었다.

기다란 타탄체크 치마를 입은 소녀가 흡연실 구석으로 그들을 안내했다. 구석 테이블 말고 환한 페어웨이가 내다보이는 유리창 근처 테이블을 달라고 유진이 요구했을 때 애그니스는 창피해서 죽고 싶었다. 소녀는 말없이 미소를 띠고 앞쪽에 가까운 테이블로 바꿔주었다. 유진은 자리에 앉으며 양옆 테이블 사람들에게 기운차게 인사했다. 사람들은 예의 바르게 고개를 끄덕였다.

메뉴의 이름은 고풍스러운 게일어였지만 애그니스는 닭 요리라는 것을 눈치챘다. 애그니스는 닭 요리와 감자튀김만 먹을 작정이었다. 그러나 유진은 애그니스가 전채 요리, 주요리, 후식을 전부 고르기 전까지 웨이터가 메뉴를 가져가지 못하게 했다. 애그니스는 며칠 동안 메뉴만 보고 있어도 행복했을 것이다. 어떤 요리인지도 잘 몰랐지만 갑자기 이것들이 눈앞에 펼쳐져 있고 그중 고를 수 있다는 사실에 정신이 아찔했다. 〈프리먼스〉 카탈로그를 볼 때와 비슷한데, 다만 훨씬 더 좋았다. 애그니스는 어떤 요리일지 짐작 가능한 것들을 시켰고, 그러고 나서 가격을 걱정하며 속을 태웠다.

"저기, 당신은 술 마시고 싶으면 마셔. 내 걱정은 하지 말고." 웨이터가 탄산이 보글거리는 콜라를 두 잔 가져왔을 때 애그니스가 말했다. 유리잔에 긴 빨대와 젓개가 꽂혀 있었다. "참 고급스러워 보인다, 그렇지?" 애그니스는 음료 젓개를 관찰하며 말했다. 도무지 긴장이 풀리지 않았다. "정말이야. 당신이 술 마셔도 난 괜찮아."

전채 요리로 새우칵테일이 나왔다. 유리그릇에 상추 잎을 깔고 가득 따른 걸쭉한 마리로즈 소스에 분홍색 냉동 새우가 담겨 있었다. 그릇의 테두리에는 두껍게 썬 레몬 조각을 둘렀다. 새우는 완전히 해동되지 않아서 차가웠는데, 유진은 식당이 잘못하는 거라고 지적했다. 애그니스는 아무 불만 없었다. 애그니스는 새우가 신선하다고 생각했고, 입에서 서걱거리는 새우의 깨끗한 얼음이 새콤달콤한 마리로즈 소스와 잘 어울리는 것 같았다. "나도 이 소스 만들어봤어. 레몬을 뿌릴 생각은 못 했는데. 그리고—"

유진이 애그니스의 말을 잘랐다. "당신한테 물어볼 게 하나 있어."

애그니스는 작은 포크를 내려놓았다.

"또 이야기 꺼내서 미안." 유진이 어색하게 말했다. "단지, 난 이해하려고 노력하는 거야. 그니까 그 사람들, 에, 그 모임 사람들이 말해줬어? 당신이 언제 나을 건지?"

웨이터가 빈 그릇을 치워 갈 때까지 애그니스는 입을 다물고 있었다. "당신에게 무슨 말을 해줘야 할지 모르겠어. 모임 사람들은 아무도 낫지 못한다고 말해. 적어도," 애그니스는 유진을 똑바로 바라보며 말했다. "당신이 생각하는 방식으로는 낫지 못한다고."

"하지만 당신이 이젠 다른 사람이라고 말했던 거 기억해? 그 남자 땜에 술을 마셨던 거라고. 글쎄, 이젠 상황이 달라졌잖아." 유진은 애써 말투를 누그러뜨렸다. "우리가 정말로 함께하게 되면 당신도 술 생각이 안 나지 않을까?"

"그렇게 해결되는 문제가 아닌 거 같아."

"안 되긴. 내가 있는데 당신이 왜 술이 필요하겠어? 불쌍하고 한심스러운 작자들이나 술독에 빠지는 거야. 당신을 봐. 제길, 날 보라구." 파스텔색 스웨터를 입은 옆 테이블 커플이 헛기침으로 눈치를 주었다. 유진은 목소리를 다시 낮추었다. "들어봐, 내가 하는 말은 단지 이거야. 난 당신이 좋아. 빌어먹을, 당신한테 존나 빠졌다고."

유진은 패배를 인정할 생각이 없었고, 그가 망가진 것이라면 무엇이든지 고치는 데 익숙한 남자라는 사실을 이제 알 것 같았다. 자기 자신이 앞마당에서 녹슬고 있는 엔진이 된 듯한 기분이었다. "뭐, 나도 당신을 좋아해."

웨이터가 주요리를 가져왔다. 웨이터는 손에 수건을 감고 뜨거운 접시를 조심스레 두 사람 앞에 내려놓았다. 애그니스는 자신이 시킨 로스트 치킨을 먼저 보고, 크리스마스선물을 확인하는 어린아이처럼 유진의 양고기를 보고 탄성을 질렀다. 유진은 음식을 무시하고 굵은 손가락으로 탄광촌을 가리켰다. "당신은 저 동네 최고 미인이야. 저기 여자들 대부분은 머리에 빗질 한 번 안 하는데, 당신을 봐. 하루 어느 때 봐도 당신은 완벽해." 유진이 앞으로 몸을 기울이고 말했다. "난 그냥 알아야겠어. 당신한테 더 빠지기 전에. 우리 관계가 정말 깊어지기 전에."

애그니스는 몹시 심란했다. 그래서 음식으로 화제를 되돌리려 했다. "정말 맛있어 보인다. 양도 많이 주네? 난 가슴살이나 허벅지살이 조금 나올 줄 알았지, 닭 반 마리가 나오리라곤 생각도 못 했어."

웨이터가 목을 가다듬고 더 필요한 것은 없느냐고 물었다. 유진은 괜찮다고 고개를 끄덕였다가 생각을 바꾸었다. "하우스 포도주 한 병 주쇼."

"적포도주를 드릴까요? 백포도주를 드릴까요?" 웨이터가 조용히 물었다.

유진은 뻣뻣하게 굳은 애그니스를 바라보았다. 그리고 웨이터에게 시선을 돌렸다. "닭 요리에는 백포도주가 낫겠죠?" 웨이터가 그렇다고 고개를 끄덕였다. 잘 어울릴 거라고 했다. 그래서 유진은 백포도주를 한 병 시켰다.

"마시기 싫으면 안 마셔도 돼." 유진이 조용히 말했다. "강요하진 않을 거야."

노릇노릇하고 촉촉해 보였던 닭이 이제는 메마른 사체처럼 그녀 앞에 놓여 있었다. 웨이터가 포도주를 가져왔다. 웨이터가 따라주겠다는 몸짓을 했을 때 애그니스는 말리지 않았다. 애그니스는 백포도주의 은은한 복숭앗빛이 앞마당에 심은 장미꽃과 같은 색이라고 말했다. "그거 알아? 피치로즈의 꽃말은 진심과 감사래."

두 사람은 앞에 놓인 포도주잔을 오랫동안 응시했다. 유진이 잔을 들고 두 사람을 위한 건배를 외쳤다. "우리를 위하여! 우리 같은 사람들이 또 어딨나? 아주 적지. 그리고 그들은 다 죽었네*." 애그니스는 억지로 입꼬리를 치켜올리고 콜라 잔을 들었다. 이제 콜라는 얼음이 녹고 김이 빠져 맹맹했다.

"그러고 보니 당신이 딸 얘기를 해준 적이 없어." 애그니스는 접시에서 닭고기를 들척이며 말했다. "이름이 버나뎃이라고 했나?"

"어, 이제 다 컸다고 할 수 있지. 세인트 루크 성당에서 탁아소 애들을 봐주고 있어. 그런 면이 지 엄마를 많이 닮았지. 두 사람이 아주 친했거든. 항상 뭔가를 같이 했어. 성당에서 봉사한다든지 탄광촌 과부들을 위해 기부금을 모은다든지." 유진은 뒷니 사이에 낀 양고기 연골을 빨았다. "한데 그 녀석은 너무 성수대 앞에만 진을 치고 있어서 말야. 둘이서 허구한 날 성당에 들락거렸지. 빌어먹을 성당 문지방이 닳아 없어질 정도였어."

"그래도 참 착한 것 같아." 애그니스는 말은 그렇게 했지만 콜린을 생각하면 내심 의심 가는 바가 있었다. "딸한테 내 얘기 했어?"

"아니." 유진이 딱 잘라 말했다.

"아!" 애그니스는 실망감을 훤히 드러낸 것 같아 자존심이 상했다.

"왜냐면 콜린이 벌써 말했거든."

---

* 스코틀랜드의 대표 시인 로버트 번스의 시에서 비롯된 전통 건배 인사.

애그니스는 한숨을 쉬었다. “칭찬 일색이었겠네.”

유진은 애그니스가 손대지 않은 포도주잔을 응시했다. “그렇다고 할 수 있지.”

식사를 마친 뒤에 그들은 택시를 모는 일과 주유소 매점과 남아프리카공화국과 그곳의 팔라듐 광산에 대해 이야기했다. 애그니스는 반쯤 남긴 닭의 잔해 밑에 큼직한 감자를 밀어 넣었다. 웨이터가 테이블을 치우고 후식으로 티라미수를 가져왔다. 유진이 포도주 한 병을 비우는 동안 애그니스의 잔에 담긴 복숭앗빛 포도주는 건드려지지 않은 채 점점 미지근해지고 있었다.

“더는 한 입도 못 먹겠어.” 애그니스는 티라미수를 멍하니 뒤적이며 말했다. “하지만 정말 맛있어. 이렇게 맛있는 커스터드는 처음 먹어봐.”

“여기에 위스키를 한 잔 곁들이면 멋지게 마무리될 텐데.” 유진은 마지막 티라미수를 떠서 입으로 가져가며 말했다.

“사실 난 위스키엔 별로 안 끌렸어. 상태가 가장 나빴을 때도 말야. 진이랑 비슷해. 위스키를 마시면 슬퍼지거든. 난 슬퍼지려고 술을 마신 게 아니야. 슬픔에서 벗어나려고 마신 거지.”

“그럼 뭘 마셨어?”

“음, 평소에는 맥주만. 돈이 있을 때는 보드카 반병. 힘든 날에 맞서 싸울 투지를 불어넣어줬어.” 애그니스가 말을 멈췄다. “하지만 필름이 심하게 끊겼지. 어쨌든, 취할 작정으로 마신 날엔.”

“그 여자랑 당신이 같은 사람이라는 게 믿기지 않아.” 유진은 말을 멈추었다가 덧붙였다. “당신이 지금 저 포도주를 한 입 마시면 어떻게 될 것 같아?”

"더 마시고 싶겠지."

"안 그럴지도 몰라."

"어쩌면." 애그니스는 말했고, 분위기를 띄우려고 덧붙였다. "유진, 엉큼한 짓을 하려고 날 취하게 할 필요는 없어."

"다행이네!" 유진은 테이블에 묻은 얼룩을 손으로 닦았다. "괜히 돈만 낭비할 뻔했잖아." 유진은 웃음을 터뜨렸다. 얼굴의 홍조가 짙어졌다. "이거 봐, 당신을 취하게 만들려는 게 아니야. 그저 당신이 한 잔 마셨으면 좋겠다는 거야."

"하지만 왜?" 애그니스는 돌연 몹시 피곤했다.

"왜냐하면… 왜냐하면 정상적인 사람들은 그렇게 할 수 있으니까." 유진이 미지근한 포도주잔을 밀었다. "그냥 한 모금만 살짝 마셔봐. 우애의 표시로. 괜찮을 거야. 당신이 문제를 일으키면 내가 여기 사람들 시켜서 당신을 쫓아내라고 할게. 당신은 집에 걸어가야 할 거야." 유진은 가느다랗고 우아한 스템을 잡고 잔을 밀었다. "괜찮을 거야. 당신은 이제 그런 사람이 아니야."

애그니스는 잔을 들고 포도주를 코 아래로 가져갔다. 미지근한 포도주에서 햇살 같은 향기가 올라왔다. "난 사실 포도주는 별로야." 애그니스는 잔을 다시 밀어내며 말했다.

"에이, 겁쟁이."

실로, 애그니스는 두려웠다. 사실 완전히 겁에 질려 있었지만 유진에게 들키기 싫었다. 애그니스는 크리스털 잔을 입으로 가져갔다. 한 모금이 목구멍 뒤로 넘어갔고, 그녀가 기억하지 못하는 방식으로 뜨겁게 식도를 찢으며 내려갔다. 포도주의 맛은 전혀 햇살 같지 않았다. 식초에 절인 사과처럼 씁쓸했다. "됐어?" 애그니스는 잔을 내려놓고 말했다.

"봤지?" 유진이 진정 신이 나서 외쳤다. 유진은 자리에서 벌떡 일어날 태세였다. "갑자기 몸에 불이 붙지도 않았고 머리통 하나가 더 튀어나오지도 않았어." 유진은 포도주가 남은 자기 잔을 애그니스의 잔에 가까이 대며 건배를 청했다. "건배! 당신이 정말 자랑스러워. 내 동생이 허튼소리 하는 줄 내 다 알았지."

유진이 옳았다. 그녀는 아무렇지 않았다. 콜린이 틀렸다. 애그니스의 가슴속에서 안도의 물결이 출렁였다. 애그니스는 천천히 포도주를 다 마셨다. 유진이 그녀에 대해 한 말이 사실이길 바랐다. 그녀가 AA 모임 사람들을 이겼으며 이제 정상적으로 살 수 있을 것 같았다.

웨이터가 계산서를 가져오자 유진은 야간 택시 운전으로 번 돈을 돌돌 말아놓은 뭉치에서 작은 단위 지폐를 빼서 계산했다. 테이블에서 일어날 때 애그니스는 배 속이 따뜻했다. 유진은 우람한 팔을 애그니스의 허리에 두르고, 작은 회원 전용 바로 그녀를 이끌었다. 아름다운 커플이라고 감탄하듯이 바라보는 사람들의 시선을 느끼며 애그니스는 행복해했다. 두 사람은 어두운 구석 자리에 몸을 밀착하고 앉았다. 유진은 그녀의 귓불에 입을 맞추었고, 애그니스는 보드카 토닉을 주문하고, 주문하고, 또 주문했다.

택시는 급회전하여 어두컴컴한 길로 접어들었다. 도로에 다른 차가 없던 것은 순전히 행운이었다. 뒷좌석에서 애그니스는 이리저리 흔들리며 의식을 잃었다가 깨어나기를 반복하고 있었다. 유진은 폐광된 탄광 입구에 다시 차를 세웠다. 어둠 속에서 그들은 몸을 섞으려 했지만 자세가 어색해서 아팠고, 어렴풋이 가물거리는 끔찍한 기억이 애그니스의 몸을 뻣뻣하게 굳혔다. 어설프게 허리를 들썩이는 유진의 주머니에서 동전이 굴러떨어졌다. 애그니스는 돈을 받고 섹스하는 기분이었다.

애그니스가 가까스로 열쇠를 자물쇠에 꽂았을 즈음엔 이미 복도에 불이 들어왔다. 현관문 앞으로 고꾸라지면서 애그니스는 모헤어 코트가 우둘투둘한 석면에 걸리는 것을 느꼈고, 스타킹의 이음매가 찢어지는 소리를 들었다.

애그니스는 자신이 릭에게 웃어주었다고 확신했다. 그래서 아들이 왜 그렇게 화가 났는지, 왜 자신에게 고함을 지르는지 이해할 수 없었다. 그녀가 이해할 수 있는 것은 오직, 릭이 유진에게 달려들어 굵은 목에 주먹을 퍼붓고 있다는 것. 그녀가 기억할 수 있는 것은 오직, 다른 침실의 문이 열렸고, 어린 소년이 그의 할머니와 똑 닮은 근심스러운 표정으로 문가에 서 있었다는 것. 소년의 얼굴은 실망과 눈물로 범벅이었고 잠옷의 앞면이 오줌으로 진하게 물들어 있었다.

23

크리스마스가 왔다가 지나갔다. 애그니스는 새해맞이를 일찍 시작했다. 호그머네이*가 저물 즈음에 애그니스는 안락의자 반대쪽에 보드카를 반쯤 숨겨놓고 몰래 홀짝이는 것을 그만두었다. 텔레비전에서 새해 카운트다운을 준비할 즈음에 그녀는 보란 듯이 스페셜 브루를 따서 머그잔에 폭포처럼 콸콸 따랐다. 새해를 알리는 종이 울리려면 아직 몇 시간이나 남았지만 애그니스는 이미 자신을 망가뜨린 남자들의 목록을 작성하고 있었다.

릭이 서서히 사라지는 것을 애그니스가 만일 눈치챘다 해도 그녀는 아무 말도 하지 않았다. 크리스마스부터 새해 전날까지 일주일 내내 릭은 잠으로 도피했다. 밤에는 히치하이크해서 시내로 나가, 글래스고 중앙역 아래 아케이드에 즐비한 슬롯머신에서 훈련소 급료를 낭비했다. 호그머네이에 릭은 몰려오는 먹구름을 미리 대피하는 사람처

* 스코틀랜드에서 한 해의 마지막 날을 의미하는 말. 일반적으로 12월31일에서 1월 1일까지 이어지는 축제를 뜻한다.

럼 평소보다 일찍 사라졌다.

집에 남겨진 셔기는 술 취한 애그니스가 현관문과 전화기에 가까이 가지 못하게 막았다. 창가에서 셔기는 이웃들의 거실에 들어오는 크리스마스 불빛을 바라보며 흰색 레이스 커튼을 한 주먹씩 입에 넣었다. 입이 미어지게, 허기가 사그라질 때까지 커튼을 입에 구겨 넣었다. 어머니가 보는 앞에서 좋은 커튼을 더럽히며 어머니가 꾸중하길 바랐지만 애그니스는 아무 말도 하지 않았다.

맥아베니 아이들이 명절을 맞아 찾아온 빅 제임시와 시간을 보내고 선물로 받은 새 자전거를 타는 동안 셔기는 애그니스의 발치에 조용한 그림자처럼 앉아 있었다. 밑이 빠진 듯한 머그잔의 술을 끝없이 들이켜는 어머니를 묵묵히 바라보기만 했다. 또다시 애그니스는 그의 아버지에 대한 끔찍한 이야기를 들려주기 시작했다. 일 년간 치워두었던 책을 되펼치고 이야기를 이어가듯이.

6시 뉴스가 끝날 무렵에 애그니스는 거나하게 취한 채로 침대에 걸터앉아 진티 맥클린치와 통화하고 있었다. 셔기는 복도를 조용히 걸어가 어머니의 침실 문에 등을 대고 앉았다. 종형 곡선처럼 점점 아래로 치달리는 어머니의 기분이 방문의 얇은 합판을 통해 전달되었다. 어머니가 잠들 때까지, 그래서 자신이 쉴 수 있을 때까지 몇 시간이나 남았는지 헤아려보았다.

카세트플레이어에서 음악이 흘러나왔다. 불길한 징조였다. 셔기는 경계심 많은 유령처럼 어머니 방에 슬그머니 들어갔다. 애그니스는 검은 반투명 스타킹에 검은 레이스 브래지어만 입고 담배를 피우고 있었다. 셔기는 어머니를 위해 스타킹을 자주 샀다. 자존심 센 애그니스는 해진 스타킹을 신고 외출하지 않았다. 그래서 셔기는 어머니의 정확한 치수와 좋아하는 색상을 알았다. 어머니에 대한 모든 기억에 반투명 스타킹과 프리티폴리라는 이름의 새까만 스타킹이 드리워 있었다. 행복한 기억에도, 슬픈 기억에도.

이날처럼 어머니가 유난히 괴로워하는 날에는 스타킹이 더럽고 사악하게 느껴졌다. 장밋빛 피부에서 도드라지는 검은 스타킹이 그녀가 다른 엄마들처럼 적절한 옷차림을 하고 있지 않다는 사실을 부각했다. 팬티스타킹의 밴드가 어머니의 부드러운 뱃살에 분홍색 자국을 남겼다. 그 자국에 타인의 시선이 닿으면 안 될 것 같았다. 어머니가 제발 좀 가리기를 바랐다.

애그니스는 셔기가 집에 있다는 사실조차 잊고 있었다. 거울에 비친 셔기를 마침내 발견하고 애그니스는 꾹 다문 입으로 예의 그 멍한 미소를 지었다. 애그니스는 검은 가죽 핸드백 깊숙이 손을 넣어 50펜스짜리 동전을 꺼냈다. "옷차림이 그게 뭐니." 애그니스가 말했다. "네가 아직도 잠옷 차림이면 우리가 어떻게 새해를 축하하겠어?" 어머니는 동전을 주면서 욕조에 물을 받으라고 했다.

셔기는 어머니를 이런 상태로 혼자 두기 싫었다. 지금 집에 있는 것은 어머니의 육신뿐이라는 것을 알았다. 애그니스는 셔기의 허리에 팔을 두르고 가까이 끌어당겨 입술에 입을 맞추었다. 맥없이 벌어진 입술 사이로 새어 나오는 숨결이 뜨거웠다. "깨끗하게 씻어야 해." 애그니스가 당부했다. "새해를 제대로 맞이하고 싶어."

미지근한 물이 욕조에 반쯤 찼을 때 셔기는 조심스럽게 들어갔다. 비누로 머리를 감고 물속에 누워, 어머니가 그에게서 숨긴 다음에 본인도 잊어버린 술을 찾아 집을 뒤지는 소리를 들었다. 셔기는 유진이 준 빨간색 축구 경기 가이드를 꺼내 전년에 열린 모든 경기의 결과와

팀 이름을 외우기 시작했다. 무의미한 숫자들이 머릿속에 새겨질 때까지, 셔기는 참회하는 마음으로 자신만의 성모경을 읊조렸다. 새해에는 달라질 것이다. 새롭게 거듭날 것이다.

셔기의 호그머네이 의상은 침대에 가지런히 놓여 있었다. 검은 와이셔츠에 흰 넥타이. 흑백 갱스터 복장이었다. 매우 특별한 파티에 갈 채비를 하는 권태기 부부처럼 두 사람은 침묵 속에 나란히 옷을 갈아입었다. 셔기는 비틀거리는 어머니에게 손을 빌려주고 치마의 지퍼를 올려주었다. "자, 우리 아들을 좀 볼까." 애그니스는 매니큐어 바른 손으로 셔기의 코를 쓸어내렸다. "아이고, 완전 미남이네!" 애그니스가 감탄하며 고개를 흔들었다. "아비라는 그 염병할 돼지새끼랑은 딴판이야."

애그니스는 플라스틱 묶음에서 미지근한 스페셜 브루를 뺐다. 사랑스럽다는 듯이 맥주캔을 지그시 바라보다가 셔기의 손에 엄숙하게 쥐여주었다. "자, 이걸 콜린에게 전해줘. 내가 새해 인사로 보냈다고 해. 그리고 네 근사한 옷차림을 실컷 구경하게 해주는 거 잊지 마." 애그니스의 입술이 신랄한 미소로 일그러졌다. "콜린 이모한테 꼭 말해. 나랑 유진이 보내는 새해 인사라고. 알았지?"

집집마다 거실 창가에서 크리스마스트리가 자랑스럽게 빛을 뿜고 있었다. 새해 첫 손님*이 되려고 벼르고 있던 검은 머리 소년들은 일찌감치 석탄을 들고 사방팔방 뛰어다녔다. 셔기는 콜린의 집까지 몇 발자국 안 되는 길을 느릿느릿, 스노우베리 덤불을 에두른 담장을 따라 걸었다. 콜린에게 어머니의 새해 인사는 물론 술을 전달할 생각은

---

* 머리 색이 짙은 남자가 새해 첫 손님이어야 그해 운이 좋다는 믿음에서 비롯된 풍습. 손님은 대개 석탄이나 쇼트브레드, 검은 빵, 위스키 등을 가지고 간다.

추호도 없었다.

길을 건너며 셔기는 다른 사람들은 이날 무엇을 먹었을지 궁금해했다. 다들 추위를 피해 실내에 모여 앉아 포만감에 배를 두드리고 있으리라 생각했다. 콜린의 집 밖에서 스노우베리를 손으로 짓이기며 셔기는 작년 호그머네이에 맑은 정신인 애그니스가 만들어주었던 스테이크 앤드 버터 샌드위치를 기억했다. 그날 셔기는 소파에서 형과 어머니 사이에 끼어 앉아 페퍼민트 초콜릿을 먹었고, 조지 스퀘어에 모인 군중이 노래를 부르며 종을 가져오는 모습을 텔레비전으로 보았다.

맥주캔을 어떻게 처리할지 막막했다. 셔기는 콜린의 나지막한 석탄함이 드리운 그림자 속에 쪼그려 앉아서 캔의 고리를 당겼다. 고리를 따자 맥주의 효모 냄새가 흘러나왔고, 익숙한 그 냄새가 차가운 공기에 무겁게 깔렸다. 셔기는 캔 위로 올라온 맥주 거품을 조심스럽게 핥았다. 거품의 맛은 무해했다. 쌉싸름한 공기처럼 가볍고, 차가운 수도꼭지를 입에 넣었을 때처럼 싸한 금속 맛이 났다. 허기와 기대감이 배 속에서 요동쳤다. 무엇이라도 넣어달라고, 맛을 보여달라고 아우성이었다. 셔기는 거리를 등지고 앉은 채로 동물처럼 웅크리고 라거를 한 모금 마셨다. 속이 아프지 않았다. 김빠진 탄산음료를 뻑뻑한 잡곡빵과 함께 먹는 것 같았다. 셔기는 한 모금 더 마시고, 또 마셨다. 투덜거리던 배가 차츰 조용해졌다.

맥주가 배 속에 퍼뜨린 온기와 어질한 기분이 좋았다. 허기가 사그라지기 시작했고, 정신이 살짝 아득했다. 그때 디젤엔진 소리가 가까워졌다. 어머니가 짧은 치마 위로 보라색 코트를 여미며 울퉁불퉁한 길을 휘청휘청 걸어오고 있었다. 어머니는 운전사에게 교태를 부리며 무엇이라고 말하고, 볼썽사나운 자세로 택시 뒷좌석에 들어갔다. 택시운전사는 국민건강서비스가 지원하는 두꺼운 안경을 쓰고 있었다. 확실히, 유진은 아니었다. 다음 순간 택시는 핏헤드를 빠져나갔고, 셔기는 공황에 빠졌다.

유진이 어머니를 술독에 다시 빠뜨린 그날 이후 사 개월 하고도 십삼 일이 흘렀고, 그동안 빨간 머리 택시운전사는 일주일에 두세 번 찾아왔다. 항상 유진은 릭이 훈련소로 떠날 때까지 기다렸다가 몇 분이 지난 뒤에 조용한 집으로 슬그머니 들어왔다. 그 시간에 텔레비전 미터기를 맞출 수 있을 정도였다.

골프 클럽에 갔던 그날 밤 이래 유진은 현명하게 릭을 피해왔다. 애그니스가 현관 앞 카펫에 드러누워 흥얼거리는 동안 릭은 사각팬티 바람으로 울부짖으며 유진을 거리로 밀쳐냈다. 물론 유진은 릭을 쉽사리 제압할 수 있었겠지만 눈이 돌아간 릭의 분노에 기가 죽어 순순히 복종하며 복도에서 보도의 연석까지 쫓겨나는 내내 미안하다고 빌었다.

그날 밤 유진은 죄책감에 잠을 이룰 수 없었다. 다음 날 아침 일찍 유진은 못마땅한 표정으로 힐끔대는 딸을 피해 복도의 전화기를 화장실로 가져간 다음에 문을 잠갔다. 전화로 애그니스를 깨워서 탄광 입구에서 다시 만났고, 유진은 술을 강요한 것을 사과하며 그녀가 다시 금주할 수 있게 돕겠다고 약속했다. 싸늘한 택시 뒷좌석에서 애그니스는 유진에게 걱정하지 말라며 키스했다. 애그니스의 흐늘거리는 혓바닥은 힘이 없고 부은 것 같았다. 애그니스의 입에서 풍기는 라거 냄새가 간밤에 마신 것이라고 유진은 믿고 싶었다. 그러나 고개를 못 가누고 까닥거리는 애그니스를 바라보던 중에 유진은 골프 클럽에서 그녀가 맥주를 한 모금도 마시지 않았다는 것을 기억했다.

그날 이후에 유진이 도망치리라 셔기는 예상했다. 그러나 유진은 꾸준히 찾아왔고, 유진이 방문하는 아침이면 셔기는 교복을 입고 전화기 탁자에 앉아서 어른들의 대화를 들었다. 셔기는 무릎 위에 숙제를 펼치고 학부모 서명이 필요한 자리에 낡은 펜으로 어머니의 이름을 신중히 적었다. 할머니와 함께 살던 시절에 어머니의 카포디몬테 유사품을 가지고 놀다가 망가뜨린 일이 문득 기억났다. 도자기 인형은 낭만적인 농부 소년이었다. 농부 소년은 무딘 낫을 휘두르며 먼 곳을 바라보고 있었는데, 그 표정이 너무나도 야릇하고 애틋해서 마치 세상에서 가장 황홀한 석양을 감상하고 있는 것 같았다. 애그니스가 도자기 인형을 건드리지 말라고 누누이 일렀지만 셔기는 도저히 참을 수 없었고, 어느 일요일에 어머니가 목욕하는 사이에 인형을 떨어뜨리고야 말았다. 농부 소년의 팔이 떨어지고 낫이 부서졌다. 셔기는 할머니의 어두운 건조 옷장에 부서진 도자기 인형을 숨겼다. 뜨끈뜨끈한 보일러 옆에 앉아서, 접착테이프부터 굳은 쌀 푸딩까지 별의별 것을 다 이용해 팔을 붙이려고 노력했다. 일주일간 셔기는 기적이 일어나길 기도하며 매일같이 농부 소년을 찾아갔다. 건조 옷장에 들어가 있지 않을 때는 인형을 생각하며 애를 태웠고, 건조 옷장에 들어가서는 잘못을 뉘우치며 울었다. 그렇게 일주일간 마음고생을 한 끝에 셔기는 겁에 질려 건조 옷장 속의 인형을 저버렸다. 다른 누군가가 찾아서 고치라고 낡은 목욕수건 사이에 숨겨놓고 떠나버렸다.

전화기 탁자에 앉아서 셔기는 자신이 망가뜨린 도자기 인형을 다시 떠올렸다. 어른들이 아침에 사용하는 목소리로 조용조용 나누는 대화에서 밤새워 일한 유진의 피로가 느껴졌다. 벽지 샘플북을 가져온 유진이 산뜻한 들꽃 무늬와 작은 백합 문양이 들어간 화려한 벵갈 줄무늬 중 무엇이 마음에 드냐고 어머니에게 묻고 있었다. 어머니가 숙취 때문에 입을 꾹 다물고, 유진이 아침으로 먹을 간을 튀기는 데 온 힘을 쏟고 있다는 것을 셔기는 복도에 있는 전화기 탁자에서도 알 수 있었다.

"이건 일도 아니야." 유진이 제법 활발한 어조로 말했다. "부엌 전체를 하루 만에 할 수 있어. 곰팡이 지우는 비법을 아버지가 옛날에 가르쳐주셨거든. 아침에 벽을 사포질하고, 오후에 와서 벽지를 바르면 돼. 순식간에 새 부엌처럼 보일 거야."

"응, 그럼 그렇게 해." 애그니스가 작은 목소리로 말했다.

"당신 괜찮아?"

"응." 애그니스는 말했다. "머리가 좀 지끈거리는 것뿐이야."

유진이 두꺼운 벽지 샘플북을 덮는 소리가 들렸다. 책자 위로 손바닥을 펼치고 있는 모습이 눈에 선했다. "오늘은 술을 안 마시면 어떨까. 마시고 싶은 충동이 들면, 산책이나 그런 걸 해도 좋겠지."

침착하고 담담하게 말하려고 애쓰는 어머니의 목소리가 들렸다. 까칠까칠한 나무판자를 사포질하듯 비아냥거림의 가시를 갈아내고 있었다. "산책. 그래, 어쩌면 그게 도움이 될지도 모르겠다."

이로부터 몇 주가 지나고 부엌에 새 벽지가 발라졌을 즈음엔 유진의 입에서 그런 조언이 쏙 들어갔다는 것을 셔기는 눈치챘다. 유진은 술을 꼭 마셔야 한다면 어쩔 수 없지만, 최소한 택시 회사에 자꾸 전화해서 자기를 찾지는 말아달라고 부탁했다. 셔기는 전화기 탁자에 다시 앉아 귀퉁이가 잔뜩 접힌 전화번호부를 펼치고 잇자국이 가득한 펜을 들었다. 전화번호부에서 유진의 이름을 찾아 전화번호의 숫자

6을 8로 바꾸었다. 그리고 유진이 일하는 회사의 전화번호를 찾아서 1을 전부 7로 최대한 감쪽같이 바꾸었다.

셔기가 시선을 들었다. 유진이 십자드라이버를 들고 부엌 문턱에서 있었다. 유진은 복도를 오락가락하며 문틀마다 경첩에 드라이버를 대고 나사가 나무에서 끼익, 비명을 지를 때까지 조였다. "생각해봤는데," 유진이 애그니스에게 말했다. "다음 주에 차를 수리해야 해. 그래서 며칠 쉴 것 같아. 밤에 데이트 갈까? 정말로 밤에 하는 데이트 말야. 골프 클럽에 다시 가서 당신이 좋아하던 새우칵테일을 또 먹어도 좋겠지. 이번엔 나도 술을 안 마실까 해. 이번엔 아무도 술을 마실 필요가 없을지도 몰라."

셔기는 더러운 머그잔을 들고 유진을 지나쳐 부엌에 들어갔다. 어머니는 식탁 앞에 앉아 양손으로 머리를 감싸고 두피를 꾹꾹 누르고 있었고, 무릎 사이에는 양동이를 끼고 있었다. 새로 바른 벽지는 참 고왔다. 노랗고 파란 꽃이 흐드러진 벽지 덕분에 작은 부엌이 화사해졌다. 더구나 유진은 작은 블루벨이 전부 일렬로 놓이도록 재치 있게 벽지를 발랐다. 벽의 곰팡이도 깨끗이 사라졌지만, 창문으로 시선을 돌리는 순간 창밖의 갈색 습지가 거대하고 네모난 얼룩처럼 사랑스러운 봄날의 들판 풍경을 망가뜨렸다.

지금 셔기는 맥아베니네 집 밖에 쪼그려 앉아서 남은 맥주를 메마른 풀에 쏟아붓고 있었다. 수치심을 느끼며 빈 캔을 셔츠 안쪽에 숨겼다. 셔기는 아슴아슴한 정신으로 길을 건넜다. 현관문은 빼꼼히 열려 있었고, 모든 전등에 불이 들어와 있었다. 도저히 믿을 수 없었다. 어머니가 집 안 어딘가에 있을 것이라고 끝까지 믿으며 셔기는 빈집을 헤매고 다녔다. 텅 빈 부엌 찬장을 샅샅이 뒤져보니 구석에 커스터드 캔이 하나 남아 있었다. 셔기는 캔을 따고 숟가락을 깊이 꽂았다. 달콤한 크림이 배 속에 들어가 부글거리는 맥주를 가라앉혔다. 셔기는 낮은 탁자에 앉아 커스터드를 허겁지겁 퍼먹었다. 텔레비전에서는 행복한 군중이 조지 스퀘어에 모여들고 있었다.

악단의 새해 축하 공연이 절정에 이르렀을 즈음 셔기는 어머니가 집에 금세 돌아오지 않으리라는 사실을 받아들였다. 사람들은 신이 나서 서로 얼싸안고 노래를 불렀다. 어머니를 그리워하는 자신이 어린애 같았다. 불공평했다. 모두 제멋대로 그를 떠났다.

셔기는 메모나 단서, 어머니의 행방을 알려줄 보물 지도를 찾아 집을 뒤졌지만 아무것도 보이지 않았다. 검은색 빙고 가방에는 매직펜이 전부 그대로 들어 있었다. 셔기는 복도에 있는 전화기 탁자로 가서 누구에게 전화하면 좋을지 고민했다. 전화기 옆에 놓인 빨간 전화번호부에는 애그니스가 아는 사람들의 주소가 전부 들어 있었다. 애그니스는 종교적인 성실함으로 수첩을 관리했고, 몇몇 이름에 빡빡 그어진 줄에서는 분노가 스며 나왔다. 깔끔한 필기체 옆에 아예 다른 여자가 갈겨쓴 듯한 글씨로 짧은 메모가 적혀 있었다. 낸 플래니건. 1978년에 엄마한테 빌린 돈을 아직도 안 갚았음. 앤 마리 이스턴. 두 얼굴의 창녀. 데이비 도일. 아빠 장례식에 남색 정장을 입고 왔음. 그리고 브렌든 맥가윈. 오직 노예와 가정부를 원했음.

전화번호부에는 성 없이 이름만 적혀 있는 사람들도 많았다. 대부분 AA 모임에서 만난 사람들일 거라고 셔기는 짐작했다. 어떤 번호에는 추가로 묘사적인 문구를 곁들였다. 동명인 사람들을 구별하기 위한 것이었다. 셔기는 AA 모임 사람들이 성을 공개하지 않는 것이 우습다고 생각했다. 한 사람의 성은 개인적인 정보이므로 어쩌면 익명

성을 보장하기 위한 것인지도 몰랐지만, 그보다 더 큰 이유는 아마 사람들이 하도 자주 바뀌어서 이름보다는 외모를 묘사하는 편이 기억하기 편해서였을 것이다. 셔기는 낯익은 이름들이 적혀 있는 페이지를 들척였다. 월요일-목요일 피터. 대머리 덩치 피터. 메리 돌. 메리 돌의 친구 지넷. 컴버널드 출신 캐시. 그리고 진저 지니*. 혼란스럽게도 지니의 이름은 J로 시작하는 이름이 아니라 G로 시작하는 이름들과 함께 있었고, 셔기는 이것이 몹시 거슬렸다.

어머니의 행방은 어림짐작도 불가했다. 어쩌면 2월까지 어머니를 못 볼지도 모른다는 생각에 더럭 겁이 났다. 셔기는 두꺼운 전화번호부에 대고 고함을 질렀다. "씨발, 어디 갔어? 말해!"

스코틀랜드의 호그머네이 파티는 이틀이나 이어지는 전설적인 파티였다. 애그니스 부류의 글래스고 주민들에게 새해 파티는 끝나지 않았다. 핏헤드에서 처음 맞이한 새해에 셔기는 며칠 연속으로 파티하는 집을 보았다. 애그니스는 1월 6일에도 취해 있었다. 셔기가 봄학기를 맞아 교복을 챙겨 입기 시작했을 때 릭의 인내심이 한계에 다다랐다. 릭은 참을성이 많았지만, 엿새째 되던 날 그는 검은 쓰레기봉투를 들고 집을 뒤엎으며 더러운 광부 두 명을 얼어붙은 길가로 내쫓았다.

릭을 생각하며 셔기는 시끄럽고 번쩍거리는 슬롯머신 앞에 앉아 있는 형의 모습을 상상했고, 그러자 가슴속이 딱딱하게 굳었다. 형과 하는 '수건돌리기'에서 술래가 되는 데 질렸다. 셔기는 수화기를 든 채 하릴없이 아랫입술을 잡아 뜯으며 수화기에 배어 있는 어머니의 립스틱 향기와 메스꺼운 담배 냄새를 킁킁댔다. 베이지색 수화기를 귀에

* Ginger Jeanie. 진저는 오렌지색에 가까운 붉은 머리를 지닌 사람들을 일컫는다.

대고 발신음을 들으며 마음을 진정시켰다. 다이얼 버튼을 바라보던 셔기가 마침내 빨간색 재다이얼 버튼을 알아차리고 눌렀다.

통화연결음이 한참 울리고 나서야 누군가 전화를 받았다. 뒤에서 시끄럽게 울리는 옛날 노래 때문에 여자의 말을 알아듣기가 힘들었다. "여보세요? 여보세요? 누구세요?" 여자가 소리쳤다. 여자의 목소리는 담배 연기에 잠기고 취기에 늘어져 있었다.

"어, 저희 엄마 거기 계시나요?" 셔기는 허리를 곧추세우며 물었다.

"누구?" 여자는 방해를 받아 성가신 듯했다. "얘, 니 엄마가 누구니?"

"저희 엄마는 애그니스 캠벨 베인이에요." 셔기가 대답했다. "셔, 아니, 휴가 전화했다고 전해주세요." 셔기는 말을 삼켰다. "집에 커스터드가 다 떨어져서 전화했다고요."

여자는 떠들썩한 방으로 고개를 돌렸다. "여기, 애그니스라는 여자 아는 사람 있어?" 여자가 방에 있는 사람들에게 물었다.

다른 목소리가 들렸고, 여자가 다시 말했다. "잠깐 기다려라, 꼬마야. 새해 복 많이 받구, 알았지?" 셔기가 대답하기 전에 여자는 수화기를 내려놓았다. 배경에서 웃고 떠드는 남녀의 목소리가 들렸는데, 멜랑콜리한 스코틀랜드 음악을 벌써부터 듣고 있는 걸로 미루어 나이가 꽤 많은 사람들 같았다. 한참 동안 셔기는 배경 소리에 귀 기울이며 여자가 돌아오기를 기다렸다. 여자가 그를 잊어버린 게 확실하다고 생각한 순간 목소리가 들렸다.

"셔, 여보세요?" 익숙한 목소리가 웅얼댔다.

"엄마? 저예요."

애그니스는 한동안 침묵하다가 혼란스러워하며 말했다. "왜 전화했어? 지금 몇 시니?"

"집에 언제 와요?"

"지금 몇 시인데?"

셔기는 복도 벽의 모서리 너머로 고개를 뺐다. 텔레비전 화면에서 흘러나오는 불빛 덕분에 작은 시계가 어렴풋하게 보였다. "10시 30분. 아니, 거의 11시예요."

대답이 없었다. 라이터를 켜고 담배를 빠는 소리가 들렸다. "그래, 그럼 넌 이제 잠자리에 들어야지."

"집에 언제 와요?"

"셔기, 괜히 걱정하지 마. 엄마도 파티를 즐겨야 하지 않겠니? 정말 오래됐어, 휴." 어머니가 말끝을 흐렸다. "내가 젊었을 적엔 얼마나 많은 파티를 약속받았는데. 왜 내 파티를 망치려고 하니." 이제 애그니스는 같은 말을 반복하고 있었다.

"엄마, 나 무서워요. 어디에요?"

"애너 오해너네 집에 있어. 가서 자. 나중에 집에서 보자." 마지막 말은 섬뜩하게 모호했다.

전화가 뚝 끊겼다. 셔기는 한참 후에야 수화기를 내려놓았다. 다시 전화할까 생각했지만 어머니가 안 받을 것이 뻔했다. 잠시 더 수화기를 킁킁대다가 셔기는 불을 전부 켜놓고 옷을 입은 채로 침대에 올라갔다. 텔레비전에서는 호그머네이 축제가 한창이었다. 바깥 거리에서 행복한 목소리들이 울려 퍼졌다. 맥아베니 아이들은 "해피 뉴 이어"라고 목청껏 외치고, 축구경기를 응원할 때 쓰는 나무 딱따기를 요란하게 맞부딪치며 뛰어다니고 있었다.

셔기는 일어나서 다시 전화기 탁자로 갔다. A를 찾은 다음에 O를 찾았다. 거기 있었다. 애너 오해너. 들어본 이름이었다. 애너는 AA 모임 사람이 아니었고, 애그니스의 어린 시절 친구인데 먼 친척인가 아닌가 했다. 소녀 시절에 그들은 STV 푸드코트에서 함께 일하고 톨크로스 공원에서 열리는 댄스파티에 놀러 다녔다. 어머니의 필체로 쓰인 메모에 따르면 애너는 사람 뒤통수 치는 뒷담화쟁이 뱁새눈이자, 내 인생 최고의 절친이었다.

애너의 이름 아래 저미스턴 주소가 적혀 있었다. 셔기는 저미스턴이 어디인지 몰랐지만 애그니스가 아는 사람들은 모두 글래스고에 살았으므로 저미스턴 역시 글래스고에 있기를 바랐다. 셔기는 전화번호부 뒤에서 종이를 찢어 주소를 최대한 깔끔하게 베꼈다. 그리고 택시라고 적힌 페이지에서 찾은 번호에 전화를 걸었다.

"맥스 택시." 남자가 무뚝뚝하게 전화를 받았다.

"안녕하세요. 저미스턴이 어딘지 알려주실 수 있을까요?"

"북동쪽이다. 택시 필요하니?" 남자가 조급하게 물었다.

"죄송하지만 한 가지만 더 여쭤보겠습니다." 셔기는 정중하게 말했다. "거기까지 가면 요금이 얼마 나오는지 알 수 있을까요?"

"어서 가는데?" 남자는 한숨을 쉬며 말했다.

셔기는 지번과 거리와 타운과 심지어 우편번호까지 세세히 말했다.

"에, 8파운드쯤 나올 거다. 새해 전날이라 1파운드 더 붙고."

"알겠습니다. 택시 한 대 보내주세요." 셔기는 전화를 끊었다.

셔기는 진티가 보여준 대로 버터 칼로 가스 미터기를 열었다. 50펜스짜리 동전을 꺼내 텔레비전 앞 탁자에 가지런히 나열했다. 스무 개뿐이었다. 손가락으로 계산해보지 않아도 정확히 10파운드라는 걸 알았다. 이번에 셔기는 부엌에서 길고 납작한 빵 칼을 가져와서, 애그니스가 하는 것을 수차례 본 기억을 되살려 텔레비전 미터기의 뒤판을 열었다.

경험을 통해 셔기는 칼을 세게 밀어 넣어야 미터기를 망가뜨리지 않고 동전만 빼낼 수 있다는 걸 알았다. 통신국에서 나온 남자가 망가진 미터기를 보면 큰일 난다고 다들 말했는데, 이 동네 사람들은 수년간의 연습을 통해 숙달했기 때문에 아직까지 아무도 큰일을 겪지 않았다. 셔기는 애그니스가, 그리고 나중에는 릭이 미터기를 정기적으로 터는 것을 봤다. 50펜스 동전 하나로 텔레비전을 세 시간 볼 수 있었다. 시간이 다 되면 텔레비전이 자동으로 꺼지면서 방은 어둠에 잠겼다. 텔레비전 미터기는 보고 있던 영화가 끝나거나 광고가 시작할 때까지 기다려주지 않았다. 돈이 떨어지면 텔레비전은 꺼졌다.

셔기가 미터기 틈에 칼을 밀어 넣자 50펜스 동전 두 개가 외로이 굴러 나왔다. 남자가 한 말이 사실이라면 이 돈으로 저미스턴까지 갈 수는 있지만 돌아올 차비는 없었다.

집 앞에 멈춰서 기다리는 택시의 엔진음을 듣고 셔기는 집을 나섰다. 거리의 모든 집에서 불빛이 흘러나왔고, 행복한 가족들이 타종 행사를 함께 보고 있었다. 콜린은 창가에 홀로 서서 딱따기를 두드리며 거리를 뛰어다니는 자식들을 바라보고 있었다. 셔기는 애그니스가 가르치는 대로 했으므로, 활짝 웃으면서 콜린에게 손을 흔들어 인사하고 택시에 탔다.

택시운전사는 비쩍 마르고 머리칼이 옅은 남자였다. 남자는 시카고 갱스터처럼 차려입은 소년이 들어와서 놀란 기색이었다. "꼬마야, 니 혼자니?" 택시운전사가 당혹스러워하며 물었다.

"예." 셔기는 주소를 베껴 적은 쪽지를 운전사에게 건네주었다.

택시운전사는 고개를 앞으로 빼고 셔기네 집 거실 창문에 어머니나

아버지, 혹은 다른 어른의 모습이 보이는지 기웃거렸다. 셔기는 동전이 가득한 비닐봉지를 주머니에서 꺼내 무릎에 올려놓았다. 은색 동전들이 짤랑거렸다. 어린 소년과 돈을 번갈아 힐끔대던 택시운전사는 입바람을 불고는 마침내 핸드브레이크를 풀었다.

택시는 작은 먼지투성이 동네를 금세 벗어나 양방향 1차로에 진입해서 속도를 내기 시작했다. 셔기는 이 도로가 글래스고 시내로 이어진다는 것을 알았다. 눈에 띄는 건물과 지형을 머릿속에 담으며, 걸어서 돌아와야 할지도 모르는 긴 여행을 대비했다. 처음에는 중학교와 럭비 경기장, 그리고 시커멓고 고요한 호수를 지나쳤다. 거기서부터는 낯선 장소들이 눈앞을 휙휙 스쳐 지나갔다.

갈림길에서 택시운전사는 주도로를 타는 대신 언덕으로 올라가는 곁길을 택했다. 시내에서 벗어나려는 것 같았다. 외딴 시골길은 사방으로 뻗어나가던 도시의 손이 끝끝내 기력을 소진한 지점 같은 모습이었다. 비포장도로였고, 도로의 왼쪽으로는 공사가 중단된 배럿건설 주택의 후면이 보였다. 높은 암갈색 담장이 아무것도 심어지지 않은 정원을 둘러쌌다. 도로의 오른쪽으로는 어둡고 황량한 휴한지가 드넓게 펼쳐졌다. 택시운전사는 이 길을 잘 아는 모양인지, 자꾸만 뒤돌아보며 흰 넥타이를 맨 소년에게 미소를 지었다.

"아주 멋지게 차려입었구나. 파티에 가니?" 택시운전사가 물었다. 남자의 미소가 거울에 비쳤다.

"글쎄요, 그런 셈이에요. 그리고 전 언제나 가장 멋진 모습을 보이는 게 중요하다고 생각해요."

남자가 웃었다. "니 엄만 어딨니? 그 파티에 계시니?"

"그랬으면 좋겠어요." 셔기가 중얼거렸다.

"그 나이에 혼자 택실 타다니, 아주 의젓하구나." 택시운전사가 말했다. "나도 니 또래 아들이 있단다. 열두 살 정도 됐니? 울 아들 녀석은 앞에 타서 CB 무전기를 갖구 노는 걸 좋아한단다."

사실 셔기는 열한 살이었지만 큰 숫자가 주는 안정감이 좋아서 잠자코 있었다. 백미러에 택시운전사의 눈이나 입이 비치지만 눈과 입이 동시에 보이지는 않는다는 것이 재밌었다.

"니도 아저씨랑 앞에 타볼래?" 거울에 비친 남자의 입이 물었다. 남자의 입이 환한 미소로 쫙 찢어졌다.

택시가 속도를 늦추고 멈췄다. 교차로나 신호등 앞에서가 아니라 텅 빈 도로 한복판에서였다. 셔기는 도로 왼쪽의 짓다 만 건물과 오른쪽의 황막한 들판을 번갈아 보았다. 어머니를 안전히 데려오려면 택시운전사가 시키는 대로 해야 할 것 같았다.

남자는 셔기에게 내리라고 했다. 차의 왼쪽 앞문이 열렸다. 검은 택시의 왼쪽에는 조수석이 없고 바닥에 깔개만 깔려 있었다. 셔기는 석간신문과 낡은 코트와 반쯤 먹은 샌드위치 봉지가 어수선하게 널려 있는 비좁은 공간에 들어갔다. 샌드위치를 힐끔거리지 않으려고 애썼다. 테두리가 두꺼운 빵이었지만 너무 배가 고파서 그런 것은 상관없었다. 테두리까지 싹 다 먹어버렸을 것이다.

"자, 됐다. 훨씬 낫지?" 택시운전사가 바닥에서 나뒹구는 잡동사니를 치워주고 말했다. 그리고 샌드위치를 내밀며 물었다. "먹구 싶니?" 남자가 말했다. "그냥 통조림 햄이랑 버터 샌드위치다."

"괜찮습니다. 고맙습니다." 셔기는 예의 바르게 말했지만 반쪽짜리 샌드위치에서 눈을 뗄 수 없었다.

"여기, 먹어라." 택시운전사가 샌드위치를 들이밀며 말했다. "니 배가 꾸르륵대는 소리가 여기까지 들린다." 셔기는 샌드위치를 받았다. 버터 바른 빵은 축축했다. 천천히 먹으려고 했지만 맥주 때문에 속이 쓰렸고, 셔기는 참지 못하고 염장햄을 우걱우걱 입에 밀어 넣었다. 두꺼운 햄은 입천장에 달라붙을 정도로 기름졌다.

셔기가 무릎을 대고 앉아도 옆자리 남자의 어깨 높이에 머리가 닿지 않았다. 셔기는 두툼한 샌드위치 위로 택시운전사를 올려다보면서 아버지와 딴판이라고 생각했다. 남자는 더 친절한 인상이었고, 눈꼬리가 미소로 접혀 있었다. 남자는 은제 십자가 목걸이를 하고 있었는데, 이걸 보니 셔기는 왠지 모르게 안심이 되었다.

"이게 CB 무전기라는 거다." 택시운전사가 전기면도기처럼 생긴 송수화기를 가리키며 말했다. 그리고 그는 다이얼판에 달린 스위치를 내렸다. "자, 니 원하는 만큼 여기에 대고 씨불여라. 이 채널을 듣는 사람이라곤 장거리 트럭운전사들이랑 갸들 쫓아댕기는 외로운 영혼들밖에 없으니까." 남자는 가지런한 이를 드러내며 웃었다. 셔기는 샌드위치를 준 이 남자를 어머니에게 소개하고 싶었다.

남자는 핸드브레이크를 내리고 어두운 길에서 다시 출발했다. 택시가 앞으로 나가는 반동에 셔기는 휘청거리다가 등 뒤에 있는 유리 가림막에 부딪혔다. "어이구, 꼬마야, 뭘 좀 잡아라!" 남자는 왼팔을 뻗어 소년의 허리에 단단히 감고 뒤로 넘어지지 않게 잡아주었다.

가로등 불빛 하나 없이 캄캄한 길을 그들은 계속해서 나아갔다. 셔기는 샌드위치를 급하게 먹지 않으려고 노력했다. 두꺼운 햄이 소금에 잔뜩 절여져 있어서 잇몸이 간지러울 정도였다. 그때 남자가 갑자기 말했다. "생각보다 자주 일어나는 일이다. 그니까 어린애들이 방치되는 거 말이다." 남자는 셔기를 보며 웃었다. "난 늘상 본다. 어미랑 아비 되는 인간들이 술집에 들락거리느라고 애들 혼자 앞가림을 해야 하지. 불쌍한 어린 것들." 셔기는 샌드위치를 다 먹었다. 손가락에 묻은 버터를 빨아 먹고 싶은 걸 꾹 참았다.

"맛있었니?"

셔기는 고개를 끄덕이고 공손하게 대답했다. "예, 진심으로 감사합니다." 남자는 여전히 셔기의 허리를 붙들고 있었다.

남자가 친절히 웃었다. "와아, 진심으로 감사합니다." 남자가 우스워하는 앵무새처럼 따라 말했다. "니는 아주 예의 바른 꼬마구나. 그치?"

셔기는 머쓱한 기색을 애써 감추었다. 셔기는 백미러에 시선을 고정하고 릭이 여기에 함께 있었으면 좋겠다고 생각했다. 텅 빈 도로는 끝나지 않을 것 같았다. 셔기는 택시를 타고 지나친 것들을 기억하려고 노력했다. '시장에 가면' 게임처럼 자기가 본 것들의 목록을 만들었다. 하지만 나무 열댓 그루와 도로의 유일한 신호등을 지나친 후에는 모든 것이 똑같아 보여서 포기할 수밖에 없었다.

택시운전사의 팔이 천천히 아래로 내려왔다. 아주 천천히, 남자는 셔기의 셔츠 뒷자락을 트위드 바지에서 빼고 굵고 뜨거운 손가락을 팬티 속에 슬금슬금 밀어 넣었다. 고개를 돌리지 않고도 셔기는 남자가 여전히 자기를 보며 웃고 있다는 것을 알았다.

"그래, 니는 아주 재밌는 꼬마구나. 그치?" 남자가 되풀이했다. 돌연 남자의 손이 팬티 깊숙이 쑥 들어왔다. 남자의 손가락들이 소년을 훑기 시작했다. 트위드 바지의 앞면이 바짝 당겨졌다. 허리가 끊어질 것 같은 고통 하나만으로도 비명이 터져 나올 것 같았다. 그래도, 셔기는 잠자코 있었다.

택시는 이제 천천히 달렸다. 택시운전사가 앞니 사이로 뜨거운 수프를 흡입하는 것처럼 기묘한 소리를 냈다. 반대쪽에서 달려오는 차의 전조등이 번쩍 빛나고 지나갔다. 셔기는 이제 얼굴을 찡그리고 남자를 보고 있었다. 남자의 굵은 손가락이 그의 몸을 이상하게 누르며 들어왔다. 배 속에서는 커스터드가 시큼한 라거에 막을 씌우고 샌드위치 빵이 부풀어 올라서 토할 것처럼 메슥거렸다. 손가락이 누르고 또 눌렀다. 택시운전사는 얼굴을 일그러뜨리고 입꼬리를 바짝 당기고 있었다. 셔기는 사람 사는 집의 불빛이 나오길 간절히 바랐다.

"저기, 저희 아빠도 택시운전사예요."

남자가 찌푸린 얼굴을 폈다.

셔기는 말을 이었다. 자신의 더러운 부위를 헤집고 있는 손가락들을 무시하고 담담하게 말하려고 노력했다. "엄마 남자친구도 택시운전사고, 이름은 유진이에요." 셔기는 숨을 얕게 들이쉬었다. "어쩌면 유진이 아저씨를 아실지도요?" 문장의 끝을 올린 질문이었다.

택시운전사가 트위드 바지 뒤춤에서 천천히 손을 뺐다. 셔기는 가림막에 등을 기대고 미끄러져 내려가 더러운 부위를 바닥에 안전하게 붙이고 앉았다. 손으로 허리를 더듬었다. 바지가 파고든 부분에 빨간 자국이 남았다는 것을 어둠 속에서도 알 수 있었다. 꽉 조이는 양말을 발에서 잡아 뺐을 때와 비슷했는데, 다만 훨씬 더 아팠다.

CB 무전기에서 잡음과 함께 목소리가 흘러나왔다. 어떤 남자가 심한 하일랜드 사투리로 퍼스 로드에 물이 넘쳤다고 말했다. 택시운전사는 근무용 바지에 손을 슬그머니 닦았다. "크리스마스는 잘 보냈니?" 잠시 후에 남자가 아무렇지 않게 물었다.

"예, 고맙습니다." 셔기는 거짓말했다.

"산타할아버지가 좋은 선물 주셨니?"

크리스마스 선물은 〈프리먼스〉 카탈로그에서 왔으며 오랜 시간에 걸쳐 갚아나갔다. "예."

마침내 검은 택시가 허름한 잿빛 동네의 불빛 속에 들어왔다. 택시운전사가 물었다. "꼬마야, 니 아빠 이름이 뭐라구 했지?"

셔기는 거짓말할까 잠시 고민했다. "휴 베인이요."

택시운전사의 얼굴에 안도감 비슷한 것이 스쳐 지나갔고, 그는 자리에 편히 기대앉았다. 택시운전사가 셔기를 저미스턴에 내려줬을 무렵에는 이미 타종 행사가 끝났다. 셔기는 미터기에서 훔친 50펜스 동전이 가득한 비닐봉지를 택시운전사에게 내밀었다. 봉지를 바라보던 남자는 동정심 때문이었는지 죄책감 때문이었는지, 셔기가 착한 소년이기 때문에 택시비는 공짜라고 말했다. 셔기는 남자가 돈을 그냥 받기를 바랐다. 그가 손가락으로 아프게 한 짓을 자신이 좋아했다고 생각하게 하고 싶지 않았다.

스트론제이 스트리트의 공영주택 정문으로 이어지는 돌계단을 올라가는 내내 셔기는 자신의 등에 꽂혀 있는 택시운전사의 시선을 느꼈다. 셔기가 뒤돌아보고 용감하게 웃어 보이자 그제야 택시운전사는 차를 돌렸다. 택시가 모퉁이를 꺾고 사라졌다. 셔기는 검은 셔츠를 트위드 바지에 다시 집어넣고 욱신거리는 배를 문질렀다. 이 동네 건물들은 전부 똑같이 생겼다. 비좁은 골목에 빽빽이 들어찬 공영주택 사이에 서 있자니 벽돌과 유리로 이루어진 협곡 아래 있는 기분이었다. 셔기는 시선을 들었다. 건물 3층에서 불빛이 환히 비치고 음악이 흘러나오고 있었다. 그래서 셔기는 3R의 금속 버저를 눌렀다. 아무런 질문 없이 버저가 울리고 문이 열렸다.

공영주택의 입구는 어두컴컴했다. 셔기의 머리 위 어딘가에서 시끄러운 음악 소리와 명랑한 목소리가 울렸다. 셔기는 건물 안으로 들어갔다. 글래스고에 사는 어린이라면 누구나 이곳이 가난한 동네에 속한다는 것을 알 수 있었다. 건물 입구 바닥에 2미터 정도 깔린 장식 타일은 듬성듬성 빠지고 깨져 있었다. 벽에는 저소득층 임대주택에 으레 보이기 마련인 갈색 페인트가 두껍게 칠해져 있었고, 성인 눈높이에 덧칠된 더러운 크림색 선이 건물 안으로 가는 길을 가리켰다. 벽, 바닥, 천장을 가릴 것 없이 평평한 면은 전부 사랑 혹은 갱단의 자부심을 뜻하는 그래피티로 뒤덮여 있었다. IRA에 바치는 충성 그래피티를 보고 셔기는 저미스턴이 확실히 가톨릭 구역이라고 실감했다.

건물 입구에서 올라가는 길에도 3층의 파티 소리가 계속해서 들려왔다. 아직까지는 불미스러운 일이 없었는지, 명랑하게 떠들썩했다. 가파른 층계를 셔기는 한 번에 한 계단씩 천천히 올라갔다. 딱딱한 화강암 계단은 오랜 세월 동안 발길에 닳아서 중간이 우묵했다. 계단에는 나선형 난간도 없었다. 콘크리트를 부어 만든 단단한 벽을 따라 계단을 놓았을 뿐이었다. 벽의 모서리를 돌면 무엇이 기다리고 있을지 알 수 없었다.

셔기는 조용히 한 계단씩 올라갔다. 두 번째 모퉁이를 돌았을 때 셔기는 차가운 계단에 앉아 있는 남자와 여자와 마주쳤다. 그들은 지저분한 빨래처럼 뒤엉켜 있었다. 두 사람은 셔기가 전에 본 적 있는 짓거리를 서로에게 하고 있었다. 늙은 여자는 고주망태로 취했고, 남자는 여자의 치마 밑에 손을 넣고 그녀의 더러운 부위를 만지고 있었다.

셔기는 가슴 위로 팔짱을 끼고 공손히 뒷걸음질하여 자신의 눈높이에서 벌어지고 있는 광경에서 물러났다. 셔기가 계단을 내려와서 벽을 돌아가려는 찰나 여자가 게슴츠레 눈을 뜨고 소년을 보았다. 남자는 구두에 광을 내는 것처럼 계속해서 여자를 문지르고 있었다.

"뭘 봐?" 여자가 잇몸을 드러내며 말했다.

"괜찮으세요?" 셔기는 나지막하게 물었다. "이 남자가 아프게 하고 있어요?"

그들 위 어딘가에서 문이 열리고 흥겨운 파티 소리가 건물 안에 울려 퍼졌다. 사람들이 파티를 떠나고 있었다.

"가만있어봐, 존." 여자가 남자의 손을 뿌리쳤다. 여자는 상의를 끌어 내리고 좀더 점잖은 모습을 보이려 했다. 여자가 돌계단 아래를 내려다봤다. 술 취한 남자는 들은 체도 하지 않고 계속해서 여자의 목을 빨았다.

셔기는 50펜스 동전을 하나 꺼내 여자의 맨다리에 올려놓았다. 그리고 후다닥 뛰어 올라가서 소음의 발원지인 계단 꼭대기로 갔다. 겨울 코트를 입은 남녀가 쏟아져 나오고 있었다. 비틀거리는 다리와 기다란 코트에 쓸려 내려가지 않으려면 잽싸게 움직여야 했다. 3층에 도착해서 활짝 열려 있는 현관문으로 들어갔다. 좁은 복도에서 사람들의 다리를 헤치며 지나갔지만 아무도 셔기를 멈춰 세우지 않았고, 거실에 들어가는 그에게 주의를 기울이지도 않았다.

그 거실은 셔기네 집 거실의 축소판이었다. 진홍색 브로케이드 벽지가 발라져 있었고, 한쪽 벽 앞에서는 작은 전기난로의 플라스틱 석탄이 불빛을 뿜으며 땀내 나는 방을 오렌지색으로 물들였다. 거실 중앙에 놓인 소파 세트는 아직 비닐도 뜯지 않은 채였다. 구석에는 이웃에게 빌린 듯한 의자가 몇 개 있었는데, 이 의자들에 셔기가 처음 보는 사오십 대 남녀가 앉아 있었다. 남자들은 두꺼운 회색 양복에 폭이 넓은 넥타이를 맸고 여자들은 예쁜 블라우스로 치장했다. 그들의 자세는 성당에서 막 돌아온 것처럼 근엄한 반면에 눈은 성찬식 포도주를 과음한 것처럼 촉촉했다.

구석에 있는 전축에서 유난히 우울한 버전의 〈대니 보이〉가 흘러나왔다. 미지근한 맥주를 들고 앉은 늙은 주정뱅이 몇 명이 가사를 알아들을 수 없게 노래를 부르짖었고, 옆에서는 한 노파가 눈물을 글썽였다. 파티가 절정에 올랐다가 시들시들해지고 있는 분위기가 거실 전체에 깔려 있었다. 셔기는 어머니를 찾아다니며 사람들의 얼굴을 하나씩 살폈다. 애그니스는 보이지 않았다.

창가의 작은 접이식 테이블에 셔기 또래인 소년이 앉아 있었다. 셔기가 들어온 순간부터 아이는 방을 헤매고 다니는 셔기를 지켜보고 있었다. 아이는 말끔하게 차려입었고, 단정한 머리는 분명히 그의 어머니가 빗질해준 모양 그대로였다. 소년과 서로 멀뚱멀뚱 바라보면서, 셔기는 이 아이 역시 갈 곳이 없거나 누굴 찾고 있을지도 모른다고 생각했다. 소년이 손을 들고 살짝 흔들었다. 셔기는 낯선 소년과 이야기하려고 방을 가로지르기 시작했다. 그러나 절반쯤 갔을 때 아이의 작은 테이블에 가득 쌓여 있는 쇼트브레드와 여전히 거품이 올라오고 있는 탄산음료가 눈에 띄었다. 이곳의 누군가가 이 소년을 사랑한다. 셔기는 획 뒤돌아서 어머니를 다시 찾기 시작했다.

복도에서 셔기는 다시 한번 수많은 다리의 틈바구니를 헤치며 나아갔다. 비좁은 부엌에 머리가 새까만 여자가 보였다. 그러나 여자는 어머니가 아니었고, 기쁨에 벅차올랐던 가슴이 무겁게 내려앉았다. 이 여자에게 어머니를 아느냐고 물어볼까 고민했지만, 쇼트브레드 소년이 기억나며 수치심이 치솟았고 자존심이 상해서 입이 떨어지지 않았다. 흑발 여자는 셔기에게 눈길 한 번 주지 않고 쌩하니 지나갔다. 아파트에는 침실이 세 개 있었다. 파티에서 홀로 떨어져 나온 듯한 외로운 사람이 조용히 담배를 피우고 있거나 조용히 울고 있는 듯한 방을 제외한 나머지 방들은 비어 있었다. 셔기는 집을 구석구석 열심히 돌아다녔지만, 이곳의 주정뱅이들 가운데 그의 주정뱅이는 없었다. 셔기가 마지막으로 들어간 방은 집에서 어른들이 쓸 법한 가장 큰 침실이었다. 문이 꽉 닫혀 있어서 금속 문손잡이를 잡고 세게 밀어야 했다. 방의 전등은 꺼져 있었지만 복도에서 비껴드는 불빛 덕분에 커다란 더블베드와 그 위에 수북이 쌓여 있는 겨울 코트들의 윤곽이 보였다.

셔기는 침대 옆에 서서 주머니 속의 비닐봉지를 더듬었다. 간신히 집에 돌아갈 정도 차비였다. 집에 가면 어머니가 있을지도 모른다. 그를 걱정하며 애태우다 술이 완전히 깨어서, 따뜻한 차와 토스트를 차려놓고 기다리고 있을지도.

담배 연기로 매캐하고 어두침침한 방에서 서러운 눈물이 고여오기 시작했다. 셔기는 코트로 뒤덮인 침대에 잠시 앉았다. 자신이 어린애처럼 굴고 있다는 걸 잘 알았다. 이날 밤 내내 엄마를 찾아 징징대며 치기를 부렸다. 셔기는 릭처럼 되고 싶었다. 세상 그 누구도 필요치 않은 듯한 릭을 닮고 싶었다. 왼손 손톱으로 오른팔의 부드러운 살을 세게 찌르며, 셔기는 자기연민의 눈물을 억눌렀다.

그때 코트 더미 아래에서 무언가 꿈틀거렸다. 셔기는 소스라치게 놀라 벌떡 일어났다. 낡은 코트 밑에서 작고 하얀 손이 나왔다. 손은 잠시 허공에서 어물거리다가 코트 하나를 잡아당겼다. 코트 아래에서 어머니의 얼굴이 나타났다. 눈물과 마스카라로 범벅이 되어 있었다.

애그니스는 오른쪽 머리가 엉망으로 헝클어지고 눌려 있었다. 어스레한 불빛 속에서 어머니의 눈을 보고 셔기는 어머니가 술이 깼다는 것을 알아챘다. 애그니스는 셔기를 쳐다보면서 금세라도 울음을 터뜨릴 것처럼 입술을 바들바들 떨었다. 어머니가 울까봐, 셔기는 자신의 울음을 삼키고 씩씩하게 몸을 곧추세웠다. 하나씩, 셔기는 어머니를 덮고 있는 겨울 코트를 바닥에 떨어뜨렸다. 코트 더미 아래에서 어머니의 몸이 조금씩 나타났다. 옷이 반쯤 벗겨지고 자세가 구깃구깃 뒤틀려 있었다. 엷은 어둠 속에서 애그니스는 셔기의 눈을 응시했다. 그녀는 아무 말도 하지 않았다. 천천히, 셔기는 계속해서 코트를 치웠다. 두꺼운 코트 밑에서 어머니의 흰 다리와 작은 발이 나왔다. 셔기는 멈칫하고 그것을 바라보았다. 복도의 불빛이 비껴든 어수선한 침대에서, 허리부터 발가락까지 찢어진 검은색 프리티폴리 스타킹이 눈에 감겨들었다.

24

소년이 눈을 뜨니 어머니가 그의 침대 끝에 조용히 앉아 있었다. 요즘 들어 아침에 늘 그렇듯이 비참한 표정으로 반쯤 넋이 나가 있었다. 알코올이 남긴 식은땀에 젖어 바들거리는 어머니를 셔기는 잠시 지켜보았다. 애그니스는 입에 휴지를 대고 가래 섞인 기침을 쿨럭거리다가 기침을 뒤잇는 맹렬한 욕지기를 되삼켰다.

애그니스가 고개를 기웃하며 잠을 설친 눈으로 셔기를 애절하게 바라보았다. "좋은 아침, 우리 아들."

"조, 좋은 아침이요." 셔기는 침대 끝으로 발가락을 쭉 폈다.

애그니스는 덜덜 떨리는 손으로 셔기의 이불을 살며시 끌어 내렸다. 습한 3월의 냉기가 밀려오자 셔기는 칭얼대며 몸을 공처럼 말았다. 애그니스는 차가운 손을 뻗어 셔기의 축축한 발에 올려놓았다. 셔기는 또 한 번 키가 컸다. 낡은 잠옷이 이제 정강이까지 정중 올라왔고 다리의 털도 두껍고 진해지고 있었다. "일 년 후에는 네가 남자가 되겠네. 그럼 난 어떡하니?"

"내가 릭 형보다 키가 클 것 같아요?" 형의 침대는 벌써 비어 있었다.

"확실해." 애그니스는 셔기의 눈을 덮은 먹빛 머리칼을 쓸어 넘기며 애써 명랑하게 말했다. "오늘 학교 땡땡이치면 어때? 엄마랑 같이 있을까?"

어머니의 제안에 셔기가 눈을 번쩍 떴다. "모르겠어요. 배리 신부님이 내가 벌써 너무 많이 빠졌다고 했어요."

"아이고, 그 사람 말은 신경 쓰지 마. 저번 주에는 거의 매일 갔잖아. 할머니가 돌아가셨다고 내가 쪽지 써줄게."

셔기는 앓는 소리를 내며 싸늘한 이불 밖으로 발가락을 뻗었다. "신부님은 바보가 아니에요, 엄마. 그 핑계 벌써 세 번이나 써먹었어요."

셔기는 어머니가 무엇을 원하는지 알았다. 시곗바늘이 8시 45분을 가리키자마자 셔기는 화요일 쿠폰북을 들고 얼어붙은 거리로 내몰렸다. 얇은 카굴 점퍼에 교복 바지를 입고, 한쪽 팔에는 커다란 격자무늬 나일론 장바구니를 들었다. 장바구니는 눈가림이었다. 이 장바구니에 식료품을 담지는 않을 것이다. 그러나 이것을 들고 있으면 평범한 쇼핑객 같은 모습을 연출할 수 있었다. 욕심쟁이 도박업자처럼 화요일 양육수당 쿠폰을 휙휙 넘기면서, 셔기는 날짜가 찍힌 쿠폰마다 적혀 있는 8파운드 50펜스라는 엄청난 금액을 보았다. 어머니가 서명한 이번 주 쿠폰을 펼치고, 술에 목마른 어머니가 서두르다가 빠뜨린 것은 없는지 확인한 다음에 눈가림용 장바구니에 쿠폰북을 떨어뜨렸다.

레이스 커튼 뒤에서 주시하고 있는 어머니의 눈길을 느끼며 셔기는 단호하고 빠르게 걸었다. 그러나 길모퉁이를 돌아 어머니의 시야에서 벗어난 뒤에는 걸음을 늦추고 한동안 우두커니 서서 스노우베리를 짓이겼다.

셔기는 온갖 수단을 다 써봤다. 우체국에 쏜살같이 뛰어갔다 돌아온 적도 있고, 이탄 습지로 가서 몇 시간이나 종적을 감추기도 했다. 한 번은 수당금을 받아서 정육점의 고기와 음식 등 진짜 생필품을 샀다. 그러나 결말은 항상 똑같았다. 애그니스는 환불받을 수 있는 것들을 모조리 돌려주고 자신이 진짜로 필요로 하는 것, 술을 샀다. 그래서 이제 수당금 쿠폰을 현금으로 바꿀 때 셔기는 고개를 떨구고 자포자기한 심정으로 임무를 완수했다.

호그머네이 이후로 애그니스는 달라졌다. 그녀를 타인들의 코트 아래 반라로 버리고 간 사람이 누구였든지 간에, 그는 즐거움에 대한 애그니스의 열망을 앗아갔다. 이제는 어머니가 흥을 내고자 술을 마시는 게 아니라는 것을 셔기는 알았다. 애그니스는 자기 자신을 잊으려고 술을 마셨고, 고독과 고통을 달리 어찌 견딜지 몰라서 술을 마셨다.

주유소는 애그니스를 해고했다. 애그니스가 대신 일해줄 사람을 구하지도 않고 자꾸 안 나가는 바람에 여러 밤에 주유소의 불이 꺼져 있었다. 처음에 애그니스는 해고당했다는 사실을 다른 모든 것처럼 무덤덤하게 받아들였다. 어차피 자신에게 어울리는 직업이 아니었다고 말했다. 그러나 카탈로그 청구서가 쌓이기 시작하고 목요일이면 벌써 술을 살 돈이 떨어지자 애그니스는 자신의 해고 뒤에 모종의 음모가 있었던 것처럼 말하기 시작했다. 자기가 너무 인기가 많아서, 너무 미인이라서, 주유소가 외로운 택시운전사들의 모임 장소가 되는 걸 사장이 원치 않아서. 릭은 말없이 뜨거운 시리얼을 떠먹으며 애그니스의 이야기를 들었다. 그리고 차분히 물었다. "얼마나 더 스스로에게 거짓말할 거예요?"

셔기는 한참 동안 줄에서 기다리고 있었다. 적막한 우체국에서는 걸걸한 기침 소리와 나일론 점퍼가 바스락거리는 소리, 카운터 뒤쪽에 앉은 여자가 신경질적으로 도장을 쾅, 쾅, 쾅 찍는 소리만 울렸다.

초조히 발을 옴짝대는 모습들을 보니 틀림없이 다들 기나긴 주말 내내 수당금을 받을 날만 기다렸다. 어떤 사람들은 배를 곯았을 것이고 어떤 사람들은 일요일 티타임쯤에 담배가 떨어졌을 것이고, 또 어떤 이들은 어머니와 동일한 종류의 기갈에 시달렸을 것이다. 셔기는 카운터로 다가가 눈높이에 있는 작은 서랍에 쿠폰북을 밀어 넣었다. 카운터 안쪽에서 여자가 서랍을 확 잡아당겼다가 다시 확 밀었다.

"서명이 안 되어 있잖니." 우체국장 여자가 말했다.

셔기는 줄에 묶여 있는 펜을 들고 애그니스가 연습시킨 대로 서명란에 이름을 적었다. 쿠폰북을 다시 서랍에 넣고 미소를 띤 얼굴로 여자를 올려다보았다. 여자는 쿠폰을 집어 앞면과 뒷면을 자세히 뜯어보았다. 장밋빛 안경을 쓴 여자는 높은 스툴에 앉은 선생처럼 셔기를 내려다보았다. "베인 부인이 양육수당을 받으러 직접 올 수는 없었니?" 여자의 목소리가 지나치게 컸다.

뒤에 줄을 선 사람들이 조바심치는 소리가 들렸다. "아니요."

여자는 피곤한 등을 펴는 것처럼 몸을 뒤로 젖혔다. "학생, 지금 학교에 있어야 할 시간 아니니?" 사람들이 헛기침으로 동감을 표했다.

"어머니가 편찮으세요." 셔기는 서랍에 대고 나지막하게 말했다.

여자가 안전유리 가까이 몸을 기울이자 여자의 얼굴이 셔기의 머리 바로 위에 둥실 떠올랐다. "그래. 그런데 학생을 매주 월요일이랑 화요일에 본 것 같은데." 여자는 코를 훌쩍이더니 쿠폰을 들고 애그니스의 서명을 가리켰다. "여기 쓰여 있잖니." 여자는 다시 훌쩍였다. "대리인에게는 일시적으로만 위임할 수 있다고. 본인이 직접 수당금을 받으러 올 수 없으면 쿠폰은 장애판정서비스국으로 돌려보내야 한다고."

셔기는 바지에 똥을 쌀 것 같았다. 가까스로 목소리를 쥐어짜내어 조용히 애원했다. "제발요."

"내가 이 쿠폰을 압수해야 하겠니?" 여자는 잉크로 얼룩진 손가락으로 안경테를 올렸다. "장애판정서비스국에 돌려보낼까?"

소년은 고개를 가로저었다. 팬티가 점점 더 축축해졌다. "아뇨, 제발요. 부탁드려요." 셔기가 사정했다.

여자는 셔기의 말이 들리지 않거나 그의 사정에 무관심한 듯했다. 여자는 쿠폰북을 덮고 카운터에 올려놓은 다음에 기도하듯이 두 손을 그 위에 엄숙하게 겹쳤다. 셔기의 안구 뒤쪽이 젖어 들었다. 배고픈 사람들이 구시렁대기 시작했다. 양육수당은 셔기네 가족 일주일 생활비의 사 분의 일이 넘었다.

셔기는 떨리는 목소리로 다시 간청했다. "제발요."

기다림에 지친 사람들이 뒤에서 혀를 차고 한숨을 쉬었다. "저 애 엄마는 상태가 안 좋아요!" 우체국 맨 뒤에서 새된 목소리가 울렸다. 우체국장은 핏기가 가신 소년의 얼굴에서 시선을 떼고 긴 줄을 건너다보았다. "돈을 줘요! 안 그럼 잰 굶을 테니까!" 날카로운 목소리가 다시 말했다.

앞줄의 늙은 여자가 합세했다. 여자는 기다림에 지쳐 연금 쿠폰북을 흔들고 있었다. "아이고. 애한테 돈을 주라고, 인정머리 없는 여자야!"

카운터 뒤에서 우체국장은 줄 선 사람들을 보다가 겁에 질린 소년을 다시 내려다보았다. 여자는 마지못해 쿠폰북을 펼쳤다. 쾅! 쾅! 여자는 도장을 찍고 해당하는 쿠폰을 뜯었다. 그리고 화요일 쿠폰북과 5파운드짜리 지폐 한 장, 1파운드짜리 지폐 세 장, 50펜스짜리 동전

하나를 서랍에 떨어뜨렸다. 여자는 서랍을 잡고 유리 가림막의 작은 구멍들 앞에 얼굴을 들이밀었다. 여자가 목소리로 낮추고 말했다. "넌 똑똑한 애야. 다음 주에는 여기 오지 마라. 학교로 돌아가. 열심히 공부해서, 남은 인생을 수당금 기다리는 줄에서 보내지 말란 말이야." 여자는 연민이 담긴 눈으로 셔기를 보면서 그 말과 함께 서랍을 밀었다. 셔기는 순종적으로 고개를 끄덕이고 입술에 맺힌 땀을 핥으며 서랍 속의 돈을 챙겼다. 셔기는 다음 주를 걱정할 수 없었다. 일단 이번 주에서 남은 날들을 걱정해야 했다.

셔기는 최대한 신속하게 핏헤드로 돌아갔다. 학교를 지나친 다음에는 망가진 울타리를 타 넘고 습지로 이어지는 진흙 길을 뛰어 내려갔다. 사람들이 다니는 길에서 멀리 벗어난 뒤에 바지와 팬티를 내리고 쭈그려 앉아서 우체국장이 시작한 일을 끝맺었다. 다 끝난 다음에는 흰 팬티를 뒤집어서 건초에 닦았다.

셔기는 아침 10시 30분이 되기 전에 돌아왔고, 동네 사람들은 이제 막 커튼을 걷고 있었다. 현관문을 열자마자 셔기는 복도 중간에서 기다리고 있던 애그니스와 마주쳤다. 애그니스는 비싼 모헤어 코트를 입고, 아이라이너와 짙은 라벤더색 아이섀도로 눈화장을 하고 있었다. 구불구불하게 컬을 주고 세팅한 머리카락에서 아직 마르지 않은 헤어스프레이가 이슬처럼 반짝였다. 왼쪽 팔에 제일 좋은 핸드백을 걸치고, 인내하는 성자처럼 오른손 손바닥을 내밀고 있었다. 불긋불긋한 손바닥이 간지러워 보였다.

"대체 어딜 갔다 이제 오니?" 대답을 들으려고 한 질문이 아니었다.

셔기는 장바구니를 열고 더러운 속옷 아래에서 지폐와 동전을 꺼냈다. 애그니스는 돈을 지갑에 넣고 똑딱단추를 닫았다. "좋아. 이제 네가 나랑 같이 가줘야겠어. 길에서 누구를 마주치면 나한테 말을 걸어."

"무슨 말요?"

"아무거나. 빌어먹을 아무거나 상관없어. 나한테 말을 걸고 절대 멈추지 마. 알았지?"

애그니스는 셔기를 한 바퀴 돌려서 현관문 밖으로 다시 내몰았다. 모퉁이까지 가는 길에 아무도 마주치지 않아서 어머니가 안심하는 것이 느껴졌다. 그러나 언덕 아랫길에서 콜린 맥아베니가 담장에 기대어, 그녀와 유진의 사촌인 여자와 대화하고 있었다. 그들은 담배를 피우고 있었고, 콜린은 빨랫감인지 이불인지 빅 제임시의 마지막 옷 무더기인지 모를 무언가가 담긴 커다랗고 검은 쓰레기봉투를 들고 있었다. 콘크리트에 울리는 하이힐의 굽 소리를 듣고 그들이 시선을 들었다. 애그니스는 길을 건너 그들을 피할 것처럼 어정쩡하게 몸을 돌렸지만, 다음 순간 고개를 꼿꼿이 세우고 가던 길을 계속 갔다. 또각또각, 박자에 맞추어 당당하게 걸음을 옮기며 애그니스가 물었다. "오늘 저녁에 뭐 먹고 싶니?"

셔기는 어머니를 올려다보며 배운 대로 대답했다. "로스트 치킨요. 스테이크를 이틀에 한 번 먹는 데 질렸어요."

그들을 보고 대화를 멈춘 여자들을 지나칠 때 애그니스는 가볍게 웃으며 말했다. "너도 참! 오늘도 스테이크 구워줄 거니까 감사한 마음으로 먹어!" 애그니스는 여왕 같은 옆얼굴을 돌리고 빨갛게 부르튼 손을 뒤로 숨겼다. "아, 안녕하세요, 콜린? 안녕하세요, 몰리. 애가 잡초처럼 쑥쑥 자라네요." 여자들은 대꾸하지 않았지만 애그니스는 자신의 머리와 코트와 신발에 꽂힌 그들의 시선을 느꼈다. 여자들에게서 충분히 멀어진 뒤에 애그니스는 얼굴을 차갑게 일그러뜨리며 중얼댔다. "그래, 너네도, 쌍년들아." 그리고 그녀는 길을 건넜다.

돌런 씨네 식료품점은 핏헤드 전체를 내려다보는 언덕 꼭대기에 나란히 서 있는 세 상점 중에서 마지막이었다. 가게들은 창문과 문에 하나도 빠짐없이 나무판자를 덧대어놓았다. 탄광이 문을 닫기 전에는 가족들이 신선한 야채와 품질 좋은 고기를 사고 이웃들과 대화를 나누는, 바쁘고 활기찬 가게였을 것이다. 이제 돌런 씨는 가게의 전등에 불도 켜지 않았다. 근방에서 제일 가까운 다른 식료품점이 3킬로미터 이상 떨어져 있지 않았다면 돌런 씨네 가게는 폐업했을지도 모른다. 이렇게 애매한 패배를 인정하듯, 가게에는 철제 셔터가 내려져 있고 불은 언제나 꺼져 있었다. 입구에 덕지덕지 붙은 전단지 사이로 스며드는 햇빛이 전부였다.

돌런 씨는 사실 친절하고 상냥한 남자였지만 셔기는 그를 쳐다보기가 무서웠다. 돌런 씨가 소년이었고 탄광이 열려 있던 시절, 돌런 씨는 주목에서 추락하면서 오른팔을 심하게 다쳐 끝내 절단해야 했다. 이제 아이들이 담장에 올라가면 어머니들은 창밖으로 몸을 내밀고 외쳤다. "당장 거서 내려오지 못할까, 불쌍한 돌런 씨 꼴 나고 싶냐."

입구에 달린 종이 딸랑였다. 돌런 씨는 애그니스를 보아서 반가우면서도 안타까운 표정이었다. 카운터 뒤쪽 선반에 즐비한 맥주캔과 위스키병은 돌런 씨가 최근 이 지역의 소비현황을 제대로 파악하고 있음을 암시했다. 그래도 이 아름다운 여자가 카운터로 올 때마다 외팔이 남자는 안타까운 마음에 한숨을 금치 못했다.

애그니스는 돌런 씨의 얼굴에 떠오른 연민을 애써 무시하며 안부를 물었다. 돌런 씨는 어깨만 으쓱하고 소년에게 물었다. "니는 왜 학교에 안 갔냐?"

"애가 감기에 걸렸어요, 돌런 씨." 애그니스가 끼어들었다. "요즘 유행이잖아요."

노인은 이를 쯔읍 빨기만 할 뿐 거짓말에 구태여 대꾸하지 않았다. 애그니스는 필요한 물건을 적은 쪽지를 꺼냈다. 그리고 남들 보기에 떳떳한 식료품을 주문했다. 커스터드 통조림, 콩 통조림, 간 고기, 감자 몇 알. 애그니스는 슬라이스 햄을 조금 주문했고, 돌런 씨가 반쪽짜리 팔로 능숙하게 슬라이스 기계를 작동하는 동안 초조히 옴짝거렸다. 분홍색으로 오므라든 돌런 씨의 몽땅한 팔 끝부분이 염장한 돼지 어깨살과 한 덩이처럼 보였다.

"다 합쳐서 얼마예요?" 돌런 씨가 염장햄을 장바구니에 넣으려는데 애그니스가 물었다.

"5파운드 2펜스요." 돌런 씨가 대답했다.

애그니스는 잠시 머뭇거렸다. "오, 오늘 신문도 주실 수 있을까요?"

"5파운드 27펜스요."

"우리 셔기 줄 캐드버리 초콜릿도 하나 주세요."

"5파운드 50펜스요."

"또 뭐가 필요하더라." 애그니스는 기억을 더듬는 척했다. "아, 맞다. 잊어버릴 뻔했네." 셔기는 창피해서 신발만 내려다봤다. "스페셜 브루 열두 캔 주실 수 있을까요?"

돌런 씨가 맥주를 꺼내려고 뒤돌아섰을 즈음에 애그니스는 아랫입술의 립스틱을 전부 빨아 먹었다.

"딱 13파운드요." 돌런 씨가 말했다.

애그니스는 지갑을 열고 지폐와 하나뿐인 동전을 보았다. "어머, 돌런 씨. 오늘 제가 돈이 좀 부족한 것 같아요."

외팔이 남자는 카운터 밑에서 큼직한 빨간 장부를 꺼냈다. 돌런 씨는 장부를 넘겨 B로 시작하는 성 아래에서 애그니스의 이름을 찾았다. "애그니스, 벌써 외상이 24파운드요." 돌런 씨가 심각한 표정으로 말했다. "이걸 갚기 전엔 외상을 줄 수 없어요."

애그니스는 괴로운 미소를 띠고 장바구니 안을 들여다보다가 염장 햄과 콩 통조림과 감자 두 알을 다시 카운터에 놓았다.

돌런 씨가 속으로 무슨 생각을 했는지는 몰라도 그는 입을 다물고 있었다. 텅 빈 소매가 무섭긴 했지만 셔기는 돌런 씨가 마음이 따뜻한 남자라는 것을 알았다. 동네 주부들은 물건값이 비싸다며 다들 돌런 씨를 '외팔이 강도'라고 불렀다. 그러나 셔기가 기억하는 한 돌런 씨는 늘 친절했다. 화요일 아침부터 돌런 씨의 식료품점에서 몸을 떨고 있는 애그니스는 외양만 보면 웨스트엔드의 유명 브랜드 상점에서 쇼핑하고 있는 것 같았다. 애그니스가 장을 볼 때마다 펼치는 연기를 돌런 씨는 눈감아주었다. 가끔은 애그니스가 장바구니에서 물건을 다시 꺼낼 때 돌런 씨는 깨끗한 머리를 단정히 빗은 말끔한 소년에게 눈을 찡긋하며 농익은 과일을 하나 슬쩍 건네주기도 했다. 하지만 오늘은 아니었다. 돌런 씨는 애그니스가 도로 꺼낸 식료품을 다 돌려받고 라거를 계산했다.

애그니스는 장바구니를 팔에 꿰고 집을 향해 재게 걸었다. 애그니스의 걸음이 점점 빨라졌고, 언덕을 날듯이 내려가는 어머니를 셔기는 따라가기도 벅찼다. 집에 도착하자마자 애그니스는 코트를 벗지도 않고 부엌으로 돌진했다. 셔기는 거실에 앉아서 어머니가 정신을 가다듬길 기다렸다. 맥주캔을 따는 소리, 캔에서 맥주가 쏟아지는 소리, 나머지 술이 숨겨지는 소리를 차례로 기다렸다. 커다란 금속 싱크대에서 물이 콸콸 흐르는 소리가 날 때까지 기다렸다.

"이제 좀 괜찮아요?" 셔기가 문가에 서서 물었다.

애그니스는 머그잔에서 고개를 돌렸다. 얼굴에서 초조함은 사라졌지만 근심은 그대로 깔려 있었다. "훨씬 나아. 고마워. 오늘 큰 도움이 됐어."

셔기는 다가가서 어머니의 허리를 끌어안았다. "엄마를 위해서라면 뭐든지 할 거예요."

이탄 습지를 걸어가는 내내 셔기는 자꾸만 발길을 멈추고 뒤돌아보며 손을 흔들었다. 집이 시야에서 사라지고 창가에 서 있는 어머니가 보이지 않을 때까지 계속해서 뒤돌아봤다. 얼어붙은 개울을 뽀드득뽀드득 밟으며, 어머니의 하루가 어떻게 흘러갈지 자신이 정확히 알고 있다는 사실에서 위안을 찾았다. 취하든 안 취하든, 어머니가 늘 똑같은 일상에 갇혀 있는 것은 어찌 보면 다행이었다.

셔기는 쉽게 부스러지는 부들의 꽃이삭을 두드리며 슬픔이 오늘 어머니를 잠식할 것인지 생각했다. 얼어붙은 부들은 바싹 말라 있었고, 꽃이삭을 톡톡 치면 씨앗들이 조그만 낙하산처럼 날아올랐다. 둥실 떠올라서 동네를 향해 날아가는 씨앗들이 작은 유령들의 행진처럼 보였다. 셔기는 사랑한다는 말을 유령에게 속삭이고, 손가락으로 튕겨서 어머니에게 날려 보냈다.

셔기가 정상적인 소년이 되고자 걸음걸이를 연습하며 밟아놓은 터는 그대로 남아 있었다. 어머니 때문에 결석하는 날이면 셔기는 버려진 가구를 주워서 자신의 평평한 섬으로 가져왔다. 애그니스가 유난히 통제 불능이었을 때 셔기는 일주일 내내 학교를 빠졌고, 낡은 의자, 쓰레기통에서 찾은 카펫 자투리, 깨진 사기그릇, 짝 없는 수저 등을 이탄 습지로 가져갔다. 때로는 낡은 밧줄을 묶어 만든 고리로 녹슨 금속 빛깔 개울에서 이런저런 물건을 건져냈다. 한번은 망가진 텔레비전을 건져서 자신의 섬 한가운데에 놓았다. 화면이 없는 텔레비전이라도 가져다 놓으니 진짜 집 같은 분위기가 났다. 원하는 가구를 다 모은 뒤에 셔기는 비가 오지 않는 날마다 습지를 찾아가 가구를 이리저리 배치하고 옮겨서 허름한 거실을 꾸몄다. 어디선가 찾은 구식 유모차를 기다란 잡초 사이로 힘겹게 밀고 다니며 집을 장식할 예쁜 꽃도 땄다. 어느 겨울 오후에는 습지에서 동사한 검은 토끼를 발견했다. 셔기는 토끼를 개울에서 씻어서 진흙 아래 묻어주었다. 토끼 옆에는 그가 예전에 훔쳤지만 소년이 가지고 놀면 안 되는, 수치의 냄새를 풍기는 플라스틱 조랑말 인형을 묻었다. 이듬해 봄에는 광재 언덕을 돌아다니며 보랏빛 닭의난초의 가지를 따다가 무덤에 올렸다. 친구라곤 단 한 명도 없는 셔기는 이런 작은 의식들로 외로운 시간을 메웠다. 자신이 꾸민 작은 집을 자랑스러워하고, 수치의 무덤에 여느 과부만큼이나 충실히 찾아가 애도했다.

해가 짧았던 그 겨울 오후에 셔기는 발로 밟아서 만든 자신의 섬을 돌아다니며 가구에 쌓인 먼지를 닦았다. 포크, 숟가락, 금이 간 그릇들은 개울로 가져가 씻었고, 카펫 쪼가리의 먼지도 털었다. 비에 젖은 담요는 햇볕에 바짝 마르라고 의자에 널어놓았다.

집안일 놀이를 하다보니 어느새 해가 뉘엿뉘엿 지고 있었다. 뒷마당의 철조망을 넘으며 셔기는 욕조에 물을 받아 목욕한 다음에 빨간색 축구 경기 가이드 책을 공부하겠다고 계획했다. 그런데 현관문이 활짝 열려 있었다. 한참 동안 셔기는 계단 아래 얼은 듯이 서 있었다.

경비견처럼 고개를 기웃하고 귀를 기울이며, 열려 있는 현관문이 대체 어떤 불길한 사건을 예고하는지 추측해보았다. 긴 복도로 살그머니 들어서자 거실에서 벌어지고 있는 소동이 들려왔다. 셔기는 살금살금 걸어가서 문을 아주 조금 밀었다. 거실 바닥에 널브러져 있는 사람은 애그니스였다. 불량배처럼 그녀의 가슴에 올라타 있는 사람은 릭이었다.

붉은 카펫에서 구불거리는 흑적색 얼룩이 이상했다. 무늬가 뚝뚝 끊기고 들쑥날쑥했다. 몇 발짝 다가섰다. 어머니에게도, 릭의 얼굴에도 피가 묻어 있었다. 자세히 둘러볼 정신이 있었으면 텔레비전과 갈색 탁자와 소파의 술 장식에 낭자하게 묻은 피도 알아차렸을 것이다.

릭이 어머니를 누르고 있었다. 어머니와 형 주위에는 한때 깨끗했던 행주가 피에 흠뻑 젖은 채 쌓여 있었다. 릭의 무게에 깔린 애그니스가 욕하며 몸부림쳤다. 어머니의 입에서 난생처음 들어보는 욕설이 흘러나왔고, 버둥거리는 어머니를 붙들고 있는 형의 눈에서는 낯선 눈물이 흘러내렸다.

카펫 위에 커터 칼의 부러진 칼날이 있었다. 셔기의 눈에 칼날은 만화에서 쥐한테 쓸 법한 조그만 기요틴처럼 작고 얇고 무해해 보였다. 칼날이 거실에, 그것도 어머니의 좋은 카펫 한가운데에 있는 것이 이상해서 눈에 띄었을 뿐이었다. 릭이 그를 보며 무엇이라고 소리를 질렀지만 셔기는 형의 말을 이해할 수 없었다. 어머니의 머그잔에 왜 피가 묻어 있는지 알고 싶었다. 점점 검게 물드는 행주로 어머니의 손목을 누르며 소리치는 형을 셔기는 바라보기만 했다. 릭이 무릎으로 애그니스의 한쪽 팔을 고정한 다음에 손을 뻗어 셔기의 셔츠 앞섶을 낚아챘다. 릭의 손아귀에서 빠져나온 애그니스의 다른 팔에서 피가 퐁 퐁 솟았다. 셔기는 릭에게 말해주고 싶었다. 봐! 봐! 피가 저기서 나는 거야! 그러나 릭이 그의 셔츠를 움켜쥐고 너무 세게 흔들어서 셔기는 목이 부러질 것 같았다.

"셔기, 내 말 잘 들어." 릭의 눈은 아주 크게 벌어져 있었고 입가에는 흰 거품이 맺혀 있었다. 하얀 횟가루로 덮인 얼굴에서 하얀 이에 묻은 붉은 선혈이 도드라졌다. "구급차 불러. 당장, 빌어먹을."

"이기적인 개새끼야." 애그니스가 울부짖었다. "그냥 죽게 놔둬."

애그니스가 오열하며 몸부림쳤다. 릭의 눈물이 애그니스의 얼굴에 떨어져 그녀의 눈물과 섞였다.

"난 너무 지쳤어." 그러면서도 애그니스는 릭을 밀쳐내려 버둥거렸고, 다음 순간 그녀의 눈이 잠의 휴식을 갈구하듯 뒤로 돌아갔다.

"넌 날 사랑하지 않아."

"넌 날 사랑하지 않아." 애그니스가 거듭 말했다.

셔기는 나가면서 문을 조용히 닫았다. 앉아서 마음을 추스르고, 999에 전화를 걸어 구급차를 요청했다. 릭이 무엇이라고 그에게 소리치고 있었지만 이해할 수 없었다. 아무것도 이해할 수 없었다.

정신병원에서 깨어났을 때 애그니스는 자신이 어떻게 그곳에 왔는지 기억하지 못했다. 구급차는 애그니스를 싣고 한참을 달려 사이트힐의 그늘에 있는 로열 인퍼머리 병원에 데려왔다. 응급실 의사가 애그니스의 상처를 능숙하게 꿰매고 지혈했다. 그들은 링거를 달고, 그녀가 반창고를 떼어내지 못하게 안정제를 주사했다. 애그니스가 불안한 잠에 빠져드는 동안 그들은 좀더 근본적인 치료를 위해 그녀를 가트네이블 정신병원으로 이송했다. 애그니스가 수용된 병동에는 여자 열세 명이 있었다. 침을 질질 흘리는 성인 여자들. 학교 갈 준비를 하라고 인형을 야단치는 불쌍한 여자들. 한숨도 편히 못 자는 마취된 여자들.

꿰매진 애그니스가 너무나도 작아 보이는 모습으로 안정제에 취해 잠들어 있는 동안 릭과 유진은 커튼을 쳐서 불행한 영혼들로부터 그녀를 가리고 침대 양쪽에서 보초를 섰다. 두 사람이 이렇게 오랫동안 한 공간에 있는 것은 처음이었다. 두 남자 모두 자신들 사이에서 휴식 중인 몸에 집중할 수 있어 다행스러웠다. 서로에게 할 말이 하나도 남지 않은 노인들이 소소한 일거리를 안겨주는 아이와 한방에 있는 것을 다행으로 여기는 것과 마찬가지였다.

유진이 애그니스를 압박해서 그녀의 금주를 깨뜨린 이래 릭은 그에게 한마디도 하지 않았다. 그러나 그 첫 번째 오후에 그들은 서로의 눈을 보지 않고 조심조심 대화하면서, 애그니스를 생판 모르는 사람에게 말하듯 그녀에 대해 이야기했다. 그들은 딱 한 가지에 동의했다. 지칠 대로 지친 여자를 내려다보며, 그들은 애그니스가 목숨을 건진 것은 엄청난 행운이었다고 입을 모았다. 운에 맡길 생각이 아니었던 애그니스의 의지가 손목에 기다랗고 깊은 흉터로 새겨져 있었다.

"결국 훈련소 감독 덕분이었구나?" 유진이 릭의 맑은 눈을 차마 바라보지 못하고 물었다.

"네."

"운이 좋았어."

"그런 거 같아요. 그날 엄마가 몇 번이나 전화했는지 몰라요. 최근 들어 훈련소에 자꾸 전화했거든요."

"음, 우리 회사에도."

릭은 기억의 무게가 버겁다는 듯이 어깨를 구부렸다. "원래 전화하면 안 되는데 감독이 그것에 관해서는 꽤 너그러운 편이었어요. 그런데 이번엔 감독이 저한테 오더니 집에 빨리 가보라고 했어요. 무슨 일이 터진 것 같다고."

"그렇게 말했어?"

릭이 고개를 끄덕였다. "감독이 제 윗옷을 들고 왔길래 저는 잘린 줄 알았어요. 그런데 서두르라면서 심지어 택시 타고 갈 돈까지 줬어요." 릭은 눈을 덮은 앞머리를 쓸어 넘겼다. "그래서 뭔가 나쁜 일이 터졌다는 걸 알았죠."

마침내 깨어나서도 애그니스는 자신이 무슨 일을 저질렀는지 한참 동안 기억하지 못했다. 처음에 애그니스는 그들이 아침에 마실 차라도 가져다준 것처럼 미소를 지었다. 다음 순간 흐리멍덩한 기억이 스쳐 지나갔고, 애그니스는 반창고에 덮인 손목을 내려다봤다. 이번에는 이전의 어떤 시도보다 위험했다. 그날 릭은 사우스사이드에 있는 현장에서 일하고 있었다. 애그니스는 릭이 제때 오지 못하리라 예상했다. 훈련소 감독이 착한 사람일 가능성도 계산에 넣지 않았다.

"셔기는 어딨어?" 목이 말라붙은 애그니스가 쉰 목소리로 물었다.

릭은 어머니를 보고, 처음으로 시선을 들어 유진을 보았다. "셔기는 괜찮아요." 릭이 말했다.

애그니스는 고개를 움직이지 않고 눈을 굴렸다. "어디에 있냐고 물었어. 어떤지가 아니라."

확대된 동공 가운데 검은 점이 릭을 꼼짝 못 하게 붙들었다. 릭은 애그니스의 시선을 피하고 그녀의 목을 적실 것을 찾아 분주히 움직였다. 릭이 희석된 형광색 주스를 컵에 부었지만 애그니스는 거절의 의

미로 손을 들었다. 릭은 자기 신발을 내려다봤다. "음, 셔기는 빅 셕이 데리고 있어요." 결국 털어놓은 릭은 입을 떼자마자 후회했다.

애그니스는 아무 말도 하지 않았다. 릭이 거짓말하는 거라고 생각했다. 애그니스의 윗입술이 안쪽으로 말리는 모습이 릭에게 농담하지 말라고 경고하는 것 같았다.

"엄마가 손목을 긋기 전에 셕한테 전화해서 셔기를 데려가라고 말한 것 같아요. 모든 게 너무 빨리 벌어졌어요. 난 엄마랑 셔기 둘 다 챙길 수 없었어요." 릭이 한숨을 내쉬었다. 앞머리가 열린 창문에 달린 커튼처럼 나풀거렸다. "너무 힘들어요, 엄마. 내가 늘 모두를 지킬 수는 없잖아요."

25

가트네이블 정신병원에서 애그니스가 깨어났을 때 셔기는 그의 아버지 집에서 일주일 가까이 살고 있었다. 손목을 긋기 전에 애그니스는 택시 회사에 전화해서 셕이 마침내 소원을 이루었다고, 자기는 이제 영영 사라질 것이며 셕이 와서 전리품, 즉 셔기를 데려가야 한다고 말했다. 또 애그니스는 카탈로그에서 셔기의 새 정장을 주문해놓았으니, 자기 장례식에 올 때 셔기에게 꼭 검은 정장용 양말을 신기라고 당부했다.

그 메시지가 셕에게 전달된 경위를 릭은 알 수 없었다. 택시운전사들이 전부 들을 수 있게 배차원이 CB 무전기에 대고 방송했을까? 자신이 죽이는 데 일조한 여자의 마지막 소원을 조우니 미클화이트가 전달하는 동안 검은 택시들은 전부 연석에 차를 대고 시동을 껐을까?

셕은 서두르지 않았다. 마침내 핏헤드에 도착하고서도 셕은 애그니스가 실제로 감행했다는 사실에 감탄했을 뿐이었다. 거실에서는 셔기가 피투성이 소파에 앉아 눈물범벅인 쇼나 도널리를 위로하면서 복숭아 통조림을 먹고 있었다.

셔기는 아버지의 집에 처음 가보는 것이었다. 소음이 공명하는 거리에서 택시가 느릿느릿 전진하는 동안 셔기는 손가락셈을 해서, 조우니 미클화이트가 아버지를 훔쳐 간 이래 자기가 아버지와 보낸 시간이 세 시간도 되지 않는다는 것을 알아냈다. 셔기는 검은 택시의 뒷좌석에 생면부지처럼 서먹하게 앉아 있었다. 조우니 미클화이트를 만난 기억은 가물가물했지만 샛노란 롤러스케이트는 머릿속에 각인되어 배신자의 자책감으로 가슴을 베었다. 셔기는 조우니를 악당으로 여기게 되었고, 실제 조우니와 조우니에 대해 들은 이야기들이 마음속 깊은 곳에 뒤섞여 있었다. 조우니에 대한 애그니스의 증오는 나무옹이처럼 셔기의 심장에도 깊게 똬리를 틀고 있었다.

그래서 택시가 황폐한 공영주택 단지를 굽이돌며 나아가는 동안 셔기는 어색한 침묵을 끝까지 놓지 않았다. 불탄 주류 판매점과 더러운 수로, 벽돌에 올려놓은 망가진 차체가 풍경을 구성하는 거리는 상처만 남은 들판 같았다. 이 동네가 사이트힐과 조금 닮았다고 소년은 생각했다. 고층 공영아파트 대여섯 채가 무거운 겨울 하늘을 이고 있었다. 사이트힐과 다른 점은, 아파트 아래쪽에 텅 빈 마당 대신 상자처럼 네모나고 나지막한 콘크리트 건물이 촘촘히 모여 있다는 것이었다. 이 건물들은 나무 둥치에 모여 있는 개미 떼, 혹은 고층건물을 짓고 남은 콘크리트 블록처럼 보였다. 새롭고 활기찬 분위기를 조성하려고 지은 건물들이 이제는 희망이 결핍된 병색을 풍겼다. 풍경에서 초록빛은 찾아볼 수 없었다. 평평한 표면은 모두 콘크리트나 커다랗고 둥글고 미끈한 돌로 뒤덮여 있었다.

빅 셕은 파손된 공중전화박스 앞에 택시를 세웠다. 셕이 곤란한 대화 중이라는 것을 셔기는 택시 뒷좌석에서도 감지할 수 있었다. 수화기를 내려놓고도 한참 동안 우두커니 서서 콧수염을 쓰다듬는 모습에서 난색이 풍겼다.

셔기는 셕의 지시를 받고 꾸린 짐가방을 열었다. 가장 소중한 물건들로 가방을 채운 다음에 남은 공간에 깨끗한 옷을 한두 벌만 챙겼다. 셔기는 색이 바랜 폴라로이드 사진을 꺼냈다. 사진에서는 웃통을 벗고 있는 셕이 갓난아기 셔기를 자랑스럽게 한 손으로 안고, 다른 손으로는 연기 나는 담배를 들고 있었다. 셔기는 사진 속 남자와 전화박스 속 남자를 번갈아 봤다.

유난히 음습한 날이면 셔기는 애그니스의 결혼 사진첩을 가지고 그녀의 침대 발치에 숨어서 아버지 사진을 자세히 뜯어보았다. 지금 눈앞의 남자는 결혼식 피로연에서 찍은 세 장의 폴라로이드 사진 속 남자와 전혀 다른 사람 같았다. 일단, 연회장에서 술 취한 신부를 안고서 웃고 있는 남자보다 키가 작아 보였다. 수년간의 택시 운전은 애초에 평균밖에 안 되었던 것을 누르고 구부러뜨렸다. 사진 속 짧고 깔끔한 시저컷은 정수리 위로 빗어 넘긴 흐늘거리는 머리로 바뀌었고, 당찼던 눈빛은 분홍색 살에 파묻혔다. 지금 눈앞에 보이는 남자의 품에 안겨 로맨틱한 춤을 추고 싶어 할 여자가 과연 있을지, 셔기는 의심스러웠다.

노스사이드에 올 때까지도 셕은 뒷좌석에 앉아 있는 아들에게 별다른 주의를 기울이지 않았다. 통화를 마친 뒤 택시로 돌아와 뒷좌석을 보고 그제야 소년의 교복에 묻은 피와 진흙과 먼지를 발견했다. 셕은 셔기에게 갈아입을 깨끗한 옷이 있느냐고 물었다. 셔기는 깨끗한 옷은 없지만 잠옷은 있다고 했다. 낯부끄러웠다. 낯선 차에서, 낯선 남자가 보는 앞에서 옷을 갈아입는 것이.

셔기는 깨끗한 잠옷을 입고 조우니 미클화이트의 문지방을 건넜다. 조우니의 집은 근처에서 가장 거대한 회색 고층 아파트를 띠처럼 에워싼 세미디태치 하우스*들의 중간에 있었다. 콘크리트 앞마당과 아스팔트 뒷마당이 딸린 집이어서 시의회에 더 비싼 집세를 냈다. 현관문으로 들어가는 길에 셔기는 조우니의 집이 계단이 있는 이층집이라는 사실에 입이 떡 벌어졌다. 그것 하나만으로 애그니스는 배가 아파 죽었을지도 모른다.

짧은 복도 끝에서 조우니 미클화이트가 불룩한 배에 깍지 낀 손을 얹고 참을성 있게 기다리고 있었다. 조우니는 셕이나 셔기에게 인사하지 않았다. 고개를 한 번 끄덕이고 부엌으로 돌아갔다. 그들은 늦은 저녁 시간에 도착했고, 셕은 그가 '다이닝룸'이라고 부르는 곳으로 셔기를 데려갔다. 그들의 집에 계단뿐 아니라 다이닝룸까지 있다는 사실을 어머니에게 절대 말하지 않겠노라 셔기는 다짐했다.

셔기는 접이식 테이블 가운데에 앉았다. 한쪽 끝에서는 조우니 미클화이트가 인상을 쓰고 있었고 반대쪽 끝에서는 그의 아버지가 눈을 부라리고 있었다. 식탁에는 이미 조우니의 자식들 여섯 명이 둘러앉아 있었는데, 그들은 별로 특별하지도 않은 일 때문에 밥을 못 먹고 기다렸다는 듯이 배고프고 짜증이 난 표정이었다. 셕의 의붓자식 가운데 막내가 열일곱 살 소년이었다. 한 명뿐인 딸의 이름은 스테파니였는데, 아버지가 소개한 이름 중에서 셔기는 그녀의 이름만 외웠다. 그렇게 개신교 느낌이 강한 이름은 처음 들어보기도 했거니와 셕이 처음 집을 떠났을 때 캐서린이 애그니스를 달래려고 스테파니 미클화

* 한 건물에 두 집이 벽 하나를 공유하고 붙어 있는 집합주택.

이트를 손봐주겠다고 으름장을 놓았기 때문이었다. 지금, 스테파니의 맞은편에 앉은 셔기는 캐서린이 오히려 호되게 당했을 거라고 생각했다. 스테파니의 팔뚝은 굵고 털이 많았다. 손님에 대한 반감을 가장 노골적으로 드러내는 사람도 스테파니였다.

미클화이트-베인 일가가 자기들의 하루에 대해 셕에게 말하는 동안 셔기는 입을 꾹 다물고 있었다. 그들은 셕에게 할 이야기가 참 많았다. 그들은 사무실에서 일했고 차가 있었고, 학교에 다니거나 4년제 대학교의 합격 통보를 기다리고 있었다. 교사가 되려고 준비 중인 사람도 있었고, 스테파니의 직장에서는 모두 개인 컴퓨터라는 것을 가지고 있었다. 셔기에게는 혼란스럽게도 그들 모두 셕을 아버지라고 불렀고, 셕이 귀빈이라도 되는 양 그의 주의를 끌려고 안달이었다. 예의에 어긋난다는 것을 알면서도 셔기는 도저히 눈을 뗄 수 없었다. 그때 스테파니가 테이블에 닿을 정도로 고개를 숙이고 셔기를 째려보며 구경났냐고 쏘아붙였다.

그래서 셔기는 의식적으로 계속 시선을 움직였다. 셔기는 아버지에 대한 모든 세부사항을 몰래몰래 기억에 담았다. 셔기는 아버지에 대해 아는 바가 거의 없었다. 저녁밥을 먹고 있는 조우니의 자식들 사이에서 셔기는 아버지라는 남자를 훔쳐보면서, 그가 왜 이 가족은 참아주면서 자기는 떠나야 했는지 궁금해했다.

낯선 남자가 잔을 들고 우유를 마셨다. 우유를 마시면서도 남자의 눈은 수색용 손전등처럼 주변의 얼굴을 살피고 있었다. 그는 우유잔을 내려놓고 다른 손으로 촉촉한 콧수염을 만족스럽게 쓰다듬었다. 아버지가 마침내 그에게 시선을 돌렸을 때 셔기는 자신의 윗입술을 초조히 만져보고 있었다. 한동안 그들은 말없이 서로를 응시했다.

저녁 식사가 끝난 뒤에 조우니는 셔기를 그가 머무를 방으로 데려갔다. 다이닝룸까지 있지만 집은 매우 작아 보였다. 조우니의 맏아들은 그 영광스러운 계단 밑 벽장에 싱글베드를 놓고 잤다. 화학인가 무엇인가를 가르친다는 장남의 벽장 침실은 투명한 낚싯줄로 천장에 매달아놓은 스타트렉 기념품으로 꾸며져 있었다. 자식들 가운데 가장 나이가 많고 똑똑한 아들이 벽장에서 잔다면 자신에게는 대체 어떤 공간이 주어질지 셔기는 상상도 할 수 없었다.

조우니는 셔기를 위층으로 데려가서 작은 방 서너 개를 지나쳤다. 조우니에게는 아이가 하나 더 있었다. 그 아이의 이름도 휴인데, 지금은 사관학교에 가 있다고 했다. 알전구를 켜고 조우니는 셔기가, 즉 새로 온 휴가 여기서 자면 된다고 했다. "물론 잠깐만이야. 기억하렴." 지저분한 방은 소년의 방에서 남자의 방으로 변하는 과정에서 림보에 빠진 듯했다. 창턱에는 조그만 녹색 군인 모형들이 접착제로 붙어 있었고, 창문 옆의 벽에는 서맨사 폭스의 나체 사진이 걸려 있었다. 휴 미클화이트는 깨끗한 옷과 더러운 옷을 뭉뚱그려 침대 옆에 쌓아놓았다. 셔기는 침대 위를 치워 자리를 만들고 움푹 꺼진 매트리스에 앉았다. 머리가 핑핑 돌았다.

셔기는 손가락을 접어가며 세었다. 릭과 캐서린까지 합치면 셕은 자식이 열네 명이었다. 첫 결혼에서 네 명, 셔기와 캐서린과 릭, 그다음에는 이미 성인이거나 거의 성인인 미클화이트 자식들 일곱 명. 그의 아버지는 본인의 이름을 딴 아들만 세 명 두었다. 여자 한 명에 휴 한 명. 그렇게 계산하고 나니 아버지와 세 시간이라도 보냈다는 사실을 감사해야 할 것 같았다.

~

빅 셕은 택시로 도피했다. 셕은 더블 근무, 저녁 근무, 야간근무, 새벽 근무를 도맡아 하며 집에 있는 시간을 최소로 줄였다. 셔기의 경우는, 셔기는 모두를 피해 고층 아파트의 그림자에 숨어 지냈다. 조우니는 소년을 아침 댓바람부터 내몰았다. 그의 아버지가 숙면하려면 집에서 숨소리도 들리면 안 된다고, "택시운전사들이 밤에 일하면 그렇게 된다"라고 말했다. 현관문 앞에서 조우니는 셔기의 손에 잼 샌드위치와 깎은 당근을 쥐여주며, 밖에 나가서 놀고 저물녘까지 돌아오지 말라고 일렀다. 먼 곳을 가리키며 동네 전체가 반경에 들어오게 손을 흔들었다. 털끝만큼도 관심 없으니 어디든지 마음대로 가라는 의미였다.

다른 어린이들이 학교에 있는 시간에 셔기는 고층 아파트 주변을 배회했다. 아파트에는 층마다 주민들이 공동으로 쓰는 빨래실이 있었다. 동굴처럼 음산한 콘크리트 공간이었는데, 한쪽 벽은 속이 빈 콘크리트 블록으로 되어 있어서 구멍을 통해 바람과 햇빛이 들어왔다. 주부들이 빨래를 콘크리트 블록에 널고 기다리면 글래스고 바람의 매운 손이 빨래를 말리고 딱딱하게 얼렸다. 셔기는 엘리베이터를 타고 한 층씩 올라가며 문이 잠겨 있지 않은 빨래실을 찾았다. 층이 높을수록 좋았다. 셔기는 콘크리트 블록의 구멍에 팔다리를 꿰고 앉아서 사이트힐까지 펼쳐진 사암 도시를 내려다보았다. 작은 녹색 병사들을 아래로 떨어뜨리고 있자면 북풍이 얼굴을 휘갈겼다. 셔기는 거뭇한 지평선을 잘 보려고 눈을 가늘게 뜨고 그곳에 있는 어머니를 상상했다. 어머니가 그를 그리워하고 있을까? 살아 있기는 할까?

~

셔기가 거의 삼 주간 녹색 병사들을 추락사시켰을 때 애그니스가 찾아왔다. 애그니스는 결국 자의로 퇴원했다. 셔기를 보내달라고 전화한 애그니스에게 조우니는 가슴속 증오를 남김없이 쏟아부었고, 그 모습을 셔기는 음침한 호기심을 느끼며 엿보았다. 셔기는 스스로가 배신자처럼 느껴졌다. 빌어먹을 포주네 집에서 살고 있어서. 조우니가 어머니의 전화를 끊어버리고 자식들과 함께 그녀를 비웃고 모욕하고 험담하는 꼴을 하릴없이 보고만 있어서. 어머니의 불행을 우스워하는 그들을 보며 셔기는 가슴이 찢어졌다. 자신이 이제 그들과 한통속이라고, 그들과 함께 비웃고 있다고 어머니가 오해할까봐 걱정되어 죽을 것 같았다. 어머니의 손목과 피에 젖은 행주가 떠오르자 셔기는 그만 참지 못하고 어린아이처럼 그들 앞에서 울음을 터뜨렸다.

애그니스가 전화한 날부터 조우니는 태도를 갈아입었다. 조우니가 갑자기 왜 상냥해졌는지 셔기는 이해할 수 없었다. 셔기는 성가신 짐짝에서 유용한 볼모가 되었다. 누가 진정한 승리자인지 애그니스 베인에게 확실히 알릴 수 있는, 근사하고 신비롭고 잔인한 도구였다.

애그니스는 협박하는 것에도, 눈물의 호소를 하는 것에도 질렸다. 애그니스는 화장대 앞에 앉아 비싼 헤어스프레이를 머리에 켜켜이 뿌리고, 흑장미 왕관처럼 올려서 단단히 고정했다. 꼭 끼는 검정 치마와 새하얀 블라우스를 입고, 그녀의 귀한 보라색 모헤어 코트를 걸쳤다. 코트의 소매를 끌어 내려서 반창고에 덮인 쓰라린 상처가 가려지는지도 확인했다. 맥주 세 캔을 연달아 들이마시고, 가스 미터기를 딴 다음에 택시를 불렀다.

애그니스가 경고했지만 그들은 흘려들었다. 그들은 깡패처럼 자신들의 머릿수를 믿고 큰 소리로 하하하 비웃으며 전화를 끊었다. 이제 애그니스는 검은 택시에서 내리며 운전사에게 기다려달라고 정중히 부탁했다.

"오래 안 걸릴 거예요." 애그니스가 말했다. "마지막으로 한 번 웃어주기만 하고 올 거니까요."

홀수 번지수를 세며 거리를 걷는 애그니스의 발에서 하이힐의 굽소리가 자신만만하게 울렸다. 철문을 열고 작은 앞마당에 들어섰을 때 애그니스는 두꺼운 이중 유리창을 보고 가슴을 문질렀고, 그들의 집이 이층집이며 창문은 새것임을 확인하고서는 분노로 얼굴을 일그러뜨리며 입꼬리를 당겼다. 애그니스는 찢은 종이에 적은 주소를 확인하고, 보라색 코트의 소맷부리를 마지막으로 한 번 더 끌어 내렸다.

애그니스가 현관문을 쾅쾅 두들겼지만 아무도 대답하지 않았다. 문의 외시경 앞에 우르르 몰려온 발소리와 킬킬거리는 웃음소리만 들렸다. 애그니스는 다시 문을 두드리고 한 발 물러섰다.

"셕!" 애그니스가 소리쳤다. "셕 베인! 당장 나와! 마누라 패는 포주 새끼야!"

애그니스는 기다렸다. 이층집은 쥐 죽은 듯 고요했다. 하지만 골목을 지나가던 사람들은 걸음을 멈췄다. 사람들이 우편함과 주차된 차들 뒤쪽에 모여들기 시작했다. 아이들은 BMX 자전거를 먼지투성이 길바닥에 눕혀놓고 더 잘 구경하려고 가까이 다가왔다. 관중의 시선이 애그니스에게 용기를 주었다.

"셕 베인! 못생긴 대머리 새끼야! 콩알만 한 좆 그만 만지작대고 어서 나와!"

애그니스의 목소리가 낮은 건물들의 벽에 튕겨 고층 아파트까지 또렷하게 울렸다. 애그니스가 등을 곧추세우고 다시 한번 소리를 지르려 가슴을 펴는데 무언가 그녀의 눈길을 끌었다. 조우니의 앞마당은 완벽하게 평평한 회색 콘크리트 바닥이었고, 지저분하게 자란 잡초 몇 포기와 구석의 커다란 은색 쓰레기통 두 개뿐, 아무것도 없었다.

애그니스는 첫 번째 쓰레기통을 들었다. 쓰레기통이 아직 꽉 차지 않아서 아주 무겁지는 않았다. 애그니스가 서투르게 몸을 비틀자 가느다란 굽이 휘청거렸다. 애그니스는 다시 몸을 틀면서 쓰레기통을 내던졌다. 아직 기력을 충분히 회복하지 못해서 비틀거리다가 뒤에 있는 대문으로 흉하게 나자빠질 뻔했다. 금속 쓰레기통이 공기를 가르며 날아갔다. 순간 애그니스는 쓰레기통이 두꺼운 유리창에 튕겨서 자신에게 도로 날아오지는 않을까 불안했다. 빗나가면 어떡하나 조마조마한 심정으로 숨을 참고 기다렸다.

잘못 겨냥하지 않았다.

쓰레기통이 창문 한복판을 맞추며 어마어마한 소리와 함께 유리를 깨고 들어갔다. 유리창이 얼음 조각처럼 산산이 부서졌고, 자랑스럽게 걸려 있던 레이스 커튼이 봉에서 뜯어졌다. 길에서 걸음을 멈추었던 늙은 여자가 비명을 지르며 달아났다. BMX 자전거를 타던 아이들은 흥분해서 환호했다.

애그니스가 처음 문을 두드리기 시작했을 때 미클화이트 일가는 집 후면에 있는 다이닝룸에서 가족 드라마라도 찍는 것처럼 화기애애하게 앉아 있었다. 거실에서 난 굉음을 듣고 셕을 제외한 모두가 펄쩍 일어났다. 구운 감자를 덜어주며 애그니스를 비웃던 조우니가 제일 먼저 달려나갔다. 깨진 유리창과 널려 있는 쓰레기를 보고 조우니는 칼에 찔리기라도 한 것처럼 비명을 지르기 시작했다.

셔기가 웅성대는 미클화이트들의 다리를 헤치고 나왔을 때 조우니는 입을 쩍 벌리고 양팔을 힘없이 늘어뜨린 채 썩은 쓰레기와 유리 파편 가운데 서 있었다. 스테파니는 자기 어머니가 쓰러질까 염려하며 허리에 팔을 두르고 부축했다. 커다란 컬러텔레비전이 앞으로 쓰러져 화면이 박살 났다. 텔레비전에 동전 미터기가 달려 있지 않은 것을 보고 셔기는 이 얘기를 해주면 난리 나겠네, 하고 생각했다.

앞마당에서 눈부시게 아름다운 모습으로 미소 짓고 있는 사람이 그런대로 맨정신인 애그니스였다. 셔기는 환호하고 싶었다. 고오오오오올이이이이이인! 어머니의 손을 잡고 승리의 춤을 추며 동네를 한 바퀴 돌고 싶었다.

셕이 가장 먼저 현관문으로 달려갔다. 셕은 문틀 양쪽을 붙잡고 미클화이트 자식들이 나가지 못하게 가로막았다. 비대한 셕의 몸뚱이 양옆으로 팔들이 삐져나와 애그니스를 향해 손톱을 휘둘렀다. 릭이 보여주었던 좀비 영화의 한 장면처럼 괴기스러웠다. 애그니스는 차분히 핸드백에 손을 넣고 길쭉한 담배를 꺼냈다. 담배에 천천히 불을 붙이고, 우아하게 한 모금 들이마셨다. "야, 이 개자식아." 애그니스가 상당히 침착하게 말했다. "내 아들 당장 내보내."

유리 파편 가운데 서 있던 조우니 미클화이트의 매서운 혓바닥이 마침내 움직이기 시작했다. 조우니가 고래고함을 질렀다. 발가락에서 비롯되어 온몸의 근육을 조이며 올라와 입 밖으로 터져 나오는 소리였다. "늙은 주정뱅이 갈보야! 니는 창값 싹 다 물어내야 할 거다! 두고 봐!"

애그니스는 매니큐어가 벗겨진 손톱을 문질렀다. 속상한 표정으로 손을 내밀어 흠집을 보여주며 말했다. "너 때문에 이렇게 됐잖니, 쯧." 애그니스는 과장되게 눈살을 찌푸리고 색칠된 손을 흔들었다. 차가운 눈길을 셕에게 다시 돌리고, 악문 틀니 사이로 경고했다. "내 아들 당장 내보내."

조우니가 현관으로 나왔다. 조우니는 셔기를 지나치고 셕이 몸통으로 막고 있는 아이들을 제쳤다. 셕의 얼굴은 진홍색과 암갈색을 오락가락하고 있었다. "늙은 주정뱅이년, 내가 니를 죽여뿐다." 조우니는 손톱을 사납게 휘두르며 위협했다.

"셕 베인! 지금 경고하는 거야!" 애그니스는 담배를 다시 한 모금 빨고, 더 많은 이웃들이 나와 구경하고 있는 골목을 돌아봤다. 애그니스가 두 번째 은색 쓰레기통으로 다가갔다. "내 아들 당장 안 내보내면 이 빌어먹을 동네 창문을 다 깨버릴 줄 알아."

셕에게 가로막힌 채로 조우니는 계속해서 손톱을 휘두르고 침을 튀기며 고함을 질렀다. 애그니스는 꼴불견이라는 듯이 바라보며 매니큐어가 벗겨진 부분을 다시 긁적였다. 조우니는 밴시*처럼 악을 쓰고 있었다. "미친년, 니 같은 건 정신병원에 계속 갇혀 있어야 해."

애그니스는 매끄러운 일련의 동작으로 담배를 떨어뜨리자마자 검은 하이힐을 벗어 손에 쥐었다. 평소에는 공 하나 똑바로 못 던졌지만 첫 쓰레기통을 맞추고 자신감을 얻었다. 첫 번째 하이힐은 기세 좋게 날아갔지만 문틀에 맞고 떨어졌다. 애그니스는 스타킹만 신은 발로 땅을 짚고 몸을 기울이며, 능숙한 투포환 선수처럼 두 번째 하이힐을 던졌다. 하이힐이 조우니의 옆얼굴을 맞추었다. 조우니가 핏빛 울음을 터뜨리며 뒤로 물러났다.

---

* 죽음을 예고한다고 알려진 여자 정령. 누군가 죽게 되면 울부짖으며 죽음을 알린다.

자전거를 타던 소년들이 흥분해서 소리를 질렀다. 소년들은 땅에서 커다란 돌멩이를 분주히 주워다가 여전사에게 내밀며 싸움을 부추겼다. "여기요! 여기요, 아줌마! 한 번 더! 한 번 더!"

조우니의 얼굴에서 피가 났다. 몇 방울 안 났지만 조우니가 손으로 닦으며 자식들의 분노에 불을 붙이기엔 충분했다. 피를 본 조우니의 아들들이 애그니스를 잡으려고 셕을 더 세게 밀기 시작했다. 셕은 힘을 쓰느라 심장이 터질 것처럼 보였다.

셔기는 앞마당에 서 있는 어머니가 잘 보이지 않았다. 현관에서는 수많은 몸뚱이들이 아버지를 밀치고 나가려고 하며 수라장을 이루었고, 분노한 팔다리들의 틈새로 어머니를 보기도 힘들다면 어머니에게 가기는 아예 불가능할 것이다. 셔기는 몸을 돌려 복도 뒤로 물러나, 왼쪽에 있는 거실로 슬그머니 들어갔다. 유리 파편으로 뒤덮인 거실을 가로질러 창가로 가서, 엎어진 커다란 텔레비전을 딛고 창턱으로 올라갔다. 셔기는 깨진 창문의 삐죽삐죽한 유리를 훌쩍 뛰어넘어 딱딱한 콘크리트 앞마당에 착지했다.

셔기는 조심스럽게 어머니에게 다가갔다. 그새 어머니는 비쩍 여위었고, 화장 밑에는 그가 한 번도 본 적 없는 잿빛 병색이 감돌았다. 그래도 어머니는 살아 있었다. 유리 파편을 신중히 피하면서 돌아가고 있는 셔기를 셕이 발견했다. "셔기, 일로 와라. 당장." 셕이 짖어댔다. 미클화이트 떼거리가 뒤에서 항의하기 시작했다. 그들은 애그니스를 죽여버리겠다고 외치고, 셔기를 그냥 보내라고 말했다. 셕은 그들의 말이 안 들리는 척했다. "니 엄만 나아지지 않을 거다. 가까이 가지 마."

셔기는 걸음을 잠시 멈추고 아버지를 돌아보며 좁은 어깨를 으쓱했다. "나을지도 몰라요."

애그니스는 아들을 향해 양손을 뻗은 채 셕을 노려보았다. "갖기는 싫은데 남 주기는 아깝다는 거냐."

"애한테 뭐가 좋은지 난 알아." 셕의 콧수염 아래 입술이 일그러졌다. "넌 애는커녕 니 자신도 못 돌보잖아. 빌어먹을, 니가 애를 얼마나 망쳐놨는지 봐라."

맨발에 스타킹만 신은 애그니스는 허리를 숙이고 셔기를 꽉 끌어안았다. 어머니의 코트 단추가 얼굴을 긁었지만 셔기는 상관하지 않았다. 셔기는 어머니의 배를 부둥켜안고 어머니의 살 속으로 다시 파고들려고 했다. 파르르 떨리기 시작한 셔기의 아랫입술이 화상 물집처럼 분홍빛으로 볼록 튀어나왔다. 애그니스는 엄지손가락으로 셔기의 입술을 살며시 누르고 왼쪽 귓바퀴 위 창백한 피부에 입을 맞추었다. 어머니의 목소리는 페어포트나이트 연휴의 햇살처럼 포근하고 부드러웠다. "쉬잇, 저 사람들 앞에서 충분히 오래 울었어. 여기선 울지 마. 저것들한테 만족감을 안겨주지 말자고."

애그니스는 다시 한번 꼿꼿이 섰는데, 하이힐이 없어서 다소 작아졌다. 자신을 해하고 싶어 눈이 돌아간 괴기한 무리와 셕을 보면서 애그니스가 말했다. "정작 본인은 원하지 않으면서 남 주기는 죽기보다 싫은 거지."

두말없이 애그니스는 셔기의 손을 잡고 대문을 걸어 나왔다. BMX 소년들은 더 싸우라고 계속 외치고 있었다. 애그니스가 조용히 하라고 손을 올렸지만 소년들은 그것을 경례로 오해했고, 다음 순간 온 골목이 떠나가게 함성이 터졌다. "아줌마, 화이팅!"

셔기는 입을 꾹 다물고 유령을 보듯이 어머니에게 시선을 고정한 채 택시 뒷좌석에 탔다. 애그니스는 매니큐어 칠한 손으로 셔기의 턱을 잡고 창밖의 낮은 주택 쪽으로 돌렸다. "잘 봐둬. 하늘에 맹세코, 저 돼지새끼를 다시는 안 보게 해줄게." 택시가 동네를 벗어날 때까지 애그니스는 셔기의 턱을 그대로 잡고 있었다. 창밖에서는 아버지가 미클화이트 가족을 복도로 밀어 넣으려고 안간힘을 쓰고 있었다. 땅에 박혀 있는 텐트를 가방에 넣으려는 것처럼 힘겨운 모습이었다. 이제 셕의 어깨는 구부정했다. 지난 몇 주간의 오만방자한 태도는 찾아볼 수 없었다.

동네를 빠져나가는 택시를 BMX 자전거들이 찌르레기처럼 펄쩍펄쩍 뛰면서 따라왔다. 애그니스는 셔기를 가까이 끌어안았고, 셔기는 삿갓조개처럼 어머니에게 찰싹 달라붙었다. 애그니스는 오랫동안 아이를 보듬으며 아이의 머리칼에서 풍기는 낯선 여자의 비누 냄새를 애써 무시했다. 셔기는 어머니가 마음껏 울게 해주었고, 어머니의 이야기를 들어주었으며, 어머니가 지키지 못할 근사한 약속들을 속삭일 때도 반박하지 않았다.

26

유진은 택시를 집 바로 뒤에 세웠다. 아침 해가 동네 위로 떠오르길 기다렸고, 릭이 대문에서 나와 버스정류장으로 터벅터벅 걸어가는 모습을 바라보았다. 작업복 멜빵바지 주머니에 손을 찔러 넣고 걷는 청년은 오른쪽 어깨가 공구 가방의 무게에 눌려 기우뚱했다. 유진이 있는 곳에서 릭은 반쯤 접힌 주머니칼처럼 보였다. 유용하게 쓰이라고 날카롭게 벼려져서 세상에 나왔으나 접힌 채 기다리며 녹이 슬고 있는.

릭이 시야에서 사라지면 유진은 애그니스가 준 열쇠로 문을 열고 들어갔다. 집에서는 애그니스가 요란하게 코를 골며 자고 있었는데, 유진은 그 소리가 점점 혐오스러워지고 있었다. 애그니스의 머리가 침대 머리맡에서 뒤로 젖혀져 있고, 목구멍은 간밤의 술이 밀어내는 토사물에 막혀 꺽꺽대고 있으리라는 것을 알았다. 애그니스의 침실 문밖에 멈춰선 지금, 유진은 자신이 오늘 애그니스 곁에 있어주지 않으리라는 사실도 알았다. 이따금 시간을 잘 맞추면, 간밤의 술이 깨고 새로운 슬픔에 잠기기 전의 애그니스를 만날 수 있었다. 그런 날에 애그니스는 연약하고 다소 불쌍해 보였지만 그래도 영혼이 붙어 있고 심지어 매력적이기도 하여서, 햇볕 아래 내놓아야 하는 시들시들한 식물처럼 그가 보살펴줄 수 있었다.

복도를 지나가는데 다른 방에서 부스럭거리는 소리가 들렸다. 야무진 발걸음 소리, 셔기의 작은 손가락이 깨끗하게 정리된 필통을 뒤적이는 소리. 유진은 부엌으로 들어가 가방을 조리대에 올려놓았다. 신선한 간과 버터를 냉장고에 넣고, 토마토 수프 네 캔과 커스터드 통조림 네 캔을 작은 찬장에 쌓았다. 최근 들어 유진이 아침마다 하는 일이었다. 찬장에 꽉꽉 들어찬 음식과 그 무게에 삐걱거리는 선반을 보면 왠지 기분이 좀 나아졌다.

유진은 자신과 셔기가 먹을 차와 토스트를 준비했다. 셔기 몫은 셔기의 방문 앞 카펫에 놓고 식탁에 홀로 앉았다. 전날 신문이 있었지만 간밤에 승객이 뜸했던지라 이미 앞뒤로 두 번 읽었다. 심지어 상담 칼럼도 읽었는데, 최근에 유진은, 물론 남들에겐 절대 인정하지 않겠지만, 상담 칼럼을 즐겨 읽었고 거기서 적잖은 위안을 받았다. 애그니스의 신문은 광고란이 펼쳐져 있었다. 구인 광고, 캐러밴 판매, 외로운 영혼들의 만남. 애그니스는 굵은 빙고 펜으로 광고에 동그라미를 쳐놓았다. 유진은 차를 마시며 그것들을 훑어봤다.

주택 교환을 광고하는 난이 검은 잉크에 흠뻑 젖어 있었다. 애그니스는 핏헤드에서 멀다 싶으면 전부 동그라미를 쳐놓았는데, 이것을 보고 무덤덤한 자신의 감정에 유진은 놀랐다. 가트네이블 병원에서 퇴원한 이래 애그니스는 우리에 갇힌 짐승처럼 안절부절못했고, 손목의 상처를 건드리지 않을 때는 창틀의 페인트칠, 침대 프레임, 소파의 실오라기 등등 항상 무언가를 뜨고 있었다. 어느 날 아침 유진은 애그니스 뒤로 다가가 불안증세가 가라앉을 때까지 그녀를 꽉, 으스러지게 안고 있었다. 잉크에 젖은 신문은 애그니스가 새로운 종류의 딱지를 뜨기 시작했다는 뜻이었다. 애그니스는 핏헤드 같은 외지가 아닌, 시내와 좀더 가까운 곳으로 이사하고 싶다고 말했다. 등을 문질러주는 유진에게 애그니스는 아무도 자신을 모르는 곳으로, 자존감을 되찾을 수 있는 곳으로 가고 싶다고 말했다. 그리고 소심하게 덧붙였다. 유진이 그녀의 남편처럼 함께 살 수 있는 곳으로 가고 싶다고. 그때 유진은 대답하지 않았다. 다시금 초조하고 불안해진 애그니스가 벌떡 일어나서 가버릴 때까지 말없이 등만 문질러줬다.

다른 지역의 공영주택으로 이사하고 싶다고 시의회에 신청하면 기나긴 대기자 명부에 올려졌다. 상황이 진정 절박한 이들도 공영주택에 들어가려면 수년을 기다려야 하는 마당에, 벌써 공영주택에 살고 있으면서 다른 공영주택으로 옮기려는 경우에는 순위에서 꼴찌일 수밖에 없었다. 기다림은 끝나지 않을 수도 있다. 그러므로, 이미 공영주택에 살고 있는 사람들은 차라리 같은 처지의 다른 사람들과 시의회 몰래 집을 바꾸는 편이 나았다. 시의회는 상관하지 않았다. 그들로서는 잔무가 자동으로 처리되는 것뿐이고, 사람들이 사무실로 몰려와서 불평하는 것을 막을 수 있다면 무엇이든 환영이었다. 이사는 문제를 해결하는 것이 아니라 다른 장소로 옮기는 것에 불과하지만, 하여간에 자신들의 업무는 줄어든다는 것이 그들의 관점이었다.

유진은 스트레칭을 하며 굽은 허리를 곧게 폈다. 신문 옆에 오래된 가스요금 고지서 봉투가 놓여 있었다. 봉투에는 애그니스가 주택 교환을 위해 쓰고 있는 광고 문구가 적혀 있었는데, 애그니스는 모든 문장이 완벽할 때까지 쓰고 지우기를 반복했다. 알맞은 표현을 찾아 오랫동안 고민하다가 밤이 깊어갈수록 점점 취한 애그니스의 마음 상태가 문구에 녹아들어 있었다. 애그니스가 거의 맨정신이었을 때는 애절한 간청에 가까웠던 구절들이 그녀가 화가 나기 시작하면서 명령조로 바뀌었다. 끝에 가서 애그니스는 어감이 다른 여러 문장에서 고르고 섞어서 하나의 광고문을 완성했다. 서른 단어가 채 되지 않는 광고에서 애그니스는 핏헤드를 목가적이고 정겨우며 이웃끼리 화목하고, 나날이 발전하고 있는 동네로 묘사했다. 그리고 자신은 어떤 제안도 반긴다고 덧붙였다. 이것이 만일 외로운 영혼들의 만남 광고라면 애그니스는 절박하기만 한 것이 아니라 거짓말쟁이나 다름없다고 유진은 생각했다.

유진은 남은 차를 꿀꺽 삼키고 일어났다. 지금 떠나면 그가 왔었다는 사실조차 애그니스가 모를 수 있고, 그러면 그는 자기 침대에서 편히 잘 수 있을 것이다. 유진이 나가려고 몸을 돌렸는데 셔기가 문가에 서 있었다. 셔기는 단정하게 교복으로 갈아입고 학교 가방을 옆으로 메고 있었다. 늘 하는 대로 셔기가 거수경례했다. "야간조 퇴근하겠습니다."

유진은 허리 지갑을 다시 내려놓았다. 맥없이 경례하며, 뜨악한 심정을 최대한 목소리에서 지웠다. "오전조 보고합니다."

"난 술 취한 당신이 싫어." 그들의 관계가 마침내 결딴났을 때 유진이 한 말이었다.

유진은 최근에 늘 그랬듯이 야간근무가 끝나자마자, 즉 애그니스가 맨정신일 가능성이 가장 큰 시간에 왔다. 이따금 밤에 그들은 옷을 입은 채 침대에 나란히 누워서, 그가 일하다 마주친 웃긴 손님이나 그녀가 집에 새로 들이고 싶은 반짝이는 물건들에 대해 이야기를 나누었다. 애그니스의 숙취가 심하지 않으면 유진은 바지의 지퍼를 내리고 그녀 위로 올라갔다. 애그니스는 납덩이 같은 잠을 떨쳐내고, 유진의 보안관 벨트가 배를 문대는 고통을 참았다. 유진이 허리를 몇 차례 들썩였지만 얼마 안 가 두 사람 모두 하고 싶은 마음이 뚝 떨어졌다. 유진은 끙, 소리를 내며 내려와 애그니스의 뺨에 입을 맞추었다. 가만히 안고 누워 있기에는 너무 초조하다며, 유진은 순식간에 옷을 다시 입고 어두운 부엌으로 나가 애그니스를 기다렸다. 그러면 애그니스가 일어나서 검은 프라이팬에 무언가를 튀겨주고 유진이 마실 진한 홍차를 두 잔 끓였다. 두 잔을 유진 앞에 나란히 놓고, 입을 델 것처럼 뜨거운 홍차를 물처럼 꿀꺽꿀꺽 마시는 그를 지켜보았다. 두 사람은 무의미한 대화를 조금 더 나누었고, 유진은 빵과 헤어스프레이를 살 정도의 소소한 용돈을 애그니스에게 주었다. 그리고 그날 처음으로 애그니스에게 제대로 입을 맞춘 뒤에 다 큰 딸이 있는 자기 집으로 돌아가서 자기 침대에서 잤다.

그날 애그니스는 유진이 자신의 몸 위로 올라오기를 기다렸다가 그가 안으로 들어왔을 때 조용히 물었다. "지니, 내가 이사하면 우리랑 같이 살 거야?"

유진은 움직임을 멈추었고, 애그니스는 그가 빠져나가는 것을 느꼈다. 유진의 두꺼운 얼굴 언저리가 빨갛게 상기되어 있었다. 소년처럼 집중한 표정이 흐트러지며 딱딱하게 굳었고, 애그니스는 실망할 마음의 준비를 했다. "아니." 유진은 따뜻한 이불에서 빠져나가며 단칼에 거절했다.

애그니스는 너무나도 수치스러워서 몸을 일으킬 수 없었다. 두 사람의 무게에 우묵하게 꺼진 매트리스에 한참 동안 누워 있었다. 유진이 부엌에서 의자를 빼고 앉아 그녀의 시중을 기다리는 소리가 들렸다. 애그니스는 의지를 끌어모아 간신히 몸을 일으켰고, 연체동물처럼 흐느적거리며 바닥으로 내려갔다. 애그니스가 부엌에 들어섰을 때 유진이 먼저 운을 뗐다.

"난 술 취한 당신이 싫어."

애그니스는 유진의 말뜻을 정확히 알아들었다. 이별을 통보하는 애인이 아니라 진저리나는 일자리를 오랜 고민 끝에 때려치우는 사람의 어투였다.

자신도 술을 마시지 않았을 때는 그를 별로 좋아하지 않는다고 애그니스는 되받아치고 싶었다. 그러나 그러지 않았다. 거짓말할 힘이 없었다. 지킬 자존심도 남아 있지 않았다. 그래서 그 대신 애그니스는 소시지 두 개를 탈 때까지 프라이팬에서 굴렸다. 그리고 진한 홍차를 두 잔 끓여서 티백째 주었다. 유진은 차를 마시고 떠났다.

셔기는 유진을 두 번 다시 보지 못했다.

애그니스의 두 아들은 어떤 변화를 느꼈다. 모닥불에 땔나무를 넣는 대신 휘발유를 부었을 때와 비슷했다. 애그니스는 슬픔이 분노를 밀어낼 때까지 라거를 들이켰고, 슬퍼하는 데 질리면 보드카로 갈아타서 분노를 다시 소환했다.

수 주 간 문지방이 닳도록 사람들이 들락거렸다. 진티와 브라이디와 램비와 별의별 사람들이 술을 잔뜩 싸 들고 나타났다. 셔기는 이 주나 학교를 빠지고 애그니스의 바깥출입을 힘껏 막았다. 현관문을 걸어 잠그고 필요한 물건들은 전부 그가 사 왔다. 애그니스가 의자에서 잠들면 그제야 셔기는 교과서를 꺼내고 학교에서 너무 뒤처지지 않으려고 노력했다.

"나갈 거야." 어느 날 오후에 애그니스가 선포했다. "택시 불러."

"어디 가게요?" 셔기가 교과서 위로 어머니를 쳐다보며 물었다.

"어디 가냐고 물어보지 마!" 애그니스가 고함을 질렀다. "어디든 좋아. 여기서 멀리. 네가 없는 곳으로."

셔기는 상처받은 마음을 되삼키고 말했다. "하지만 택시에 전화해서 뭐라고 말해요?"

"불빛이 있는 곳. 활기찬 곳으로 가고 싶다고 해." 애그니스는 입맛을 다셨다. "빙고장으로 가자고 해, 염병할."

셔기는 수화기를 들고 전화 거는 시늉을 했다. 111-1111번을 눌렀다. 잠시 기다렸다가, 아무 소리도 나지 않는 수화기에 대고 명랑하게 외쳤다. "택시죠? 예, 부탁합니다. 베인이에요. 맞아요. 큰 빙고장요. 예, 고맙습니다." 셔기는 수화기를 살며시 내려놓고 목청을 가다듬은 뒤에 말했다. "적어도 삼십 분은 걸릴 거래요."

애그니스는 벌써 현관문까지 나가서 문손잡이를 잡아당기고 있었다. 애그니스가 소변이 급한 것처럼 발을 동동 굴렀다. "씨발!" 애그니스는 버릇없는 아이처럼 성질을 부렸다. "내가 숨 좀 쉬고 싶다는데 다들 왜 지랄이야!"

"엄마." 셔기는 그녀를 달랬다. "머리 한쪽이 삐져나왔어요. 그러고 밖에 나가면 안 되죠. 여기 와봐요. 내가 빗겨줄게."

"싫어!" 애그니스는 엉킨 머리를 손으로 쓸어내리며 외쳤다.

"그러지 말고 이리 와요. 술 한 잔 줄게요."

술이라는 말에 애그니스는 핸드백을 어깨에서 떨어뜨리고 비틀비틀 복도를 걸어왔다. 다시 의자에 앉혔을 즈음에 벌써 그녀는 난폭하게 달리는 버스에 탄 것처럼 고개를 까닥거리고 있었다. 셔기는 어머니의 발치에 무릎을 꿇고 앉아 머그잔 가득 술을 타주었다. 아이언 브루보다 보드카의 비율이 높았다. 셔기가 건네준 술을 애그니스는 물처럼 들이켰다. 애그니스가 눈을 번쩍 떴다.

"그럼 내 머리 빗겨줄 거야?"

셔기는 고분고분하게 의자의 팔걸이에 앉아 어머니의 검은 머리칼을 브러시로 빗었다. 애그니스는 머그잔을 턱에 대고 달콤한 음료를 입에 흘려 넣었다. "삼십 분 됐어?" 애그니스가 물었다.

"아니요, 엄마." 셔기는 한숨을 내쉬었다.

"엄마가 나가서 새아빠를 구해주려고 했어."

셔기는 두꺼운 브러시로 옆머리를 빗었다. 헤어스프레이가 바스러지며 달콤한 꽃가루처럼 공기에 퍼졌다. 머리칼이 부드럽게 하늘거리기 시작하는 느낌이 좋았다. "괜찮아요. 난 아빠 필요 없어."

애그니스는 인정할 수 없다고 슬프게 고개를 가로저었다. "삼십 분 됐어?"

"아니요, 엄마."

"이제 삼십 분 됐어?"

"엄마, 아직 안 됐어요."

"네가 택시에 다시 전화하면 좋겠어."

드디어 애그니스가 의자에서 잠들었다. 고개를 가슴까지 푹 떨구고, 거칠고 불규칙하게 숨을 쉬었다. 애그니스가 코를 골기 시작하자 셔기는 비로소 어깨를 축 늘어뜨렸다. 셔기는 애그니스의 손에서 머그잔을 뺐다. 카펫에 꿇어앉아서 스트랩 구두를 살살, 새 스타킹이 버클에 걸려 올이 나가지 않도록 조심하면서 벗겼다. 침착한 손으로 짝이 맞지 않은 귀고리도 뺐다. 어머니가 깨어났을 때 외출하려던 계획을 까맣게 잊어버리길 바라면서, 이것들을 전부 어머니 침실로 가져갔다.

셔기는 다시 교과서를 펼치고, 충직한 개처럼 애그니스의 발치에 앉아서 드르렁거리는 숨소리에 귀 기울였다. 셔츠 뒷자락을 빼고 넥타이를 머리에 두른 채 하교하는 아이들이 창밖으로 지나갔다. 그들이 이렇게 한 시간 남짓 앉아 있었을 때 릭이 훈련소에서 돌아와 현관문을 쾅 소리 나게 닫았다. 셔기의 불안한 시선이 어머니를 향했다가, 흰 횟가루를 뒤집어쓰고 유령 같은 얼굴로 복도에 들어온 형에게로 옮겨갔다. 어머니의 목에서 발전기에 시동이 걸린 듯한 소리가 났다. 셔기는 얼굴을 무릎에 묻었다.

"방세 내놔." 애그니스가 깨어나자마자 한 말이었다.

릭은 대꾸하지 않았다. 저렇게 취할 때까지 뭐 했냐고 힐책하는 눈빛으로 셔기를 노려보기만 했다. 릭은 입 모양으로 잘한다 빈정대고 몸을 돌려 자기 방문을 처닫고 들어갔다. 미트 로프의 폭발적인 기타 소리가 벽을 타고 울렸다. 셔기는 울음소리를 뽑아내는 개처럼 고개를 젖히고 허공에 대고 외쳤다. "난 최선을 다했단 말야!"

"조용히 해! 네가 뭐라고 소리를 질러대?" 애그니스가 자기 가슴팍을 세게 찔렀다. "내가 이 집 가장이야! 나!" 애그니스는 불안정한 걸음으로 복도를 달려가 반지로 얇은 문을 두들겼다. 방에서 음악 소리가 커졌다. 어머니가 발뒤축에 체중을 싣고 턱을 치켜드는 모습이 보였다. 한 시간 남짓한 짧은 잠은 그녀의 몸에서 독기를 빼긴커녕 기력만 불어넣었다. 애그니스가 커다란 반지로 다시 한번 문을 두드렸다.

작은 래치가 제자리로 돌아가는 소리가 나고 릭이 복도로 나왔다. 작업복을 벗고 시내의 도박장에 입고 가는 제일 좋은 청바지로 갈아입고 있었다.

"엄마가 말하는데 그렇게 무시하라고 내가 가르쳤니?"

릭은 애그니스를 진정시키려고 애써 공손히 말했다. 대답하기 전에 혀끝을 깨물었다. "예, 엄마. 무슨 일이에요?"

"무슨 일? 무슨 일이냐고오오?" 애그니스는 어처구니없다는 듯이 극적으로 천장을 올려다보며 현관 앞을 빙빙 돌았다. "일주일 내내 너를 위해 청소하고 밥해준 내가 제대로 대화 한번 하려는데 그게 할 말이야? 예, 엄마. 무슨 일이에요?" 뒤늦게 릭이 사과하려고 입을 열었지만 애그니스는 숨 돌릴 틈도 없이 공격을 퍼부었다. "빌어먹을 무슨 일인지 말해주마. 온종일 난 저 얼간이랑 집에 갇혀 있었는데—" 애그니스가 셔기를 손가락질하며 말했다. "넌 집에 와서 엄마한테 다정한 말 한마디 못하지."

"죄송해요."

"죄송해? 웃기고 있네." 릭을 위아래로 훑어보던 애그니스의 시선이 그의 청바지에 꽂혔다. "이 청바지 새로 산 거니?"

"아니요."

"처음 보는 건데. 돈깨나 들었겠네. 그거 입고 펍에 가니?"

"어쩌면요."

"그게 무슨 뜻이야? 어쩌면? 누굴 바보로 알아?"

"네, 그럼 간다고 할게요."

"글쎄, 난 그냥 이걸 물어보려고 했어. 따끈한 저녁 먹고 나갈래?"

릭이 눈을 깜박였다. 셔기는 얼굴을 찡그렸다. "예, 부탁해요." 릭이 걸려들었다.

"그래, 염병할 저녁은 처먹고 싶겠지. 그런데 그거 아니, 내가 식탁에 따뜻한 음식을 차릴 돈을 네가 안 주는 거."

릭은 애그니스로부터 몸을 돌리고 침대에서 나일론 점퍼를 집었다. 릭의 각진 어깨가 그녀의 화를 돋우었다. 애그니스는 릭의 등 한가운데를 약지로 세게 찔렀다. 급소를 찔렸는지, 릭이 고통에 몸을 비틀었다. "내가 말하고 있는데 감히 뒤돌아서지 마. 네가 대체 뭔 줄 아는 거야?" 애그니스는 턱 밑에 양손을 대고 섬세한 부챗살처럼 손가락을 겹쳐 깍지를 꼈다. "잘난 청바지 빼입은 꼴 좀 보게. 호모 친구들이랑 펍에 가나보지? 계집애 같은 자식. 너 남색꾼이지?"

애그니스가 퍼붓는 욕설 가운데 무언가가 릭의 눈길을 흙빛으로 질린 셔기에게 돌렸다. 이 탄광촌의 골목에서 셔기가 매일같이 듣는 단어였다. 운동장과 교실 뒤쪽에서 들려오는 단어였다. 릭의 표정을 본 순간 셔기는 자신이 정상이 아니라는 사실을 형 또한 알고 있다는 것을 깨달았다.

술 취한 애그니스가 여전히 악을 쓰고 있었지만 셔기와 릭은 그녀의 말을 듣고 있지 않았다. 애그니스의 손가락이 다시 올라와서 릭의 깡마른 가슴 한복판을 찔렀다. 릭은 본능적으로 손을 들어 애그니스의 손가락을 쳐냈다. 우두둑, 관절이 꺾이는 소리가 울렸고 애그니스는 몹시 아파하며 손가락을 구부렸다. 더 위험하게도, 애그니스의 자존심이 상처를 입었다.

애그니스와 릭 두 사람 모두 분노에 몸을 떨고 있었다. "네가 이 집 가장인 줄 알아? 웃기지 마!" 화를 참지 못해 눈물을 흘리면서 애그니스는 다시 손가락을 펴고 릭의 가슴을 밀쳤다. "당장. 짐. 싸. 그리고 이 집에서 나가. 넌 끝이야."

"엄마." 릭은 다시 어린 소년이 된 것 같았다.

"끝이라고."

릭의 턱이 떨렸다. 셔기는 보았다. 잠시 떨리던 릭의 얼굴이 딱딱하게 굳었다. 무쇠 같은 힘이 무릎에서 시작되어 척추 마디마디를 곧게 세우며 온몸으로 올라왔고, 마침내 릭은 돌기둥처럼 굳게 섰다. 릭의 어깨가 쫙 펴졌다. 릭은 셔기가 본 그 어느 때보다 꼿꼿하게 섰다.

셔기는 어머니가 전화기 버튼을 찔러대기 시작할 때까지 기다렸다가 움직였다. 셔기는 복도를 조용히 걸어가 방에 슬며시 들어갔다. 두 사람이 쓰는 침실의 벽에는 릭이 청소년 직업훈련소에서 가져온 목재로 손수 만든 선반과 캐비닛이 붙박여 있었다. 아름답고 실용적인 가구였다. 사생활을 보호할 수 있게 서랍을 달았고, 캐비닛의 문에는 정교한 무늬를 아로새겼다. 침실 창문 아래에는 릭의 전축과 스피커, 레코드판을 보관하는 커다란 플라이우드 수납장이 있었다. 수납장의 앞면에는 레코드판을 정확히 열 장씩 넣을 수 있는 작은 공간을 촘촘히 짜놓았다. 그 정확함과 신중함을 찾아볼 수 없는 난폭한 손길로 지금 릭은 자신의 인생을 검은색 쓰레기봉투에 쑤셔 담고 있었다.

"빌어먹을 문 닫아." 셔기를 보고 릭이 경고했다.

셔기는 시키는 대로 문을 살며시 닫고 둥근 문손잡이를 돌려서 래치를 끼워 넣었다. 릭은 레코드판을 뒤적이며 가져갈 것과 버릴 것을 분류하고 있었다. 셔기는 형에게 다가가 집게손가락을 벨트 구멍에 넣고, 손가락 끝 마디에 피가 통하지 않을 정도로 비틀었다. "유진이 떠난 것 때문에 엄마가 형한테 그러는 거야. 좀 기다려봐. 지나갈 거야."

릭은 뒤돌아서 동생의 손을 잡고 벨트에서 뺐다. "제기랄, 셔기! 너한테 할 말이 있어. 흘려듣지 말고, 새겨들어. 알았어?"

셔기는 천천히 고개를 끄덕였다.

"자, 이제 네가 이 집 가장이야. 그러니까 정신 똑바로 차리고 어른 노릇을 해야 해. 네가 엄마 돈을 관리해. 월요일이랑 화요일에 수당금을 받으면 그 주 식비를 미리 빼놔. 할 수 있겠어?"

셔기는 이미 그렇게 하고 있다고 말하고 싶었다. 일곱 살 때부터 해오던 일이었다.

"엄마가 밖에 못 나가게 하고 빌어먹을 술꾼들이 찾아오지 못하게 막아. 엄마 몰래 전화기 선을 빼놔. 집으로 찾아오면 돌려보내. 엄마가 집에 없다고 해. 남자들한테는 두 배로 세게 나가야 해. 알았지?" 릭은 계속해서 자기 인생의 조각들을 쓰레기봉투에 담고 있었다. 쓸모가 없어졌거나 원하지 않는 물건들은 구석에 던졌다. 황망한 와중에도 릭은 수백 번 마음속에서 연습한 것처럼 막힘없이 짐을 쌌다. "남자들은 엄마를 아프게만 할 거야. 이용하기만 한다고." 릭이 말을 멈추었다. "그게 뭐를 뜻하는지 아니?"

"알아." 셔기는 전부 알았다. 그가 어떤 것들을 알게 되었는지 릭은 아마 상상도 할 수 없을 것이다.

"학교에 계속 다닐 거지?"

"노력할게."

"아니, 더 노력해. 나랑 똑같은 실수를 저지르지 마, 셔기. 네 인생을 낭비하지 말라고." 릭은 셔기의 머리를 한 움큼 그러쥐고 부드럽게 흔들었다. "엄마를 두고 나가는 게 걱정되면 화장실에 있는 약을 전부 숨겨. 그러는 김에 커터 칼이랑 부엌칼도 숨기고. 행주로 싸서 밖으로 가져간 다음에 덤불이나 그런 데 숨겨. 알았지?"

릭은 잠시 동생을 살펴보았다. "너 이제 몇 살이니? 열세 살?" 릭이 내쉰 한숨에 앞머리가 휘날렸다. "젠장, 좀 있으면 불알이 늘어지겠네. 셔기, 얼마 안 걸릴 거야. 조금만 더 참으면 너도 떠날 수 있어."

셔기는 화가 나서 고개를 쳐들었다. "그럼 엄마는 누가 보살펴줘?"

"글쎄, 자기가 알아서 해야겠지."

"그럼 엄마가 어떻게 낫겠어?"

릭이 동작을 멈추었다. 릭은 한쪽 무릎을 꿇고 앉아서 셔기를 올려다보았다. 어디서부터 말해야 할지 모르겠다는 듯, 릭의 입술이 소리 없이 달싹였다. "나랑 똑같은 실수를 저지르지 마. 엄마는 절대 안 나을 거야. 때가 되면 너도 떠나야 해. 네가 구할 수 있는 사람은 너뿐이야."

릭이 마지막 검은 쓰레기봉투와 함께 떠난 뒤에는 그가 발휘했던 작은 영향력마저 점차 사그라졌다. 주류 판매점과 도박장에서 최악의 밑바닥 악마들이 기어 나와 애그니스를 술로 채웠다. 그들은 권커니 잣거니 술을 마시고 담배를 피우고, 애그니스의 의자에 앉은 채 잠이 들었다가 깨어나서 처음부터 되풀이했다. 셔기는 그들을 막으려고 노력했다. 수당금에서 조금이라도 돈을 남겨놓고, 할 수 있는 데까지 학교에 갔다. 어머니가 나을 수 있다고 릭에게 증명하겠다는 의지 하나로 최선을 다했다. 그래서 어쩌면 형이 집에 돌아올 마음이 들도록. 그러나 너무 힘들었다.

27

삼 주 만에 처음으로 애그니스는 끈적하고 축축한 몸뚱이들로 가득하지 않은 거실에서 눈을 떴다. 얄궂은 외로움이었다. 애그니스는 잠시 자기연민에 빠져 홀로 흐느꼈다. 담뱃재와 꽁초가 수북한 재떨이에 둘러싸인 채로, 머리를 무릎 사이에 파묻고 양팔로 몸을 끌어안아 떨림을 가라앉혔다.

셔기가 빨간 양동이를 안고 얼마나 오랫동안 앞에 앉아 있었는지 알 수 없었다. 그러나 애그니스가 이름을 부르자 셔기는 그녀가 그를 보고 놀란 만큼 놀란 기색으로 시선을 들었다.

"엄마 안아줄래?" 애그니스가 애처롭게 물었다.

셔기는 순종적으로 거실을 가로질러 와서 의자의 팔걸이에 걸터앉았다. 또 한 번 키가 훌쩍 큰 셔기의 팔이 애그니스의 어깨를 가뿐히 감쌌다. 그녀를 안을 때마다 셔기에게서 어린아이 같은 느낌이 옅어졌다. 셔기는 변하고 있었지만 아직 성인 남자 같지는 않았고, 길게 늘어난 채 어른으로 부풀려지길 기다리고 있는 아이 같았다. 애그니스는 셔기가 더 자라기 전에 최대한 많이 안아보고 싶었다. 셔기에게서 들판의 싱그러운 향이 풍겼다.

셔기는 이렇게만 말했다. "더는 여기에 살고 싶지 않아요."

"맞아, 나도 싫어."

애그니스는 뜨거운 물로 목욕했다. 땀을 빼니 기분이 좋았고 역한 술기운도 어느 정도 빠져나가는 것 같았다. 까끌까끌한 수건으로 몸의 각질을 벗겨내고, 스웨터와 코트와 신발을 신중히 맞추어서 가장 좋은 옷으로 차려입었다. 좀처럼 말을 듣지 않는 손으로 화장을 하고 검은 머리를 잘 빗어 흰 뿌리를 감추었다. 그리고 화요일 쿠폰에서 남은 돈을 주머니에 넣고 집을 나섰다. 숨 막히게 더운 날이었다. 일 년 동안 내린 비를 태양이 이 주만에 휘발시키려고 했다. 그래도 애그니스는 코트의 단추를 끝까지 채웠다. 대문을 나서는 그녀를 동네 여자들이 지켜보고 있었다. 콩 통조림 국물로 얼룩진 스웨터 아래 후줄근히 늘어난 쫄바지를 입고, 아이들을 주렁주렁 달고 있었다. 그들이 쑥덕거리는 말이 전부 들렸는데, 들으라고 하는 소리였다. 머리를 단정히 빗질할 자존심조차 없는 그들을 그녀는 동정했다. 제발, 하느님. 그만 벗어나게 해주세요. 애그니스는 고개를 치켜들고 손을 흔들어 인사하며 생각했다.

마이너스 클럽 입구에서 잿빛 남자들이 침침한 햇빛을 받으며 맥주를 마시고 있었다. 날이 더웠지만 그들 모두 한때 땅 밑에서 입었던 두꺼운 검은색 동키 재킷을 입고 있었다. 애그니스가 지나갈 때 그들은 그녀를 힐긋대며 수줍은 펭귄처럼 서로를 돌아보고 목소리를 낮추었다. 그녀의 이름을 속삭이고 그녀의 전설을 들먹였다. 대담한 이들은 호박색 맥주 위로 그녀를 탐욕스럽게 훑어보았다. 그들이 원하는 것은 오직 그녀를 모욕하고, 더 밑으로 끌어내리는 것임을 애그니스는 알았다. 그중 몇 명은 술이 담긴 비닐봉지를 대가로 그녀의 이불 속에 들어왔었고, 볼일이 끝나면 자신들의 빼빼 마른 부인과 흉측한 침구로 돌아갔다. 너무나 하찮고 한심스러워서 더는 신경 쓸 가치가 없었다.

한참을 걸어서 애그니스는 셔터를 내린 가게들이 즐비한 큰길에 도착했다. 옆 도로에서 차들이 굉음을 내며 질주했다. 문득 애그니스는 자신이 오늘에야 비로소 탄광촌 밖으로 나왔음을 통감했다. 드디어 습지를 건널 것이며, 자신에 대한 수치스러운 사실을 속속들이 아는 척하는 사람들에게서 벗어날 것이다. 애그니스가 햇볕을 쬐며 자유로워진 듯한 희귀한 기분을 만끽하고 있는데 한 여자가 눈에 들어왔다. 애그니스를 보고 여자는 개한테 쫓겨 막다른 곳에 몰린 고양이처럼 쭈뼛 긴장하며 불안스럽게 주위를 두리번댔다. 여자가 냅다 달려서 낮은 난간을 뛰어넘고, 차들이 시끄럽게 달리고 있는 양방향 2차로 도로를 건너가진 않을까, 애그니스는 잠시 생각했다. 한편으로는 여자가 그렇게 하길 바랐다.

“좋은 아침이에요, 콜린.”

여자는 좁은 인도에서 그녀를 비껴가려고 했다. 평소라면 지나치게 해주었을지 모르지만 오늘은 아니었다. 애그니스는 길을 가로막으며 목소리를 높였다. “콜린, 좋은 아침이라고요.”

비쩍 마른 여자는 차량에 길이 막혀 달아날 수 없었다. “인사는 뭣하러 하는 거요?” 콜린이 물었다.

“내가 왜 길에서 당신한테 인사하면 안 되죠?”

여자는 처음으로 시선을 들어 애그니스를 쳐다보고 시큼한 미소를 지었다. 일그러진 얼굴에서 입술이 얇게 당겨졌는데, 애그니스는 이것이 안타까웠다. 여자의 얼굴에서 통통하고 여성스러운 것이라고는 입술뿐이었기 때문이다. "글쎄요."

"당신 오빠는 어떻게 지내요?"

여자는 옅은 눈동자를 깜박였다. "아주 잘 지냅니다."

거짓말이길 바랐지만 그래도 가슴이 욱신거렸다. "이제 우리 사이가 끝났으니까 나한테 전화 좀 그만할래요?"

콜린은 은색 십자가에 손을 올렸다. "무슨 말인지 모르겠는데요."

"그렇군요. 나를 바보로 아는군요. 쯧." 말끝에 애그니스는 윗입술과 아랫입술을 맞부딪쳤는데, 호락호락 봐줄 생각이 없을 때 리지가 하던 것과 똑같은 버릇이었다. 부지불식간에 어머니를 닮아가는 자신의 모습에 애그니스는 잠시 놀랐다가, 다음 순간 웃었다. "콜린, 당신은 늙은 코커스패니얼처럼 헉헉거려요. 나중에 다른 사람을 전화로 괴롭힐 때는 입을 다물고 코로 숨을 쉬려고 노력해봐요."

콜린의 천진한 표정이 태양 아래 녹는 아이스크림처럼 천천히 흘러내렸다. 콜린의 얼굴에 조소가 다시 떠올랐다. "글쎄, 당신이 울 오빠한테 접근하지 않으면. 두고 보지."

애그니스는 오래된 가스 고지서 봉투를 주머니에서 꺼냈다. 주택 교환 광고를 적은 봉투였다. 신문에 낸 것과 똑같은 것이었는데, 이제 그녀는 신문판매대에 광고를 붙일 요량이었다. 애그니스는 봉투를 콜린에게 건네주었고, 글자를 따라 느릿느릿 굴러가는 콜린의 눈을 보며 그녀가 한 음절씩 입을 달싹거리며 읽는다는 것을 눈치챘다. 공들여 화려한 필기체로 쓴 보람이 있었다. "봤죠. 난 여기를 떠날 거예요."

콜린은 코웃음쳤다. "우리보다 너무 잘나서?"

애그니스는 발뒤꿈치에 무게를 싣고 팔짱을 꼈다. "그거 알아요? 당신은 꼭 내 두 번째 남편 같아요. 나를 원하지는 않으면서 내가 떠나는 것도 원하지 않죠."

"지금 농담해?" 콜린은 기막히다는 듯 입을 쩍 벌렸다. "당신은 우리 동네에 온 첫날부터 대단한 마나님이라도 되는 양 온갖 잘난 척을 다했잖아. 머리에는 헤어스프레이를 뿌리고, 그 잘난 핸드백을 들고 당신네가 우리보다 잘났다고 생각하면서 돌아댕겼지." 콜린은 애그니스에게 삿대질했다. "당신이랑 그 이상한 꼬마 녀석은 계속 우리 속을 긁고 댕겼어. 그러면서 뒤에서는 온갖 추잡스러운 짓거릴 해대고 다른 여자들 남편이랑 붙어먹으면서 말야. 하느님 맙소사, 난 당신 같은 위선자는 처음이야."

"당신은 살면서 어려운 시기를 겪지 않기를 바라요."

"아, 됐다 그래! 울 오빠가 보라색 코트 입은 갈보년이랑 만난다는 말을 들었을 때는 난 진짜 죽고 싶었다구! 오빠가 그러고 다니는 걸 보구 하늘에 계신 우리 어머니가 피눈물을 쏟았을 거야."

애그니스는 고개를 내저었다. "어머님 망원경에 피가 흥건했겠네요."

"당신 같은 인간들한텐 전부 다 우스갯소리지?"

"글쎄, 어쨌든 이제 끝났어요. 당신이 이겼어. 당신 어머니도 하늘에서 그 레이스 커튼을 그만 들추어도 돼요."

새빨개진 콜린의 얼굴은 금방이라도 터질 것처럼 보였다. "이제 너무 늦었어. 하늘나라에서 불쌍한 울 올케가 오빠가 와도 반길 거 같아? 당신 같은 여자랑 한 번 엮이고 나면 되돌릴 길이 없다고!"

애그니스는 다시 한번 몸을 뒤로 젖히고 귀고리 뒤쪽 마개를 돌렸다. "살다보니 별소리를 다 듣네요."

콜린의 눈에는 순수한 증오가 서려 있었다. "당신은 아직 반도 안 들었어. 울 오빠가 왜 밤에만 당신을 찾아간 줄 알아? 당신이랑 있는 거 들키기 챙피해서야. 도둑놈처럼 살금살금 숨어다녔지! 그래서 택시운전사들만 당신을 만나는 거 아니야? 대낮에 당신이랑 있는 꼴을 남들에게 보이기 싫어서?"

"그런가요?"

강파른 여자가 의기양양하게 웃었다. 가슴속에 응어리진 말을 쏟아내고 나니 후련한 표정이었다. "그래."

"우리는 절대 친해질 수 없겠네요?"

"절대! 그래서 어쩔래?"

"좋아요." 애그니스가 말했다. 애그니스는 몸을 돌리고 을씨년스러운 상가를 향해 발을 떼었다. "아, 그런데 콜린—" 애그니스는 매니큐어 칠한 손가락으로 여자의 목을 가리켰다가 자신의 흰 빗장뼈를 쓱 한번 훑었다. "당신 목에 때가 꼈어요. 아침에 집 밖으로 나오기 전에 좀 닦는 게 어때요. 예쁜 십자가까지 더러워 보이잖아요."

여자가 으르렁댔다. "그것밖에 못하냐?"

애그니스는 목깃을 여미고 이제 가보겠다는 미소를 지었다. "아, 맞다. 나 당신 남편이랑 잤어요. 형편없던데요." 애그니스는 경멸스럽다는 듯 코를 킁킁댔다. "속옷에 변이 묻어 있었어요. 내가 다 창피하더군요."

오후 내내 현관문이 덜컹거렸다. 처음에는 맥아베니 여자아이들이 그를 밖으로 꾀어내려 했다. 사탕을 나누어주고 싶다고 꾀었지만 셔기는 맥아베니 여자아이들이 어떤지 알았고, 남자 형제들이 덤불 뒤에 숨어 있다는 것 또한 알았다. 그들은 끈질기게 돌아왔고, 셔기가 계속해서 무시하자 현관문의 우편물 투입구에 입을 대고 침을 뱉었다. 설탕으로 끈적한, 기다랗고 커다란 침방울이 투입구의 금속 덮개에 맺혔다가 나무 문 안쪽으로 천천히 흘러내렸다. 셔기는 구석에 숨어서 지켜보다가 침방울이 어머니의 좋은 카펫에 떨어지기 전에 걸레로 받았다.

애그니스가 이번에는 또 무슨 일을 저질렀는지 셔기는 알 수 없었지만, 그들은 더러운 단어로 그녀를 모욕했다. 쿰쿰하고 퀴퀴한 느낌을 풍기는 단어였다. 입꼬리에 침이 맺히고, 석탄 광재에 장화가 빠질 때처럼 꿀떡거리는 소리가 나는 여자들의 단어였다. 유진이 베인의 집에 두른 가상의 참호는 사라졌다. 유진이 떠나면서 카펫을 말아 가듯 훌쩍 거두어 갔다. 이제 맥아베니 아이들은 잠긴 현관문을 걷어차고 있었다. 동성애자에 대한 온갖 익숙한 욕설을 퍼부었다. 쩝쩝거리며 키스하는 소리를 냈다가, 그 소리로 노래를 만들었다가, 다시 더러운 욕설로 돌아갔다.

여자애들이 셔기를 괴롭히는 데 질려서 떠나자 마침내 프랜시스 맥아베니가 몸소 문 앞에 왔다. 셔기는 문을 열 준비가 되어 있었다. 너무나도 지긋지긋해서 차라리 당할 걸 당하고 조용히 있고 싶었다. 프랜시스는 셔기보다 두 살가량 나이가 많았다. 중학교에 진학했으므로 이제 동생 저벌과 다른 학교에 다녔고, 윗입술 위에는 굵은 수염이 나기 시작했다. 프랜시스가 개신교 여자아이에게 손으로 하고 있다는 소문이 돌았다. 그의 여동생들은 역겨움과 자랑스러움이 묘하게 뒤섞인 말투로 동네방네 소문을 내고 다녔다. 프랜시스의 눈이 우편물 투입구에 나타났다. 셔기는 프랜시스 역시 침을 뱉으리라 예상했고, 축축해진 걸레를 반으로 접어 침방울을 잡을 준비를 했다. 그러나 프랜시스는 침을 뱉는 대신 통통한 분홍색 입술을 투입구에 대고 상냥하게 어르기 시작했다. "셔기, 셔기! 거기 있는 거 알아. 문 좀 열어봐. 어서. 니한테 할 말이 있어."

프랜시스에게서 처음 듣는 달콤한 말투였다. 온수 수도꼭지에서 떨어지는 물방울처럼 단어가 천천히 흘러나왔다. "셔기, 문 열어주면 안 돼?"

"싫어."

두 사람의 눈이 우편물 투입구를 통해 마주쳤다. 누리끼리한 소년의 속눈썹은 청소 솔처럼 두꺼웠다. 프랜시스가 말했다. "니네 집 이사간다고 들었어. 그동안 못되게 굴어서 미안하다고 사과하려는 거야." 프랜시스가 주머니를 뒤지는 소리가 들렸다. 프랜시스는 다시 문 앞으로 다가와 금색 로봇의 몸체를 투입구에 밀어 넣었다. 스리피오의 절단된 머리가 크리스마스 테이프로 엉성하게 붙어 있었다. 오래전에 망가진, 낡고 유치한 장난감은 보잘것없는 공물이었다.

"목에 본드만 붙이면 새것이나 다름없어." 나이 많은 소년은 투입구에서 눈을 떼고 미소를 보여주기 위해 입술을 가져다 대었다. 프랜시스의 치아는 해변의 흰 자갈처럼 크고 매끈했다. "문 좀 열어봐."

"싫어."

"왜 우릴 싫어해?" 프랜시스가 조용히 물었다.

"난 안 싫어해. 너희가 날 싫어하지."

"아냐!" 프랜시스는 속상하다는 듯이 외쳤다. "그냥 장난치는 거야." 프랜시스는 할 말을 찾아 머리를 쥐어짜고 있었다. "보상해주고 싶어. 맨날 괴롭힌 거 말야." 프랜시스가 미간에 주름을 잡았다. "나한테 키스하고 싶어?"

"뭐라고?"

프랜시스는 투입구에 다시 입을 가져다 대었다. 윗입술 가운데에 오래된 흉터가 흐릿하게 남아 있었다. 그의 아버지 빅 제임시는 주먹이 말보다 빨랐다. "그니까, 키스하게 해줄게. 아무한테두 말 안 하면 나한테 키스하게 해줄게. 그게 니가 맨날 원하는 거 아냐?" 프랜시스가 킁킁댔다. "문 좀 열어봐."

셔기는 잠자코 기다렸다. 배 속에서 꿈틀거리는 느낌을 신뢰하지 않았다. "내가 왜 너랑 키스하고 싶겠어?"

"에이, 그러지 말구. 니가 어떤지 다 아는데."

셔기는 투명 테이프를 떼었다. 금색 로봇에서 머리가 툭 떨어져 카펫에서 데굴데굴 굴렀다. "프랜시스, 우리 이제 진짜 친구야?"

"응, 물론이야."

"알았어. 그럼 투입구에 입을 대봐."

"아니, 니가 그냥 문을 열어." 프랜시스는 이제 애걸하다시피 했다.

"그냥 입술 먼저 대봐." 맥아베니 소년이 머뭇거리는 소리가 들렸다. 프랜시스가 곧 포기할 거라고, 허풍 친 것을 인정할 거라고 셔기는 예상했다. 한참 동안 침묵이 흘렀다. 프랜시스가 문에 몸을 붙였는지, 셔츠의 단추가 문을 긁는 소리가 났다.

"키스 한 번 해주면 문 여는 거지?" 프랜시스의 목소리가 너무나도 또렷이 들려서 꼭 한방에 있는 것 같았다.

셔기는 눈을 감고 무릎을 꿇고 앉았다. 그리고 투입구에 얼굴을 가까이 대었다. 프랜시스의 입에서는 슈퍼마켓 잼처럼 달고 끈적한 냄새가 났다. 끈적한 숨결이 셔기의 입술을 간질였고, 잠시 셔기는 투입구에 손가락을 넣고 프랜시스를 부드럽게 어루만지고 싶을 따름이었다.

그러나 그 순간은 지나갔다.

최대한 빨리, 셔기는 한 손으로 투입구의 덮개를 잡고 다른 손으로는 침 범벅인 걸레를 밀어 넣었다. 가래가 가장 많고 녹색을 띠는 부분이 바깥으로 오게 접어놓았다. 밀고 들어오는 걸레에 저항하는 움직임이 느껴졌고, 프랜시스가 뒤로 물러나면서 걸레가 투입구 밖에 떨어졌다. 셔기는 문에 귀를 대고 기댔다. 프랜시스가 꺽꺽대며 시큼한 침을 뱉고 있었다.

프랜시스가 투입구에 다시 입을 대고 이를 드러냈다. 이제 그의 입은 셔기를 산 채로 씹어 먹고 싶어서 으르렁거리고 딱딱대고 있었다. "그래, 문 안 여는 편이 좋을 거다. 니를 찔러 죽일라 하니까, 빌어먹을 호모 새끼."

쾅쾅, 단단한 주먹이 나무 문을 내려치는 듯한 소리가 울렸다. 투입구로 들어와 허공을 찔러대는 콜린의 식칼을 보고 셔기는 움츠렸다. 외풍방지문에 등을 기대고, 투입구를 통해 들락날락하는 은빛 칼날을 바라보았다. 셔기의 살을 마구잡이로 찾고 있는 날카로운 칼날이 금속 덮개를 앞뒤로 긁으며 끽끽거렸다.

중고 상인 데이비 팔랜도가 왜건을 끌고 그들의 집에 세 차례 다녀갔다. 데이비는 애그니스가 내놓은 물건을 전부 샀고, 낡은 반창고로 묶은 더러운 파운드 지폐로 값을 치렀다. 데이비는 자신의 행운이 믿기지 않았다. 이 미인은 엄청나게 관대하거나, 아니면 눈뜬장님이나 다름없었다. 둘 중 무엇인지 결론을 내릴 수 없던 데이비는 모든 질문에 즉석에서 대답을 생각해내야 하는 것처럼 초조하고 불안했다. 이 여자는 멍청한 걸까, 아니면 착한 걸까? 헐겁게 풀린 여자의 눈을 봐서는 도저히 알 길이 없었다.

리지가 결혼선물로 받은 사기잔 세트에서 남은 것들을 모두 가져간 뒤에 데이비는 차에 마지막으로 한 번 더 다녀왔다. 보통 데이비는 고객의 아이들에게 플라스틱 인형이나 호루라기를 주었지만, 셔기에게는 반년을 쓰고도 남을 양의 더러운 풍선을 상자째 줬다. 자랑스러운 기업 스폰서들의 이름이 잘못 인쇄된 불량품이었다. 데이비는 앞니가 빠진 틈에 풍선을 끼우고 부는 재주가 있었다. 침에 축축이 젖은 풍선을 단정한 소년에게 건네주며, 데이비는 셔기를 까막눈 취급하듯 또박또박 읽었다. "봐라, 여기 이렇게 적혀 있다. 글래스고가 훨씬 좋다.*"

"무엇보다요?" 셔기가 콕 집어서 물었다.

아끼던 물건들과 덤덤하게 이별하는 애그니스의 태도가 셔기는 불안했다. 중고 상인이 헐값에 가져가지 않은 물건들은 가구 대여점으로 돌려보냈다. 할부로 구매한 물건들도 돌려보낼 수 있는 것들은 모조리 돌려보냈다. 그리고 애그니스는 어마어마한 대출을 받아서 시내의 새집에 가져갈 가구를 새로 샀다.

새로운 물건에 둘러싸여 새로운 사람이 되고 싶은 애그니스의 열망을 셔기는 감지했다. 여느 열병만큼이나 그녀의 땀을 빼는 열망이었다. 애그니스는 수년간 모은 켄시타스 담배 쿠폰을 신들린 듯이 세었다. 차곡차곡 쌓아서 하나로 묶은 쿠폰은 작고 조밀한 벽돌 같았고, 이 작은 주괴에서는 여전히 달콤한 타바코 냄새가 났다. 애그니스가

* Glasgow's Miles Better. 쇠락하는 공업 도시였던 글래스고가 관광도시로 거듭나는 데 일조한 1980년대 슬로건.

켄시타스 카탈로그를 들척이며 마음에 썩 들지도 않는 찻잔이나 램프 따위를 나중에 산다고 귀퉁이를 접어두는 동안 셔기는 쿠폰 묶음으로 담과 요새를 쌓으며 근심스러운 지출을 가스 고지서 봉투에 기록했다.

셔기는 어머니를 바라보다 나지막이 중얼거렸다. "왜 나 하나로 충분하지 않아요?"

그러나 애그니스는 듣고 있지 않았다.

주택 교환이 성사되자마자 애그니스는 이사 준비에 몰입했다. 자신의 소유물 대부분을 애그니스는 원망하는 눈빛으로 보았다. 애그니스와 셔기는 대개 오후에 짐을 쌌다. 하루라도 빨리 떠나고 싶어 마음이 조급했던 그들은 이곳에서의 마지막 날들을 밀봉한 상자와 아직 망가지지 않은 꿈과 희망에 둘러싸여 보내고 싶었다. 셔기는 어머니를 도와 그녀의 소중한 도자기 인형들을 포장했다. 도자기 인형을 하나하나 신문지로 싼 다음에 상자에 담고 애그니스의 속옷 사이에 넣었다. 애그니스가 등을 돌렸을 때 셔기는 버리는 물건들 무더기에서 릭의 오래된 레코드판과 반쯤 채운 스케치북, 캐서린의 낡은 레프라혼 인형 등을 챙겨 어머니의 이사 상자에 몰래 넣었다. 형제들의 마지막 물건을 애그니스는 더러운 지폐 묶음을 받고 데이비 팔랜도에게 팔아버렸다.

이사하기 전날 애그니스는 마지막으로 한 번 텔레비전 미터기를 털어서 아이스크림 밴에서 초콜릿을 잔뜩 샀다. 애그니스와 셔기는 무릎을 맞대고 앉아서, 바닥에 펼쳐놓은 낡은 옷 가운데 새집으로 데려갈 애그니스와 버리고 갈 애그니스를 분류했다.

"요즘 사람들은 이런 거 안 입어요." 셔기가 말했다. 축 늘어진 속눈썹 수만 가닥을 꼬아 만든 듯한 검은 스웨터를 애그니스는 걸쳐보았다.

애그니스가 민트 초콜릿 끝을 조금 깨물어 먹고 물었다. "벨트를 해도 별로야?" 애그니스는 잘록한 허리께에 스웨터를 당겼다.

셔기는 스웨터 안에 손을 넣어 양쪽 어깨에서 하얀색 패드를 뺐다. 순식간에 애그니스의 인상이 부드러워지고 어려 보였다. 셔기는 눈을 가늘게 뜨고 살펴보았다. "청바지랑 입으면 괜찮을지도 모르겠어요." 셔기는 패드를 자신의 교복 스웨터에 넣었다. 어깨가 턱까지 치솟았다.

애그니스는 입술을 삐죽 내밀었다. "에이, 난 청바지 입기에는 너무 늙었어. 게다가 요즘 나오는 옷은 다 너무 저속해 보여."

셔기는 손을 뻗어 빛바랜 헤더꽃 색깔인 에이라인 모직 치마를 들었다. 몸에 잘 맞지만 과하게 달라붙지 않는 치마였다. 어머니가 이 치마를 입은 모습을 본 적이 없었다. "난 이게 마음에 들어요."

애그니스는 곰곰이 생각하면서 치마의 지퍼를 확인하는 것처럼 내렸다가, 치마를 버리는 물건 무더기에 던졌다. "아니야. 난 그런 여자가 되기 싫어. 남자 슬리퍼를 신고 종일 앞치마를 매고 있는 여자들이 입는 옷 같아."

"입으면 편할 텐데."

애그니스는 크게 입바람을 내뿜으며 바닥에 드러누웠다. 그리고 옆으로 몸을 돌리고 셔기를 훑어보았다. "이사하면 넌 어떤 사람이 되고 싶니?"

셔기는 어깨를 으쓱했다. "모르겠어요. 난 엄마 걱정하느라 바빠서 내 생각을 할 겨를이 없었어요."

"아이고, 마더 테레사 나셨네." 애그니스는 골난 표정으로 한쪽 팔꿈치를 세워 바닥을 짚고 다른 손으로 머그잔의 라거를 마셨다. 그녀는 눈살을 찌푸리고, 맥주 위로 새털구름처럼 떠오르는 거품을 내려다보았다. "우리가 새집으로 이사하고 나면 술 끊을 거야. 약속해."

"알아요." 셔기는 애써 웃어 보였다.

"다른 엄마들처럼 일자리도 찾고."

"그러면 좋겠어요."

애그니스는 손거스러미를 잡아 뜯었다. "네 아비라는 그 개자식은 내가 일하는 걸 원하지 않았어. 여자가 있어야 할 곳은 집이네 어쩌네." 사실이었다. 셕은 애그니스가 일하는 것을 금지했는데, 그건 브렌든 맥가원도 마찬가지였다. 가톨릭에게는 자존심의 문제였다. 브렌든은 자신이 한 가정을 책임질 수 있다는 걸 이웃에게 증명하기 위해 뼈빠지게 일했다. 한편 셕 베인은 본인이 믿지 못할 사람이었으므로 자연스레 다른 사람을 불신했는데, 자기 부인은 특히 더 안 믿었다. 셕은 아내의 소재를 자신이 항시 확인할 수 있게 그녀가 집에 처박혀 있기를 원했다. 남편 되는 사람들이 그녀가 일하는 것을 반대했으므로, 애그니스는 일에 흥미를 느낄 기회조차 없었다.

"당신은 일할 필요 없어. 미인들은 일 안 해도 돼." 셕은 무슨 말을 하면 되는지 잘 알았다. 그들은 이런 대화를 수차례 반복했다. 셕은 기계적으로 말했지만 그래도 애그니스는 만족한 듯했다. 그러나 한번은 대화 끝에 셕이 흘린 뜻밖의 말에 애그니스의 미소가 얼어붙었다. "만약 당신이 꼭 일하고 싶으면, 해도 돼. 야간근무 같은 것 말야. 밤에 집에 죽치고 앉아서 날 기다릴 필요 없어. 내가 알아서 잘할게."

애그니스는 일어나서 남은 맥주를 들이켰다. 화제를 바꾸고 싶은 표정이었다. 애그니스는 버리는 물건 무더기에서 상의와 하의를 각각 두 벌씩 고르고, 자신의 분홍색 앙고라 스웨터와 셔기에게 작아진 갱스터 양복으로 가이 포크스의 밤에 태우는 인형 같은 것을 두 개 만들었다. 셔기는 어머니를 따라 부엌에 들어갔다. 애그니스는 빨래 건조대에 인형을 걸고 줄을 잡아당겼다. 건조대가 천장으로 다시 휙 올라갔고, 두 인형은 살아 있는 것처럼 너울거렸다. 과거의 셔기와 애그니스가 새로 이사 올 가족을 기다리는 것 같았다.

"그 여자 이름은 수전이야." 애그니스가 말했다. "착해. 애가 넷이고, 남편은 카펫 설치하는 일을 한대. 살면서 실업수당은 한 번도 안 탄 남자야. 이 동네 인간들이 그 남자를 만나면 흥미롭겠어."

"우리가 그 아줌마를 속이는 거예요?" 셔기가 새로 입주할 가족을 걱정하며 물었다.

애그니스는 마음을 진정시키려는 것처럼, 혹은 틀니가 잇몸 뒤쪽에 걸려 아픈 것처럼 뺨을 문질렀다. 그리고 머그잔에 새로 라거를 따랐다. "아니야, 그 여자는 차가 있고, 더구나 남편도 있어. 그 사람들은 외진 곳에 사는 데 불만 없어 보였어."

애그니스는 셔기의 스웨터에 손을 쑥 넣고 옷을 뒤집은 다음에, 게으른 하녀가 카펫 밑을 잘 청소했나 확인하듯이 셔기의 피부를 문질렀다. 셔기의 깡마른 가슴에 가느다란 털이 돋아나기 시작했다. 애그니스는 손톱으로 잠시 가슴 털을 건드렸지만 그것을 언급하지는 않았다. "왜 이렇게 창백하니. 마지막으로 밖에 나간 게 언제야?"

셔기는 프랜시스 맥아베니와 그의 식칼에 대해 말하고 싶지 않았다. 프랜시스가 칼로 찌르겠다고 위협한 이래 밖에 오래 나가 있기가 무섭다고 인정하고 싶지 않았다. 어쨌든 아무 말도 할 필요가 없었다.

애그니스의 정신은 프로젝터에서 연속으로 넘어가는 슬라이드처럼 한 가지 생각을 오래 붙들지 못했다. 애그니스가 말했다. "넌 글래스고가 기억나지 않을 거야. 너무 어렸으니까. 하지만 글래스고에는 춤이 있단다. 온갖 종류의 춤이 있어. 그리고 큰 상점들이 많아. 할 게 많아서 종일 밖에 나가 있을 수 있어." 어머니가 실낱같은 기대감을 스스로에게 주입해서 거짓된 희망으로 부풀어 오르는 모습이 눈에 보이는 듯했다. 엉겅퀴꽃의 솜털처럼 후, 불면 날아갈 듯 위태로웠다. "넌 기억 안 나겠지. 하지만 이번에 가면 보게 될 거야."

"기대돼요." 거짓말이었지만, 셔기에겐 더 깊은 고민이 있었다. 애그니스에게 털어놓을 수는 없었지만 셔기는 도시가 조금 두려웠다. 거대하고 제어 불가한 도시의 특성이 두려웠다. 어머니를 앗아갈지도 모르는 수많은 알코올중독자들, 어두운 술집, 어머니를 이용하려는 남자들, 어머니를 삼켜버릴지 모르는 낯선 골목들. 최소한 탄광촌은 그에게 익숙했다. 이곳은 두 사람을 끈끈이에 붙은 파리처럼 붙들었고, 무(無)로 둘러막았다. 이곳에서는 어머니가 스스로를 다치게 할 수는 있을지언정 그가 어머니를 잃어버릴 일은 없었다.

셔기는 불길한 생각을 애써 떨쳐냈다. "우리가 이사하고 나면, 정말 술 끊을 거예요?"

"끊겠다고 했잖아, 아니야?"

셔기의 눈에 어렴풋이 불신이 감돌았다. 어쩔 수 없었다. 셔기는 표정을 감추려고 싱크대로 가서 남은 접시를 닦기 시작했다.

이것이 애그니스의 신경을 긁었다. "지금 엄마를 거짓말쟁이 취급하는 거니?"

이날 애그니스는 종일 술을 마셨다. 애그니스의 기분은 거무죽죽하고 무겁지만 비를 뿌리지 않고 머금고 있는 해무 같았다. 셔기는 괜히 이 안개를 건드려서 비를 부르고 싶지 않았다. "아니에요. 미안해요."

애그니스는 싱크대 가장자리에 담배를 비벼 껐다. 그리고 머그잔에 남아 있던 맥주를 싱크대에 부었다. 너무나도 격렬하고 빠르게 일어난 일이라 맥주가 사방에 튀었고, 맥주에 젖은 셔기는 한 발짝 물러나서 눈을 껌벅였다.

애그니스는 싱크대 밑 찬장을 열고 커다란 칼스버그 맥주캔 두 개를 꺼냈다. 하나는 셔기에게 건네주고 다른 하나는 직접 땄다. 애그니스는 싱크대 위에 캔을 거꾸로 들고 쏟아부었다. 라거가 방울을 튀기며 꿀렁꿀렁 쏟아져 배수구로 내려갔다. 마지막으로 흰 맥주 거품이 진눈깨비처럼 떨어지고 나자 애그니스는 캔을 쓰레기통에 던졌고, 빗나간 캔이 리놀륨 장판에서 데구루루 굴렀다. 접시만큼 커다래진 눈으로 물러선 셔기는 다리에 힘이 풀려서 싱크대를 붙잡았다. 애그니스는 무언가에 사로잡힌 것같이 집을 헤집으며 돌아다녔다. 가구 밑과 옷장 구석을 뒤지는 소리가 들려왔다. 애그니스는 보드카 대여섯 병을 품에 안고 돌아왔다. 마시다가 곯아떨어져서 남긴 다음에 잊고 있던 술이었다. 애그니스는 이것들 또한 극적으로 싱크대에 쏟아부었다.

처음이었다. 원래 애그니스는 멀쩡한 술을 절대 버리지 않았다.

아주 드물게 금주를 다짐할 때도 애그니스는 일단 집에 남은 것들을 다 마신 다음에 극심한 금단증상에 시달리며 토하고 몸을 떨었다. 달리 수가 없어서 맨정신으로 지내는 날도 있었다. 정부에서 받은 수당금을 소진했고 술을 사줄 남자도 없을 때는 본인의 의지와 무관하게 금주가 시작되었다. 이것이 만일 목요일에 시작되면, 애그니스의 맨정신은 술과의 경쟁에서 사 일 앞섰다. 셔기는 늘 애그니스의 맨정신을 응원했다. 그러나 술은 강력한 상대였다. 아무리 뛰어봤자 자기 손바닥 안이라고 거만하게 웃으며 도망가게 해주는 깡패 같았다. 그 다음 주 월요일에 장애수당이 들어오면 애그니스의 맨정신은 힘없이 나가떨어졌다. 그런데도 셔기는 매번 속았다.

셔기는 마지막 캔을 땄다. 어머니를 곁눈질하며, 언제라도 멈출 준비를 하고 술을 싱크대에 찔끔찔끔 부었다.

애그니스는 귀부인처럼 턱을 치켜들고 셔기를 보고 있었다. "이제 엄마를 믿어?"

마음을 가라앉히려고, 희망의 눈물을 참으려고 셔기는 엄지손가락의 관절로 눈두덩을 눌렀다. "고마워요."

애그니스는 잠시 경직되었지만, 다음 순간 미소를 지었다. 입술이 살짝 떨리고 있었다. "난 이제 술이랑 이별이야. 물론 쉽지 않겠지. 하지만 도시에 살면 좋은 점이 바로 그거야. 아무도 우리를 모르거든." 애그니스는 건조대에 걸려 있는 인형에서 실오라기를 떼었다. 고요한 부엌에서 인형들이 빙글빙글 돌았다. "그리고 너. 너도 다른 소년들처럼 될 수 있어. 우리 둘 다 새사람이 되는 거야."

1989
이스트엔드

28

세상으로부터 동떨어진 광재 언덕에 살던 그들에게 시내의 주택 단지는 활기찬 중심가나 다름없었다. 주도로의 양옆으로 큼직한 사암 건물들이 늘어섰고, 그 건물들의 1층에는 수많은 상점이 자리했다. 1.5킬로미터마다 우체국이 있었고, 골목마다 튀김집은 물론 애그니스가 외상으로 물건을 살 수 있는 갖가지 옷가게와 신발가게가 수두룩했다. 번쩍이는 차들이 신호등 앞에 멈췄다가 느릿느릿 지나갔다. 이층 버스가 한 번에 두 대씩 지나가며 거의 매 골목에서 멈췄다. 영화관, 댄스장, 커다란 녹지 공원, 난생처음 보는 수많은 교회와 성당. 도시의 거리는 장을 보는 사람들로 붐볐고 아무도 타인에게 주의를 기울이지 않았다. 사람들은 무심히 서로를 스쳐 지나가며, 시선이 비껴가는 순간 타인의 기억에서 잊힐 수 있는 자유를 당연시했다. 심지어 사람들은 고개를 끄덕여 인사하지도 않았다. 이곳에서는 아무도 친척 관계가 아닐 거라고 셔기는 확신했다.

이사 트럭이 점점 더 좁아지는 골목길로 홱홱 꺾어 들어갔다. 이제

하늘이 아득히 멀어졌다. 빽빽한 건물의 물결은 골목의 모퉁이에서만 끊겼고, 모퉁이를 지나고 나면 더 많은 건물이 밖으로 뻗어나갔다. 셔기는 하늘을 올려다봤다. 지구의 표면 아래, 인간으로 이루어진 골짜기 깊숙한 곳에 파묻힌 기분이었다. 이사 트럭이 멈추면서 비좁은 골목을 완전히 가로막았다. 이사를 도우러 온 AA 모임 남자가 우당탕 요란한 소리를 내며 트럭의 개폐판을 내렸다. 애그니스는 쪽지의 주소를 확인하고 건물로 시선을 돌렸다. 잿빛이 감도는 황색 공동주택의 중간에 있는 건물이었다. 입구의 버저에는 여덟 호수가 표시되어 있었고, 애그니스는 3층 버저를 눌렀다.

"이제 여기가 우리 집이야." 애그니스는 건물을 가리키며 말했다.

엄마 손을 잡고 다니기에는 이제 너무 나이가 들었지만, 그래도 셔기는 애그니스의 손을 잡았다. 어머니가 계속 앞으로 나아갈 수 있게, 술의 유혹에 넘어가지 않게 잡아주고 싶었다. 그의 손에 들어온 어머니 손이 너무 작게 느껴졌다. 애그니스는 아직 남아 있는 반지를 전부 끼고 있었지만, 차가운 금속 아래 손바닥은 잔뜩 긴장했고 술을 향한 갈증으로 축축하게 젖어 있었다.

"새사람이 되기로 약속해요. 정상적인 사람들이 되기로 약속해요." 어머니와 신혼부부처럼 손을 맞잡고 셔기는 기도했다.

공동주택의 입구는 깨끗하고 싸늘했다. 벽과 바닥과 계단이 전부 하나의 아름다운 바위를 깎아서 만든 것처럼 어우러졌고 불과 얼마 전에 표백제로 닦은 것처럼 청결한 냄새가 났다. 두 사람은 이삿짐을 나르는 남자들에게 길을 비켜주며 천천히 올라갔다. 층계참마다 두꺼운 문 두 개가 마주 보았고 바닥이 정확히 분배되어 있었다. 그들이 층계참을 지나갈 때 몇몇 문 뒤에서 나뭇널이 삐걱댔다. 애그니스는 고개를 빳빳하게 들고 걸음을 옮겼다.

그들의 집은 사암 건물의 3층 층계참 오른쪽에 있었다. 애그니스는 새집에 들어가자마자 닦아야 할 먼지와 털어야 할 카펫 등 청소 목록을 머릿속으로 정리하며 군데군데 남아 있는 손자국을 관광안내인처럼 가리켰다. "그래, 깨끗한 여자는 아니었구나." 애그니스가 차갑게 말했다. "그 동네에 퍽이나 잘 어울리겠네."

새집은 매우 좁았다. 복도가 짧고 폭이 넓은 니은 자라서 셔기는 어머니가 전화기 탁자를 과연 어디에 놓을지 궁금했다. 집의 정면에는 커다란 퇴창이 달린 거실과 작은 침실이 있었고, 후면에는 좁은 부엌과 상자처럼 매우 작은 침실이 있었다. 셔기는 작은 방 안을 오락가락하며 발가늠으로 방의 면적을 쟀다. 침대 두 개를 넣을 수 있기를 기대했지만 불가능하다고 판명났다. 이제는 형이 돌아올 자리마저 없다는 깨달음이 엄습하면서 그리움이 울컥 치솟았다.

애그니스는 커다란 퇴창 앞에서 바깥 거리를 내다보고 있었다. 셔기는 어머니를 뒤에서 두 팔로 끌어안았고, 새로이 거듭난 두 사람은 잠시 말없이 평화로운 백일몽에 빠졌다. 그때 애그니스가 한쪽 발로 반대쪽 다리의 종아리를 긁었다. 청개구리처럼 행동해야 직성이 풀리는 어머니의 성격을 셔기는 잘 알았다.

짐을 날라준 남자들은 이사를 금세 마무리했다. 그들이 마지막 상자를 들고 떠나자 애그니스는 모헤어 코트의 깃을 여미며 점심으로 따뜻한 차와 애플 페이스트리를 차려주겠다고 약속했다. 집을 나서는 어머니 뒤로 문을 닫으며, 셔기는 구두 버클에 올이 나간 어머니의 스타킹을 못 본 척했다. 셔기는 부엌 창문 앞으로 가서 공동주택의 뒷마당을 오랫동안 내려다보았다. 앞뒤 건물에 완전히 둘러막힌 뒷마당은 2미터보다 조금 낮은 담으로 나뉘어 있었고, 건물마다 똑같은 크기의 거칠거칠한 풀밭과, 풀밭의 대부분을 차지한 커다란 콘크리트 창고를 배정받았다.

뒷마당은 발 디딜 틈이 없을 정도로 북적거렸다. 생물체가 득실득실한 샬레 같았다. 아이들의 고함과 웃음소리가 그들을 사면에서 둘러싼 사암 벽에 부딪히며 증폭되어 메아리쳤다. 이따금 아이들이 건물 후면에 대고 소리를 지르면, 잠시 후 4층 창문이 벌컥 열리고 과자 봉지나 열쇠 같은 것들이 마당으로 떨어졌다.

날이 저물도록 셔기는 일종의 경기장 같은 뒷마당을 구경했다. 저들처럼 아무런 근심 없이 뛰노는 것이 어떤 기분일지 궁금했다. 어떤 아이들은 담을 타고 올라가서 다른 건물의 마당에 침입했다. 때때로 창고의 지붕에서 어린아이들이 밀쳐졌고, 그러다가 어떤 아이는 이마가 깨졌다. 그런 사건 후에는 창문에서 엄격한 손가락이 쑥 나와서 잘못을 저지른 격투사를 가리켰고, 지목된 아이는 두려움과 죄책감에 울음을 터뜨리며 마당에서 모습을 감추었다.

이 폭력의 현장을 구경하는 것도 끝내 지겨워졌다.

어머니가 차와 음식을 사서 돌아오기를 기다리며 셔기는 벌써 백 번은 읽은 빨간색 축구 경기 가이드를 첫 장부터 다시 읽었다. 아브로스 팀의 경기 결과를 읽고 있는데 새집 자물쇠에 열쇠가 꽂히는 소리가 들렸다. 셔기는 부엌 창가에 앉아서도 알 수 있었다.

"아들, 안녕?" 어머니가 문을 열어놓은 채 현관에 서 있었다. 눈은 게슴츠레하게 풀렸고, 이를 지나치게 드러낸 특유의 미소를 띠고 있었다.

"수, 술 마셨어요?" 대답을 알면서도 셔기는 물었다.

"아아뉘이."

"이리 와봐요. 냄새 맡아보게." 셔기는 텅 빈 부엌을 가로질렀다.

"냄새를 맡아?" 애그니스가 외쳤다. "너, 네가 대체 뭐라고 생각하는 거니?"

셔기는 매일매일 키가 크고 있었다. 다 큰 성인 남자의 힘으로 셔기는 어머니의 소매를 잡고 끌어당겼다. 애그니스는 휘청거리면서 셔기의 팔을 뿌리치려고 버둥거렸다. 셔기는 얼굴을 들이대고 냄새를 맡았다. "마셨네! 술 마시고 왔잖아요."

"너 진짜 왜 이러니. 넌 엄마가 즐거운 꼴을 못 보더라." 애그니스는 다시 한번 셔기의 손을 뿌리쳤다. "새로 사귄 친구 마리랑 작은 거 딱 한 병 마셨어."

"마리? 우리 새사람이 되기로 약속했잖아요."

"될 거야! 될 거라고!" 애그니스는 교도관에게 화가 나고 있었다.

"거짓말. 엄마는 노력도 안 했어요. 우린 새사람이 아니야. 씨발, 하나도 안 달라졌다고." 셔기가 소매를 세게 잡아당기자 스웨터의 목이 늘어나면서 옷이 어깨에서 벗겨졌다. 하얗고 부드러운 어깨에 검은 브래지어 끈이 달랑 하나 걸려 있었다. 셔기는 그것을 잡으려고 손을 뻗었다.

"놔!" 이제 애그니스는 겁이 난 듯했다. 애그니스가 스웨터를 잡고 너무나도 갑작스레 돌아서는 바람에 셔기는 몸이 붕 떴다가 쾅 소리와 함께 복도 끝의 벽에 부딪히고 바닥으로 미끄러졌다.

애그니스는 혼잣말로 뇌까리고 있었다. "감히 네가 뭔데 나한테 그렇게 말해?" 어떤 생각이 뇌리에 스친 애그니스가 셔기를 향해 다시 돌아섰다. "네 아비? 네가 그 개새끼라도 되는 줄 알아?" 애그니스는 반발하듯이 고개를 뒤로 바짝 당겼다가 셔기에게 침을 뱉었다. "죽었다 깨어나도 그럴 일은 없을 거다, 아가야."

애그니스는 늘어난 스웨터를 어깨 위로 끌어올리고 현관문을 열어 놓은 채 다시 나갔다. 애그니스가 집집마다 돌아다니는 소리가 건물 안에 울렸다. 애그니스는 이웃들의 문을 두드리고 사람이 나오면 혀가 잔뜩 꼬인 발음으로 자신을 소개했다. "안녕하세요. 방해해서 너무 실례합니다. 저는 애그니스예요. 새로 이사 왔어요."

선량한 주민들이 잠시 흠칫했다가 어색하게 대꾸하는 소리가 들렸다. 그들이 눈을 데루룩 굴리며 어머니를 위아래로 훑어보고, 가늠하고, 판단을 내리는 소리가 들리는 것 같았다. 싸구려 염색약으로 머리를 새까맣게 염색하고 반들거리는 검은 스타킹과 검은 하이힐을 신은 이 여자는 점심시간에 벌써 취해 있었다.

새 중학교는 셔기가 지금껏 본 학교 중에서 제일 컸다. 셔기는 아랫집 소년이 집을 나설 때까지 기다렸다가 따라갔다. 아랫집 소년은 여름 휴가의 빛깔로 그을려 있었다. 길모퉁이에 이르렀을 때 소년은 고개를 돌리고, 길고양이처럼 자신을 졸졸 쫓아오고 있는 창백한 소년을 갈색 눈으로 경계하며 훑어봤다.

이날 아침에 셔기는 첫 등교를 위해 다리미판을 펼치고 직접 옷을 다렸다. 회색 모직 교복 바지를 입고 그 위에 애그니스가 담배 쿠폰으로 사준 말쑥한 빨간 스웨터를 입었다. 셔기는 옷이 종이처럼 납작해질 때까지 다린 다음에, 속옷과 양말까지 모조리 다렸다.

아랫집 소년을 따라 모퉁이를 꺾자 학교가 보였다. 끝없이 펼쳐진 거대한 공간은 마치 하나의 독립된 도시 같았다. 커다란 정사각형과 직사각형 콘크리트 건물들이 여러 각도에서 교차했고, 이동주택처럼 생겼지만 훨씬 영구적인 분위기를 풍기는 낮은 건물들이 그 주변을 에워쌌다. 건물에는 밖으로 뚫린 창문이 없었다. 아스팔트와 갈색 진흙과 돌로 덮인 광활한 평지 한복판에 이런저런 형태의 거대한 콘크리트 덩어리들이 웅크리고 있을 따름이었다.

셔기는 소년을 따라 학교 정문으로 들어갔다. 드넓은 교정에 아이들이 우글거렸다. 개신교의 파란색, 빨간색, 하얀색이 덩어리로 움직였다. 거의 모든 소년이 글래스고 레인저스팀의 티셔츠나 트레이닝 재킷을 입었고, 옷이 아니면 적어도 운동 가방이라도 들었다. 시선을 어느 방향으로 돌려도 흰 글씨로 크게 쓰인 매큐언즈 라거*가 눈에 들어왔다. 셔기는 주머니에 손을 넣었다. 너덜너덜해진 축구 경기 가이드가 손에 닿으니 마음이 한결 든든했다.

종이 울렸다. 셔기는 아랫집 소년을 따라 유리문 몇 개를 지났고, 달리 더 좋은 생각이 나지 않았기 때문에 교실까지 따라갔다. 다른 아이들은 익숙하게 자기 자리에 앉아 왁자지껄 떠들고 있었다. 셔기는 교실 뒤쪽에 있는 책상에 가방을 올려놓고 가방 뒤에 몸을 숨겼다. 수염이 하얗고 체격이 왜소한 중년 남자가 교실로 들어왔다. 성난 테리어처럼 생긴 남자는 귀가 따가운 글래스고 억양으로 말했다. "조용히 해라, 이것들아. 출석 부르고 나면 귀고리랑 파마랑 그만 것들 가지구 다시 수다 떨게 해줄 테니까." 선생이 잠시 후에 덧붙였다. "사내자식들한테 한 말이다."

재미없다는 야유가 교실에서 터져 나왔다. 선생은 출석을 불렀고, 출석을 거의 다 불렀을 즈음엔 교실이 다시 떠들썩해졌다. 선생은 팔

---

* 레인저스팀의 스폰서였던 주류 브랜드

짱을 끼고 눈을 감은 다음에 책상에 기대 잠시 눈을 붙이려 했다.

셔기는 손을 들었다가 내렸다가, 다시 들었다. "선생님." 셔기가 말했다. 목소리가 너무 작았다. "선생님!"

선생은 눈을 뜨고 새 학생을 보았다. "뭐냐?" 선생은 신입생들의 얼굴을 아직 외우지 못했다.

"저는 신입생입니다." 시끌시끌한 교실 저편으로 전달되기에는 너무 작은 목소리로 셔기가 말했다.

"이 반은 전부 신입생이다." 선생이 말했다.

"예, 압니다. 하지만 전 추가등록생이었던 것 같습니다." 셔기는 애그니스가 가르쳐준 용어로 설명했다.

교실이 조용해졌다. 머리 서른 개가 동시에 셔기를 돌아보았다. 남학생들은 인중이 거뭇했고, 여학생들은 벌써 여성의 신체적 특성을 나타냈으며 얼굴에 작고 하얀 좁쌀이 올라오기 시작했다. "니가 뭐라구?" 테리어를 닮은 선생이 물었다.

"추, 추가등록생이요. 다른 학교에서 전학 왔습니다." 이제 교실은 숨소리가 들릴 정도로 조용했다.

"아." 선생이 말했다. "이름이 뭐냐?"

셔기가 대답하기도 전에 시작되었다. 속닥속닥 나지막하던 속삭임이 누군가의 외침에 탄력을 받아 노골적인 폭소로 터져 나왔다. "이름이 게이로드 아냐?" 쥐처럼 생긴 남학생의 말에 교실 전체가 박장대소했다.

"빅 보비 벤더*?" 다른 아이가 말했다.

셔기는 그들보다 크게 말하려고 목소리를 쥐어짰다. 얼굴이 새빨

* Big Bobby Bender. Bender는 동성애자를 칭하는 은어다.

장게 달아올랐다. "셔기입니다, 선생님. 휴 베인이요. 세인트 루크에서 전학 왔습니다."

"저 목소리 좀 들어봐!" 머리가 뽀글뽀글한 소년이 외쳤다. 소년은 먹잇감을 마침내 찾아서 감격한 것처럼 눈을 크게 뜨고 있었다. "여, 도련님. 그 좆같은 억양은 어서 배웠냐? 뭐, 발레리노라두 되나보지?"

이 말은 정점을 찍고, 다른 아이들에게 찬란한 영감을 불어넣었다. "춤 좀 춰봐라!" 아이들이 낄낄거렸다. "한 바퀴 돌아봐, 호모 자식아!"

자기가 말하고 자기가 좋아 죽는 아이들의 놀림을 셔기는 잠자코 듣고 있었다. 셔기는 주머니에서 빨간색 축구 경기 가이드를 꺼내 낯선 학교의 서랍 깊숙이 넣었다. 여하튼 신고식을 해치워서 다행이었다. 이젠 명백했다. 아무도 새사람이 되지 못한다.

29

아랫집 갈색 눈동자 소년이 셔기의 현관문을 두드렸다. 그들이 오랜 친구라도 되는 양 스스럼없는 태도였다. 셔기와 애그니스가 이사 온 지 한 달, 그동안 소년은 최선을 다해 셔기를 무시했다. 그런데 이날 셔기가 문을 열자 갈색 눈동자 소년은 고개를 까닥여 인사하고, 겉옷을 챙겨서 나오라고 말했다.

"왜?" 셔기가 고마운 줄도 모르고 물었다.

"니 도움이 필요하니까." 소년은 이미 건물의 출입구까지 절반을 내려갔다.

키어 위어라는 이름의 이 소년은 따뜻한 색채에서 조화로운 것들만 뽑아 구성해놓은 팔레트 같았다. 키어는 셔기가 이제껏 본 사람들 가운데 가장 가무잡잡했고, 키어의 빛나는 갈색 머리칼은 몇 번 보지 못한 햇빛의 추억을 머금고 있었다. 눈동자는 호두나무 목재처럼 색이 풍부했고, 입술은 셔기의 시선을 자꾸만 잡아끄는 모양으로 곡선을 그렸다. 윗입술에 자꾸 돋는 발진과 처진 코끝만 아니었으면 키어는 청소년 모델처럼 보였을 것이다.

셔기는 겉옷을 걸치고 고분고분한 하인처럼 따라나섰다. 공동주택 입구까지 내려갔을 때 키어는 발뒤꿈치로 한 바퀴 돌더니, 뒤에서 부지런히 따라오는 셔기를 멈춰 세웠다. "야, 그런 꼴로 나랑 다닐 생각하지 마."

셔기는 자기 옷차림을 내려다보았다. 평소와 똑같이 입고 있었다. 교복 모직 바지, 낡은 검은 신발, 애그니스가 창피해서 시장에도 안 입고 가는 구식 코트와 비슷한 파란 점퍼.

"아, 뒷목 땅겨. 니는 아직도 엄마가 옷 입혀주냐?" 키어는 셔기의 점퍼 안으로 손을 쑥 집어넣고 등허리의 가운데 부분을 더듬어 거기에 달린 허리끈을 잡아당겼다. 끈을 너무 세게 조이는 바람에 셔기는 허리가 끊어질 것 같았지만, 키어는 셔기의 점퍼가 엘리자베스 시대 남성 상의처럼 부풀 때까지 계속해서 조였다. 갈색 눈의 소년은 셔기가 단정히 다림질한 목깃을 치켜세우고 플라스틱 지퍼를 거칠게 끝까지 올렸다. 셔기는 선박 굴뚝으로 얼굴을 내밀고 밖을 내다보는 기분이었다.

셔기는 고개를 젖히고 점퍼의 목깃 위로 물었다. "어디 가는 거야?"

"기집애들 소개해줄게. 근데 니가 찌질이처럼 보이면 안 되거든." 키어는 뒷주머니에서 검은색 싸구려 빗을 꺼냈다. 한쪽 끝은 하도 씹어 놓아서 못 쓸 정도였다. 키어는 거품이 이는 침을 빗에 뱉고 셔기의 머리 정중앙에 가르마를 탔다. 셔기가 질색하며 움츠렸지만 키어는 긴 손가락으로 셔기의 목덜미를 꽉 쥐고 꼼짝도 못 하게 붙들었다. 애그니스가 즐겨 보는 영화에서 남자가 여자를 끌어당기는 자세였다. 키어는 아무 생각 없었지만 셔기는 안구 뒤쪽에서 땀이 나는 것 같았다.

빗이 구부러질 정도로 거친 빗질에 두개골이 깨끗이 반으로 쪼개진 느낌이었다. 키어는 애그니스의 작품인 단정한 이 대 팔 가르마를 흐트러뜨리고, 셔기의 검은 머리칼을 커튼처럼 무겁게 앞으로 드리워서 반으로 갈랐다. "됐다!" 키어는 꽤 흡족한 표정으로 셔기의 뒤통수를 문질렀다. "이제 좀 하드코어로 보이네." 키어는 몸을 돌리고 거리로 나갔다. "니는 내가 하는 대로만 하면 아무 문제 없다. 알겄냐?"

"알았어." 얼른 따라가며 셔기는 키어가 다시 자신을 잡게 만들 구실이 없나 궁리했다.

키어 위어는 팔자걸음으로 건들건들 걸었다. 얼굴의 아래쪽은 아노락의 깃으로 가렸고, 손은 주머니에 깊숙이 찔러 넣었다. 조금 뒤에서 셔기는 릭이 예전에 가르쳐준 대로 다리를 쩍 벌리고 걸으려고 의식적으로 노력했다. "기집애들 만나러 가는 거다. 한 명은 내 여친이구 다른 애는 걔 친군데, 완전 새끈하다." 키어가 말했다. "니는 여친 있냐?"

"응." 셔기는 거짓말을 했다.

"누구?" 키어가 물었다. 바짝 세운 깃 위로 미간에 잡힌 주름과 눈만 보였다.

"내가 전에 살던 동네 애야."

"아, 그래? 이름이 뭐냐?"

키어가 빈정대는 것인지 정말로 궁금해하는 것인지 셔기는 도통 짐작할 수 없었다. 상대의 입을 보지 않고 이야기하려니 표정을 읽기가 어려웠다. "그게," 셔기는 더듬거렸다. "어, 마돈나야." 입을 떼자마자 셔기는 점퍼의 깃이 그렇게 고마울 수 없었다. 거짓말쟁이의 홍조가 얼굴을 빨갛게 물들였다.

키어가 눈살을 찌푸렸다. 셔기를 초대한 것을 후회하기 시작한 기색이 얼굴에 비꼈다. "흠, 그래?" 키어는 눈썹을 목깃 위로 높이 추켜올렸다. "걔한테 손으로 해봤냐?"

점퍼 깃의 가림막 뒤에서 셔기는 입이 떡 벌어졌다. 셔기는 천천히 고개를 끄덕였다.

키어의 입에서 지루해하는 한숨이 흘러나와 앞머리 커튼을 흔들었다. "어쨌든 내 여친 친구는 존나 밝힌다. 니가 달라고 하면 줄걸." 키어는 다시 빈정거렸다. "그니까, 마돈나가 허락해준다면 말이지." 우물에 두레박을 내리듯 키어는 입에 물고 있는 담배를 목깃 아래로 내렸다. "하여간에, 걔가 우리 방해하지 못하게 니가 잘 데리고 있어라. 알겠냐?"

소년들은 황색 공동주택이 늘어선 거리를 걸어가며 표백제 섞인 물을 보도에 쏟아붓는 여자들을 보고도 멈추지 않았다. 키어는 어른처럼 동네를 성큼성큼 가로질렀다. 모퉁이를 확 꺾고, 벤치와 낮은 돌담을 훌쩍 뛰어넘었다. 가장 빠르고 효율적인 경로로 여자친구에게 가는 것이었다. 셔기는 뒤에서 뛰다시피 걸었다. 현대적인 외양의 아파트 단지에 도착하고 나서야 키어는 걸음을 늦추고 느긋하게 걷기 시작했다. 키어는 쭈글쭈글한 담배를 끄고 주머니를 뒤져 껌을 꺼낸 다음에 빠르게 씹었다. 커다랗고 흰 이가 껌의 코팅을 깨뜨리면서 달콤한 박하향을 퍼뜨렸다. 키어는 굶주린 개처럼 허겁지겁 껌을 씹다가 입에서 뺐다. "여기." 키어가 침에 흥건히 젖은 껌을 셔기에게 권했다. "숙녀분들을 위해서 입청소 해야지."

키어가 축축한 손가락으로 내민 회색 껌을 보면서 셔기는 눈만 껌벅거렸다. 경악한 표정을 숨겨주는 목깃이 다시 한번 고마웠다.

“호모처럼 굴지 좀 마라. 여기!” 키어가 껌을 들이밀었다. 셔기는 울며 겨자 먹기로 껌을 입에 넣었다. 껌은 미끌미끌하고 뜨듯했으며 담배와 콩과 박하 맛이 섞여 있었다. 싫지 않았다. 셔기는 껌을 입에서 천천히 굴리며 맛을 음미했다. 그리고 혓바닥을 이용해 껌에 스며 있던 키어의 침을 입술 뒤쪽 건조한 잇몸 위로 밀어 넣었다. 그렇게 하면 좀더 오래 간직할 수 있을 것 같았다.

두 소년은 건물 꼭대기 층까지 걸어서 올라갔다. 이 아파트에는 층계참마다 훤히 뚫린 커다란 발코니가 나 있었다. 발코니가 나올 때마다 셔기는 흡족한 연금수령자처럼 걸음을 멈추고 전망에 감탄했다. 꼭대기 층에 도착했을 때 키어가 뒤돌아보고 경고했다. “니 그 먹물 냄새 나는 억양 쓰지 마라. 알았냐? 놀림당하고 싶지 않으니까.”

키어는 울룩불룩한 유리문 옆에 달린 초인종을 눌렀다. 집 안에서 문이 열렸고, 쨍쨍거리는 팝송이 복도에 울렸다. 금발이 가까이 다가오면서 유리문에 뭉게뭉게 피어나는 금빛 구름을 두 소년은 바라보았다. 현관문이 열리고 조그맣고 볼품없는 소녀가 나타났다. 소녀는 얼굴이 창백하고 커다란 녹색 눈에 두꺼운 분홍색 안경을 썼다. 젤을 발라서 하나로 묶은 파마머리가 커다랗게 물결쳤다. 옆머리에 줄줄이 꽂은 분홍색 머리핀이 돼지갈비를 연상시켰다.

여자아이는 소년들보다 한두 살 어렸다. 더덕더덕 바른 매니큐어를 보자 셔기는 콜린의 굽 낮은 구두를 신고 어기적어기적 걸어 다니던 맥아베니 여자아이들이 떠올랐다. 소녀가 빼꼼한 문틈으로 말했다. “안녕.”

“안녕, 이쁜이.” 키어가 비딱한 미소를 지었다. 키어는 자기 소유라고 과시하듯이 손바닥으로 문을 짚고 있었다.

여자아이는 킥킥거리다가 셔기를 수상해하며 훑어보았다. "무슨 일이야?" 여자아이는 문을 조금 닫았다.

"니네 엄마 집에 있어?" 키어가 물었다.

"일 나가서 없는 거 다 알잖아."

"그럼 잠깐 들어가도 돼?"

"안 돼." 여자아이는 몸을 비비 꼬고 문을 조금 더 닫았다.

"왜?"

"내가 안 된다고 했으니까. 엄마가 자기 일 나간 동안 너 집에 들이면 맞아 죽을 줄 알라고 했어."

"에이, 그러지 마." 키어가 신발을 벗었다.

"안 된다니까." 여자아이는 어린애처럼 앵앵거렸다. "니가 저번에 다 망쳤어! 변기 커버랑 굽도리널에 오줌을 다 튀겼잖아. 엄마가 보고 입에 거품을 물었어. 난 얻어터졌구." 여자아이는 문틈으로 얼굴만 보일 정도로 문을 닫았다.

그들은 한동안 이렇게 서 있었다. 카세트테이프가 뒷면으로 넘어가는 소리가 집 안에서 들렸다. 키어가 먼저 입을 열었다. "선물이야." 키어는 진줏빛 셀로판지에 포장된 비누 하나를 들고 있었다. 배러스 마켓에서 산더미처럼 쌓아놓고 파는 싸구려 비누 같았다. 애그니스가 경멸하며 지나치는 종류였다. 포장지 옆면에 선명히 쓰여 있었다. 단품 판매 금지.

작고 하얀 손이 문 뒤에서 나와서 조심스레 비누를 집었다. 셀로판지가 바스락거리는 소리가 들렸다. 어린 소녀는 기뻐하며 탄성을 질렀지만 다음 순간 말했다. "그래두 안 돼."

"내 여친 하고 싶은 거 맞아?"

여자아이는 비누를 보다가 키 큰 소년을 쳐다봤다. "응, 아마두."

"그럼 니가 나올래? 밖에서 놀까?"

"아니, 안 돼." 여자아이는 입을 비죽 내밀었다.

"왜 안 돼?" 키어는 갈색 눈을 최대한 크게 떴다가 감았다.

"리앤이 놀러 왔단 말이야. 그래서 안 돼."

키어는 고개를 끄덕이고 비장의 무기를 꺼냈다. "자, 얘는 셔기야. 셔기는 리앤을 좋아해." 셔기가 입구의 그림자에서 한 걸음 앞으로 나왔다. "그러니까 리앤도 같이 나와도 돼."

소녀의 눈이 휘둥그레졌다. 입에서 새된 탄성이 터져 나왔고, 다음 순간 작은 머리가 문 뒤로 들어가고 유리문이 꽝 닫혔다. 셔기는 복도 안쪽으로 멀어지는 금빛 구름을 바라보았다.

정상적인 소년이 될 기회가 드디어 온 건가? 걸음걸이를 연습하고 축구공을 쫓아 뛰고 옛날 경기들의 결과를 외운 것들이 모두 이 순간을 위해서였다.

문이 다시 벌컥 열리고 작은 얼굴 두 개가 불쑥 나왔다. 그리고 다시 문이 꽝 닫혔다. 복도 안쪽에서 키득거리는 소리가 들렸다. 키어는 초조히 움찍거렸다. "호모처럼 보이지 않으려고 좀 해봐라, 어?" 키어가 앞에 시선을 고정한 채 위협했다.

셔기는 크게 숨을 들이쉬면서 가슴을 펴고 허리를 곧추세운 다음에, 불만스러운 거북이처럼 인상을 팍 쓰고 고개를 깃 아래로 푹 떨구었다. 다시 문이 열렸다. 이번에는 아까보다 문틈이 벌어졌다. 여자아이들이 즐거워하며 몸을 배배 꼬았다. 리앤 켈리는 다른 여자아이보다 머리 하나는 더 컸다. 다른 여자아이의 복슬복슬한 금발 위에서 리앤이 셔기를 훑어보았다. 리앤은 입을 꽉 다물고 있었다. 얼굴에는 화장기가 없었고 머리에 장식을 달지도 않았다. 한 발 성큼 나와서 남자 아이들과 견주어보는 품이 여러 남자 형제 사이에서 자란 것이 분명했다. 말할 때는 입술이 이를 보호하듯 말려 들어갔다. 경계심 많은 건포도 같은 눈동자라고 셔기는 생각했다.

"니가 날 어떻게 좋아해? 난 니를 본 적도 없는데." 리앤이 단도직입적으로 물었다.

셔기는 말문이 막혔다. 그때 키어가 셔기의 부드러운 발목 힘줄을 세게 걷어찼다. "그게… 그게, 너에 대해서 좋은 이야기를 많이 들었어."

소녀는 미심쩍어하며 코에 주름을 잡았다. "뭐라구?"

"네가 무척 매력적이라고 들었어."

"근데 넌 왜 말을 그렇게 웃기게 해?" 리앤은 여전히 코에 주름을 잡은 채 웃음기 없는 얼굴로 물었다. "어느 학교 다녀?"

리앤이 한 걸음 다가와 현관문 앞에 쏟아지는 햇빛 속에 섰다. 햇빛 속에서 보니 여자아이의 얼굴은 때가 탄 것이 아니었다. 수백 개의 아름다운 주근깨로 덮여 있었다. 건포도 같은 눈동자는 여전히 경계하는 눈빛을 띠고 셔기를 뜯어보고 있었다. "음, 저기 윗동네 학교에 다녀." 셔기가 말했다.

"그 개신교 똥통 학교?"

"응."

리앤은 한숨을 내쉬며 코의 주름을 풀었다. "안 되겠다. 난 세인트 먼고에 다녀. 가톨릭 학교야."

"괜찮아. 우리 엄마도 가톨릭이야. 그러니까 난 반반이라고 할 수 있어."

리앤이 희미하게 웃었다. "그런 말은 여기서 안 통해. 내가 드러운 오렌지랑 데이트하면 울 오빠들이 내 가죽을 벗기려 들걸."

셔기는 애써 안도감을 숨겼다. 안도감이 밀물처럼 밀려와서 숨을 조용히 길게 내쉬고 싶었다. 사실은 자신이 가톨릭에 훨씬 가까우며 세례도 받았다고 말할 수 있었을 것이다. 하지만 그 대신 셔기는 "아, 그럼 할 수 없지, 뭐. 만나서 반가웠어"라고 말하고 신사적으로 손을 흔들어 인사하며 몸을 돌렸다. 걸음아 나 살려라 도망치고 싶었다.

"비싸게 굴지 마." 리앤이 크게 한숨을 내쉬었다. "빌어먹을 점퍼나 입고 나오게 기다려."

그들이 잿빛 거리로 다시 나왔을 즈음에는 보슬비가 내리고 있었다. 아이들은 둘씩 짝을 지어 걸으며, 복사한 것처럼 똑같이 생긴 아파트 건물들이 늘어선 언덕을 굽이굽이 넘었다. 처음에 리앤은 곁눈질로 셔기를 훔쳐봤다. 그다음에는 혼란스러워하며 대놓고 빤히 보았는데, 셔기가 텔레비전 속 굶주린 아프리카 아기들을 보는 시선과 유사했다. 리앤의 입이 벌어졌다. 자기가 보고 있는 것이 믿기지 않아서 눈을 떼려야 뗄 수 없다는 표정이었다. 그러는 내내 리앤은 길게 늘어뜨린 갈색 말총머리 끝을 만지작거렸다.

"너는 좀 이상해." 분석을 마치고 리앤이 선언했다.

"미안. 뭐라고?" 셔기는 집에 언제 갈 수 있을까, 그 생각뿐이었다.

"너 아빠 없지, 그치?"

셔기는 높이 치켜세운 점퍼의 깃 뒤에서 고개를 돌렸다. "왜 그렇게 생각해?"

"그냥 눈에 보여." 리앤은 지루한 점쟁이처럼 말했다. "원래 그런 거 잘 맞추거든."

"우리 아빠는 죽었어." 셔기는 말했고, 만일 사실이라 해도 자기가 알기나 할는지 생각했다.

"정말? 우리 아빠도!" 여자아이는 반색했다가 다음 순간 아차 싶었는지 덧붙였다. "미안. 됩다 슬픈 일인데."

셔기는 앞머리 커튼을 흔들었다. "아니, 난 잘 됐다고 생각해."

리앤이 킥킥 웃었다. "못됐네. 니 그러다 하느님한테 벌 받는다."

"괜찮아. 우리 아빠는 나쁜 사람이었어."

잠시 걷다가 리앤이 다시 입을 열었다. "니는 여자애를 좋아하긴 하니?"

"모르겠어." 뜻밖의 대답이 방귀처럼 자기도 모르게 새어 나왔다. 셔기는 곧바로 후회했고, 빨개진 얼굴로 여자아이를 재빨리 훔쳐봤다. 정상적인 소년이 될 수 있는 절호의 기회였는데, 벌써 망쳤다.

그러나 리앤은 한숨만 내쉬었다. "그렇구나. 나도. 그니까, 남자애들이 좋은지 모르겠어." 리앤은 잠시 고민하다가 자포자기한 말투로 물었다. "그래두 내 남자친구 할래? 그니까, 일단 지금만."

"그래." 셔기가 대답했다. "지금만."

리앤이 셔기의 손에 자기 손을 넣었다. 여자아이의 손이 더 컸는데, 셔기는 그 따뜻하고 안전한 느낌이 좋았다. 그들이 도착한 곳은 진흙투성이 풀밭이었다. 풀밭에서는 어린아이들이 파랗게 질린 다리로 축구를 하고 있었다. 키어와 금발 여자아이는 풀밭 구석으로 가서 철조망이 끊어진 틈새로 들어갔다.

리앤은 고집스럽게 걸음을 멈추고 마른 가슴 위로 팔짱을 끼더니, 이를 악물고 뿌득뿌득 갈았다. 셔기는 당황했다. "더러운 변태들!" 리앤이 내뱉었다. "쟤들은 맨날 저 지랄이야. 저기 들어가서 못생긴 얼굴을 서로 빨아대는 거야. 주물럭거리는 꼴을 보면 역겨워 죽겠어. 쟤는 열세 살 되고 나서부터 발정이 났어."

황무지 안쪽으로 멀어지는 키어와 그의 여자친구를 두 사람은 우두커니 서서 지켜보았다. 셔기가 먼저 입을 열었다. "같이 안 가면 우리를 이상하다고 생각할 거야."

리앤은 잠시 갈등하며 발끝으로 진흙을 헤집었다. "그러라고 해." 리앤이 비죽거렸다. "그럼 울 오빠들 보내서 죽여버릴 테니까."

허리까지 올라오는 잡초 사이에서 키어가 돌아보고 손목을 튕겨 명령했다. 빨랑 안 와. 셔기가 철조망을 들어주자 리앤은 한숨을 쉬면서 몸을 반으로 접다시피 조심스레 들어갔다.

철조망 안쪽의 방치된 언덕은 경사가 완만하고 잡초가 무성했다. 언덕의 경삿길 아래는 에든버러로 이어지는 고속도로였다. 6미터도 채 떨어지지 않은 곳에서 자동차들이 굉음을 내며 무시무시한 속도로 달렸다. 아이들은 도로변의 풀로 덮인 둔덕을 걷다가 육교가 나오자 한 사람씩 다리 밑으로 수그리고 들어가서 고속도로와 맞닿은 콘크리트 경사면을 주춤주춤 내려갔다. 육교 밑에서는 지린내와 매연 냄새가 났지만 비를 피할 수 있었고, 커다란 기둥 바로 뒤에 앉으면 사람들의 시야에서 거의 벗어날 수 있었다.

두 커플은 불안한 침묵 속에 앉아서 맹렬히 질주하는 토요일 아침 당일치기 여행객들을 내려다보았다. 이따금 조그만 돌멩이를 경사면에 굴리고, 도로에 떨어진 돌이 달리는 차의 바퀴에 맞아 위험하게 뒤쪽으로 튕기면 환호했다.

"담배 있어?" 금발 소녀가 물었다. 소녀는 자꾸 삐치는 머리카락을 머리핀으로 누르고 있었다.

"아니." 키어가 대답했다.

"아, 정말! 내가 왜 니랑 사귀는지 모르겠어." 여자아이가 투덜거렸다. "스투키는 내가 사귀어주면 일주일에 담배 한 갑씩 주겠다고 했는데. 맞지, 리앤?"

"어." 키 큰 소녀는 멍하니 대답했다.

키어는 어깨만 으쓱하고 배짱을 부렸다. "그럼 스투키랑 사귀든가. 내가 신경 쓰나봐라."

약한 햇볕이나마 한 줌도 들지 않는 육교 아래는 몹시 추웠다. 리앤이 몸을 떨기 시작하자 셔기는 점퍼를 벗어주었다. 리앤은 기쁜 표정으로 점퍼를 걸쳤고, 짧은 소매 끝으로 덩그러니 나온 긴 팔을 보고 셔기는 웃음을 터뜨렸다. 리앤이 긴 팔을 셔기의 허리에 둘렀다. 두 사람은 한참 동안 이렇게 앉아서 밑으로 지나가는 차들을 구경했다. 셔기가 뒤돌아보니 키어는 금발 여자아이에게 올라타 있었다. 키어는 마치 구역질을 하듯이 여자아이의 얼굴에 대고 입을 뻐금거렸다.

여자아이의 스웨트셔츠 아래로 들어가는 길고 가는 손가락을 셔기는 바라보았다. 여자아이의 다리에 몸을 바짝 누르는 키어의 엉덩이 근육이 단단하게 조여졌다. 머리의 움직임만 보면 꼭 여자아이의 얼굴을 먹고 있는 것 같았다. 키어가 신음하면서 몸을 비비면 아래 깔린 여자아이가 어설프게 꿈지럭거렸다. 소년의 팔에 잡힌 근육, 등의 곡선, 들썩이는 엉덩이를 셔기는 음미하듯 바라보았다. 그때 키어가 눈을 뜨고 셔기의 굶주린 눈과 시선을 맞추었다. 소년의 입가는 빨갛게 부르트고 축축하게 젖어 있었다. 키어가 갈색 눈을 찡그렸다. "씨발, 니 지금 내 엉덩이 보고 있나?"

"아니…." 셔기는 몸을 돌렸다. 고속도로의 차량이 점차 뜸해지고 있었다.

금발 소녀의 안경이 비뚤어지고 뿌옇게 김이 서렸다. 여자아이는 폭행을 당한 것 같은 모습이었다. "리앤, 괜찮아?" 여자아이의 가느다란 목소리가 머리 위 콘크리트 육교에 부딪혀 메아리쳤다.

춥고 심심한 리앤은 돌아보지 않고 어깨만 으쓱했다. 셔기와 리앤은 등 뒤의 연인들이 내는 소리를 잠자코 듣고 있었다. 키어가 먼저 입을 열었는데, 일부러 목소리를 높인 듯했다. "봤지!" 키어가 깔려 있는 소녀에게 으스댔다. "니만 빼고 다 내가 존나 섹시하다고 생각해."

"암튼 존나 짱나." 여자아이는 툴툴거렸지만 다시 몸을 꿈틀거리기 시작했다.

키어가 콘크리트 바닥에 끈적한 가래침을 뱉었다. 셔기는 자신의 목뒤를 찌르는 키어의 시선을 느꼈다. 키어가 소녀에게 고개를 돌리고 노골적으로 물었다. "손으로 쫌만 해도 돼?"

"싫어. 차갑단 말야."

"아, 제발." 소년이 애원했다. "입으로 불어서 따뜻하게 하고 할게. 니는 바지도 안 벗어도 돼."

"싫어."

"내가 사랑한다고 했잖아. 비누도 사줬는데."

"훔친 거잖아." 금발 소녀가 말했다. 그러나 소녀는 한숨을 쉬고 덧붙였다. "알았어. 하지만 잠깐만이야. 그리고 하기 전에 손가락 꼭 덥혀."

셔기는 얼굴을 붉혔다. 얼굴에서 열이 나는 것 같았다. 셔기는 주머니에서 키어의 빗을 꺼내 끄트머리를 입에 천천히 넣었다. 담배와 소넌들의 헤어젤 냄새가 났다. 키어의 냄새가 났다.

"니가 원하면 가슴 만지게 해줄게." 리앤이 옆에서 말했다. "니가 원하면."

셔기는 소녀를 보지 않고 고개를 저었다. "아니야. 괜찮아. 고마워." 셔기는 작은 회색 돌멩이 한 주먹을 경사면으로 흘려보내 고속도로에 떨어뜨렸다.

리앤은 손톱으로 이끼에 줄을 그었다. "글쎄, 난 여기 앉아서 얼어 죽을 생각 없어."

셔기는 입에서 빗을 빼고 끝에 묻은 침을 바지에 닦았다. 바지에 축축하고 어두운 자국이 남았다. "내가 머리 빗겨줄까?"

리앤은 대꾸하지 않았고, 셔기는 얼굴이 다시 뜨거워졌다. 그때 소녀가 한숨을 내쉬고는, 머리를 묶고 있던 털실 머리끈을 천천히 풀었다. 하늘하늘한 생머리가 귀 옆으로 스르륵 떨어졌다. 리앤의 얼굴이 부드러워졌다. 눈썹이 내려갔고, 주근깨로 덮인 얼굴에서 지나치게 팽팽하고 투명한 느낌이 사라졌다. 리앤은 한층 순하고 훨씬 어려 보였다. 셔기는 리앤의 머리를 빗기 시작했다. 여자아이의 머리칼은 단순한 갈색이 아니었다. 빛나는 붉은색과 짙은 밤색 등 무수한 빛깔이 섞여 있었다. 머리칼이 비단처럼 부드럽게 손에서 미끄러졌고, 한 올, 한 올이 민들레 홀씨처럼 가벼웠다.

그들은 등 뒤의 어설픈 신음을 듣고 에든버러를 오가는 버스를 내려다보며 오랫동안 이렇게 앉아 있었다. 부드러운 빗질에 리앤은 곧 눈을 감고 셔기의 가슴에 머리를 편히 기댔다. "니네 엄마 술 마시니?" 리앤이 갑작스레 물었다.

"어쩌다 가끔. 조금." 셔기가 인정했다. "그걸 어떻게 알았어?"

"니가 세상 고민 혼자 다 짊어진 표정이니까." 리앤은 손을 뒤로 뻗어 셔기의 콧등을 찾은 다음에 부드럽게 쓰다듬었다. "걱정하지 마. 울 엄마도 마시거든." 리앤이 말했다. "그니까 내 말은, 어쩌다 가끔. 조금."

셔기는 머릿결을 따라 미끄러지는 빗의 움직임에 집중했다. 머리칼이 올올이 개울의 물줄기처럼 풀어졌다. "엄마가 술 때문에 죽을 거 같아."

"그럼 슬퍼할 거야?" 리앤이 물었다.

셔기는 빗질을 멈추었다. "죽도록. 넌 안 그럴 거 같아?"

리앤은 어깨를 으쓱했다. "모르겠어. 어쨌든 내 생각엔 알코올중독자들이 원하는 게 결국 그것 같아." 리앤이 몸을 떨었다. "죽는 거 말야. 단지 어떤 사람들은 한참 멀리 돌아가는 것뿐이야."

셔기의 내면에서 무언가 떨어져 나갔다. 마치 관절을 붙여놓았던 오래된 풀이 떨어진 것 같았다. 돌연 팔이 너무나도 무거웠다. 어깨를 펼 수 없게 단단히 뭉쳐 있던 근육이 갑자기 풀린 것 같았다. 봇물 터지듯 단어들이 입에서 쏟아져 나왔다. 리앤에게 털어놓는 기분이 좋았다. 이렇게 마음이 가벼워질 수 있으리라고는 상상도 하지 못했다. "밤에 집에 갈 때마다 무엇이 기다리고 있을지 몰라서 두려워."

"맞아. 따끈한 저녁밥이 기다리고 있을 때는 없지?"

"응." 셔기가 인정했다. 새로운 근심이 가슴을 후비었다. "넌 삼촌들 많아?"

"당연하지." 리앤이 말했다. "우린 가톨릭이잖아."

"아니! 그러니까, 삼촌들 말이야."

"아, 그 인간들. 그 하이에나 같은 인간들은 오래가지 않아. 언제나 끝에 가서는 엄마를 두들겨 패고 그럼 복수로 오빠들이 그 인간들을 두들겨 패." 리앤은 설명할 필요가 없을 정도로 예사로운 일이라는 듯이 하품했다. "난 그 인간들 주머니 터는 걸 담당하고 있어."

"진짜?" 대놓고 자랑스러워하는 리앤의 태도에 놀라 셔기가 물었다.

"응. 탈탈 털어버리지. 동전 하나 안 빠트리고." 리앤은 무덤덤하게 어깨를 으쓱했다. "어쩔 수 없어. 엄마가 생활비를 술에 거의 날린단 말야."

생각에 잠긴 채 셔기는 낡은 빗에 걸린 머리카락 한 올을 빼서 손가락에 감았다. "우리 엄마가 너희 어머니를 알까?"

"모를 것 같은데."

"모임에서 만났을지도 모르잖아. AA 모임 말이야." 셔기가 말했다.

"아니. 우리 모이라는 그런 건 오래전에 그만뒀어." 리앤은 고개를 저었다. "니네 엄마가 너를 알러틴에 보내려고 한 적 있니?"

"아니. 그게 뭐야?"

"AA 모임이랑 비슷한 건데, 가족들을 위한 거야. 지지집단이래. 내가 자기 병을 이해하고 견디는 데 도움이 될 거라고 엄마가 그랬어."

"그래서 갔어?"

리앤은 몸을 일으켜 앉고 머리칼을 한 뭉치 잡았다. "한 번. 그 후로는 절대 안 가! 엄마도 모임에 안 가는데 내가 왜 가? 그치?" 리앤은 짧은 소매를 잡아당겨 파래진 손을 덮었다.

"하여튼, 거기 오는 재수 없는 부잣집 애들을 니가 한번 봐야 해. 지네 엄마가 크리스마스에 셰리를 너무 많이 마셔서 선물을 열기도 전에 잠이 들었느니 어쩌니 하면서 징징대거든." 리앤의 입술에 잔인한 미소가 떠올랐다. "그래서 난 엄마가 우리 크리스마스 선물을 죄다 뜯은 다음에 오빠 애프터셰이브를 탄산음료에 섞어 마셨다고 얘기해줬어. 그때 개네 얼굴을 니가 못 봐서 아쉽다." 리앤은 심술궂게 싱긋 웃고, 세련된 에든버러 억양을 흉내 냈다. "전 캘빈 클라인 옵세션에 다이어트 콜라 섞어주세요."

"다이어트 콜라?"

"응, 엄마가 살찌는 건 걱정하거든."

셔기는 웃음을 터뜨렸지만, 웃은 것이 금세 미안해졌다. "정말로 향수를 마셨어?"

"물론이야. 어쨌든 시도는 했어. 향수병을 통째로 들이켰거든. 죽다 살아났어. 며칠 동안 토만 했지." 리앤이 차가워진 다리를 문질렀다. "그래도 토에서는 좋은 냄새가 났어."

리앤의 표정이 다시 침울해졌다. 추위가 그녀의 코끝을 보라색으로 물들였다.

"다음 크리스마스 때는 머리를 쓰더라. 모이라 켈리가 또 술이 땡기셨는지 크리스마스이브에 우리 선물 몇 개를 훔쳐서 저 멀리 듀크 스트리트 끝까지 갔어. 눈이 무릎까지 쌓인 거리에서 선물을 팔아서 술값을 마련한 거야. 카세트플레이어를 5파운드에, 휴대용 컬러테레비를 20파운드에 팔았어."

"안됐다."

"최악이 뭔지 알아? 그것들 산 카탈로그 할부금을 내가 아직도 갚고 있다는 거야."

소리 내어 말했다고 자각하기도 전에 말이 새어 나왔다. "어젯밤에 엄마가 자살하려고 했어."

리앤은 고개를 돌려 셔기를 똑바로 보았다. "약 먹었어?"

"아니."

"손목을 그었나?"

"음, 아니." 셔기는 입을 다물었다. "이번엔 그 방법은 아니었어."

"오븐에 머리를 집어넣었니?"

"아니. 그건 옛날에 했어. 지금 사는 아파트는 전기 오븐 같아."

"흠, 그래도 시도는 계속할걸." 리앤은 머리카락 한 움큼을 손가락 사이에 끼고 갈라진 끝을 검사했다. "울 엄마는 내가 학교 소풍 갔을 때 그랬어. 에든버러 동물원에서 펭귄도 보고 재밌게 놀고 왔는데, 집에 와보니까 오빠들이 엄마를 둘러싸고 낄낄대고 있는 거야. 엄마는 꼭 선탠 하고 나온 것 같았어. 자살하려다 잘못해서 얼굴만 익힌 거야. 머리 절반에 철판 그릴 자국이 찍혀 있었어." 리앤은 끝이 갈라진 머리카락을 세게 잡아당겼다. "진짜 어이없었어. 머리 반쪽은 영구적인 뽀글 머리로 지져지고, 나머지 반쪽은 웨이브 파마가 된 거야."

셔기는 웃을 수밖에 없었다. 리앤은 가볍게 키득거리다가 바로 다음 순간 서글픈 한숨을 내쉬었다. "니네 엄마는 어떻게 했는데?"

"창밖으로 뛰어내리려고 했어." 셔기는 눈을 내리깔았다. "발가벗고."

"세상에." 리앤이 휘파람을 불었다. "우리 모이라가 한 번도 시도하지 않은 방법이네. 우리가 1층에 살아서 존나 다행이다."

셔기는 자기 팔을 문질렀다. 애그니스의 몸부림 때문에 새롭게 난 상처가 스웨터 아래에서 비명을 지르는 것 같았다. 애그니스는 확실히 창틀로 올라갔었고, 이 새로운 방법은 셔기를 공포에 빠뜨렸다. 전화기에 대고 욕하던 그녀가 갑자기 조용해졌다. 셔기가 발견했을 때 어머니는 적나라하게 드러난 아랫도리를 석조 부엌 창틀에 걸치고,

한쪽 다리는 안에, 다른 쪽 다리는 바깥에 내놓고 있었다. 알몸으로 악을 쓰는 애그니스를 끌어 내리느라 셔기는 젖먹던 힘까지 끌어내야 했다. 셔기의 손톱 밑에는 애그니스의 피부 조각이 여전히 끼어 있었다. 순간 축축하고 피곤한 기분이 밀려왔다. "술이 결국 엄마를 죽일 것 같은데, 내 잘못처럼 느껴져."

"그래, 아마도 그렇게 되겠지." 리앤은 날씨를 이야기하는 것처럼 담담한 말투로 말했다. "하지만 내가 말했듯이, 한참 돌아가는 길이야. 니가 할 수 있는 일은 아무것도 없어."

그들 뒤에서 다급하게 빨아대던 소리가 멈췄다. 리앤이 앞으로 몸을 기울였다. 리앤의 머리칼은 젖은 것처럼 보일 정도로 빛났고, 표정은 전보다 다정하고 차분했다. 차가운 고속도로의 냉기가 그들 사이로 파고들었다. 셔기는 손가락에 돌돌 감아놓았던 리앤의 머리카락을 경사면에 떨어뜨렸다. 불현듯 외로움에 가슴이 시렸다. 어렸을 때처럼 어머니의 무릎에 앉고 싶은 외로움이었다.

리앤이 문득 고개를 돌려 둥그스름한 어깨 너머로 셔기를 바라봤다. 밑에서 쌩쌩 달리는 차들의 눈부신 전조등 불빛 속에서 셔기는 리앤의 눈이 얼마나 아름다운지 비로소 보았다. 갈색뿐 아니라 금색과 녹색, 슬픈 암회색이 점점이 섞여 있었다. 그때 셔기는 자기 역시 약속을 지키지 못하리라는 것을 깨달았다. 애그니스가 술을 끊겠다고 거짓말한 것과 마찬가지로 그도 어머니에게 거짓말했다. 어머니는 결코 술을 끊지 못할 것이며, 이 순간 사랑스러운 소녀와 추위 속에 함께 앉아 있는 그는 자신이 절대 정상적인 소년처럼 느낄 수 없으리라는 것을 알았다.

30

학교에서 돌아오자마자 그는 밥부터 찾았다. "배고파요."

그녀의 기분이 어떤지, 배고프진 않은지 물어보는 사람은 없었다. 다들 자기가 뭘 원하는지, 그녀에게서 무엇을 가져갈 것인지만 말했다. 안락의자에서 애그니스는 부엌 찬장이 열렸다 닫히는 소리를 들으며 새로 담배에 불을 붙였다. "엄마, 먹을 게 하나도 없어요!" 셔기가 부엌에서 소리쳤다. 변성기가 온 셔기의 목소리는 굵지는 않았지만 성인 남성 특유의 자기중심적 음색이 배어 있었다. 그는 거실로 나와서 그녀가 있는지 확인조차 하지 않았다. 그녀가 거실에 있으리라고 단정했다. 애그니스는 머그잔의 맥주를 한 모금 마시고 누구한테랄 것 없이 물었다. "왜 아무도 날 고마워하지 않지?"

셔기가 학교 가방을 카펫 위로 질질 끌고 왔다. "어엄마아, 배고파요. 어어엄마아아, 배고파요." 셔기가 징징댔다. 최근 들어 셔기가 입에 달고 사는 말이었다. 거실문이 열리고 셔기가 터덜터덜 들어왔다. 셔기는 변하고 있었다. 키가 크고, 자라나고 있었다. 셔기는 늘 배고팠다.

거실 문가에 서 있는 셔기를 애그니스는 쳐다봤다. 가르마가 바뀌었고 깡마른 어깨에 옷이 헐렁하게 걸려 있었다. 그 변화가 마음에 들지 않았다. "엄마는 하루를 어떻게 보냈는지 물어보지도 않니?" 애그니스가 단어를 길게 늘어뜨리며 말했다.

셔기는 들은 체도 하지 않고 호텔 메이드처럼 효율적으로 거실을 정리했다. 커튼을 걷어서 묶고, 램프를 켰다. 전기난로도 켰는데, 애그니스를 재우려는 속셈이었다.

"난로 꺼." 애그니스가 을렀다. 셔기는 애그니스를 돌아보았지만 그의 시선은 그녀를 관통하고 지나갔고, 난로는 계속 켜져 있었다. "난 잘 있었어. 고마워. 네 하루는 어땠니?" 애그니스가 비아냥댔다.

"배고프다고요. 집에 먹을 게 아무것도 없어." 셔기가 돌아섰다. 허리를 꼿꼿이 세우고 있는데도 셔기는 지쳐 보였다. "어떻게 할 거예요?"

셔기가 서 있는 모습이 꼭 자기 할머니 같았다. 리지가 한쪽 골반에 손을 올리고, 실망한 표정으로 고개를 가로저으며 지옥에 가야 정신을 차리겠냐고 한탄하는 모습이 눈앞을 스쳐 지나갔다. 애그니스는 순간 뜨끔했고, 다음 순간 화가 났다. "너, 감히 그런 눈으로 보지 마."

셔기는 인내심이 한계에 다다랐다. 셔기는 맞은편 의자에 앉아서 머리가 지끈거리는 것처럼 관자놀이를 문질렀다. "배고프다고요." 셔기는 일부러 그녀를 자극하고 있었다. "엄마, 뭐 해줄 거예요?"

"오, 너도 그 인간들이랑 똑같구나? 줘! 줘! 줘! 그런데 그거 아니, 난 이제 줄 게 아무것도 안 남았어."

"술! 술! 술!" 셔기가 따라 했다. "그런데 그거 알아요, 난 배고파 죽을 거 같아요."

"건방진 후레자식." 애그니스는 딱딱하게 굳은 얼굴로 가짜 이를 갈았다. 오직 그녀의 눈동자만이 이날 마신 술의 파도에 실려 느슨하게 흔들거렸다.

셔기는 다시 일어나서 난로 앞에 섰다. "엄마는 종일 집에 있으니까 편하겠죠. 하지만 난 나가서 저 인간들이랑 어울려야 된단 말이에요." 셔기의 입에서 바람 빠진 자전거 같은 한숨이 길게 새어 나왔다. 어깨가 뼈 하나 없는 것처럼 축 늘어졌다. "학교 사람들 대부분 국어도 제대로 못해요. 선생들이 뭘 가르치는지 알아듣지도 못하겠다고요."

"편하겠다고?" 애그니스는 시간 감각을 잃고 있었다. "넌 학교에서 제대로 된 밥을 먹여주잖아, 아니야? 뜨끈한 정식이 코스로 나오겠지! 내가 이 집구석에서 먹을 수 있는 것보다 훨씬 낫다고."

셔기는 윗니와 아랫니 사이에 혀를 끼우고 세게 물었다. 숨이 차분히 가라앉을 때까지 기다렸다가, 다시 입을 열었다. "엄마, 수당금 받은 거 조금만 주세요. 내가 다시 나가서 저녁거리 사 올게요."

"얼씨구, 그러고 싶겠지. 글쎄, 난 돈 없어."

"왜요?" 셔기의 어깨가 다시 경직되었다. "월요일 쿠폰이랑 화요일 쿠폰에서 받은 돈은? 이번 주 생활비는 다 어디 갔어요?"

"흥." 애그니스는 손을 휘저으며 말했다. 날개 끝에만 색깔이 입혀진 새가 날갯짓하는 것처럼 보였다. "없어졌어. 증발했다고. 내가 만난 개자식들처럼."

셔기는 애그니스 위로 몸을 기울여 의자 옆 은닉처를 확인했다. 달랑 싸구려 맥주 여섯 캔뿐이었다. 맥주 여섯 캔에 일주일 수당금을 날려버릴 수는 없었다. "어디에 썼어요?"

"빙고에서 잃었어. 오늘이 스노우볼 데이였거든." 애그니스가 말했다. "그거랑, 아, 내가 롤 샌드위치 하나 먹었다. 참 미안하구나."

"애그니스." 셔기가 말했다. "이러다 우리 굶어 죽어."

애그니스는 목을 가다듬었다. 그리고 어깨를 으쓱했다. "그래, 아마 그렇게 되겠지."

셔기는 소파 가운데에 앉아서 난로의 달아오른 열선에 시선을 고정했다. 애그니스는 새로 맥주캔을 집고, 매니큐어 칠한 손톱으로 청량한 거품 소리를 내며 고리를 땄다. 싸우려는 충동이 속에서 스며 나오고 있었다. "넌 학교에서 점심 다 챙겨 먹으렴. 그럼 한 끼라도 제대로 먹을 수 있을 테니까."

셔기가 매우 조용히 말했다. "애들이 내 급식권을 뺏어갔어요. 그래서 공짜 점심을 못 먹고 있어요." 셔기가 어머니에게 시선을 돌렸다. 애그니스는 격앙되고 혼란스러운 표정으로 고개를 뒤로 바짝 당기고 있었다. "4학년 애들. 내 말투가 마음에 안 든대요. 잘난 척하는 것 같다고. 급식권을 전부 뺏겼어요. 그애들이 내 점심을 먹고 있어요."

애그니스의 눈에서 무언가 씻겨 내려갔다. 전기난로가 탁구공처럼 탁탁 튀는 소리를 냈다. 코일 열선이 오렌지색 열기를 내뿜고 있었지만 애그니스는 춥기만 했다. "우리가 굶어 죽겠구나." 애그니스가 조용히 말했다.

"네."

그들은 난로 앞에 그렇게 한참 동안 앉아 있었다. 셔기는 다시 일어났다. 난로의 열기를 쬐고 있자니 잠이 쏟아졌고, 맥주 냄새가 역겨웠다. 밖으로 나가야 했다. 셔기는 큰길로 나가서 키어가 가르쳐준 대로 신문판매대에서 과자를 몇 봉지 훔칠 계획이었다. 네댓 봉지만 있으면 두 사람 모두 배고프지 않을 것이다.

소파에서 일어나 조용히 문으로 걸어가는 셔기를 애그니스는 눈으로 좇았다. 셔기가 발을 내디딜 때마다 카펫이 납작하게 눌렸다. 또 한 번 키가 큰 셔기는 릭과 맞먹을 정도였다. 얼마 후면 열다섯 살이었고, 성장통 때문에 짜증이 늘었다. 애그니스의 눈에 셔기는 지나치게 늘여서 중간이 끊길 것 같은 창백한 엿가락처럼 보였다. 알렉산더와 휴, 두 아들 모두 근심에 짓눌린 노인처럼 자세가 구부정했다. 셔기를 보고 있자니 다른 아들에 대한 그리움이 북받쳐올랐다. 그것을 숨기려고 애그니스는 말했다. "너도 날 떠나는 거니?"

"예?"

"받아낼 수 있는 건 전부 받아냈으니까 이제 끝났다는 거지."

"무슨 말이에요?" 셔기는 어머니의 말을 알아들을 수 없어 어리둥절했다.

"이제껏 난 한 번도 널 굶긴 적 없어. 그 오랜 시간 동안 단 한 번도."

"알아요." 셔기는 거짓말했다. 지금 상태의 애그니스와 싸워서 좋을 것이 없었다.

애그니스는 어렵사리 의자에서 몸을 일으켰다. 어쩔 줄 모르고 우왕좌왕하는 셔기를 애그니스는 밀치고 지나갔다. "자, 여기. 내가 도와줄게, 빌어먹을." 애그니스가 비틀거리며 복도로 나가다가 어깨로 부딪자 문틀이 갈라지며 덜컹거렸다.

어머니가 전화기 버튼을 손톱으로 쿡쿡 찌르는 소리가 들렸다. 애그니스는 혼잣말로 구시렁거리다가 외쳤다. "여보세요! 네, 택시 보내주세요. 베인이요. 맞아요. 퍼레이드 옆길에요."

애그니스는 의기양양한 표정으로 돌아왔다. "너마저 날 떠날 줄은 몰랐다."

"이러지 마요." 셔기는 손바닥을 펼쳐서 내밀며 애원했다. 어머니에게 상처를 줄 생각은 추호도 없었다. "나 아무 데도 안 가요."

애그니스는 술 마시는 지정석에 다시 앉았다. "아니, 넌 떠날 거야. 죄다 떠나지. 한 놈도 안 빼놓고."

"내가 어디를 가겠어요? 난 갈 데도 없어요."

그러나 애그니스는 자기 생각에 빠져들고 있었다. 그녀가 혼잣말하기 시작했다. "은혜를 모르는 돼지새끼들만 키웠어. 현관문이랑 시계를 힐끔거리는 걸 내가 못 봤을 거 같아? 뭐, 꺼지라고 해."

밖에서 택시가 경적을 세 번 울렸다. 디젤엔진이 털털거리는 소리가 공영주택의 협곡을 떠돌았다. "나가!" 애그니스가 외쳤다. "나가라고! 빌어먹을 네 형이나 찾아가! 어디 걔가 널 먹여주는지 보자. 내가 신경이나 쓸 것 같아."

"아냐, 난 안 가고 싶어요. 난 여기에 엄마랑 있을 거예요. 우리 둘이서. 약속했던 것처럼." 셔기의 입술이 바르르 떨리기 시작했다. 셔기는 어머니에게 다가가며 팔을 뻗었다. 어머니의 목을 끌어안고 목 뒤에서 손깍지를 끼려고 했다.

택시운전사가 못 기다리겠다는 듯이 경적을 다시 울렸다. 애그니스는 셔기의 팔을 잡고 부드러운 피부에 손톱을 세게 박으며 밀쳐냈다. "너랑 그 염병할 약속들. 약속 지키는 남자는 여태 한 번도 못 봤어. 둘이서 둘러앉아서 배 터지게 처먹은 다음에 비웃어라. 애그니스 베인. 하하, 씨발."

"아니에요!" 셔기는 어머니를 붙잡으려고, 머리칼이든 스웨터이든 목이든, 무엇이라도 붙잡으려고 허우적거렸다.

"내 말 들어!" 애그니스가 셔기를 떼어내며 타일렀다. 일순간 그녀의 눈을 가린 안개가 걷히며 어머니가 실제로 그 안에 있는 것처럼 느껴졌다. "택시까지 불렀는데 날 거짓말쟁이로 만들 셈이야? 짐 싸. 넌 쫓겨나는 거야."

전화가 울렸다. 애그니스가 셔기의 팔을 뿌리치자 셔기가 잡고 있던 스웨터 목에서 구슬이 후드득 떨어졌다. 전화가 계속해서 울렸다. 전화벨 소리가 두개골에 파고드는 것 같았다. 얼이 빠진 채로 셔기는 전화를 받았다. 남자가 퉁명스럽게 말했다. "택시 부르지 않았소?"

"아, 네." 셔기는 소매로 얼굴을 닦았다.

"기사가 아래서 기다리잖아요. 온종일 기다리게 만들 셈이오?"

셔기는 수화기를 내려놓고 복도에 서서 어머니가 무슨 말이라도 하기를 기다렸다. 어떤 말이라도 상관없었다. 애그니스가 아무 말이나 했으면 셔기는 기꺼이 그녀를 용서했을 것이다. 다시 어머니 옆에 앉아서 어머니의 다리를 끌어안았을 것이다. 굶어도 상관없었다. 둘이서 함께 굶는다면.

아니, 애그니스는 셔기를 보려고 하지 않았다. 단 한마디도 하지 않았다. 그래서 셔기는 학교 가방을 둘러메고 집에서 나갔고, 계단을 돌아내려가 타일이 깔린 출입구를 나섰다. 소년이 검은 택시 뒷좌석에 들어오자 택시운전사는 신문을 접었다.

애그니스는 퇴창 앞으로 가서 좁은 골목길을 내려다봤다. 건물 입구에서 아이가 나와 고개를 젖히고 올려다봤다. 애그니스는 거만하게 고개를 끄덕였다. 자기가 옳았다고, 셔기 역시 다른 사람들처럼 자신을 떠날 것을 줄곧 알고 있었다고 고개를 끄덕거렸다. 대기하고 있던 택시에 아이가 탔고, 그때 애그니스는 자신이 셔기를 잃었다는 것을 깨달았다.

~

택시운전사가 셔기에게 목적지를 물었다. 어디를 갈지 막막했던 셔기는 미적미적 대답을 미루면서 희망의 조짐이 나타나길 기다렸다. 셔기의 초조한 눈이 공영주택 입구로 거듭 돌아갔다. 교복 점퍼의 소매로 눈가를 훔치며, 눈에서 손을 치우면 어머니가 보이길 계속 기대했다.

거울로 셔기를 지켜보던 택시운전사가 걱정스러운 표정으로 뒤돌아봤다. "학생, 괜찮니?" 택시운전사는 짜증을 꾹 참고 물었다.

아무도 입구로 나오지 않았다. "사우스사이드 부탁합니다."

셔기를 태운 택시는 글래스고의 번잡한 심장부를 가로지르며 이스트엔드에서 사우스사이드까지 길고 복잡한 길을 달렸다. 택시가 글래스고 중앙역을 지나칠 때 차창 밖으로 또래 남자아이들이 보였다. 갈 곳 없어 보이는 아이들은 공처럼 부풀린 점퍼와 꽉 끼는 청바지를 입고, 중앙역 근처에 빽빽이 들어선 아케이드와 오락실 앞에서 빈둥거리고 있었다. 그다음에 택시는 회사 건물들이 모여 있는 시가지에 들어섰다. 길모퉁이의 버스정류장마다 퇴근하는 사람들이 줄 서 있었다. 할인 상점에 불이 들어왔고, 장바구니에 크리스마스 선물을 가득 담은 여자들이 거리를 오갔다. 수차례 셔기는 차를 돌려달라고 부탁하려고 목을 가다듬었지만 끝내 말이 나오지 않았다. 택시는 드넓은 잿빛 클라이드강을 건너며 쓸모를 잃은 파란 크레인과 조선소를 휙휙 지나쳤다. "정확한 주소가 뭐니?" 택시운전사가 물었다.

셔기는 정확한 주소를 몰랐다. 킬마녹 로드에 있으며 저축은행 위층이었다는 것만 확실해서 그렇게 말했다. 택시운전사는 한숨과 함께 목을 길게 뽑고 파란색 은행 사인을 찾아 두리번거리면서 정체된 길을 느릿느릿 나아갔다.

이 지역의 빅토리아 양식 공공주택에는 위풍이 남아 있었다. 값비싼 붉은 사암을 깎아 만든 건물들이었다. 도시의 검은 습기와 먼지를 빨아들이고 수십 년간 머금고 있는 이스트엔드의 다공성 황색 사암과는 달랐다. 일시적으로 머무르는 학생들과 이민자들과 젊은 전문직 종사자들이 뿜는 활기찬 에너지가 거리에 넘실거렸다. 택시는 와인바와 델리카트슨을 지나쳤다. 작은 서점, 테이블을 거리에 내놓은 펍, 남쪽에서 건너온 최신 유행 옷을 파는 상점들도 있었다. 자전거 바구니에 꽃을 싣고 가는 여자를 보다가 셔기는 은행을 놓칠 뻔했다. 기억대로, 외풍이 심해 보이는 낡은 왼편 건물에 커다란 파란색 은행 사인이 걸려 있었다.

택시는 깔끔하게 한 바퀴 돌아 건물 앞에서 멈췄다. "12파운드다." 택시운전사가 미터기를 누르고 말했다.

셔기는 공황에 빠졌다. "잠깐만 기다려주세요." 셔기는 손잡이를 잡으며 말했다.

"안 된다." 택시운전사가 잠금장치를 눌러 뒷문을 잠갔다. "12파운드 내고 가야지."

손잡이를 다시 잡아당겨봤지만 문은 꿈쩍도 하지 않았다. "제발요. 저희 형이 낼 거예요. 저 건물에 산단 말이에요."

"내가 바보로 보이니? 그 문을 열어주면 넌 드러운 아일랜드 감자 도둑처럼 토낄 거잖아."

셔기는 자리에 다시 앉았다. "아저씨, 저 돈 없어요."

이미 예상한 일이었기에 택시운전사는 움찔하지도 않았다. "그럼 경찰서에 가야지." 택시운전사가 핸드브레이크를 풀었다. 택시가 덜커덕 들썩이고 앞바퀴가 퇴근길 차량 쪽으로 돌아갔다.

"아저씨!" 셔기가 겁에 질려 외쳤다. "어, 제가, 제 고추 만지게 해 드릴게요."

택시운전사는 거울에 비친 소년을 가만히 바라보았다. 분홍색 얼굴에 작은 눈이 깊숙이 박혀 있어서 무슨 생각을 하고 있는지 알 수 없었다. 콧수염 아래 입이 거의 움직이지 않고 말했다. "학생, 몇 살이니?"

"열네 살요."

택시운전사는 소년의 얼굴에서 눈을 떼지 않았다. 남자는 굵은 목 위로 턱을 당기고, 콧수염을 침울하게 실룩거렸다. 셔기는 미소를 지으려고 했지만 바짝 마른 입술이 좀체 움직이지 않았다. "진짜요. 정말이에요. 고추를 만져도 되고 엉덩이를 가지고 놀아도 돼요." 셔기가 열심히 말했다. "원하시면요."

아무런 경고 없이 잠금장치의 빨간 불이 꺼졌다. 택시운전사의 눈에 연민이 서려 있었지만 겁에 질릴 대로 질린 셔기는 자존심 상할 정신도 없었다. "학생, 난 현금만 받는다."

손잡이를 잡고 밀었더니 문이 벌컥 열렸고, 셔기는 길바닥에 나동그라질 뻔했다. 넓은 보도에서 피곤한 여자들이 무거운 장바구니를 들고 이쪽저쪽으로 빠르게 오갔다. 바쁜 쇼핑객들을 헤치며 셔기는 부들거리는 다리로 공동주택 입구까지 간신히 걸어갔다. 커다란 입주자 안내판에서 베인이라는 이름을 찾은 다음에 버저를 누르고 기다렸지만 응답이 없었다. 셔기는 당장이라도 도망칠 것처럼 불안스럽게 다리를 움찔거렸다. 다시 한번 버저를 누르고, 몸을 숨길 수 있는 인파나 열려 있는 입구를 찾아 거리를 두리번거렸다. 뒤에서 택시운전사가 한숨을 내쉬었다. "됐다. 택시에 다시 타라."

그때 인터폰이 지직거리면서 목소리가 흘러나왔다. "네?"

건물 출입구로 내려온 릭은 작업복 차림이었고, 얼굴에 하얀 횟가루를 뒤집어쓰고 있어서 제빵사의 유령처럼 보였다. 릭은 택시운전사에게 12파운드를 냈다. 5펜스와 10펜스짜리 동전으로 택시비를 마저 지불하는 형을 셔기는 바라보았다. 계산이 끝나자 비로소 릭은 어깨의 긴장을 풀고 허연 얼굴을 동생에게 돌렸다. "제기랄!" 릭이 말했다. "너한테는 일찍 시작했네."

릭은 동생을 데리고 공동주택의 꼭대기 층까지 올라갔다. 형제는 릭의 하숙집으로 들어가 창문 없는 복도를 걸었다. 복도를 따라 난 방문 대여섯 개 뒤로 셋방이 하나씩 있었다. 릭은 허접한 예일 자물쇠에 열쇠를 꽂고 방문을 열었다.

셔기는 이곳에 딱 한 번 와봤다. 릭이 아무런 연락 없이 불쑥 그를 찾아온 날이었다. 그날 애그니스는 술을 마시고 있었고, 옆집 제강소 직공이 기꺼이 술벗 노릇을 해주고 있었다. 점심시간쯤에 이미 두 사람은 셔기에게 눈치를 주기 시작했다. 그날 셔기는 가슴속 깊은 곳에서 어머니를 돌볼 의지를 상실했다.

그래서 셔기는 키어를 찾아 거리로 나갔다. 주룩주룩 내리는 빗줄기 속에서 퍼레이드 거리를 방황하다가 신문판매대나 펍의 입구에 잠시 멈춰 비를 피했다. 문득 목뒤에 서늘한 기분이 들어서 뒤돌아보니 비가 들지 않는 건물 입구에서 형이 그를 지켜보고 있었다. 형은 그저 물끄러미 바라보고 있었다. 릭이 그곳에 얼마나 오랫동안 서 있었는지 셔기는 알지 못했다. 거의 일 년 반 만에 처음 보는 것이었다. 셔기는 수줍게 손을 들어 인사하고 천천히 길을 건넜다. 릭이 구석에 몰린 기분을 싫어한다는 것을 알기 때문에 형이 긴 다리를 이용해 도망갈 까봐 불안했다. 그러나 릭은 도망가지 않았다. 릭은 고개를 끄덕이고 셔기의 어깨를 툭 쳤다.

비 오는 그 토요일에 릭은 셔기를 도시 반대편으로 데려가서 몇 시간이나마 평화롭고 조용히 보낼 수 있게 해주었다. 릭은 달콤한 시리얼을 한 사발 차려주었고, 두 사람은 소파에 앉아 〈닥터 후〉를 봤다. 셔기는 잠든 척하며 릭의 마른 어깨에 천천히 머리를 기댔다. 릭은 피하지 않았다. 형이 얼마나 그리웠는지 셔기는 어떤 말로도 표현할 수 없었다.

릭은 설명하지 않았다. 셔기의 안부를 확인하러 얼마나 자주 그 동네에 왔었는지 말하지 않았다. 처음 온 것인지, 백 번째인지 셔기는 알지 못했다. 형이 그곳에 있어서 기쁠 따름이었다.

그래서 셔기는 이 방에 한 번 와봤다. 방 자체는 크고 버젓했다. 비록 지금은 대여 가구로 채워져 있지만 한때는 근사한 거실이었을 것이다. 방은 폭이 좁고 천장이 높았고, 정면에 있는 큼직한 퇴창으로 큰길의 가로등 불빛과 지나가는 차들의 소음이 흘러들어왔다. 셔기는 방을 둘러보았다. 전에 왔을 때와 무언가 다른 느낌이 들었는데, 정확히 무엇이라고 꼭 집어 말할 수 없었다.

릭은 시끄러운 텔레비전 앞에 다시 자리를 잡고 뜨거운 면을 포크로 후루룩 떠먹었다. 릭이 셔기의 시선을 느꼈다. "주전자에 막 물 끓여놨다."

셔기는 컵라면의 포일을 뜯고 김이 나는 주전자에서 뜨거운 물을 부었다. 오 분을 기다려야 한다는 걸 알았지만 손에 들고 있는 컵라면은 뜨거웠고 싸구려 라면의 냄새가 허기를 자극했다. 배가 너무 고파서 입에 침을 물고 있던 모양이었다. 셔기가 눈을 드니 릭이 하나뿐인 포크를 내밀고 있었다. 릭은 좁은 침대의 구석에 쌓여 있는 옷을 치웠다. "앉아. 너 때문에 내가 다 불안하다."

셔기는 형이 치워준 자리에 앉았다. 컬러텔레비전 앞에서 두 사람은 말없이 라면을 먹었다. 셔기는 허겁지겁 먹지 않으려고, 게걸스럽게 먹지 않으려고, 어머니에게 배운 대로 예의 바른 손님이 되려고 노력했다. "저녁 대접해줘서 고마워." 일요일 만찬에 초대받아 로스트 비프라도 먹은 것처럼 셔기가 인사했다.

릭이 물었다. "제일 예뻐하는 귀염둥이를 왜 쫓아낸 거야?"

"몰라." 셔기가 말했다.

"이번에는 얼마나 오래 마셨어?"

셔기는 고개를 저었다. "날짜 세는 것도 인제 그만뒀어. 핼러윈 즈음에는 왠지 몰라도 잠깐 쉬었는데, 오래가지 않았어."

릭은 들을 만큼 들었다는 듯이 실망한 한숨을 내쉬었다. "네가 이제는 깨달았을 줄 알았는데. 엄마는 절대 술 못 끊어."

셔기는 건더기가 둥둥 떠 있는 라면 국물을 내려다봤다. "끊을지도 몰라. 내가 더 열심히 도와주면 돼. 엄마한테 잘해주고, 단정하게 하고 다니고. 내가 엄마를 낫게 할 수 있어." 셔기는 덧붙였다. "형도 좀 거들어줄 수 있겠지."

릭은 가스가 찬 가슴을 문질렀다. "아! 알겠다. 잔소리하고 징징거리다가 쫓겨났구나!"

셔기는 못 들은 척했다. 셔기는 릭이 모은 살림살이를 둘러보았다. 컵 하나, 접시 하나, 수건 한 세트. 여기저기서 주워서 조립한 물건들. 침대 옆 탁자에 올려놓은 석유램프. 빨래 걸이 역할을 하는 부엌 의

자. 방은 어수선하고 너절했다. 오래된 집에 사는 사람들이 불필요한 물건들을 보관하는 창고처럼 보이기도 했다. 그래도 답답하게 들어찬 낡은 가구 사이로 비싼 전자제품이 간혹 눈에 띄었다. 망원경, 삼각대에 올려놓은 일제 사진기, 리모컨으로 조정하는 람보르기니 프라모델. 소년의 소굴, 혹은 잘못된 것에 돈을 온통 낭비하고 있는 사람의 보금자리 같았다. 그러다 셔기는 방의 무엇이 변했는지 깨달았다. 방이 정리되어 있었다. 방이 깔끔해 보였는데, 릭이 그의 인생을 갈색 이사 상자들에 담아 넣고 있기 때문이었다. 이사 상자들이 방구석에서 불길한 기운을 뿜었다. 릭이 떠나려는 것이다.

텔레비전을 보고 있는 릭 옆에서 셔기는 그 언제보다 외로웠다. 셋방을 둘러보다가 셔기는 이곳의 진가를 드디어 알아보았다. 방이 더는 음울해 보이지 않았다. 방은 멋졌다. 이곳은 단지 어머니로부터 숨을 수 있는 피신처나 비밀 소굴이 아니었다. 방은 마지막 뗏목이었다. 릭은 떠날 것이다.

셔기는 릭의 옆얼굴을 관찰했다. 지금도 형은 자세가 구부정하고 어깨는 경직됐고 입은 꽉 다물고 있었다. 그러나 이제 릭의 눈은 잿빛이 아니라 초록빛으로 빛났고, 앞머리를 얼굴 위로 당당하게 빗어 넘겼다. 텔레비전을 보는 형을 지켜보면서 셔기는 꿈꾸는 듯한 릭의 눈에 새롭게 흐르는 평화를 부러워했다. "엄마가 어떻게 될 거 같아?"

"술이 깨면 너한테 돌아와달라고 빌겠지. 그리고 똑같은 일이 반복될 거야." 릭이 직설적으로 말했다. "문제는, 널 쫓아내는 데 이제 맛을 들였다는 거지."

"내 말은, 장기적으로 봤을 때 어떻게 될 것 같냐고."

"아, 술 때문에 결국 길거리에 나앉을 거야." 릭은 매우 빠르고 매우 담담하게 말했다.

"거리에? 말도 안 돼! 엄마는 구두에서 닳은 부분을 매직펜으로 칠하지 않고서는 집 밖에도 안 나가는데."

"셔기, 엄마가 더 늙으면 계속 이렇게 살 수 없을 거야. 끝내 따라잡힐 수밖에 없어." 릭이 코를 후볐다. "네가 떠나고 나면 엄마가 어떻게 살겠니? 남자들이 엄마를 원하지 않게 되면?"

"그럼 내가 엄마를 안 떠날 거야." 셔기가 자신 있게 말했다.

릭이 빈정댔다. "그럼 넌 늙어서도 엄마랑 사는 그런 변태가 될 거야? 중년이 되어서도 엄마가 옷을 사주고, 보행기 밀고 우체국에 다녀오고?" 릭은 손으로 코딱지를 굴려서 구석으로 튕겼다. "게다가, 엄마가 술을 끊었을 거면 진즉에 끊었을 거야." 릭은 턱을 긁적였지만 그의 시선은 텔레비전으로 돌아갔다. "엄마는 술 때문에 결국 거리에 나앉을 거고 너도 정신을 차릴 거야. 그게 언제가 됐든."

이제껏 자신들이 '수건돌리기'를 하고 있었지만, 아무도 규칙을 가르쳐주지 않았다는 확신이 가슴에 와 박혔다. 셔기는 자기 입에서 이 질문이 나오리라 예상하지 못했다. 그러나 막상 말이 입에서 떨어지고 나자 아주 오랫동안 가슴속에 품고 있던 질문이라는 것을 깨달았다. "형은 왜 나를 데리러 안 왔어?"

릭은 텔레비전에서 눈을 떼고 자신을 뚫어지게 보고 있는 셔기와 시선을 마주쳤다. 릭은 동생의 목덜미를 쥐었다. "이건 공정하지 않아, 셔기. 내가 어떻게 너를 키우니? 무슨 돈으로? 게다가 넌 아직도 스스로에게 거짓말하고 있어. 너 자신을 한번 돌아봐! 널 도울 수 있는 사람은 너 자신뿐이야, 셔기. 생각해봐. 내가 집을 나가기까지 얼마나 오래 걸렸는지. 그동안 캐서린 누나가 한 번이라도 나를 위해 돌아왔니?"

그때 카펫이 깔린 복도에서 버저가 시끄럽게 울렸다.

"셔기, 너. 설마." 릭이 두려움에 커다래진 눈으로 셔기를 보았다. 버저가 다시 날카롭게 악을 썼다. 더 성깔이 난 듯이, 더 끈질기게. 릭은 황황히 복도로 나갔다. 소란스러운 거리에서 들을 수 있게 송수화기에 대고 목청을 돋우는 릭의 목소리가 복도에 울렸다.

"일부러 그런 건 아니었어." 셔기는 딱히 사과하는 대상 없이 혼잣말했다. "킬마녹 로드라고만 알려줬어." 셔기는 상황을 더 나쁘게 만들고 있었다. "아, 어쩌면 은행 위라고 말했나."

"빌어먹을 고자질쟁이." 릭은 동전이 가득한 잼 병을 침대 위에 엎었다. 더러운 금속 냄새가 방에 퍼졌다. 릭은 급히 동전을 세어 10파운드가량을 먼지투성이 작업복 주머니에 넣고, 짤랑짤랑 소리를 내며 복도로 나가서 넓은 건물 현관으로 내려갔다. 릭의 주머니에서 동전이 짤랑대는 소리가 멀리에서도 들려왔다.

방에 돌아왔을 때 릭은 계단을 오르내리느라 얼굴이 빨개졌고 화가 머리끝까지 난 것처럼 인상을 쓰고 있었다. 셔기는 배 속의 따뜻한 면발이 벌레로 변신해서 꿈틀거리는 것 같았다. 문가에서 릭은 비닐봉지를 하나 들고 있었는데, 비닐봉지에는 버드 옐로우 커스터드 캔이 가득했다. 릭이 축축해진 앞머리를 뒤로 넘기자 땀에 씻긴 횟가루 아래로 분홍색 이마가 드러났다. "마지막 남은 주급으로," 릭이 숨을 고르며 말했다. "이 커스터드한테 글래스고 관광을 시켜준 거야."

셔기의 입에서 불안스러운 웃음이 킥킥 터져 나왔다. 소매로 입을 가렸지만 그래도 웃음소리가 새어 나왔다.

"씨발, 웃냐?" 릭이 외쳤지만, 그 역시 입술을 실룩이다가 웃음을 터뜨렸다. "너만 오면 나쁜 일이 생겨, 셔기. 늘 그랬어." 옆방에서 텔레비전 소리를 키우고 저녁 뉴스를 보기 시작했다. 릭은 옆방과 맞닿은 벽에 대고 두 손가락으로 경례한 다음에 얇은 문을 닫았다. "엄마가 택시 회사에 전화해서 차를 보내달라고 했나봐. 택시가 오니까 내려가서 이 커스터드 담은 비닐봉지를 뒷좌석에 놓고 내 주소로 가져가라고 했대. 기사가 안 된다고 하니까 자기 아들이 택시비를 낼 거라고 했단다. 내가 심지어 팁으로 2파운드를 줄 거라고!" 릭은 웃음을 멈추고 이사 상자에 앉았다. "이번 주에 출근할 버스비도 안 남은 것 같네."

"그런데 커스터드는 왜 보냈지?" 셔기가 물었다. 커스터드 살 돈을 구하려고 어머니가 어떤 끔찍한 일을 했을지 두려웠다.

릭이 신발을 벗으려고 하는데 버저가 다시 울렸다. 두 사람은 못 믿겠다는 표정으로 서로를 바라보았다. 릭은 복도에 있는 인터폰을 받으러 다시 나갔다. 돌아온 릭의 얼굴은 두려움과 걱정으로 굳어 있었다. 얼굴에서 미소가 사라졌다. 릭은 작은 주머니칼을 꺼내고 가스 미터기 앞에 무릎을 꿇고 앉아 은색 동전이 쏟아져 나올 때까지 입구를 열었다. 릭은 말없이 동전을 챙겨 아래층으로 내려갔다.

이번에 릭은 한참 동안 돌아오지 않았다. 셔기는 얼어붙은 것처럼 꼼짝도 하지 않고 서 있었다. 셔기는 기도하듯이 되뇌었다. "내가 엄마를 두고 나오지 말았어야 했어. 미안해. 내가 엄마를 혼자 두고 나오지 말았어야 해. 미안해."

문이 열리고 릭이 어두운 복도에서 방으로 들어왔다. 횟가루보다 창백하게 질린 얼굴로, 품에 무언가를 안고 있었다. 다시 입을 열었을 때 릭의 목소리는 예전처럼 작고 소심했다. 확실히, 릭의 미소는 사라졌다.

"셔기." 릭이 속삭였다. "택시운전사가 밑에서 기다리고 있어. 동전을 잔뜩 주기는 했어. 널 집에 데려다주겠대. 어차피 동쪽으로 돌아가야 한다고. 네 물건 챙겨서 집에 가."

셔기는 순종적으로 천천히 고개를 끄덕였다. 그가 마지막으로 수건을 받았다. 결코, 자유로워질 수 없었다. "들고 있는 건 뭐야?"

릭은 품속의 흰 쇼핑백을 내려다보며 매듭을 풀었다. 릭의 어깨가 귀를 향해 치솟았다. 그게 무엇이든지 간에, 릭의 분노가 걱정으로 바뀌었다. 거의 공포에 질린 표정이었다. 릭은 선으로 친친 감긴 갈색 플라스틱 물체를 천천히 꺼냈다. "좋은 징조가 아니야."

어머니의 전화기였다.

연락 수단을 완전히 끊었다. 그녀가 스스로를 해칠 것이며 이번에는 아무에게도, 릭의 훈련소 감독이나 셕이나 셔기에게 도움을 청하지 않겠다는 신호였다. 커스터드 캔은 배은망덕한 아들들을 엿 먹이려고 보낸 것이 아니었다. 작별을 고하는 순간에, 아이를 배불리 먹이고 싶은 어미의 마음이었다.

31

3월이었고, 어머니의 생일이었다. 셔기는 구멍가게에서 시들어가는 수선화 두 다발을 훔쳐 어머니에게 선물했다. 릭의 집에 찾아갔던 그날 이래 셔기는 수당금 쿠폰북을 숨기고, 애그니스가 술을 사기 전에 미리 음식을 사놓았다.

지난 크리스마스부터 셔기는 미터기에서 돈을 빼서 애그니스 몰래 모아두었다. 특별한 날에 어머니가 빙고장에서 몇 파운드어치 게임을 할 수 있게 해주기 위해서였다. 동전으로 반쯤 채운 봉투를 애그니스는 값비싼 보석처럼 껴안았다. 무척 행복해했다.

이튿날 아침에 경찰이 어머니를 데려왔을 때 실내 공기는 시든 수선화에서 날린 꽃가루로 텁텁하고 불쾌했다. 경찰은 클라이드강의 강변길을 정처없이 헤매던 애그니스를 발견했다. 신발과 보라색 코트는 잃어버린 상태였다. 애그니스는 빙고장까지도 가지 못했다.

애그니스는 부끄러워서 셔기와 눈을 마주치지 못했고, 셔기는 자신의 어리석음이 한심해서 어머니를 보지 못했다. 싸늘한 3월 밤의 찬 공기가 애그니스의 습한 폐에 무리를 주었다. 셔기는 욕조에 물을 가득 받고 식용 소금을 잔뜩 뿌렸다. 깨끗한 옷을 다려서 펼쳐놓고 차에 우유를 타서 화장실 문 앞에 놓았다. 애그니스가 돌아온 이래 한마디도 나누지 않은 채, 셔기는 집을 나섰다.

교복 차림으로 등교하는 길에 셔기는 다른 아이들과 함께 큰길을 뛰어 건너다가 아노락 주머니에서 짤랑거리는 동전 소리를 듣고 놀라서 멈췄다. 가스 미터기에서 빼낸 50펜스짜리 동전 두 개였다. 셔기는 동전을 잠시 만지작거렸다. 그리고 처음 온 버스를 아무거나 타고 운전사에게 그 돈으로 어디까지 갈 수 있느냐고 물었다.

사이트힐의 아파트 16층에서 도시를 내려다보고 있노라면 스스로가 너무나도 작게 느껴졌다. 발아래 도시는 살아 숨 쉬고 있었으며, 그는 아직 도시의 절반도 채 못 봤다. 셔기는 세탁실의 콘크리트 블록에 다리를 더 깊이 찔러 넣고 아득하게 펼쳐진 도시를 굽어보았다. 몇 시간이고 셔기는 회색 사암 건물들을 굽이굽이 돌아가는 오렌지색 버스들을 눈으로 좇았다. 납덩이 같은 먹구름이 로열 인퍼머리 병원의 고딕풍 첨탑에 그림자를 드리웠고, 도시의 반대쪽에서는 끈질기게 내리쬐는 햇빛이 대학교의 유리창과 금속 위에서 반짝반짝 빛났다.

도시를 향해 내밀고 있는 팔다리가 무거웠지만 셔기는 점퍼 주머니에서 봉투를 꺼내 백 번째로 다시 읽었다. 발신인의 주소는 적혀 있지 않았다. 소인은 배로인퍼니스에서 찍혔다. 셔기는 배로인퍼니스가 어디인지 몰랐지만 스코틀랜드의 지역처럼 들리지는 않았다.

두 달 늦게 도착한 크리스마스카드였다. 릭은 다른 도시에서 일자리를 구했다. 새롭게 주택을 건설하고 있는 지역에서 타일을 깔고 벽면을 칠하고 지붕을 설치하는 등 만능으로 일할 수 있는 젊은이들을 구했다. 릭은 봉급이 제법 괜찮다고 했다. 언제 돌아올지는 모르겠다고 했다. 예술학교에는 아직 지원하지 않았다. 어쩌면 이듬해에, 아니면 그다음 해에 할지도 모른다고. 그 대신 착한 여자를 만났다. 찻집에서 일하는 아가씨였고, 두 사람은 '무어'라고 불리는 곳에서 자주 산책했다. 크리스마스카드에는 20파운드짜리 지폐가 테이프로 붙어 있었다. 한 번도 접힌 적이 없는 빳빳한 새 지폐였다. 셔기는 돈을 어디에 쓸지 오래 고민했다. 릭이 어딘가 먼 곳의 버스정류장에서 자신을 기다리고 있다고, 아주 잠시 상상해보았다. 결국에 셔기는 형이 보내준 돈으로 신선한 고기를 사서 스토비를 냄비 가득 만들어 애그니스를 놀래주었다.

크리스마스카드에는 선물이 하나 더 들어 있었다. 줄이 그어진 공책에서 뜯은 종이였는데, 어린 소년을 그린 스케치가 여럿 있었다. 소년은 어질러진 침대 위에 양반다리를 하고 앉아 있었다. 그림을 그리고 있는 사람을 등지고 있어서, 소년의 잠옷 상의와 하의가 맞닿지 않는 부분으로 척추뼈가 보였다. 소년이 몰두하고 있는 대상은 구부정하게 수그린 소년의 품에 숨겨져 있었고, 집중한 소년의 얼굴은 그림자에 묻혀 있었다. 소년은 장난감 말을 가지고 노는 것처럼 보였다. 목각 모형이나 군마, 혹은 트로이의 목마인지도 모른다. 그러나 셔기는 소년의 품에 무엇이 안겨 있는지 정확히 알았다. 향기가 나고 화사한, 어린 소녀들을 위한 인형이었다. 셔기의 예쁜 조랑말 인형이었고, 릭은 알고 있었다. 릭은 줄곧 알고 있었다.

콘크리트 세탁실을 휘도는 차가운 북풍이 셔기의 코를 빨갛게 물들였다. 추위가 견디기 어려워지자 그제야 셔기는 크리스마스카드를 주머니에 다시 넣고 집으로 출발했다.

집에 오니 모든 전등에 불이 켜져 있었다. 도둑질한 수선화가 집 안 곳곳에서 시들어가고 있었고, 공기는 효모 냄새와 어머니를 옮아맨 질곡의 악취로 무거웠다. 셔기는 신호가 끊겼다는 경고음이 뚜뚜 울리는 수화기를 집어 전화기에 내려놓았다. 어머니는 하루를 바쁘게 보냈다. 전화번호부 옆에 빨간 펜이 놓여 있었고, 오래된 이름들에 새로운 줄이 그어져 있었다.

애그니스는 자신의 안락의자에서 자고 있었다. 고개가 한쪽으로 꺾이고 다리는 힘없이 늘어져 있어서 그녀는 마치 녹아내리는 양초처럼 보였다. 셔기는 의자 옆에 숨겨져 있는 테넌트 맥주캔을 흔들어 어머니가 얼마나 마셨는지 헤아려보았다. 보드카 병을 들고 빛에 비추어 보니 거의 한 방울도 남아 있지 않았다.

괴괴한 집에서 어머니가 잠결에 쿨럭이는 소리만 정적을 깨뜨렸다. 애그니스가 토악질을 하자 끈적한 담즙이 입에 차올랐다. 셔기는 어머니가 깨지 않게 조심조심 그녀의 소매에서 휴지를 꺼내고, 입속에 손을 넣어 담즙과 가래를 능숙하게 닦아냈다. 어머니의 입가를 깨끗이 닦아주고, 머리를 왼쪽 어깨에 다시 안전하게 내려놓았다.

속이 헛헛했다. 위보다 더 깊은 곳이었다. 굶주림보다 깊은 공허감이었다. 셔기는 애그니스의 발치에 앉아 나직이 말을 걸었다. "사랑해요, 엄마. 어젯밤에 도와주지 못해서 미안해요."

셔기는 어머니의 발을 살며시 들고 발목에서 조그만 버클을 풀어 하이힐을 벗긴 다음에 검은 스타킹의 두꺼운 봉제선을 발가락 사이에서 뺐다. 차가운 발볼을 부드럽게 주무르고, 발을 하나씩 바닥에 살짝 내려놓으면서 조용히 말했다.

"오늘 사이트힐에 갔었어요." 셔기가 속삭였다. "도시 전체를 내려다봤어요."

셔기는 하이힐을 의자 옆에 놓고 자리에서 일어나 어머니 앞에 섰다. 어머니의 가슴 아랫부분을 익숙하게 더듬어 가운데를 찾은 다음에 얇은 스웨터 위에서 브래지어의 앞쪽 훅을 풀었다. 묵직한 젖가슴이 편히 흘러내렸다.

"엄마는 사이트힐 아파트를 좋아했을 것 같아요. 볼 게 정말 많았어." 셔기가 속삭였다. "생각만 해도 아찔할 정도였어요."

셔기는 손가락을 브래지어의 양쪽 끈에 걸고 어깨에서 내려서 나일론이 압박하고 있던 살을 편하게 풀어주었다. 애그니스는 움찔거렸지만 깨어나지 않았다. 애그니스가 다시 기침했다. 광부의 집과 곰팡이, 미지근한 맥주, 그리고 간밤에 시달린 차가운 강바람이 유발한 지독한 객담이었다. 셔기는 어머니의 흉골을 마사지하며 구치소가 많이 추웠을까 걱정했다. 어머니의 머리가 의자의 푹신한 등받이 뒤로 젖혀졌다. 셔기는 본능적으로 재빨리 손을 뻗어 관자놀이를 잡고 다시 앞으로 당겼다.

"난 최대한 빨리 학교를 그만둘 거예요. 말려도 소용없어요. 일자리를 찾아서 우리를 여기서 구출해야 해." 셔기가 말했다. "우리가 같이 에든버러에 가면 어떨까 생각했어요. 파이프나, 아니면 애버딘도 볼 수 있겠지. 어쩌면 캐러밴을 빌릴 만큼 돈을 모을 수 있을지도 몰라요. 그럼 엄마도 괜찮아질 것 같아요?" 셔기는 미소를 지으며 의식이 없는 애그니스의 얼굴을 내려다보았다. "어떻게 생각해요?"

셔기는 한동안 어머니의 숨소리를 듣고 있다가 옆구리로 손을 뻗어

치마의 지퍼를 내렸다. 지퍼가 단번에 내려갔고, 어머니의 부드러운 뱃살이 팬에서 부풀어 오르는 빵 반죽처럼 불룩하게 솟았다.

"아니에요? 그럴지도 모르겠네." 셔기가 속삭였다.

입을 벌리고 코를 고는 어머니의 입속에 셔기는 손을 넣어 위쪽과 아래쪽 틀니를 뺐다. 축축한 소리를 내며 빠진 틀니를 하나씩 휴지에 깨끗이 싸서 의자의 팔걸이에 단정하게 내려놓았다. 다정한 손길로 어머니의 머리를 마사지하고, 검은 곱슬머리를 쓸어내렸다. 어머니가 좋아하는 방식으로 두피도 꾹꾹 눌러주었다. 검은 머리 아래 하얗게 드러난 뿌리를 보자 가슴이 아려왔다.

애그니스가 또 기침했다. 목구멍을 간질이는 메마른 기침이 배 속으로 굴러떨어지며 단숨에 끈적하고 무거워졌다. 다시 입에 담즙이 차올랐다. 셔기는 어머니의 머리를 빗질하던 손을 멈추고 휴지에 손을 뻗었다. 그때 무언가가 그를 막았다. 셔기는 쿨럭거리는 어머니를 내려다보았다. "릭 형 말이 맞을지도 몰라."

애그니스가 다시 꺽꺽댔다. 고개가 들썩거리면서 젖혀지다가 마침내 의자의 푹신한 등받이 뒤로 넘어갔다. 애그니스가 다시 토악질했다. 훤히 드러난 잇몸과 립스틱 바른 입술 위로 부글부글 차오르는 담즙을 셔기는 바라보았다. 우두커니 서서, 어머니의 숨소리를 들었다. 처음에는 무언가에 막힌 것처럼 숨이 가쁘고 거칠어졌다. 언짢은 소식을 들은 것처럼 어머니의 미간에 살며시 주름이 잡혔다. 그다음에 어머니의 몸이 흔들렸다. 격렬하게 흔들렸다기보다는, 울퉁불퉁한 핏로드를 달리는 택시의 뒷좌석에 다시 앉아 있는 것처럼 덜덜 떨렸다. 그 순간 셔기는 무언가 할 뻔했다. 도움을 주려고 손을 뻗었지만 그때 어머니의 숨이 쉭쉭거리며 천천히 새어나갔다. 숨결이 그녀의 몸에서 걸어 나가듯이 스러졌다. 그러자 어머니의 표정이 변했다. 근심이 사라졌고, 만취한 채로 유유히 흘러가는 애그니스는 마침내 평화로워 보였다.

무언가를 하기에는 너무 늦었다.

그래도 셔기는 어머니를 세게 흔들었다. 애그니스는 깨어나지 않았다.

셔기는 다시 어머니를 흔들었다. 이미 숨을 거둔 어머니를 붙들고 한참을 울었다. 아무 소용 없었다.

너무 늦었다.

셔기는 어머니의 머리를 최대한 단정하게 정돈했다. 뻔뻔하게 드러난 흰 뿌리를 감추고 어머니가 가장 좋아하던 모양으로 매만졌다. 틀니를 휴지에서 빼서 다시 입에 살며시 넣었다. 턱에 흘러내린 토사물을 휴지로 닦고, 립스틱을 입술 선에 맞추어 입꼬리까지 빈틈없이 칠했다. 셔기는 한 발 물러서서 눈물을 훔쳤다. 어머니는 자고 있는 것처럼 보였다. 셔기는 몸을 기울여, 마지막으로 한 번, 어머니에게 입맞춤했다.

1992
사우스사이드

32

닦을 먼지라곤 사실 한 톨도 없었지만 셔기는 애그니스의 도자기 인형을 닦으며 아침 시간을 허비했다. 배크쉬 부인의 하숙방으로 이사하는 와중에 새끼 사슴의 귀에 흠집이 났고, 장밋빛 사과를 파는 아름다운 소녀의 팔이 매킨토시 품종 사과를 쥔 채 떨어졌다. 몇 주나 셔기는 이것을 보기만 해도 마음이 아팠다. 셔기는 도자기 인형들을 전부 정성스레 닦고 정확히 제자리에 돌려놓았다.

이날 아침에 셔기는 다리가 늘씬한 새끼 사슴을 손바닥에 올려놓고 천천히 돌렸다. 왼쪽 귀에 흠집이 난 건 알고 있었지만 자세히 보니 긴 속눈썹이 달린 눈도 칠이 바랬고 엉덩이의 하얀 점도 흐려지고 있었다. 화가 났다. 늘 그렇게 조심했는데. 언제나 최선을 다했는데.

셔기는 손의 관절이 하얘지도록 도자기 인형을 세게 쥐었다. 사슴은 계속 평온하게 미소만 지었다. 셔기는 사슴의 섬세한 앞다리를 눌렀다. 처음에는 살짝, 점차 더 세게, 도자기에 금이 갈 때까지. 도자기는 소름 끼치는 날카로운 소리를 내며 부서졌다. 한참 동안 셔기는 숨도 내쉬지 않고 가만히 있었다. 반짝이는 유약칠 아래 도자기는 거친 분필처럼 꺼끌꺼끌했다. 셔기는 동강이 난 부분의 날카로운 단면을 문질렀다. 그리고 다음 순간, 아무 생각도 하지 않고 사슴의 다리를 모조리 부러뜨렸다. 손바닥을 다시 펼쳤을 때는 산산이 부서진 새끼 사슴의 파편만 남아 있었다. 그것을 차마 다시 볼 수 없었다. 셔기는 부서진 인형을 침대 머리와 벽 사이에 떨어뜨렸다. 재빨리 코트를 입고 킬페더 슈퍼마켓의 연어 통조림이 들어 있는 가방을 챙긴 다음에, 셋방의 문을 닫아걸고 비가 쏟아지는 거리로 나갔다.

셔기는 멍하니 넋을 놓고 주도로를 향해 걸었다. 비가 내리는데도 파키스탄인들은 갈색 채소가 담긴 상자를 부지런히 가게 앞에 내놓고 있었다. 발리우드 비디오 대여점에서 귀청 찢어지는 음악을 크게 틀어놓았고, 그 파동에 현란한 포스터로 뒤덮인 창문이 몸을 떨었다. 포스터에서는 까무잡잡한 남자가 여자를 바짝 끌어안고, 사슴 눈망울처럼 커다란 여자의 갈색 눈을 황홀하게 들여다보고 있었다. 셔기는 포스터를 보려고 걸음을 멈췄다가, 누구의 눈에도 띄지 않고 다시 걷기 시작했다.

오렌지색 시내버스에 탔다. 운전사가 철커덩, 시끄러운 소리를 내며 미성년자를 위한 반값 할인표인 길쭉한 흰색 버스표를 뽑아주었다. 셔기는 위층으로 올라가서 비에 젖지 않은 자리에서 남은 하나에 앉았다. 꽉 막힌 도로에서 버스는 굼벵이 기듯 나아갔지만 차가 밀리는 것이 싫지 않았다. 셔기는 차창에 서린 김을 동그랗게 닦아내고 멀어지는 도시를 바라보았다. 버스는 덜컹거리며 우측의 버려진 공영주택 단지에 진입했다. 반쯤 허물어진 건물에서 박공벽이 훤히 드러난 채 비를 맞고 있었다. 공사 잔해의 무더기 위로 밝게 페인트칠된 거실과 벽지가 발린 복도가 민망한 모습을 보였다. 어떤 집의 뒷마당에서는 임시로 꽂은 장대에 깨끗한 빨랫줄이 여전히 당당하게 걸려 있었다. 사면이 허물어진 다른 뒷마당의 폐허에서는 어린아이들이 축구공을 차며 즐겁게 놀고 있었다.

버스는 털털거리며 클라이드강을 건넜다. 쓸쓸하고 무의미하게 서 있는 피니스톤 크레인의 거대한 잿빛 몸통이 강물에 반사되었다. 셔기는 그새 다시 뿌옇게 서린 김을 닦고 캐서린을 생각했다. 녹슨 크레인을 보면 늘 캐서린이 생각났다. 캐서린은 애그니스의 장례식에 오지 않았다. 릭이 셔기에게 전해주길, 캐서린은 어머니를 좋았던 시절 모습으로만 기억하고 싶다고 했다. 술이 어머니를 얼마나 망가뜨렸는지 보고 싶지 않다고. 지금, 크레인을 바라보던 셔기는 자신이 누나의 얼굴을 선명히 기억할 수 없다는 것을 깨달았다. 캐서린의 기억 속에서 어머니는 어떤 모습일지 궁금했다. 어쩌면 어머니의 사랑스러운 모습만 간직하고 있을지도 몰랐다.

그들은 맑고 추운 아침에 애그니스를 태웠다.

셔기는 거의 이틀 내내 어머니 곁을 지켰다. 밤에는 이불을 덮어주고 아침이 오면 이불을 걷어주었다. 어머니의 몸이 차가워서 난로를 쏘여주었지만 소용없었다. 애그니스의 몸은 열기를 간직할 수 없었다. 셔기는 남부지방에 있는 릭의 하숙집에 전화를 걸어 어머니의 죽음을 알렸다. 셔기가 울음을 그칠 때까지 한참 기다린 뒤에 릭은 앞으로 해야 할 일들을 차근차근 설명했고, 셔기가 애그니스의 전화번호부에 받아 적을 수 있게 다시 한번 되풀이했다. 훗날에 셔기는 릭이 짜증을 내지 않은 것이 훌륭한 배려였다고 생각했다.

릭은 야간열차를 타고 올라왔다. 그토록 먼 길을 오고 나서, 막상 애그니스에게는 다가가지 못하고 열 발자국 앞에서 멈췄다. 릭은 도저히 그 이상 다가갈 수 없는 듯했다. 어머니의 시신을 보살핀다고 부산을 떠는 셔기를 릭은 내버려두었다. 나중에 셔기가 장의사의 카펫에 쪼그려 앉아 귀고리가 얼추 짝이 맞아 보일 때까지 여러 장신구의 모조 보석을 깨뜨리고 새로 조합해서 붙일 때도 릭은 묵묵히 지켜보기만 했다.

릭이 애그니스의 장례를 책임졌다. 눈이 빠지도록 울어서 탈진하고 충격에 얼이 빠진 셔기는 일주일 내내 무력하게 형을 쫓아다녔다. 릭이 지방검찰청에서 시체 안치소, 그리고 화장장으로 옮겨 다니며 절차를 밟는 동안 셔기는 하얗게 질린 얼굴로 입을 꾹 다물고, 아무런 도움도 못 주고 쫓아다니기만 했다. 수차례 릭은 하던 일을 멈추고 셔기를 돌아봤다. 릭은 아무 말도 하지 않았다. 셔기가 마음의 짐을 쏟아낼 수 있는 여백을 남겨두었다. 셔기는 형에게 말하려고 노력했다. 무슨 일이 있었는지 고백하고 싶었지만 입이 떨어지지 않았다. 인정할 수 없었다. 셔기는 이 말밖에 하지 못했다. 자신이 너무 지쳤었다고, 하지만 더 노력해야 했다고.

장애판정서비스국은 애그니스의 화장 비용은 부담하겠지만, 월리와 리지가 묻혀 있는 가족묘에 공간이 없으므로 새로 터를 잡아 매장할 비용까지는 대줄 수 없다고 통보했다. 릭은 애그니스의 죽음이 알려지지 않게 막았다. 『이브닝 타임스』에 부고도 싣지 않았다. 그러나 애그니스와 같은 AA 모임에 종종 나가던 옆 단지 여자를 통해 소식이 단체에 알려졌고, 곧 낯선 얼굴들이 집에 찾아오기 시작했다. 그러다 소식이 흘러 흘러 핏헤드에까지 닿아서, 그 옛날의 악귀들이 전부 댈더위 화장장에 나타났다.

빅 셕은 애그니스의 장례식에 오지 않았다. 댈더위로 달려온 검은 택시는 유진의 것뿐이었다. 빅 셕이 캐서린이나 래스컬을 통해 소식을 들은 것은 확실했지만 그는 코빼기도 비치지 않았다. 혹시나 하는 생각에 깨끗한 옷을 여행 가방에 잔뜩 싸놓은 셔기는 바보가 된 기분이었다. 식이 진행되는 내내 아버지의 얼굴을 찾아 두리번댔으나 셕은 끝내 오지 않았다.

릭은 그런 셔기를 보고 눈살을 찌푸렸다. 어리석은 희망을 놓지 못했냐고 꾸짖듯이, 아직도 믿을 정도로 멍청한 동생이 실망스럽다는 듯이 눈살을 찌푸렸다. 릭은 빅 셕이 이기적인 인간쓰레기라고 말했다. 그 말을 듣고서 셔기는 슬펐다. 형의 말이 사실이어서뿐만이 아니라, 릭이 그렇게 말하는 순간 어머니와 똑 닮아 보였기 때문이었다.

화장장에서 조문객들은 양쪽 가장자리와 뒤쪽에 앉았다. 앞줄에는 셔기와 릭뿐이었다. 유진은 출구 가까이에 콜린과 브라이디 사이에 끼어 앉았다. 벌써 반쯤 취한 진티가 젊은 램비를 붙들고 있었다. 뒤돌아보며 셔기는 아무도 진정 슬퍼 보이지 않는다고 생각했다. 애그니스의 시신이 화장로로 옮겨질 때 뒤에서 어떤 여자가 혀를 차며 중얼댔다. "화장을 한다구? 술에 쩐 그 몸에서 불이 꺼질까 몰라."

그때까지 셔기는 어머니를 화장한다는 것의 의미를 깊이 생각해보지 않았다. 어머니의 시신이 들어 있는 관이 인입되는 걸 보고도 슈퍼마켓의 컨베이어벨트만 떠올렸다. 그러다 깨달음이 엄습했다. 셔기는 눈을 부릅뜨고 어머니가 어디로 옮겨지는지 보려고 기를 썼다. 셔기가 형을 돌아보자 릭은 침착하게 고개를 끄덕이고 이렇게만 말했다. "그래, 안녕이다."

애그니스가 택시에 오를 때마다 릭이 하던 말이었다. "안녕이다." 릭은 레이스 커튼 뒤에서 나오며 중얼거렸고, 셔기를 보고 씩 웃은 다음에 저녁 뉴스를 방영하는 텔레비전 앞에서 동생을 못살게 굴곤 했다.

안녕이다. 사람들이 무언가를 처분한 다음에 하는 말이다.

화장장 밖에서는 앙상한 나뭇가지에 하얗게 움이 트고 있었다. 얼어 있던 녹음이 녹아내리는 향기가 추모 정원에 가득했다. 조문객 몇 명이 잔디밭을 건너와 아들들에게 조의를 표했다. 용감한 이들은 직접 왔지만 콜린을 비롯한 다른 이들은 브라이디를 대리인으로 보냈다. 진티는 질펀한 잔디밭에서 휘청거렸다. 장례식 리셉션이 없을 것이며 술도 대접하지 않을 것이라고 릭이 말하자 진티는 혼란스러워 보였다.

"뭐? 한 방울도 없다고?" 진티가 물었다.

"아줌마, 씨발 지금 장난해요?" 릭이 틀니를 악물고 내뱉었다.

그때 유진이 진티의 팔을 붙잡고 끌고 갔다. 유진은 뒤돌아서 애그니스의 아들들에게 따뜻한 위로의 말을 건네려 했지만 릭은 외면했다.

셔기는 버스의 차창에 머리를 기대고 장례식의 기억을 떨쳐내려 애썼다. 손가락으로 동전들을 하나씩 분리했다. 나중에 배크쉬 부인의 하숙집 밖에 있는 공중전화에서 릭에게 전화할 계획이었다. 형과의 통화가 어떻게 흘러갈지 이제는 알았다. 셔기는 얼마 전에 태어난 릭의 아기가 잘 있느냐고 묻겠지만 예술학교에 대해서는 입을 다물고 있을 것이다. 그럼 릭이 그에게 안부를 물을 것이고, 셔기는 잘 지낸다고 말할 것이다. 형이 듣고 싶어 하는 대답이라는 것을 알게 되었기 때문이다. 형제는 더없이 잘 지내는 척하면서, 언젠가 셔기가 남부에 놀러 갈 계획과 기차표 등 기대할 만한 먼 미래의 소소한 일들에 대해 이야기할 것이다. 그러다 릭은 조용해진다. 릭은 원래 말수가 적었다. 한편으로는 다행이었다. 동전을 꿀꺽꿀꺽 삼키는 공중전화에서 남부지방에 거는 전화는 비쌌다. 배크쉬 부인은 하숙집 안에 전화기를 놓아주지 않았다.

버스는 털털거리며 계속 나아갔다. 클라이드강의 조선소는 이제 완전히 소멸했다. 작은 보트를 외로이 몰고 있는 한 남자를 제외하면 드넓은 강은 고요하고 텅 비어 있었다. 보트를 몰고 있는 남자의 비옷 반사띠가 내리퍼붓는 빗줄기 속에서 다이아몬드처럼 영롱하게 빛났다. 글래스고 시민 모두 이 남자를 알았다. 남자는 무료 신문인 『글래스웨지안』의 일면에 매일같이 등장했다. 자기 아버지의 대를 이어 남자는 클라이드강을 꾸준히 순찰했다. 남자는 글래스고 그린 공원 근처에서 술에 취해 강에 빠진 노인들을 구조했고, 돌다리에서 더러운 강물로 조용히 몸을 던진, 구조되고 싶지 않았던 남자들과 여자들의 시신을 건졌다.

셔기는 글래스고 중앙역 후방에서 하차했다. 먼지가 켜켜로 앉고 비둘기 똥으로 얼룩지긴 했지만 중앙역의 아치 유리창은 여전히 위풍당당하고 아름다웠다. 아치 유리창이 달린 중앙역 역사의 일부가 아가일 스트리트 위로 지나가며 넓은 거리를 어두운 터널로 만들었고, 도로 위쪽의 역사 내에는 피시앤칩스 가게, 조명을 환하게 켜놓고 청바지를 반값에 파는 할인 점포, 최대한 이른 시간에 영업을 시작해서 점심시간이면 이미 담배 연기로 자욱한 창문 없는 펍들이 즐비했다. 셔기는 빵집 앞에서 걸음을 멈췄다. 빵집 앞은 오븐의 불빛과 열기 덕분에 환하고 따뜻했고, 싸구려 아이싱 설탕과 식빵 냄새가 공기에 달콤하게 퍼져 있었다.

이따금 셔기는 빵집 앞에서 서성이며 시간을 보냈다. 버스를 기다리는 척 얼쩡댔지만 사실은 환풍기에서 흘러나오는 고소한 빵 냄새와 온기를 쬐며 공상에 빠지는 것이었다. 한번은 그러고 있다가 눈을 가늘게 뜨고 길 건너편 택시 승차장을 보고 있는 자신을 발견했다. 무의식적으로 무릎을 살짝 구부리고 몸을 숙인 채 택시운전사들의 얼굴을 훑어보고 있었다. 자신이 무엇을 보고 싶어 하는지 미처 깨닫기 전이었다. 셔기는 수치심을 느끼며 얼른 허리를 펴고 그 자리를 떠났다.

빵집에 들어갔다. 비에 젖은 회사원 여자들이 따뜻한 페이스트리 진열장에 물을 뚝뚝 흘리며 길게 줄을 서 있었다. 참을성 있게 기다리는 사이에 눈꺼풀이 달콤한 온기 속에서 자꾸만 무거워졌다. 볼이 빨갛게 익은 보조 직원이 머리망 뒤쪽을 긁적거렸다. 셔기는 딸기 타르트 두 개를 주문했다. 여자가 타르트를 종이봉투에 넣으려 하자 윤기 나는 빨간 잼이 종이에 묻었다. "실례합니다. 죄송하지만 상자에 포장해주실 수 있을까요?"

"학생, 상자 포장은 네 개씩만 돼." 여자는 덥고 지루한 듯 껌을 질겅이며 말했다.

셔기는 5파운드짜리 지폐를 손가락에 감았다. 다음 주급을 받을 때까지 들어올 돈이 없었지만 그래도 셔기는 말했다. "알겠습니다. 그럼 네 개 부탁합니다. 선물이에요."

여자는 코웃음을 쳤지만 불친절하지는 않았다. "진즉에 그렇게 말하지 그랬어, 카사노바. 우리 가게에 큰손이 행차하신 게 얼마 만이야."

"그런 거 아니에요." 셔기는 고개를 푹 떨구고 중얼거렸다.

여자는 손목을 날쌔게 두 번 움직여 상자를 뚝딱 만들었다. 상자에 담긴 빨간 타르트가 꼭 네 개의 루비 심장 같았다. 셔기는 계산을 하고 후드를 뒤집어쓴 다음에 빗속으로 다시 나갔다. 돈은 한 번 쓰면 계속 쓰게 마련이라, 5파운드짜리 지폐를 깨고 나자 셔기는 잔돈으로 커다란 탄산음료를 사고 말았다. 연어 통조림이 들어 있는 가방과 붉은 루비 심장을 들고 먼 길을 걸었다. 트롱게이트와 솔트마켓을 거쳐서 너른 강으로 되돌아올 때까지 머천트시티의 옛 구역을 누비고 다녔다. 셔기는 한적한 강둑을 따라 걷다가 십뱅크 레인의 어귀에 당도하고 나서야 걸음을 멈췄다. 옛 세인트 에녹 고가철도 아래로 난 도로 옆길에 남자들이 모여 있었다. 납작하게 펼친 카드보드 상자에 불법복제 비디오테이프를 늘어놓고 팔고 있었다. 남자들은 티셔츠에 얇은 양복 재킷만 걸치고, 몸을 덜덜 떨면서 쉰 목소리로 호객행위를 했다. 철도 위쪽 시장에서 중고 옷을 장바구니 가득 구매한 여자들은 비좁은 골목길을 내려오며 남자들을 본체만체 지나쳤다.

그녀가 거기 있었다. 약속했던 바로 그 자리에.

소녀는 시장 입구 건너편에 앉아 있었다. 나지막한 철제 난간에 걸터앉은 채로 난간과 함께 녹이 슬고 있는 것처럼 보였다. 머리카락은 비에 젖어 축 처졌고, 커다란 후프 귀고리 때문에 외려 더욱 앳되 보였다. 그 앙상하고 고단한 모습이 안쓰러웠다. 애그니스가 죽기 일 년 전, 키어 위어를 따라갔다가 그녀를 처음 만났을 때 리앤에게는 반항적인 용기가 남아 있었다. 당시 리앤은 맹랑하고 대담하게 말했지만, 이제 셔기는 그것이 전부 어린아이의 치기였다는 것을, 가슴속 아픔을 감추려고 꾸며낸 큰소리였다는 것을 알았다. 최근에 리앤의 주근깨투성이 예쁜 얼굴에는 자기보호적 경계심이 잔뜩 서려 있었다. 리앤은 거의 매 순간 입술을 꽉 오므리고, 건포도색 눈동자로 바쁜 행인들의 얼굴을 경계하며 살펴보았다. 경질화된 딱딱한 표정을 갑옷처럼 장착한 다음에 그것을 내려놓기를 자주 잊어버렸다.

"아주 늑장을 부리면서 왔네. 덕분에 난 홀딱 젖었어." 리앤 켈리가 말했다. 리앤은 작은 쇼핑백들을 다리 사이에 방어적으로 끼고 있었다.

"미안." 셔기는 사과하고 난간에 올라가 친구 옆에 똑같은 자세로 앉았다. 자신의 자세를 친구와 비교하고, 완전히 똑같아질 때까지 여러 번 고쳐 앉았다. 이제 셔기는 리앤과 키가 비슷했다. 아니, 더 컸다. 셔기는 손을 뻗어 점퍼 소맷부리에서 늘 삐져나오는 듯한 친구의 손목을 쓰다듬었다. "뭐 하고 싶어? 좀 걸을까?"

리앤이 이죽거렸다. "우리가 사귀는 게 아니라서 천만다행이다." 리앤은 회색 껌을 웅덩이에 뱉었다. "너는 진짜 뻔할 뻔 자다."

"미안."

리앤은 셔기의 뺨을 손으로 쓸어내리고 거칠게 밀었다. "농담이야. 걸어야지 아님 뭐 하겠어." 리앤이 발치에 있는 쇼핑백을 툭 찼다. "나 이것 하나만 하고. 알았지?"

셔기는 리앤이 무엇을 하려는지 알았다. 애그니스가 살아 있었다면, 그에게 기회가 있었다면, 셔기 역시 어머니를 위해서 하고 싶었을 일이었다. 하지만 걱정에 입술을 뜯고 있는 리앤을 보자 안타까운 마음에 말릴 수밖에 없었다. "리앤, 그러지 마. 만일 내가 그런다고 했으면 네가 날 가만두었을 것 같아? 아무 소용 없어. 미안하지만 그게 사실이야."

리앤이 셔기의 말허리를 잘랐다. "말도 끄내지 마. 씨발, 나도 안다구." 리앤은 자신의 의지로 비를 멈출 수 있는 것처럼 눈을 치뜨고 하늘을 노려봤다. "어차피 여기서 볼 수 있을지 없을지도 몰라."

가랑비가 내리는데도 패디스 마켓은 북적거렸다. 시장은 이제 사용되지 않는 철도를 따라 길게 이어졌고, 버려진 철도교 밑의 아치형 공간마다 아동복, 알록달록한 꽃무늬 일광욕 의자, 축구팀 상징색으로 불빛이 들어오는 나이트 램프 따위를 파는 판매대가 꽉꽉 들어차 있었다. 상인들은 모든 공간을 활용했다. 검댕으로 시꺼먼 천장에 옷을 매달고, 접이식 테이블에는 기이한 장식품과 낡은 시계를 수북이 쌓아놓았다. 아치 밖의 좁은 골목으로 어수선하게 삐져나온 판매대에서는 중고가구가 벌써 비에 젖어 망가지고 있었다.

셔기는 머리칼의 뿌리가 검은 금발 소녀를 바라봤다. 자기가 가진 전부를 팔려고 내놓은 듯한 소녀는 축축한 땅에 물건들을 신중히 포진하고 있었다. 이곳을 혐오하면서도 사랑했을 어머니가 생각났다.

리앤이 차가 찰랑이는 스티로폼 컵을 건네주었다. 뚜껑을 벗기고 보니 차는 이미 차갑게 식어서 우유 막이 떠 있었다. 리앤을 오래 기다리게 한 것이 새삼 미안했다.

"오늘이 애그니스의 쉰 살 생일이야." 셔기가 말했다. 그리고 재빨리 덧붙였다. "물론 엄마는 눈 한 번 깜박이지 않고 부인했겠지만."

셔기는 텔레비전에서 본 콧대 높은 소믈리에처럼 탄산음료를 따랐다. "엄마 생일파티를 우리끼리 하면 어떨까 생각했어. 우리 기분도 북돋울 겸." 셔기는 딸기 타르트를 건네주고 빙긋 웃었다. 리앤이 나지막한 탄성을 지르며 상자를 열었다. 그러나 실망스럽게도, 상자를 연 순간 피처럼 빨간 잼이 전부 뭉개져 있는 것이 눈에 들어왔다. "젠장! 최대한 조심해서 들고 왔는데."

리앤이 셔기에게 어깨를 맞대었다. "괜찮아. 정말 예쁘다."

한 시간 전만 해도 사랑스러웠던 타르트가 이제 끈적한 덩어리로 그들 사이에 있었다. 셔기는 손을 뻗어 한 개를 채갔다. 타르트를 전부 없애버리고 싶었다. 셔기는 딸기 타르트를 삽으로 푸듯이 한 번에 입에 넣었다. 달콤하고 끈적한 잼과 따뜻한 크림에 목이 메었다. 셔기는 타르트를 꿀꺽 삼켰다. 배 속이 든든해지면서 기분이 한결 나아졌다. 셔기가 두 번째 타르트를 겨냥하고 손을 뻗자 리앤이 몸을 돌려 타르트를 가리면서 외쳤다. "저리 가, 욕심쟁이 거지야! 내 꺼란 말야."

셔기는 웃음을 터뜨렸다. 잠시나마 리앤의 얼굴에서 수심이 사라져서 기뻤다. 셔기는 윗입술과 아랫입술을 비벼서 딸기잼을 입 전체에 지저분한 립스틱처럼 묻힌 다음에, 리앤을 보고 헤벌쭉 웃었다. 리앤이 그를 밀쳤다. 리앤은 타르트 두 개를 천천히, 우아하게 먹었다. 잼을 크림에서 조심스럽게 분리하고, 크림 아래 인기 없는 쇼트브레드는 셔기에게 주었다. 리앤이 마침내 상자를 덮었다.

비가 내리다가 그치고, 다시 내리다가 그치기를 반복하는 동안 두 사람은 나란히 앉아서 식은 차와 달콤한 탄산음료를 마시고 이야기를 나누며, 일어나지 않을지도 모르는 일을 마냥 기다렸다. 리앤이 먼저 입을 열었다. "캘럼 오빠가 스프링번 사는 여자애를 임신시켰어."

셔기는 리앤의 부드러운 머리칼을 한 움큼 잡고 손가락으로 빗었다. 옛날 탈수기처럼 검지와 엄지로 머리카락을 꽉 누르면 빗물이 찔끔 흘러나왔다. "너 바로 위 오빠였나?"

"아니, 하나 더 위에. 스티비 오빠랑 멀키 오빠 사이야. 얼굴은 그럭저럭 봐줄 만한데 머리가 별로 안 좋아서 우리가 잘 감시해야 해. 자기 물건을 아무 데나 꽂으려고 하니까."

"멋지네."

"응. 지난 부활절 주 토요일에 이 여자애를 댄스장에서 만난 것 같아. 다음 날 일요일에 성당 문이 열리기도 전에 임신시킨 게 분명해." 리앤이 오빠의 멍청한 짓거리에 고개를 내저었다. "어젯밤에 그 여자애 아빠가 우리 집에 왔어. 전화번호부에서 주소를 찾았나봐. 멀키 오빠가 캘럼 오빠를 두들겨 팼어. 여자애를 임신시켜서가 아니라, 멍청하게 본명을 가르쳐줬다고." 리앤은 반대쪽 머리를 한 움큼 잡고 갈라진 끝을 검사하기 시작했다. "캘럼 오빠는 이 여자애 이름은 고사하고 얼굴도 기억 못 하는 거야. 여자애를 봤을 때 오빠 표정은 정말 가관이었어. 길에서 마주쳤어도 못 알아봤을걸. 근데 이제 애 아빠가 된 거야. 얼간이 같으니라구."

리앤이 보기 전에 셔기가 목소리를 들었다. 중년 여자에게 어울리지 않게 너무 앳되고 소녀 같은 웃음소리는 남들을 의식하고 연기하는 것처럼 억지스럽고 가식적으로 들렸다. 셔기는 그녀를 못 본 체하고 싶었다. 리앤의 눈길을 다른 곳으로, 강 쪽으로 돌려서 웃고 있는 여자를 못 보게 할 것인지 순간 갈등했다. 친구를 보니, 리앤은 엄지손가락의 거스러미를 질겅이면서 비닐봉지에 담아 온 물건들을 만지작거리고 있었다. 셔기는 리앤의 손을 잡고 입에서 떼어냈다. 손톱 주변에 피부가 거의 남아 있지 않았다. 그걸 보자 친구를 속일 엄두가 나지 않았다. 셔기는 한숨짓고 여자를 가리켰다. 그러자 리앤도 한숨을 내쉬었다.

여자는 아직 그들을 보지 못했다. 여자의 하얀 손이 골목길에서 어슬렁대던 반팔 티셔츠 차림 남자의 팔을 뱀처럼 휘감았다. 젊은 남자의 꾹 다문 입은 치아가 없어서 합죽했다. 도로 건너편에서 젊은 홈리스를 꼬드기는 여자의 목소리가 번잡한 시장의 소음을 뚫고 쨍하게 울렸다. 남자는 침이 흥건한 입으로 됐네요, 라고 냉정히 거절했고, 길게 자란 손톱으로 여자의 손을 떼어냈다. 남자가 동전을 짤랑거리며 떠나자 여자는 홀로 남았다.

두 사람은 잠시 여자를 건너다보기만 했다. 여자는 거리 한복판에서 길을 잃은 것처럼 망연히 서 있었다. 여자는 셔기가 지난번에 봤을 때보다 더 망가졌다. 헝클어진 밤색 곱슬머리는 군데군데 하얗게 세었고, 핏줄이 터진 얼굴은 울긋불긋했다. 눈꺼풀에는 파란색 아이섀도가, 입술에는 밝은 분홍색 립스틱이 흐릿하게 남아 있었다. 여자가 갈색 스타킹을 여전히 신고 있다는 사실을 셔기는 위안으로 삼았다. 비록 한쪽 스타킹의 올이 나가긴 했지만, 여자는 무릎과 발목을 그런대로 얌전히 모으고 서 있었다.

리앤은 눈알을 굴렸다. 여자에게 가기 위해 친구가 모든 의지를 끌어모으고 있다는 것을 셔기는 알았다. 리앤은 난간에서 미끄러져 내려가 발치에 있던 쇼핑백을 집었다. 봉지 하나에는 단정히 갠 옷가지와, 오래전에 흰색이었던 깨끗한 속옷이 한 무더기 있었다. 다른 봉지에는 이유식 요구르트와 다진 애플소스처럼 달콤하고 속에 부담 없는 음식이 들어 있었다. 자신이 보태려고 가져온 음식을 떠올리고 셔기는 흠이 난 연어 통조림을 주머니에서 꺼냈다. "이걸 제일 좋아하셨다고 했지."

리앤은 셔기의 비닐봉지를 열고 통조림 캔을 내려다봤다.

"고마워, 셔기." 리앤이 연어 통조림을 손에서 돌리며 말했다. "하지만 엄마가 길에 사는데 통조림 따개를 어디서 구하겠니?" 리앤은 자신이 한 말에 고개를 내저었다. "미안. 고마운 줄도 모르고 못된 소리를 해버렸네." 리앤은 길게 숨을 내쉬고 작은 비닐봉지를 투포환처럼 빙빙 돌렸다. "뭐, 모이라가 알아서 방법을 찾을 거야. 그런 일엔 빌어먹을 도가 텄으니까."

리앤은 시장 입구를 가로질러 어머니에게 다가갔다. 다가오는 소녀를 알아보고 여자가 갈색 눈을 굴렸다. 빼닮은 모녀의 표정에 셔기는 자기도 모르게 미소를 지었다.

모녀는 아무런 애정 표현 없이 상봉했다. 비가 잠시 그쳤고, 켈리 부인은 리앤을 따라 패디스 마켓을 빠져나와 강변으로 왔다. 셔기는 낡은 카드보드 상자를 납작하게 펴서 젖은 난간에 깔고, 리앤이 어머니와 나란히 앉을 수 있게 자리를 비켜주었다. 어머니와 딸은 보람 없는 수고를 하는 남자의 보트가 강물을 가르며 나아가는 모습을 바라보았다.

"저 사람이 강에서 건져낸 딱한 아가씨들을 몇 명 알아." 모이라 켈리가 말했다. "암것도 안 챙겼드만. 젖은 담배며, 클라다 반지며 전부 그대로 주머니에 들어 있었어. 동전 한 닢 안 가져간 거야. 대단하지 않니?"

리앤은 상자를 열고 마지막 타르트를 어머니에게 권했다. 여자가 끈적한 잼을 손가락으로 떠서 삐죽 내민 입에 집어넣을 때 셔기는 시선을 딴 곳에 두었다. 다시 굶기 시작했는지, 여자의 눈이 퀭했다. 여자의 입가에 묻은 딸기잼이 립글로스처럼 번들거렸다. 딸기잼이 돌연 음란해 보였다.

"종일 여기에 앉아 있을 거냐?" 고맙다는 인사 한마디 없이 여자가 물었다.

"잠시만 앉아 있으면 어때요?" 리앤은 타르트 상자를 여자의 무릎에 슬쩍 올려놓았다. 고기 한 덩이로 개를 꾀듯, 설탕으로 여자를 붙잡아놓으려는 것이었다. 여자는 알딸딸하게 취해 고개를 까닥거리면서도 마지막 타르트를 용케 집어서 테두리의 크림에 혓바닥을 깊숙이 박았다. 여자의 입속에서 어금니 두어 개가 사라진 빈자리가 눈에 띄었다. 지난가을만 해도 이가 있던 자리였다. 여자는 주먹에 묻은 크림을 외설적으로 핥아 먹었다. 리앤은 어머니가 먹으려고 노력하는 모습만 봐도 기쁜 듯했지만 셔기는 너무 상스럽게 느껴져서 차마 볼 수 없었다. 켈리 부인의 찢어진 스타킹과 그 아래 비치는 허벅지의 오톨도톨한 닭살을 보고 있자니 어머니가 사무치게 그리웠다.

그들은 한동안 이렇게 앉아 있었다. 오빠들이 날마다 벌이는 신파적인 사건들을 리앤이 어머니에게 이야기하는 동안 셔기는 클라이드 강에 시선을 고정하고 있었다. 아들들의 허튼 짓거리에 켈리 부인은 몇 차례 웃음을 터뜨리며 말했다. "아이고, 내가 그 지랄 난장판을 안 치워도 되니 천만다행이네."

켈리 부인이 이런 말을 할 때마다 셔기는 강 쪽으로 얼굴을 돌려서 표정을 숨겨야 했다. 곧 손주를 볼 거라고 리앤이 말했지만 켈리 부인은 어깨만 으쓱했고, 난간이 살짝 흔들리며 진동이 전해졌다.

이야깃거리가 다 떨어지자 리앤은 어머니에게 잠깐 일어나라고 부탁했다. 리앤은 셔기에게 켈리 부인의 코트를 넓게 펼치라고 말한 뒤에 코트의 가림막 안에서 어머니가 발을 번갈아 떼면 치마 아래로 스타킹과 더러운 속옷을 벗겼다. 여자는 딸의 보살핌을 좋아하지 않았다. 켈리 부인은 셔기를 보면서 혼잣말로 툴툴거렸다. 셔기는 비에 젖은 보도만 뚫어지게 보고 있었다.

"얘, 난 도무지 이해할 수가 없구나. 니는 나가서 기집애들 올라타고 술 마시고 놀아야지, 여기서 왜 늙은 모이라랑 이러구 있니."

"아주머니를 위해서 여기에 있는 게 아니에요, 켈리 부인." 셔기는 중얼거렸다. 술에 젖은 여자의 시선을 차단하고자 코트를 좀더 높이 들었다.

여자는 개의치 않았다. "글쎄다, 사실 나야말로 신나게 놀고 있어야 하는데. 니처럼 웃긴 애 앞에서 거시기 춤추면서 팔짝거리는 대신."

리앤은 아직도 어머니의 발치에 무릎을 꿇고 앉아 있었다. 리앤이 신발의 버클을 다시 채웠다. "셔기가 엄마 주려고 연어도 가져왔어요. 깐죽거리지 좀 말아요."

"그럼 좀 빨랑빨랑해. 오늘이 실업수당 나오는 날이란 말이다. 내가 술 한잔 얻어먹기도 전에 남자들이 죄다 써버릴 텐데." 켈리 부인은 씩씩대면서 떼쓰는 어린애처럼 발을 굴렀다.

켈리 부인에게 하고 싶은 말은 한마디도 없었지만 리앤을 위해 그녀를 조금이라도 오래 붙잡아놓을 속셈으로 셔기는 대화를 시도했다. "지난번에 뵌 이래 어떻게 지내셨어요?"

켈리 부인이 비아냥댔다. "어머나, 이번 봄은 너어무나 아름다웠어요, 그렇지 않아요?" 그리고 켈리 부인은 성가시다는 듯이 입술을 삐죽 내밀었다. "오지랖 떨긴." 켈리 부인은 그대로 입을 다물 것처럼 보였다. 그러나 다음 순간 그녀의 입꼬리가 신랄한 비웃음으로 꼬부라졌다. 이야깃거리가 떠오르자 청중이 있어서 기쁜 모양이었다. "맞다! 내가 토미랑 잠깐 다시 합쳤었지!" 남자를 기억하며 켈리 부인은 이가 빠진 쪽의 턱을 무의식적으로 문질렀다. "토미가 완전히 망나니는 아니었어. 케일리 철로 공장 뒤에서 크게 몇 탕 쳤지. 나를 공주님처럼 모셨다니까. 토미는 장님인 척하고 펍을 돌면서 술을 얻어 마셨어. 바를 더듬거리면서 술 받으러 가는 연기가 아주 일품이었지." 이제 켈리 부인은 배를 부여잡고 웃고 있었다. "눈이 존나게 멀쩡하다는 걸 남들이 눈치채기 전까지 위스키깨나 얻어 마셨어."

켈리 부인이 혼자 껄껄 웃었다. 웃는 어머니를 보고 행복해하는 리앤의 마음이 셔기에게 와닿았다. 어머니를 올려다보는 리앤의 입매가 조금 부드러워졌다. 그러나 잠시뿐이었다. 리앤은 곧 자신의 상황을 기억하고 방어 태세로 전환했다. 잘못한 아이를 꾸짖다가, 아이의 애교에 마음이 녹아 또 져주는 부모 같았다.

켈리 부인 역시 눈치챘다. "봤지, 나랑 있음 재밌다니까. 모이라 만나면 즐겁지, 엉?" 켈리 부인이 리앤의 어깨를 쓰다듬었다. "그럼, 니 기분 띄워주는 데는 내가 도사지."

리앤은 어머니를 부추기지 않았다. 셔기는 코트를 내리고 보트의 남자에게 시선을 돌렸다. 켈리 부인이 욱신거리는 턱을 문지르다가 끝내 물어보았다. "포트 한 병 살 돈 있을까?"

"아뇨." 셔기는 고개를 저었다.

켈리 부인은 이가 빠진 자리로 공기를 빨았다. "그래. 물어봐서 손해 볼 건 없어, 안 그르냐?"

셔기는 남은 탄산음료를 대신 내밀었다. 켈리 부인은 골난 표정으로 노려보면서도 음료수를 받았다. 리앤과 셔기가 한 모금씩 천천히 아껴 마시던 음료를 켈리 부인은 목이 타는 듯 꿀꺽꿀꺽 들이켰다. 셔기는 켈리 부인이 음료수병의 주둥이에 남긴 립스틱 자국을 보았다. 말을 삼키려 했지만 내뱉고 말았다.

"왜 이렇게 살아야 해요?"

어머니의 더러운 옷을 비닐봉지에 챙기다 말고 리앤이 털썩 주저앉았다. 이 장면만큼은 절대 놓칠 수 없다는 듯 기대에 찬 눈빛이었다.

"내가 술맛을 모른다고 누가 그러더냐?" 켈리 부인은 샐쭉해서 셔기의 팔에서 코트를 낚아챘다. "니들은 그냥 내가 부러운 거야! 나는 끝내주게 잘 논다고! 술을 마시면 하루가 금방금방 지나가니까. 지긋지긋한 부분은 싹 다 건너뛰구." 켈리 부인은 주머니에서 립스틱을 꺼냈다. 립스틱은 거의 다 닳아 없어졌고, 그녀가 세게 문지르는 바람에 색깔이 입술 밖으로 삐져나갔다. 셔기는 눈에 익숙한 그 분홍색을 애써 무시했다.

"리앤은 아주머니를 사랑해요." 셔기가 말했다.

"셔기!" 리앤이 말렸다.

"얼씨구, 쪽쪽 쪽쪽." 켈리 부인은 콧방귀를 뀌고 단내 나는 트림을 내보내려 가슴을 두드렸다. "그거 아니? 내 생각엔 말야, 누굴 사랑하면 할수록 상대는 그걸 더 우습게 알아. 니가 원하는 건 점점 더 안 해주고 자기 꼴리는 대로만 하지." 켈리 부인이 다시 한번 가슴을 두드리자 이번에는 트림이 꺼억 터져 나왔다.

리앤은 더러운 빨래를 대충 쑤셔 넣고 지친 한숨을 쉬며 일어났다. 어머니와 셔기 사이에 서서 리앤은 다시 입술을 물어뜯기 시작했다. 리앤의 양쪽 뺨이 새빨개졌고 눈에는 눈물이 그렁그렁했다. 셔기는 뒤돌아서 보트를 모는 남자에게 다시 한번 시선을 던졌다.

"이제 펍에 사람들이 몰릴 시간이야." 켈리 부인이 코트를 여미며 말했다. "시간 다 됐구려, 손님."

"아, 엄만 진짜!" 리앤은 한 걸음 물러서서 어머니의 차림새를 확인했다. 날이 저물기 전에 놀러 나가고 싶어 안달복달하는 아이를 타이르는 말투로 리앤이 말했다. 어머니를 더는 붙잡아둘 수 없다는 것을 알았다. "그래요, 모이라. 가봐요. 몸조심하고, 알았죠? 또 올게."

"꼭 그래야 하면."

셔기는 자기도 모르게 주먹을 불끈 쥐었다. 한 발 성큼 다가서서 켈리 부인의 코트 안으로 손을 쑥 집어넣었다. 켈리 부인의 허리에 팔을 감고, 손에 익숙한 그 미끌미끌하고 촉촉한 인조견 원단이 만져질 때까지 물렁한 뱃살을 더듬었다. 그리고 속치마가 허리춤 아래로 단정히 들어가게 거칠게 잡아당겼다.

켈리 부인은 깜짝 놀라 입을 벌렸지만 배에 닿은 셔기의 따뜻한 손이 싫지 않은 듯 가만히 있었다. 그리고 그녀는 통통한 혓바닥으로 아랫입술을 핥고서 리앤에게 짓궂은 미소를 날렸다. "아이고, 이 녀석은 조심해야겠다."

셔기는 켈리 부인의 허리를 놓고, 양쪽 위팔을 붙잡은 다음에 한 차례 세게 흔들었다. 켈리 부인은 집어 던져진 인형처럼 눈을 껌벅였다. 켈리 부인이 셔기에게 다시 초점을 맞출 수 있기까지 시간이 꽤 걸렸다. "그만!" 켈리 부인은 셔기의 손을 뿌리치고 인상을 잔뜩 구긴 채 주위를 빙빙 돌았다. "너는 참 웃기는 녀석이구나."

그 말 한마디를 남기고, 켈리 부인은 시장을 향해, 철도 밑 어두운 펍을 향해 걸어갔다. 양손에 쇼핑백을 바리바리 들고 휘청휘청 걸어가는 그녀의 뒷모습을 그들은 바라보았다. 켈리 부인은 길모퉁이에서 문득 걸음을 멈추고, 팔을 아래로 휘둘러 연어 통조림이 든 비닐봉지를 머리 뿌리가 검은 금발 소녀에게 던졌다. 그러고는 골을 넣은 것처럼 두 팔을 번쩍 치켜들더니, 걸음을 다시 옮겨 그들의 시야에서 사라졌다.

"아무 말도 하지 마!" 리앤이 경고했다. 리앤은 점퍼의 지퍼를 올려서 얼굴 아래쪽을 완전히 가렸다. "안 해." 셔기는 비에 젖은 보도를 보면서 마음을 가라앉혔다. "기분이 좀 나아졌어?"

리앤은 코웃음을 치고 어깨를 으쓱했다. 그리고 젖은 머리를 뒤로 넘겨서 손목에 끼고 있던 고무줄로 묶었다. 리앤의 예쁜 얼굴이 무뚝뚝하고 사나운 인상으로 바뀌는 것이 안타까웠다.

셔기는 신발에 묻은 진흙을 바지 뒷면에 문질러 닦고 리앤의 소매에서 실오라기를 떼었다. 손끝에 닿은 친구의 손목은 얼음장처럼 차가웠다. "우리 엄마가 일 년 동안 술을 끊은 적이 있었어. 정말 좋았어."

리앤은 대꾸하지 않았다. 리앤은 너덜너덜해진 엄지손가락을 다시 입에 넣고 자기만의 생각에 빠졌다. 셔기는 친구에게 시간을 주면서 잠자코 기다렸다. 비가 그쳤다. 남자는 보트를 강둑에 묶고 허리를 폈다.

어쨌든 그들은 남은 하루를 함께 보낼 것이며, 그 생각은 우울함 속에서도 셔기의 가슴을 따스하게 감쌌다. "그래서!" 셔기는 한껏 쾌활함을 가장하고 말했다. "이제 뭐 하고 싶어?"

리앤은 눈가를 훔치고 청바지의 텅 빈 주머니를 뒤집어 나부끼는 깃발처럼 흔들었다. "그냥 좀 걸을까?"

"세상에, 뻔할 뻔 자가 누구지?"

"나?" 리앤이 웃었는데, 너무나도 오랜만에 보는 미소처럼 느껴졌다. "웃기네. 니가 버지니아 아케이드 가서 잘생긴 덩치들 구경하고 싶은 거 다 아는데!"

셔기는 수치심에 얼굴이 화끈 달아올랐다. 부정하려고 고개를 저었지만, 그때 친구의 눈에 담긴 표정이 그를 멈추었다. 셔기는 앞니 사이로 숨을 훅, 들이쉬었다.

리앤은 손을 뻗어 셔기의 갈비뼈를 쿡 찔렀다. "됐어. 게다가 귀에 피어싱한 그 빨간 머리가 자꾸 널 힐끔거리는 것 같더라."

"진짜?"

리앤이 히죽 웃었다. "어쩌면. 한쪽 눈이 병신이긴 했으니까 어딜 보는지 누가 알겠니."

리앤은 어머니의 더러운 옷이 담긴 비닐봉지를 휘둘러 클라이드강 멀리 던지는 시늉을 했다. 그리고 다른 팔로 셔기와 팔짱을 끼고, 걱정을 털어내려는 것처럼 그를 흔들었다. 셔기는 리앤의 어깨에 몸을 기대고, 두 사람 모두 강에서 돌아설 때까지 예인선처럼 밀었다.

셔기는 들고 있던 쓰레기를 공공 쓰레기통에 버렸다. "네가 캘럼 형 이야기를 했을 때 생각났는데, 우리가 언제 한번 춤추러 가면 좋겠다."

빨랫감이 든 비닐봉지를 빙빙 돌리던 리앤이 폭소를 터뜨렸다. 너무나도 우렁차고 생기발랄한 웃음소리에 불법복제 비디오를 팔던 홈리스들이 화들짝 놀랐다. "하! 니가? 삐까번쩍 광낸 학교 신발 신고 꺼져라!" 리앤이 낄낄거렸다. "셔기 베인이 춤을 춘다고?"

셔기는 혀를 끌끌 찼다. 셔기는 리앤의 팔을 놓고 몇 발자국 앞으로 달려갔다. 자신만만하게 고개를 한 번 끄덕이고, 빛나는 구두 뒤축으로 딱 한 바퀴 빙그르르 돌았다.

감사의 말

이 책은 전적으로 돌아가신 나의 어머니와 그녀의 투쟁, 그리고 자신이 줄 수 있는 모든 것을 내게 준 형 덕분에 가능했다. 나의 이야기를 글로 쓰고 사람들과 공유하라고 격려해준 누이에게 감사의 마음을 전한다.

책을 읽는 속도는 느리지만 용감한 나의 에이전트 애너 스타인의 믿음과 열정이 없었다면 이 책은 세상에 나오지 못했을 것이다. 루시 럭, 클레어 노지에르, 모건 오펜하이머, 또한 ICM 파트너스와 커티스 브라운의 모든 이들에게 감사한다. 편집자 피터 블랙스톡에게 그가 보여준 인내와 담대함, 그리고 셔기를 다정하면서도 엄격하게 키워준 것에 특별히 감사를 표하고 싶다. 모건 엔트레킨과 주디 하튼슨의 열정적인 지지에 감사하며, 엘리자베스 슈미츠, 뎁 시거, 존 마크 볼링, 에밀리 번즈, 그리고 그로브 애틀랜틱의 모든 이에게 감사를 돌린다. 북쪽에 있는 나의 친구 대니얼 샌드스트롬과 캐서린 배크 볼린, 라비 미르찬다니와 피카도르 UK 사람들에게 이 책을 고향에 전해준 것에 대한 고마움을 전한다. 첫걸음을 뗄 때부터 도와주었을 뿐만 아니라 너무나 관대했던 티나 폴먼에게 진심으로 감사한다. 또한, 이 소설의 초기 독자였던 패트리샤 맥널티, 발렌티나 카스텔라니, 헬렌 웨스턴, 레이철 스키너-오닐에게 그들의 조언과 응원에 대한 감사의 말을 전한다.

이 책을 누구보다 먼저 읽었으며, 언제나처럼 사랑으로 보살피고 힘을 불어넣어준 마이클 케어리에게 마지막 문장을 바친다.

옮긴이: 구원

프리랜서 번역가 및 출판 기획자로 활동하고 있다. 『셔기 베인』, 『우리가 얼마나 아름다웠는지』, 『먼고 해밀턴』 등을 우리말로 옮겼다. 캐서린 맨스필드 단편선 『차 한 잔』과 『프렐류드』를 엮고 옮겼다. 『셔기 베인』으로 제16회 유영번역상을 수상했다.

셔기 베인

1판 1쇄 발행 2021년 12월 2일
1판 3쇄 발행 2025년 2월 17일

지은이 더글러스 스튜어트
옮긴이 구원
편집 김수현
표지디자인 김수연

펴낸곳 코호북스 (coho books)
주소 강원도 홍천군 두촌면 한계길 84
등록 2019년 10월 17일 제2019 - 000005호
전자우편 cohobookspublishing@gmail.com
팩스 0303 3441 1115
인스타그램 @coho_books23
ISBN 979-11-91922-00-4 03840
책값은 뒤표지에 있습니다.